Mathias Sandorf

JULES VERNE

Mathias Sandorf, J. Verne
Jazzybee Verlag Jürgen Beck
86450 Altenmünster, Loschberg 9
Deutschland

Druck: BOD GmbH, In de Tarpen 42, 22848 Norderstedt

ISBN: 9783849683207

www.jazzybee-verlag.de
admin@jazzybee-verlag.de

INHALT:

ERSTER TEIL.

ERSTES KAPITEL. DIE BRIEFTAUBE.

Triest, die Hauptstadt des Küstenlandes, teilt sich in zwei einander sehr wenig gleichende Städte: in eine neue und reiche, die Theresienstadt, die sich geradlinig am Rande der Bai erhebt, welcher der Mensch erst den festen Baugrund abringen musste, und in eine alte, armselige; letztere ist unregelmäßig gebaut und liegt eingeklemmt zwischen dem Korso, der sie von der ersteren trennt, und den Abhängen der Höhen des Karst, dessen Gipfel eine malerisch ausschauende Zitadelle krönt.

In den Hafen von Triest hinein ragt der Molo von San Carlo, an dem vorzugsweise die Handelsschiffe ankern. Dort sammeln sich mit Vorliebe, und oftmals in beunruhigender Anzahl, Gruppen von jenen Umherlungerern, welche nicht Haus und nicht Herd kennen, und deren Anzüge, Beinkleider, Jacken oder Westen der Taschen völlig entbehren könnten, weil ihre Eigentümer niemals etwas besessen haben, was sie dort hinein hätten tun können und wahrscheinlich auch niemals dergleichen besitzen werden.

An jenem Tage aber, dem 18. Mai 1867, hat Einer oder der Andere vielleicht doch zwei Personen inmitten dieser Heimatlosen bemerkt, welche durch bessere Kleidungen sich auszeichneten. Es schien wenig wahrscheinlich, dass diese jemals wegen fehlender Gulden und Kreuzer in Verlegenheit gewesen waren, wenigstens sprach ihr Aussehen zu ihren Gunsten. Es waren, um der Wahrheit die Ehre zu geben, Männer, die auf Jeden einen günstigen Eindruck machen mussten.

Der Eine hieß Sarcany und nannte sich Tripolitaner, der Andere, ein Sizilianer, wurde Zirone gerufen. Nachdem Beide den Molo wenigstens zum zehnten Male abgeschritten hatten, machten sie auf der äußersten Spitze desselben Halt. Dort blickten sie nach dem Meere hinüber, welches westlich vom Golf von Triest den Horizont begrenzt, als müsste dort plötzlich das Schiff auftauchen, welches ihnen ihr Glück bringen sollte.

»Wie spät ist es?« fragte Zirone in seinem italienischen Dialekt, den sein Gefährte ebenso geläufig sprach wie die Mundarten der übrigen Länder am Mittelmeer.

Sarcany gab keine Antwort.

»Was bin ich doch für ein Dummkopf! rief der Sizilianer. Es ist die Stunde, in der man Hunger verspürt, wenn man sein Frühstück einzunehmen vergessen hat.«

Die österreichischen, italienischen, slawischen Elemente zeigen sich in jenem Teile des österreichisch-ungarischen Reiches so miteinander vermischt, dass das Zusammenstehen unserer beiden Personen in keiner Weise die Aufmerksamkeit auf sich ziehen konnte, obwohl sie augenscheinlich sich als Fremde in jener Stadt aufhielten. Überdies konnte Niemand ahnen, dass ihre Taschen leer waren, denn sie trugen sich ziemlich stolz unter dem Kapuzenmantel, der ihnen bis auf die Stiefel hinab reichte.

Sarcany, der Jüngere von ihnen, von mittlerer Größe und gut gewachsen, mit eleganten Manieren und Bewegungen, stand im fünfundzwanzigsten Lebensjahre. Sarcany hieß er, ohne einen weiteren Zusatz. Einen Taufnamen führte er nicht. Und er war auch tatsächlich nicht getauft, da er, Afrikaner von Geburt, aus Tripolis oder Tunis stammte; trotzdem seine Gesichtsfarbe von einem dunklen Braun war, so glich er dennoch durch die Regelmäßigkeit der Züge mehr einem Weißen als einem Neger.

Wenn jemals eine Physiognomie täuschen kann, so war es bei Sarcany gewiss der Fall. Man hätte schon ein sehr scharfer Beobachter sein müssen, um aus diesem regelmäßig geformten Gesicht, den schwarzen und schönen Augen, der edlen Nase, dem wohlgeformten und von einem schwachen Barte beschatteten Munde die grenzenlose Verschlagenheit des jungen Mannes herauslesen zu können. Kein Auge wäre im Stande gewesen, auf diesem fast unbeweglichen Antlitze die Zeichen des Abscheus, der Missachtung zu erkennen, welche ein unentwegter Kampf gegen die Gesetze der Gesellschaft ihm einzugraben pflegt. Wenn die Physiognomiker behaupten – und zwar behalten sie in den meisten Fällen Recht – dass Jeder, der sich verstellt, seiner Geschicklichkeit zum Trotze, gegen sich selbst zeugt, so stellte Sarcany dieser Behauptung eine förmliche Verneinung entgegen. Wer ihn sah, konnte nicht ahnen, was er war, was er gewesen. Seine Erscheinung rief in nichts den unbezwingbaren Widerwillen wach, den Spitzbuben und Räuber einzuflößen pflegen. Er war deshalb nur umso gefährlicher.

Wer konnte wissen, was die Kindheit Sarcany's gewesen war? Gewiss die eines Ausgesetzten. Wie war er erzogen worden und von wem? In welcher tripolitanischen Höhle hatte er in den ersten Jahren seines Lebens sein Dasein gefristet? Welche Aufmerksamkeit bewahrte ihn vor den vielfachen, zerstörenden Krankheiten jenes entsetzlichen Klimas? Niemand fürwahr, wusste es zu sagen – vielleicht er selbst nicht einmal –; geboren durch Zufall, dem Zufalle überlassen, schien er bestimmt, dem Zufalle zu leben! Er hatte indessen während seiner Jünglingszeit eine gewisse praktische Bildung sich bereits anzueignen oder vielmehr zu empfangen gewusst; er dankte sie wahrscheinlich dem Umstande, dass sein bisheriges Leben ihn gezwungen hatte, die Welt zu durchstreifen, mit Leuten jeden Standes Gemeinschaft zu haben, Ausweg auf Ausweg zu finden, und wäre es nur, um des Tages Notdurft zu befriedigen. So war er und in Folge verschiedener Umstände seit Jahren bereits mit einem der reichsten Häuser Triests in Verbindung gekommen, dem Hause des Bankiers Silas Toronthal, dessen Name mit dem Verlaufe unserer Geschichte eng verknüpft ist.

In dem Gefährten Sarcany's, dem Italiener Zirone, erblickt man nur einen von jenen Menschen, die Glauben und Gesetz nicht kennen, einen Abenteurer, der, zu allen Schandtaten bereit, dem ersten besten, wenn er gut zahlt, oder dem Nächsten, der noch besser zahlt, zu Diensten steht, gleichviel zu welchem Geschäfte. Sizilianer von Geburt und in den dreißiger Jahren stehend, war er ebenso fähig, schlechte Ratschläge zu erteilen, als sie anzunehmen und namentlich, sie auszuführen. Wo er geboren wurde, würde er vielleicht verraten haben, wenn er es gewusst hätte. Er gestand jedenfalls nicht gern ein, wo er zu Hause war, wenn er es überhaupt irgendwo war. In Sizilien hatte ihn eine von den Zufälligkeiten des Landstreicherlebens mit Sarcany in

Verbindung gebracht. Sie waren dann gemeinsam in die Welt hinausgelaufen und hatten versucht, auf rechtem und auf unrechtem Wege ihr beiderseitiges Missgeschick zu gemeinsamem Glück zu wenden. Zirone aber, ein großer, bärtiger Bursche mit sehr gebräuntem Teint und tiefschwarzem Haar, hatte nur mühsam die ihm angeborene Schurkerei zu verbergen gewusst, die seine stets halb geschlossenen Augen und das beständige Senken seines Kopfes verrieten. Unter einem Übermaße von Schwatzhaftigkeit indessen suchte er seine Verschlagenheit zu verbergen. Er war im Übrigen mehr heiter als traurig und ließ sich in demselben Maße gehen, als sein Genosse sich verschlossen zeigte.

An dem genannten Tage aber sprach auch Zirone nur mit einer bemerkbaren Mäßigung. Die Essensfrage erfüllte ihn sichtlich mit Unruhe. Der Abend vorher hatte gelegentlich einer kleinen Partie in einer Spielhölle niedrigen Ranges, woselbst sich das Glück allzu stiefmütterlich gezeigt, die Hilfsquellen Sarcany's völlig erschöpft. Beide wussten nicht, was nun werden sollte. Sie konnten nur auf den Zufall rechnen, und da diese Vorsehung der Lumpen sich nicht beeilte, auf dem Wege längs des Molos zu ihnen zu stoßen, so entschlossen sie sich, ihr durch die Straßen der Neustadt vorauszuwandern.

Dort auf den Plätzen, auf den Quais, auf den Promenaden diesseits und jenseits des Hafens, an den Landungsstellen des großen Kanals, der Triest durchschneidet, geht, kommt, stößt sich, haftet und müht sich im Eifer des Geschäftes eine Bevölkerung von siebzigtausend Einwohnern italienischer Abstammung, deren Sprechweise, welche auch diejenige Venedigs ist, sich in dem kosmopolitischen Sprachenkonzerte aller dieser Seeleute, Kaufleute, Commis, Handwerker verliert, in dem Idiome, das aus dem Deutschen, Französischen, Englischen und Slawischen hervorgegangen zu sein scheint.

Wenn auch diese Neustadt eine reiche ist, so soll damit durchaus nicht gesagt sein, dass diejenigen, welche man dort in den Straßen sieht, auch sämtlich vom Glück begünstigte Sterbliche sind.

Nein! Selbst die Geschicktesten würden nicht mit den englischen, armenischen, griechischen, jüdischen Kaufleuten wetteifern können, die das Pflaster Triests beherrschen und deren prächtige Paläste der Hauptstadt des österreichisch-ungarischen Reiches zur Zierde gereichen würden.

Wer wollte die armen Teufel zählen, die sich vom frühen Morgen bis zum späten Abend dort in den vom Geschäftsverkehr erfüllten Avenuen umhertreiben, die von hohen, fest wie die Geldspinden verschlossenen Baulichkeiten eingefasst sind, in denen wiederum Waren jeder Gattung zur Schau liegen, wie es bei der von der Natur so äußerst begünstigten Lage dieses Freihafens am Ende des Adriatischen Meeres nicht anders sein kann! Wie viele von denen, die sich auf den Molen aufgepflanzt haben, wo aus den Schiffen der gewaltigsten Schiffsgesellschaft Europas, des österreichischen Lloyd, Massen von Reichtümern aus allen Teilen der Welt ausgeladen werden, haben nicht gefrühstückt und werden vielleicht nicht zu Mittag speisen! Wie viel Elende schließlich, wie sie sich auch zu Hunderten in London, Liverpool, Marseille, Havre, Antwerpen, Livorno finden, mischen sich unter die behäbigen Reeder in der

Nachbarschaft der Arsenale, deren Betreten ihnen verboten ist, zeigen sich auf dem Platze der Börse, die ihnen nie ihre Tore öffnen wird, zu Füßen der Stufen des Tergesteums, woselbst die Büros des Lloyd und die Lesezimmer sich befinden, in denen die Gesellschaft in völliger Eintracht mit den Handelskammern ihr Leben fristet!

Unleugbar lebt in allen Hafenstädten der alten und neuen Welt eine ganz besondere Gattung von Unglücklichen, die nur diesen großen Mittelpunkten des Verkehrs eigentümlich ist. Man weiß nicht, woher diese kommen; man hat keine Ahnung, woher sie der Wind geführt hat. Sie selbst wissen nicht, wo sie enden werden. Die Zahl derjenigen unter ihnen, die einst bessere Tage gesehen haben, ist eine beträchtliche. Es finden sich in ihren Reihen auch viele Ausländer. Die Eisenbahnen und die Handelsschiffe haben sie als überflüssige Ballaststücke zurückgelassen und nun belästigen sie das öffentliche Leben, aus dem die Polizei sie nicht mehr vertreiben kann.

Sarcany und Zirone verließen also den Molo, nachdem sie noch einen letzten Blick auf den Golf bis zum Leuchtturm hin, der sich auf dem Vorgebirge von Santa Teresa erhebt, geworfen hatten; sie nahmen ihren Weg am Teatro Communale vorüber den Park entlang und gelangten auf die Piazza Grande, wo sie eine Viertelstunde hindurch um das aus Steinen des benachbarten Karstgebirges gebildete Bassin, am Fußende der Statue Karls VI. promenierten.

Beide wendeten sich alsdann nach links. Zirone blickte den Vorübergehenden gerade so ins Gesicht, als empfände er den lebhaften Wunsch, sie auszuplündern. Sie durchschritten darauf das ungeheure Quadrat des Tergesteums genau zu der Zeit, als die Börse zu Ende war.

»Die da ist bald eben so leer, wie die unsrige,« fühlte sich Zirone veranlasst lachend zu sagen, trotzdem ihn gar keine Lachlust anwandelte.

Der gleichgültige Sarcany schien auch durchaus nicht die Absicht zu haben, den schlechten Witz seines Gefährten verstehen zu wollen, der seine Glieder mit hungrigem Gähnen streckte.

Dann gingen sie über den dreigespitzten Platz, auf dem sich das bronzene Standbild des Kaisers Leopold I. erhebt. Ein Pfiff Zirone's – so ein echtes Bummlerpfeifen – veranlasste ein Volk blauer Tauben in die Luft zu steigen, die unter dem Portikus der alten Börse hausen, gerade wie in Venedig die grauen Tauben zwischen den Prokuratien des alten Markusplatzes nisten. Nicht weit davon streckt sich der Korso aus, der das neue vom alten Triest trennt.

Er bildet eine breite, doch nicht gerade elegante Straße mit wohl ausgestatteten Läden und gleicht mehr der Regent-Street Londons und dem Broadway New-Yorks, als dem Boulevard des Italiens in Paris. Man sieht sehr viele Menschen dort, auch zieht sich eine ganz stattliche Reihe von Wagen von der Piazza Grande bis zur Piazza della Legna, Namen, die den italienischen Ursprung der Stadt genugsam verraten.

Während Sarcany scheinbar jeder Versuchung sich verschlossen zeigte, konnte Zirone an keinem Laden vorüber, ohne einen begehrlichen Blick auf die Begünstigten zu werfen, welchen es ihre Mittel erlaubten, jene zu betreten. Es gab da viele Dinge, die ihnen gewiss zugesagt hätten, namentlich bei den Händlern mit Lebensmitteln und in den Wirtshäusern, wo das Bier in Strömen fließt, mehr als in jeder anderen Stadt der österreichischen Monarchie.

»Auf diesem Korso werden Durst und Hunger noch fühlbarer,« bemerkte der Sizilianer, dessen Sprache wie ein Geklapper dürren Holzes zwischen seinen ausgetrockneten Lippen klang.

Sarcany beantwortete diesen Einwand nur durch ein Zucken der Achseln.

Sie bogen in die erste Straße auf der linken Seite ein, gelangten an das Ufer des Kanals und überschritten diesen auf dem Ponte Rosso – einer Drehbrücke; dann gingen sie die Quais wieder hinauf, an denen selbst Schiffe mit starkem Wassergange anlegen können. Dort wurden sie unendlich weniger von der Anziehungskraft der Auslagen der Krämer belästigt. Auf der Höhe der Kirche San Antonio angelangt, wendete sich Sarcany plötzlich nach rechts. Sein Genosse folgte ihm, ohne einen Einwand zu erheben. Sie gelangten wieder auf den Korso und streiften von dort abenteuernd durch die alte Stadt, in deren engen Straßen die Wagen vielfach nicht mehr vorwärts kommen, da die ersteren sich an den unteren Abhängen des Karstes hinaufziehen; jene sind auch meistens in einer Weise angelegt, dass man von der fürchterlichen Bora, dem heftigen eisigen Windstrome des Nordostens, nichts zu befürchten hat. In diesem alten Triest mussten sich Sarcany und Zirone – diese beiden Habenichtse – mehr zu Hause fühlen, als inmitten der wohlhabenden Viertel der Neustadt.

Hier wohnten sie auch seit ihrer Ankunft in der Hauptstadt Istriens in der Verborgenheit eines bescheidenen Gasthauses, nicht weit von der Kirche Santa Maria Maggiore. Da aber der bis dahin noch unbezahlte Hotelier in Folge des Anwachsens der Tagesrechnung etwas zudringlich geworden war, so vermieden sie dieses gefährliche Kap; sie überschritten den Platz und spazierten eine kurze Zeit hindurch um den Arco di Ricardo herum.

Auf die Dauer aber konnte sie das Studium dieser Überreste römischer Architektur nicht befriedigen. Da auch der Zufall ersichtlich zögerte, hier in diesen wenig belebten Straßen zu ihnen zu stoßen, so begannen sie, Einer hinter dem Anderen, die rauen Fußwege hinaufzuklimmen, welche fast bis auf den Gipfel des Karstes zur Terrasse der Kathedrale führen.

»Eine ganz besondere Idee das, hier hinaufzuklettern,« murmelte Zirone und zog den Überrock am Gürtel fester zusammen.

Aber er verließ seinen jüngeren Gefährten trotzdem nicht, und man hätte von unten gut erkennen können, wie sie sich über die Stufen hinaufwanden, welche man zu Unrecht Straßen genannt hat und welche die Böschungen des Karstes zu Schanden machen. Zehn Minuten später erreichten sie, noch abgespannter und hungriger als zuvor, die Terrasse.

Von diesem Punkte genießt man einen prächtigen Ausblick über den Golf bis zum offenen Meere, auf den von ein- und ausfahrenden Fischerfahrzeugen, von gehenden und kommenden Dampfern und Handelsschiffen belebten Hafen; das Auge umspannt die ganze Stadt, die Vorstädte, die letzten, an den Hügel sich lehnenden Häuser, die auf den Höhen zerstreut umherliegenden Landhäuser.

Das Alles konnte jedoch unsere Abenteurer nicht reizen. Sie hatten schon genug andere Aussichten bewundert und überdies waren sie diesmal nur hinaufgestiegen um ihren Verdruss und ihr Elend hier spazieren zu führen! Zirone namentlich hätte ein Umherschlendern vor den kostbaren Läden des Korso vorgezogen. Da auch hier oben ihr Suchen dem Zufalle und seinen glückspendenden Gelegenheiten galt, so mussten sie sich auch hier, ohne zu große Ungeduld zeigen zu können, auf das Warten verlegen.

Am äußersten Ende des Stufenganges, der zur Terrasse führt, lag nahe der byzantinischen Kathedrale von San Giusto ein eingefriedeter Raum, der einst ein Kirchhof gewesen, jetzt zum Altertumsmuseum geworden war. Es befanden sich dort keine Gräber mehr, sondern nur noch Bruchstücke von Grabsteinen; unter den tief herabhängenden Zweigen schöner Bäume ruhten römische Obelisken, mittelalterliche Gedächtnissäulen, Überreste von Triglyphen und Metopen aus verschiedenen Zeitabschnitten der Renaissance, verglaste Kuben, in denen noch Aschenreste erkenntlich waren, durcheinander im Grase.

Das Tor, welches zu besagtem Raume führte, stand offen. Sarcany brauchte es nur zurückzustoßen. Er trat, gefolgt von Zirone, ein, der sich damit begnügte, folgendes melancholische Erzeugnis seines Nachdenkens laut werden zu lassen:

»Wenn wir die Absicht hätten, unser Leben zu enden, so wäre das hier ein passender Ort!

– Und wenn man es Dir vorschlagen würde? fragte Sarcany ironisch.

– So würde ich mich dessen weigern, lieber Kamerad! Man möge mir nur einen guten Tag unter zehn schlechten bereiten, mehr verlange ich nicht.

– Du wirst ihn erhalten und mehr noch.

– Mögen alle Heiligen Italiens Dich hören, und Gott weiß, dass man sie nach Hunderten zählt!

– Komme nur,« antwortete Sarcany.

Sie betraten eine halbkreisartig zwischen zwei Reihen von Urnen angelegte Allee und ließen sich auf eine große römische Einsatzrose nieder, welche sich nur wenig über den Boden erhob.

Sie schwiegen erstlich – was Sarcany ganz besonders behagte, kaum aber seinem Genossen. Zirone ergriff denn auch bald, nach einem ein- oder zweimaligen, schlecht unterdrückten Gähnen, das Wort und sagte:

»Gottes Blut! Dieser Zufall, auf den wir dummer Weise rechneten, beeilt sich wirklich nicht mit seinem Kommen!«

Sarcany schwieg.

»Was ist das für ein Einfall, fuhr Zirone unbeirrt fort, ihn hier inmitten dieser Ruinen suchen zu wollen? Ich fürchte nur zu sehr, dass wir auf falscher Fährte sind. Kamerad! Welcher Teufel könnte sich auch hier auf diesem alten Kirchhofe verpflichten? Nicht einmal die armen Seelen brauchen ihn, da sie ihre sterbliche Hülle bereits verlassen haben! Und wenn ich mich erst einmal dort unten befinden werde, so soll mich ein versäumtes Mittagbrot oder ein aussichtsloses Abendessen wenig kümmern! Komm', lass' uns weitergehen!«

Sarcany, der, in tiefes Nachdenken versanken, den Blick teilnahmslos in die Ferne gerichtet hatte, atmete kaum.

Zirone ließ einige Minuten verstreichen, dann aber konnte er seine angeborene Schwatzhaftigkeit nicht mehr zügeln:

»Sarcany, meinte er, weißt Du, in welcher Gestalt ich diesen Zufall, der heute ganz und gar seiner alten Kinder vergisst, am liebsten sehen möchte? In der Gestalt eines der Kassenboten des Hauses Toronthal; er müsste hierher kommen, mit einem von Banknoten strotzenden Portefeuille und uns dieses Portefeuille im Auftrage seines Bankiers übergeben mit tausend Entschuldigungen, dass er uns so lange habe warten lassen.

– Höre auf, Zirone! erwiderte Sarcany unter heftigem Zusammenziehen der Augenbrauen. Ich wiederhole Dir hiermit zum letzten Male, dass wir von Silas Toronthal nichts mehr zu erwarten haben.

– Bist Du Deiner Sache auch gewiss?

– Ja! Der Kredit, den ich bei ihm hatte, ist jetzt vollständig erschöpft, und auf meine letzten Bitten hat er mir eine endgültige Absage erteilt.

– Das ist schlimm!

– Sehr schlimm, aber es ist nun einmal so!

– Gut, fing Zirone von Neuem an. Wenn Dein Kredit erschöpft ist, so musst Du unleugbar einen solchen besessen haben! Worauf beruhte denn dieser Kredit? Darauf, dass Du mehrere Male Deine Intelligenz und Deinen Eifer in den Dienst des Bankhauses bei einigen gewissen – delikaten Geschäften gestellt hast. Auch hat sich Toronthal während der ersten Monate unseres Aufenthaltes in Triest gerade nicht zu verschlossen im Punkte der Geldfrage gezeigt. Ich kann es also nicht glauben, dass Du nicht von irgendeiner Seite her noch Einfluss auf ihn besitzen solltest, und wenn Du ihm drohtest...

– Wenn ich das könnte, hätte ich es schon getan, antwortete Sarcany achselzuckend, und Du brauchtest nicht einem Mittagessen nachzujagen. Nein, ich schwöre es Dir, dass ich diesen Toronthal nicht in den Händen habe, aber es kann noch dahin kommen und an dem Tage soll er mir Kapital, Zinsen und Zinseszinsen von dem zahlen, dessen er sich heute weigert. Ich glaube übrigens, dass die Geschäfte seines Hauses augenblicklich ein wenig verwickelt liegen und dass seine Fonds in zweifelhafte Unternehmungen gesteckt sind. Die Nachwirkung einiger Fallissements in Deutschland, in Berlin und in München macht sich auch in Triest fühlbar und mir wollte es scheinen, was man auch immer sagen möge, dass Silas Toronthal bei meinem letzten Besuche in etwas gedrückter Stimmung sich befand Wir wollen die Flut ruhig sich verlaufen lassen und wenn sie verlaufen sein wird...

– Schön, rief Zirone aus, bis dahin aber können wir nichts weiter als Wasser trinken. Sarcany, meine Meinung ist, dass Du noch einen letzten Versuch bei Toronthal machst. Man muss noch einmal an seine Geldkiste pochen und versuchen, wenigstens die Summe zu erhalten, die wir für eine Rückkehr nach Sizilien – über Malta benötigen.

– Und was wollen wir in Sizilien?

– Das ist nun meine Sache. Ich kenne das Land und könnte auch eine Bande Malteser hinüberführen, entschlossene, vorurteilslose Jungens, mit denen sich schon etwas anfangen ließe. Tausend Teufel! Wenn es hier nichts zu unternehmen gibt, so lass' uns abreisen und diesen verdammten Bankier zwingen, uns unsere Reisekosten zu bezahlen! So wenig Du auch aus ihm ziehen kannst, so viel wird es sein, dass er Dich lieber anderswo als in Triest weiß.«

Sarcany ließ den Kopf sinken.

»Überlege nur! So kann das nicht mehr weiter gehen! Wir sind am Ende angelangt,« setzte Zirone hinzu.

Er war aufgestanden und stampfte auf dem Boden umher, gerade als hätte er es mit einer Rabenmutter zu tun, die ihn nicht länger ernähren wollte.

In diesem Augenblicke wurde seine Aufmerksamkeit von einem Vogel abgelenkt, der außerhalb des umfriedeten Ortes ängstlich umherflatterte. Es war eine Taube, deren ermüdete Flügel kaum noch zuckten und die sich immer mehr gegen den Boden senkte.

Zirone fragte sich gewiss nicht, zu welcher der hundertsiebzig Gattungen Tauben, welche das ornithologische Namensverzeichnis jetzt kennt, dieser Vogel gehörte, er sah nur eines, dass es ein essbarer Gegenstand war. Er verschlang ihn bereits mit den Blicken, nachdem er seinem Gefährten ein Zeichen mit der Hand gegeben.

Das Tier war ersichtlich am Ende seiner Kräfte angelangt. Es blieb schon an den Vorsprüngen der Kathedrale hängen, deren Fassade von einem hohen viereckigen Turm älteren Ursprunges flankiert wird. Es konnte nicht weiter, und zum Fallen geneigt, ließ es sich zuerst auf das Dach einer kleinen Nische nieder, welche das Bildnis des heiligen Justus schützt; seine ermüdeten Füße aber gaben ihm dort keinen Halt und so ließ es sich bis zum Kapitäl einer antiken Säule niedergleiten, welche in die von dem Turm und der Fassade des Bauwerkes gebildete Ecke eingefügt war.

Während Sarcany noch immer unbeweglich und schweigsam kaum sich damit beschäftigte, der Taube Aufmerksamkeit zu schenken, ließ sie Zirone nicht aus den Augen. Sie kam aus dem Norden. Ein weiter Flug hatte diesen Zustand der Erschöpfung verursacht. Ersichtlich führte sie ihr Instinkt einem noch entfernteren Ziele zu. Sie nahm auch sogleich ihren Flug wieder auf; die Kurve aber die sie ähnlich einer Flintenkugel beschrieb, nötigte sie zu einer abermaligen Rast genau auf den niedrig hängenden Zweigen eines der Bäume des alten Kirchhofes.

Zirone war entschlossen, sich des Tieres zu bemächtigen und fast kriechend näherte er sich leise dem Baume. Bald hatte er die Basis eines knorrigen Baumstumpfes erreicht, von der aus er ohne Mühe bis zur Vergabelung gelangen konnte. Hier kauerte er unbeweglich stumm in der Haltung eines Hundes nieder, der einem über seinem Kopfe verborgenen Stück Wildbret auflauert.

Die Taube, welche ihn nicht bemerkt hatte, wollte von Neuem auffliegen; aber die Kräfte ließen sie wiederum im Stiche und wenige Schritte nur vom Baume entfernt fiel sie zu Boden.

Mit einem Sprunge vorwärts stürzen, den Arm ausstrecken und den Vogel in der Hand haben, war für den Sizilianer das Werk eines Augenblickes. Es war nur natürlich, dass er sich sofort anschickte, dem armen Tier das Lebenslicht auszublasen, plötzlich aber hielt er inne; er stieß einen Ruf der Überraschung aus und kam dann in aller Eile zu Sarcany gelaufen.

»Eine Brieftaube! rief er.

– Was weiter? Eine, die ihre letzte Reise gemacht haben wird, meinte Sarcany.

– Zweifellos, gab Zirone zur Antwort. Umso schlimmer für die, denen das Billet, welches unter dem Flügel steckt, zukommen sollte.

– Ein Billet? fuhr Sarcany empor. Warte, Zirone, warte! Das verdient einen Aufschub.«

Und er hielt die Hand desselben fest, die sich bereits um den Hals des Tieres schloss. Dann nahm er das Beutelchen, das bereits von Zirone losgelöst worden war, öffnete es und zog ein chiffriertes Billet hervor.

Es enthielt nur achtzehn Worte, die, wie folgt, auf drei senkrechte Zeilen verteilt worden waren:

ihnalz zaemen ruiopn
arnuro trvree mtqssl
odxhnp estlev eeuart
aeeeil ennios noupvg
spesdr erssur ouitse
eedgne toeedt artuee

Von einem Abgangs- und einem Bestimmungsort verlautete auf dem Zettel nichts. Würde es möglich sein, den Sinn der achtzehn, aus einer gleichen Anzahl von Buchstaben bestehenden Worte ohne Kenntnis des dazugehörigen Schlüssels zu enträtseln? Wenig Wahrscheinlichkeit war dafür vorhanden, wenigstens gehörte ein geschickter Dechiffreur dazu; es fehlte also wenig, dass das Billet sich als nicht entzifferbar erwies.

Sarcany stand vor dieser Geheimschrift, die ihn in nichts belehrte, zuerst sehr enttäuscht, dann sehr betroffen. Enthielt das Briefchen irgend eine wichtige Nachricht, vielleicht sehr bloßstellender Natur? Man konnte, ja man musste es lediglich aus den Vorsichtsmaßregeln annehmen, die für den Fall getroffen waren, dass es in andere Hände als in diejenigen des Adressaten gelangen könnte und dann nicht gelesen werden dürfte. Ferner bewies die Benützung des außerordentlichen Instinktes der Brieftaube, und nicht die Benützung der Post oder des Telegraphendrahtes, dass es sich um eine Angelegenheit handelte, welche ein zuverlässiges Schweigen zur Bedingung machte.

»In diesen Zeilen ruht vielleicht ein Geheimnis, sagte Sarcany, welches unser Glück ausmachen kann.

– Dann wäre also, antwortete Zirone, diese Taube die Darstellerin des Zufalles, dem wir heute Vormittag lange genug nachgelaufen sind. Gottes Blut! Und ich wollte sie erwürgen!... Wie die Sache aber liegt, ist es das Wichtigste, dass wir den Boten haben und nichts soll uns daran hindern, uns diesen Boten schmecken zu lassen.

– Nur keine Übereilung, Zirone, rief Sarcany, der so noch einmal dem Vogel das Leben rettete. Vielleicht besitzen wir in diesem Vogel eine Handhabe, die es uns ermöglicht, die Bekanntschaft mit dem Adressaten des Billets zu machen, vorausgesetzt natürlich, dass er in Triest wohnt.

– Und was dann? Jener wird Dir doch nicht erlauben, zu lesen, was dieser Brief enthält, Sarcany?

– Nein, Zirone.

– Wir wissen auch nicht, woher er stammt.

– Allerdings nicht. Aber wenn ich von zwei Leuten, die Briefe miteinander wechseln, einen kenne, so kann mir dieser Umstand behilflich sein, den zweiten kennen zu lernen. Mit einem Worte, ich glaube, man darf dieses Tier nicht töten, sondern muss im Gegenteil ihm seine Kräfte wiedergeben, dass es an seinen Bestimmungsort gelangt.

– Mit dem Billet? fragte Zirone.

– Mit dem Billet, von dem ich aber zuvor eine genaue Abschrift nehmen werde; diese werde ich so lange bei mir behalten, bis die Gelegenheit gekommen sein wird, sie nutzbar zu machen.«

Sarcany zog ein Notizbuch aus seiner Tasche und kopierte mit einem Bleistift das Schreiben. Da er wohl wusste, dass in den meisten Fällen die sichtbare Einordnung der Schriftzüge der Geheimschriften wohl bewahrt bleiben muss, so ließ er es sich angelegen sein, die Wortstellung genau nachzuahmen. Als das geschehen, behielt er die Abschrift in seinem Notizbuche, das Billet selbst steckte er wieder in den kleinen Sack und letzteren unter den Flügel der Taube.

Zirone sah ihm zu, er konnte indessen die Hoffnungen auf das Glück nicht teilen, welches dieser Vorfall herbeiführen sollte.

»Und was nun? fragte er.

– Jetzt, erwiderte Sarcany, lasse Deine Sorgfalt dem Boten angedeihen.«

Die Taube war mehr durch Hunger, als von der Ermüdung mitgenommen. Auch waren die Flügel unverletzt und zeigten weder einen Bruch noch eine Beschädigung; es bewies das also, dass ihre augenblickliche Schwäche nicht durch ein Schrotkorn eines Jägers oder durch den Steinwurf eines nichtsnutzigen Jungen veranlasst worden war. Sie hatte Hunger und Durst, sonst fehlte ihr nichts.

Zirone sachte also und fand zu ebener Erde einige Körner, welche das Tier gierig verschluckte; mit fünf oder sechs Tropfen aus einer kleinen Wasseransammlung, welche der letzte Regenguss in einem Bruchstücke antiker Töpferarbeit zurückgelassen hatte, stillte es seinen Durst. Eine halbe Stunde nach ihrer Ergreifung war somit die gestärkte und ausgeruhte Taube im Stande, ihren unterbrochenen Flug wieder aufzunehmen.

»Wenn sie noch weit zu fliegen hat, ließ Sarcany sich hören, wenn ihre Bestimmung sie noch über Triest hinausführt, so geht es uns wenig an, ob sie unterwegs fällt; denn wir würden sie doch bald aus den Augen verlieren und können ihr unmöglich folgen. Wenn sie aber zu einem Triester Hause gehört, dort erwartet wird und daselbst sich niederlassen muss, so ist sie gekräftigt genug, um es erreichen zu können, denn sie hat bis dahin nur eine oder zwei Minuten zu fliegen.–

– Du hast vollständig recht, antwortete der Sizilianer. Aber werden wir auch bis dahin, wo sie ihren Schlag hat, blicken können, selbst wenn sie nur bis Triest und nicht weiter fliegt?

– Wir wollen wenigstens unser Möglichstes in dieser Hinsicht tun« meinte Sarcany gelassen.

Es geschah Folgendes:

Die aus zwei alten romanischen Kirchen bestehende Kathedrale, von denen die eine der heiligen Jungfrau, die andere dem Schutzpatrone von Triest, dem heiligen Justus geweiht ist, wird von einem hohen Turm geschützt, der sich auf der Ecke jenes Teiles der Fassade erhebt, in welcher sich die große Einsatzrose befindet; unterhalb dieser öffnet sich das Haupttor des Gebäudes. Dieser Turm beherrscht das Plateau des Karstes und die Stadt breitet sich unter ihm, wie eine in Relief gearbeitete Karte aus. Von diesem hochgelegenen Punkte aus übersieht man mit Leichtigkeit das Geviert ihrer Hausdächer, von den Abhängen des Hügels an bis zum Ufer des Golfes. Es war also nicht unmöglich, dem Fluge der Taube zu folgen, wenn man sie von der Spitze jenes Turmes aus auffliegen ließ, und zweifellos, dass man das Haus auf dem sie sich dann niederließe, gut erkennen würde, vorausgesetzt eben, dass ihr Bestimmungsort Triest, und nicht eine andere Stadt der istrischen Halbinsel war.

Der Versuch musste gelingen. Wenigstens verdiente er eine Probe. Es war vorläufig nichts weiter zu tun, als dem Tier die Freiheit wiederzugeben.

Sarcany und Zirone verließen also den alten Kirchhof, überschritten den kleinen Platz vor der Kirche und wendeten sich dem Turm zu. Eine der Spitzbogentüren stand offen – zufällig diejenige, welche sich unter dem senkrecht unter der Nische des heiligen Justus befindlichen antiken Traufdache auftut. Beide Männer traten ein und begannen die rohen Stufen der Wendeltreppe hinaufzusteigen, welche zu dem oberen Stockwerke führen.

Sie brauchten zwei bis drei Minuten, ehe sie den Ausblick erreichten, der sich unter dem Dache des Turmes selbst befindet, da diesem eine äußere Galerie fehlt. Hier oben sind auf jeder Seite des Turmes zwei Fenster angebracht; sie geben dem Besucher die

Möglichkeit, den Blick nach allen Seiten schweifen zu lassen, so weit der doppelte Horizont des Meeres und des Gebirges es gestattet.

Sarcany und Zirone postierten sich an dasjenige Fenster, welches in der Richtung nach Nordwest, direkt auf Triest zu gelegen ist.

Die Uhr in dem alten Schlosse aus dem sechzehnten Jahrhundert, welches auf der Rückseite der Kathedrale den Karst krönt, schlug gerade die vierte Stunde. Es war also noch heller Tag. Inmitten einer klaren Luft sank die Sonne langsam zum Adriatischen Meere hinab und die meisten Häuser der Stadt wurden auf der Seite, die dem Turm zugekehrt war, von ihren Strahlen übergossen.

Die Umstände lagen also so günstig als irgend möglich.

Sarcany nahm die Taube zwischen seine Hände, er ließ ihr edelmütig noch eine letzte Liebkosung zu Teil werden und warf sie in die Luft.

Sie regte die Flügel, doch ließ sie sich zuerst pfeilschnell hinab, wohl aus Furcht, ein zu jäher Sturz könnte ihrem lustigen Botendienste ein Ende machen.

Ein lauter Aufschrei der Enttäuschung entfuhr dem sehr aufgeregten Sizilianer.

»Ha, sie erhebt sich wieder!« rief Sarcany.

Und in der Tat, die Taube begann in der unteren Luftschicht ihr Gleichgewicht wiederzufinden; sie schlug einen Haken und wandte sich in schräger Richtung dem nordwestlichen Teile der Stadt zu.

Sarcany und Zirone ließen sie nicht aus den Augen.

Der Flug des Tieres, welches von einem wunderbaren Instinkt geleitet wurde, zeigte kein Schwanken. Man fühlte, dass sie dahin flog, wohin sie zu fliegen hatte, dorthin, wo sie schon vor einer Stunde eingetroffen wäre, wäre ihr nicht unter den Bäumen des alten Kirchhofes ein gezwungener Aufenthalt bereitet worden.

Sarcany und sein Genosse beobachteten die Taube mit einer fast ängstlichen Aufmerksamkeit. Sie fragten sich, ob sie wohl über die Mauern der Stadt hinaus fliegen würde, in welchem Falle ihr Vorhaben zu Wasser geworden wäre.

Sie hatten Glück.

»Ich sehe sie noch immer! rief Zirone, der ein ungemein scharfes Auge besaß.

– Wir müssen namentlich aufpassen, antwortete Sarcany, wo sie sich niederlassen wird, um danach die Lage der Dinge genau feststellen zu können.«

Einige Minuten nach ihrem Ausflug senkte sich die Taube auf ein Haus, dessen Giebel die anderen überragte. Es lag inmitten der Baumgruppe, in welcher sich auch das Hospital und der öffentliche Park befinden. Dort schlüpfte sie in ein Mansardenfenster, wie man deutlich erkennen konnte, über welchem eine Wetterfahne aus Schmiedeeisen sich drehte, die gewiss aus der Hand von Quentin Messys hervorgegangen wäre, wenn Triest in Flamland gelegen hätte.

Einen allgemeinen Überblick hatte man nun gewonnen, und es konnte nicht sehr schwer fallen, wenn man die leicht erkennbare Wetterfahne zum Ausgangspunkte der Operationen nahm, den Giebel aufzufinden, in welchem besagtes Mansardenfenster angebracht war, und somit das Haus, in welchem der Empfänger des Billets wohnte.

Sarcany und Zirone stiegen schnell hinunter; sie gingen durch die Abhänge des Karstes und einige kurze Straßen entlang, die sie zur Piazza della Legna brachten. Dort mussten sie sich weiter orientieren, um die Häusergruppe ausfindig machen zu können, aus der sich der östliche Stadtteil zusammensetzt.

Angelangt an dem Zusammenflusse der zwei größten Adern der Stadt, der Corsia Stadion, die zum öffentlichen Garten führt, und dem Acquedotto, einer schönen Baumallee, durch die man zu der großen Bierwirtschaft des Boschetto gelangt, waren unsere Abenteurer einen Augenblick im Zweifel, welche Richtung sie einschlagen sollten. Musste man sich nach links oder rechts wenden? Instinktiv schlugen sie die Richtung nach rechts ein, mit der Absicht, die Häuser der Allee nach einander in Augenschein zu nehmen, deren Baumgipfel, wie sie bemerkt hatten, die Wetterfahne überragte.

Sie gingen also den Acquedotto entlang und beobachteten dabei genau die verschiedenen Häuser und Giebel, ohne indessen finden zu können, was sie suchten. So gelangten sie bis an das Ende der Allee.

»Da ist sie!« rief endlich Zirone.

Und er zeigte auf eine Wetterfahne, welche der Seewind um ihren eisernen Ständer drehte; unterhalb derselben war ein Dachfenster zu sehen, durch das einige Tauben ein und ausschlüpften.

Da war also kein Irrtum möglich. Dort war es gewesen, wo sich die Brieftaube niedergelassen hatte.

Das bescheiden aussehende Haus verlor sich hinter dem Baumschmucke des Acquedotto, der den Anziehungspunkt desselben bildet.

Sarcany zog in den benachbarten Läden einige Erkundigungen ein und hatte bald erfahren, was er wissen wollte.

Das Haus gehörte und wurde schon seit einer Reihe von Jahren bewohnt vom Grafen Ladislaus Zathmar.

»Wer ist der Graf Zathmar? fragte Zirone, dem dieser Name nichts bedeutete.

– Es ist eben der Graf Zathmar, erwiderte Sarcany.

– Wir könnten vielleicht fragen...

– Später, Zirone, nur nichts überstürzen. Nachdenken, Ruhe bewahren und jetzt in unsere Herberge.

– Ja... jetzt ist ja auch die Stunde gekommen, wo Diejenigen, welche das Recht dazu haben, sich zum Mittagessen hinsetzen, bemerkte Zirone mit Ironie.

– Wenn wir auch heute nicht zu Mittag essen, antwortete Sarcany, so werden wir vielleicht morgen dinieren

– Bei wem?

– Wer weiß, Zirone? Vielleicht beim Grafen Zathmar.«

Sie schlenderten langsam dahin – wozu auch eilen? – und hatten bald ihr bescheidenes Hotel erreicht, das trotzdem noch zu kostbar für sie war, denn sie konnten ja nicht einmal ihr Nachtquartier bezahlen.

Welche Überraschung wurde ihnen dort zu Teil! Ein Brief für Sarcany war soeben angekommen.

Derselbe enthielt einige Bankbillets im Betrage von zweihundert Gulden und folgende Worte:

»Anbei das letzte Geld, welches Sie von mir erhalten. Es dürfte für Ihre Rückkehr nach Sizilien ausreichen. Reisen Sie ab, damit ich nichts mehr von Ihnen höre.

Silas Toronthal.«

»Es lebe der gute Gott! jubelte Zirone, der Herr Bankier kommt uns sehr gelegen. Man sollte ganz entschieden an diesen Herren von der Börse nie verzweifeln.

– Das meine ich auch, sagte Sarcany.

– Dieses Geld wird also dazu dienen, Triest zu verlassen? – Nein, hierzubleiben!«

ZWEITES KAPITEL. GRAF MATHIAS SANDORF.

Die Ungarn oder Magyaren kamen gegen das neunte Jahrhundert der christlichen Zeitrechnung ins Land. Sie bilden noch den dritten Teil der ganzen Bevölkerung Ungarns – mehr als fünf Millionen Seelen. Ob sie nun spanischen Ursprunges sind, ägyptischen oder barbarischen, ob sie von den Hunnen Attilas stammen oder von den nordischen Finnen – die Meinungen stehen sich schroff gegenüber – es tut wenig zur Sache. Zu beachten ist nur, dass die Ungarn keine Slawen sind, aber auch keine Deutschen.

Sie haben auch ihre Religion zu erhalten gewusst und sich seit dem elften Jahrhundert als eifrige Katholiken gezeigt – damals empfingen sie den neuen Glauben. Sie sprechen auch noch ihre alte Sprache, die sanfte, harmoniereiche Muttersprache, die jeden Gegenstand mit den Reizen der Poesie schmückt; sie ist nicht so reich als die deutsche, aber geschlossener, energischer, eine Sprache, die vom vierzehnten bis zum sechzehnten Jahrhundert das Latein in den Gesetzen und Verordnungen verdrängte und eine Zukunft als Sprache des Volkes vor sich sah.

Am 21. Jänner 1699 kamen Ungarn und Siebenbürgen durch den Vertrag von Carlowitz an Österreich.

Zwanzig Jahre später erklärte die pragmatische Sanktion feierlich, dass die Staaten Österreich-Ungarn unzertrennlich seien. In Ermangelung eines Sohnes sollte die Krone auch auf die Tochter übergehen können, nach dem Gesetze der Primogenitur. Dank diesem neuen Statute bestieg Maria Theresia im Jahre 1740 den Thron ihres Vaters Karl VI, des letzten Sprossen der männlichen Linie des Hauses Österreich.

Die Ungarn mussten sich der Gewalt fügen.

Zu der Zeit, in welcher unsere Erzählung anhebt, gab es einen hochgeborenen Ungarn, dessen Leben nur der Hoffnung galt, seinem Lande die einstige Selbständigkeit wiederzugeben. Er hatte in seiner Jugend noch Kossuth gekannt und obwohl seine Abstammung und seine Erziehung ihn hinderten, in wichtigen politischen Fragen mit diesem denselben Strang zu ziehen, so hatte er dennoch das große Herz dieses Vaterlandsfreundes bewundern müssen.

Der Graf Mathias Sandorf bewohnte in einem der Komitate Siebenbürgens, im Distrikt von Fogaras, ein altes Schloss feudalen Ursprunges. Dieses Schloss, auf einer der nördlichen Spitzen der östlichen Karpaten errichtet, welche Siebenbürgen von der Walachei trennen, erhob sich auf dieser zerklüfteten Gebirgskette in seiner ganzen wilden Schönheit, wie einer solcher letzten Zufluchtsorte, in denen sich Verschworene bis zum Äußersten halten können.

Benachbarte Minen, deren Gehalte an Eisen und Kupfererzen sorgfältig ausgebeutet wurden, bildeten für den Besitzer des Schlosses Artenak eine sehr bedeutende Einnahmequelle. Diese Domäne umfasste einen Teil des Distriktes von Fogaras, dessen gesamte Bevölkerung sich auf wenigstens zweiundsiebzigtausend Einwohner beläuft. Diese Städter und Bauern machten kein Hehl daraus, dass sie dem Grafen wandellos treu ergeben waren; für die Wohltaten, die er dem Lande erwiesen, dankten sie ihm mit grenzenloser Anhänglichkeit. Daher war dieses Schloss der Gegenstand einer ganz besonderen Überwachung, welche von der ungarischen Kanzlei in Wien, die völlig unabhängig von den anderen Ministerien des Reiches arbeitet, in Scene gesetzt worden war. Man kannte hohen Ortes die Ansichten des Herrn von Artenak und fühlte sich dieserhalb beunruhigt, wenn nicht gar wegen der Persönlichkeit des Grafen selbst.

Mathias Sandorf war damals fünfunddreißig Jahre alt. Seine Figur, die etwas über das Durchschnittsmaß hinausging, verriet eine bedeutende Muskelstärke. Auf breiten Schultern ruhte ein Kopf mit einer edlen und stolzen Haltung. Das etwas eckige Gesicht, dessen Farbe eine warm angehauchte war, zeigte den magyarischen Typus in voller Reinheit. Die Lebhaftigkeit seiner Bewegungen, die Knappheit seiner Rede, der feste und gemessene Blick seines Auges, die lebendige Zirkulation seines Blutes, welche sich den Nasenflügeln mitteilte, ein schwaches Zucken in den Mundwinkeln, ein gewohnheitsmäßiges Lächeln auf den Lippen, das untrügliche Zeichen von Güte, eine gewisse Aufgeräumtheit im Gespräche und in den Gebärden – alles das kündete eine freimütige und hochherzige Natur an.

Einer der hervorragendsten Charakterzüge des Grafen Sandorf war, dass er noch nie eine Beleidigung verziehen hatte und nie eine solche verzeihen konnte, welcher seine Freunde zum Opfer fielen, während er sich um seiner selbst willen sehr unbesorgt zeigte und bei Gelegenheit sogar zu einem ihm zugefügten Unrecht gute Miene zu machen im Stande war. Er besaß einen in hohem Grade entwickelten Gerechtigkeitssinn und hasste jede Treulosigkeit. Daraus entsprang bei ihm eine persönliche Unversöhnlichkeit. Er gehörte durchaus nicht zu denen, welche Gott allein die Sorge überlassen, die Strafen in dieser Welt auszuheilen.

Es muss hier betont werden, dass Mathias Sandorf eine sehr ernste Erziehung genossen hatte. Anstatt der ihm durch sein Vermögen gebotenen Muße zu frönen, war er seinen Liebhabereien gefolgt, die ihn zum Studium der physikalischen und medizinischen Wissenschaften führten. Er wäre ein sehr talentierter Arzt geworden, wenn die Notwendigkeit, davon leben zu müssen, ihm Kranke in die Behandlung gegeben hätte. Er begnügte sich daher damit, ein von den Gelehrten sehr geschätzter Chemiker zu sein. Die Pester Universität, die Akademie der Wissenschaften in Preßburg, die königliche Bergbauakademie in Schemnitz, die Normalschule in Temesvar hatten ihn nacheinander zu ihren begabtesten Schülern gezählt. Dieses vom Studium erfüllte Leben vervollständigte und bestärkte seine natürlichen Anlagen. Es machte aus ihm einen Mann in der weitgehendsten Bedeutung des Wortes. Als ein solcher wurde er auch von allen denjenigen betrachtet, die ihn kannten, und ganz besonders von seinen Professoren an den verschiedenen Schulen und Universitäten des Königreiches, welche seine Freunde geblieben waren.

Einst herrschten im Schlosse von Artenak Heiterkeit, Leben und Bewegung. Auf dem rauen Bergrücken dort gaben sich die Jäger Siebenbürgens gern ein Stelldichein. Große und gefährliche Treibjagden wurden dort abgehalten, bei welchen die nach Kampf lüsternen Instinkte des Grafen ihre vollkommene Befriedigung fanden, denn auf dem Felde der Politik hatten sie voraussichtlich keine Übung zu erwarten. Er hielt sich bei Seite und betrachtete nahebei den Verlauf der Dinge. Er schien sich nur um sich selbst zu kümmern, seine Aufmerksamkeit zwischen seinen Studien und jenem Leben auf großem Fuße zu teilen, welches ihm sein stattliches Vermögen zu führen erlaubte.

Damals lebte Gräfin Réna Sandorf noch. Sie war die Seele aller gesellschaftlichen Vereinigungen auf Schloss Artenak. Fünfzehn Monate vor Beginn unserer Geschichte jedoch hatte sie der Tod in voller Jugend und Schönheit dahingerafft; dem Grafen war nur ein kleines Töchterchen geblieben, das jetzt zwei Jahre zählte.

Graf Sandorf traf dieser Schicksalsschlag furchtbar. Lange Zeit hindurch blieb er jedem Troste verschlossen. Im Schlosse wurde es still und einsam. Sein Herr lebte dort unter dem Eindrucke des tiefen Schmerzes wie in einem Kloster. Seine ganze Sorge galt seinem Kinde, welches den Händen der Frau des gräflichen Intendanten, Rosena Landeck, anvertraut wurde. Dieses noch junge, vortreffliche Geschöpf widmete sich ausschließlich dem Dienste der einzigen Erbin der Sandorf's, ihre Bemühungen glichen denen einer zweiten Mutter.

Während der ersten Monate seiner Witwerschaft verließ Graf Sandorf Schloss Artenak nicht. Er schöpfte Sammlung aus den Erinnerungen an die Vergangenheit und lebte von diesen. Dann gewann der Gedanke an die untergeordnete Stellung seines Vaterlandes in Europa in ihm die Oberhand.

Der französisch-italienische Krieg von 1859 hatte der österreichischen Macht einen heftigen Stoß versetzt.

Dieses Unglück wurde nach sieben Jahren, 1866, noch durch die Niederlage von Sadowa vermehrt. An dieses Österreich, welches seine italienischen Besitzungen verloren hatte, an dieses von zwei Seiten besiegte Österreich sah sich Ungarn noch gefesselt. Die Siege von Custozza und Lissa hatten in den Augen der Ungarn die Schlappe von Sadowa nicht zu tilgen vermocht.

Graf Sandorf hatte während des folgenden Jahres sorgfältig das politische Terrain gemustert und erkannt, dass eine auf Teilung des Reiches gerichtete Bewegung vielleicht gelingen könnte.

Der Augenblick zum Handeln war also gekommen. Am 3. Mai desselben Jahres, 1867, hatte er sein Töchterchen umarmt, es der sorgsamen Pflege von Frau Rosena Landeck überantwortet und sein Schloss Artenak verlassen. Er war nach Pest gereist woselbst er sich mit Freunden und Parteigenossen in Verbindung setzte und vorbereitende Verfügungen traf; einige Tage später war er in Triest eingetroffen, um daselbst die Ereignisse abzuwarten.

Hier sollte sich die Zentralstelle der Verschwörung befinden. Von hier sollten alle Fäden, welche sämtlich Graf Sandorf in der Hand hatte, auslaufen. In dieser Stadt konnten die Führer der Verschwörung, vielleicht weil sie weniger beobachtet wurden, mit größerer Sicherheit arbeiten, jedenfalls aber mit mehr Freiheit, um dieses patriotische Werk zu einem glücklichen Ende zu führen.

In Triest lebten zwei der intimsten Freunde des Grafen. Von demselben Gedanken erfüllt, waren sie entschlossen, dieser Unternehmung bis zum Ende treu zu bleiben. Graf Ladislaus Zathmar und Professor Stephan Bathory waren ebenfalls Ungarn und von vornehmer Abkunft. Beide, wohl zehn Jahre älter als der Graf, standen vermögenslos da. Der Eine bezog einige dürftige Einkünfte aus einem kleinen

Landgute im Komitate von Liptó, das zum Kreise jenseits der Donau gehört; der Andere lehrte Physik in Triest und lebte nur von dem Ertrag des erteilten Unterrichtes.

Ladislaus Zathmar bewohnte das von Sarcany und Zirone entdeckte Haus im Acquedotto, ein bescheidenes Heim, welches er dem Grafen Mathias Sandorf zur freien Verfügung gestellt hatte während der ganzen Zeit, welche dieser fern von seinem Schlosse Artenak zubringen würde, das heißt also, bis zum Ende der beschlossenen Bewegung, wie immer diese auch ausfallen würde. Ein fünfundfünfzigjähriger Ungar, Namens Borik, stellte das gesamte Hauspersonal vor. Er war ein Mann, der seinem Herrn ebenso ergeben war, wie der Intendant Landeck dem Grafen Sandorf.

Stephan Bathory hatte eine nicht weniger bescheidene Wohnung in der Corsia Stadion inne, also fast in demselben Stadtteile wie Graf Zathmar. Sein ganzes Interesse drehte sich um seine Frau und seinen Sohn Peter, der damals acht Jahre alt war.

Bathory gehörte zwar nicht in gerader Linie, jedoch nachweislich zu dem Stamme jener magyarischen Fürsten, welche im sechzehnten Jahrhundert den Thron Siebenbürgens innehatten. Die Familie hatte sich gespalten und seit jener Zeit in zahlreiche Abzweigungen verloren, und man wäre sicherlich erstaunt gewesen, einen der letzten Abkömmlinge in einem bescheidenen Professor der Preßburger Akademie wiederzufinden. Davon ganz abgesehen, war Stephan Bathory ein Gelehrter ersten Ranges, einer von denen, die in der Zurückgezogenheit leben und durch ihre Arbeiten berühmt werden »*Inclusum labor illustrat*«, diese Devise, die man dem Seidenwurm erteilt, hätte auch die seinige sein können. Eines Tages zwangen ihn seine politischen Ansichten, aus denen er kein Hehl machte, seine Entlassung zu fordern, und damals war es, als er sich in Triest als unabhängiger Professor mit seiner Frau niederließ, welche ihm in seinen Prüfungen wacker zur Seite gestanden war.

In der Behausung von Ladislaus Zathmar vereinigten sich seit der Ankunft des Grafen Sandorf die drei Freunde, obgleich der Letztere absichtlich darauf bestanden hatte, eine Wohnung im Palazzo Modello – oder richtiger Hotel Delorme – auf der Piazza Grande für sich zu mieten. Die Polizei hatte keine Ahnung davon, dass das Haus im Acquedotto die Zentralstelle einer Verschwörung war, welche zahlreiche Anhänger in den größten Städten des Reiches hatte.

Ladislaus Zathmar und Stephan Bathory hatten sich ohne Bedenken zu ergebenen Bundesgenossen des Grafen Sandorf bekannt. Sie hatten ebenso, wie er, eingesehen, dass die Umstände sehr wohl einer Bewegung dienlich sein könnten, welche Ungarn die Machtstellung in Europa wiedergeben würde, die es ehrgeizig für sich erstrebte. Dieser Plan kostete sie vielleicht ihr Leben, das wussten sie wohl, doch ließen sie sich deshalb von ihrem Vorhaben nicht abhalten. Das Haus im Acquedotto wurde also der Sammelplatz der hervorragendsten Führer der Verschwörung. Eine große Zahl von Parteigängern, aus den verschiedensten Teilen des Landes hierher entboten, holten sich von hier ihre Befehle. Ein Brieftaubendienst, der zur Überbringung von Mitteilungen eingerichtet wurde, stellte eine schnelle und sichere Verbindung zwischen Triest und den bedeutendsten Städten Ungarns und Siebenbürgens her, als es sich um Unterweisungen zu handeln begann, welche weder der Post noch dem Telegraphen anvertraut werden durften. Kurz die Vorsichtsmaßregeln waren so vorzüglich getroffen, dass auf die Verschwörer bis dahin auch nicht der geringste Verdacht gefallen war.

Übrigens wurde auch, wie man weiß, die Korrespondenz nur in chiffrierter Sprache geführt, und zwar nach einer Methode, die, weil sie Geheimhaltung erforderte, eine unbedingte Sicherheit gewährte.

Drei Tage nach der Ankunft jener Brieftaube, deren Billet von Sarcany aufgefangen war, am 21. Mai, gegen acht Uhr Abends, befanden sich Ladislaus Zathmar und Stephan Bathory im Arbeitskabinett in der Erwartung der Rückkehr von Mathias Sandorf. Seine persönlichen Angelegenheiten hatten ihn jüngst genötigt, nach Siebenbürgen und auf sein Schloss Artenak zurückzukehren; die Reise war ihm aber insofern von Nutzen, als sie ihm ermöglichte, mit seinen Freunden in Klausenburg, der Hauptstadt der Provinz, konferieren zu können, und nun sollte er am besagten Tage von dort wieder eintreffen, nachdem er jenen den Inhalt der Depesche mitgeteilt, von der Sarcany eine Abschrift genommen hatte.

Seit der Abreise des Grafen Sandorf waren noch andere Briefe zwischen Triest und Budapest ausgetauscht, auch waren mehrere chiffrierte Billets durch Tauben überbracht worden. Gerade in diesem Augenblicke beschäftigte sich Ladislaus Zathmar damit, die Geheimschrift mit derjenigen Einrichtung in verständliche Worte zu bringen, die unter Bezeichnung der »Gitter« bekannt ist.

Diese Depeschen waren in Wahrheit nach einem sehr einfachen System erdacht worden, nach demjenigen der Buchstabenumstellung. In diesem System behält jeder Buchstabe seinen alphabetischen Wert, *b* bedeutet also auch *b, o* heißt *o* und so fort. Aber die Buchstaben werden der Reihe nach umgestellt gemäß den leeren oder besetzten Feldern des Gitters, welches, auf die Depesche gelegt, die Buchstaben nur in der Reihenfolge erscheinen lässt, nach der sie zu

lesen sind und die übrigen verdeckt. Diese Gitter sind schon vor Alters angewendet, doch neuerdings nach dem System des Oberst Fleißner sehr vervollständigt worden; sie gelten bis jetzt noch als das beste und sicherste Verfahren, wenn es sich darum handelt, eine unentzifferbare Geheimschrift zu erhalten. Alle anderen Umkehrungsmethoden – gleichviel, ob es Systeme mit unveränderlicher Basis oder einfache Schlüsselsysteme sind, bei welchen jeder Buchstabe des Alphabets stets durch denselben Buchstaben oder durch dasselbe Zeichen angedeutet wird oder Systeme mit veränderlicher Basis oder doppelte Schlüsselsysteme, bei denen man bei jedem Buchstaben mit dem Alphabete wechselt – gewähren keine ausschließliche Sicherheit. Einzelne geübte Entzifferer sind im Stande, in dieser Art von Ermittlungen dadurch Wunderdinge zu leisten, dass sie mit einer Wahrscheinlichkeitsberechnung oder einem bloßen Umhertappen operieren. Sie stützen sich auf nichts weiter als auf die Buchstaben, deren häufigerer Gebrauch auch ein zahlreicheres Vorkommen in der Gesamtheit bedingt – *e* in der französischen, englischen und deutschen, *o* in der spanischen, *a* in der russischen, *e* und *i* in der italienischen Sprache – und kommen so dahin, den Buchstaben im chiffrierten Texte die Bedeutung unterzulegen, welche sie in dem übertragenen Wortlaute haben. Es gibt wenige, nach diesen Methoden chiffrierte Depeschen, welche ihren klugen Berechnungen sich verschließen können.

Es scheint doch, dass die Gitter oder die chiffrierten Wörterbücher – das heißt also solche, in denen gewisse gebräuchliche Worte, welche geschlossene Redensarten bedeuten, durch Zahlen angegeben werden – die vollkommensten Garantien für die Unmöglichkeit der Entzifferung bieten. Aber diese beiden Systeme haben einen bedenklichen Nachteil: sie erfordern ein absolutes Geheimhalten oder vielmehr die Verpflichtung, wo man auch immer sein möge, niemals in die Hände Fremder die Zurichtungen oder Bücher fallen zu lassen, welche zu ihrer Herstellung dienen. Während man ohne Gitter oder Wörterbuch nie dahin kommen kann, diese Depeschen zu lesen, ist alle Welt im Stande, sie zu verstehen, sobald das Wörterbuch oder das Gitter gestohlen worden ist.

Mit Hilfe eines Gitters also, beziehungsweise eines Ausschnittes aus Pappe, welcher an mehreren Stellen durchlöchert war, wurden die Korrespondenzen des Grafen Sandorf und seiner Genossen hergestellt; durch ein Übermaß von Vorsicht aber konnten ihnen selbst dann keine Unannehmlichkeiten entstehen, wenn die Gitter, welche er und seine Freunde benützten, verloren gingen oder gestohlen wurden; denn jede Depesche wurde sofort, nachdem sie der eine oder der andere Teil gelesen, vernichtet. Es konnte also niemals eine Spur dieses Komplottes zurückbleiben, für welches die edelsten Herren, die Magnaten Ungarns, zugleich mit den Vertretern der Bürgerschaft und des Volkes ihren Kopf einsetzten.

Gerade als Ladislaus Zathmar die letzten Depeschen verbrennen wollte, wurde leise an der Türe des Kabinetts geklopft.

Borik war es, der den Grafen Sandorf hereinführte, welcher zu Fuß vom nahen Bahnhofe gekommen war.

Ladislaus Zathmar eilte sofort auf ihn zu:

»Der Erfolg Ihrer Reise, Mathias? fragte er mit der Hast eines Mannes der vor allen Dingen beruhigt sein will.

– Sie ist geglückt, Zathmar, antwortete Graf Sandorf. Ich konnte nicht an den Gesinnungen meiner siebenbürgischen Freunde zweifeln und wir dürfen uns ihrer Hilfe versichert halten.

– Hast Du ihnen den Inhalt der uns vor drei Tagen aus Budapest zugegangenen Depesche mitgeteilt? ergriff Bathory das Wort, dessen Freundschaft mit dem Grafen sich bis auf die vertrauliche Anrede erstreckte.

– Ja, Stephan, sie sind unterrichtet. Sie sind auch bereit. Beim ersten Signal brechen sie los. Innerhalb zweier Stunden sind wir die Herren von Budapest, in einem halben Tage die Herren der größten Komitate diesseits und jenseits der Theiß, in einem Tage ist Siebenbürgen und der Bereich der Militärgrenze unser. Dann werden acht Millionen Ungarn ihre Unabhängigkeit wiedergewonnen haben!

– Und die Regierung? fragte Bathory.

– Unsere Parteigänger sind in der Majorität, antwortete Mathias Sandorf. Sie werden auch die neue Regierung bilden, welche die Leitung der Geschäfte in die Hand nehmen wird. Alles wird regelrecht und ohne Schwierigkeiten von statten gehen, da die Komitate, was ihre Verwaltung anbelangt, kaum von der Krone abhängen und ihre Chefs die Polizeigewalt besitzen.

– Aber der stellvertretende Rath des Königreiches, welchem der Paladin in Budapest vorsteht...? warf Ladislaus Zathmar ein.

– Dem Paladin und dem Rath wird die Möglichkeit genommen, einzuschreiten...

– Und auch die Möglichkeit, mit der ungarischen Kanzlei in Wien zu korrespondieren?

– Ja! Alle Maßregeln sind so getroffen, dass durch die Gleichzeitigkeit unserer Bewegungen auch der Erfolg gesichert wird.

– Der Erfolg! rief Stephan Bathory.

– Ja, der Erfolg! erwiderte Graf Sandorf. In der Armee ist alles, was unseren Blutes, ungarischen Blutes ist, für uns! Wo gibt es einen Abkömmling der alten Magyaren, dessen Herz nicht höher schlägt beim Anblicke der Fahne Rudolf's und Corvin's?«

Mathias Sandorf sprach diese Worte mit dem Tone edelster Begeisterung.

»Aber bis dahin, fuhr er fort, wollen wir nichts vernachlässigen, um jeden Verdacht zu vermeiden. Seien wir klug, umso stärker werden wir sein! – Habt Ihr in Triest nichts Verdächtiges gehört?

– Nein, erwiderte Ladislaus Zathmar. Man redet hier ausschließlich von den Arbeiten, welche der Staat in Pola ausführen lässt.«

Seit fünfzehn Jahren bereits hatte die österreichische Regierung in der Befürchtung eines möglichen Verlustes von Venetien – der in der Tat eingetreten ist – die Absicht, in Pola, also am südlichsten Ende Istriens, ungeheure Arsenale und einen Kriegshafen anlegen zu lassen, um von hier aus den ganzen inneren Teil der Adria beherrschen zu können. Trotz der Einwände von Triest, dessen Hafen durch dieses Projekt minderwertig wurde, wurden die Arbeiten mit einer fieberhaften Hast weitergeführt. Mathias Sandorf und seine Freunde konnten also annehmen, dass die Triestiner geneigt sein würden, ihnen zu folgen, im Falle die Trennungsbewegung sich bis zu ihnen erstrecken sollte.

Das Geheimnis dieser Verschwörung zu Gunsten der ungarischen Selbstständigkeit war jedenfalls gut gehütet. Nichts konnte bei der Polizei Verdacht rege machen, dass die vornehmsten Verschworenen sich in dem bescheidenen Hause der Acquedotto-Allee vereinigten.

Es schien also, als ob alles vorgesehen war, um die Bewegung gelingen zu lassen und als gälte es, nur noch den passenden Augenblick zum Handeln abzuwarten. Die chiffrierte Korrespondenz zwischen Triest und den Großstädten Ungarns und Siebenbürgens wurde voraussichtlich von nun an sehr selten oder gar nicht geführt, falls nicht unvorhergesehene Ereignisse eintreten würden. Die gefiederten Boten hatten wahrscheinlich für die Folge keine Depeschen mehr zu überbringen, da die letzten Maßregeln vereinbart worden waren. Im Übermaße von Vorsicht hatte man noch vorsorglicher Weise ihren Zufluchtsort im Hause Zathmar's verschlossen.–

Es muss noch bemerkt werden, dass das Geld ebenso der Lebensnerv der Verschwörungen, wie derjenige der Kriege ist. Es ist von Wichtigkeit, dass es den Verschwörern in der Stunde der Erhebung nicht fehlt. Bei dieser Gelegenheit konnte es unsre Bekannten nicht im Stiche lassen.

Wir wissen, dass Ladislaus Zathmar und Stephan Bathory wohl ihr Leben der Unabhängigkeit ihres Landes zum Opfer bringen konnten, aber nicht ihr Vermögen, weil sie nur sehr schwache persönliche Einnahmequellen besaßen. Graf Sandorf aber war ungeheuer reich und bereit, zugleich mit seinem Leben sein ganzes Hab und Gut für die Bedürfnisse seiner Sache zu opfern. Er hatte bereits vor einigen Monaten, durch Vermittlung seines Intendanten Landeck eine beträchtliche Summe als Anleihe auf seine Besitzungen aufgebracht – mehr als zwei Millionen Gulden.

Es war indessen notwendig, dass diese Summe stets zur Verfügung gehalten wurde und dass er sie von einem Tage zum andern in Empfang nehmen konnte. Deshalb war sie in Triest auf seinen Namen hinterlegt worden bei einem Bankhause, dessen Ehrenhaftigkeit und Solidität, bis zur Stunde unangetastet, über jeden Zweifel erhaben waren. Dieses Haus war dasjenige des Bankiers Toronthal, von welchem Sarcany und Zirone bei ihrer Rast auf dem Kirchhofe der oberen Stadt gerade gesprochen hatten.

Dieser zufällige Umstand sollte bedenkliche Folgen nach sich ziehen, wie man aus dem Verlaufe dieser Geschichte sehen wird.

Auf eindringliches Fragen des Grafen Zathmar und Stephan Bathory's nach diesem Gelde gelegentlich ihrer jüngsten Unterredung antwortete ihnen Mathias Sandorf, dass er beabsichtige, in aller Kürze dem Bankier Silas Toronthal einen Besuch abzustatten und diesen zu ersuchen, ihm seine Fonds in kürzester Frist zur Verfügung halten zu wollen.

Gewisse Ereignisse schienen wirklich Graf Sandorf bald veranlassen zu sollen, das erwartete Signal von Triest aus zu geben, umso eher, als man annehmen durfte, dass das Haus Zathmar's an jenem Abende der Gegenstand einer Überwachung gewesen war, welche beunruhigen konnte.

Als Graf Sandorf und Stephan Bathory gegen acht Uhr fortgingen, der eine, um seine Wohnung in der Corsia Stadion, der andere, um das Hotel Delorme aufzusuchen, glaubten sie zwei Männer im Dunkel der Bäume zu bemerken, die ihnen in kurzer Entfernung folgten und so manövrierten, dass sie möglichst nicht gesehen wurden.

Mathias Sandorf und sein Begleiter wollten wissen, woran sie waren, und zögerten nicht, auf diese mit Recht verdächtig erscheinenden Personen zuzugehen; aber diese sahen sie kommen und verschwanden um die Ecke der Kirche San Antonio am Ende des großen Kanals, ehe sie eingeholt worden waren.

DRITTES KAPITEL. DAS HAUS TORONTHAL.

Das gesellschaftliche Leben ist in Triest gleich Null. Die Verschiedenheit der Rassen und der Stände machen es, dass man sich gegenseitig wenig sieht. Die österreichischen Beamten möchten je nach der Stellung, die sie im amtlichen Leben bekleiden, die erste Rolle spielen. Es sind dies durchschnittlich achtbare, wohlunterrichtete, wohlwollende Leute, aber ihr Gehalt ist ein knapper und ihrer Stellung nicht entsprechend; sie können daher mit den Kaufleuten und Finanzmännern nicht wetteifern. Da man in den reichen Familien nur selten empfängt und die offiziellen Vereinigungen fast stets verunglücken, so haben sich die ersteren genötigt gesehen, den äußeren Luxus zu pflegen, in den Straßen der Stadt in Gestalt von prächtigen Equipagen, im Theater durch kostbare Toiletten und verschwenderischen Aufwand von Brillanten, den ihre Frauen in den Logen des Teatro Communale oder der Armonia zur Schau tragen.

Zu diesen wohlhabenden Familien gehörte zu jener Zeit auch die des Bankiers Silas Toronthal.

Der Chef dieses Hauses, dessen Ansehen sich über Österreich-Ungarn hinaus erstreckte, war damals siebenunddreißig Jahre alt. Er bewohnte mit seiner noch um einige Jahre jüngeren Gattin ein Palais in der Allee des Acquedotto.

Silas Toronthal galt für sehr reich und er musste es sein. Kühne und glückliche Spekulationen an der Börse, eine rege Geschäftsverbindung mit dem österreichischen Lloyd und anderen großen Häusern, wichtige Anleihen, deren Emissionen ihm anvertraut waren, mussten viel Geld in seinen Kassen zurückgelassen haben. Hieraus entstammte auch die Großartigkeit des Hausstandes, die viel von sich reden machte.

Trotzdem war es möglich, wie wir es schon Sarcany zu Zirone sagen hörten, dass die Geschäfte von Silas Toronthal dazumal ein wenig verwickelt lagen – wenigstens für den Augenblick. Es mochte das daher rühren, dass er vor sieben Jahren den Rückschlag auszuhalten gehabt hatte, den die Unruhen des französisch-italienischen Krieges der Bank und der Börse beibrachten, dann in neuerer Zeit hatte ihn der Niedergang der öffentlichen Fonds auf den ersten Bankplätzen, besonders auf denen Österreich-Ungarns, Wien, Budapest, Triest, eine Folge des Feldzuges, dem Sadowa ein Ende machte, ernsthafte Prüfungen durchmachen lassen. Zweifellos hatte auch die Verpflichtung, die bei ihm in baren Geldern hinterlegten Summen zurückzahlen zu müssen, ihm bedenkliche Verlegenheiten bereitet. Aber eben so gewiss war, dass er sich von dieser Krisis wieder erholt hatte, und wenn es wahr war, was Sarcany sagte, so musste er sich in neue gefährliche Spekulationen eingelassen haben, welche die Solidität seines Hauses aufs Spiel setzten.

Und in der Tat hatte sich Silas Toronthal seit wenigen Monaten, wenigstens nach der moralischen Seite hin, wesentlich geändert. So sehr er sich auch zu beherrschen verstand, sein Aussehen war trotzdem ohne sein Wissen ein anderes geworden. Er war nicht mehr, wie einst, Herr über sich selbst. Beobachter hätten bemerken können, dass er den Leuten nicht mehr ins Gesicht zu sehen wagte, so wie es einst bei ihm

Gewohnheit gewesen war, sondern sie mit halbgeschlossenem Auge und von der Seite anblickte. Diese Anzeichen waren auch der Aufmerksamkeit seiner Frau nicht entgangen, einer stets kränklichen Dame, die keine Energie besaß, sich ihrem Gatten willenlos unterwarf und, der Absicht desselben gemäß, nur eine sehr oberflächliche Idee von dessen Geschäft hatte.

Sollte ein tödlicher Schlag das Haus des Bankiers einstmals treffen, so hatte Silas Toronthal von der öffentlichen Teilnahme gewiss nichts Gutes zu erwarten. Obgleich er zahlreiche Kunden in der Stadt und auf dem Lande besaß, so konnte er doch tatsächlich nur auf wenige Freunde zählen. Die hohe Meinung, welche er von seiner Lebensstellung hatte, seine angeborene Eitelkeit, eine gewisse Überlegenheit, die er Allem und jeder Sache gegenüber anzunehmen pflegte, waren nicht geeignet, einen anderen als einen geschäftlichen Verkehr mit ihm anzubahnen. Die Triestiner sahen in ihm auch den Fremden, da er aus Ragusa stammte und von Geburt Dalmatiner war. Es fesselten ihn also keine verwandtschaftlichen Bande an die Stadt, in der er vor fünfzehn Jahren den Grundstein zu dem Gebäude seines Glückes gelegt hatte.

In dieser Lage befand sich zur Zeit das Haus Toronthal. Wenn auch Sarcany Verdacht in obiger Hinsicht hegte, so bestätigte noch nichts das Gerücht, dass die Geschäfte des reichen Bankiers ernstlich verwickelt wären. Sein Kredit hatte noch keine Beanstandung erfahren, öffentlich wenigstens nicht. Daher hatte auch Graf Sandorf nach Flüssigmachung seiner Gelder nicht gezögert, ihm eine beträchtliche Summe anzuvertrauen – eine Summe, die stets zu seiner Verfügung gehalten werden sollte, mit der Verpflichtung, dieselbe vierundzwanzig Stunden vor der Empfangnahme kündigen zu müssen.

Man ist vielleicht erstaunt darüber, dass zwischen diesem Bankhause, das zu den ehrenhaftesten gezählt wurde, und einer Persönlichkeit gleich der Sarcany's eine Verbindung existieren konnte. Es war dies aber der Fall, und zwar bestand dieses Verhältnis schon seit zwei oder drei Jahren.

Damals pflegte Silas Toronthal einen ausgedehnten geschäftlichen Verkehr mit der Regierung von Tripolis. Sarcany, Allerwelts-Kommissionär und ein Licht in Zahlenangelegenheiten, gelang es, sich in diese Geschäfte hineinzudrängen, die gewiss nicht über jeden Zweifel erhaben waren. Es mussten da gewisse, besser verschwiegen bleibende Fragen, betreffend Extrazugaben bei Käufen, zweifelhafte Aufträge, wenig ehrenhafte Vorausbezahlungen erledigt werden, bei denen der Triester Bankier nicht mit seiner Person hervortreten wollte. Unter diesen Umständen war Sarcany der Agent für diese misslichen Kombinationen geworden, und er leistete dem Bankier auch noch andere Dienste ähnlicher Art. Damit war die Gelegenheit, einen Fuß in das Bankhaus setzen zu können, wie von selbst gekommen, oder es war vielmehr die Hand, von der das gesagt werden muss. Denn nachdem Sarcany Tripolis verlassen, hörte er nicht auf, dem Bankier gegenüber eine Art Gelderpresser zu sein. Damit ist noch nicht gesagt, dass der Bankier ihm auf Gnade und Barmherzigkeit überliefert war, denn ein materieller Beweis für jene bloßstellenden Operationen war nicht vorhanden. Aber trotzdem war die Lage des Bankiers eine delikate. Ein Wort genügte, ihm genug Unannehmlichkeiten zu bereiten. Sarcany wusste aber viele Worte und deshalb musste Toronthal mit ihm rechnen.

Er zahlte also. Sarcany kostete ihn ganz bedeutende Summen, die mit der größten Leichtfertigkeit, namentlich in den Spielhöllen, wieder ausgegeben wurden, mit jener Ungeniertheit des Abenteurers, der um die Zukunft unbesorgt ist.

Nachdem Sarcany den Bankier nunmehr in Triest selbst aufgesucht hatte, war er so unverschämt und diesem so unbequem geworden, dass dem Bankier die Sache schließlich zu arg wurde und er Sarcany jeden ferneren Kredit kündigte. Sarcany drohte, Silas Toronthal blieb standhaft. Und er hatte Recht, denn der »Meistersinger« musste schließlich sich selbst eingestehen, dass er in Ermangelung direkter Beweise keine oder so gut wie keine Waffen in der Hand hatte.

Das war der Grund, weshalb Sarcany und sein ehrenhafter Gefährte Zirone schon seit geraumer Zeit mit ihren Einnahmen am Ende waren; sie besaßen selbst nicht so viel mehr, um die Stadt verlassen und anderswo ihr Heil versuchen zu können. Wir wissen aber auch bereits, dass Silas Toronthal ihnen noch eine letzte Unterstützung zu Teil werden ließ, um sich ihrer endgültig zu entledigen. Diese Summe sollte es jenen möglich machen, von Triest nach Sizilien zurückkehren zu können, woselbst Zirone zu einer zweifelhaften Vereinigung gehörte, welche die östlichen und die inneren Provinzen des Landes beunruhigte. Der Bankier durfte also hoffen, dass er seinen tripolitanischen Makler nicht wiedersehen, dass er nichts mehr von ihm hören würde. Er täuschte sich hierin wie in vielen anderen Beziehungen.

Am Abend des 18. Mai war es gewesen, als die zweihundert Gulden, die Toronthal gesandt, nebst den wenigen sie begleitenden Worten, im Hotel in dem die zwei Abenteurer wohnten, abgegeben wurden.

Sechs Tage später, also am 24. desselben Monates, fand sich Sarcany im Hause der Bank ein. Er begehrte zu Silas Toronthal geführt zu werden, und seine Forderung war eine so hartnäckige, dass man ihm schließlich willfahren musste.

Der Bankier befand sich in seinem Kabinett, dessen Tür Sarcany sorgfältig hinter sich schloss, sobald man ihn hineingeführt hatte.

»Sie noch hier?! fuhr ihn Silas Toronthal an. Was wollen Sie hier? Ich habe Ihnen bereits, zum letzten Male, Geld geschickt, damit Sie Triest verlassen können! Mehr bekommen Sie von mir nicht, da können Sie noch so viel reden und noch so viel tun. Warum sind Sie nicht abgereist? Ich erkläre Ihnen, dass ich meine Vorsichtsmaßregeln treffen werde, um für die Folge Ihre Erpressungen zu vereiteln. Was wollen Sie von mir?«

Sarcany hatte dieser Worthagel, auf den er vorbereitet gewesen war, sehr kühl gelassen. Selbst von der unverschämten Haltung, die er bei seinen letzten Besuchen in diesem Hause anzunehmen pflegte, war heute nichts mehr zu sehen.

Er war nicht nur vollständig Herr seiner selbst, sondern auch sehr ernst. Er rollte sich, ohne dazu aufgefordert zu sein, einen Stuhl heran; dann wartete er geduldig, bis die schlechte Laune des Bankiers sich in lärmenden Beschuldigungen Luft gemacht hatte.

»Werden Sie nun endlich reden? fragte Toronthal von Neuem, nachdem das Gehen und Kommen in seinem Arbeitszimmer aufgehört hatte; auch er setzte sich jetzt, konnte aber noch immer nicht seine Ruhe wiederfinden.

– Ich warte, bis Sie sich beruhigt haben werden, antwortete Sarcany gelassen, und ich werde, wenn es nötig ist, noch länger warten.

– Es geht Sie wenig an, ob ich ruhig bin oder nicht. Zum letzten Male: was wünschen Sie?

– Silas Toronthal, erwiderte Sarcany, ich habe Ihnen ein Geschäft vorzuschlagen.

– Ich habe weder Lust, mit Ihnen von Geschäften zu sprechen, noch solche mit Ihnen zu machen! rief der Bankier. Wir haben mit einander nichts mehr zu schaffen, und ich verlasse mich darauf, dass Sie noch heute Triest auf Nimmerwiedersehen verlassen.

– Gewiss will ich Triest verlassen, aber nicht früher, als bis ich meine Schulden bei Ihrem Hause getilgt habe.

– Sie Schulden tilgen? Sie wollen mir etwas wiedergeben?

– Ich will Ihnen Zinsen und Kapital zurückgeben, ohne den Anteil an dem Gewinn zu zählen aus...«

Silas Toronthal zuckte mit den Schultern bei diesem unerwarteten Vorschlage Sarcany's.

– »Die Summen, die ich Ihnen vorgeschossen habe, meinte er, sind auf Gewinn- und Verlustkonto übertragen. Wir sind mit einander fertig, ich verlange von Ihnen nichts und bin aus diesem Elend heraus.

– Und mir beliebt es, nicht Ihr Schuldner zu bleiben.

– Und mir, Ihr Gläubiger zu sein.«

Nach diesen Worten sahen sich beide Männer an. Dann zuckte auch Sarcany seinerseits mit den Schultern und sagte:

»Redensarten, nichts als Redensarten. Ich wiederhole Ihnen, dass ich in einer sehr ernsthaften Geschäftsangelegenheit zu Ihnen komme.

– Zweifellos auch eben so misslich als ernsthaft?

– Es wäre gerade nicht das erste Mal, dass Sie zu mir Ihre Zuflucht nähmen, um....

– Worte, leere Worte, fiel ihm der Bankier in die Rede als Entgegnung auf die vorhergegangene freche Bemerkung Sarcany's.

– Hören Sie mich an, sagte Sarcany, ich werde mich kurz fassen.

– Sie werden gut daran tun.

– Wenn das, was ich Ihnen vorschlagen will, Ihren Beifall nicht hat, so sprechen wir nicht mehr davon und ich gehe fort.

– Von hier oder aus Triest?

– Von hier und aus Triest.

– Morgen bereits?

– Heute bereits!

– Gut, sprechen Sie!

– Es handelt sich um Folgendes, meinte Sarcany, doch, fügte er, sich umsehend, hinzu, sind Sie auch gewiss, dass Niemand uns hören kann?

– Sie bestehen also darauf, dass unsere Unterredung ein Geheimnis bleibt? fragte der Bankier ironisch.

– Ja, Silas Toronthal, denn Sie und ich halten das Leben von hochstehenden Persönlichkeiten in der Hand.

– Sie vielleicht, ich nicht.

– Urteilen Sie selbst. Ich bin einer Verschwörung auf der Spur. Worauf sie hinausläuft, weiß ich noch nicht. Aber seit der Geschichte, die sich inmitten der lombardischen Ebene abgespielt hat, seit Sadowa hat jeder Nichtösterreicher leichtes Spiel gegen Österreich. Ich habe sogar Grund genug, zu glauben, dass sich eine Bewegung zu Gunsten Ungarns vorbereitet, aus der wir zweifellos Nutzen ziehen könnten.«

Silas Toronthal begnügte sich, spöttisch zur Antwort zu geben:

»Ich kann aus einer solchen Verschwörung keine Vorteile ziehen.

– Vielleicht doch.

– Und wie?

– Dadurch, dass Sie dieselbe zur Anzeige bringen.

– Erklären Sie sich näher.«

Und Sarcany erzählte, was auf dem alten Kirchhofe von Triest sich zugetragen hatte, wie er sich der Brieftaube bemächtigen konnte, wie das chiffrierte Billet, von dem er eine Abschrift bei sich bewahrte, in seinen Besitz gelangt war und auf welche Weise er das Haus des Empfängers dieser Depesche herausgefunden. Er setzte hinzu, dass seit fünf Tagen Zirone und er Alles ausgekundschaftet hatten, was sich außerhalb des Hauses zugetragen. Danach kämen des Abends einige Personen dort zusammen, und zwar stets dieselben; ihr Eintritt in das Haus erfolge mit möglichster Vorsicht.

Andere Brieftauben wären aufgestiegen, wieder andere gekommen; die einen flögen gen Norden, die anderen kämen von dort. Die Haustür würde von einem alten Diener bewacht, der nicht gern öffne und jede Annäherung sorgfältig überwache. Sarcany und sein Gefährte hätten mit der größten Vorsicht zu Werke gehen müssen, um nicht die Aufmerksamkeit dieses Menschen zu erregen. Und trotzdem müssten sie befürchten, seit einigen Tagen Verdacht erregt zu haben.

Silas Toronthal begann der Erzählung Sarcany's mehr Aufmerksamkeit zu schenken. Er fragte sich im Stillen, wie viel Wahres wohl an dem Gehörten sein könnte, für welches sein einstiger Makler Bürge sein wollte und in welcher Weise schließlich dieser sich sein Interesse an der Sache dachte, um einen Gewinn daraus ziehen zu können.

Nachdem Sarcany geendet und wiederholt bestätigt hatte, dass es sich dort um eine Verschwörung gegen den Staat handle und dass die Ausbeutung des entdeckten Geheimnisses von Nutzen sein würde, ließ sich der Bankier herbei, folgende Fragen an ihn zu stellen:

»Wo befindet sich das bewusste Haus?

– Es ist Nummer 80 der Allee des Acquedotto.

– Und wem gehört es?

– Einem ungarischen Edelmanne.

– Sein Name?

– Ladislaus Zathmar.

– Und wer sind die Personen, die ihn besuchen?

– Zwei namentlich, ebenfalls ungarischer Abstammung.

– Der Eine...?

– Ist ein Professor aus hiesiger Stadt, Stephan Bathory.

– Der Andere...?

– Graf Mathias Sandorf.«

Bei Nennung dieses Namens zuckte Toronthal überrascht leicht zusammen, was Sarcany nicht entging. Es war diesem nicht schwer geworden, diese drei Namen herauszufinden: er war Stephan Bathory gefolgt, als dieser in sein Haus in der Corsia Stadion zurückgekehrt, und dem Grafen Sandorf bei dessen Heimkehr in das Hotel Delorme.

»Sie sehen, Silas Toronthal, ich habe nicht gezögert, Ihnen die Namen der Betreffenden auszuliefern. Sie begreifen also, dass ich mich schließlich mit Ihnen nicht herumspielen will.

– Alles das ist doch noch nichts Feststehendes, meinte der Bankier, der erst noch mehr erfahren wollte, ehe er sich zu etwas verpflichtete.

– Noch nichts Feststehendes? fragte Sarcany.

– Zweifellos! Sie besitzen nicht einmal einen Schimmer eines handgreiflichen Beweises.

– Und das hier?«

Die Abschrift des Billets wanderte in die Hand Toronthal's. Dieser prüfte sie ersichtlich mit Neugier. Doch diese mystischen Worte sagten ihm nichts und der Beweis fehlte, dass sie wirklich die Wichtigkeit besaßen, die Sarcany ihnen andichtete. Die ganze Geschichte konnte ihn nur insofern interessieren, als der Name des Grafen Sandorf im Spiele war, seines Kunden, dessen Stellung ihm gegenüber etwas beunruhigend wurde, sobald dieser eine unverzügliche Zurückzahlung der bei ihm hinterlegten Gelder verlangte.

»Nun wohl, sagte er schließlich, meine Meinung bleibt dabei, dass die ganze Angelegenheit bis jetzt durchaus keine Sicherheiten bietet.

– Mir scheint im Gegenteil nichts klarer zu sein, entgegnete Sarcany, den die Haltung des Bankiers in keiner Weise einschüchterte.

– Haben Sie das Billet entziffern können?

– Nein, Silas Toronthal, aber ich werde es übertragen, sobald die richtige Zeit gekommen sein wird.

– Und wie?

– Ich habe mit solchen Dingen, wie mit vielen anderen, ebenfalls zu tun und in meinen Händen schon eine hübsche Anzahl chiffrierter Depeschen gehabt. Aus der eingehenden Prüfung, die ich mit dieser Schrift angestellt, habe ich den Schluss gezogen, dass der Schlüssel hierzu weder auf einer Zahl, noch auf einem verabredeten Alphabet beruht, welches jedem dieser Buchstaben eine andere Bedeutung geben würde, als diese in Wirklichkeit ist. In diesem Briefe ist ein *s* ein *s*, ein *p* ein *p*, aber diese Buchstaben sind in einer Reihenfolge niedergeschrieben, welche nur mit Hilfe eines Gitters zu übertragen ist.«

Wir wissen bereits, dass Sarcany sich nicht täuschte. Letztgenanntes System war es, welches in diesem Falle angewendet wurde. Wir wissen auch, dass aus demselben Grunde der Inhalt sich nur noch schwerer aufklären ließ.

»Ich will nicht leugnen, dass Sie vielleicht Recht haben, sagte der Bankier, aber ohne Gitter ist das Billet unlesbar.

– Ersichtlich.

– Und wie werden Sie sich dieses Gitter verschaffen?

– Ich weiß es noch nicht, antwortete Sarcany, aber ich werde es mir verschaffen, dessen können Sie gewiss sein.

– Wirklich? An Ihrer Stelle, Sarcany, würde ich mir nicht so große Mühe geben.

– Ich werde mir alle Mühe geben.

– Wozu soll das gut sein? Ich würde mich begnügen, der Polizei von Triest den Verdacht mitzuteilen und ihr das Billet einzuhändigen.

– Ich werde es ihr sagen, Silas Toronthal, aber nicht auf bloße Vermutungen hin, erwiderte Sarcany frostig. Ehe ich rede, muss ich tatsächliche Beweise haben und natürlich auch unbestreitbare. Ich denke die Verschwörung meistern zu können, ja vollständig meistern zu können und Vorteile daraus zu ziehen, von denen ich Ihnen die Hälfte anbiete. Und wer weiß, ob es nicht vorteilhafter sein wird, mit den Verschwörern gemeinsame Sache zu machen, als gegen sie zu zeugen.«

Eine solche Sprache überraschte Toronthal nicht. Er wusste, wessen der intelligente gottlose Sarcany fähig war. Wenn dieser Mann nicht zögerte, so vor dem Bankier zu sprechen, so tat er es, weil er bereits wusste, dass man Silas Toronthal Alles vorschlagen konnte, dessen dehnbares Gewissen sich allen möglichen Geschäften anbequemte. Sarcany kannte ihn übrigens, um es noch einmal zu wiederholen, schon eine geraume Zeit und er hatte überdies Grund zu glauben, dass die Lage des Hauses seit Kurzem eine nicht mehr besonders klare war.

Konnte nun das Geheimnis dieser Verschwörung, wenn es aufgeklärt, ausgeliefert und nutzbar gemacht wurde, nicht dazu beitragen, die Geschäfte des Bankiers wieder in Fluss zu bringen? Sarcany nahm es an und daraufhin hatte er seinen Vorschlag gemacht.

Silas Toronthal seinerseits versuchte es, seinem ehemaligen Makler aus dem Tripolitanischen gegenüber diesmal den Verschlossenen zu spielen. Wenn wirklich eine Verschwörung gegen die österreichische Regierung, deren Veranlasser Sarcany entdeckt haben wollte, in der Entwicklung begriffen war, so wäre er der Letzte gewesen, der ihr freien Lauf gelassen hätte. Dieses Haus Ladislaus Zathmar's, in welchem geheime Unterredungen stattfanden, dieser chiffrierte Briefwechsel, die ungeheure Summe, welche Graf Sandorf bei ihm zur steten Bereithaltung niedergelegt hatte, Alles das hatte wirklich einen verdächtigen Anstrich. Sehr wahrscheinlich hatte Sarcany die Lage der Dinge richtig erkannt. Der Bankier wollte indessen vorderhand noch mehr hören und erst dem Spiele seines Gegners auf den Grund kommen, ehe er sich ergab. Er zog es daher vor, mit einer gleichgültigen Miene zu erwidern:

»Und wenn Sie das Billet entziffert haben werden – vorausgesetzt, dass Sie es wirklich dahin bringen sollten – werden Sie sehen, dass es sich lediglich um

private Interessen handelt, die völlig belanglos sind und aus denen folglich weder für Sie, noch für mich ein Nutzen entspringen wird.

– Nein, rief Sarcany im Tone innigster Überzeugung, nein! Ich bin einer der bedenklichsten Verschwörungen auf der Spur, einer Verschwörung, die von hochstehenden Persönlichkeiten angezettelt wird und ich kann nicht umhin, zu bemerken, dass Sie, Silas Toronthal, eben so wenig daran zweifeln als ich selbst.

– Also, was wollen Sie nun von mir?« fragte der Bankier, diesmal in sehr bestimmtem Tone.

Sarcany erhob sich und sagte mit einer etwas leiseren Stimme, dem Bankier dabei aber fest ins Auge sehend:

»Was ich will – er legte einen Nachdruck auf dieses Wort – ist das: Ich will so bald als möglich unter irgend einem noch aufzufindenden Vorwande Zutritt zu dem Hause des Grafen Zathmar haben und versuchen, das Vertrauen desselben zu gewinnen. Einmal auf dem Platze, wo mich Keiner kennt, muss ich nach einer Gelegenheit suchen, mich des Gitters bemächtigen und jene Depesche übertragen zu können, von der ich den bestmöglichen Gebrauch in unserem Interesse machen werde.

– In unserem Interesse? wiederholte Toronthal. Warum liegt Ihnen daran, mich in diese Angelegenheit hineinzuziehen?

– Weil sie sich verlohnt und Sie einen großen Nutzen aus ihr ziehen werden.

– Und dann unternehmen Sie die Sache nicht einmal allein?

– Nein. Ich bedarf Ihrer Unterstützung.

– Erklären Sie sich näher!

– Um zu meinem Ziele zu gelangen, muss ich mir Zeit lassen können, und Zeit kostet Geld. Ich habe aber keines mehr.

– Ihr Guthaben bei mir ist, wie Sie wissen, bereits erschöpft.

– Schön. So werden Sie mir jetzt ein neues eröffnen.

– Und was werde ich damit verdienen?

– Folgendes: Von den drei Männern, die ich Ihnen nannte, haben zwei kein Vermögen, Graf Zathmar und Professor Bathory, aber der dritte ist ausnehmend reich. Seine Güter in Siebenbürgen sind von bedeutendem Umfange. Es wird Ihnen nun nicht unbekannt sein, dass solche, sobald ihr Besitzer als Verschwörer verhaftet und verurteilt ist, konfisziert zu werden pflegen und zum größten Teile an Diejenigen fallen, welche die Verschwörung aufgedeckt und zur Anzeige gebracht haben... Sie und ich, Silas Toronthal, wir teilen.«

Sarcany schwieg. Der Bankier antwortete nicht. Er dachte darüber nach, was man von ihm zur Ausführung des Spieles forderte. Er war keineswegs der Mann dazu, sich persönlich in einem derartigen Unternehmen bloßzustellen, aber er fühlte, dass sein Agent Mann genug wäre, sie Beide handelnd zu vertreten. Wenn er sich entschloss, an diesem geheimen Anschlage Teil zu nehmen, so würde er versuchen müssen, Jenen durch einen Vertrag zu binden, der auf seinen Vorteil hinausliefe und ihm zugleich erlaubte, im Schatten zu bleiben.... Er zögerte trotzdem noch. Bei Lichte besehen, was riskierte er? Er würde in dieser widerwärtigen Sache nicht genannt werden, dagegen den Verdienst einheimsen, einen ungeheuren Verdienst, der die Stellung seines Hauses wieder befestigen konnte.

»Nun? drängte Sarcany.

– Nein, ich will nicht, antwortete Silas Toronthal; es schreckte ihn vor allen Dingen der Umstand zurück, einen solchen Teilnehmer, oder richtiger gesagt, einen solchen Mitschuldigen zu haben.

– Sie weisen mein Anerbieten zurück?

– Ja! Ich tue es!... Überdies kann ich nicht an einen erfolgreichen Schluss Ihrer Mutmaßungen glauben.

– Nehmen Sie sich in Acht, Silas Toronthal, rief Sarcany drohend, ohne sich diesmal Zwang anzulegen.

– Mich in Acht nehmen? Und weshalb?

– Weil ich Kenntnis von gewissen Geschäften habe...

– Hinaus, Sarcany! schrie der Bankier.

– Ich werde Sie zu zwingen wissen!

– Hinaus!«

In diesem Augenblicke tönte ein leises Pochen an der Tür. Während Sarcany sich hastig dem Fenster zuwandte, öffnete sich die Tür und ein Diener meldete mit lauter Stimme:

»Graf Sandorf bittet Herrn Toronthal, ihn zu empfangen.«

Darauf zog er sich zurück.

»Graf Sandorf?« rief Sarcany.

Der Bankier fühlte sich einerseits sehr betroffen, Sarcany von diesem Besuche unterrichtet zu sehen, andererseits hatte er das Vorgefühl, dass ihm aus der unerwarteten Ankunft des Grafen noch große Verlegenheiten entstehen würden.

»Was hat der Graf hier zu suchen? fragte Sarcany in einem unverkennbar ironischen Tone. Sie unterhalten also Verbindungen mit den Verschwörern im Hause Zathmar's? Ich habe mich womöglich an einen der ihrigen gewandt!

– Werden Sie nun endlich fortkommen?

– Ich werde nicht gehen, Silas Toronthal, sondern möchte erst erfahren, warum der Graf sich in Ihrem Hause einfindet.«

Sarcany hatte kaum diese Worte gesprochen, so schlüpfte er auch schon in ein an das Büro grenzendes Kabinett, dessen Portière hinter ihm zufiel.

Silas Toronthal stand schon im Begriff, Jemand herbeizurufen, um Sarcany aus dem Hause werfen zu lassen, doch besann er sich eines Anderen:

»Nein, murmelte er, es ist vielleicht nach alledem besser, wenn Sarcany hört, was hier verhandelt werden wird.«

Der Bankier klingelte dem Diener und gab den Befehl, Graf Sandorf unverzüglich vorzulassen.

Mathias Sandorf betrat das Kabinett und beantwortete ablehnend, wie es in seinem Charakter lag, die zuvorkommende Begrüßung Toronthal's. Dann ließ er sich auf einen Sessel nieder, den der Diener für ihn herbei rollte.

»Ich habe Ihren Besuch nicht erwartet, Herr Graf, da ich Sie fern von Triest glaubte, sagte der Bankier. Es ist stets eine Ehre für das Haus Toronthal, Sie empfangen zu dürfen, Herr Graf.

– Ich bin nur einer Ihrer geringsten Kunden, Herr Toronthal, erwiderte Mathias Sandorf; wie Sie wissen, spekuliere ich nicht. Ich muss Ihnen indessen noch immer erkenntlich sein für die Bereitwilligkeit, meinen gerade verfügbaren Geldern Aufnahme gewährt zu haben.

– Herr Graf, antwortete ihm Silas Toronthal, Sie werden sich erinnern, dass diese Fonds bei mir im Kontokorrent stehen und ich bitte Sie, nicht vergessen zu wollen, dass sie Ihnen in Folge dessen Zinsen tragen.

– Ich weiß es, mein Herr, aber ich wiederhole Ihnen, dass ich durchaus keine feste Anlage in Ihrem Hause vornehmen, sondern das Geld nur in einen einfachen Verwahrsam legen wollte.

– Zugegeben, Herr Graf, sagte Silas Toronthal. Indessen, das Geld kostet gerade jetzt viel und es wäre daher nur gerecht, wenn das Ihrige nicht untätig bliebe. Eine finanzielle Krisis scheint sich über das ganze Land ausbreiten zu wollen. Die innere Lage ist eine sehr heikle. Die Geschäfte liegen still. Einige Fallissements von bedeutenden Häusern haben das Publikum eingeschüchtert und andere sind noch zu befürchten.

– Aber Ihr Haus ist ein solides, Herr Toronthal, erwiderte Mathias Sandorf, ich weiß aus guter Quelle, dass es von den Rückschlägen aus diesen Fallissements nur sehr wenig berührt wurde?

– O sehr wenig, antwortete Silas Toronthal mit der größten Ruhe. Der Handel auf dem Adriatischen Meere sichert uns ein fortwährendes überseeisches Geschäft, welches den Wiener und Budapester Häusern fehlt; wir sind von der Krisis daher nur sehr wenig getroffen worden. Wir sind also nicht zu beklagen, Herr Graf, und wollen auch gar nicht beklagt sein.

– Ich kann Ihnen nur dazu Glück wünschen, Herr Toronthal, sagte der Graf. Ich möchte wohl wissen, ob man gelegentlich dieser Krise von einigen inneren Verwicklungen gesprochen hat?«

Obwohl Graf Sandorf diese Frage scheinbar ohne die geringste Wichtigkeit darauf zu legen ausgesprochen hatte, beobachtete ihn Silas Toronthal trotzdem mit der größten Aufmerksamkeit. Es war vielleicht doch möglich, dass diese Frage im Zusammenhange stand mit dem, was Sarcany erfahren hatte.

»Ich weiß nichts Derartiges, Herr Graf, und habe auch nicht gehört, dass die österreichische Regierung irgendwelche Besorgnis in dieser Hinsicht hege. Haben Sie, Herr Graf, vielleicht Grund, anzunehmen, dass ein Ereignis nahe...?

– Keinen, antwortete Mathias Sandorf. Ich fragte nur, weil man in der hohen Finanz meistens schon von Ereignissen unterrichtet ist, wenn das Publikum noch keine Ahnung von ihnen hat. Meine Frage sollte Ihnen in jeder Beziehung die Freiheit lassen, mit Ja oder mit Nein darauf zu antworten.

– Ich habe in der Tat nichts Derartiges vernommen, Herr Graf, und würde es überhaupt für ein Unrecht halten, vor einem Kunden, wie Sie es sind, dessen Interessen vielleicht darunter leiden würden, mich verschlossen zu zeigen.

– Ich danke Ihnen, Herr Toronthal, antwortete Sandorf; ich denke ganz wie Sie, dass weder im Innern nach von außen her etwas zu befürchten ist. Ich werde auch Triest bald verlassen und nach Siebenbürgen zurückkehren, wohin mich wichtige Geschäfte rufen.

– Sie wollen abreisen, Herr Graf? fragte Silas Toronthal lebhaft.

– Ja, spätestens in vierzehn Tagen.

– Und Sie kehren zweifellos nach Triest zurück?

– Ich glaube es nicht, antwortete Mathias Sandorf. Aber ehe ich abreise, möchte ich noch das ganze Rechnungswesen über Schloss Artenak sichten lassen, welches sehr in Unordnung geraten ist. Ich habe von meinem Intendanten eine Menge Rechnungen, Pachtzinsen, Einkünfte aus den Forsten überwiesen erhalten, die ich selber kaum werde eintragen können. Kennen Sie vielleicht einen Buchhalter oder könnten Sie mir einen Ihrer Commis zur Verfügung stellen, der mir diesen Dienst leistet?

– Nichts leichter als das, Herr Graf.

– Ich wäre Ihnen äußerst verbunden.

– Und wann benötigen Sie den Herrn?

– So schnell als möglich.

– Wo soll er sich Ihnen vorstellen?

– Bei meinem Freunde, dem Grafen Zathmar; sein Haus liegt in der Allee des Acquedotto, Nummer 89.

– Gut, soll geschehen.

– Die Arbeit wird so an zehn bis zwölf Tage dauern; sind meine Papiere erst geordnet, so reife ich auch sofort nach Schloss Artenak ab. Ich möchte Sie also bitten, mein Depot bereit zu halten.«

Silas Toronthal konnte bei dieser Forderung eine Bewegung nicht unterdrücken, welche aber der Graf nicht bemerkte.

»Wann sollen Ihnen die Gelder zugestellt worden, Herr Graf? fragte er.

– Am 8. des nächsten Monats.

– Sie sollen zur Ihrer Verfügung sein.«

Graf Sandorf erhob sich nach diesen Worten und der Bankier gab ihm bis zur Tür des Vorzimmers das Geleit.

Als Silas Toronthal in sein Gemach zurückkehrte, fand er daselbst bereits Sarcany vor, der sich darauf beschränkte, zu sagen:

»Ehe zwei Tage um sind, muss ich als Buchhalter in das Haus des Grafen Zathmar eingeführt sein.

– Es muss so sein,« antwortete Toronthal.

VIERTES KAPITEL. DAS CHIFFRIERTE BILLET.

Zwei Tage später war Sarcany im Hause Ladislaus Zathmar's heimisch. Er war von Silas Toronthal empfohlen und auf dessen Empfehlung hin vom Grafen Sandorf angenommen worden. Wir finden ihn also als wohlversorgten Mitschuldigen des Bankiers und als dessen Agent für die von ihnen angezettelten geheimen Anschläge wieder. Deren Zweck: die Aufdeckung eines Geheimnisses, das den Führern der Verschwörung das Leben kosten konnte; ihr Wert: als Preis ihrer Angeberei ein Vermögen, das zu einem Teile in die Tasche eines Abenteurers fiel, und zum anderen in die Kasse eines Bankiers, der bis zu dem Punkte gelangt war, seinen Verpflichtungen nicht mehr ehrbar nachkommen zu können.

Es braucht wohl kaum noch hervorgehoben zu werden, dass ein zwischen Toronthal und Sarcany abgeschlossener Vertrag aus den vorgesehenen Einkünften zwei gleiche Teile machte. Sarcany musste überdies das Geld, welches zum standesgemäßen Leben mit seinem Gefährten Zirone in Triest und zur Bestreitung der von ihm vorzunehmenden Schritte notwendig war, zur Verfügung gestellt erhalten. Dagegen und als Sicherheit hatte er dem Bankier die Abschrift des Billets einhändigen müssen, welches, woran er nicht zweifelte, das Geheimnis der Verschwörung barg.

Man ist vielleicht geneigt, Mathias Sandorf der Unvorsichtigkeit zu zeihen. Es konnte als eine Tat arger Unklugheit gelten, unter solchen Umständen einen Fremden in dieses Haus einzuführen, in welchem so ernsthafte Interessen verhandelt wurden, noch dazu am Vorabende eines Komplottes, zu dem das Signal von einem Augenblicke zum anderen gegeben werden konnte. Der Graf handelte eben unter dem Drucke der Notwendigkeit.

Er hatte ein dringendes Interesse daran, dass seine persönlichen Angelegenheiten in dem Augenblicke in Ordnung waren, in welchem er sich in dieses gefährliche Abenteuer stürzen würde, bei dem er sein Leben verlieren, zum mindesten die Verbannung befürchten musste, wenn ein Misserfolg ihn in die Flucht treiben sollte. Sodann erschien ihm die Einführung eines Fremden in das Haus als ein natürliches Mittel, jeden Verdacht von dort abzulenken. Er glaubte seit einigen Tagen – und wir wissen, dass er sich nicht täuschte – Spione in der Allee des Acquedotto herumlungern zu sehen, die keine anderen als Sarcany und Zirone waren Die Polizei von Triest hatte also doch ein offenes Auge für sein und seiner Freunde Tun? Graf Sandorf konnte es vermuten und musste es fürchten.

Wenn der Ort, an dem die Verschwörer ihre Zusammenkünfte abhielten, der bis dahin Allen unnachsichtlich verschlossen gewesen war, verdächtigt zu werden begann, so gab es kein besseres Mittel für die Vernichtung des Verdachtes, als ihn zu öffnen und einen Commis einzulassen, der sich nur mit der Ordnung der Rechnungslegungen zu beschäftigen hatte. Konnte die Anwesenheit dieses Commis irgendeine Gefahr für Ladislaus Zathmar und seine Gäste bergen? Ersichtlich keine.

Zwischen Triest und anderen Städten des ungarischen Königreiches wurden chiffrierte Depeschen nicht mehr ausgetauscht. Alle auf die Bewegung bezüglichen

Papiere waren verbrannt. Es war kein schriftliches Beweisstück von der Verschwörung hinterblieben. Die Maßnahmen waren getroffen und neue nicht mehr zu fassen. Graf Sandorf brauchte nur das Signal zu geben, wenn der geeignete Augenblick gekommen sein würde. Die Einführung eines Buchhalters in dieses Haus schien also durchaus dazu angetan, jeden Verdacht abzulenken, wofern der Regierung wirklich eine Warnung zugekommen war.

Die Beweisführung war zweifellos eine richtige, die Vorsicht gewiss eine gute; leider aber war Sarcany der betreffende Commis und Silas Toronthal dessen Bürge.

Sarcany, ein Meister der Verstellungskunst, hätte sich bei den äußeren Eigenschaften, die er besaß, für die offenen Züge, seine freimütige Physiognomie, für den ehrbaren und anspruchslosen Anstrich seiner ganzen Persönlichkeit bedanken können. Graf Sandorf und seine Freunde ließen sich widerstandslos damit fangen und wurden damit auch richtig gefangen.

Der junge Beamte zeigte sich eifrig, pflichtgetreu, dienstbar und sehr bewandert in den Zifferreihen, die ihm zur Ordnung vorgelegt wurden. Es konnte auch nichts den Verdacht in ihm rege machen, dass er sich vor den Führern einer Verschwörung befand, welche nichts Geringeres bezweckte, als die magyarische Rasse über die deutsche zu setzen. Mathias Sandorf, Stephan Bathory, Ladislaus Zathmar schienen sich während ihrer Zusammenkünfte nur mit Fragen der Kunst oder Wissenschaft zu beschäftigen.

Von einer geheimen Korrespondenz, von einem verdächtigen Kommen und Gehen um das Haus herum war nichts mehr zu sehen. Aber Sarcany wusste, woran er war. Die von ihm gesuchte Gelegenheit musste sich ihm schließlich einmal zeigen und so wartete er.

Sarcany's Eintritt in das Haus Zathmar's bezweckte nur eines: die Auffindung des Gitters, welches zum Entziffern der Geheimschrift diente. Da jetzt keine chiffrierte Depesche mehr in Triest eintraf, so war es nicht unmöglich, dass dieses Gitter aus Gründen der Klugheit vernichtet worden war. Die Besorgnis, dass dem so sein könne, ließ Sarcany keine Ruhe, denn das ganze Gerüst seiner Maßregeln beruhte darauf, das von der Brieftaube gebrachte und von ihm abgeschriebene Billet lesen zu können.

Während er die Rechnungen des Grafen Sandorf in Ordnung zu bringen sachte, sah er, beobachtete, spionierte er. Der Zutritt zu dem Büro, in welchem sich Ladislaus Zathmar und die Genossen zusammenzufinden pflegten, war ihm keineswegs untersagt. Ost sogar arbeitete er allein in demselben. Und alsdann beschäftigten sich seine Augen und Finger mit ganz anderen Dingen, als Kalkül zu entwerfen oder Zahlen aneinander zu reihen.

Er wühlte unter den Papieren, er öffnete die Schiebladen mit Hilfe einer Anzahl Dietriche, welche Zirone, der sehr geschickt im Diebshandwerk war, eigenhändig angefertigt hatte. Jedes Mal aber hütete er sich davor, von Borik gesehen zu werden, dem er nicht das geringste Zeichen des Wohlwollens abzuringen vermochte.

Während der ersten fünf Tage waren die Nachsuchungen Sarcany's unfruchtbar. Jeden Morgen ging er mit der Hoffnung hin, Glück zu haben; jeden Abend kehrte er in sein Hotel zurück, ohne zu etwas gekommen zu sein. Es stand zu befürchten, dass er mit seinem verbrecherischen Vorhaben scheitern würde. Die Verschwörung, wenn es sich um eine solche handelte – und zu zweifeln war ihm nicht erlaubt – konnte von einem Tag zum andern ausbrechen, das heißt, bevor er sie aufgedeckt und folglich zur Anzeige gebracht haben würde.

»Ehe Du den Lohn für eine Anzeige ganz und gar verlierst, meinte Zirone, wird es vielleicht geratener sein, selbst ohne Beweisgründe der Polizei zuvorzukommen und ihr die Abschrift des Billets einzuhändigen.

– Gewiss, antwortete Sarcany, und ich werde es tun, sobald es nötig sein wird.«

Silas Toronthal hielt er, was sich von selbst versteht, auf dem Laufenden. Und er konnte nur mit Mühe die Ungeduld des Bankiers zügeln.

Der Zufall sollte ihm zu Hilfe kommen. Einmal schon war er ihm dienlich gewesen, als er ihm das chiffrierte Billet in die Hände spielte; diesmal sollte er ihm behilflich sein, dessen Inhalt verstehen zu lernen.

Man zählte den letzten Tag des Monats Mai. Es war gegen vier Uhr, um fünf Uhr pflegte Sarcany gewöhnlich des Haus Zathmar's zu verlassen. Er war eben so niedergeschlagen darüber, dass er noch nicht weiter gekommen war, als er am ersten Tage bereits gewesen, als auch darüber, dass die ihm vom Grafen Sandorf übertragene Arbeit ihrem Ende entgegenging. War dieser Auftrag erst ausgeführt, so hatte er die

Aussicht, mit Dank und klingender Münze verabschiedet zu werden und keinen erklärbaren Grund weiter, seine Besuche in diesem Hause fortzusetzen.

In diesem Augenblicke waren Ladislaus Zathmar und seine beiden Freunde abwesend. Es befand sich sonst Niemand im Hause als Borik, der in einem Zimmer des Erdgeschosses zu tun hatte. Sarcany konnte also ungestört treiben, was er wollte und so entschloss er sich, das Zimmer des Grafen Zathmar zu betreten – was er bis dahin noch nie hatte tun können – und dort die genauesten Nachsuchungen vorzunehmen.

Die Tür war mittelst eines Schlüssels verschlossen. Sarcany öffnete sie mit seinen Diebshaken und betrat das Zimmer.

Zwischen den zwei auf die Straße hinausgehenden Fenstern stand ein Schreibtisch, dessen antike Form einen Liebhaber alter Möbel entzückt haben würde. Die heruntergelassene Klappe gestattete keinen Einblick in die innere Einrichtung.

Sarcany bot sich zum ersten Male die Gelegenheit, dieses Möbel zu durchsuchen und er war ganz der Mann dazu, sie nicht nutzlos verstreichen zu lassen. Um die verschiedenen Schiebladen durchsuchen zu können, hatte er nur die Klappe mit Gewalt aufzumachen. Das geschah mit Hilfe des oben genannten Werkzeuges, ohne dass das Schloss ein Andenken an diese Operation zurückbehielt.

In der vierten Schublade, welche Sarcany durchstöberte, fand er unter Papieren, mit denen er nichts beginnen konnte, eine sehr unregelmäßig durchstochene Karte, die sofort seine Aufmerksamkeit erregte.

»Das Gitter!« sagte er bei sich.

Er irrte nicht.

Sein erster Gedanke war, sich desselben zu bemächtigen; nach einigem Nachdenken aber musste er sich sagen, dass das Verschwinden der Karte den Argwohn des Grafen Zathmar erregen konnte, so bald er es gewahr wurde.

»Schön, sagte er halblaut. Habe ich von der Depesche eine Abschrift genommen, so kann ich auch von dem Gitter einen Abdruck nehmen; Toronthal und ich können das Briefchen dann ganz nach unserem Belieben lesen.«

Das Gitter bestand aus einem einfachen, sechs Zentimeter langen und in sechsunddreißig gleiche Vierecke eingeteilten Cartonblättchen, von denen jedes ungefähr einen Zentimeter groß war. Von diesen sechsunddreißig, auf sechs senkrechten und sechs waagrechten Linien, nach der Art einer pythagoreischen Tafel aufgebauten Vierecken – nur mit dem Unterschiede, dass sie dort auf sechs Buchstaben basieren – waren siebenundzwanzig gefüllt und neun leer, das heißt, die Karte war an Stelle dieser neun Vierecke neunmal ausgeschnitten.

Was Sarcany besitzen musste, war erstens: die genaue Größe des Gitters, zweitens: die Stellung der neun leeren Quadrate.

Die Größe erhielt er, indem er den Umriss des Cartonblättchens mit Hilfe eines Bleistiftes auf ein Blatt weißes Papier übertrug; er vergaß dabei nicht, die Stelle zu vermerken, wo ein kleines, mit Tinte ausgeführtes Kreuz den oberen Rand des Gitters zu bezeichnen schien.

Die Einteilung der Quadrate kopierte er, indem er auf dem Stück Papier, auf welchem er den Umfang abgezeichnet hatte, die leeren Vierecke durch Nadelstiche genau kenntlich machte – auf der ersten Linie die Quadrate 2, 4, 6; auf der zweiten ein einziges an der fünften Stelle; auf der dritten ein gleiches an dritter Stelle; auf der vierten die Quadrate 2 und 5; auf der fünften an sechster und auf der sechsten an vierter Stelle.

Folgendes ist in naturgetreuer Wiedergabe das Gitter, von dem Sarcany in Gemeinschaft mit dem Bankier Silas Toronthal bald einen so verderbenbringenden Gebrauch machen sollte.[1]

Einige Minuten genügten dem Ersteren, um nachstehende Abbildung fertig zu stellen:

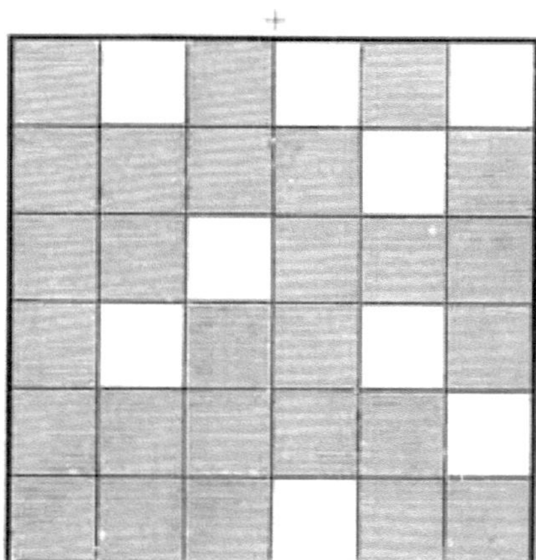

Im Besitze dieses Schemas, dessen Nachformung ihm mittelst eines Stückchens zerschnittenen Kartons nicht schwer wurde, zweifelte er nicht an die Möglichkeit der Übertragung des chiffrierten Billets, dessen Abschrift er den Händen Silas Toronthal's übergeben hatte. Er barg also das Gitter wieder unter den Papieren, die es bedeckt hatten, und verließ das Zimmer und das Haus Zathmar's, um hastig seinem Hotel zuzueilen.

Eine Viertelstunde später sah ihn Zirone ihr gemeinsames Zimmer mit einem so ausgesprochenen Ausdrucke des Triumphes in den Zügen betreten, dass er sich nicht enthalten konnte, ihm laut zuzurufen:

»Holla, was gibt es, Kamerad? Nimm Dich wohl in Acht! Du bist geschickter, Deine Enttäuschungen als Deine Freude zu verbergen, und man verrät sich leicht, wenn man sich so gehen lässt.

– Still mit den Bemerkungen, Zirone, sagte Sarcany, und ans Werk, ohne einen Augenblick zu verlieren!

– Vor dem Abendessen?

– Ja, vor!«

Mit diesen Worten nahm Sarcany ein Stück dünnes Cartonpapier zur Hand. Er schnitt es nach der mitgebrachten Vorlage zurecht, um ein Rechteck zu erhalten, welches genau der Größe des Gitters entsprach, ohne das Kreuz am oberen Rande außer Acht zu lassen. Dann ergriff er ein Lineal und teilte mit dessen Hilfe das Quadrat in sechsunddreißig gleiche Abschnitte.

Von diesen sechsunddreißig Vierecken wurden neun, die sich an demselben Platze, wie die entsprechenden auf der Vorlage, befanden, besonders gekennzeichnet; sie wurden mit einer Messerspitze ausgeschnitten, so dass sie ganz wegfielen und durch ihren leeren Raum die beziehungsweisen Worte, Buchstaben oder Zeichen desjenigen Schriftstückes hervortreten lassen mussten, auf welches das Gitter gelegt wurde.

Zirone saß Sarcany gegenüber und sah mit weit aufgerissenem Auge und brennender Neugierde ihm zu. Die Arbeit seines Gefährten interessierte ihn umso mehr, als er völlig das Geheimschriftensystem begriffen hatte, welches diesem Briefe zu Grunde lag.

»Das da ist genial, äußerst genial, meinte er, und das wird uns helfen. Wenn ich bedenke, dass jedes dieser leeren Fächer unter Umständen eine Million wert ist...

– Und mehr noch.«

Sarcany erhob sich, denn die Arbeit war fertig, und steckte den zurechtgeschnittenen Karton in seine Brieftasche.

»Morgen so früh als möglich bin ich bei Toronthal.

– Hab' Acht auf seine Kasse!

– Wenn er auch das Billet hat, so besitze ich doch den Schlüssel.

– Und diesmal wird er sich wohl oder übel ergeben müssen.

– Er wird es tun.

– Wir können jetzt also zum Essen gehen?

– Ja, gehen wir jetzt essen!«

Zirone, stets bei Appetit, tat dem ausgezeichneten Menu, das er sich nach seiner Gewohnheit zusammenstellte, alle Ehre an.

Am nächsten Tage, dem 1. Juni, stellte sich Sarcany schon um acht Uhr Früh in dem Bankhause ein, und Silas Toronthal gab auch sofort Befehl, ihn vorzulassen.

»Hier ist der Schlüssel«, begnügte sich Sarcany zu sagen und zog das Stückchen Karton hervor, welches er am Abend vorher zurechtgeschnitten hatte.

Der Bankier nahm es, drehte es herum und abermals herum und schüttelte den Kopf, als könnte er das Vertrauen seines Verbündeten nicht teilen.

»Immerhin können wir den Versuch wagen, sagte Sarcany.

– Wagen wir ihn.«

Silas Toronthal holte die Abschrift des Billets aus einem der Fächer seines Schreibtisches hervor und legte sie auf den Tisch.

Man wird sich erinnern, dass das Billet aus achtzehn unverständlichen Worten bestand, die je sechs Buchstaben enthielten. Es lag klar auf der Hand, dass jeder Buchstabe aus diesen Worten den sechs Vierecken entsprechen musste, die, gleichviel ob gefüllt oder leer je eine Zeile des Gitters bildeten. Man konnte also von vornherein als feststehend annehmen, dass die ersten sechs Worte des Briefes, mit dem ersten beginnend und aus sechsunddreißig Buchstaben bestehend, zuerst nacheinander mit Hilfe des Schlüssels entziffert werden mussten.

In der Tat war – und dies war leicht zu konstatieren – die Stellung der leeren Quadrate in der Gruppierung dieses Gitters so genial erdacht, dass erst nach viermaliger Vierteldrehung der Karte die leeren Vierecke allmählich die Stellung der gefüllten einnahmen, ohne jemals an einem Orte doppelt zu erscheinen.

Man wird gleich sehen, wie sich das verhält. Wenn man zum Beispiel bei dem ersten Auflegen des Gitters auf ein unbeschriebenes Blatt Papier in die leeren Quadrate die Ziffern 1 bis 9 schreibt, dann nach einer Vierteldrehung die Zahlen 10 bis 18, nach einer abermaligen Viertelwendung 19 bis 27 und schließlich nach der letzten 28 bis 36, so wird man zuletzt auf dem Papier die Zahlen 1 bis 36 an Stelle der sechsunddreißig Quadrate finden, welche die Abteilungen des Gitters bilden.

Sarcany sah sich natürlich gezwungen, die vier auf einander folgenden Drehungen des Schlüssels zunächst auf die ersten sechs Worte des Billets anzuwenden. Er beabsichtigte, alsdann dieselbe Operation an den nächsten sechs Worten zu wiederholen und dann zum dritten Male an den letzten sechs Worten, sie mithin an sämtlichen achtzehn Worten, aus denen die Geheimschrift bestand, vorzunehmen.

Die in Vorstehendem erörterten Gründe wurden selbstverständlich auch Silas Toronthal von Seiten Sarcany's vorgetragen, und jener konnte nicht umhin, ihre vollständige Richtigkeit anzuerkennen.

Würde die Praxis nun auch die Theorie bestätigen? Darum musste es sich doch hier in erster Reihe handeln.

Es ist doch wohl angebracht, nachstehend noch einmal die in jenem Billet enthaltenen achtzehn Worte zu nennen. Sie lauteten:

ihnalz zaemen ruiopn
arnuro trvree mtqssl
odxhnp estlev eeuart
aeeeil ennios noupvg
spesdr erssur ouitse
eedgne toeedt artuee

Es handelte sich zuvörderst um die Entzifferung der ersten sechs Worte. Zu diesem Zwecke schrieb Sarcany sie auf ein reines Blatt Papier, wobei er sorgfältig darauf achtete, die Buchstaben und Zeilen von einander zu trennen, so dass auf jedes Quadrat des Gitters je ein Buchstabe kam. Dadurch erhielt er folgende Stellung:

i	h	n	a	l	z
a	r	n	u	r	o
o	d	x	h	n	p
a	e	e	e	i	l
s	p	e	s	d	r
e	e	d	g	n	c

Dann wurde das Gitter auf diese Gesamtheit so gelegt, dass der mit einem Kreuze versehene Rand sich oben befand. Die neun leeren Kästen ließen nunmehr nur noch die folgenden neun Buchstaben durchblicken, während die übrigen siebenundzwanzig unter den vollen Feldern des Kärtchens verborgen waren:

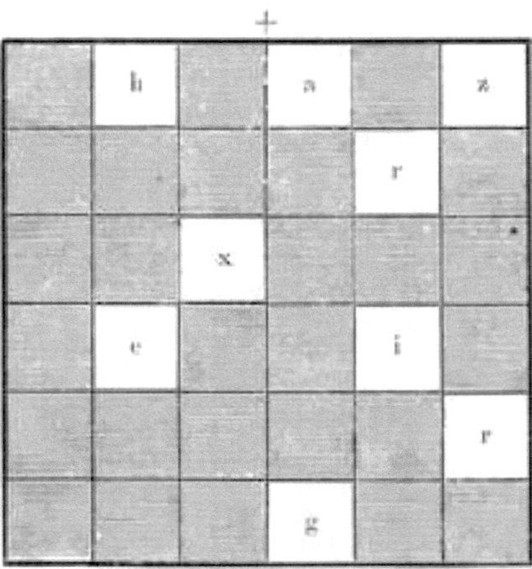

Sarcany drehte alsdann das Gitter ein viertel Mal von links nach rechts herum, so dass jetzt die frühere obere Linie die rechte Seitenlinie wurde. Bei dieser zweiten Lage kamen folgende Buchstaben zum Vorschein:

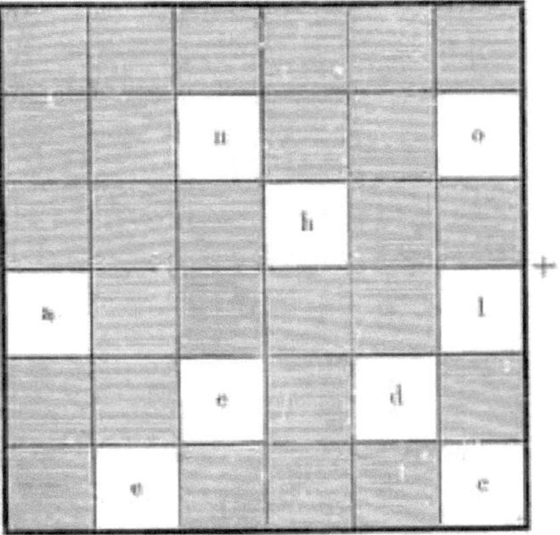

Bei der dritten Stellung waren folgende Buchstaben sichtbar, welche, wie die übrigen, ebenfalls sorgfältig aufgeschrieben wurden:

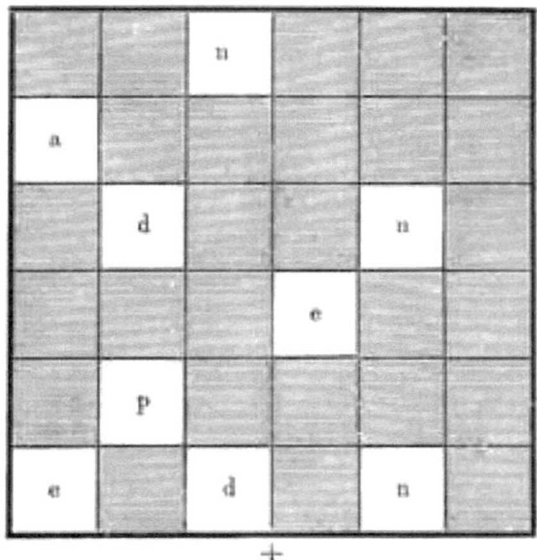

Was Silas Toronthal und Sarcany nicht aus dem Erstaunen herauskommen ließ, war der Umstand, dass die Worte, welche sich nach dem Verhältnis bildeten, keinen Sinn geben wollten. Sie hatten erwartet, sie flüssig lesen zu können, da sie durch die auf einander folgenden Umdrehungen des Gitters gewonnen werden mussten; sie blieben indessen eben so unverständlich, als diejenigen des chiffrierten Billets selbst. Sollte dieses wirklich nicht zu entziffern sein?

Die vierte Umdrehung des Gitters gab folgendes Resultat:

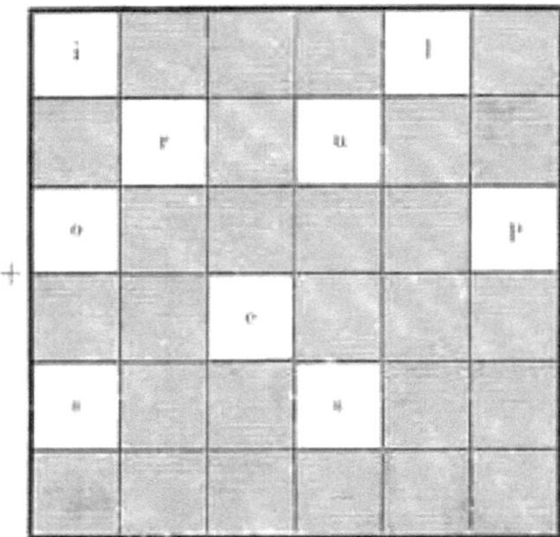

Kein Schimmer von Verständnis, dieselbe Dunkelheit!

Die durch die vier Umdrehungen sich ergebenden Worte lauteten:

hazrxeirg
nohaledec
nadnepedn
ilruopess

was absolut nichts bedeutete.

Sarcany konnte den Zorn nicht meistern, den ihm diese Enttäuschung verursachte. Der Bankier nickte nur mit dem Kopfe und sagte nicht ohne Ironie:

»Dieses Schema scheint wirklich nicht dasjenige zu sein, welches die Verschwörer für ihren Briefwechsel anzuwenden pflegten.«

Diese Bemerkung brachte Sarcany in Bewegung.

»Fahren wir fort! rief er.

– Fahren wir fort!« echote der Bankier.

Nachdem Sarcany das nervöse Zittern überwunden hatte, welches ihn bewegte, wandte er seine Theorie auf die zweite Wortreihe des Billets an. Viermal legte er das Gitter auf diese Worte unter viermaliger Vierteldrehung. Er erhielt abermals eine Vereinigung von Buchstaben, die jedes Sinnes bar waren:

amnetnore
velessuot
etseirted
zerrevnes

Diesmal warf Sarcany das Täfelchen auf den Tisch und fluchte wie ein Matrose.

Silas Toronthal hatte – ein merkwürdiger Kontrast – seine Kaltblütigkeit bewahrt. Er studierte die Worte, die vom Beginne des Versuches an gewonnen waren, und blieb nachdenkend.

»Zum Teufel mit den Gittern und mit denen, die sich ihrer bedienen! tobte Sarcany aufspringend.

– Setzen Sie sich doch wieder! sagte Silas Toronthal.

– Mich wieder setzen?

– Und fahren Sie fort!«

Sarcany sah Toronthal an. Dann setzte er sich wieder, ergriff von Neuem den Schlüssel und legte ihn auf die letzten sechs Worte des Billets, mechanisch, fast ohne zu wissen, was er tat.

Das Ergebnis waren folgende Worte:

uonsouven
qlangisre
imerpuate
rptsetuot

Sie ließen eben so wenig wie die anderen irgendwelche Erklärung zu.

Sarcany, von alledem über alle Maßen irregeleitet, hatte das Blatt Papier, auf dem die barocken, von der Umdrehung des Gitters zur Erscheinung gebrachten Worte standen, aufgenommen und schickte sich an, es zu zerreißen.

Silas Toronthal hielt ihn zurück.

»Ruhe! mahnte er.

– Pah! rief Sarcany. Was sollen wir noch mit diesem unentzifferbaren Worträtsel beginnen?

– Schreiben Sie alle Worte hinter einander auf! antwortete der Bankier gelassen.

– Und wozu?

– Wie wollen einmal sehen.«

Sarcany gehorchte; folgendes war der Wortlaut der aneinander gereihten Worte:

hazrxeirgnohaledecnadnepednilruopessamnetnoreve lessuotetseirtedzerrevnesuonsuoveuqlangisreimerpu aterptsetuot.

Kaum waren die Worte hingeschrieben, als auch schon Silas Toronthal den Händen Sarcany's das Papier entriss; er las es und stieß einen Laut der Überraschung aus. Jetzt war er es, den die Ruhe verlassen hatte. Sarcany war nahe daran, sich zu fragen, ob der Bankier plötzlich toll geworden?

»Aber so lesen Sie doch! rief Silas Toronthal und reichte Sarcany das Papier, so lesen Sie doch!

– Lesen...?

– Sehen Sie denn nicht, dass die Korrespondenten des Grafen, noch ehe Sie die Worte mit Hilfe des Gitters bildeten, den Satz, den Sie schreiben wollten, zuvor in das Französische übertrugen und von rückwärts lesbar machten?«

Sarcany nahm das Papier und las, indem er mit dem letzten Buchstaben begann:

»*Tout est prêt. Au premier signal que vous nous enverrez de Trieste, tous se leveront en masse pour l'indépendance de la Hongrie. Xrzah.*«

(Alles ist bereit. Beim ersten Zeichen, welches Sie uns von Triest aus senden werden, werden sich Alle in Masse für die Unabhängigkeit Ungarns erheben. Xrzah.)

– »Und diese fünf letzten Buchstaben?

– Eine verabredete Chiffre, antwortete Silas Toronthal.

– Endlich haben wir sie.

– Aber die Polizei hat sie noch nicht.

– Dafür werde ich schon sorgen.

– Sie werden mit der größten Verschwiegenheit zu Werke gehen?

– Selbstverständlich. Der Gouverneur von Triest wird der Einzige sein, der die Namen der beiden ehrbaren Vaterlandsfreunde kennt, die eine Verschwörung gegen die österreichische Regierung schon im Keime erstickt haben.«

Wie er so sprach, ließen der Ton und die Handbewegung dieses Schurken nur zu deutlich erkennen, dass es nur eine Regung der Ironie war, die ihm diese hochtrabenden Worte diktierte.

»Ich brauche mich also um nichts weiter zu bekümmern? fragte kühl der Bankier.

– Um nichts, es wäre denn um den Anteil an dem Verdienste bei diesem Geschäft.

– Wann?

– Wenn die drei Köpfe gefallen sein werden, die Jedem von uns mehr als eine Million einbringen.«

Silas Toronthal und Sarcany trennten sich. Wenn sie einen Vorteil aus dem Geheimnis ziehen, welches ihnen der Zufall enthüllt hatte, wenn sie die Verschwörer zur Anzeige bringen wollten, noch ehe der Aufruhr zum offenen Ausbruch kam, so musste schnell gehandelt werden.

Vorläufig war Sarcany wie gewöhnlich in das Haus von Ladislaus Zathmar zurückgekehrt. Er hatte dort seine Regulierungsarbeiten wieder aufgenommen, die ihrem Ende zuneigten. Graf Sandorf selbst sagte ihm unter verbindlichem Danke für den bewiesenen Eifer, dass er in acht Tagen seiner Dienste nicht mehr benötigen würde. Das bedeutete in Sarcany's Augen zweifellos, dass um diese Zeit von Triest aus das erwartete Signal an die ersten Städte Ungarns ergehen würde.

Er fuhr also fort, mit der größten Sorgfalt zu beobachten, was im Hause Zathmar's vor sich ging, ohne indessen seinerseits Verdacht zu erregen. Er hatte sich sogar so intelligent gezeigt, er schien so sehr mit liberalen Ideen erfüllt zu sein und hatte so wenig seine unbesiegbare Abneigung, die er gegen die deutsche Rasse zu empfinden vorgab, verhehlt, also im Ganzen und Großen seine Rolle so gut gespielt, dass Graf Sandorf schon daran dachte, ihn später ganz an sich zu fesseln, wenn erst die Erhebung Ungarn zum freien Lande gemacht haben würde. Borik war der Einzige gewesen, der sich nicht von seinem Werte hatte überzeugen lassen wollen; dieser war von den Vorurteilen, welche ihm der junge Mann von Anfang an eingeflößt, nicht zurückgekommen.

Sarcany hatte also sein Ziel erreicht.

Am 8. Juni sollte, gemäß der Verabredung mit seinen Freunden, Graf Sandorf das Zeichen zum Aufstande geben, und dieser Tag war herangekommen

Aber das Werk der Angeberei war ebenfalls vollendet.

Am Abend dieses Tages gegen acht Uhr umzingelte die Triester Polizei plötzlich das Haus Ladislaus Zathmar's. Jeder Widerstand war unmöglich. Graf Sandorf, Graf Zathmar, Professor Bathory, Sarcany sogar, der übrigens keine Verwahrung einlegte, und Borik wurden verhaftet, ohne dass Jemand von ihrer Aufhebung Kenntnis erhielt.

Fußnoten

1 In dieser Nachbildung stellen alle weißen Quadrate die auf dem Gitter fehlenden vor.

FÜNFTES KAPITEL.
VOR, WÄHREND UND NACH DER VERHANDLUNG.

Istrien, welches durch die Verträge von 1815 der österreichisch-ungarischen Monarchie einverleibt wurde, bildet eine fast dreieckige Halbinsel, deren Isthmus die Basis auf der breitesten Seite des Dreiecks bildet. Diese Halbinsel erstreckt sich vom Meerbusen von Triest bis zu dem von Quarnero, auf welcher Strecke zahlreiche Häfen sich vorfinden. Unter anderen öffnet sich der Schifffahrt, fast an der südlichsten Spitze, der Hafen von Pola, dessen Regierung sich damals damit befasste, ein Seearsenal ersten Ranges daselbst anzulegen.

Diese istrische Provinz ist, vornehmlich an den westlichen Küsten, in Sitten und Sprache noch vollständig italienisch, noch besser gesagt, venezianisch geblieben. Allerdings kämpft dort das slawische gegen das italienische Element sehr an; aber so viel steht fest, dass die deutsche Strömung sich nur mit Anstrengung zwischen beiden gehalten hat.–

Mehrere bedeutende Städte an der Küste und im Innern haben Leben in diese Gegend gebracht, welche von den Gewässern der nördlichen Adria bespült wird. So Capo d'Istria und Pirano, deren Salzsieder-Bevölkerung fast ausschließlich in den großen Salinen an der Mündung des Risano und der Corna-Lunga arbeitet; Parenzo, Sitz der Regierung und Wohnort des Bischofs; Rovigno, reich an Olivenproduktion; Pola, woselbst die Touristen mit Vorliebe die herrlichen Denkmäler römischen Ursprunges besuchen und welches bestimmt ist, der wichtigste Kriegshafen längs des ganzen Adriatischen Meeres zu werden.

Aber keine der genannten Städte hat das Recht, sich die Hauptstadt Istriens zu nennen. Pisino, fast in der Mitte des Dreiecks gelegen, hat allein Anspruch auf diesen Titel, und dorthin wurden die Gefangenen ohne ihr Wissen nach ihrer geheimnisvollen Verhaftung gebracht.

Vor der Tür des Hauses Ladislaus Zathmar's erwartete sie eine Postkutsche. Alle vier bestiegen dieselbe und zwei österreichische Gendarmen – solche, die für die Sicherheit der Reisenden auf den istrischen Gefilden vortrefflich sorgen – nahmen bei ihnen Platz. Es war ihnen streng verboten worden, während dieser Reise auch nur das geringste Wort mit einander zu wechseln, damit sie keine Gelegenheit hatten, sich gegenseitig auszusprechen oder ein übereinstimmendes Verhalten zu verabreden. Erst dem Richter hatten sie Rede zu stehen.

Eine Eskorte von zwölf berittenen Gendarmen unter Führung eines Leutnants trabte voraus, hinterher und zu beiden Seiten der Postkutsche, die zehn Minuten später die Stadt verlassen hatte. Borik wurde direkt in das Triester Gefängnis zur Einzelhaft abgeführt.

Wohin brachte man die Gefangenen? In welche Festung Österreichs sollten sie eingeschlossen werden, wenn das Kastell von Triest nicht Sicherheit genug bot? Mathias Sandorf und seine Freunde hatten ein großes Interesse daran, sich das zu fragen, sie mühten sich indessen vergebens ab, das Richtige zu finden.

Die Nacht war dunkel, kaum dass die Laternen des Wagens ihr Licht bis zur vorderen Reihe der Eskorte warfen. Man fuhr schnell vorwärts. Mathias Sandorf, Stephan Bathory und Ladislaus Zathmar lehnten stumm in ihren Ecken. Sarcany selbst wagte nicht das Schweigen zu unterbrechen, weder Verwahrung gegen seine Verhaftung einzulegen noch zu fragen, warum dieselbe erfolgt war.

Nachdem die Postkutsche Triest verlassen, wandte sie sich wieder mit einer Wendung in schräger Richtung gegen die Küste. Graf Sandorf glaubte durch das von dem Getrappel der Pferde und dem Klirren der Säbel verursachte Geräusch das ferne Brausen der gegen die Uferfelsen schlagenden Brandung zu vernehmen. Während eines Augenblickes blitzten Lichter durch die Nacht, sie erloschen eben so schnell. Es war der Flecken Muggia, durch den der Wagen fuhr, ohne indessen Halt zu machen.

Graf Sandorf glaubte dann zu bemerken, dass die Landstraße wieder in die Campagna hineinführte.

Um elf Uhr Abends hielt der Wagen, um frischen Vorspann zu nehmen. An einer einsamen Farm standen die fertig angeschirrten Pferde bereit. Es war das keine Poststation. Man hatte also vermeiden wollen, an derjenigen von Capo d'Istria den Pferdewechsel vorzunehmen.

Die Eskorte setzte sich in Bewegung. Der Weg führte durch Weingehege, deren Reben sich in Form von Gehängen um die Zweige der Maulbeerbäume schlangen und bewegte sich stets in der Ebene, so dass nichts den Postillion hinderte, in rasender Eile zu fahren. Die Dunkelheit war umso undurchdringlicher, als dichte, von einem ziemlich heftigen, warmen Südostwinde getriebene Wolken den ganzen Himmelsraum erfüllten. Obgleich die Scheiben der Wagenschläge von Zeit zu Zeit heruntergelassen wurden, um frische Luft in das Innere dringen zu lassen – die Juninächte sind in Istrien heiß –, war es doch unmöglich, selbst auf eine kurze Entfernung hin etwas zu erkennen. So große Aufmerksamkeit auch Graf Sandorf, Ladislaus Zathmar und Stephan Bathory den kleinsten Anhaltspunkten während der Fahrt schenkten, dem Winde und der seit der Abfahrt verflossenen Zeit, so vermochten sie doch nicht zu erkennen, in welcher Richtung die Postkutsche sich bewegte. Man beabsichtigte zweifellos, dass die Verhandlung dieser Angelegenheit in aller Stille und an einem dem Publikum unbekannt bleibenden Orte vor sich gehen sollte.

Gegen zwei Uhr Morgens nahm man abermals einen Relais. Auch jetzt, wie beim ersten Male, dauerte die Umwechslung nicht länger als fünf Minuten.

Graf Sandorf glaubte in der Dunkelheit einige am äußersten Ende einer Straße stehende Häuser zu bemerken, welche die Grenze einer Vorstadt zu bilden schienen.

Es war Buja, die Hauptstadt eines Distriktes, ungefähr zwanzig Meilen südlich von Muggia gelegen.

Während die frischen Pferde angeschirrt wurden, sagte der Gendarmerieleutnant dem Postillion einige Worte mit leiser Stimme und die Postkutsche rasselte im Galopp davon.

Gegen drei und ein halb Uhr musste der Tag anbrechen. Eine Stunde später hätten die Gefangenen die bis dahin eingehaltene Richtung der Fahrt an dem Stande der Sonne sehr gut erkennen können, wenigstens so weit, ob sie nach Norden oder Süden geführt würden. Aber in demselben Augenblicke ließen auch schon die Gendarmen die Fensterleder herunter und das Innere des Wagens hüllte sich in undurchdringliche Finsternis.

Weder Graf Sandorf noch seine Freunde konnten die geringste Beobachtung machen. Eine Antwort hätten sie auf eine hierauf bezügliche Frage zweifellos nicht erhalten; es war also geratener, sich zu gedulden und abzuwarten.

Eine oder zwei Stunden später – es war schwer, die Zeit zu bestimmen – hielt der Wagen zum letzten Male; er nahm im Flecken Visinada noch einmal neuen Vorspann.

Von diesem Augenblicke an war nichts weiter zu bemerken, als dass der Weg sehr unangenehm wurde. Der Ruf des Postillions und Peitschenknall feuerten die Pferde unablässig an, deren Hufe auf dem harten Steinboden dieser gebirgsreichen Gegend laut klapperten. Einige Hügel, welche in Grau gehüllte Wäldchen bedeckten, begrenzten den Horizont. Zwei- oder dreimal konnten die Gefangenen die Töne einer Flöte vernehmen. Sie rührten von jungen Hirten her, die ihre bizarren Melodien bliesen, während sie auf ihre Herden schwarzer Ziegen Acht gaben; aber damit war noch kein genügender Anhaltspunkt für das Erkennen der durcheilten Gegend gefunden und man musste darauf Verzicht leisten, irgend etwas zu Gesicht zu bekommen.

Es war so um neun Uhr Morgens herum, als die Postkutsche plötzlich eine ganz andere Fahrweise annahm. Man konnte sich nicht darüber täuschen, sie fuhr in rascher Fahrt bergab, nachdem sie die höchste Steigung der Straße erreicht hatte. Ihre Schnelligkeit war eine bedeutende und mehrfach musste den Rädern der Hemmschuh vorgelegt werden, weil die Sache nicht ohne Gefahr war.

In der Tat senkt sich die Straße, nachdem sie bis in eine sehr hügelige, vom Monte Maggiore beherrschte Region hinaufgestiegen ist in schräger Richtung auf Pisino zu. Obgleich diese Stadt noch auf einer bedeutend über dem Niveau des Meeres gelegenen Küste erbaut ist, so scheint sie doch in die Sohle eines Tales hinein gerückt zu sein, wenn man die umliegenden Höhen in Berechnung zieht. Noch ehe man sie erreicht hat, bemerkt man schon den Glockenturm, der weit über die malerisch in Etagen sich aufbauenden Häusergruppen ragt.

Pisino ist der Hauptort dieses Distriktes und zählt ungefähr fünfundzwanzigtausend Einwohner. Seine Lage in der ungefähren Mitte der dreieckigen Halbinsel ermöglicht den Zusammenfluss der Morlaken, Slawen der verschiedensten Stämme, selbst der Zigeuner, namentlich zur Zeit der Märkte, auf denen sich ein ziemlich lebhafter Handel entwickelt.

Die Hauptstadt Istriens hat als alte Stadt ihren feudalen Charakter sich durchaus bewahrt. Man erkennt ihn namentlich an dem befestigten Schlosse, welches mehrere neuzeitigere Militärgebäude beherrscht; in ihnen haben die Verwaltungsbehörden der österreichischen Regierung ihren Sitz.

Im Hofe dieses alten Schlosses machte am 9. Juni gegen zehn Uhr Früh die Postkutsche nach einer fünfzehnstündigen Fahrt Halt. Graf Sandorf, seine zwei Gefährten und Sarcany mussten aussteigen. Einige Minuten später wurden sie einzeln in gewölbte Zellen eingeschlossen; um zu ihnen zu gelangen, mussten sie erst an fünfzig Stufen heraufklimmen.

Das war die Einzelhaft in ihrer ganzen Schrecklichkeit.

Obgleich Mathias Sandorf, Ladislaus Zathmar und Stephan Bathory keinen Verkehr mit einander hatten und auch ihre Gedanken nicht austauschen konnten, so bewegte sie dennoch ein und dasselbe Denken: Wie war das Geheimnis der Verschwörung entdeckt worden? Hatte der Zufall auf die Spur derselben geführt? Es hatte unmöglich etwas in die Öffentlichkeit dringen können. Zwischen Triest und den anderen großen Städten Österreich-Ungarns hatte kein weiterer Briefwechsel stattgefunden. Wer also konnte der Verräter gewesen sein? Es war doch ganz undenkbar, dass jemals ein Papier in die Hände eines Spions gefallen war. Alle Dokumente waren vernichtet worden. Man hätte selbst die verborgensten Ecken des Hauses in der Acquedotto-Allee durchsuchen können, ohne auch nur eine einzige verdächtige Note zu finden. Und das war auch in Wahrheit so gewesen. Die

Polizeibeamten hatten nichts entdeckt, bis auf das Gitter, welches Graf Zathmar nicht vernichtete, weil er sich desselben möglicherweise noch einmal bedienen musste. Und dieser Schlüssel zur geheimen Korrespondenz wurde unglücklicherweise ein belastendes Beweisstück; über den Gebrauch desselben konnte eben gar keine andere Erklärung abgegeben werden, als dass er zur Entzifferung einer Geheimschrift gedient hatte.

In der Hauptsache beruhte Alles – was die Gefangenen allerdings nicht wissen konnten – auf der Kopie des Billets, welche Sarcany, der Verabredung mit Silas Toronthal gemäß, dem Gouverneur von Triest nach Übertragung des Wortlautes in verständliche Schrift zugestellt hatte. Aber zum Unglück genügte dieses Wenige vollständig, um eine Anklage wegen einer Verschwörung gegen die Sicherheit des Staates erheben zu können. Mehr bedurfte es nicht, um Graf Sandorf und seine Freunde einer außerordentlichen Gerichtsbarkeit zu unterwerfen und sie vor ein Kriegsgericht zu stellen, das militärisch zu verfahren hatte.

Es gab einen Verräter und dieser war nicht weit. Dadurch aber, dass derselbe sich ohne ein Wort festnehmen, verhören, ja selbst verurteilen ließ, in der Erwartung, später begnadigt zu werden, wusste er jeden Verdacht von sich abzulenken. Darauf hinaus ging das Spiel Sarcany's, und er wusste es mit der würdigen Haltung durchzuführen, die er bei allen Angelegenheiten zu wahren verstand.

Der von diesem Verbrecher getäuschte Graf Sandorf – und wer an seiner Stelle wäre es nicht gewesen – war sogar entschlossen, Alles zu versuchen, um jenen unbeteiligt erscheinen zu lassen. Er dachte, dass es ihm nicht schwer fallen würde, zu beweisen, dass Sarcany niemals Teil an der Verschwörung genommen hatte, dass er nur ein einfacher Commis, der erst neuerdings in das Haus Ladislaus Zathmar's eingeführt worden war und sich einzig und allein mit den persönlichen Angelegenheiten des Grafen zu befassen hatte, die in keiner Weise mit der Verschwörung selbst in Verbindung standen. Nötigenfalls wollte er das Zeugnis des Bankiers Silas Toronthal zu Gunsten der Unschuld des jungen Commis anrufen. Er zweifelte also nicht, dass Sarcany sowohl von der Mitschuld an der Hauptsache als auch von der Mitwisserschaft freigesprochen würde, im Falle eine Anklage gegen ihn erhoben werden sollte, was ihm indessen noch nicht erwiesen schien.

Die österreichische Regierung kannte jedenfalls von der ganzen aufständischen Bewegung nur die Verschwörer von Triest. Ihre Mitwissenden in Ungarn und Siebenbürgen waren ihr jedenfalls unbekannt. Es existierte nichts, was auf deren Beteiligung hinwies. Mathias Sandorf, Stephan Bathory und Ladislaus Zathmar brauchten sich also in dieser Beziehung nicht zu beunruhigen. Was sie selbst betraf, so waren sie entschlossen, Alles zu bestreiten, sofern kein tatsächlicher Beweis des Komplottes ihnen vorgelegt wurde. In diesem Falle würden sie voraussichtlich ihr Leben zum Opfer bringen müssen. Andere konnten eines Tages die fehlgeschlagene Bewegung wieder aufnehmen. Die Sache der Unabhängigkeit würde später andere Führer finden. Wenn sie überführt wurden, wollten sie ihre Hoffnungen nicht verhehlen. Sie wollten dann das Ziel offenbaren, dem sie entgegengesteuert und das früher oder später trotzdem erreicht werden würde. Sie beabsichtigten, sich nicht einmal der Mühe einer Verteidigung zu unterziehen und wollten die von ihnen verlorene Partie in nobler Weise bezahlen

Nicht ohne Grund nahmen Graf Sandorf und seine Schicksalsgenossen an, dass die Tätigkeit der Polizei in ihrem Falle nur eine äußerst beschränkte sein konnte. In Budapest, Klausenburg und in den übrigen Städten, in denen die Bewegung auf das von Triest her zu gebende Zeichen hätte ausbrechen sollen, hatten die Agenten vergeblich nach den Spuren einer Verschwörung gesucht. Aus derselben Veranlassung war auch die Verhaftung der drei Führer in Triest mit so großer Heimlichkeit seitens der Regierung erfolgt. Ihre Einkerkerung in die Festung von Pisino bezweckte, dass über diesen Vorfall nicht eher etwas in die Öffentlichkeit dringen konnte, bis eine Entscheidung gefallen war; die Behörde hoffte überdies, dass irgend ein zufälliger Umstand die Verfasser des chiffrierten Billets noch verraten würde, welches zwar nach Triest adressiert worden war, dessen Aufgabeort aber man nicht kannte.

Diese Hoffnung erwies sich als trügerisch. Das erwartete Zeichen war nicht gegeben worden und sollte nicht gegeben werden. Der Bewegung war Einhalt getan worden, wenigstens für den Augenblick. Die Regierung musste sich also darauf beschränken, nur Graf Sandorf und seine Mitschuldigen wegen Hochverrates gegen den Staat in Anklagezustand zu versetzen.

Über diese Nachforschungen waren immerhin einige Tage verstrichen, so dass erst am 20. Juni die Verhandlungen mit einem Verhöre der Angeklagten beginnen konnten. Sie wurden selbst hierbei nicht konfrontiert und sahen sich erst vor ihren Richtern wieder.

Der Staat hatte einem Kriegsgerichte die Aburteilung der Triester Führer der Verschwörung überantwortet. Man kennt das summarische Durchnehmen der Angelegenheiten, die einem solchen außergewöhnlichen Gerichtshofe übergeben werden, die Schnelligkeit, mit der die Verhandlungen und die Ausführung des Urteilsspruches sich folgen.

In vorliegendem Falle geschah dies folgendermaßen:

Am 25. Juni versammelte sich das Kriegsgericht in einem der niedrigen Säle des Schlosses Pisino und am selben Tage erschienen die Angeklagten vor demselben.

Die Debatten konnten nicht lange währen und sehr bewegte werden, da kein Zwischenfall zu erwarten war.

Die Verhandlung nahm um neun Uhr Früh ihren Anfang. Graf Sandorf, Graf Zathmar und Professor Stephan Bathory einerseits und Sarcany andrerseits sahen sich jetzt zum ersten Male seit ihrer Einkerkerung wieder. Der Händedruck, den Mathias Sandorf und seine beiden Freunde auf der Anklagebank mit einander wechselten, galt ihnen als ein erneuertes Zeugnis und eine erneuerte Versicherung der Gefühle, welche sie beseelten. Ein Zeichen Ladislaus Zathmar's und Stephan Bathory's deutete dem Grafen an, dass sie beide ihm die Sorge überließen, ihre Verteidigung vor den Richtern zu führen. Weder er noch die Übrigen hatten die Wohltat eines Verteidigers für sich beansprucht. Was Graf Sandorf bis dahin getan, war gut getan worden. Was er den Richtern zu sagen haben würde, würde gewiss gut gesagt werden.

Die Verhandlung wurde öffentlich geführt, das heißt, die Stalltüren standen offen. Indessen wohnten ihr nur wenige Personen bei, denn der Vorfall war nicht in die

Öffentlichkeit gedrungen. Es waren höchstens zwanzig Hörer zugegen, welche durchweg dem Schlosspersonale angehörten.

Zuerst wurde die Identität der Angeklagten festgestellt. Darauf fragte Graf Sandorf den Vorsitzenden des Gerichtshofes, wohin er und seine Genossen

behufs ihrer Aburteilung gebracht worden wären, erhielt jedoch keine Antwort auf seine Frage.

Die Identität Sarcany's wurde ebenfalls festgestellt, dieser sagte aber noch nichts, was seine Sache von derjenigen der Gefährten hätte trennen können. Alsdann wurde den Angeklagten die Abschrift des Billets vorgelegt, das der Polizei verräterisch in die Hände gespielt worden war

Als der Präsident sie fragte, ob sie eingeständen, das Original der ihnen vorgelegten Kopie erhalten zu haben, antworteten sie, dass es Sache des Gerichtshofes wäre, den Beweis hierfür zu liefern.

Auf diese Antwort hin zeigte man ihnen das Gitter, welches im Zimmer Ladislaus Zathmar's gefunden worden war.

Graf Sandorf und seine Freunde konnten nicht leugnen, dass dieses Gitter zu ihrem Besitze gehört hatte. Sie versuchten es auch nicht zu tun. Diesem handgreiflichen Beweise gegenüber konnte nichts gesagt werden. Da die Anwendung dieses Gitters ein Lesen der Geheimschrift des Billets gestattete, so war auch das letztere unbestreitbar von den Angeklagten in Empfang genommen worden.

Diese begriffen nun, wie das Geheimnis entdeckt werden konnte und auf welcher Grundlage die Anklage beruhte.

Von diesem Augenblicke an folgten Fragen und Antworten kurz und bündig auf einander.

Graf Sandorf konnte nicht mehr leugnen. Er sprach also im Namen seiner Freunde. Eine Bewegung war von ihnen vorbereitet worden, welche die Trennung Ungarns und Österreichs, ferner die Wiederaufrichtung des selbstständigen Königreiches der alten Magyaren herbeiführen sollte. Wenn ihre Verhaftung nicht erfolgt wäre, so würde der Ausbruch derselben unmittelbar erfolgt sein und Ungarn hätte seine Unabhängigkeit wieder gewonnen. Mathias Sandorf stellte sich als das Oberhaupt der Verschwörung hin und wollte seinen Mitangeklagten nur eine zweite Rolle in derselben zugewiesen wissen. Aber diese widersprachen den Worten des Grafen und wollten mit der Ehre, seine Mitschuldigen gewesen zu sein, auch die Ehre eines gemeinsamen Schicksals verbunden sehen.

Die Debatte konnte sich nicht mehr sehr in die Länge ziehen. Als der Vorsitzende die Angeklagten um ihre auswärtigen Verbindungen befragte, verweigerten sie jede Auskunft. Nicht ein Name wurde genannt, nicht ein einziger sollte genannt werden.

»Unsere drei Köpfe gehören Ihnen und diese mögen Ihnen genügen,« antwortete Graf Sandorf gelassen.

Nur drei Köpfe, denn Graf Sandorf bemühte sich gleich darauf, Sarcany als unschuldig hinzustellen, der als junger Buchhalter in das Haus Ladislaus Zathmar's vom Bankier Silas Toronthal gesandt worden war...

Sarcany konnte nicht anders, als die Aussage des Grafen Sandorf bestätigen. Er wusste nichts von einer Verschwörung. Er war vielleicht am meisten durch die Neuigkeit überrascht worden, dass in dieser friedlichen Wohnung am Acquedotto ein Komplott gegen die Sicherheit des Staates geschmiedet wurde. Er hätte darum nicht gegen seine Verhaftung Verwahrung eingelegt, weil er anfangs gar nicht gewusst, um was es sich eigentlich handelte.

Weder Graf Sandorf noch ihm machte es viele Mühe, die Situation dahin klar zu stellen und wahrscheinlich hatte das Kriegsgericht auch bereits in dieser Richtung seinen Entschluss gefasst. Denn die gegen Sarcany erhobene Anklage wurde auf Antrag des Berichterstatters alsbald fallen gelassen.

Gegen zwei Uhr Nachmittags waren die Verhandlungen beendet und nach sofort abgehaltener Beratung wurde das Urteil verkündet.

Graf Mathias Sandorf, Graf Ladislaus Zathmar und Professor Bathory wurden wegen Hochverrates gegen den Staat zum Tode verurteilt.

Die Verurteilten sollten auf dem Hofe der Festung selbst erschossen, das Urteil innerhalb achtundvierzig Stunden vollzogen werden.

Sarcany wurde in der Hauptsache von der Anklage freigesprochen, er sollte indessen im Kerker verbleiben bis zur Einsammlung der Gefangenenliste, was erst nach vollzogener Exekution geschehen konnte.

Derselbe Urteilsspruch verkündete auch die Einziehung aller Besitztümer der drei Angeklagten.

Man führte dann Sandorf, Zathmar und Bathory in das Gefängnis zurück.

Sarcany wurde in eine Zelle geführt, welche im Hintergrunde eines länglich runden Ganges in dem zweiten Stockwerke des Wartturmes gelegen war. Graf Sandorf und seine beiden Freunde wurden während der letzten Stunden ihres Lebens in einer ziemlich geräumigen Zelle eingekerkert, welche in demselben Stockwerke und genau am äußersten Ende der längsten Achse der Ellipse lag, welche der Korridor bildete. Jetzt war die Einzelhaft aufgehoben, die Verurteilten sollten bis zu ihrer Hinrichtung beisammen bleiben.

Diese Begünstigung wurde ihr Trost, ihre Freude, als sie wieder allein, als es ihnen unbenommen war, ihrer inneren Bewegung freien Lauf zu lassen. Hatten sie sich vor den Richtern standhaft gezeigt, so machte sich jetzt die Reaktion bei ihnen geltend und hier öffneten sie, der lästigen Zeugen ledig, ihre Arme und drückten sich gegenseitig an die Brust.

»Freunde, sagte Graf Sandorf, ich bin es, der Euren Tod herbeiführt. Aber ich brauche Euch nicht um Verzeihung zu bitten, denn es handelte sich um die Unabhängigkeit Ungarns. Unsere Sache war eine gerechte. Sie zu verteidigen, heischte die Pflicht. Es wird eine Ehre sein, für sie zu sterben!

– Mathias, antwortete Stephan Bathory, wir danken Dir im Gegenteil, dass Du uns zu Deinen Verbündeten bei diesem patriotischen Werke gemacht hast, welches die Arbeit Deines ganzen Lebens bildete.

– Wie wir auch im Tode noch Deine Genossen sein werden,« setzte Zathmar kaltblütig hinzu.

Dann während eines Augenblickes des Schweigens betrachteten alle Drei den düsteren Kerker, in dem sie die letzten Stunden ihres Daseins verbringen sollten. Ein schmales, in einer Höhe von vier bis fünf Fuß in die dicke Mauer des Turmes eingelassenes Fenster erleuchtete ihn spärlich. Er war mit drei eisernen Bettstellen, einigen Stühlen, einem Tische und mehreren kleinen, an den Wänden befestigten Brettern ausgestattet, auf welchen sich verschiedene Gebrauchsgegenstände vorfanden.

Während Ladislaus Zathmar und Stephan Bathory sich ihrem Nachdenken überließen, schritt Graf Sandorf in der Zelle auf und ab.

Ladislaus Zathmar, der allein auf der Welt stand und keinen Familienanhang besaß, brauchte nicht Umschau zu halten. Sein alter Diener Borik war der Einzige, der ihm eine Träne nachweinen konnte. Anders verhielt es sich mit Stephan Bathory. Sein Tod traf ihn nicht allein. Er hatte Frau und Kind, welche dieser Schicksalsschlag schwer traf. Diese ihm so teuren Wesen konnten den Tod davon haben. Und wenn sie ihn selbst überlebten, welch' eine Existenz erwartete sie! Welch' eine Zukunft stand der vermögenslosen Frau mit einem kaum acht Jahre alten Knaben bevor! Hätte Bathory auch Vermögen besessen, wäre es ihm nach diesem Urteilsspruche noch geblieben, der die Konfiskation ihres Vermögens zugleich mit ihrem Tode aussprach?

Dem Grafen Sandorf stand seine ganze Vergangenheit lebendig vor der Seele. Seine verstorbene Frau schwebte seinen Gedanken vor und sein kaum zwei Jahre altes Kind, das der Sorgfalt des Intendanten zur ferneren Erziehung nun ganz und gar überantwortet war. Er war es gewesen, der seine Freunde ins Verderben gestürzt hatte. Er fragte sich, ob er wohl richtig gehandelt hätte, ob er nicht weiter gegangen wäre, als ihm die Pflicht gegen das Vaterland vorschrieb, da die Strafe außer ihn selbst auch noch Unschuldige traf.

»Nein, nein! Ich habe nur meine Schuldigkeit getan, wiederholte er sich des Öfteren. Das Vaterland vor Allem, über Alles!«

Um fünf Uhr Abends trat ein Wächter in die Zelle und stellte das Mittagbrot der Verurteilten auf den Tisch; dann entfernte er sich wieder, ohne ein Wort gesprochen zu haben. Mathias Sandorf hätte gern in Erfahrung gebracht, wo er sich befände, in welche Festung man ihn eingekerkert hätte. Hatte schon der Präsident des Kriegsgerichtes diese Frage nicht beantworten zu müssen geglaubt, so war es noch viel weniger anzunehmen, dass der Wächter, den sehr bestimmte Vorschriften banden, darauf antworten würde.

Die Verurteilten berührten kaum das ihnen aufgetischte Essen. Sie verbrachten die übrigen Stunden des Tages mit dem Besprechen verschiedener Angelegenheiten und richteten sich an der Hoffnung wieder auf, dass die von ihnen veranlasste Bewegung eines Tages wieder aufgenommen werden würde. Dann kamen sie zu wiederholten Malen auf die Zwischenfälle bei der Verhandlung zurück.

»Wir wissen jetzt wenigstens, warum wir verhaftet wurden und dass die Polizei durch jenen Brief Alles entdeckt hat, von dem sie Kenntnis bekam.

– Ja, zweifellos, Ladislaus, antwortete Graf Sandorf, aber in wessen Hände ist dieses Billet, welches eines der letzten war, die wir bekommen hatten, zuerst gefallen und von wem konnte die Abschrift desselben herrühren?

– Und, setzte Bathory hinzu, wie ist es möglich gewesen, es ohne Gitter zu entziffern?

– Das Gitter muss uns also entwendet worden sein, und wäre es auch nur für einen Augenblick gewesen, sagte Sandorf.

– Gestohlen! Aber von wem? antwortete Ladislaus Zathmar. Am Tage unserer Verhaftung befand es sich noch im Schreibtische in meinem Zimmer, wo es dann auch von den Beamten gefunden worden ist.«

Man stand vor einem wirklichen Rätsel. Dass das Billet am Halse der es tragenden Taube gefunden und kopiert worden war, ehe es seinem Empfänger ins Haus geschickt wurde, dass man das Haus entdeckte, wo dieser Adressat wohnte, das konnte und musste schließlich als erwiesen angenommen werden. Dass aber die Geheimschrift ohne das Instrument, welches zu ihrer Bildung erforderlich gewesen war, entziffert werden konnte, war unbegreiflich.

»Und trotzdem, begann Graf Sandorf von Neuem, ist das Billet, wie wir als ganz bestimmt annehmen können, nur mit Hilfe des Schlüssels gelesen worden. Dieser Brief hat die Polizei auf die Spur der Verschwörung gebracht und auf ihm allein hat die ganze Anklage beruht.

– Nach dem, was geschehen, ist das »Wie« jetzt ganz gleichgültig, antwortete Stephan Bathory.

– Im Gegenteil, rief Sandorf, es ist sehr wichtig. Vielleicht sind wir verraten worden! Und wenn ein Verräter lebt... man kann nicht wissen...«

Graf Sandorf hielt inne. Der Name Sarcany's drängte sich plötzlich seinem Geiste auf; aber er warf den Gedanken wieder weit von sich und wollte ihn nicht einmal den Genossen mitteilen.

Mathias Sandorf und seine beiden Freunde fuhren fort, über das Unerklärliche bei ihrer Verhaftung und Verurteilung zu sprechen, bis die Nacht hereinbrach.

Am nächsten Morgen wurden sie durch den Eintritt des Wächters aus ihrem tiefen Schlummer geweckt. Ihr vorletzter Tag brach an. Vierundzwanzig Stunden später sollte die Hinrichtung stattfinden.

Stephan Bathory fragte den Mann, ob es ihm gestattet sein würde, seine Familie noch einmal bei sich zu sehen.

Der Wächter antwortete, dass er in dieser Richtung keine Verhaltungsmaßregeln empfangen hätte. Es war übrigens nicht sehr wahrscheinlich, dass die Regierung den Verurteilten diesen letzten Trost gewähren würde, weil die Angelegenheit bis zum Tage des Urteils ganz geheim behandelt und der Name der Festung, welche den Verbrechern als Gefängnis diente, nicht einmal genannt worden war.

»Können wir nicht wenigstens schreiben und werden unsere Briefe ihre Bestimmungsorte erreichen? fragte Graf Sandorf.

– Ich will Ihnen Papier, Feder und Tinte zur Verfügung stellen, antwortete der Wächter, und ich verspreche Ihnen, Ihre Briefe in die Hände des Gouverneurs zu legen.

– Wir danken Ihnen, mein Freund, sagte der Graf, weil Sie Alles für uns tun, so weit Sie es können. Was unsere Erkenntlichkeit anbelangt, so....

– Ihr Dank genügt mir, meine Herren,« antwortete der Wächter, der seine Rührung nicht verbergen konnte.

Der brave Mann zögerte nicht, das Gewünschte herbeizubringen und die Verurteilten brachten einen Teil des Tages damit zu, ihre letztwilligen Verfügungen zu treffen. Graf Sandorf erteilte mit dem Herzen eines besorgten Vaters seinem Töchterchen, das nun eine Waise wurde, seine Ratschläge; Stephan Bathory legte die volle Liebe des Gatten und Vaters in dem Lebewohl nieder, welches er seiner Frau und seinem Knaben übersandte; Ladislaus Zathmar schrieb, was nur ein Herr seinem alten Diener und einzigen Freunde schreiben kann.

Aber so in Anspruch genommen sie auch von ihrer Arbeit waren, so unzählige Male horchten sie dennoch im Verlaufe des Tages auf jedes ferne Geräusch, welches durch den Flur des Wartturmes schallte. Wie oft schien sich ihnen die Türe der Zelle öffnen zu wollen und es ihnen gestattet zu sein, ihre Frau, ihren Knaben, ihr Mädchen noch einmal umarmen zu dürfen. Das wäre wenigstens ein Trost gewesen! Vielleicht war es aber trotzdem besser, dass ein erbarmungsloser Befehl sie dieses letzten Lebewohles beraubte und ihnen dadurch eine herzzerreißende Scene ersparte.

Die Türe öffnete sich nicht. Zweifellos wussten weder Frau Bathory und ihr Sohn, noch der Intendant Landeck, dem des Grafen Sandorf kleines Töchterchen anvertraut war, wohin die Gefangenen nach ihrer Verhaftung gebracht worden waren; eben so wenig konnte es Borik wissen, der noch immer im Triester Gefängnisse saß. Es war auch kaum anzunehmen, dass sie Alle bereits wussten, welches Los die Führer der Verschwörung getroffen hatte. Die Verurteilten sollten Jene also vor der Vollziehung des Urteilsspruches nicht mehr zu sehen bekommen.

In dieser Weise vergingen die ersten Stunden des Tages. Mehrfach plauderte Graf Sandorf mit den Freunden, eben so oft aber auch saß Jeder für sich in tiefes

Nachdenken versunken da. In solchen Augenblicken drückt sich im Gedächtnis die ganze Vergangenheit mit einer fast übernatürlichen Deutlichkeit ab.

Man scheint sich nicht in das Gewesene zu versenken, die Erinnerung nimmt die Gestalt der Gegenwart an. Ist das bereits eine Ahnung der Ewigkeit, die sich uns erschließen will, dieses unfasslichen und unermesslichen Zustandes aller Dinge, der sich die Unendlichkeit nennt?

Während Stephan Bathory und Ladislaus Zathmar sich rückhaltlos ihren Erinnerungen hingaben, wurde Mathias Sandorf unablässig von einem ihn ganz beherrschenden Gedanken bewegt. Er zweifelte nicht mehr an das Vorhandensein eines Verrates an ihrer Sache. Für einen Mann seines Charakters aber war ein Sterben, ohne an dem Verräter Vergeltung geübt zu haben, wer immer es auch gewesen war und trotzdem er ihn nicht kannte, ein zweifacher Tod. Wer konnte es gewesen sein, der das Billet, dem die Polizei die Entdeckung der Verschwörer und deren Verhaftung verdankte, aufgefangen, gelesen, ausgeliefert, vielleicht auch verkauft hatte?... Gegenüber diesem unlöslich scheinenden Problem wurde das überangestrengte Gehirn des Grafen fast eine Beute des Fiebers.

Er ging, während die Freunde schrieben oder stumm und unbeweglich dasaßen, unruhig, aufgeregt an den Mauern der Zelle entlang, wie ein der Freiheit beraubtes edles Tier.

Eine merkwürdige Erscheinung, die aber vollständig durch die Gesetze der Akustik zu erklären war, sollte ihm endlich das langgesuchte Geheimnis aufdecken, auf dessen Offenbarung er kaum noch zu hoffen gewagt hatte.

Schon einige Male hatte Graf Sandorf nahe dem Winkel auf seiner Wanderung Halt gemacht, welchen die innere Scheidewand mit der äußeren Mauer des Korridors bildete, auf den sich die verschiedenen in diesem Stockwerk gelegenen Zellen des Turmes öffneten. In dieser Ecke, dicht neben der Tür glaubte er ein, noch wenig fassbares Gemurmel entfernter Stimmen zu vernehmen. Zuerst schenkte er der Beobachtung wenig Aufmerksamkeit, aber plötzlich ließ ihn das Aussprechen eines Namens, des seinigen, schärfer hinhorchen.

Hier spielte sich anscheinend ein akustisches Phänomen ab, ähnlich demjenigen, welches man im Inneren der Galerien von Kirchen oder unter Wölbungen elipsoider Form beobachten kann. Der Schall der Stimme ist, nachdem er den Konturen der Mauern gefolgt, von der einen Seite der Ellipse auf einen anderen Raum übergegangen, ohne von irgend einem dazwischen liegenden Punkte aufgehalten worden zu sein. Man findet diese Erscheinung in der Krypta des Pantheons in Paris, im Inneren der Kuppel von Sankt Peter in Rom; ebenfalls in der »*whispering galery*«, der »tönenden Galerie« von Sankt Paul in London. Unter den gegebenen Bedingungen wird selbst das kleinste und mit leisester Stimme gesprochene Wort deutlich im gegenüberliegenden Raume hörbar.

Es war zweifellos, dass sich zwei oder mehrere Personen, sei es auf dem Flur selbst, sei es in einer am äußersten Ende seines Durchmessers gelegenen Zelle unterhielten und dass der Brennpunkt sich nahe der Tür der von Mathias Sandorf bewohnten Zelle befand.

Ein Zeichen von ihm brachte seine Freunde in seine Nähe. Sie horchten mit aufmerksam gespannten Sinnen.

Es schlugen deutlich Bruchstücke von Redewendungen an ihr Ohr, zusammenhanglose Sätze, je nachdem sich die Sprecher, selbst unmerklich, von dem Punkte entfernten, dessen Lage die Erzeugung des Phänomens ermöglichte.

Sie hörten in Absätzen folgende Unterhaltung:

»Morgen nach der Exekution werden Sie in Freiheit gesetzt...«

»Und dann werden die Güter des Grafen Sandorf zu gleichen Teilen...«

»Ohne meine Hilfe hätten Sie das Billet vielleicht nicht entziffern können...«

»Und wenn ich es nicht vom Halse der Taube genommen hätte, würden Sie es nie in die Hände bekommen haben...«

»Jedenfalls kann uns Niemand verdächtigen, dass es uns die Polizei zu danken hat...«

»Und wenn selbst die Verurteilten jetzt einen Verdacht hegen...«

»Weder Verwandte noch Freunde, Niemand wird bis zu ihnen dringen...«

»Auf morgen, Sarcany...

– Auf morgen, Silas Toronthal...«

Die Stimmen schienen sich zu entfernen und bald hörte man eine Tür sich schließen.

»Sarcany und Silas Toronthal, sie, also sie sind es!« rief Graf Sandorf.

Er war bleich geworden und blickte seine Freunde an. Unter einem krampfartigen Zusammenziehen hatte einen Augenblick hindurch sein Herz zu schlagen aufgehört. Seine Pupillen hatten sich erschreckend erweitert, sein Hals sich gerötet, sein Kopf schien in die Schultern gesunken zu sein, Alles zeigte den furchtbaren, bis an die äußersten Grenzen der Möglichkeit getriebenen Zorn an, der ihn durchbebte.

»Sie, sie, diese Elenden!« wiederholte er, fast schreiend.

Endlich kehrte ihm die Besonnenheit zurück, er blickte um sich und durchmaß den Raum mit hastigen Schritten.

»Fliehen! rief er, wir müssen fliehen!«

Und dieser Mann, der einige Stunden später mutig in den Tod gehen wollte, dieser Mann, der nicht einmal daran gedacht hatte, um sein Leben zu kämpfen, derselbe Mann hatte jetzt nur einen Gedanken: zu leben, um diese beiden Verräter, Toronthal und Sarcany, züchtigen zu können.

»Ja, wir müssen uns rächen! riefen jetzt auch Stephan Bathory und Ladislaus Zathmar.

– Uns rächen? Nein! Wir wollen Gerechtigkeit üben!«

Der ganze Charakter des Grafen Sandorf spiegelte sich in diesen Worten ab.

SECHSTES KAPITEL. DER WARTTURM VON PISINO.

Die Festung von Pisino gehört mit zu den wunderlichsten Bauten mittelalterlicher Festungsarchitektur. Sie macht sich mit ihrem feudalen Aussehen sehr malerisch. Es fehlen in ihren langen, gewölbten Hallen nur die Ritter, Schlossfrauen, mit langen, gestickten Gewändern und Spitzenhauben angetan an den Spitzbogenfenstern, Bogen- oder Armbrustschützen auf den ausgezackten Mauerkränzen, an den Schießscharten ihrer Galerien, an dem Schutzgatter der Fallbrücken. Das Steinwerk steht noch unbeschädigt da, aber der Gouverneur in seiner österreichischen Uniform, die Soldaten in ihrem neuzeitigen Anzuge, die Wächter und Torhüter, sie zeigen nichts mehr von dem halb gelben und roten Kostüm der alten Zeit und bringen einen Misston in diese prächtigen Überreste aus einem verflossenen Zeitalter.

Von dem Wartturm dieser Festung aus beabsichtigte Graf Sandorf während der letzten Stunden vor seiner Hinrichtung zu entfliehen. Ein unsinniger Versuch, da die Gefangenen nicht einmal wussten, wie der Turm, der ihnen als Gefängnis diente, beschaffen war, da sie ferner das Land nicht kannten, welches sie nach vollführter Flucht durchkreuzen mussten.

Vielleicht war es gut, dass ihr Wissen in dieser Beziehung gleich Null war. Wären sie besser unterrichtet gewesen, so würden sie wahrscheinlich vor den Schwierigkeiten, besser gesagt vor der Unmöglichkeit eines solchen Unternehmens zurückgebebt sein.

Nicht etwa, weil die Provinz Istrien ungünstige Aussichten auf ein Entkommen bietet, da Flüchtlinge, gleichviel, welche Richtung sie einschlagen würden, in wenigen Stunden stets irgendeinen Punkt des Ufers erreichen müssen. Nicht etwa, weil vielleicht die Straßen Pisinos so streng bewacht werden, dass man darauf gefasst sein muss, nach dem ersten Schritt, den man in ihnen tut, schon wieder ergriffen zu werden. Aber bis dahin war ein Entweichen aus dieser Festung, und besonders aus diesem, von den Gefangenen bewohnten Turm für eine vollständige Unmöglichkeit gehalten worden. Ein derartiger Gedanke selbst konnte Einem kaum kommen.

Die Lage und die äußere Gestaltung des Wartturmes der Festung Pisino waren, wie folgt beschaffen.

Der Turm erhebt sich auf derjenigen Seite der Anhöhe, welche an dieser Stelle der Stadt plötzlich ein Ende macht. Wenn man sich über die Brustwehr dieser Terrasse lehnt, so taucht der Blick in einen breiten und tiefen Schlund, dessen steile Wände von langarmigen Schlingpflanzen in unentwirrbarem Gemisch umkränzt werden und schnurgerade in die Tiefe gehen. Nichts unterbricht ihre glatte Fläche. Keine Stufe zeigt sich, mit deren Hilfe man hinauf- oder herunterklettern, nirgends eine Handhabe, auf die man sich stützen könnte. Nur die in willkürlicher Ordnung sich gebenden, glatten, ausgebleichten, unbestimmten Streifen sieht man, welche die schräge Spaltung der Felsen andeuten. Wir haben mit einem Worte einen Abgrund vor uns, der unseren Blick anzieht, fesselt und welcher von dem, was da hinein geworfen wird, gewiss nichts wieder herausgibt.

Oberhalb dieses Abgrundes steigt eine der Seitenwände des Turmes auf, hie und da ist sie von Fenstern durchbrochen, die den Zellen in den verschiedenen Stockwerken das Licht zuführen. Wenn ein Gefangener sich aus einer dieser Öffnungen herausgebeugt hätte, so würde er jedenfalls vor Schreck zurückgeprallt sein, wenn ihn nicht ein plötzlicher Schwindel schon zuvor in den Abgrund gerissen haben würde. Und wohin wäre er wohl geraten, wenn er hinuntergefallen sein würde? Entweder wäre sein Körper auf den am Boden des Abgrundes befindlichen Felsen zerschmettert oder von einem Gießbache fortgeschwemmt worden, dessen Flut zur Zeit des Wasserganges von den Bergen von einer unwiderstehlichen Kraft ist.

Dieser Abgrund wird dort zu Lande der Buco genannt. Er dient als Rezipient für die Wasserfülle eines Baches, der die Foïba geheißen wird. Dieser Bach fließt nur durch eine Höhle ab, die sich allmählich durch die Felsen Bahn gebrochen hat und in sie hinein ergießt er sich mit dem Ungestüme eines Stromes oder einer Springflut. Wohin geht unter der Stadt fort sein Lauf? Man weiß es nicht. Wo erscheint er wieder? Auch das weiß man nicht. Man kennt von dieser Höhle oder vielmehr von diesem Kanal, der sich durch den Schiefer und den Ton seinen Weg gebohrt hat, weder Länge noch Höhe, noch seine Richtung. Wer vermag zu sagen, ob die Gewässer sich nicht an hunderten von Vorsprüngen, an einem Walde von Pfeilern brechen, die als ungeheurer Unterbau Stadt und Festung vollständig tragen. Als einst ein nicht zu hoher und nicht zu niedriger Wasserstand die Benützung eines leichten Bootes gestattete, hatten schon einmal kühne Forscher versucht, den Lauf der Foïba durch diesen dunklen Schlund zu verfolgen; aber das Niedrigerwerden der Wölbungen hatte ihnen bald ein unüberwindliches Hindernis entgegengestellt. Man wusste eben von der Beschaffenheit dieses unterirdischen Flusslaufes nichts. Vielleicht verlor er sich in irgendeiner unsichtbaren Stelle, die sich unterhalb des Niveaus des Adriatischen Meeres gebildet hatte.

So beschaffen also zeigte sich der Buco, von dessen Vorhandensein Graf Sandorf überhaupt keine Ahnung hatte. Da eine Flucht nur durch das einzige Fenster der Zelle, welches sich über dem Buco öffnete, möglich war, so bedeutete diese für ihn einen eben so gewissen Tod, als wenn er sich vor die Front eines Exekutionspelotons gestellt hätte.

Ladislaus Zathmar und Stephan Bathory warteten nur noch auf den Augenblick des Handelns; sie waren, wenn es sein musste, bereit, zu bleiben, um dem Grafen Sandorf durch ihre Aufopferung zu Hilfe zu kommen, und eben so entschlossen, ihm zu folgen, wenn ihre Flucht nicht die seinige vereiteln konnte.

»Wir fliehen zusammen, sagte Mathias Sandorf, trennen uns aber, sobald wir draußen angelangt sind.«

Von der Stadt herauf tönte das Schlagen der achten Stunde. Den Verurteilten blieben also nur noch zwölf Stunden zum Leben.

Die Nacht begann herniederzusinken, allem Anscheine nach blieb sie eine dunkle. Dicke, fast unbeweglich erscheinende Wolken zogen sich schwerfällig am Himmel zusammen. Die schwüle, erstickende Luft schien mit Elektrizität durchsättigt, ein heftiges Unwetter war im Anzuge. Noch zuckten keine Blitze aus diesen, wie

Akkumulatoren des elektrischen Stromes aufgestellten Dunstmassen, aber schon lief ein dumpfes Grollen an der Gebirgskette entlang, die Pisino einschließt.

Eine unter diesen Verhältnissen ausgeführte Flucht hätte zweifellos einige günstige Aussichten gehabt, wenn sich eben nicht jener unbekannte Abgrund unter den Füßen der Flüchtigen befunden haben würde. In der stockdunklen Nacht war er nicht zu sehen, beim Tosen des Gewitters war von ihm nichts zu hören.

Wie Graf Sandorf von vornherein eingesehen hatte, war die Flucht nur durch das Fenster der Zelle möglich. An ein Dringen durch die Tür, an ein Eindrücken ihrer starken, eichenen, mit eisernen Beschlägen versehenen Bohlen konnte nicht gedacht werden. Der Schritt einer Schildwache hallte auch von den Fliesen des Korridors wider. Und wenn man auch schon die Tür glücklich hinter sich gehabt hätte, so würde man sich durch das Labyrinth im Innern der Festung doch nicht hinausgefunden haben. Und wie hätte man durch das Schutzgatter und über die Zugbrücke kommen sollen, die doch gewiss von Soldaten scharf bewacht wurden? Auf der Seite des Buco gab es allerdings keinen Posten. Aber der Buco verteidigte diese Seite des Wartturmes besser, als es ein Ring von Soldaten getan hätte.

Graf Sandorf beschäftigte sich also lediglich damit, zu untersuchen, ob das Fenster ihnen Durchlass gewähren würde.

Dieses maß ungefähr drei und einen halben Fuß in der Höhe und zwei Fuß in der Breite. Es erweiterte sich auf der Außenseite der Mauer, die an dieser Stelle an vier Fuß stark sein mochte. Ein eiserner, solide gearbeiteter Querbalken verriegelte es. Er war in die Wand, nahe ihrer inneren Fläche eingelassen. Ein hölzerner Blendkasten, der das Licht nur von oben hereindringen lässt, fehlte hier. Dieser wäre deshalb nutzlos angebracht gewesen, weil die Öffnung so geartet war, dass der Blick nicht in die Schlucht des Buco dringen konnte. Wenn man es also durchsetzte, diesen Querbalken auszureißen, oder fortzubringen, so war es leicht, durch das Fenster zu schlüpfen, welches mehr einer in die Mauer einer Festung eingelassenen Schießscharte, als einem solchen glich. Wie aber sollte sich weiter das Herunterklettern an der steilen äußeren Mauer gestalten, wenn der Durchgang durch das Fenster erzwungen war? Mittelst einer Strickleiter? Die Gefangenen besaßen keine und hatten auch keine Gelegenheit gehabt, sich eine solche herzustellen. Mit Benützung der Betttücher? Sie hatten als Unterlagen nur dicke, wollene Decken, welche über Matratzen ausgebreitet waren; diese wiederum lagen auf eisernen Gestellen, die an der Wand der Zelle befestigt waren. Es wäre also trotzdem eine Unmöglichkeit gewesen, durch das Fenster zu entkommen, wenn Graf Sandorf nicht bereits eine eiserne Kette oder vielmehr ein eisernes Kabel entdeckt hätte, das an der Außenwand des Turmes herabhing und das Ausbrechen erleichtern konnte.

Dieses Kabel war der Konduktor des Blitzableiters, der auf dem First des Daches über derjenigen Seite des Turmes angebracht war, welche sich senkrecht über dem Buco erhob.

»Ihr seht dieses Kabel, sagte Graf Sandorf zu seinen beiden Freunden. Wir müssen den Muth haben und dieses zu unserer Flucht benutzen.

– Den Muth haben wir schon, antwortete Ladislaus Zathmar, aber werden wir auch die Kraft besitzen?

– Was tut das? erwiderte ihm Stephan Bathory. Wenn uns die Kraft verlässt, sterben wir eben einige Stunden früher.

– Wir brauchen nicht zu sterben, Stephan, sagte Mathias Sandorf. Höre nur gut zu, und auch Sie, Ladislaus, achten Sie wohl auf meine Worte. Wenn wir einen Strick besäßen, so würden wir doch nicht zögern, ihn außerhalb des Fensters zu befestigen und uns an ihm auf den Boden herabzulassen? Gut, dieses Kabel ist mehr wert, als ein Strick in Folge seiner Steifheit und muss uns das Herunterkommen erleichtern. Wir brauchen nicht daran zu zweifeln, dass es, wie alle Konduktoren von Blitzableitern, mit eisernen Klammern an der Mauer befestigt sein wird. Diese Klammern bilden für uns eben so viele feste Stützpunkte für unsere Füße. Da das Kabel also fest an der Mauer sitzt, so haben wir Schwankungen desselben nicht zu befürchten, eben so wenig brauchen wir um Schwindelanfälle besorgt zu sein, da es Nacht ist und wir nichts von der Leere unter uns sehen können. Dieses Fenster eröffnet uns einen Ausgang und mit kaltem Blute und mit etwas Muth werden wir uns die Freiheit erkaufen. Möglicherweise wagen wir dabei unser Leben. Aber wenn die Hoffnung auf ein glückliches Entkommen sich auch nur im Verhältnis von 10 zu 100 uns bietet, so hat das wenig zu sagen, weil, wenn uns die Wächter morgen Früh in der Zelle noch vorfinden, uns der Tod so sicher ist wie 100 zu 100.

– Sei es also! rief Ladislaus Zathmar.

– Wo mag dieses Kabel enden? fragte Stephan Bathory.

– Wahrscheinlich in einem Brunnen, erwiderte Mathias Sandorf, aber jedenfalls außerhalb des Turmes, und mehr verlangen wir ja nicht. Ich weiß und sehe nur das Eine, dass uns am Ende der Kette die Freiheit vielleicht winkt.«

Graf Sandorf täuschte sich in seiner Annahme, dass das Kabel mit eisernen Haken an der Mauer befestigt wäre, nicht; dieselben waren in gewissen Zwischenräumen in die Wandung eingesetzt. Sie gewährten eine größere Möglichkeit des Hinabkommens, weil die Flüchtlinge sie wie die Sprossen einer Leiter benutzen konnten und sie durch dieselben vor einem zu jähen Heruntergleiten geschützt wurden. Aber was sie nicht wussten, war, dass der eiserne Leitungsdraht vom Kamme des Plateaus an, von welchem die Mauer des Wartturmes aufstieg, frei und unbefestigt hin und her schwankte und dass sein unterstes Ende in das Wasser der Foïba selbst tauchte, die zu dieser Zeit durch die letzten Regengüsse besonders stark angeschwollen war. Dort, wo sie festen Boden zu finden hofften, auf dem Grunde der Schlucht, gähnte ein Strudel, dessen Gewässer sich mit

Ungestüm in die Höhle des Buco ergossen. Wenn sie das gewusst hätten, wären sie vor dem Versuche einer Flucht zurückgeschreckt? Nein, gewiss nicht!

»Tod um Tod! hatte Mathias Sandorf gesagt, wir werden sterben, nachdem wir Alles versucht haben werden, um dem Tode zu entgehen.«

Vor allen Dingen galt es, sich einen Weg durch das Fenster zu bahnen. Die eiserne Klammer, welche es versperrte, musste ausgerissen werden. Würde das ohne ein Brecheisen, ohne Zange, ohne irgendein Werkzeug wohl zu ermöglichen sein? Die Gefangenen besaßen nicht einmal ein Messer.

»Das Übrige wird nicht schwer sein, sagte Mathias Sandorf, aber das ist vielleicht unausführbar. Ans Werk!«

Mit diesen Worten zog sich Graf Sandorf bis zum Fenster hinauf; er ergriff die Klammer kräftig mit der einen Hand und fühlte, dass es vielleicht auch ohne große Mühe gelingen würde, sie auszureißen.

Die eisernen Stangen saßen in der Tat etwas locker in den Mauerhöhlen. Das zu ihrer Befestigung dienende Steinwerk bot einen nur mittelmäßigen Widerstand. Sehr wahrscheinlich war das Kabel des Blitzableiters, bevor gewisse Ausbesserungen gemacht worden waren, in einem sehr schlechten Leitungszustande gewesen.

Der elektrische Funke war alsdann, von der eisernen Fensterklammer angezogen, in die Mauer selbst gedrungen, und man weiß, wie grenzenlos, so zu sagen, seine Kraft ist. Aus diesem Grunde zeigten sich jetzt Brüche in den Höhlen, in denen die Enden der eisernen Stangen ruhten, und eine Zerbröckelung des Gesteins, die bereits zu einem schwammigen Zustande desselben geführt hatte, als wenn es von Millionen von elektrischen Funken durchsiebt worden wäre.

Stephan Bathory war es, der mit wenigen Worten eine Erklärung dieser Erscheinung gab, sobald er sie seinerseits in Augenschein genommen hatte.

Hier handelte es sich aber nicht um wissenschaftliche Erklärungen, sondern um schnelles Zugreifen, da jeder Augenblick kostbar war. Wenn es gelang, die Enden der eisernen Stangen dadurch frei zu machen, dass man die Schutzsteine ihrer Höhlen springen ließ, so würde es auch vielleicht zu ermöglichen sein, das Fensterkreuz nach außen zu drängen und so eine breitere, von innen nach außen gehende Öffnung zu schaffen; dann wollte man es in die Tiefe fallen lassen. Der Lärm, den der Fall machte, konnte inmitten der lang dahin rollenden Donnerschläge nicht gehört werden, die sich schon in unaufhörlicher Folge über die niedrigeren Zonen des Himmels fortpflanzten.

»Wir können aber die Steine doch nicht mit unseren Händen losreißen? meinte Ladislaus Zathmar.

– Nein, erwiderte Graf Sandorf. Wir brauchen irgend ein Stück Eisen, eine Klinge –«

Etwas Derartiges war allerdings von Nöten. So zerreiblich auch die Mauerwand an den betreffenden Stellen erschien, so wären trotzdem die Nägel abgebrochen und die Finger hätten sich bei dem Versuche, den Stein mürbe zu machen, blutig geschunden. Wenn man das Werk beginnen wollte, musste man wenigstens einen Nagel zur Verfügung haben.

Graf Sandorf blickte in dem unbestimmten Lichte, welches vom schwach beleuchteten Flur durch den Türknauf in die Zelle drang, um sich. Er tastete mit der Hand die Mauern ab, in denen sich vielleicht noch ein eingeschlagener Nagel befand. Er fand indessen nichts. Dann hatte er den vielleicht ausführbaren Gedanken, einen Fuß der eisernen Bettstellen, welche an der Wand befestigt waren, abzubrechen. Alle drei begannen diese Arbeit und bald störte Stephan Bathory die Tätigkeit der Genossen durch einen halblauten Zuruf.

Der Stift einer der Metallstäbe, deren Lage über Kreuz den Bettboden bildete, hatte nachgegeben. Man brauchte diesen locker gewordenen Stab nur an seinem einen Ende zu fassen, ihn nach links und nach rechts mehrere Male zu drehen, um ihn ganz von dem Gestelle los zu bekommen.

Das war im Handumdrehen geschehen. Graf Sandorf besaß nun ein Werkzeug von fünf Zoll Länge und einem Zoll Breite, das er am Handgriff mit seinem Halstuche umwickelte; dann kehrte er zur Fensteröffnung zurück und begann den äußeren Rand der vier Höhlungen zu bearbeiten.

Sein Arbeiten konnte natürlich nicht ohne Geräusch abgehen. Glücklicherweise wurde es vom Grollen des Donners übertönt. Während der Pausen, die das Gewitter machte, verhielt sich auch Graf Sandorf still, nachher nahm er seine Arbeit, die schnell vorrückte, umso emsiger wieder auf.

Stephan Bathory und Ladislaus Zathmar horchten an der Tür, um ihn zu unterbrechen, sobald der Posten sich der Tür näherte.

Ein »Pst« entschlüpfte plötzlich den Lippen von Ladislaus Zathmar; das Arbeiten hörte sofort auf.

»Was gibt es? fragte Stephan Bathory.

– Hören Sie!« antwortete Zathmar.

Er hatte sein Ohr dem Brennpunkte der elipsoiden Wölbung nahe gebracht und von Neuem zeigte sich die akustische Erscheinung, welche den Gefangenen das Geheimnis des Verrates offenbart hatte. Folgende Sätze konnten noch in kurzen Pausen von den Lauschern aufgefangen werden:

»Morgen... Freiheit... gesetzt...«

»Ja... Gefangenenliste... aufgenommen... und...«

»Nach der Exekution... dann... ich werde mit meinem Kameraden Zirone in Sizilien zusammentreffen, woselbst er mich erwarten soll...«

»Sie würden keinen so langen Aufenthalt... Turm von...«

Augenscheinlich plauderten Sarcany und ein Aufseher zusammen. Sarcany sprach jetzt auch den Namen eines gewissen Zirone aus, der bei der Angelegenheit beteiligt gewesen zu sein schien; Mathias Sandorf prägte denselben sorgfältig seinem Gedächtnisse ein.

Unglücklicherweise schlug das letzte Wort, dessen Kenntnis den Gefangenen von großem Nutzen gewesen wäre, nicht an ihr Ohr. Gegen das Ende des letzten Satzes ertönte ein heftiger Donnerschlag, während der elektrische Funke am Blitzableiter herniederfuhr, sprangen Strahlenbüschel auf das metallene Band hinüber, das Graf Sandorf in der Hand hatte. Ohne den Seidenstoff, mit dem es umwickelt war, hätte der Graf durch den elektrischen Strom sicher den Tod gefunden.

Das letzte Wort, der Name des Wartturmes, war also in dem heftigen Krachen des Donners verhallt. Die Gefangenen hatten es nicht verstehen können; wissen zu können, in welche Festung sie eingesperrt waren, durch welche Provinz ihre Flucht gehen musste, wie sehr hätte das die Aussichten auf ein gutes Gelingen des Ausbruches vermehrt, der unter so schwierigen Verhältnissen begonnen wurde!

Graf Sandorf hatte wieder seine Tätigkeit aufgenommen. Drei Löcher waren schon so weit ausgebrochen worden, dass die Eisenstangen bequem hinausgingen. Das vierte wurde beim Leuchten der unaufhörlich den Himmelsraum durchfurchenden Blitze in Angriff genommen.

Um zehn ein halb Uhr war das Werk vollständig getan. Das von den Wänden befreite Fensterkreuz ließ sich durch die Öffnung schieben. Man brauchte es nur noch hindurch zu stoßen, damit es jenseits der Mauer zu Boden fallen konnte. Das geschah, sobald Ladislaus Zathmar den Wachposten auf dem Flur sich entfernen hörte.

Das aus der jenseitigen Fensteröffnung herausgestoßene Fensterkreuz überstürzte sich und verschwand.

In diesem Augenblicke gerade schwieg das Unwetter. Graf Sandorf lauschte aufmerksam, um von dem Geräusche etwas zu vernehmen, welches dieses schwerfällige Stück durch das Aufschlagen auf den Boden verursachen musste. Er vernahm nichts.

»Der Turm muss auf einem hohen Felsen erbaut sein, der das Tal beherrscht, bemerkte Stephan Bathory.

– Was tut die Höhe? fragte Sandorf. Das Kabel des Blitzableiters muss jedenfalls den Boden irgendwo erreichen, denn sonst könnte es nicht funktionieren. Wir werden ihn also ebenfalls erreichen, ohne einen Sturz befürchten zu müssen.«

Eine im Allgemeinen richtige Annahme, die sich in diesem Falle jedoch falsch erwies, weil das Ende der Leitung in das Wasser der Foïba führte.

Das Fenster stand offen, der Augenblick der Flucht war gekommen.

»Wir wollen uns nun folgendermaßen verhalten, Freunde, sagte Graf Sandorf. Ich bin der Jüngste und, wie ich glaube, auch der Kräftigste. Ich werde also zuerst versuchen, am Blitzableitungsdraht hinunter zu gleiten. Sobald ein unmöglich schon jetzt vorauszusehender Umstand mich hindern sollte, den festen Boden zu erreichen, werde ich vielleicht noch die Kraft haben, wieder bis zum Fenster hinaufzuklimmen. Zwei Minuten später schlüpfst Du, Stephan mir nach. Abermals nach zwei Minuten nehmen Sie, Ladislaus, denselben Weg. Wenn wir Drei unten am Fuße des Berges wieder vereinigt sind, werden wir je nach den Umständen weiter überlegen, was zu tun ist.

– Wir werden Dir gehorchen, Mathias, antwortete Stephan Bathory. Wir werden tun, was Du uns zu tun befiehlst, und werden gehen, wohin Du uns schicken wirst. Wir wollen aber nicht, dass Du den Hauptteil der Gefahr für Dich allein in Anspruch nimmst...

– Unser Leben ist nicht so viel wert als das Ihrige, setzte Graf Zathmar hinzu.

– Es ist in Anbetracht des Aktes der Gerechtigkeit, den wir zu erfüllen haben, sehr viel wert, antwortete Mathias Sandorf, und wenn nur ein Einziger von uns am Leben bleibt, so wird er derjenige sein, der Gerechtigkeit zu üben hat. Umarmt mich, Freunde!«

Die drei Männer umarmten sich mit Herzlichkeit, und es schien, als hätten sie aus dieser Umarmung größere Entschlossenheit geschöpft.

Während Ladislaus Zathmar an der Tür der Zelle Stellung nahm, schlüpfte Graf Sandorf in die Öffnung. Einen Augenblick später hing er über dem Abgrund.

Seine Knie schlossen sich fest an das eiserne Kabel, Hand über Hand ließ er sich herunter, wobei er mit den Füßen die Klammern möglichst zu erreichen suchte, um einen Augenblick auf ihnen ruhen zu können.

Das Unwetter wütete indessen mit der schrecklichsten Heftigkeit. Es regnete nicht, aber der Wind pfiff entsetzlich. Die Blitze folgten unmittelbar auf einander. Ihre Strahlen umzuckten in Zickzack-Linien den Wartturm, der durch seine isolierte Lage in einer bedeutenden Höhe sie besonders anzog. Die Spitze des Blitzableiters funkelte in einem weißen Lichte, das der elektrische Strom in der Gestalt eines Strahlenbüschels dort entzündet hatte, und sein Schaft schwankte unter den Stößen der Windsbraut.

Man begreift, welche Gefahr damit verknüpft war, sich an dieser Leitung fest zu halten, durch die unaufhörlich der elektrische Strom zu den Gewässern im Buco herniederfloss. Wenn der Apparat sich in gutem Zustande befand, so brauchte man nicht sehr besorgt zu sein, getroffen zu werden, denn die außerordentliche Leitungsfähigkeit des Metalles, welche derjenigen des menschlichen Körpers weit überlegen ist, musste den kühnen Kletterer am Kabel schützen. Sobald aber die Fortpflanzungsfähigkeit des Drahtes eine Lücke zeigte oder ein Bruch an seinem unteren Teile entstanden war, war auch die Möglichkeit eines Einschlagens des Blitzes durch die Vereinigung der beiden Ströme, des positiven und des negativen,[1] gegeben, auch ohne ein gleichzeitiges Aufleuchten des Blitzstrahles, das heißt also, lediglich durch die Spannung des im fehlerhaften Apparate aufgehäuften Fluidums.

Graf Sandorf wusste wohl, welcher Gefahr er sich aussetzte. Aber ein mächtigeres Gefühl als der Trieb der Selbsterhaltung machte ihm Muth. Er ließ sich langsam, vorsichtig, inmitten der elektrischen Ströme nieder, die ihn vollständig einhüllten. Sein Fuß suchte längs der Mauer jeden Haken und ruhte einen Augenblick auf demselben.

Dann, wenn ein greller Blitz den unter ihm gähnenden Abgrund erleuchtete, versuchte er, jedoch vergebens, die Tiefe mit den Augen zu ermessen.

Als Mathias Sandorf sich an sechzig Fuß unterhalb des Fensters der Zelle befand, fühlte er unter sich einen festeren Stützpunkt. Es war eine Art Mauerbank, die einige Zoll über die Grundmauer ragte. Das Kabel endete hier noch nicht, es führte noch weiter hinab und von hier an – was der Flüchtige aber nicht wissen konnte – war es unbefestigt; es zog sich bald dicht an der Felswand entlang, bald hing es frei in der Luft, wenn es an einigen Vorsprüngen, die den Abgrund überragten, sich stieß.

Graf Sandorf machte hier Halt, um Atem zu schöpfen. Seine beiden Füße ruhten auf der Bank, seine Hände ließen das eiserne Tau nicht los. Er ahnte, dass er die unterste Steinschicht des Turmes erreicht hatte. Er konnte indessen nicht abschätzen, in welcher Höhe dieser das tiefer liegende Tal beherrschte.

»Es muss sehr tief liegen,« dachte er bei sich.

Große, aufgescheuchte, durch das blendende Licht der Blitze erschreckte Vögel umflatterten ihn mit heftigen Flügelschlägen; sie tauchten, anstatt sich in die Lüfte zu erheben, in die Tiefe hinab. Daraus konnte der Graf schließen, dass ein Abgrund sich unter ihm öffnen musste.

In diesem Augenblicke ließ sich ein Geräusch weiter oben am Kabel vernehmen. Bei dem flüchtigen Scheine eines Blitzes sah Mathias Sandorf sich eine dunkle Masse von der Mauer ablösen.

Es war Stephan Bathory, der nun ebenfalls aus dem Fenster schlüpfte. Er hatte sofort den metallenen Leitungsdraht erfasst und glitt langsam dem Grafen Sandorf nach. Dieser erwartete ihn mit fest auf die Steinwand gestemmten Füßen. Dort musste Stephan Bathory seinerseits Halt machen, während sein Gefährte den Weg fortsetzen wollte.

In wenigen Augenblicken standen Beide, von der Mauerbank getragen, neben einander.

Sobald der letzte Donner verhallt war, konnten sie sich verständigen.

»Wo bleibt Ladislaus? fragte Sandorf.

– Er wird in einer Minute hier sein, erwiderte Stephan Bathory.

– Steht es oben schlimm?

– Durchaus nicht.

– Schön! Ich werde also Ladislaus Platz machen und Du, Stephan, wirst hier warten, bis er Dich erreicht.

– Einverstanden.«

Ein mächtiger Blitzstrahl hüllte sie für einen Augenblick ein. Da das durch das Kabel laufende Fluidum bis in ihre innersten Nerven gedrungen war, so glaubten sie sich halb zerschmettert.

»Mathias, Mathias! schrie Stephan Bathory unter dem Eindrucke eines Schreckens, dessen er nicht Herr werden konnte.

– Kaltes Blut! Ich steige hinab! Folge mir dann!« antwortete Graf Sandorf.

Und schon hatte er den Draht fester gefasst, in der Absicht, bis zu der nächsten, tiefer gelegenen Klammer hinunter zu steigen, dort wieder festen Fuß zu fassen und seinen Genossen zu erwarten.

Da plötzlich ließen sich von der Höhe des Wartturmes herab wirre Rufe vernehmen. Sie schienen aus dem Fenster der Zelle zu dringen. Dann tönten deutlich zu ihnen die Worte herab:

»Rettet Euch!«

Es war die Stimme Ladislaus Zathmar's.

Fast gleichzeitig zuckte ein greller Feuerstrahl aus der Mauer hervor, gefolgt von einem echolosen, scharfen Knall. Das war nicht die gezackte Linie eines Blitzes, was da die Luft durchhallte. Ein Flintenschuss war aufs Geratewohl, wie man annehmen musste, aus einer Schießscharte des Turmes abgegeben worden. Mochte er nun ein Signal für die Wächter bedeuten oder war den Flüchtlingen eine Kugel nachgeschickt worden, gleichviel – die Flucht war entdeckt.

Der Posten auf dem Flur hatte in der Tat ein verdächtiges Geräusch gehört, er hatte Hilfe herbeigerufen und war mit fünf oder sechs Aufsehern in die Zelle gedrungen. Das Fehlen von zwei Gefangenen war natürlich sofort bemerkt worden. Der Zustand des Fensters zeigte deutlich, wo entlang sie ihren Weg genommen hatten. Ladislaus Zathmar hatte sich, ehe man ihn zurück zu halten vermochte, noch schnell aus der Fensteröffnung herausgebeugt und den Freunden die warnenden Worte zugerufen.

»Der Unglückliche! rief Stephan Bathory. Sollen wir ihn verlassen, Mathias, sollen wir ihn verlassen?«

Ein zweiter Schuss wurde abgefeuert; diesmal mischte sich sein Knall mit dem Grollen des Donners.

»Gott erbarme sich seiner! antwortete Graf Sandorf. Wir müssen fort, und wäre es auch nur, um ihn zu rächen. Komm', Stephan, komm'!«

Es war die höchste Zeit. Andere Fenster in den unteren Stockwerken des Turmes wurden geöffnet. Abermals entluden sich einige Gewehre. Man hörte auch lautes Stimmengewirr. Vielleicht schnitten gar die Aufseher dadurch, dass sie auf der unteren Mauerbank des Turmes herbeikamen, den Flüchtigen den Weg ab. Vielleicht wurden diese auch von den Kugeln getroffen, die ihnen von anderen Teilen des Turmes aus nachgesendet wurden.–

»Komm'!« schrie Mathias Sandorf noch einmal.

Und er ließ sich schnell an dem Kabel weiter herab; Stephan Bathory folgte ihm sofort nach.

Beide bemerkten jetzt, dass dasselbe unbefestigt in der Leere unterhalb des Mauerkranzes einher schwankte. Stützpunkte, Wandklammern, die ein Ausruhen und Atemholen ermöglichten, waren nicht mehr vorhanden. Beide waren nur dem Schlenkern dieser losen Kette preisgegeben, welche ihnen in die Hände schnitt Sie kletterten weiter mit fest angeschlossenen Knien, ohne sich halten zu können während die Kugeln ihnen um die Ohren pfiffen.

Auf diese Weise rutschten sie in einer Minute wohl an achtzig Fuß herunter; es schien ihnen, als wäre der Abgrund, der sie umfing, bodenlos. Schon tönte das Gebrüll des aufgerührten Gewässers zu ihnen heraus. Es wurde ihnen nun klar, dass das Kabel zu einem reißenden Wasser führen musste. Aber was tun? Sie hätten vielleicht versucht, am Leitungsdrahte wieder hinauf zu klimmen, allein es fehlte ihnen die Kraft, die Basis des Turmes wieder zu erreichen. Da man damit auch nur den sicheren Tod eingetauscht hätte, so war es schon angenehmer, ihn hier in der Tiefe zu finden.

Gerade jetzt ließ sich ein furchtbarer Donnerschlag inmitten einer anhaltenden elektrischen Feuergarbe vernehmen. Obwohl die Spitze des Blitzableiters auf dem Dachfirst des Wartturmes nicht direkt von dem Blitze getroffen worden war, so war die Spannung des Fluidums diesmal doch eine so starke, dass der Leitungsdraht seiner ganzen Länge nach weiß erglühte, wie ein Platinafaden durch die Entladung einer elektrischen Batterie oder Säule.

Stephan Bathory schrie vor Schmerz auf und ließ getroffen die Hände los.

Mathias Sandorf sah ihn, zum Greifen nahe, mit ausgebreiteten Armen an sich vorbei hinab fliegen.

Er musste ebenfalls das eiserne Kabel, das ihm die Hände verbrannte, fahren lassen und stürzte von einer Höhe von mehr als vierzig Fuß in den Strudel der Foïba, in den gähnenden Rachen der unbekannten Höhle des Buco.

Fußnoten

1 So wurde 1753 Richeman durch einen faustgroßen Funken getötet, obgleich er einige Schritte von dem Blitzableiter entfernt stand, dessen Leitung er unterbrochen hatte.

SIEBENTES KAPITEL. DER STRUDEL DER FOÏBA.

Es war in der elften Abendstunde. Die Gewitterwolken öffneten sich zu einem heftigen Platzregen. In den Regen mischten sich große Schlossen, welche die Gewässer der Foïba peitschten und auf die umliegenden Felsen niederprasselten. Das Gewehrfeuer aus den Schießscharten des Wartturmes hatte aufgehört. Wozu auch so viel Pulver verschwenden? Die Foïba konnte doch nur die Leichname wiedergeben, wenn sie es überhaupt tat.

Kaum war Graf Sandorf in den Strudel untergetaucht, so fühlte er sich auch schon mit unwiderstehlicher Kraft in den Buco hinein gezogen. In wenigen Augenblicken verwandelte sich vor ihm das intensive Licht des mit Elektrizität gefüllten Abgrundes in vollständige Dunkelheit. Das Rauschen des Wassers hatte das Krachen des Donners abgelöst. Die unerforschliche Höhle versperrte jedem von außen kommenden Geräusche und Lichte den Weg.

»Hierher!«

Dieser Ruf wurde vernehmbar. Stephan Bathory hatte ihn ausgestoßen. Die Kälte des Wassers hatte ihm die Besinnung wiedergegeben, aber er vermochte sich nicht auf der Oberfläche zu erhalten, und er wäre wieder untergetaucht, wenn nicht ein kräftiger Arm ihn in dem Augenblicke, als er schon verschwand, ergriffen hätte.

»Ich bin hier, Stephan, fürchte nichts!«

Graf Sandorf unterstützte ihn mit der einen Hand, indem er sich dicht an den Genossen drängte, und versuchte mit Hilfe der anderen zu schwimmen.

Ihre Lage war eine äußerst kritische. Stephan Bathory konnte kaum seine Glieder rühren, die von dem elektrischen Strome fast gelähmt worden waren. Wenn auch die Brandwunden an seinen Händen durch die Berührung mit dem kalten Wasser für den Augenblick sich weniger fühlbar machten, so erlaubte doch der Zustand der Unbeholfenheit, in welchem er sich augenblicklich befand, eine Benützung derselben nicht. Nur einen Augenblick brauchte ihn Graf Sandorf loszulassen und er sank sofort unter, und dabei hatte dieser genug mit sich selbst zu tun, um sich zu retten.

Dann peinigte ihn die völlige Ungewissheit über die Richtung, welche die Strömung nahm; er konnte weder wissen, in welchen Teil des Landes sie führte, noch ob sie sich in das Meer oder in einen anderen Fluss ergoss. Selbst wenn Mathias Sandorf gewusst hätte, dass dieser Bach die Foïba war, so wäre er um nichts gebessert gewesen, weil man eben den Lauf ihrer reißenden Gewässer nicht kennt. Geschlossene Flaschen, die man am Eingange zur Höhle in das Wasser geworfen hatte, waren nie wieder in irgend einem Flusse der istrischen Halbinsel zum Vorschein gekommen, mochten sie nun bei ihrem Durchschwimmen der düsteren Unterwelt zerschmettert oder von den flüssigen Massen in ein Loch der Erdrinde hinein geschleudert worden sein.

Die Flüchtlinge wurden mit rasender Schnelligkeit davon geführt, welcher Umstand es ihnen leichter machte, sich auf der Oberfläche des Wassers zu halten. Stephan Bathory war vollständig bewusstlos und in den Händen Sandorf's nur ein untätiger Körper. Dieser mühte sich für Beide ab, aber er fühlte, dass seine Kräfte nachließen. Der Gefahr, gegen einen Felsenvorsprung an den Seitenwänden der Höhle oder an die herabhängenden Wölbungen geschleudert zu werden, gesellte sich eine noch größere hinzu: in einen der zahlreichen Trichter gezogen zu werden, welche das Kielwasser dort bildete, wo ein jähes Abprallen von der Wand die regelmäßige Strömung brach und einengte. Wohl zwanzig Male fühlte sich Graf Sandorf mit seinem Gefährten von diesen flüssigen Saugrüsseln ergriffen, die ihn mit maëlstromartiger Gewalt an sich zogen. In den Mittelpunkt einer kreisförmigen Bewegung verflochten, dann zurückgeworfen an die Peripherie des Wirbels, wie der Stein im Zipfel einer Schleuder, kamen sie gerade aus der Drehung, wenn der Strudel sich brach.

Eine halbe Stunde dauerte dieser Kampf mit dem in jeder Minute, ja in jeder Sekunde nahen Tode. Mathias Sandorf, mit einer fast übermenschlichen Willensstärke begabt, war noch nicht mit seiner Kraft zu Ende. Fast pries er sich glücklich, dass Bathory ohnmächtig war. Wenn dieser jetzt den Instinkt der Selbsterhaltung gefühlt hätte, würde er sich gesträubt haben. Es würde einen Kampf gekostet haben, um ihn wieder willenlos zu machen. Graf Sandorf hätte ihn entweder verlassen müssen, oder sie wären Beide untergesunken.

Die jetzige Lage durfte aber nicht mehr lange andauern. Die Kräfte von Mathias Sandorf begannen fühlbar nachzulassen. Oftmals tauchte sein Kopf in die Wassermasse, während er sich bemühte, denjenigen Stephan's über Wasser zu halten. Der Atem ging ihm plötzlich aus. Er tauchte, glaubte zu ersticken und hatte gegen einen Anfall von Leblosigkeit anzukämpfen. Mehrfach musste er sogar den Genossen fahren lassen, dessen Kopf dann sofort verschwand; doch stets gelang es ihm noch, ihn wieder zu ergreifen, und Alles das vollzog sich inmitten einer Strömung, die, an manchen schmalen Punkten ihres Bettes zusammengepresst, mit einem furchtbaren Getöse zerschellte.

Bald fühlte sich Graf Sandorf verloren. Der Körper Stephan Bathory's entschlüpfte ihm vollends Mit einer letzten Anstrengung versuchte er desselben wieder habhaft zu werden. Er fand ihn nicht mehr und sank nunmehr selbst in dem Wasserschwall des Stromes unter.

Ein heftiger Stoß erschütterte plötzlich seine Schulter. Er streckte instinktiv die Hand aus. Seine Finger schlossen sich um ein Büschel Wurzeln, die in das Wasser hineinhingen. Sie gehörten zu einem Baumstamme, den die Strömung mitgeführt hatte. Mathias Sandorf klammerte sich mit allen Kräften an dieses gestrandete Stück und gelangte wieder an die Oberfläche der Foïba. Während er sich mit der einen Hand an dem Wurzelbusch festhielt, sachte er mit der anderen nach dem Gefährten.

Einige Augenblicke später wurde Stephan Bathory am Arm gepackt und nach einigen mühevollen Versuchen auf den Baumast gezogen, wo jetzt auch Mathias Sandorf Platz nahm. Beide waren für den Augenblick vor der Gefahr des Ertrinkens bewahrt, aber mit dem Schicksal dieses Baumrestes verknüpft, der dem Mutwillen der Stromschnellen im Buco unterworfen war.

Graf Sandorf hatte auf kurze Zeit das Bewusstsein verloren. Seine erste Sorge nach dem Wiedererwachen war, das Heruntergleiten Stephan Bathory's vom Baumstumpfe zu verhüten. Im Übermaße der Vorsicht schob er sich noch hinter diesen, so dass er ihn erforderlichen Falles stützen konnte. Seine Stellung ermöglichte es ihm nun, nach vorn zu blicken. Sollte vielleicht ein Schimmer des Tageslichtes in die Höhle dringen, so konnte er ihn sofort bemerken und den Zustand des Wassers auf seinem Laufe stromabwärts beobachten. Aber nichts verriet, dass man sich nahe einem Ausgange aus diesem rätselhaften Kanale befand.

Die Lage der Flüchtlinge war jetzt eine ungleich bessere. Der Baumstamm war wohl an zwölf Fuß lang und seine von dem Wasser getragenen Wurzeln setzten jedem plötzlich sich zeigenden Hindernis einen Widerstand entgegen. Trotz der Unebenheit auf dem Grunde der Strömung schien ihre Festigkeit den heftigsten Stößen wenigstens gewachsen. Ihre Schnelligkeit konnte wohl auf wenigstens drei Meilen in der Stunde geschätzt werden und war derjenigen der Strömung gleich, die sie mitführte.

Mathias Sandorf hatte seine ganze Kaltblütigkeit wieder gefunden. Er versuchte deshalb, seinen Gefährten, dessen Kopf auf seinen Knien ruhte, wieder ins Leben zurück zu rufen. Er überzeugte sich, dass sein Herz noch immer schlug, doch atmete er kaum. Er beugte sich über seinen Mund, um den Lungen etwas Luft zuzuführen. Vielleicht hatten diese ersten Anzeichen von Scheintod in seinem Organismus noch keine unheilbaren Störungen hervorgerufen.

Stephan Bathory bewegte sich bald darauf ein wenig. Ein ausgeprägteres Atmen entfuhr den Lippen; endlich drangen auch einige Worte aus seinem Munde:

»Meine Frau!... Mein Sohn!... Mathias!«

In diesen Worten war der ganze Wert, den sein Leben für ihn hatte, enthalten.

»Hörst Du mich, Stephan? Hörst Du mich? fragte Graf Sandorf, der schreien musste, um sich in dem Gebrüll, welches die Strömung in den Wölbungen des Buco verursachte, verständlich zu machen.

– Ja... Ja!... Ich höre Dich!... Sprich!... Sprich!... Deine Hand in die meine!

– Wir befinden uns nicht mehr in unmittelbarer Gefahr, Stephan, erwiderte Graf Sandorf. Ein Baum trägt uns. Wohin? Ich kann es nicht sagen, jedenfalls soll er uns nicht entschlüpfen.

– Und der Turm, Mathias?

– Wir sind von ihm schon weit entfernt. Man wird glauben, wir hätten den Tod in den Fluten dieser Höhle gefunden, man wird nicht daran denken, uns zu verfolgen. Wohin sich diese Strömung auch ergießen wird, sei es in das Meer oder in einen Fluss, wir werden ebenfalls dahin gelangen, und zwar lebend. Lasse nicht den Muth sinken, Stephan! Ich wache über Dich! Ruhe noch aus und sammle wieder Kräfte, die Du bald gebrauchen wirst. In einigen Stunden werden wir gerettet sein! Wir werden frei sein!

– Und Ladislaus?« murmelte Stephan Bathory.

Mathias Sandorf antwortete nicht. Was hätte er auf diese Frage auch erwidern können? Ladislaus Zathmar hatte man die Möglichkeit genommen, entfliehen zu können, nachdem es ihm noch gelungen war, den Warnruf zum Fenster hinaus zu schreien. Jetzt, wo er gewiss nicht unbeobachtet gelassen wurde, konnten seine Freunde nichts für ihn tun.

Stephan Bathory hatte inzwischen wieder den Kopf zurücksinken lassen. Die körperliche Willensstärke ging ihm noch ab, um mit ihrer Hilfe die Lähmung zu überwinden. Doch Mathias Sandorf wachte über ihn, zu Allem bereit, selbst entschlossen, den Baum zu verlassen, wenn er an einem der Hindernisse zerschellte, an denen er in Folge der vollständigen Finsternis nicht glatt vorüberkommen konnte.

Es war gegen zwei Uhr Morgens, als die Schnelligkeit des Stromes, folglich auch diejenige des Baumstammes, fühlbar nachließ. Der Kanal verbreiterte sich jedenfalls und die Flut, die nun einen freieren Pfad zwischen den Felswänden fand, nahm einen gemäßigteren Lauf an. Man konnte aus diesem Umstande auch den Schluss ziehen, dass der Ausgang aus dieser unterirdischen Höhle nicht mehr sehr entfernt sein konnte.

Während aber die Seitenwände auseinander strebten, zeigte die Wölbung die Neigung, sich zu senken. Graf Sandorf konnte, wenn er die Hand hoch hielt, die unregelmäßigen Schieferbildungen abbrechen, welche oberhalb seines Kopfes herab strebten. Ab und zu hörte er auch ein von Reibungen herstammendes Geräusch; es rührte von irgendeiner Wurzel des Baumes her, die sich nach oben gedreht hatte und mit ihrem Ende die Wölbung streifte. In Folge dessen erhielt der Baumstamm heftige Stöße, er prallte zurück und seine Schnelligkeit verminderte sich. Von rückwärts erfasst und um sich selbst rollend, wurde er so umher gewirbelt, dass die Flüchtigen fürchten konnten, von ihm getrennt zu werden.

Nachdem diese Gefahr, die sich wiederholt gezeigt hatte, als beseitigt betrachtet werden konnte, blieb eine andere noch, deren Folgen der Graf kaltblütig zog: es war diejenige, welche aus dem beständigen Niedrigerwerden der Decke des Buco entstehen konnte. Er hatte sich ihr bereits nur dadurch entziehen gekonnt, dass er sich schnell nach hinten überbeugte, sobald seine Hand einen Felsenvorsprung berührte. Würde es für die Folge notwendig sein, dass er untertauchte? Er konnte sich schlimmsten Falles auch dann noch festhalten, aber wie sollte er es durchsetzen, seinen Gefährten auf der Achsel weiter zu tragen? Und wenn nun gar der unterirdische Kanal auf eine lange Strecke hin sich so verengte, wie würde es dann möglich sein, ihn lebend zu verlassen? Nein, das hätte für den Grafen zweifellos einen endgültigen Tod bedeutet, nachdem dieser bis dahin den verschiedensten Todesarten glücklich entkommen war.

So energisch Mathias Sandorf auch war, so fühlte er jetzt doch, dass die Angst ihm das Herz zusammenpresste. Er sah ein, dass der letzte Augenblick nahe war. Die Wurzeln des Baumes rieben sich immer stärker an den Felsen der Höhle und in manchen Augenblicken tauchte ihr oberer Teil so tief unter, dass die sich überstürzenden Wasser ihn vollständig bedeckten.

»Der Ausgang aus dieser Höhle kann indessen jetzt unmöglich noch weit entfernt sein,« sagte Mathias Sandorf zu sich selbst.

Und er versuchte immer wieder zu erforschen, ob nicht irgendein flüchtiger Schein das Dunkel vor ihm erhellte. Die Nacht musste um diese Stunde doch schon so weit vorgeschritten sein, dass die Finsternis draußen nicht mehr undurchdringlich war. Vielleicht erleuchteten auch noch die Blitze den Raum, der sich jenseits des Buco befand? Allein in diesem Falle wäre gewiss etwas Licht in den Kanal gedrungen, der für den Abfluss der Foïba nicht mehr ausreichend zu sein drohte.

Nichts von alledem! Stets dieselbe Dunkelheit, dasselbe Gebrüll der Wogen, deren Gischt selbst schwarz blieb.

Plötzlich ein heftiger Stoß! Der Baumstumpf war mit seinem vorderen Ende an ein mächtiges Felsstück der Wölbung, welches in das Wasser hineinragte, angelaufen. Diese Erschütterung machte ihn sich vollständig überschlagen. Aber Sandorf ließ ihn nicht los. Seine eine Hand klammerte sich verzweiflungsvoll an die Wurzeln, mit der anderen ergriff er gerade noch Bathory, als dieser fortgespült wurde. Dann ließ er sich mit ihm in die Wassermasse hineinziehen, welche sich an der Wölbung brach.

Dieser Vorgang dauerte fast eine Minute. Mathias Sandorf hatte das Gefühl, dass er verloren war. Er hielt unbewusst seinen Atem zurück, um sich das bisschen Luft, das noch in seiner Brust haftete, zu erhalten.

Inmitten der flüssigen Masse empfand er plötzlich, trotzdem seine Augenlider geschlossen waren, den Eindruck eines ziemlich bedeutenden Lichtschimmers Ein Blitz war soeben niedergezüngelt, ihm folgte unmittelbar das Krachen des Donners.

Endlich Licht!

Die Foïba war in der Tat aus dem unterirdischen Kanale herausgetreten; ihr fernerer Lauf führte unter freiem Himmel dahin. Welchem Ufer sie zustrebte, in welches Meer sie mündete, das war eine noch immer ungelöste Frage, eine Frage um Tod und Leben.

Der Baumstamm war wieder an die Oberfläche des Wassers gekommen. Stephan Bathory wurde noch immer von Mathias Sandorf gehalten, der mit einem kräftigen Ruck ihn wieder vor sich auf den Baum hob und seinen Platz wieder hinter ihm einnahm.

Dann blickte er nach vorn, um und über sich.

Eine dunkle Masse schien stromaufwärts herauf zu dräuen. Es war der ungeheure Felsen des Buco, in welchem sich die unterirdische Höhle öffnete, die den Gewässern der Foïba Durchlass gewährte. Der Tagesanbruch machte sich bereits durch schwache, am Himmelsraume aufsteigende Lichtreflexe bemerkbar; sie erschienen dem Auge so unbestimmt wie die Nebelflecke, welche man in schönen Winternächten nur mit Mühe erkennen kann. Von Zeit zu Zeit erhellten weißglühende Blitze die unteren Teile des Horizontes inmitten des fortgesetzten, doch schon schwächer gewordenen Grollens des Donners. Das Unwetter entfernte sich oder löste sich allmählich auf, nachdem es die ganze elektrische Materie, die sich in den Lüften angesammelt, aufgezehrt hatte.

Mathias Sandorf hielt nach links und nach rechts nicht ohne ein lebhaftes Angstgefühl Ausblick. Er konnte bereits bemerken, dass der Fluss zwischen zwei hohen Strebemauern und noch immer mit rasender Schnelligkeit dahin lief.

Es war also ein reißender Strom, der noch immer die Flüchtlinge in seine Strudel und Wirbel hineintrug. Aber wenigstens dehnte sich wieder der unendliche Raum über sie aus und nicht diese nach unten strebende Wölbung, deren Ausläufer in jedem Augenblicke ihnen den Schädel zu zerschmettern drohten. Doch kein, selbst steiles Ufer zeigte sich ihnen, auf dem sie hätten festen Fuß fassen können, nicht einmal eine Anhöhe, bei welcher sich eine Landung ermöglichen ließ. Zwei hohe Felsenmauern schlossen die schmale Foïba ein; sie zeigte also noch denselben eingeengten Kanal mit seinen vertikalen Seitenwänden, welche die Wellen glatt gespült hatten, nur die Decke aus Stein fehlte.

Das letzte Untertauchen hatte die Lebensgeister Stephan Bathory's wieder entfacht. Seine Hand hatte diejenige Sandorf's gesucht. Dieser beugte sich über ihn und flüsterte ihm zu:..

»Gerettet!«.

Hatte er das Recht, dieses Wort schon jetzt auszusprechen? Gerettet sollten sie sein, und er wusste nicht einmal, weder, wohin sie dieser Fluss führte, welches Land sie durchschwammen, noch, wann sie den Baumstamm würden verlassen können? Seine Willensstärke war aber wieder eine so große geworden, dass er sich auf den Baum schwang und dreimal mit schallender Stimme rief:

»Gerettet! Gerettet! Gerettet!«

Wer hätte diesen Ausruf auch hören sollen? Auf diesen steilen Klippen, denen das treibende Erdreich fehlt, deren Bestandteile Schichten von Schiefer und Feuerstein bilden, wo noch nicht einmal so viel vegetabilische Erde sich vorfindet, dass Gesträuche vorwärts kommen können, hielt sich gewiss kein menschliches Wesen auf. Die Landschaft, die sich hinter den hohen Uferfelsen verbirgt, kann ebenfalls keine Anziehungskraft auf Menschen ausüben. Es ist ein trauriges Stück Erde, welches die Foïba durchfließt, die von ihren granitenen Mauern eingeschlossen wird wie ein Ableitungskanal. Kein Bach speist sie durch seinen Zufluss. Kein Vogel streift über ihre Oberfläche, selbst der Fisch wagt sich nicht in ihre zu unruhigen Gewässer. Hier und dort stiegen unförmige Felsblöcke aus ihr empor, deren vollständig ausgetrockneter Kamm bewies, dass die Heftigkeit dieses Wasserlaufes nur durch ein augenblickliches Anwachsen in Folge der letzten Regengüsse veranlasst worden war. Zu gewöhnlichen Zeiten war das Bett der Foïba nur dasjenige eines Bergbaches.

Es stand nicht zu befürchten, dass der Baumstamm gegen eine dieser Klippen geworfen wurde. Er vermied sie von selbst und folgte genau der Strömung, die um sie herumführte. Aus demselben Grunde wäre es aber auch unmöglich gewesen, ihn aus der Strömung zu bringen oder seine Schnelligkeit zu vermindern, um irgend einen Punkt des Ufers erreichen zu können, für den Fall eine Landung geraten erscheinen sollte.

Unter diesen Verhältnissen verfloss noch eine Stunde, ohne dass man genötigt gewesen wäre, für eine neuerdings herauf dräuende Gefahr Vorkehrungen zu treffen. Die letzten Blitze zuckten am fernen Horizonte auf; die Gewittererscheinung machte sich nur noch durch ein dumpfes Grollen bemerkbar, das von den hohen Wolkenbergen widerhallte, deren langgezogene Schichten den Horizont umsäumten. Der Tag dämmerte schon deutlicher herauf und erhellte den von den Stürmen der Nacht gereinigten Himmelsraum. Es war um die vierte Morgenstunde.

Stephan Bathory ruhte halb aufgerichtet in den Armen des Grafen Sandorf, der für sie Beide wachte.

Ein ferner Knall ließ sich jetzt in der Richtung von Südwest vernehmen.

»Was ist das? fragte sich der Graf. Ein Kanonenschuss vielleicht, der die Eröffnung eines Hafens ankündigt? In diesem Falle befinden wir uns nahe bei der Küste. Welcher Hafen könnte das sein? Triest? Nein, denn hier, wo die Sonne aufgehen wird, ist Osten. Pola könnte es sein, im äußersten Süden Istriens. Aber dann...«

Ein zweiter Knall verhallte und gleich darauf hörte man einen dritten.

»Drei Kanonenschüsse? überlegte Mathias Sandorf. Das scheint also eher das Zeichen der Sperre zu sein, das den die hohe See aufsuchenden Schiffen gegeben wird. Sollte es mit unserer Flucht in irgendeiner Verbindung stehen?«

Er konnte solches befürchten Gewiss hatten die Behörden keine Vorsicht außer Acht gelassen, um der Flüchtigen wieder habhaft zu werden, von denen vorausgesetzt werden musste, dass sie sich zunächst der Küste zuwenden würden.

»Möge Gott uns nun zu Hilfe kommen, murmelte Graf Sandorf. Er allein kann uns helfen!«

Die steilen Gestade, welche die Foïba einfassten, senkten sich jetzt und trennten sich von einander. Man hatte aber noch immer keinen Überblick über das umliegende Land. Schroffe Gipfel begrenzten den Horizont und ließen den Blick nur einige hundert Schritte weit schweifen. Eine Orientierung war unmöglich.

Das sehr erweiterte Bett des Baches, welches noch immer schweigsam und verlassen schien, erlaubte der Strömung einen gemäßigteren Lauf anzunehmen. Einige Baumstümpfe, die stromaufwärts entwurzelt worden waren, schwammen mit einer mäßigen Schnelligkeit daher. Der Junimorgen ließ sich äußerst frisch an. Die Flüchtigen zitterten vor Frost in ihren durchnässten Kleidungsstücken. Es war für sie die höchste Zeit, ein Versteck aufzustöbern, damit die Sonne jene in einen trockenen Zustand versetzen konnte.

Um die fünfte Stunde machten die letzten Anhöhen einem langgestreckten, niedrigen Uferrande Platz; man übersah ein flaches, brach liegendes Land. Die Foïba ergoss sich mittelst ihres nun gut eine halbe Meile breiten Bettes in ein mächtiges Becken voll stehenden Wassers, welches mit Recht den Namen einer Lagune verdient hätte, wenn dieser nicht gleichbedeutend mit dem Worte See wäre. Im Hintergrunde, gegen Westen hin, zeigten sich einzelne Barken, von denen einige noch vor Anker lagen, während andere sich jetzt beim Erwachen einer schwachen Brise segelfertig machten; das Auftauchen dieser Boote bewies, dass die Lagune nur ein tief in das Gestade einschneidendes Bassin war. Das Meer war also nicht mehr fern und es schien angezeigt, dasselbe möglichst bald zu erreichen. Weniger klug wäre es gewesen, bei jenen Fischern dort Zuflucht zu suchen. Sich ihnen anvertrauen, das hieß, falls sie Kenntnis von der Flucht hatten, Gefahr laufen, den österreichischen Gendarmen ausgeliefert zu werden, die ganz gewiss jetzt bereits das Land durchstreiften.

Mathias Sandorf wusste nicht, was nun beginnen, als der Baumstamm am linken Ufer der Lagune an einen nicht über die Oberfläche des Wassers hinausragenden Wurzelstock anstieß und sich sofort festsetzte. Seine Wurzeln klammerten sich so unzertrennlich an das massige Gesträuch an, dass der Baum sich an das Ufer legte, wie ein Boot durch das Anziehen seines Befestigungstaues.

Graf Sandorf erkletterte vorsichtig das flache Ufer. Er wollte sich zuerst davon überzeugen, dass Niemand sie bemerkte.

So weit auch seine Blicke trugen, sah er keinen einzigen Landmann oder Fischer oder sonst Jemand auf diesem Teile des Sumpfes.

Und doch gab es kaum zweihundert Schritte von ihnen entfernt einen flach auf dem Boden liegenden Menschen, der in seiner Lage die Flüchtigen wohl beobachten konnte.

Graf Sandorf, der sich in Sicherheit glaubte, ging wieder an das Ufer zurück; er hob den Gefährten von dem Baumstamme und legte ihn auf den Sand, ohne den Ort zu kennen, auf dem er sich befand, noch die Richtung, die jetzt eingeschlagen werden musste.

In Wirklichkeit ist die breite Wasserfläche, welche der Foïba als Mündung diente, weder ein See noch eine Lagune, sondern eine buchstäbliche Flussmündung. Man nennt sie den Kanal von Leme, welcher mit der Adria durch eine zwischen Orsera und Rovigno auf der westlichen Küste der istrischen Halbinsel angelegte Wasserstraße in Verbindung steht. Aber man wusste nicht, dass es die Gewässer der Foïba waren, die zur Zeit der starken Regengüsse durch die Höhle des Buco getrieben, sich in diesen Kanal ergossen.

Einige Schritte weiter entfernt stand auf dem Ufer die Hütte eines Jägers. Dort hinein flüchteten Mathias Sandorf und Stephan Bathory, nachdem sie wieder ein wenig zu Kräften gekommen waren. Sie entledigten sich ihrer Anzüge, welche die Strahlen der glühenden Sonne bald trocknen mussten und warteten das Weitere ab. Die Fischerbarken hatten den Kanal von Leme verlassen und so weit der Blick reichte, erschien das Land öde.

Jetzt erhob sich der Mann, der ein Zeuge dieser Scene gewesen war, er näherte sich der Hütte, um einen Überblick über die Situation zu gewinnen, dann verschwand er nach Süden zu hinter einer geringen Bodenerhebung.

Drei Stunden später konnten Mathias Sandorf und sein Gefährte ihre noch feuchten Kleider wieder anlegen. Sie mussten aufbrechen.

»Wir können nicht länger in dieser Hütte bleiben, sagte Stephan Bathory.

– Fühlst Du Dich kräftig genug zum Marschiren? fragte ihn Mathias Sandorf.

– Ich bin fast ohnmächtig vor Hunger.

– Wir müssen also versuchen, die Küste zu erreichen. Vielleicht finden wir eine Gelegenheit, um uns etwas Nahrung zu verschaffen und auch einzuschiffen. Komm', Stephan!«

Sie verließen die Hütte, augenscheinlich mehr vom Hunger als von der Ermüdung mitgenommen.

Die Absicht des Grafen Sandorf war, dem südlichen Ufer des Kanals von Leme zu folgen, um auf diese Weise an das Meer zu gelangen Die Gegend war zwar verlassen, doch durchfurchten sie zahlreiche Bäche, welche der buchtähnlichen Mündung zuflossen. Dieses feuchte Geflecht, das an seine Ufer grenzt, macht den ganzen Landstrich zu einem wüsten Teig, dessen Schlamm keinen festen Stützpunkt gewährt. Die Beiden sahen sich also genötigt, eine schräge südliche Richtung einzuschlagen, die leicht an dem Laufe der aufsteigenden Sonne zu erkennen war. Zwei Stunden hindurch marschierten die Flüchtigen, ohne auf ein menschliches Wesen zu stoßen, aber auch ohne den Hunger stillen zu können, der sie verzehrte.

Dann betraten sie weniger dürres Land. Eine Landstraße zeigte sich, die von Osten nach Westen führte, mit einem Meilensteine, der jedoch keine Angabe über die Gegend aufwies, durch welche Graf Sandorf und Stephan Bathory aufs Geratewohl ihre Schritte lenkten. Einige Maulbeerbaumspaliere, dann ein Hirsefeld gestatteten ihnen, wenn auch nicht ihren Hunger zu stillen, so doch sich über die Bedürfnisse ihres Magens hinwegzutäuschen. Die mit den Zähnen zerquetschte und so genossene Hirse, diese erquickenden Maulbeeren genügten wenigstens, um sie nicht vor Hunger ohnmächtig werden zu lassen, noch bevor sie die Küste erreicht hatten.

Da das Land sich bewohnbar zeigte, da einige bebaute Felder von dem Walten der Hände der Menschen Zeugnis ablegten, so musste man auch auf ein Zusammentreffen mit letzteren gefasst sein.

So kam der Mittag heran.

Fünf oder sechs Fußgänger zeigten sich auf der Landstraße. Mathias Sandorf wollte sich kluger Weise nicht sehen lassen. Glücklicherweise bemerkte er fünfzig Schritte weiter nach links ein Gehöft, welches aus einer in Trümmern liegenden Farm bestand. Ehe sie noch bemerkt wurden, flüchteten Beide dorthin und verbargen sich in einem dunklen Raume, der wie ein Vorratskeller aussah. Sollte selbst ein Vorübergehender bei dieser Farm stehen bleiben, so wurden sie dort trotzdem nicht entdeckt, wenn sie auch gezwungen waren, in derselben bis zum Anbruch der Nacht zu bleiben.

Die Fußgänger waren Bauern und Salzarbeiter. Die Einen trieben Gänseherden, zweifellos zum Verkauf in einer Stadt oder in einem Dorfe, das nicht sehr weit vom Kanal von Leme liegen konnte, vor sich her. Männer und Frauen trugen die Tracht der istrischen Landleute, nebst den Zierraten, Münzen, Ohrringen, Brustkreuzen, Filigranarbeiten und Gehängen, welche die alltägliche Kleidung beider Geschlechter schmücken. Die Salzarbeiter waren einfacher gekleidet: sie führten den Sack auf dem

Rücken und den Stock in der Hand. Sie wanderten in die benachbarten Salzbergwerke, vielleicht bis zu den bedeutenden Grubenwerken von Stagnon oder Pirano im Westen der Provinz.

Als Einige von ihnen vor der verlassenen Farm angekommen waren, blieben sie einen Augenblick stehen; sie ließen sich sogar auf die Türschwelle nieder. Sie unterhielten sich mit lauter Stimme, wobei sie eine auffallende Lebhaftigkeit zeigten, trotzdem sie nur von Dingen sprachen, die sich auf ihren Beruf bezogen.

Die in einer Ecke kauernden Flüchtlinge lauschten aufmerksam. Vielleicht hatten diese Leute schon Kenntnis von ihrem Ausbruche und würden von ihm sprechen. Vielleicht ließen sie einige Worte fallen, aus denen Graf Sandorf erkennen konnte, in welchem Teile Istriens er und sein Freund sich befanden.

Doch vernahmen sie nichts Derartiges. Man besprach sich nur über die gewöhnlichsten Dinge.

»Da die Landleute noch nichts von unserer Flucht erwähnen, bemerkte Mathias Sandorf, kann man daraus folgern, dass sie noch nicht bis zu ihrer Kenntnis gelangt ist.

– Es würde das beweisen, gab Stephan Bathory zur Antwort, dass wir uns schon weit ab von der Festung befinden müssen. Das überrascht auch nicht, zieht man die Schnelligkeit in Betracht, mit der die Strömung uns länger als sechs Stunden unter der Erdoberfläche fortgerissen hat.

– Anders kann das nicht sein,« sagte Graf Sandorf.

Zwei Stunden später jedoch hörten sie vorübergehende Salzarbeiter, die sich vor der Farm nicht aufhielten, von einer Abteilung Gendarmen sprechen, die sie vor dem Tore der Stadt angetroffen hatten.

Welcher Stadt? Jene nannten sie nicht.

Das Gehörte trug nicht dazu bei, die Flüchtlinge zu beruhigen. Wenn Gendarmen das Land durchstreiften, so waren diese sehr wahrscheinlich zu ihrer Verfolgung ausgeschickt.

»Trotzdem, meinte Stephan Bathory, wir unter Umständen geflohen sind, die eher auf unseren Tod schließen lassen, als zu unserer Verfolgung aufmuntern müssen.

– Man wird uns nicht eher für tot halten, bis unsere Leichname gefunden sind,« erwiderte Mathias Sandorf.

Es war jedenfalls zweifellos, dass die Polizei sich rührte und den Flüchtigen nachspürte. Sie beschlossen also, sich bis zum Anbruche der Dunkelheit in der Farm versteckt zu halten. Der Hunger quälte sie, doch wagten sie nicht, ihren Zufluchtsort zu verlassen, und sie taten gut daran.

Gegen fünf Uhr Nachmittags ertönte Hufschlag auf der Landstraße; eine Reiterschar näherte sich der Farm.

Graf Sandorf, der bis zum Tore des Gehöftes auf allen Vieren vorgekrochen war, kehrte schleunigst zu seinem Gefährten zurück und zog ihn bis in die dunkelste Ecke des Gewölbes. Dort verkrochen sie sich unter einem Haufen Laub und verhielten sich vollständig ruhig.

Ein halbes Dutzend Gendarmen, von einem Wachtmeister geführt, kamen auf der Landstraße in der Richtung nach Osten einher. Graf Sandorf fragte sich nicht ohne ein ängstliches Gefühl, ob sie wohl an der Farm halten würden? Wenn die Gendarmen das in Trümmern liegende Haus durchsuchten, so wurden die sich darin verborgen Haltenden gewiss entdeckt.

Der Wachtmeister ließ seine Leute wirklich Halt machen. Er selbst und zwei Gendarmen stiegen von den Pferden, während die Übrigen im Sattel blieben.

Die Letzteren erhielten den Befehl, das Land in der Umgebung des Kanals von Leme abzureiten und sich dann zur Farm zurückzubegeben, wo man bis sieben Uhr auf sie warten wollte.

Die vier Gendarmen ritten sogleich weiter. Der Wachtmeister und die beiden Anderen hatten ihre Pferde an die Spitzen eines halb zerstörten Gitters gebunden, welches den Ort umgab. Dann hatten sie sich draußen niedergesetzt und begannen, sich zu unterhalten Die Flüchtlinge konnten von ihrem Verstecke aus Alles hören, was gesprochen wurde.

»Heute Abend kehren wir noch in die Stadt zurück, wo wir Befehle für den Nachtdienst erhalten werden, erwiderte der Wachtmeister auf eine Frage, welche einer der Gendarmen an ihn gerichtet hatte. Der Telegraph hat vielleicht Neues aus Triest gemeldet.«

Die fragliche Stadt war also nicht Triest; Graf Sandorf merkte sich das wohl.

»Steht nicht zu befürchten, fragte der andere Gendarm, dass, während wir hier suchen, die Flüchtigen bereits nach der Seite des Golfs von Quarnero entkommen sind?

– Es ist nicht unmöglich, antwortete der erste Gendarm, denn sie können sich am Ende dort für sicherer halten, als hier.

– Wenn sie es getan haben, meinte der Wachtmeister, so riskieren sie es auch dort, entdeckt zu werden, denn die ganze Küste von einem Ende der Provinz bis zum anderen wird bewacht.«

Ein zweiter Punkt, der vermerkt werden musste: Graf Sandorf und sein Freund mussten sich demnach an der westlichen Küste Istriens befinden, das heißt also, an dem Gestade des Adriatischen Meeres, nicht an dem Ufer des entgegengesetzten Golfs, der bis nach Fiume und sehr tief in das Land hinein geht.

»Ich denke, dass man auch in den Salinen von Pirano und Capo d'Istria Nachsuchungen vornehmen lassen wird, begann der Wachtmeister von Neuem. Man kann sich dort leicht verbergen, dann sich einer Barke bemächtigen und darin die Adria auf Rimini oder Venedig zu durchfahren.

– Pah! Sie hätten besser daran getan, ruhig in ihrer Zelle zu bleiben, sagte einer der Gendarmen mit philosophischer Ruhe.

– Ganz gewiss, der andere, denn früher oder später werden sie doch gefangen, wenn man sie aus dem Buco nicht wieder herausfischen sollte. In diesem Falle wäre die Sache gleich zu Ende und wir hätten es nicht erst nötig, durch das Land zu streifen, was Einem bei dieser Hitze sauer genug wird.

– Wer will denn behaupten, ob sie nicht schon längst zu Ende ist? antwortete der Wachtmeister. Die Foïba hat vielleicht die Hinrichtung übernommen; die Gefangenen konnten sich keinen schlimmeren Weg für ihre Flucht aus dem Wartturm von Pisino wählen, als den, welchen sie beim Steigen des Wassers genommen haben.«

Die Foïba war also der Name des Baches, der den Grafen Sandorf und Stephan Bathory getragen hatte. In die Festung Pisino waren sie also gebracht worden: also dort hatte man sie eingekerkert, verhört und verurteilt! Dort wären sie auch erschossen worden. Aus dem Wartturm dieser Festung waren sie soeben entkommen! Graf Sandorf kannte diese Stadt Pisino sehr wohl. Endlich hatte er den für ihn so wichtigen Anhaltspunkt gefunden und er brauchte jetzt nicht mehr aufs Geratewohl die Halbinsel zu durchziehen, vorausgesetzt, dass die Flucht noch möglich war.

Die Unterhaltung der Gendarmen ging über diesen Punkt nicht hinaus; aus den wenigen Worten jedoch hatten die Flüchtlinge Alles erfahren, was ihnen zu wissen notwendig war, vielleicht mit Ausnahme des Namens der Stadt, die dem Kanal Leme an der Küste des Adriatischen Meeres zunächst gelegen war.

Inzwischen hatte sich der Wachtmeister erhoben. Er ging an der Umzäunung des Pachthofes auf und ab, um zu sehen, ob seine Leute noch nicht zurückkehrten. Zwei oder dreimal betrat er das zerstörte Haus und besichtigte die Zimmer, doch mehr gewohnheitsmäßig, als weil ein Verdacht in ihm sich regte. Er trat in die Tür des Gewölbes, und die Flüchtigen wären zweifellos entdeckt worden, wenn hier nicht eine vollständige Dunkelheit geherrscht hätte. Er kam sogar in den Raum hinein und berührte den Haufen Laub flüchtig mit der Degenscheide, doch er traf glücklicherweise nicht Diejenigen, welche sich in demselben verkrochen hatten. Welche Angst Mathias Sandorf und Stephan Bathory in diesem Augenblicke fühlten, lässt sich nicht beschreiben. Sie waren aber auch fest entschlossen, ihr Leben teuer zu verkaufen, wenn sie entdeckt werden sollten. Sie waren zu Allem fähig: sich auf den Wachtmeister zu werfen, seine Bestürzung zu benützen, um ihm die Waffen zu entreißen, ihn und seine Leute anzugreifen und sie zu töten oder sich von ihnen töten zu lassen.

Der Wachtmeister wurde, ehe es dazu kam, nach draußen gerufen und er verließ das Gewölbe, ohne etwas Verdächtiges bemerkt zu haben. Die vier auf Kundschaft gesandten Gendarmen waren zur Farm zurückgekehrt. Trotz ihrer Aufmerksamkeit hatten sie keine Spur von den Flüchtlingen in dem zwischen der Landstraße, dem Kanal und der Küste gelegenen Landstriche entdecken können. Doch kamen sie nicht allein zurück. Ein Mann begleitete sie.

Es war ein Spanier, der in den Salinen der Umgebung zu arbeiten pflegte. Er kehrte gerade in die Stadt zurück, als ihm die Gendarmen begegneten. Als er ihnen erzählte, dass er durch das zwischen der Stadt und den Salinen gelegene Land gekommen wäre, beschlossen sie, ihn vor den Wachtmeister zu bringen, damit dieser ihn auskundschaften könnte. Der Mann hatte sich dessen nicht geweigert.

Der Wachtmeister fragte ihn, ob die Arbeiter in den Salinen nicht die Anwesenheit zweier Fremden bemerkt hätten?

»Nein, Herr Wachtmeister, antwortete der Spanier; aber ich selbst habe heute Früh, ungefähr eine Stunde, nachdem ich die Stadt verlassen hatte, zwei Männer bemerkt, die an der Spitze des Kanals von Leme an das Land kamen.

– Zwei Männer, sagst Du? fragte der Wachtmeister.

– Ja. Da man aber hier bei uns annahm, dass die Hinrichtung heute Früh in Pisino stattgefunden hätte und weil die Nachricht von der Flucht der Verurteilten bei uns noch nicht bekannt geworden war, so schenkte ich den Beiden keine besondere Aufmerksamkeit. Jetzt weiß ich allerdings, was ich zu tun gehabt hätte. Mich soll es nicht wundern, wenn jene die beiden Flüchtlinge waren.«

Graf Sandorf und Stephan Bathory verstanden in ihrem Verstecke jedes Wort von der Unterhaltung, die von so großer Bedeutung für sie war. Sie waren also doch in dem Augenblicke, als sie an dem Ufer des Kanals von Leme landeten, bemerkt worden.

»Wie heißt Du? fragte der Wachtmeister.

– Carpena; ich bin Salzarbeiter in den hiesigen Salinen.

– Würdest Du die beiden Männer wieder erkennen, welche Du heute Früh an jener Stelle gesehen hast?

– Ja... vielleicht.

– Gut, so gehe sofort zur Stadt; Du wirst dort Deine Beobachtungen protokollieren lassen und Dich der Polizei zur Verfügung stellen

– Zu Befehl.

– Weißt Du, dass fünftausend Gulden als Preis für die Entdeckung der Flüchtlinge ausgesetzt sind?

– Fünftausend Gulden!

– Und das Zuchthaus ist dem sicher, der sie bei sich aufnimmt

– Ich höre es jetzt von Ihnen.

– Geh'!« rief der Wachmeister.

Die Aussage des Spaniers hatte zunächst das Gute, dass sich die Gendarmen entfernten. Der Wachtmeister befahl seinen Leuten, aufzusatteln, und obwohl die Nacht schon herabsank, schickte er sich mit seinen Leuten noch an, die Ufer des Kanals von Leme genau abzusuchen. Carpena dagegen setzte den Weg zur Stadt weiter fort; er sagte sich, dass die Ergreifung der Gefangenen, wenn er ein wenig Glück hätte, ihm eine ansehnliche Prämie eintragen würde; die Güter des Grafen Sandorf konnten ja solche Kleinigkeiten noch bestreiten!

Mathias Sandorf und Stephan Bathory hielten sich noch ziemlich lange verborgen und verließen dann erst den dunklen Raum, der ihnen ein so vortrefflicher Zufluchtsort gewesen war. Sie wussten nun, dass ihnen die Gendarmerie auf den Fersen saß, dass sie gesehen worden waren und vielleicht wieder erkannt wurden, und dass die istrischen Provinzen ihnen keine. Sicherheit mehr boten. Sie mussten also das Land so eilig als möglich verlassen und versuchen, nach Italien, also auf die andere Küste des Adriatischen Meeres, oder durch Dalmatien und über die Militärgrenze aus österreichischem Gebiete zu entkommen.

Die erstgenannte Richtung hatte entschieden mehr für sich, vorausgesetzt, dass es den Flüchtigen gelang, einer Schiffsgelegenheit habhaft zu werden oder einen Küstenfischer zu überreden, sie auf das italienische Ufer hinüber zu bringen. Man gab ihr deshalb auch den Vorzug.

Um acht ein halb Uhr, als die Dunkelheit groß genug geworden war, verließen die Beiden die in Trümmern liegende Farm und wandten sich nach Westen, um die Küste der Adria zu erreichen. Sie sahen sich gezwungen, auf der Landstraße zu bleiben, um nicht in die Sümpfe der Leme zu geraten.

Diese ihnen unbekannte Straße verfolgen, hieß aber, an jene Stadt gelangen, welche den Verkehr mit dem Herzen Istriens vermittelte, sich in die größte Gefahr begeben. Gewiss, es gab aber keinen anderen Ausweg.

Nach einem einstündigen Marsche hoben sich in der Entfernung von ungefähr einer Viertelmeile die unbestimmten Umrisse einer Stadt von dem dunklen Hintergrunde ab. Es wäre schwer gewesen, etwas Genaueres zu erkennen.

Man sah nur eine Anhäufung von Häusern, die schwerfällig auf einem ungeheuren, massigen Felsen sich erhoben; dieser Felsen beherrschte das Meer; unter ihm dehnte sich der Hafen aus, der durch ein Zurücktreten der Küste gebildet wird.

Mathias Sandorf war entschlossen, die Stadt nicht zu betreten, in der die Anwesenheit zweier Fremden schnell genug bekannt geworden wäre. Es handelte sich also darum, die Mauern zu umgehen, um wo möglich eine Stelle des Ufers selbst zu erreichen.

Die Flüchtlinge vollführten diese Absicht, sie wurden indessen schon seit Beginn ohne ihr Wissen von jenem Manne in einiger Entfernung verfolgt, der sie bereits am Ufer des Kanals von Leme gesehen hatte – desselben Carpena, dessen Aussage vor dem Gendarmen-Wachtmeister sie vernommen hatten. Verlockt durch die ausgesetzte Belohnung, hatte sich der Spanier auf dem Wege zu seiner Wohnung verborgen, um besser die Landstraße übersehen zu können, und der ihm günstige, jenen feindliche Zufall brachte ihn soeben wieder auf die Spur der Flüchtlinge.

Fast gleichzeitig drohte eine aus einem der Tore der Stadt kommende Schar Polizisten ihnen den Weg abzuschneiden. Sie hatten gerade noch Zeit, sich seitwärts zu schlagen; dann stürmten sie die Hafenmauer entlang dem Meere zu.

Dort stand eine bescheidene Fischerhütte; ihre Fenster waren erleuchtet, die Tür weit offen. Wenn Mathias Sandorf und Stephan Bathory hier kein Unterkommen fanden, wenn man sich weigerte, sie aufzunehmen, so waren sie verloren. Hier Zuflucht suchen, das hieß zwar, Alles aufs Spiel setzen, doch durfte nicht länger gezögert werden.

Graf Sandorf und sein Genosse eilten auf die Türe des Hauses zu und blieben an der Schwelle stehen.

Ein Mann war im Innern beim Scheine einer Schiffslampe damit beschäftigt, Netze auszubessern.

»Wollt Ihr mir sagen, mein Freund, wie diese Stadt sich nennt?

– Rovigno.

– Bei wem befinden wir uns hier?

– Bei dem Fischer Andrea Ferrato.

– Wäre der Fischer Andrea Ferrato geneigt, uns für diese Nacht bei sich aufzunehmen?«

Andrea Ferrato blickte die Angekommenen an; er trat an die Tür und bemerkte die Schar der Polizisten, die gerade um die Ecke der Hafenmauer bog; er ahnte zweifellos, wer die Fremden waren, die ihn um Gastfreundschaft baten, und begriff, dass sie verloren waren, wenn er zögerte.

»Treten Sie ein!« sagte er

Die Flüchtigen aber beeilten sich nicht, über die Schwelle zu treten.

»Freund, sagte Graf Sandorf, es sind fünftausend Gulden Belohnung ausgesetzt für Denjenigen, welcher die Verurteilten ausliefert, die aus dem Turm von Pisino ausgebrochen sind.

– Ich weiß es.

– Und das Zuchthaus für Denjenigen, der sie bei sich aufnehmen sollte.

– Ich weiß es.

– Ihr könnt uns ausliefern...

– Ich habe Ihnen gesagt, Sie sollen eintreten,« erwiderte der Fischer.

Und Andrea Ferrato schloss die Tür in dem Augenblicke, als bereits die Polizisten am Hause vorübergingen.

ACHTES KAPITEL.
DAS HAUS DES FISCHERS FERRATO.

Andrea Ferrato war ein Korse und stammte aus Santa Mazza, einem kleinen Hafen im Bezirke von Sartene, der hinter einem Vorsprunge des südlichen Kaps der Insel Korsika gelegen ist. Dieser Hafen, sowie diejenigen von Bastia und Porto Vecchio sind die einzigen, welche sich auf der Ostküste öffnen, die vor vielen Jahrtausenden willkürlich zerrissen wurde, jetzt aber durch das beständige Bespülen seitens der Strömungen wieder gleichmäßiger geformt ist; die Wogen haben nach und nach die Kaps fortgerissen, die Golfe ausgefüllt, die kleinen Buchten erweitert, die Risse beseitigt.

Dort in Santa Mazza, auf jenem schmalen Meerarm, der sich zwischen Korsika und dem italienischen Festlande ausbreitet, manchmal auch inmitten der Klippen der Meerenge zwischen Bonifazio und Sardinien, war Andrea Ferrato einst seinem Gewerbe als Fischer nachgegangen.

Vor zwanzig Jahren hatte er ein junges Mädchen aus Sartene geheiratet Zwei Jahre später hatte sie ihn mit einem Töchterchen beschenkt, welches auf den Namen Maria getauft wurde. Die Fischerei ist ein raues Handwerk, namentlich wenn man außer dem Fischfang auch die Korallenfischerei betreibt; behufs der letzteren muss man die Wasserbänke auf dem Grunde der gefährlichsten Stellen der Meerenge aufsuchen. Doch Andrea Ferrato war ein mutiger, kräftiger, unermüdlicher Mann, eben so geschickt in der Handhabung der Zugals der Scharrnetze. Sein Geschäft ging gut. Seine Frau, ebenfalls rührig und umsichtig, hielt nach Wunsch das kleine Haus in Santa Mazza in Ordnung. Beide waren, da sie lesen, schreiben, rechnen konnten, verhältnismäßig gebildet, wenn man bedenkt, dass es, wie statistisch nachgewiesen wird, auch heute noch auf der Insel hundertfünfzigtausend Menschen unter den zweimalhundertsechzigtausend Einwohnern gibt, die weder lesen noch schreiben können.

Außerdem war Andrea Ferrato – vielleicht Dank seines Wissens – freimütig in seinen Ansichten und seinen Gefühlen, und diese Besonderheit seines Wesens hatte ihm in seinem Kanton einige Feindschaft eingetragen.

Dieser auf der Südspitze der Insel gelegene Kanton, der sich fern von Bastia, fern von Ajaccio, fern von den Hauptsitzen der Regierung und der Gerichtsbarkeit befindet, zeigt sich noch Allem, was nicht italienisch oder korsikanisch heißt, gegenüber sehr verschlossen; neue Geschlechter erst können hier eine Änderung der Ansichten und Zustände herbeiführen.

Es herrschte, wie gesagt, auch gegen die Familie Ferrato eine mehr oder minder gezeigte Feindschaft vor. Bei den Korsen ist es von der Feindschaft zum Hass nicht weit, vom Hass zu Ausschreitungen aber noch näher. Einige Umstände brachten bald ein offenes Zerwürfnis hervor. Eines Tages war Andrea Ferrato mit seiner Geduld zu Ende und in einer zornigen Aufwallung tötete er einen ganz elenden Menschen, der ihm gedroht hatte. Er musste flüchten.

Er war aber ganz und gar nicht der Mann dazu, sich in die korsische Wildnis zu begeben und in einem täglichen Kampfe gegen die Polizei oder gegen die Genossen und Freunde des Verstorbenen zu leben, eine endlose Folge der Blutrache herauf zu beschwören, welche schließlich die Seinigen am empfindlichsten getroffen hätte. Er entschloss sich, auszuwandern, und verließ heimlich Korsika, um auf die sardinische Küste hinüber zu ziehen. Seine Frau machte ihr kleines Besitztum zu Geld, sie trat das Häuschen in Santa Mazza ab, verkaufte die Möbel, Barke und Netze und kam ihm mit ihrer Tochter nach. Er leistete darauf Verzicht, jemals in sein Heimatland zurückzukehren.

Der Mord, den Andrea Ferrato begangen, trotzdem er in rechtlicher Notwehr verübt war, lastete doch schwer auf seinem Gewissen. Die mit der Muttermilch eingesogenen abergläubischen Anschauungen gaben ihm den Wunsch ein, den Mord zu sühnen. Er war der Ansicht, dass ihm der Totschlag nur vergeben werden würde an dem Tage, an welchem er mit Gefahr des eigenen Lebens einem Anderen das Leben gerettet haben würde. Er war entschlossen, es zu tun, sobald sich ihm die Gelegenheit böte.

Andrea Ferrato war, nachdem er Korsika verlassen, nur eine kurze Zeit in Sardinien geblieben, weil er dort leicht erkannt und entdeckt werden konnte. Er war energisch und mutig und zagte gewiss nicht für sich, wohl aber für die Seinigen, welche unter den Vergeltungen, die dort Familie an Familie übt, am meisten zu leiden gehabt hätten. Er wartete den richtigen Augenblick ab, um sich entfernen zu können, ohne Misstrauen zu erregen, und fuhr dann nach Italien hinüber. In Ancona wurde ihm Gelegenheit geboten, über die Adria nach Istrien zu kommen. Er benützte sie.

So beschaffen waren die Verhältnisse, welche diesen Korsen in den kleinen Hafen von Rovigno geführt hatten. Seit siebzehn Jahren betrieb er wieder die Fischerei; sie verschaffte ihm wieder die frühere günstige Vermögenslage. Neun Jahre nach seiner Ankunft in Rovigno wurde ihm ein Sohn, Namens Luigi, geboren; seine Geburt kostete der Mutter das Leben.

Seitdem er Witwer geworden, lebte Andrea Ferrato lediglich seiner Tochter und seinem Sohne.

Maria war jetzt achtzehn Jahre alt und vertrat an dem Knaben, der sein achtes Lebensjahr begann, Mutterstelle. Wenn der unüberwindliche Schmerz über den Verlust seiner treuen Gefährtin nicht mehr an ihm genagt hätte, wäre der Fischer von Rovigno so glücklich gewesen, als man es eben durch Tätigkeit und das Gefühl, seine Pflicht zu erfüllen, sein kann. Er wurde von Allen im Orte geliebt, er war stets gefällig und hatte für Jeden einen guten Rath. Man weiß bereits, dass er mit vollem Rechte für geschickt in seinem Berufe gehalten wurde. Inmitten der langgestreckten Klippen an den istrischen Küsten brauchte in ihm kein Bedauern über den ihm verlorenen Fischfang im Golfe von Santa Mazza und in der Meerenge von Bonifazio aufzusteigen. Er kannte sich in diesen Gewässern, in welchen man dieselbe Sprache redet, wie auf Korsika, bald recht gut aus. Der Nutzen, den ihm das Lotsen von Schiffen auf der Strecke von Pola bis nach Triest abwarf, kam noch zu dem Verdienste hinzu, den ihm die Ausbeutung dieser fischreichen Gewässer einbrachte. In seinem Hause waren stets arme Leute zu finden, und seine Tochter Maria unterstützte ihn nach Kräften in den Werken der Barmherzigkeit.

Aber der Fischer von Santa Mazza hatte nicht das Versprechen vergessen, welches er sich selbst gegeben: Leben um Leben! Er hatte einem Manne das Leben genommen, einem anderen wollte er es retten.

Aus diesem Grunde hatte er, als die Flüchtlinge sich an seiner Tür einfanden, trotzdem er ahnte, wer sie waren und welcher Gefahr er sich aussetzte, nicht gezögert, ihnen zuzurufen: »Treten Sie ein!« und gleich hinzu gesetzt: »Möge Gott Sie in seinen Schutz nehmen!«

Die Polizisten waren, ohne sich aufzuhalten, inzwischen am Hause Andrea Ferrato's vorübergegangen. Graf Sandorf und Stephan Bathory konnten also annehmen, dass sie im Hause des korsischen Fischers, wenigstens für einige Stunden der Nacht, gut geborgen waren.

Sein Haus war außerhalb der Stadt, ungefähr fünfhundert Schritte von der Mauer entfernt, jenseits des Hafens auf einer Felsenschicht, welche die Küste überragte, erbaut. In der Entfernung von mindestens einer Kabellänge brandete das Meer gegen die Klippen des Gestades, dessen endlose Fläche in weiter Ferne den Himmel zu begrenzen schien. Gegen Südost schob sich in sanfter Rundung das Vorgebirge in das Meer, dessen Krümmung die kleine Reede von Rovigno auf der Adria bildet.

Ein Erdgeschoß, bestehend aus vier Zimmern, von denen zwei nach vorn, zwei nach hinten hinaus lagen, ein mit Schindeln bedeckter Schuppen, woselbst das Fischereigerät aufbewahrt wurde, bildete das ganze Besitztum von Andrea Ferrato. Sein Fahrzeug war eine dreißig Fuß lange Balanzelle mit viereckigem Hinterteile, die einen großen Mast mit einem Focksegel trug – ein für den Fischfang mit dem Scharrnetze sehr geeignetes Boot. Wenn es nicht benützt wurde, wurde es im Schutze der Klippen mit Wasser angefüllt; man konnte dann mittelst einer kleinen Jolle, die auf den Strand gezogen wurde, zu ihr gelangen. Hinter dem Hause dehnte sich noch ein halbkreisförmiger Raum aus, in welchem einige Gemüsesorten inmitten von Maulbeer-, Olivenbäumen und Weinstöcken sprossten. Eine Hecke schloss den Besitz gegen einen fünf bis sechs Fuß breiten Bach ab, der somit die Grenze gegen die Feldmark hin bildete. So beschaffen war das bescheidene, aber gastliche Heim, in welches die Vorsehung die Flüchtlinge geführt hatte, so beschaffen der Gastfreund, der seine Freiheit wagte, indem er ihnen einen Zufluchtsort bot.

Sobald die Tür sich hinter ihnen geschlossen hatte, prüften Mathias Sandorf und Stephan Bathory das Zimmer, in welchem sie der Fischer zuerst empfangen hatte.

Es war das Hauptgemach des Hauses und mit einigen Gegenständen ausgestattet, die sehr sauber gehalten waren und den Geschmack und die Tätigkeit einer sorgsamen Haushälterin verrieten.

»Vor Allem wollen Sie gewiss etwas essen? fragte Andrea Ferrato.

– Ja, wir sterben vor Hunger, antwortete Graf Sandorf. Seit zwölf Stunden sind wir jeder Nahrung bar.

– Hast Du gehört, Maria?« rief der Fischer.

Maria hatte im Nu ein weißes Leinen auf dem Tische ausgebreitet und eingepökeltes Schweinefleisch, gedörrten Fisch, Brot, eine Flasche einheimischen Weines, Weintrauben, zwei Gläser, zwei Gedecke darauf gestellt. Eine »Veglione«, das ist eine Öllampe mit drei Dochten, erleuchtete das Zimmer.

Graf Sandorf und Stephan Bathory setzten sich sofort an den Tisch; ihre Kräfte waren erschöpft.

»Und Ihr? fragten sie den Fischer.

– Wie haben schon zu Abend gegessen,« antwortete Andrea Ferrato.

Die beiden Ausgehungerten verschlangen im wahren Sinne des Wortes die Speisen, die ihnen ohne alle Umschweife und mit freudigem Gemüte gereicht worden waren. Doch auch während sie aßen, beobachteten sie unablässig den Fischer, seine Tochter und seinen Sohn, welche ihnen von einer Ecke des Raumes aus zusahen, ohne ein Wort zu sprechen.

Andrea Ferrato konnte ein Zweiundvierziger sein. Er hatte ein ernstes, vielleicht sogar trauriges Aussehen; sein sonnverbranntes Gesicht zeigte ausdrucksvolle Züge, dunkle Augen und einen lebhaften Blick. Er trug die Kleidung der Fischer des Adriatischen Meeres, unter der man einen robusten und sehnigen Körper vermuten konnte.

Maria, deren Wuchs und Gestalt den Fischer an seine verstorbene Frau erinnerten, war groß, wohlgestaltet, eher schön als niedlich; sie hatte funkelnde Augen, braunes Haar und eine von der Lebhaftigkeit des korsischen Blutes stammende warme Hautfarbe. Stets ernst gemäß den Pflichten, welche sie schon in früher Jugend zu erfüllen hatte, zeigte sie in ihrer Haltung und in ihren Bewegungen die Ruhe einer überlegenden Natur. Es kennzeichnete Alles an ihr eine Energie, die ihr in keiner Lage des Lebens, wohin sie auch das Schicksal warf, abgehen konnte. Ihre Hand war schon mehrfach von jungen Fischern des Landes erstrebt worden, doch bisher wollte sie von einer Verheiratung nichts wissen. Ihr ganzes Leben gehörte ihrem Vater und dem Knaben, der ihr aus Herz gewachsen war.

Luigi seinerseits war ein entschlossener, aufmerksamer, arbeitslustiger Junge und schon an das Seemannsleben gewöhnt. Er begleitete Andrea Ferrato auf den Fischfang und auf die Lotsenfahrten mit bloßem Kopfe bei Wind und Wetter. Er versprach, später ein kräftiger, gesunder, gut gebauter, überkühner, fast waghalsiger, aller Gefahren und aller Unwetter spottender Mann zu werden. Er liebte seinen Vater und betete seine Schwester an.

Graf Sandorf hatte diese drei Wesen, welche eine so rührende Neigung mit einander verband, aufmerksam beobachtet. Es schien ihm unzweifelhaft, dass er sich bei braven Leuten befand, denen er sich anvertrauen konnte. Als das Mahl beendet war, erhob sich Andrea Ferrato und näherte sich dem Grafen.

»Gehen Sie schlafen, meine Herren! meinte er gelassen. Niemand vermutet Sie hier. Morgen wollen wir weiter überlegen.

– Nein, Andrea Ferrato, nein! erwiderte Mathias Sandorf. Jetzt ist unser Hunger gestillt. Wir besitzen wieder unsere Kräfte. Lasst uns das Haus sofort wieder verlassen, denn unsere Gegenwart bildet eine zu große Gefahr für Euch und die Euren!

– Ja, wir wollen aufbrechen, fügte Stephan Bathory hinzu. Gott möge Euch vergelten, was Ihr an uns getan habt!

– Gehen Sie zu Bett, es muss sein! erwiderte der Fischer. Die Küste wird heute Abend bewacht. Man hat über alle Häfen die Sperre verhängt. Man kann in dieser Nacht nichts unternehmen.

– Es sei, da Ihr es wollt! antwortete ihm Mathias Sandorf.

– Ich will es!

– Eine Frage noch: Seit wann ist unsere Flucht bekannt?

– Seit heute Morgen. Doch, Sie waren zu Vieren im Turm von Pisino. Sie sind jetzt nur Zwei. Der Dritte soll, wie man sagt, in Freiheit gesetzt sein...

– Sarcany! rief Mathias Sandorf, den Zorn bemeisternd, der sich mächtig in ihm regte, als er diesen verwünschten Namen hörte.

– Und der Vierte...? fragte Stephan Bathory, ohne zu wagen, den Satz zu Ende zu sprechen.

– Der Vierte ist noch am Leben, antwortete Andrea Ferrato. Die Hinrichtung ist aufgeschoben worden.

– Er lebt! rief Stephan Bathory.

– Ja, meinte Mathias Sandorf ironisch, man will warten, bis man uns wieder hat, um uns die Freude zu bereiten, gemeinsam sterben zu können.

– Maria, sagte Andrea, führe unsere Gäste in das nach hinten hinaus über der Umzäunung gelegene Zimmer, doch ohne Licht. Es ist nicht nötig, dass man heute Abend das Fenster von außen erleuchtet sieht. Du kannst Dich ebenfalls schlafen legen. Luigi und ich werden wachen.

– Gut, Vater, sagte der Knabe.

– Kommen Sie, meine Herren!« sagte das junge Mädchen.

Graf Sandorf und sein Gefährte wechselten einen kräftigen Händedruck mit dem Fischer. Sie gingen in das ihnen bezeichnete Zimmer und fanden daselbst zwei gute Maismatratzen, die ihnen nach den ausgestandenen Strapazen willkommen waren

Andrea Ferrato hatte inzwischen mit seinem Sohne das Haus verlassen. Er wollte sich überführen, ob Jemand in der Umgebung, am Ufer oder jenseits des Baches umher lungerte. Er fand Niemand. Die Flüchtlinge konnten also bis zum Anbruche des Tages in Frieden ruhen.

Die Nacht verfloss ohne jeden Zwischenfall. Der Fischer war noch mehrere Male aus dem Hause getreten. Er hatte nichts Verdächtiges gesehen.

Am nächsten Tage, dem 18. Juni, ging Andrea, während seine Gäste noch schliefen, bis mitten in die Stadt hinein und auf die Hafenquais, um Erkundigungen einzuziehen. An einzelnen Stellen fand er Ansammlungen von Neugierigen und Plaudernden vor Das Plakat, welches seit dem frühen Morgen ausgehängt war und das die Flacht, die Androhung der Strafe, die versprochene Belohnung zur Kenntnis brachte, bildete überall den Gegenstand der Unterhaltung. Man schwatzte, man erzählte sich Neuigkeiten und man wiederholte Gerüchte in unbestimmten Ausdrücken, die nichts besagten. Nichts verlautete, dass Graf Sandorf und sein Gefährte in den Umgebungen der Stadt gesehen worden waren, man argwöhnte nicht einmal ihre Anwesenheit in der Provinz. Gegen zehn Uhr aber, als der Wachtmeister der Gendarmerie und seine Leute von ihrem nächtlichen Streifzuge nach Rovigno zurückkehrt waren, verbreitete sich das Gerücht, dass zwei Fremde vierundzwanzig Stunden früher an den Ufern des Kanals von Leme gesehen worden wären. Man hatte die ganze Gegend bis zum Meere hin abgesucht, ohne indessen ihre Spur gefunden zu haben. Es war kein Anzeichen vorhanden, wohin sie sich gewendet haben konnten. War es ihnen gelungen, die Küste zu erreichen, eines Bootes habhaft zu werden und eine andere Gegend Istriens aufzusuchen oder sogar, über die österreichische Grenze zu entkommen? Alles schien glaubwürdig.

»So bleiben wenigstens fünftausend Gulden dem Staatsschatze erhalten, meinte man.

– Das Geld ist zu etwas Besserem nutz, als feige Angeberei zu belohnen.

– Gewiss, wenn sie nur entkämen!

– Entkämen? Geht doch! Die sind schon längst auf der anderen Küste der Adria in Sicherheit.«

Aus diesen Äußerungen, die man innerhalb der meisten, aus Bauern, Arbeitern und Bürgern bestehenden Gruppen vor den Plakaten hören konnte, ging hervor, dass die öffentliche Meinung sich durchaus zu Gunsten der Verurteilten aussprach – wenigstens bei den Bewohnern Istriens, die slawischer oder italienischer Abstammung waren. Die österreichischen Beamten konnten also kaum auf eine Denunziation von dieser Seite rechnen. Sie vernachlässigten indessen nichts, um der Flüchtigen wieder habhaft zu werden. Die gesamte Polizei und die Gendarmerie-Geschwader waren vom frühen Morgen an unterwegs und ein ununterbrochener Depeschenwechsel fand zwischen Rovigno, Pisino und Triest statt.

Um elf Uhr kehrte Andrea Ferrato heim und erzählte seine Neuigkeiten, die mehr guter als schlechter Natur waren.

Graf Sandorf und Stephan Bathory beendeten in dem Zimmer, in welchem sie die Nacht zugebracht hatten, von Maria bedient, gerade ihr Frühstück. Die wenigen Stunden Schlaf, das gute Essen, die ihnen gewidmete Sorgfalt hatten sie sich vollständig von ihrer Abspannung erholen lassen.

»Nun, mein Freund? fragte Graf Sandorf, sobald sich die Tür hinter Andrea Ferrato geschlossen hatte.

– Ich denke, dass Sie, meine Herren, für den Augenblick nichts zu befürchten haben, antwortete der Fischer.

– Was sagt man in der Stadt? fragte Stephan Bathory.

– Man spricht allerdings von zwei Fremden, die gestern Früh gesehen wurden, als sie gerade im Begriffe standen, das Ufer am Kanal von Leme zu betreten.... Und wenn es sich um Sie handelt... meine Herren...

– Es handelt sich in der Tat um uns, antwortete Stephan Bathory. Ein Mann, ein Salzarbeiter aus der Nachbarschaft, hat uns gesehen und angezeigt.«

Und Andrea Ferrato wurde von dem unterrichtet, was sich in der zerstörten Farm zugetragen hatte, während die Flüchtlinge sich dort verborgen hielten.

»Und Sie wissen nicht, wer dieser Denunziant ist, fragte Andrea dringend.

– Wir haben ihn nicht gesehen, antwortete ihm Mathias Sandorf, wir haben ihn nur hören können.

– Das ist ärgerlich, erwiderte Andrea Ferrato, aber ein wichtiger Umstand ist, dass man Ihre Spur verloren hat, und übrigens denke ich, dass, falls wirklich der Verdacht aufsteigen sollte, dass Sie in mein Haus geflüchtet sind, Sie eine Angeberei nicht zu befürchten haben. Die Stimmen im ganzen Umkreise von Rovigno lauten Ihnen günstig.

– Es überrascht mich nicht, das zu hören, antwortete Graf Sandorf. Die Bevölkerung der Provinz ist anerkannt brav. Man muss indessen mit den österreichischen Behörden rechnen und diese werden gewiss vor nichts zurückschrecken, um unserer wieder habhaft zu werden.

– Zu Ihrer Beruhigung möge Ihnen dienen, meine Herren, ergriff der Fischer von Neuem das Wort, dass allgemein die Meinung verbreitet ist, Sie wären bereits auf die andere Küste des Adriatischen Meeres hinüber geflohen.

– Möge Gott geben, dass dieses bald zur Wahrheit würde, warf Maria ein, welche die Hände wie zu einem Gebete gefaltet hatte.

– Es wird dahin kommen, teures Kind, antwortete Mathias Sandorf mit dem Ausdrucke innigster Überzeugung, es wird mit Gottes Hilfe dahin kommen!

– Und der meinigen, Herr Graf, setzte Andrea Ferrato hinzu. Ich werde jetzt meiner Beschäftigung wie gewöhnlich nachgehen. Man ist gewöhnt, Luigi und mich am Ufer die Netze ausbessern oder unsere Balanzelle

anfeuchten zu sehen, und es ist gut, wenn wir nichts an unseren Gewohnheiten ändern. Bleiben Sie, bitte, in diesem Zimmer. Verlassen Sie es unter keinem Vorwande! Um noch weniger Verdacht zu erregen, öffnen Sie das auf die Umzäunung hinausgehende

Fenster, aber halten Sie sich im Hintergrunde auf und zeigen Sie sich nicht. Ich bin in einer oder zwei Stunden zurück.«

Andrea Ferrato verließ mit seinem Sohne das Haus; Maria entledigte sich vor der Haustür wie gewöhnlich ihrer Obliegenheiten.

Am Ufer kamen und gingen die Fischer. Andrea Ferrato wollte vorsichtshalber einige Worte mit ihnen wechseln, ehe er seine Netze auf dem Boden auszubreiten begann.

»Ein prächtiger Ostwind hat sich aufgemacht, sagte Einer.

– Ja, erwiderte Andrea Ferrato, der vorgestrige Sturm hat am Horizont ordentlich aufgeräumt.

– Hm, sagte ein anderer nachdenklich, die Brise könnte gegen Abend doch stärker und zum Sturme werden, wenn die Bora sich hineinmischt.

– Dann wäre es nur ein Landwind und das Meer kann zwischen den Klippen nie aufrührerisch werden.

– Das muss man abwarten.

– Fährst Du heute Nacht auf den Fang, Andrea?

– Ich denke, wenn das Wetter es zulässt.

– Aber die Sperre?

– Sie ist nur über die großen Schiffe, nicht über die Barken verhängt, weil diese sich nicht weit von der Küste entfernen.

– Desto besser; man hat gemeldet, dass der Tunfisch vom Süden in Zügen naht, wir dürfen nicht länger mit der Bereithaltung der Netze zögern.

– Gut, meinte Andrea Ferrato, bis jetzt haben wir noch nichts versäumt.

– Vielleicht doch!

– Nein, sage ich Dir, und wenn ich in der heutigen Nacht ausfahre, so fische ich auf den Bonit, an der Küste von Orsera oder Parenzo.

– Wie es Dir beliebt! Wir wollen unsere Netze hinter den Klippen auswerfen.«

Andrea und Luigi holten darauf ihre Netze, die unter einem Schuppen lagen; sie breiteten sie im Sande aus, um sie von der Sonne trocknen zu lassen. Zwei Stunden später kehrte der Fischer nach Hause zurück; nachdem er seinem Sohne aufgetragen hatte, die Haken vorzubereiten, die zum Fange des Bonits dienen, einer Fischart mit dunkelrotem Fleisch, die zur Gattung der Tunfische und zur Klasse der Anxiden gehört.

Zehn Minuten später, nachdem er noch auf der Hausschwelle einige Züge aus der Tabakspfeife getan, trat Andrea Ferrato zu seinen Gästen in das Zimmer, während Maria ihre Arbeit vor dem Hause fortsetzte.

»Herr Graf, der Wind kommt vom Lande und ich glaube nicht, dass das Meer in dieser Nacht sehr unruhig sein wird. Ich halte es für das Einfachste und Beste, um keine Spuren zu hinterlassen, dass Sie sich mit mir einschiffen. Wenn Sie dazu entschlossen sind, so halten Sie sich gegen zehn Uhr bereit. Um diese Zeit schlüpfen Sie zwischen den Klippen hindurch bis an den Saum der Brandung. Es wird Niemand Sie bemerken. Meine Jolle bringt Sie zur Balanzelle; wir gehen sofort in See, was keine Aufmerksamkeit erregen wird, da man weiß, dass ich heute Nacht auf den Fang fahre. Wenn die Brise kräftig genug ist, segle ich am Ufer entlang, um Sie jenseits der österreichischen Grenze, außerhalb des Bereiches der Mündungen von Cattaro, zu landen.

– Wenn sie nicht stark genug sein sollte, fragte Graf Sandorf, was gedenken Sie dann zu tun?

– Dann gewinnen wir die offene See und fahren quer über die Adria; ich würde Sie dann an der Küste von Rimini oder an der Mündung des Po ans Land setzen.

– Würde Euer Schiff für eine so weite Überfahrt herhalten? fragte Stephan Bathory.

– Ja. Es ist ein gutes, halb überdecktes Boot, dessen Brauchbarkeit mein Sohn und ich schon beim heftigsten Unwetter erprobt haben. Etwas Gefahr wird man allerdings immer laufen....

– Nichts ist natürlicher, als dass wir, deren Existenz auf dem Spiele steht, auch Gefahr laufen müssen, antwortete ihm Graf Sandorf. Aber dass Ihr, mein Freund, Euer Leben wagt...

– Das ist meine Sache, Herr Graf, erwiderte Andrea; ich erfülle nur eine Pflicht, wenn ich versuche, Sie zu retten.

– Eine Pflicht?

– Ja.«

Und Andrea Ferrato erzählte den Vorgang aus seinem Leben, in Folge dessen er Santa Mazza auf Korsika hatte verlassen müssen, und dass das Gute, das er jetzt zu tun im Begriffe stand, nur eine gerechte Vergeltung des Üblen wäre, welches er begangen.

»Edles Herz!« rief Graf Sandorf, von der Erzählung des Fischers erschüttert. Dann fuhr er fort:

»Gleichviel, ob Ihr uns nun bei Cattaro oder an der italienischen Küste aussetzt, so wird doch jedenfalls unsere Fahrt Eure längere Abwesenheit von Rovigno bedingen, was Euren Freunden vielleicht auffallen könnte. Ich möchte doch nicht, dass Ihr bei Eurer Heimkehr verhaftet würdet, nachdem Ihr uns die Freiheit verschafft habt.

– Fürchten Sie nichts, Herr Graf. Ich bleibe mitunter, namentlich zur Zeit der großen Fischzüge, fünf bis sechs Tage auf dem Meere. Übrigens muss ich Ihnen nochmals wiederholen, dass das meine Sache ist. Wie ich gesagt habe, geschieht es, so und nicht anders machen wir es!«

Gegen den Entschluss des Fischers war also nicht anzukämpfen. Der Vorschlag Andrea's war augenscheinlich der beste und der am leichtesten auszuführende, da die Balanzelle – er hoffte es wenigstens – von der Laune des Meeres nichts zu befürchten hatte. Nur bei der Einschiffung müsste vorsichtig zu Werke gegangen werden. Die Nacht war aber voraussichtlich dunkel und ohne Mondschein, und sehr wahrscheinlich würde sich des Abends an der Küste ein dicker Nebel zeigen, der sich nicht weit auszudehnen pflegt. Um die bestimmte Stunde werde man auch längs der einsam liegenden Küste höchstens einen oder zwei Grenzjäger, die auf ihrem Patrouillengange begriffen wären, sehen. Die anderen Fischer und Nachbarn Andrea Ferrato's würden, wie sie erzählt hatten, bereits beschäftigt sein, ihre Netze jenseits der zahlreichen Klippen, das heißt, zwei bis drei Meilen unterhalb Rovignos, auf die Piken zu stecken. Sollten sie selbst die Balanzelle bemerken, so war diese bereits, wenn sie gesehen wurde, mit den unter ihrem Deck verborgenen Flüchtigen weit ab auf dem Meere.

»Und wie groß ist die Entfernung in gerader Linie zwischen Rovigno und dem zunächst liegenden Hafen an der italienischen Küste? fragte Stephan Bathory.

– Ungefähr fünfzig Meilen.

– Wie lange würde die Überfahrt dauern?

– Bei günstigem Winde brauchen wir ungefähr zwölf Stunden. Doch, Sie sind ohne Geld. Sie brauchen es. Nehmen Sie diesen Gürtel, in welchem sich dreihundert Gulden befinden und schnallen Sie ihn sich um den Leib!

– Mein Freund...! sagte Mathias Sandorf abwehrend.

– Sie werden mir das später zurückgeben, schnitt der Fischer ab, wenn Sie in Sicherheit sind. Und nun erwarten Sie mich!«

Nach getroffener Verabredung zog sich Andrea Ferrato zurück, um seiner gewöhnlichen Beschäftigung teils im Hause, teils am Ufer nachzugehen. Luigi konnte, ohne bemerkt zu werden, Vorräte für einige Tage an Bord der Balanzelle bringen, nachdem er sie vorsorglich in ein Aushilfssegel gewickelt hatte. Es war gar nicht möglich, dass ein Verdacht aufsteigen konnte, der Andrea Ferrato von seinem Vorsatz hätte abbringen können. Er trieb selbst die Vorsicht so weit, dass er seine Gäste während der übrigen Stunden des Tages nicht mehr wiedersehen wollte. Mathias Sandorf und Stephan Bathory hielten sich im Hintergrunde des kleinen Zimmers verborgen, dessen Fenster unablässig offen stand. Der Fischer würde sie schon benachrichtigen, dachten sie, wenn die Zeit da wäre.

Im Laufe des Nachmittags kamen Nachbarn zu Ferrato, um mit ihm freundschaftlich über den Fischfang und das Erscheinen des Tunfisches an den istrischen Küsten zu plaudern. Andrea Ferrato empfing sie in dem Wohnzimmer und bewirtete sie, wie üblich, mit Getränken.

So verfloss der größte Teil des Tages mit Kommen, Gehen und Unterhaltungen. Einige Male war auch von der Flucht der Gefangenen die Rede. Augenblicklich war sogar das Gerücht verbreitet, dass sie am Golf von Quarnero, auf der entgegengesetzten Küste Istriens, aufgegriffen worden wären, ein Gerücht, das indessen bald als unwahr bezeichnet wurde.

Es schien sich also Alles auf das Beste anzulassen. Dass das Gestade sorgfältiger als gewöhnlich bewacht wurde, teils durch die Beamten der Zollbehörde, teils durch Polizeiagenten und Gendarmen, stand fest; doch konnte es nicht schwer fallen, während der Nacht die Aufmerksamkeit dieser Leute zu täuschen.

Die Sperre war, wie man weiß, nur über die großen Seeschiffe und über die Küstenfahrzeuge aus dem Mittelmeere verhängt, nicht über die Fischerbarken, die nahe dem Ufer blieben. Die Auftakelung der Balanzelle konnte daher frei von jedem Verdachte erfolgen.

Andrea Ferrato hatte aber einen Besuch nicht in Rechnung gezogen, den er in der achten Abendstunde erhielt. Dieser Besuch überraschte ihn zuerst, wenn er ihn nicht gar beunruhigte. Denn er verstand die bedrohliche Bedeutung desselben erst, nachdem der Gast sich entfernt hatte.

Es hatte gerade acht Uhr geschlagen. Maria beschäftigte sich mit den Vorbereitungen zum Abendbrot und der Tisch im großen Wohnzimmer stand bereits gedeckt, als zweimal an der Haustür geklopft wurde.

Andrea Ferrato zögerte nicht, zu öffnen. Zu seiner Überraschung stand vor ihm der Spanier Carpena.

Dieser Carpena war ein Almayate, aus Almaya, einer kleinen Stadt der Provinz Malaga. Wie Andrea Ferrato Korsika, so hatte Jener Spanien verlassen, wahrscheinlich in Folge irgendeiner anrüchigen Handlung, und sich in Istrien angesiedelt.

Hier betrieb er das Gewerbe eines Salzarbeiters oder Salzsieders und brachte die Erzeugnisse aus den Bergwerken der westlichen Küste in das Innere des Landes – ein undankbares Brot, mit dem er gerade das verdiente, was er zum Leben brauchte.

Er war ein kräftiger, junger Mann, kaum fünfundzwanzig Jahre alt, untersetzt, mit breiten Schultern und einem dicken, mit struppigen, schwarzen Haaren besetzten Kopfe; seine Gesichtszüge waren bulldogartige und erinnerten mehr an den Gesichtsausdruck eines Tieres als an denjenigen eines Menschen. Carpena war ein Feind jeder Geselligkeit, und da er neidisch, rachsüchtig und, mehr als das, feige war, so liebte man ihn nirgends. Man wusste nicht genau, warum er sein Vaterland verlassen hatte. Mehrere Streitigkeiten mit den Kameraden in den Salinen, gegen den Einen und den Anderen ausgestoßene Drohungen, Raufereien, welche die Folgen derselben waren, hatten seinen Ruf verschlechtert. Man ging ihm gern aus dem Wege.

Carpena hatte sowohl von seinem Charakter als auch von seiner Person durchaus keine schlechte Meinung. Im Gegenteil. Nur so ist auch der Versuch – man wird sehen, welche Absicht diesem unterlag – mit Andrea Ferrato in Verbindung zu kommen, zu erklären. Der Fischer hatte ihn von Anfang an, was nicht geleugnet werden kann, nicht gerade freundschaftlich empfangen. Das geht zur Genüge aus der folgenden Unterhaltung hervor, in deren Verlauf Carpena seine eigentlichen Absichten entwickelte.

Carpena hatte kaum einen Schritt in das Zimmer getan, als auch schon Andrea Ferrato sich vor ihn hinstellte und ihn fragte:

»Was wollt Ihr bei mir?

– Ich ging vorüber und da ich bei Euch Licht sah, so klopfte ich an.

– Und warum?

– Um Euch einen Besuch abzustatten, Nachbar.

– Ihr wisst ganz gut, dass Eure Besuche mir nicht gefallen.

– Gemeinhin ja, heute aber dürfte das anders sein.«

Andrea Ferrato begriff nicht und konnte nicht ahnen, was diese im Munde Carpena's rätselhaften Worte bedeuteten. Er konnte ein seinen Körper durchlaufendes Zittern nicht unterdrücken, das seinem Gegenüber nicht entging.

Carpena hatte die Tür hinter sich geschlossen.

»Ich habe mit Euch zu reden, wiederholte er.

– Nein. Wir haben uns nichts zu sagen.

– Doch... ich muss Euch sprechen... und im Geheimen, setzte er mit leiser Stimme hinzu.

– So kommt!« antwortete der Fischer, der seine Gründe hatte, an diesem Tage Niemand abzuweisen.

Carpena durchschritt auf ein Zeichen Andrea's hin den großen Raum und folgte Jenem in dessen Zimmer.

Dieses war nur durch eine dünne Wand von demjenigen getrennt, in welchem sich Mathias Sandorf und Stephan Bathory befanden. Das eine führte auf die Straße hinaus, das andere auf die Umzäunung.

Sobald Beide allein waren, fragte der Fischer:

»Was wollt Ihr also von mir?

– Nachbar, sagte Carpena, ich berufe mich auf Eure gute Freundschaft.

– Und in welcher Beziehung?

– Hinsichtlich Eurer Tochter.

– Kein Wort weiter!

– Höret doch! Ihr wisst, ich liebe Maria, und es ist mein lebhafter Wunsch, sie zur Frau zu haben.«

In nichts Geringerem bestand Carpena's Forderung.

Er verfolgte das junge Mädchen schon seit mehreren Monaten mit seinen Anträgen. Man vermutet wohl richtig, wenn man das selbstsüchtige Interesse in diesem Falle für größer als die Liebe anschlägt. Andrea Ferrato lebte, trotzdem er nur ein einfacher Fischer war, in guten Verhältnissen, dem Spanier gegenüber, der nichts besaß, war er sogar reich. Nichts natürlicher, als dass aus diesem Grunde Carpena den Gedanken fasste, Andrea's Schwiegersohn zu werden; aber auch nichts natürlicher, als dass der Fischer aus demselben Grunde ihm ein für allemal einen Korb gegeben hatte, da Jener ihm in keiner Hinsicht behagen konnte.

»Carpena, erwiderte Andrea Ferrato kühl, Ihr habt Euch schon an meine Tochter gewendet, sie hat Euch nein! geantwortet; Ihr habt Euch schon an mich gewendet, ich habe Euch nein! geantwortet. Ihr kommt mir heute nochmals mit derselben Frage und ich wiederhole Euch nein! zum letzten Male!«

Das Gesicht des Spaniers legte sich in düstere Falten. Die Lippen zuckten auf und ließen die Zähne sehen. Seine Augen schossen tückische Blitze. Das schlecht beleuchtete Zimmer machte, dass Andrea Ferrato von dieser boshaften Physiognomie nichts bemerkte.

»Euer letztes Wort, das? fragte Carpena.

– Es ist mein letztes, sofern Ihr eben zum letzten Male Euer Verlangen vorgebracht habt, antwortete der Fischer. Solltet ihr es erneuern, so werdet Ihr dieselbe Antwort erhalten.

– Ich werde es erneuern, ja, ich werde es erneuern, wiederholte Carpena, sobald Maria es mich tun heischt!

»Flieh, Mathias, und lebe, um Gerechtigkeit zu üben.« (S. 148.)

– Sie! rief Andrea Ferrato, sie! Ihr wisst wohl, dass meine Tochter für Euch weder Freundschaft noch Achtung fühlt.

– Ihre Gefühle können sich ändern, sobald ich eine Unterredung mit ihr gehabt haben werde.

– Eine Unterredung?

– Ja, Ferrato, ich wünsche sie zu sprechen.

– Und wann?

– Sofort!... Versteht mich recht!... Ich muss sie sprechen, muss sie heute Abend noch sprechen!

– Ich verweigere diese Unterredung in ihrem Namen!

– Nehmt Euch in Acht, wenn Ihr das tut! rief Carpena laut. Nehmt Euch in Acht!

– Mich in Acht nehmen?

– Ich werde mich rächen!

– Pah! Räche Dich, wenn Du es kannst oder wagst, Carpena, antwortete Andrea Ferrato, der nun ebenfalls in Zorn geriet. Deine Drohungen fürchte ich nicht, wie Du weißt. Und jetzt geh' oder ich werfe Dich hinaus!«

Das Blut stieg dem Spanier in die Augen. Er war nahe daran, dem Fischer zu Leibe zu gehen. Aber er bezwang sich, und nachdem er die Tür heftig aufgestoßen hatte, schritt er durch das Wohnzimmer, ohne ein Wort zu sprechen, zum Hause hinaus.

Kaum war er fort, als sich die Tür des Nebenzimmers, in welchem die Flüchtigen sich befanden, öffnete. Graf Sandorf, der jedes Wort der Unterredung gehört hatte, erschien auf der Schwelle; er ging auf Andrea Ferrato zu und sagte leise zu ihm:

»Das war der Mann, der uns dem Gendarmerie-Wachtmeister verraten hat. Er kennt uns. Er hat uns gesehen, als wir am Kanal von Leme das Land betraten. Er ist uns bis Rovigno gefolgt. Er weiß augenscheinlich, dass Ihr uns bei Euch beherbergt. Lasst uns sofort fliehen oder wir sind verloren... und Ihr auch!«

NEUNTES KAPITEL. LETZTE ANSTRENGUNGEN IN EINEM LETZTEN KAMPF.

Andrea Ferrato blieb stumm. Er wusste dem Grafen Sandorf darauf nichts zu erwidern. Sein korsisches Blut kochte in ihm. Er hatte die Flüchtigen vergessen, für die er bisher schon so viel gewagt. Er dachte nur noch an den Spanier, er sah nur noch Carpena.

»Dieser Elende, dieser Elende! murmelte er endlich. Ja, er weiß Alles. Wir sind in seiner Gewalt. Ich hätte das einsehen müssen!«

Mathias Sandorf und Stephan Bathory blickten beklommen den Fischer an. Sie warteten darauf, was er sagen, was er beschließen würde. Es war kein Augenblick zu verlieren zu irgendeinem Beginnen. Das Werk der Angeberei war vielleicht schon gekrönt worden!

»Herr Graf, sagte nach einer langen Pause Andrea Ferrato, die Polizei kann von einem Augenblicke zum andern in mein Haus dringen. Ja! Dieser Schurke muss entweder wissen oder wenigstens vermuten, dass Sie sich hier befinden. Er hat mir einen Handel vorgeschlagen. Meine Tochter sollte der Preis seines Schweigens sein! Er wird Sie verderben, um sich an mir zu rächen. Wenn die Agenten kommen, ist es nicht mehr möglich, ihnen zu entschlüpfen und Sie werden entdeckt. Hier heißt es allerdings sofort fliehen.

– Ihr habt Recht, Ferrato, antwortete Mathias Sandorf. Aber ehe wir uns trennen, lasst mich Euch für Alles danken, was Ihr für uns getan habt und was Ihr für uns noch tun wolltet...

– Was ich tun wollte, das will ich noch tun, sagte Andrea Ferrato feierlich.

– Wir leiden es nicht, antwortete Stephan Bathory.

– Ja, wir leiden es nicht, setzte Mathias Sandorf hinzu, Ihr habt Euch schon zu sehr bloßgestellt. Wenn man uns in Eurem Hause findet, so erwartet Euch das Zuchthaus. Komm', Stephan, wir wollen das Haus verlassen, ehe wir seinen Ruin und sein Unglück verschulden. Lasst uns fliehen und allein fliehen!«

Andrea Ferrato ergriff die Hand Sandorf's.

»Wohin würden Sie gehen? Das ganze Land wird von den Behörden scharf bewacht. Die Polizisten und Gendarmen durchstreifen es Tag und Nacht. Es gibt keinen einzigen Fleck am Ufer, an dem Sie sich einschiffen, keinen einzigen freien Fußpfad, auf dem Sie über die Grenze gelangen könnten. Ohne mich fliehen, wäre sicherer Tod.

– Folgen Sie meinem Vater, meine Herren, ergänzte Maria. Was auch geschehen wird, er tut nur seine Pflicht, wenn er Sie zu retten versucht.

– Brav, meine Tochter, ich tue in Wahrheit nur meine Pflicht. Dein Bruder soll uns an der Jolle erwarten. Die Nacht ist sehr dunkel. Ehe man uns bemerkt, sind wir auf dem Meere. Umarme mich, Tochter, umarme mich und dann fort.«

Graf Sandorf und sein Genosse wollten noch immer nicht nachgeben. Sie weigerten die Annahme eines solchen Opfers. Das Haus sofort verlassen, um nicht den Fischer zu schädigen, ja! Sich unter seiner Führung einschiffen, auf die Gefahr hin, dass er das Zuchthaus für diese Tat eintausche, nein!

»Komm', sagte Mathias Sandorf zu Stephan Bathory. Befinden wir uns erst außerhalb des Hauses, so ist nur für uns Beide zu fürchten.«

Sie eilten auf das offene Fenster ihres Zimmers zu, um über den niedrigen Zaun fort entweder das Ufer oder das Innere der Provinz zu gewinnen, Gleichzeitig stürzte Luigi hinein.

»– Die Polizei! rief er.

– Lebt wohl!« schrie Mathias und sprang, von Bathory gefolgt durch das Fenster.

Ein Trupp Polizisten betrat in demselben Augenblicke die Wohnstube.

»Schurke! sagte Andrea Ferrato.

– Meine Antwort auf Deine Weigerung«, erwiderte der Spanier.

Der Fischer war festgenommen und gebunden worden. Im Augenblick hatten die Polizisten alle Zimmer des Hauses besetzt und durchsucht. Das über der Umzäunung offenstehende Fenster wies ihnen den Weg, den die Flüchtigen genommen hatten. Sie machten sich an ihre Verfolgung.

Jene hatten inzwischen die Hecke erreicht, welche auf dieser Seite den Bach begrenzte. Graf Sandorf sprang mit einem Satze darüber fort und hatte Stephan Bathory bereits ebenfalls hinübergeholfen als plötzlich fünfzig Schritte hinter ihnen ein Schuss fiel.

Stephan Bathory wurde getroffen; die Kugel streifte ihm allerdings nur die Schulter, doch blieb sein Arm gelähmt und es war ihm unmöglich, es seinem Gefährten an Schnelligkeit gleichzutun.

»Flieh', Mathias, flieh' rief er.

– Nein, Stephan, nein. Wir wollen zusammen sterben, rief Sandorf, nachdem er versucht, seinen verwundeten Gefährten in die Arme zu nehmen.

– Flieh', Mathias! wiederholte Stephan Bathory, und lebe, um an den Verrätern Gerechtigkeit zu üben.«

Diese letzten Worte klangen wie ein Befehl für den Grafen Sandorf. Er allein blieb jetzt noch übrig, um das Werk von Dreien auszuführen. Der Magnat Siebenbürgens, der Verschwörer von Triest, der Genosse von Stephan Bathory und Ladislaus Zathmar, er sollte als Wahrer der Gerechtigkeit auferstehen!

Die Polizisten, die inzwischen am Ende der Umzäunung angelangt waren, warfen sich auf den Verwundeten, Graf Sandorf wäre in ihre Hände gefallen, falls er nur noch eine Sekunde gezögert hätte.

»Lebe wohl, Stephan, lebe wohl!« hatte er ihm zugerufen. In einem mächtigen Sprunge setzte er über den Bach fort; er stürmte an dessen Ufer weiter, dessen Lauf an der Hecke entlang führte, bis da wo der Bach verschwand.

Fünf bis sechs Gewehrschüsse wurden nach dieser Richtung abgefeuert; die Kugeln trafen aber den Flüchtigen nicht, der nun abschwenkte und eilig dem Meere zulief.

Die Polizisten folgten ihm dicht auf dem Fuße. Da sie ihn in der Dunkel- nicht sehen konnten, so fiel es ihnen auch nicht ein, ihm in einer Richtung zu folgen. Sie zerstreuten sich, um ihm jeden Rückzug abzuschneiden, sowohl in der Richtung nach dem Innern des Landes, als auch nach der Seite der Stadt und dem Vorgebirge, welches im Norden von Rovigno die Bai abschließt. Eine Abteilung Gendarmen war zu ihrer Hilfe herangerückt und manövrierte so, dass dem Grafen Sandorf nur noch der Ausweg nach dem Ufer blieb. Was konnte er dort zwischen den Klippen beginnen? Die einzige Möglichkeit für ihn war, sich eines Bootes bemächtigen und die offene See gewinnen zu können. Dazu würde er aber voraussichtlich keine Zeit finden und während er noch damit beschäftigt sein würde, das Boot flott zu machen, saßen ihm die Kugeln gewiss schon im Rücken. Er hatte aber auch bemerkt, dass ihm der Ausweg nach Osten verlegt worden war. Das Knattern der Gewehrschüsse, die Rufe der Polizisten und Gendarmen bei deren Annäherung zeigten ihm, dass um ihn herum die Kette geschlossen war. Er konnte nur gegen das Meer hin und über dieses fort fliehen. Er lief damit einem gewissen Tode entgegen; aber sollte er ihn nun doch erleiden, so war es besser, ihn in den Fluten zu finden, als ihm vor dem Exekutionspeloton in der Festung Pisino entgegenzusehen.

Graf Sandorf wandte sich also dem Ufer zu. In wenigen Sprüngen erreichte er die ersten kleinen Tümpel, welche die Brandung auf dem Sande zurückgelassen hatte. Er witterte bereits die Polizisten hinter sich und die aufs Geradewohl abgefeuerten Kugeln schwirrten ihm mehrfach um den Kopf.

Die Naturerscheinung, die man längs der ganzen istrischen Küste beobachten kann, dass nämlich ein ganzes Heer von Klippen in Gestalt einzelner Risse zwischen dem eigentlichen Ufer und der offenen See sich erhebt, zeigt sich auch bei Rovigno.

Inmitten dieser Klippen haben sich zahlreiche Wasserlachen über dem aufgesaugten Sandboden gebildet – einige sind mehrere Fuß tief, bei anderen wiederum würde kaum der Fußknöchel benetzt werden.

Durch diese Klippen hindurch führte der letzte Weg, der Mathias Sandorf offen stand. Obwohl er nicht mehr zweifeln konnte, dass ihn dort schließlich ein sicherer Tod erwartete, so zögerte er doch nicht, ihn zu betreten.

Er sprang durch die Lachen hindurch von Klippe zu Klippe; jetzt aber zeichneten sich auch die Umrisse seiner Gestalt deutlicher von dem weniger dunklen Horizonte ab. Rufe und Geschrei zeigten an, dass die Verfolger ihn bemerkt hatten.

Graf Sandorf war entschlossen, sich nicht lebendig fangen zu lassen. Wenn das Meer ihn herausgab, so sollte es nur den Toten wiedergeben.

Diese gefahrvolle Jagd über schlüpfrige oder schwankende Steine, durch Binsen und zähen Meertang und Wassertümpel, wo jeder Schritt einen Sturz herbeizuführen drohte, dauerte länger als eine halbe Stunde. Der Flüchtige hatte bis jetzt seinen Vorsprung beibehalten, aber der feste Boden begann ihm nunmehr zu fehlen.

Er langte auf einer der äußersten Klippen an. Zwei bis drei Polizisten waren ihm bis auf zehn Schritte nahe gekommen, die übrigen waren noch an zwanzig Schritte zurück.

Graf Sandorf sah sich um. Ein letzter Schrei entfuhr ihm – ein dem Himmel zugeworfenes Lebewohl. Dann, in dem Augenblick, als ihn ein Hagel von Kugeln umflog, stürzte er sich in das Meer.

Die bis an den Rand der äußersten Klippe vorgedrungenen Polizisten erblickten nur noch wie einen schwarzen Punkt den dem offenen Meere zustrebenden Kopf des Flüchtlings.

Eine neue Salve, die das Wasser um Mathias Sandorf herum hoch aufschlagen machte. Augenscheinlich hatten ihn eine oder gar mehrere Kugeln getroffen, denn das Haupt versank in den Fluten, ohne wieder aufzutauchen.

Bis zum Tagesanbruch bewachten die Polizisten die Klippen, den Strand vom Vorgebirge im Norden der Bucht an bis jenseits des Forts von Rovigno. Ihre Wachsamkeit war zu nichts nutz. Nichts bewies, dass es Graf Sandorf gelungen war, das Festland wieder zu erreichen. Man nahm als Gewissheit an, dass er ertrunken war, falls er nicht von einer Kugel getroffen worden sein sollte.

Trotz aller umsichtig ausgeführten Nachsuchungen wurde in einer Länge von mehr als zwei Meilen weder in der Brandung noch am Strande der Leichnam des Grafen gefunden. Da der Wind jedoch vom Lande wehte, so war der letztere augenscheinlich mit der nach Südwesten gehenden Flut in das Meer hinaus gespült worden.

Graf Sandorf, der ungarische Magnat, hatte also sein Grab in den Fluten der Adria gefunden.

Nach der erfolglosen eingehenden Untersuchung nahm die österreichische Regierung diese Wahrscheinlichkeit als die natürlichste an. Doch auch die Gerechtigkeit musste ihren Lauf haben.

Stephan Bathory, der unter den uns bekannten Umständen ergriffen war, wurde während der Nacht noch unter Eskorte in den Turm von Pisino zurückgeführt, woselbst er einige wenige Stunden noch mit Ladislaus Zathmar zusammen verbrachte.

Die Hinrichtung wurde auf den folgenden Tag, den 30. Juni, festgesetzt.

Stephan Bathory würde in den letzten Augenblicken seines Lebens gewiss noch einmal Frau und Kind wiedergesehen, Ladislaus Zathmar sicher noch einmal seinen Diener umarmt haben, denn die Erlaubnis, die Angehörigen in das Gefängnis von Pisino hinein zu lassen, war erteilt worden. Aber Frau Bathory und ihr Knabe, ebenso der frei gelassene Borik hatten inzwischen Triest verlassen. Da sie in Folge der geheim gehaltenen Verhaftung nicht wussten, wohin die Gefangenen gebracht worden waren, so hatten sie nach ihnen bis in Ungarn und Österreich hinein gesucht und keine Gelegenheit gehabt, noch rechtzeitig zu ihnen zu gelangen, als das Urteil gefällt worden war.

Stephan Bathory genoss also auch nicht einmal das Wiedersehen mit Frau und Sohn als letzten Trost. Er konnte ihnen nicht die Namen der Verräter nennen, die jetzt auch der Vergeltung seitens Mathias Sandorf's entgangen waren.

Stephan Bathory und Ladislaus Zathmar wurden um 5 Uhr Nachmittags auf dem Hofe der Festung standrechtlich erschossen. Sie starben als Männer, die für ihr Vaterland in den Tod gegangen waren.

Silas Toronthal und Sarcany konnten sich von jeder späteren Heimsuchung unbehelligt wähnen. Das Geheimnis ihres Verrates war wirklich nur ihnen Beiden und dem Gouverneur von Triest bekannt – eines Verrates, der mit der Hälfte des Vermögens von Mathias Sandorf belohnt wurde; die andere Hälfte wurde als besonderes Zeichen Allerhöchster Gnade für die Erbin des Grafen bis zu deren achtzehnten Lebensjahre aufbewahrt.

Silas Toronthal und Sarcany, denen Gewissensbisse fremd waren, konnten sich in Frieden der durch ihren abscheulichen Verrat erworbenen Reichtümer erfreuen.

Auch ein dritter Verräter schien nichts mehr zu befürchten zu haben: dem Spanier Carpena waren die für die Entdeckung der Flüchtigen ausgesetzten fünftausend Gulden ausbezahlt worden.

Doch während der Bankier und sein Mitschuldiger erhobenen Hauptes in Triest umher wandeln konnten, da ihr Geheimnis bewahrt geblieben war, musste Carpena unter der Last der ihm öffentlich gezeigten Missachtung Rovigno – wer weiß, wohin er ging – verlassen. Was tat das ihm! Er hatte nichts, nicht einmal die Rache von Andrea Ferrato zu befürchten.

Denn der Fischer wurde eingekerkert, ihm der Prozess gemacht und er zu lebenslänglicher Sträflingsarbeit verurteilt, weil er den Flüchtigen Obdach gewährt hatte. Maria stand jetzt mit ihrem Bruder Luigi allein in dem Hause, dem der Ernährer für immer entrissen worden war und das nackte Elend erwartete sie.

Drei niedrige Charaktere waren es, die lediglich aus habsüchtigen Interessen, ohne dass eine Spur des Hasses in ihnen gegen ihre Opfer gelebt hätte – Carpena vielleicht ausgenommen – vor diesem gemeinen Streiche nicht zurückgeschreckt waren, der Eine, um seine verwickelten Verhältnisse aufzubessern, der Andere, um sich Reichtümer zu verschaffen.

Sollte dieser Bubenstreich auf Erden wirklich ungeahndet bleiben, wo sich die Gerechtigkeit Gottes noch stets gezeigt hat? Mathias Sandorf, Stephan Bathory, Ladislaus Zathmar, diesen drei Freunden ihres Vaterlandes, Andrea Ferrato, diesem niedriggeborenen, aber edelmütigen Manne – sollten ihnen niemals Rächer erstehen?

Die Zukunft nur konnte darauf die Antwort geben....

Ende des ersten Teiles.

ZWEITER TEIL.

ERSTES KAPITEL. PESCADE UND MATIFU.

Fünfzehn Jahre nach den Ereignissen, welche die Einleitung zu nachfolgender Geschichte bilden, am 24. Mai 1882, war Jahrmarkt in Ragusa, einer der bedeutendsten Städte in den dalmatinischen Provinzen.

Dalmatien ist nur eine schmale, geschickt zwischen dem nördlichen Teile der Dinarischen Alpen, der Herzegowina und dem Adriatischen Meere eingeschobene Landenge. Es ist dort gerade noch Raum genug für eine ziemlich eng sitzende Bevölkerung von vier-bis fünfmalhunderttausend Seelen.

Ein schöner Menschenschlag sind diese Dalmatiner, nüchtern, trotzdem ihr Land, dem das befruchtende Erdreich fehlt, ein dürres ist, stolz inmitten der zahlreichen politischen Verwandlungen, die sie erlitten, trotzig gegen Österreich, an welches sie durch den Vertrag von Campo Formio im Jahre 1815 kamen, schließlich über alle Maßen ehrenhaft; es passt auf ihr Land die von Herrn Yriarte gebrauchte hübsche Bezeichnung eines »Landes der Türen ohne Schlösser«.

In vier Kreise ist Dalmatien eingeteilt und diese wiederum teilen sich in einzelne Distrikte: die ersteren sind die von Zara, Spalato, Cattaro und Ragusa. In Zara, als der Hauptstadt der Provinz, ist der Sitz des Generalgouverneurs. In Zara tritt auch der Landtag zusammen, von dem einzelne Mitglieder zum Herrenhause in Wien gehören.

Die Zeiten haben sich seit dem sechzehnten Jahrhundert sehr geändert. Damals setzten noch die Usoken, türkische Flüchtlinge, dieses Meer in Schrecken und führten offenen Krieg mit den Muselmännern wie mit den Christen, mit dem Sultan wie mit der Republik Venedig. Die Usoken sind heute verschwunden und man findet Spuren von ihnen nur noch in Krain. Die Adria ist heute ein ebenso sicheres Gewässer wie irgendein anderer Teil des herrlichen und poetischen Mittelmeeres.

Ragusa, oder vielmehr der kleine Staat von Ragusa, war lange Zeit hindurch eine Republik gewesen, bereits vor Venedig, das heißt mit anderen Worten seit dem neunten Jahrhundert. Erst 1808 wurde sie durch ein Dekret Napoleons I. dem Königreiche Illyrien einverleibt und zu einem Herzogtum für den Marschall Marmont gemacht. Im neunten Jahrhunderte bereits besaßen die ragusischen Seefahrer, welche alle Meere der Levante befuhren, das alleinige Recht, mit den Ungläubigen Handel zu treiben, ein Recht, welches vom heiligen Stuhl verliehen wurde und Ragusa eine große Bedeutung unter diesen kleinen Republiken des südlichen Europas verschaffte. Ragusa zeichnete sich indessen auch noch durch andere, edlere Eigenschaften aus: das Ansehen seiner Gelehrten, der gute Ruf seiner Schriftsteller, der Geschmack seiner Künstler hatten ihm den ehrenden Namen eines slawonischen Athens eingebracht.

Zu einem überseeischen Handel gehört ein Hafen mit gutem Ankergrund und genügender Wassertiefe, der selbst Schiffe mit großem Tonnengehalte aufnehmen kann. Ein solcher Hafen fehlte Ragusa. Der Meerbusen ist schmal und von Felsen in

Wasserhöhe umgeben; er kann nur kleine Küstenfahrer oder gewöhnliche Fischerfahrzeuge beherbergen.

Glücklicherweise hat eine halbe Meile nördlich von Ragusa, auf der inneren Seite einer der Ausbuchtungen der Bai von Ombla-Fumera, eine Laune der Natur einen jener vorzüglichen Häfen gebildet, welche nach allen Richtungen selbst der bedeutendsten Schifffahrt zu Hilfe kommen. Dieser Hafen ist Gravosa, er ist vielleicht der beste längs der ganzen dalmatinischen Küste. Dort finden selbst Kriegsschiffe eine hinlängliche Wassertiefe vor. Die Hafenanlage bietet für Trockendocks und für Schiffswerfte genügend Raum; dort können auch die großen Paketboote anlaufen, denen in Zukunft alle Meere der Erdkugel untertan sein werden.

Die Straße von Ragusa nach Gravosa ist in Folge dieses günstigen Umstandes ein vollkommener Boulevard geworden; schöne Bäume stehen zu beiden Seiten, ebenso reizende Landhäuser; die Bevölkerung, die sich jetzt auf sechzehn- bis siebzehntausend Menschen beläuft, benützt diese Straße mit Vorliebe.

An obengenanntem Tage gegen vier Uhr Nachmittags konnte man beobachten, dass die Einwohner Ragusas in Folge des schönen Frühlingstages zahlreich nach Gravosa strömten.

In dieser Vorstadt – wenn man Gravosa, das allerdings vor den Toren der Stadt liegt, so nennen kann – wurde ein lokales Fest gefeiert mit verschiedenen Belustigungen, Buden fremder Händler, Musik und Tanz unter freiem Himmel, Marktschreiern, Akrobaten und Tausendkünstlern, deren Rufe, Instrumente, Lieder in den Straßen bis auf die Quais des Hafens hinaus großen Lärm machten.

Dem Fremden bot sich an diesem Tage eine günstige Gelegenheit, die verschiedenen Typen der slawischen Rasse, untermischt mit Zigeunern in den mannigfaltigsten Schattierungen kennen zu lernen. Doch nicht nur diese Nomaden waren zum Feste herbeigekommen, um daselbst die Neugier der Besucher auszubeuten, auch die Land- und Bergbewohner hatten Teil genommen an den öffentlichen Lustbarkeiten.

Frauen zeigten sich sehr zahlreich, Damen aus der Stadt, Bäuerinnen aus der Umgegend, Fischerinnen von der Küste. Die Kleidung der Einen zeigte das Bestreben, die neuesten Moden des abendländischen Europas aufzunehmen. Der Aufputz der Anderen wechselte, wenigstens in Kleinigkeiten, mit jedem Distrikt, dem seine Trägerinnen entstammten: weiße, an den Armen und der Brust mit Stickereien versehene Hemden, vielfarbige Röcke, mit tausenden von silbernen Stiften besetzte Gürtel – ein vollkommenes Mosaik, in dem die Farben ineinander gingen wie in einem persischen Teppiche – weiße Hauben auf den mit buntfarbigen Bändern durchflochtenen Haaren, die vom Schleier überdeckte »Okronga«, die wie der »Puskul« des orientalischen Turbans über den Rücken fällt, Beinharnische und Stiefel, die mit Bastschnüren am Fuße befestigt werden. Zur Krönung dieses Staates trug man Kostbarkeiten in Form von Armbändern, Halsketten oder Geldstückchen in hunderterlei Manieren zum Schmucke des Halses, der Arme, der Brust und der Hüften. Diese Kleinodien konnte man selbst am Anzuge der Bauern bemerken, welche die schillernden Stickereien ebenfalls nicht verschmähen, die den Saum der Kleiderstoffe schmücken.

Doch unter allen diesen ragusischen Kleidungen, welche selbst die Seeleute mit Anmut zu tragen verstanden, waren die Kommissionäre – einer mit Vorrechten ausgestatteten Körperschaft – ganz danach angetan, vornehmlich die Aufmerksamkeit auf sich zu lenken. Wahrhaftige Orientalen schienen sie zu sein, diese Lastträger mit Turban Weste. Kamisol, faltigem türkischen Beinkleid und Pantoffeln. Sie würden den Quais von Galata oder dem Platz Tophane in Konstantinopel nicht zur Schande gereicht haben.

Die Festfreude hatte bereits den Höhepunkt erreicht. Weder die Buden in den Straßen noch die auf den Quais leerten sich. Es gab auch noch etwas ganz Besonderes zu sehen, das ganz dazu angetan war, eine große Anzahl Neugieriger anzulocken: den Stapellauf eines Trabocolo, eines eigenartigen Fahrzeuges, das man nur auf der Adria vorfindet; ein solches Schiff trägt zwei Maste und zwei Focksegel, die an der obersten und untersten Leik angeschlagen werden.

Der Stapellauf sollte um sechs Uhr Abends vor sich gehen und der Kiel des Trabocolo, von seinen Stützen bereits befreit, erwartete nur noch die Wegräumung des Hemmschuhes, um in das Meer gleiten zu können.

Bis dahin wetteiferten die Seiltänzer, fliegenden Musikanten, Akrobaten, um mit ihrem Talent oder ihrer Geschicklichkeit das schauende Publikum möglichst zufrieden zu stellen.

Die Musikanten, das muss man gestehen, fanden den größten Zuspruch. Unter ihnen wiederum hatten die Guzlaspieler die bedeutendste Einnahme zu verzeichnen. Zur Begleitung ihres eigentümlichen Instrumentes sangen sie mit hohltönender Stimme die Lieder ihrer Heimat und diese waren es wohl wert, dass man stillstand und lauschte.

Die Guzla, deren sich diese Virtuosen der Landstraße bedienen, besteht aus mehreren Stricken, die über ein ausgehöhltes Griffbret gespannt sind und einzig und allein mit einer einfachen Darmsaite bestrichen werden.

Was die Stimme dieser Sänger betrifft, so gehen ihr die Töne gewiss nicht aus, weil sie wenigstens ebenso viele aus dem Kopfe wie aus der Brust herausholen.

Einer dieser Musikanten – ein großer gelbhäutiger und schwarzhaariger Bursche, der sein Instrument, ähnlich einem abgemagerten Cello, zwischen den Knien hielt – begleitete in Haltung und mit Bewegungen sein Lied:

Wenn der Gesang erklingt,
Der Gesang der Zigeunerin,
Achte wohl, wie sie ihn singt,
Wie er aus der Kehle dringt,
Achte der Zigeunerin!
Hältst du dich noch fern von ihr,
Wächst die Glut der schwarzen Augen,
Und du fühlst wie an der Fremden
Deine Sinne fest sich saugen.
Wenn der Gesang erklingt,
Der Gesang der Zigeunerin,

Achte wohl, wie sie ihn singt,
Wie er aus der Kehle dringt,
Achte der Zigeunerin!

Nach diesen ersten Strophen ging der Sänger mit seinem muldenartigen Instrumente bei den Umstehenden der Reihe nach herum und bettelte um die Gabe einiger Kupfermünzen. Die Einnahme schien ihm wohl etwas dürftig vorzukommen, denn er kehrte an seinen Platz zurück und versuchte seine Hörer durch eine zweite Strophe geschmeidiger zu machen:

Ruht auf dir ihr großes Auge,
Dunkel wie des Liedes Wort,
Zittern deines Herzens Schläge,
Ihr gehört's, sie nimmt's mit fort.
Wenn der Gesang erklingt,
Der Gesang der Zigeunerin,
Achte wohl, wie sie ihn singt,
Wie er aus der Kehle dringt,
Achte der Zigeunerin!

Ein Mann im Alter von fünfzig bis fünfundfünfzig Jahren hörte gelassen dem Vortrage des Zigeuners zu, er schien von solchen poetischen Verführungen nichts zu halten, denn seine Geldbörse hatte sich bis dahin noch nicht aufgetan. Es war nun allerdings auch keine Zigeunerin, die während ihres Gesanges ihn »mit dem großen dunklen Auge« anblickte, sondern ein ganz gewöhnlicher langer Teufel, der sich zum Interpreten hergab. Er wollte gerade seinen Platz verlassen, ohne Jenen mit einer Kleinigkeit bedacht zu haben, als ihn ein junges Mädchen, die ihn begleitete, festhielt und sagte:

»Ich habe kein Geld bei mir, Vater. Ich bitte Dich, gib diesem braven Manne etwas.«

Der Guzlaspieler erhielt vier oder fünf Kreuzer, die ihm ohne Vermittlung des jungen Mädchens sicher entgangen wären. Ihr Vater war reich und keineswegs geizig; er wollte sich also nicht etwa aus diesem Grunde ohne eine Gabe entfernen, sondern gehörte wahrscheinlich zu Denjenigen, die am menschlichen Elend ungerührt vorübergehen.

Beide wandten sich durch die Menge anderen nicht weniger lärmenden Schaustellungen zu, während der Guzlaspieler in die benachbarte Schänke ging, um das erhaltene Geld in Flüssigkeiten umzusetzen. Der scharfe, von der Pflaume destillierte »Slibowitz« wurde augenscheinlich nicht geschont, doch lief er wie Honigwasser durch die ausgepichte Kehle des Zigeuners.

Nicht allen unter freiem Himmel »arbeitenden« Sängern oder Seiltänzern wurde in gleicher Weise die Gunst des Publikums zu Teil. Zu denen, an welchen man ziemlich gleichgültig vorüberging, gehörten zwei Akrobaten, die sich vergeblich auf der Estrade ihrer Bude abmühten, Zuschauer anzulocken.

Hinter dieser Estrade hing eine mit schreienden Farben übermalte, in ziemlich schlechtem Zustande bereits befindliche Leinwand herab; die Malerei stellte wilde, in Wasserfarben ausgeführte Tiere in denkbar abenteuerlichsten Gestaltungen vor, Löwen, Schakale, Hyänen, Tiger, Schlangen und so weiter; alle diese Tiere sprangen, bäumten und wanden sich inmitten der unwahrscheinlichsten Landschaften. Hinter diesem Vorhange befand sich eine kleine Arena, die von einer alten Segelleinwand eingeschlossen wurde. Dieselbe wies so viele Löcher auf, dass das Auge des Indiskreten unwillkürlich hier festgebannt wurde – den Schaden hatte natürlich die Einnahme.

An der Vorderseite, auf einer der schlecht befestigten Zeltstangen war ein im Rohzustande befindliches gewöhnliches Brett aufgenagelt, das folgende fünf, mit dick aufgetragener Kohle geschriebene Worte zeigte:

Pescade und Matifu

französische Akrobaten.

In ihrer äußeren Erscheinung und zweifellos auch in moralischer Hinsicht waren die beiden Männer so grundverschieden, wie eben nur zwei Menschen es sein können. Ihre gleiche Heimat hatte sie wahrscheinlich anfänglich einander genähert, um fortan gemeinsam durch die Welt zu ziehen und den »Kampf des Lebens« zu kämpfen. Sie stammten beide aus der Provence.

Woher mochten ihnen wohl die wunderlichen Namen gekommen sein, welche in ihrer fernen Heimat vielleicht als ihre Spitznamen gegolten hatten? Waren sie etwa den beiden bekannten geographischen Punkten entlehnt, zwischen denen sich der Golf von Algier öffnet – Kap Matifu und das Vorgebirge Pescade? Man ging in der letzteren Annahme nicht fehl; beide Namen waren angenommene, und sollten das Riesenhafte ihrer Leistungen, ähnlich wie der Name Atlas, auf ihren Kämpfen in der Fremde bezeichnen.

Kap Matifu ist eine gewaltige, mächtige unerschütterliche Anhöhe und erhebt sich auf der äußersten nordöstlichen Spitze der ungeheuren Reede von Algier; sie scheint die Wut der Elemente zu missachten und den Ausspruch zu verdienen:

Ihre unzerstörbare Masse hat die Zeit ermüdet.

Denselben Eindruck machte auch der Athlet Matifu; er schien ein Alcide, ein Porthos, ein glücklicher Nebenbuhler der Ompdrailles, von Nicolas Creste und anderen berühmten Ringkämpfern zu sein, welche die Zierden der Arenen des südlichen Frankreichs bilden.

Dieser Riese – »man muss es sehen, um es zu glauben«, wäre man vielleicht versucht zu sagen – war fast sechs Fuß groß; er hatte einen mächtigen Kopf, die Schultern im Verhältnis, eine Brust wie ein Schmiedeblasebalg, Beine wie ein zwölfjähriges Lassreis, Arme wie die Zugstangen an Maschinen und Hände wie Blechscheren. Hier zeigte die menschliche Kraft ihr ganzes Können und doch würde man überrascht gewesen sein, zu hören, dass dieser Koloss kaum sein zweiundzwanzigstes Lebensjahr erreicht hatte.

Dieser mit mittelmäßiger Intelligenz begabte Hüne besaß ein gutes Herz, einen anspruchslosen und sanften Charakter. Er kannte weder Hass noch Zorn. Er wäre nicht im Stande gewesen, Jemandem weh zu tun. Kaum dass er es wagte, Jemand die Hand zu drücken, weil er fürchtete, sie in der seinigen zu zerquetschen.

Nichts in seinem Wesen ließ den Tiger ahnen, über dessen Kräfte er verfügte. Er gehorchte jedem Worte, jedem Fingerzeige seines Genossen, als hätte eine Laune der Schöpfung ihn zum Riesensohne dieses Hanswurstes gemacht.

Auf der anderen Seite des Golfes von Algier liegt an der äußersten westlichen Spitze, dem Kap Matifu gegenüber, das Vorgebirge Pescade, eine dünne, langgedehnte, steinreiche Landzunge, die sich weit hinaus in das Meer erstreckt. Diesem Vorgebirge hatte der andere Künstler seinen Namen Pescade entlehnt, ein zwanzigjähriger, kleiner, schmächtiger junger Mann, der kaum den vierten Teil in Pfunden wog von dem, was der andere in Kilos schwer war; er war aber dafür geschmeidig, behänd, einsichtsvoll, von einem unverwüstlichen Humor im Glück und Unglück, in seiner Art ein Philosoph, erfinderisch und praktisch – ein vollkommener Affe, doch ohne die Bosheit dieses Tieres – und auf Leben und Tod unzertrennlich von dem gutmütigen, schwerfälligen Dickhäuter, den er durch alle Fährnisse und Zufälligkeiten des Artistenlebens bugsierte.

Sie waren Beide von Beruf Akrobaten und besuchten die Jahrmärkte. Matifu, oder Kap Matifu – wie man ihn nannte – war Ringkämpfer, zeigte Proben seiner Stärke, bog Eisenstangen auf seinem Ellbogen, hob mit gestrecktem Arme die schwersten Leute unter seinen Zuschauern und jonglierte mit seinem jüngeren Genossen gerade so, als wenn ein gewöhnlicher Mensch mit einem Billardballe spielt. Pescade oder Pointe Pescade – so hieß er gemeinhin – parodierte, sang, trieb Narrheiten und konnte das Publikum niemals genug mit seinen Hanswurstiaden unterhalten; er erregte ferner Aufsehen durch seine äquilibristischen Produktionen, die er geschickt zur Ausführung brachte und geradezu Staunen durch seine Kartenkunststücke, die ihn an die Seite der besten Taschenkünstler stellten, denn es gelang ihm, selbst die argwöhnischsten Menschen durch irgendwelche Zufalls- oder Berechnungskniffe vollständig zu täuschen.

»Ich habe meine Prüfung der Reise bestanden,« wiederholte er mit Vorliebe.

Aber »warum, werden Sie mir sagen« – ebenfalls eine vertrauliche Ansprache von Pointe Pescade – warum sahen an jenem Tage auf dem Quai von Gravosa gerade diese beiden armen Teufel die Zuschauer anderen Schaustellungen das Geld zutragen? Warum drohte jenen die magere Ausbeute – und sie brauchten das liebe Geld doch so sehr notwendig – ganz zu entschwinden? Eine unbegreifliche Tatsache.

Ihre Sprache – ein ganz annehmbares Gemisch des Provenzalischen und Italienischen – genügte vollkommen, um sie den dalmatinischen Besuchern verständlich zu machen. Ihre Eltern hatten sie nie gekannt, sie waren richtige Augenblickskinder gewesen und so hatten sie sich, seit sie ihre provenzalische Heimat verlassen, schlecht und recht durchgeholfen, sie besuchten die Märkte und Messen, lebten eher schlecht als recht, aber lebten wenigstens und, wenn sie auch nicht alle Tage frühstücken konnten, so aßen sie wenigstens regelmäßig zu Abend, das genügte ihnen, denn – um mit Pointe Pescade zu reden – man muss nicht das Unmögliche verlangen.

Und wenn der tapfere Junge es auch nicht am besagten Tage verlangte, so versuchte er es wenigstens, er gab sich alle Mühe, ein Dutzend Neugieriger vor seinem Schaugerüst zu versammeln, mit der Hoffnung, sie sich zum Betreten seiner ärmlichen Arena entschließen zu sehen. Doch weder seine Redensarten, denen ihre fremdländische Aussprache etwas Gefälliges gab, noch seine schlechten Witze, die das Glück eines Possendichters begründet hätten, noch sein Gesichterschneiden, das einem Heiligen in der Nische irgend einer Kirche ein Lachen abgenötigt hätte, noch seine Verdrehungen und Hüftenverschlingungen, wahre Wunder der Verrenkungskunst, noch das Spielen seiner Clownperücke, deren Bockbartspitze über dem roten Stoff seines Wamses auf und niederwippte, noch seine des römischen Pulcinello oder des florentinischen Stentareito würdigen Sprünge, übten eine Anziehungskraft auf das Publikum aus.

Und dabei befanden sich Beide schon seit mehreren Monaten inmitten der slawischen Bevölkerung.

Nach dem Verlassen der Provence waren sie – man könnte sagen Einer auf dem Andern – über die Seealpen in die Lombardei, in das mailändische und venezianische Gebiet hinuntergestiegen, Kap Matifu, berühmt durch seine Stärke, Pointe Pescade durch seine Gewandtheit. Ihr Ruf hatte sie veranlasst, nach Triest zu wandern. Von Triest waren sie durch Istrien an die dalmatinische Küste gekommen, nach Zara, Spalato, Ragusa; sie fanden eben bei ihrem Weiterwandern ein besseres Auskommen, als wenn sie dieselbe Tour noch einmal in umgekehrter Richtung gemacht hätten. Wo sie einmal gewesen, da waren sie bekannt und hatten sich überlebt; wohin sie aber zum ersten Male kamen, da flossen ihnen durch ihre ungewöhnliche und neuartige

Kunstfertigkeit jedenfalls einige Einnahmen zu. Jetzt mit einem Male bemerkten sie zu ihrem Schrecken, dass ihre Tournee, die glänzend nie gewesen war, recht bedenklich zu werden begann. Die armen Kerle hatten begreiflicher Weise jetzt nur noch den einen Wunsch – sie wussten nur nicht, wie sie ihn verwirklichen sollten – in ihr Vaterland, in die Provence heimkehren zu können, um nie wieder so weitführende abenteuerliche Fahrten anzutreten. Aber sie schleppten eine Kugel am Fuße, die des Elends, und es war hart, mehrere hundert Meilen mit dieser Kugel am Fuße zurücklegen zu müssen.

Ehe an die Zukunft gedacht werden konnte, verlangte die Gegenwart noch ihr Recht, mit anderen Worten, die Sorge um das Abendbrot konnte noch nicht als gesichert betrachtet werden. Nicht ein Kreuzer befand sich in der Kasse, sofern man diese anspruchsvolle Bezeichnung der Schnupftuchecke beilegen darf, in welche Pointe Pescade gewöhnlich das Vermögen der beiden Geschäftsteilnehmer einzuwickeln pflegte. Vergeblich mühte er sich auf dem Schaugerüst ab. Vergeblich schallte sein verzweiflungsvolles Lärmen über den Platz. Vergeblich stellte Kap Matifu seine Muskeln zur Schau, deren Sehnen wie die Verästelungen des Epheus um einen knorrigen Stamm sich ausnahmen. Kein Vorübergehender zeigte Lust, den Raum innerhalb der Leinwand zu betreten.

»Verdammt hartleibig diese Dalmatiner, sagte Pointe Pescade.

– Die reinen Pflastersteine, echote Kap Matifu.

– Ich glaube bestimmt, dass es uns Mühe kosten wird, uns heute einen Feiertag zu leisten. Wir werden wandern müssen, Kap Matifu.

– Um wohin zu gehen?

– Du bist sehr neugierig, erwiderte Pointe Pescade.

– Sage es nur.

– Nun, was würdest Du von einem Lande halten, in dem man ganz gewiss täglich ein Mal essen könnte.

– Wie heißt dieses Land, Pointe Pescade?

– O, es liegt weit, sehr, sehr weit von hier... und selbst noch weiter als sehr weit, Kap Matifu.

– Am Ende der Erde.

– Die Erde ist endlos, antwortete Pointe Pescade in schulmeisterndem Tone. Wenn sie ein Ende hätte, so würde sie nicht rund sein, wenn sie nicht rund wäre, könnte sie sich nicht drehen, wenn sie sich nicht drehen würde, wäre sie unbeweglich, und wenn sie unbeweglich wäre...

– Nun dann? fragte Kap Matifu.

– Würde sie auf die Sonne fallen, in kürzerer Zeit, als es mir möglich wäre, ein Kaninchen zu stehlen.

– Und dann?

– Und dann würde eintreten, was einem ungeschickten Jongleur passiert, wenn zwei seiner Kugeln in der Luft zusammentreffen. Krach! Alles zerbricht, fällt und das Publikum pfeift und verlangt sein Geld wieder; man muss es ihm wiedergeben und man kann natürlich an dem betreffenden Tage nicht zu Abend essen.

– Wenn die Erde auf die Sonne fällt, bekommen wir also kein Abendbrot?« fragte Kap Matifu.

Und er versenkte sich in die unendlichen Folgen, welche dieser furchtbare Umstand nach sich ziehen könnte. Er setzte sich in eine Ecke der Estrade, kreuzte die Arme über sein Trikot, nickte mit dem Kopfe, wie eine chinesische Pagode und sagte nichts mehr, sah nichts mehr, hörte nichts mehr. Er war vollständig von der unlogischen Aneinanderreihung seiner Gedanken in Anspruch genommen. In seinem dicken Kopfe ging Alles drunter und drüber. In seinem Innern schien sich Alles wie in einem Strudel rund herumzudrehen. Dann kam es ihm so vor, als flöge er hoch, sehr hoch... immer noch höher und noch höher als sehr hoch. Die Ausdrucksweise Pointe Pescades in Verbindung mit der Entfernung der Dinge von einander hatte ihn stark mitgenommen. Plötzlich ließ man ihn los, er fiel... in seinen eigenen Bauch, das heißt in die Leere.

Ein Alpdrücken hatte ihn befallen. Der Ärmste erhob sich mit gespreizten Händen blindlings von seinem Schemel. Beinahe wäre er von der Höhe des Gerüstes heruntergefallen.

»He, Kap Matifu, was ist Dir? schrie Pointe Pescade; er ergriff seinen Kameraden am Arm und zerrte ihn nicht ohne Mühe nach rückwärts.

– Ich... ich... was mir ist?

– Ja... Dir!

– Ich habe, stotterte Kap Matifu, während er seine Gedanken wieder allmählich sammelte, was ein schwieriges Stück Arbeit schien, obgleich ihrer nicht viele waren, ich... ich muss mit Dir sprechen, Pointe Pescade.

– Rede, mein guter Kap, rede nur und besorge nicht, dass man Dich hört. Fort, Zuschauer, fort!«

Kap Matifu ließ sich auf dem Gerüste nieder und holte mit seinem kräftigen Arme, aber so sanft, als hätte er Furcht, ihm ein Glied zu zerbrechen, seinen tapferen Gefährten zu sich heran.

ZWEITES KAPITEL.
DER STAPELLAUF DES TRABOCOLO.

»Es geht also nicht? fragte Kap Matifu.

– Was geht nicht? erwiderte Pointe Pescade.

– Mit unseren Geschäften?

– Sie könnten unleugbar besser gehen, aber sie könnten auch noch schlechter gehen.

– Pescade?

– Matifu?

– Sei mir nicht böse, wenn ich Dir etwas sage.

– Gewiss werde ich Dir böse sein, wenn Du es verdienst, dass man mit Dir zankt.

– Also... Du müsstest mich verlassen.

– Verstehe ich recht, ich sollte Dich verlassen?... Dich allein auf dem Plan lassen? fragte Pointe Pescade.

– Ja!

– Fahre fort, Herkules meiner Träume, die Sache wird interessant.

– Ja... Ich bin überzeugt, dass es Dir besser gehen würde, wenn Du allein wärest.... Ich geniere Dich und wenn ich nicht wäre, würdest Du schon die Mittel finden...

– Sage mal, Kap Matifu, fragte Pointe Pescade äußerst bedächtig, Du bist stark?

– Ja.

– Und groß?

– Ja!

– Nun gut, so stark und groß wie Du bist, so dumm bist Du auch; denn anders kann ich mir das, was Du eben gesagt hast, nicht erklären.

– Und warum bin ich dumm, Pointe Pescade?

– Ich soll Dich verlassen, Abgott meines Herzens? Ich frage Dich nur, mit wem wolltest Du jonglieren, wenn ich nicht mehr bei Dir wäre?

– Mit wem?

– Wer sollte den gefährlichen Sprung auf Deinen Hinterkopf ausführen?

– Ich sage nicht...

– Oder den großen Luftsprung zwischen Deinen beiden Händen?

– Verdammt, ja..., entfuhr es Kap Matifu, der vor so vielen wichtigen Fragen nicht aus noch ein wusste.

– Vor einem Beifall klatschenden Publikum – wenn zufällig ein Publikum da ist.

– Ein Publikum! murmelte Kap Matifu.

– Also schweige, fing Pescade von Neuem an. Wir wollen jetzt an weiter nichts, als daran denken, wie wir uns unser Abendbrot verdienen können.

– Ich habe keinen Hunger!

– Du hast immer Hunger, Kap Matifu, doch, Du hast immer Hunger, antwortete Pointe Pescade und klappte mit seinen beiden Händen das mächtige Kauwerk desselben auseinander, das den Weisheitszahn ganz gut entbehren konnte, weil auch ohne ihn zweiunddreißig Zähne vorhanden waren. Ich erkenne das an Deinen Augenzähnen, die so lang sind, wie die Hakenzähne einer Bulldogge. Du hast Hunger, sage ich Dir, und wenn wir auch nur einen halben Gulden verdienen, ja selbst nur einen viertel Gulden, so sollst Du zu essen bekommen.

– Aber Du, kleiner Pescade?

– Ich? Ein kleines Hirsekorn ist für mich genug. Ich brauche nicht kräftig zu sein, während Du, mein Sohn... Folge wohl meiner Ansicht. Je mehr Du isst, je stärker wirst Du! Je stärker Du wirst, ein desto größeres Phänomen bist Du!

– Ich ein Phänomen?... Ja!

– Ich dagegen werde noch magerer, wenn ich wenig esse und je mehr ich abmagere, ein desto größeres Phänomen werde ich ebenfalls. Ist das nicht so?

– Allerdings, antwortete Kap Matifu, der größte Einfaltspinsel der Welt. Ich muss also in meinem eigenen Interesse essen, Pointe Pescade.

– Wie Du es sagst, so ist es, mein dicker Kerl, und in meinem Interesse liegt es, dass ich nicht esse.

– Angenommen also, dass unser Geld nur für Einen reicht...?

– So wird es für Dich verwendet.

– Wenn es aber für Zwei ausreicht?

– Dann wird es ebenfalls für Dich verwendet. Zum Teufel auch, Kap Matifu, Du giltst doch für Zwei.

– Für vier, sechs, zehn!« schrie der Herkules, dem allerdings nicht zehn Männer die Stange gehalten haben würden.

Das schwülstige Übertreiben ist allen Athleten der alten und der neuen Welt gemeinsam, Kap Matifu nicht ausgenommen. Dass ihm aber bisher Alle, die sich in einen Ringkampf mit ihm eingelassen hatten, unterlagen, war volle Wahrheit.

Man erzählt sich von ihm zwei Züge, die allerdings den besten Beweis seiner beispiellosen Körperstärke liefern können.

Eines Abends in Nimes gab in dem aus Holz errichteten Zirkusgebäude einer der Balken, welche die Bedachung zusammenhielten, plötzlich nach. Ein Krachen scheuchte die geängstigten Zuschauer auf, die in Gefahr gerieten, durch das Herunterstürzen des Daches zerschmettert oder beim Hinauseilen in den Gängen erdrückt zu werden. Aber Kap Matifu war zur Stelle. Er sprang gegen den aus der festen Lage gekommenen Balken an in dem Augenblicke, als das ganze Gebälk sich bereits zu lösen begann, und er hielt es mit seinen kräftigen Schultern so lange zusammen, bis der Saal sich geleert hatte. Dann rettete er sich durch einen zweiten Sprung ebenfalls nach draußen, während hinter ihm des Dach einstürzte.

Zeigte dieser Vorfall die Kraft seiner Schultern, so gab ein zweiter einen schlagenden Beweis seiner Muskelstärke.

Eines Tages durchbrach in den Ebenen der Camargue ein wild gewordener Stier das Gehege, in welches er eingepfercht war; er verfolgte und verwundete mehrere Menschen und würde ohne die Dazwischenkunft Kap Matifu's noch größeres Unheil angerichtet haben. Kap Matifu ging dem Tiere entgegen und erwartete es mit fest eingestemmtem Fuße. In demselben Augenblicke, als sich die Bestie mit gesenktem Haupte auf ihn stürzte, ergriff er sie bei den Hörnern, legte sie mit einem Ruck seiner

Muskeln auf den Rücken und hielt sie in dieser Lage, mit den vier Hufen nach oben, so lange fest, bis der Zorn des Tieres sich gelegt hatte und es Niemandem mehr schaden konnte.

Noch andere Beispiele dieser übermenschlichen Kraft ließen sich anführen, doch genügen diese, um nicht nur die Stärke Kap Matifu's darzutun, sondern auch seinen Muth und seine Opferwilligkeit; denn er zögerte niemals, sein Leben zu wagen, wenn es sich darum handelte, seinen Mitmenschen zu Hilfe zu kommen. Er war ein ebenso gutmütiges als starkes Geschöpf. Wie Pointe Pescade es mehrfach wiederholt hatte, war es also durchaus notwendig, dass Kap Matifu aß, um nichts von seinen Kräften einzubüßen; er zwang ihn zu essen und entbehrte lieber selbst, wenn das Geld nur für Einen oder selbst für Zwei reichte. An jenem Abend aber war am Horizont noch kein Schimmer von einer Mahlzeit, nicht einmal für Einen, zu entdecken.

»Wir bekommen Nebel,« wiederholte Pointe Pescade.

Und um ihn zu zerstreuen, begann der mutige Junge mit seinen Redensarten und Gesichtsverrenkungen von Neuem. Er durchmaß das Gerüst, er zappelte sich ab, er zerrte seine Glieder auseinander, ging auf den Händen, wenn es ihm nicht mehr behagte, auf seinen Füßen zu stehen – er hatte nämlich die Beobachtung gemacht, dass der Hunger weniger fühlbar war, wenn der Kopf nach unten hing. Er schrie in halb provenzalischer, halb slawischer Sprache jene ewigen Paraderedensarten in die Menge, die überall gang und gäbe sind, wo es einen Clown gibt, welcher sie den Leuten vorplappert und Maulaffen, die sie gern hören.

»Immer herein, herein, meine Herrschaften! schrie Pointe Pescade. Man zahlt erst beim Herausgehen... einen Kreuzer nur die Person!«

Wenn Menschen irgendwo herausgehen sollen, müssen sie naturgemäß zuvor erst hineingegangen sein. Fünf bis sechs Personen blieben wohl vor der bemalten Leinwand stehen, doch Keiner entschloss sich, die kleine Arena zu betreten.

Pescade tippte mit einer schlanken Gerte auf die wilden Tiere, die auf die Leinwand gepinselt waren. Er hätte zwar keine Menagerie den geehrten Herrschaften zu bieten, doch wollte er ihnen nur sagen, dass diese schrecklichen Tiere wahr und wahrhaftig in gewissen Ecken Afrikas und Indiens leben und dass sie, wenn sie Kap Matifu in den Weg kämen, von ihm einfach zu einer Mahlzeit verarbeitet werden würden.

Der Herkules unterbrach mit dem gutmütigsten Gesicht von der Welt diese Marktschreierei durch gelegentliche Schläge auf die große Pauke, die wie Kanonenschläge durch das Messgewühl hallten.

»Hier die Hyäne, meine Herrschaften, gebürtig vom Kap der guten Hoffnung, ein gewandtes und blutdurstiges Tier, es überspringt die Kirchhofsmauern und sucht sich die Leichen zum Fraß!«

Dann wies er auf einen anderen Teil der Leinwand, auf dem gelbliches Wasser und blaue Blumen den Hintergrund abgaben.

»Sehen Sie hier das junge und interessante Rhinozeros, fünfzehn Monate alt! Es wurde auf Sumatra erzogen; während der Überfahrt hätte es mit seinem furchtbaren Horn das Schiff beinahe zum Sinken gebracht.«

Die Gerte klatschte an eine andere Stelle, wo inmitten eines grünlichen Flecks die Reste von menschlichen Gerippen lagen:

»Hier, meine Herrschaften, ist ferner zu sehen der schreckliche Löwe vom Atlas! Er haust im Innern der Sahara, in dem heißen Sande der Wüste. Wenn die Hitze mörderisch wird, zieht er sich in die Höhlen zurück. Wenn er einige Tropfen Wassers findet, stürzt er sich auf sie und geht durchnässt ab. Deshalb nennt man ihn auch den numidischen Löwen!«

Diese vielen Anstrengungen nützten indessen nichts, Pointe Pescade ereiferte sich ganz unnötig. Vergebens schlug Kap Matifu bis zur Verzweiflung auf die große Pauke.

Mehrere Dalmatiner, kräftige Bergbewohner, blieben endlich vor dem Riesen Matifu stehen, den sie als Kenner zu betrachten schienen.

Sofort ergriff Pointe Pescade die Gelegenheit, und reizte diese Leute, sich mit Kap zu messen.

»Herein, meine Herren, herein! Die Gelegenheit ist günstig! Ergreifen Sie den Augenblick! Großer Ringkampf unter Männern! Ringkampf mit der flachen Hand! Die Schultern müssen sich berühren! Kap Matifu verpflichtet sich, die Kunstfreunde zu Boden zu werfen, die ihm die Ehre ihres Vertrauens schenken wollen. Ein baumwollenes Ehrenwickelzeug für den Sieger! Ist's gefällig, meine Herren?« setzte Pointe Pescade hinzu und wandte sich an drei kräftige Burschen, die ihn ganz bestürzt ansahen.

Aber die drei kräftigen Burschen hielten es doch nicht für geraten, ihre Stärke in diesem Kampfe zu erproben, so ehrenhaft er auch für die Gegner des Riesen war.

Pointe Pescade sah sich daher veranlasst, zu verkünden, dass wenn Keiner Muth besäße, ein Kampf zwischen ihm selbst und dem Riesen stattfinden würde. Ja wohl! »Die Geschicklichkeit wird sich mit der Kraft messen!«

»Hereinspaziert, meine Herren, nur hereinspaziert, folgen Sie der Gesellschaft, wiederholte fast atemlos der bedauernswerte Pescade. Sie sehen hier, was Sie noch nie gesehen haben! Pointe Pescade und Kap Matifu im Handgemenge! Die beiden Zwillinge der Provence! Ja ja! die zwei Zwillinge... wenn auch nicht von gleichem Alter und von derselben Mutter!... He? Sehen wir uns nicht ähnlich? Ich namentlich!«

Ein junger Mann war vor dem Schaugerüste stehen geblieben. Er hörte andächtig die abgenutzten Redensarten bis zu Ende an.

Dieser junge, höchstens zweiundzwanzig Jahre alte Mann war über das Mittelmaß groß. Seine, ein wenig von der Arbeit ermüdeten angenehmen Züge, der von einem gewissen Ernste überhauchte Gesichtsausdruck, kündeten eine denkende Natur an, die vielleicht in der Schule der Leiden groß gezogen worden war. Die großen schwarzen Augen, der Vollbart, den er kurz gehalten trug, der Mund, der es wenig gewohnt war, zu lächeln, aber unter dem zierlichen Schnurrbarte sich deutlich abzeichnete, kündeten auf tausend Schritte den Ungar an, in dessen Adern das magyarische Blut vorherrschte. Er war einfach gekleidet, modern, doch ohne das Bestreben, der neuesten Mode gerecht zu werden. Seine Haltung erlaubte keine Täuschung: in diesem Jünglinge war der Mann bereits fertig.

Er lauschte, wie gesagt, dem nutzlosen Geplapper Pointe Pescade's. Er sah ihn, nicht ohne Betrübnis, sich auf dem Gerüste abmühen. Eigene Leiden hatten ihn zweifellos dahin gebracht, fremdes Elend nicht mit ansehen zu können.

»Zwei Franzosen sind es, dachte er bei sich, arme Teufel, die heute noch nichts verdient haben«

Und schnell kam ihm der Gedanke, für sich allein ein Publikum – ein zahlendes Publikum – zu bilden. Es sollte sein Eintrittsgeld schließlich nichts anderes als ein Almosen sein, aber wenigstens ein verkapptes, und wahrscheinlich kam es sehr gelegen. Er wendete sich der Tür zu, das heißt, dem Stückchen Leinwand, das man aufheben musste, um zu dem kleinen Circus zu gelangen.

»Treten Sie näher, mein Herr, rief Pointe Pescade, die Vorstellung beginnt sofort!

– Ich sehe, ich bin allein, bemerkte der junge Mann im wohlwollendsten Tone.

– Mein Herr, erwiderte Pointe Pescade mit prahlerischem Stolze, wahre Künstler sehen auf die Qualität, nicht auf die Quantität ihres Publikums.

– Sie erlauben also...«, meinte der junge Mann und zog seine Börse.

Er nahm zwei Gulden heraus und legte sie auf den Zinnteller, der in einer Ecke des Gerüstes stand.

»Edles Herz!« sagte Pointe Pescade bei sich.

Dann, sich gegen seinen Genossen wendend rief er diesem zu:

»Auf die Mensur, Kap Matifu, auf die Mensur! Der Herr soll für sein Geld etwas zu sehen bekommen!«

Gerade als der einzige Besucher der französischen und provenzalischen Arena eintreten sollte, sah man ihn hastig forteilen. Er hatte soeben jenes junge Mädchen mit seinem Vater bemerkt, das eine Viertelstunde vorher vor dem Guzlaspieler gestanden hatte. Dieser junge Mann und dieses junge Mädchen waren sich in demselben Gedanken der Barmherzigkeit begegnet. Die Eine hatte dem Zigeuner ein Almosen gegeben, der Andere ließ ein solches den Akrobaten zu Teil werden.

Diese heimliche Übereinstimmung genügte aber augenscheinlich dem jungen Manne nicht, der, sobald er das Fräulein bemerkt hatte, seine Eigenschaft als Zuschauer und den Preis, den er für seinen Platz erlegt, ganz vergaß und sich schnell der Richtung zuwandte, in welcher sich Jene in der Menge verloren hatte.

»He! Mein Herr!... Mein Herr! rief Pointe Pescade ihm nach. Ihr Geld! Wir haben es uns noch nicht verdient, zum Teufel auch!... Wohin ist er?... Verschwunden?... He! Mein Herr!«

Er suchte vergebens sein »Publikum«. Es war ihm ausgekniffen. Dann blickte er Kap Matifu an, der, nicht weniger betroffen als er selbst, mit offenem Munde dastand.

»Gerade, als wir beginnen wollten! sagte endlich der Riese. Kein Glück!

– Beginnen wir trotzdem!« erwiderte Pointe Pescade und stieg die kleine Treppe hinunter, die zur Arena führte.

Auf diese Weise, indem sie vor den leeren Bänken spielten – die, nebenbei bemerkt, nicht vorhanden waren – verdienten sie sich wenigstens ihr Geld.

Gerade jetzt erhob sich auf den Quais des Hafens ein wüster Lärm. Die Menge schien nach einer sehr ausgesprochenen Richtung hin zu drängen, nach derjenigen, welche dem Meere zuführte, und von mehreren hundert Stimmen wurde der Ruf laut:

»Der Trabocolo!... Der Trabocolo!«

Der Augenblick war gekommen, in welchem das kleine Fahrzeug vom Stapel gelassen werden sollte. Dieses anziehende Schauspiel war ganz dazu angetan, die Neugier des Publikums zu erregen. Der Platz und die Quais, welche die Menge vorher angefüllt hatte, waren bald verlassen und Alles strömte der Werft zu, auf welcher der Stapellauf vor sich gehen sollte.

Pointe Pescade und Kap Matifu sahen ein, dass für den Augenblick gewiss auf keine Zuschauer zu rechnen war. Auch begierig, des einzigen Menschen wieder habhaft zu werden, der beinahe ihre Arena betreten hatte, verließen sie dieselbe, ohne sich erst die Mühe zu geben, den Eingang zu verschließen. Wogegen hätten sie ihn auch verschließen sollen? Sie gingen ebenfalls der Schiffswerft zu.

Diese befand sich außerhalb des Hafens von Gravosa, auf der äußersten Spitze einer Landzunge und einem abschüssigen Terrain, das die Brandung mit einem leichten Schaume bedeckte.

Pointe Pescade und Kap Matifu gelangten unter Anwendung ihrer Ellbogen bis in die vorderste Reihe der Neugierigen. Selbst an ihren Benefizabenden hatten sie keinen solchen Andrang vor ihrem Schaugerüste erlebt, wie hier. O, über diese Talmikunst!

Der Trabocolo, von den Stützen, die seine Seitenwände aufrecht hielten, bereits befreit, stand zum Auslaufen fertig Der Anker hing bereit an Ort und Stelle; er brauchte nur herniedergelassen zu werden, sobald sich der Kiel im Wasser befand, um dessen Lauf zu hemmen, der ihn sonst zu weit in die Fahrbahn hinausgeführt haben würde. Obgleich der Trabocolo nur auf fünfzig Tonnengehalt geeicht war, bildete er doch eine ziemlich ansehnliche Masse, zu deren Schutze alle Vorsichtsmaßregeln sorgfältig getroffen worden waren. Zwei Werftarbeiter waren auf dem Hinterdeck postiert, dicht neben dem Hinterdecksmast, an welchem die dalmatinische Flagge wehte, und zwei andere standen auf dem Bug zum Werfen des Ankers bereit.

Der Trabocolo wurde, wie üblich bei solchen Vorgängen, mit dem hinteren Teile nach vorne gewendet vom Stapel gelassen. Sein auf dem eingeseiften Gerippe ruhender Kiel wurde nur noch durch den Hemmschuh gehalten. Um das Gleiten hervorzurufen, war es nur nötig, diesen Hemmschuh zu entfernen; die einmal in Bewegung gesetzte Masse vermehrte ihre Schnelligkeit durch das Gesetz der Schwere und das Schiff strebte von selbst seinem natürlichen Elemente zu.

Ein halbes Dutzend mit eisernen Schlägeln ausgerüsteter Zimmerleute klopften noch an den vorher bereits unter den Kiel geschobenen Klötzen umher, um diesen etwas zu heben und dadurch die Bewegung genauer zu fixieren, welche den Trabocolo in das Meer führen sollte.

Jeder folgte dieser Verrichtung mit dem lebhaftesten Interesse, während ein allgemeines Schweigen sich über die Menge lagerte.

In diesem Augenblicke erschien an der Krümmung des Vorgebirges, welches nach Süden hin den Hafen von Gravosa schützt, eine Vergnügungsyacht. Es war ein Schoner von ungefähr dreihundertfünfzig Tonnengehalt. Er versuchte durch Lavieren an dem Vorsprunge vorüber zu kommen, auf dem sich die Schiffswerft befand, um glatt in den Hafen einlaufen zu können. Da die Brise aus Nordwest wehte, so kniff er mit den Halsen auf Backbord den Wind, so dass er sich von diesem nur treiben zu lassen brauchte, um seinen Ankerplatz zu erreichen. In weniger als zehn Minuten musste der Schoner bereits die Segel streichen, und er vergrößerte sich vor den Blicken in der Tat so schnell, als beobachtete man ihn mittelst eines Fernglases, dessen Tubus man durch fortgesetztes Drehen verlängerte.

Um genau in die Hafeneinfahrt einzulaufen, musste das Fahrzeug dicht vor der Werft vorüber, auf welcher der Stapellauf des Trabocolo vorbereitet wurde. Sobald der Schoner signalisiert worden war, war es daher für angezeigt erachtet worden, den Stapellauf noch aufzuschieben. Derselbe sollte erfolgen, sobald die Yacht das Fahrwasser des Trabocolo durchmessen haben würde. Ein Zusammenstoß zwischen den beiden Schiffen, von denen das eine mit dem Hinterteile anrennen musste, während das andere sich in voller Fahrt befand, hätte ganz gewiss eine bedenkliche Katastrophe an Bord der Yacht zu Wege gebracht.

Die Arbeiter hörten auf, die Balken mit den Schlägeln zu bearbeiten und der mit der Wegräumung des Hemmschuhes beauftragte Mann erhielt den Befehl, zu warten. Es konnte sich nur um Minuten handeln.

Die Yacht näherte sich zusehends. Man konnte beobachten, dass sie bereits die Vorbereitungen zum Ankerwerfen traf. Ihre beiden Langbäume wurden schon abgeführt und man zog die Tauecke des großen Segels an, während zu gleicher Zeit das Focksegel aufgegeit wurde. Sie lief in Folge der erlangten Geschwindigkeit indessen noch eine ziemlich schnelle Fahrt unter dem Vorstag und dem zweiten Focksegel.

Aller Blicke richteten sich auf das graziöse Fahrzeug, dessen weiße Segel unter den schrägen Strahlen der Sonne wie vergoldet erschienen. Seine Matrosen in der Tracht der Levante, den roten Fez auf dem Kopfe, manövrierten, während der Kapitän auf seinem Posten hinten neben dem Steuermanne seine Befehle mit ruhiger Stimme erteilte.

Der Schoner, der nur noch so viel Tuch führte, als nötig war, die letzte Landzunge vor dem Hafen zu umsegeln, befand sich gerade vor der Schiffswerft.

Plötzlich ein allgemeiner Schrei des Entsetzens. Der Trabocolo ist in Bewegung. Aus irgendeiner unbedeutenden Ursache hatte der Hemmschuh nachgegeben und das Schiff setzt sich genau in dem Augenblicke in Bewegung, als die Yacht ihm ihre Steuerbordseite zuwendet.

Der Zusammenstoß zwischen den beiden Fahrzeugen war unvermeidlich. Zeit und Mittel fehlten, um ihn zu verhindern; kein Manöver konnte hier verfangen. Den Schreckensrufen der Zuschauer hatte ein furchtbarer Schrei seitens der Mannschaft der Yacht geantwortet.

Der Kapitän, der seine Kaltblütigkeit bewahrte, hatte inzwischen das Steuer herumwerfen lassen, aber es war trotzdem ganz unmöglich, dass sein Schiff noch schnell genug auswich oder in die Fahrbahn des Trabocolo einlenkte, umso dem Stoße zu entgehen.

Der Trabocolo glitt das Gestell entlang. Ein durch die Reibung erzeugter weißer Rauch quoll unter dem Schnabel hervor, während sein Hinterteil bereits in die Fluten des Golfes tauchte.

Plötzlich springt ein Mann nach vorn. Er ergreift ein Tau, das auf der einen Seite des Schiffes herunterhängt. Doch vergebens stemmt er sich gegen den Boden und zieht das Seil an, selbst auf die Gefahr hin, mitgerissen zu werden: er bringt das Schiff nicht zum Stehen. Zum Glück befindet sich an derselben Stelle ein altes, in die Erde getriebenes Kanonenrohr, das als Anlegeblock dient. Das Seil ist im Augenblicke herumgeschlungen und wickelt sich nun ganz langsam ab, während der Mann es trotz der ihm drohenden Gefahr, ergriffen und zermalmt zu werden, zurückhält und fast zehn Sekunden hindurch mit übermenschlicher Kraft Widerstand leistet.

Das Tau reißt. Aber diese zehn Sekunden haben genügt. Der Trabocolo ist in die Wellen des Golfes hinab getaucht und wie beim Stampfen auf hoher See wieder hinaufgeschossen. Er ist kaum einen Fuß hinter der Yacht vorüber in seine

Wasserbahn hinein gesaust und fliegt vorwärts, bis der Boden fassende Anker durch die Spannung der Kette ihn zum Stillstand bringt.

Der Schoner war gerettet.

Dieser Mann, dem keiner zu Hilfe kommen konnte, weil der ganze Vorgang sich so unerwartet und blitzschnell abspielte, war Kap Matifu.

»Gut, sehr gut!« schrie Pointe Pescade; er lief dem Kameraden nach, der ihn in seine Arme schloss, nicht um mit ihm zu jonglieren, sondern um ihn zu umarmen, wie er zu umarmen pflegte, dass man nämlich ersticken konnte.

Und dann brach das Beifallrufen auf allen Seiten hervor. Die ganze große Menge drängte an den Herkules heran, der nicht minder bescheiden als der berühmte

Verrichter der zwölf Arbeiten der Sage war und die Begeisterung des Volkes nicht recht begriff.

Fünf Minuten später hatte die Yacht im Hafen Anker geworfen; ein eleganter Sechsriemer brachte den Besitzer derselben an das Land.

Er war ein hochgewachsener, fünfzig Jahre alter Mann mit fast weißen Haaren und einem ins Graue spielenden, auf orientalische Weise zugeschnittenen Bart. Fragende, große dunkle Augen von einer eigentümlichen Beweglichkeit belebten sein sonnverbranntes Gesicht, dessen Züge regelmäßig und noch schön zu nennen waren. Was aber von Anfang an auffiel, war der Adel, ja selbst eine Erhabenheit, die seine ganze Erscheinung ausströmte. Seine seemännische Kleidung, in dunkelrotes

Beinkleid, eine gleichfarbige Jacke mit gelben Knöpfen, ein schwarzer Gürtel, der unter der Jacke die Bluse zusammenhielt, sein leichter Hut aus braunem Segeltuch – Alles stand ihm gut und ließ einen kräftigen, herrlich gebauten Körper ahnen, dem das Alter noch nichts anhaben konnte.

Sobald diese Persönlichkeit, in welcher man sogleich einen energischen und vielvermögenden Mann vermutete, den Fuß auf das Land gesetzt hatte, ging sie auf die beiden Akrobaten zu, welche die Menge umringte und bejubelte.

Man machte dem Fremden ehrerbietig Platz.

Als er vor Kap Matifu angekommen war, zog er nicht etwa gleich die Börse, um ihr eine reichliche Belohnung zu entnehmen. Er streckte dem Athleten die Hand hin und sagte zu ihm auf Italienisch:

»Dank, mein Freund, für das, was Ihr getan habt!«

Kap Matifu schämte sich fast dieser Ehre, die ihm nach seiner Meinung für die verrichtete Kleinigkeit gar nicht zukam.

»Ja, es war schön, es war herrlich, Kap Matifu, fing Pointe Pescade mit dem ganzen Wortschwall provenzalischer Beredsamkeit von Neuem an.

– Ihr seid Franzosen? fragte der Fremde.

– Mehr als das! brüstete sich Pointe Pescade. Wir sind Franzosen aus dem Süden Frankreichs.«

Der Fremde betrachtete sie mit augenscheinlicher Rührung. Ihr Elend stand ihnen zu offenkundig auf der Stirn geschrieben, als dass man sich darüber täuschen konnte. Er hatte sicherlich zwei arme Artisten vor sich, von denen Einer ihm mit Gefahr seines Lebens soeben einen großen Dienst geleistet hatte, denn ein Zusammenstoß der Yacht mit dem Trabocolo hätte unter Umständen zahlreiche Opfer gefordert.

»Besucht mich an Bord! sagte er zu ihnen.

– Und wann, mein Fürst? fragte Pointe Pescade und produzierte seine schönste Begrüßung.

– Morgen Mittag um ein Uhr.

– In der ersten Stunde also,« antwortete Pointe Pescade, während Kap Matifu durch einmaliges Nicken mit dem Kopfe sein stummes Einverständnis gab.

Die Menge hatte sich während dieser Unterhaltung von dem Helden dieses Ereignisses nicht entfernt. Sie hätte ihn sicher im Triumphe davongetragen, wenn sein Gewicht nicht die Entschlossensten und Kräftigsten unter ihr zurückgeschreckt hätte.

Pointe Pescade, stets auf dem Posten, glaubte die günstige Stimmung eines so zahlreichen Publikums ausnützen zu müssen. Nachdem der Fremde sich mit einer freundschaftlichen Handbewegung nach dem Quai hin entfernt hatte, schrie er mit seiner spitzen Ausruferstimme:

»Der Kampf zwischen Kap Matifu und Pointe Pescade, meine Herrschaften! Nur näher meine Herren, nur näher! Man zahlt erst nach Schluss der Vorstellung... oder, wenn man will, auch vorher!«

Dieses Mal wurde seine Aufforderung von einem so zahlreichen Publikum befolgt, wie er es wahrscheinlich noch nie zuvor erlebt hatte.

Der Raum um die Arena war zu klein! Man musste Zuschauer abweisen! Man zahlte sogar das Geld zurück!

Der Fremde sah sich nach einigen in der Richtung nach dem Quai zurückgelegten Schritten dem jungen Mädchen und deren Vater gegenüber, die Zeugen des ganzen Vorganges gewesen waren.

Der junge Mann, der ihnen gefolgt war, hielt sich in einiger Entfernung; der alte Herr hatte seinen Gruß sehr von oben herab erwidert, was der Fremde wohl bemerkte.

Dieser konnte, als er jenen ältlichen Mann sah, eine Bewegung nicht unterdrücken. Seine ganze Gestalt schien vor etwas zurückzubeben, während es aus seinen Augen wie ein Blitz zuckte.

Inzwischen war der Vater des jungen Mädchens an ihn herangetreten und sagte zu ihm:

»Sie sind, Dank dem Mut dieses Akrobaten, einer sehr großen Gefahr entgangen, mein Herr?

– Allerdings, mein Herr,« antwortete der Fremde, dessen Stimme, zufällig oder nicht, von einer unbesiegbaren Bewegung erzitterte.

Dann sich an den Fragesteller wendend, sagte er:

»Darf ich wissen, mein Herr, mit wem ich augenblicklich die Ehre habe zu sprechen?

– Silas Toronthal aus Ragusa, antwortete der ehemalige Bankier von Triest. Und darf ich meinerseits erfahren, wer der Besitzer jener Vergnügungsyacht ist?

– Doktor Antekirtt,« erwiderte der Fremde.

Dann trennten sich die beiden Herren mit einem förmlichen Gruße, während Hochrufe und Beifallklatschen aus der Arena der französischen Akrobaten herüber schallten.

An diesem Abende aß Kap Matifu nicht nur für sein Teil, das heißt für Vier, es blieb noch für mehr als für Einen etwas übrig. Und damit war ein tapferer Genosse Pointe Pescade sehr zufrieden.

DRITTES KAPITEL. DER DOKTOR ANTEKIRTT.

Es gibt Leute, deren Ruf die geschwätzige, tausendmündige Fama nicht genug nach allen Richtungen der Windrose ausposaunen kann.

Das war auch der Fall mit dem berühmten Doktor Antekirtt, der soeben im Hafen von Gravosa angelangt war. Seine Ankunft war von einem Vorfalle begleitet gewesen, der auch auf den gewöhnlichsten Reisenden die allgemeine Aufmerksamkeit gelenkt haben würde. Er gehörte nichts weniger als zu den gewöhnlichen Reisenden.

Seit einigen Jahren hatte sich um diesen Doktor Antekirtt in den sagenreichen Ländern des fernen Orients ein wahrer Kranz von Märchen gewunden. In Asien von den Dardanellen bis zum Kanal von Suez, in Afrika, von Suez bis an die Grenzen von Tunis, am Roten Meere, auf arabischem Gebiete wurde sein Name unablässig wiederholt als derjenige eines Mannes, der außergewöhnlich in den Naturwissenschaften bewandert war, als derjenige eines Gnostikers, eines Taleb, dem die geheimsten Regungen des Weltalls bekannt sind. Zu biblischen Zeiten würde man ihn Epiphanes genannt haben. Im Lande des Euphrat würde man ihn als Nachkommen der alten Magier verehrt haben.

Was war an seinem Rufe übertrieben? Alles das, was aus einem alten Magier einen Zauberkünstler machte, Alles, was ihm ein übernatürliches Können zuschrieb. Doktor Antekirtt war nur ein gewöhnlicher Mann wie jeder andere, allerdings ein sehr gebildeter Mann von geradem und kräftigem Geist, mit einem sicheren Urteil, einer äußerst genauen Denkweise, einem wunderbaren Scharfblick; allen diesen seltenen Eigenschaften waren merkwürdiger Weise auch günstige Umstände stets zu Hilfe gekommen. So hatte er einmal in einer der inneren Provinzen Kleinasiens die gesamte Bevölkerung vor einer bis dahin für ansteckend gehaltenen Krankheit durch ein von ihm erfundenes Radikalmittel bewahrt. Natürlich wurde sein Ruf in Folge des Gelingens dieser Kur ein unerschütterlicher.

Was seine Berühmtheit vor allen Dingen vermehrte, war das Geheimnis, welches seine Person umgab. Woher war er gekommen? Kein Mensch wusste es. Welche Vergangenheit lag hinter ihm? Man wusste hierüber eben so wenig. Niemand konnte sagen, wo und in welchen Verhältnissen er früher gelebt hatte. Man bestätigte lediglich, dass dieser Doktor Antekirtt von der Bevölkerung Kleinasiens und des orientalischen Afrikas geradezu angebetet wurde, dass er dort für einen außerordentlichen Arzt galt, dass das Gerücht von seinen Wunderkuren auch bis in die bedeutendsten wissenschaftlichen Kreise Europas gedrungen war und dass er seine Sorgfalt den ärmsten Leuten genau so wie den Reichen und den Paschas dieser Provinzen angedeihen ließ. In den Abendländern dagegen hatte man ihn niemals zu Gesicht bekommen, man kannte sogar seit einigen Jahren nicht einmal seinen eigentlichen Wohnsitz. Daher stammte dieses Bestreben, ihn zu einem geheimnisvollen Weisen aus Hindugeblüt, zu einem übernatürlichen Wesen, das sich übernatürlicher Mittel bediente, zu stempeln.

Wenn auch Doktor Antekirtt seine Kunst selbst bisher noch nicht in den größeren Städten Europas erprobt hatte, das Gerücht von derselben war auch schon bis dahin ihm vorausgedrungen. Obwohl er in Ragusa nur als ein einfacher Reisender – als ein reicher Tourist, der auf seiner Yacht die verschiedenen Punkte des Mittelländischen Meeres zu seinem Vergnügen besucht – angekommen war, so befand sich trotzdem bald sein Name in Aller Mund. In der Erwartung, den Doktor selbst zu Gesicht zu bekommen, zog der Schoner unablässig die Blicke auf sich. Der durch den Muth Kap Matifu's glücklich vermiedene Unfall tat das seinige, die allgemeine Neugierde noch zu vermehren.

Diese Yacht hätte in der Tat auch dem reichsten, prunkliebendsten Gentleman des Wassersports in Amerika, England und Frankreich Ehre gemacht. Ihre zwei kerzengeraden, nahe dem Mittelpunkte des Schiffes errichteten Maste – wodurch eine bedeutende Entfaltung des Vorstag- und Großsegels ermöglicht wurde – die Länge des Bugspriets, das mit zwei Focks angetakelt war, die Kreuzung der viereckigen Segel, welche sie am Fockmast trug, der kühne Schwung ihres Schnabels, die gesamte Auftakelung überhaupt musste ihr in jedem Wetter eine wunderbare Schnelligkeit verleihen. Der Schoner fasste dreihundertfünfzig Tonnen. Lang und schlank, mit viel Fall-und Überschießen und doch breiten Querbalken, mit hinreichendem Tiefgange versehen, so dass ein Kentern nicht zu fürchten war, war der Schoner das, was man ein seetüchtiges Fahrzeug nennt; er gehorchte leicht der Hand des Steuermannes und konnte den Wind zu vier Vierteln klemmen. Bei Backstagswind und kräftiger Brise hinderte ihn nichts, mit Leichtigkeit seine dreizehn und einen halben Knoten in der Stunde zurückzulegen. Die »Boadicäas«, »Gaetanas« und »Mordons« der Vereinigten Staaten würden ihm in einem internationalen Match kaum Stange gehalten haben.

Die Sauberkeit und Schönheit im Äußeren wie im Inneren der Yacht konnte sich selbst der peinlich eigenste Seemann nicht besser wünschen. Das Deck aus kanadischem Sandelholze schimmerte in blendender Weiße und zeigte keinen einzigen Ast, die inneren, sein abgehobelten Wände, die Kapotten und Luken waren aus Teakholz hergestellt, die kupfernen Beschläge funkelten wie Gold; die ausgelegte Arbeit am Steuerrade, die Anordnung der Maste unter ihren blitzend weißen Überzügen, das Zierliche der Klüsen, die Hisstaue, die Hängeschoten und das laufende Takelwerk, dessen Farbe im Ton ausgezeichnet harmonierte mit dem galvanisierten Eisen der Stags, die Wandtaue und Pardunen, der Schnitt der gefirnissten Aushilfsboote, welche graziös in ihren Ständern hingen, das glänzende Schwarz des ganzen Rumpfes, unterbrochen von einem einfachen goldenen Bande, das vom Vordersteven zum Hinterteil führte, das Maßvolle in den Zierraten hierselbst – alles das an dem Fahrzeuge bewies einen ausgesuchten Geschmack und äußerste Eleganz.

Es ist durchaus notwendig, dass wir die Yacht, wie von außen, auch von innen kennen lernen, denn sie bildete die schwimmende Behausung jener mysteriösen Persönlichkeit, welche der Held dieser Geschichte werden soll. Der Besuch der Yacht stand keineswegs frei. Der Erzähler aber besitzt bekanntlich die Gabe des zweiten Gesichtes, die ihm sogar das zu beschreiben erlaubt, was er nie mit seinen leiblichen Augen erschaut hat.

Der Luxus wetteiferte mit dem Komfort im Innern des Schiffes. Die Salons und Kabinen, der Speisesaal waren mit Malereien und kostbaren Dekorationen geschmückt. Die Tapeten, Teppiche, Alles, was zu einer Ausstattung gehört, war genial den Erfordernissen einer Vergnügungsyacht angepasst. Dieses so ausgezeichnet durchgeführte System der Verschmelzung des Nützlichen mit dem Angenehmen fand sich nicht nur in den Zimmern des Kapitäns und der Offiziere vor, sondern auch in der Wirtschaftskabine, wo das silberne und Porzellangeschirr gegen das Stampfen und Rollen des Schiffes gesichert war, in der Küche, in welcher eine holländische Sauberkeit herrschte, und in dem Raume, wo die Hängematten der Mannschaft nach Gefallen hin und her schaukelten. Die Bemannung, aus zwanzig Köpfen bestehend, trug die kleidsame Tracht der Malteser Seeleute, kurzes Beinkleid, Wasserstiefel, gestreiftes Hemd, braunen Gurt, roten Fez und Matrosenkittel, auf dem mit weißen Buchstaben die Namen der Yacht und ihres Eigentümers eingenäht waren.

Doch in welchen Hafen mochte diese Yacht wohl gehören? In welcher Schiffsliste wurde sie angeführt? In welchem an das Mittelmeer grenzenden Lande pflegte sie ihr Winterquartier zu nehmen? Welches war ihre Nationalität? Man wusste hierauf eben so wenig eine Antwort, wie auf die Frage nach der Persönlichkeit des Doktors selbst. Eine grüne Flagge mit einem roten Kreuz an der inneren Kante, welches fast die ganze Höhe des Tuches selbst erreichte, flatterte an der Gabel. Man hätte diese Zusammenstellung vergeblich in der endlosen Reihe der Flaggen gesucht, die man auf allen Meeren der Welt findet.

Die Schiffspapiere waren jedenfalls, bevor noch der Doktor Antekirtt das Land betreten hatte, dem Hafenoffizier eingehändigt worden und dieser musste sie wohl in Ordnung befunden haben, da man nach dem Besuche der Sanitätsbehörde die Besatzung ungehindert schalten und walten ließ.

Der Name des Schiffes stand mit kleinen goldenen Buchstaben ohne Angabe des heimatlichen Hafens auf dem Spiegel der Yacht verzeichnet; sie hieß die »Savarena«.

So beschaffen war das Lustfahrzeug, das augenblicklich im Hafen von Gravosa Bewunderung erregte. Pointe Pescade und Kap Matifu, welche am nächsten Tage von Doktor Antekirtt an Bord desselben erwartet wurden, betrachteten es mit eben so viel Neugierde, aber mit etwas größerer Erregung als die Seeleute des Hafens. In ihrer Eigenschaft als Eingeborene des Küstenstriches der Provence besaßen sie, namentlich Pointe Pescade, einen verständnisinnigen Blick für die bewundernswerte Bauart des Fahrzeuges. Dieses müßige Gaffen bildete ihre Beschäftigung noch an demselben Abende.

»Ah! machte Kap Matifu.

– Oh! sagte Pointe Pescade.

– He, Pointe Pescade!

– Ich sage ganz dasselbe, Kap Matifu.«

Diese kurzen Ausrufe der Bewunderung besagten in dem Munde dieser beiden armen Akrobaten mehr als lange Reden von den Lippen Anderer.

Die Manöver an Bord der »Savarena«, welche dem Ankerwerfen gefolgt, waren jetzt bereits beendigt; die Segel ruhten gerefft auf ihren Raaen, das Takelwerk hing sorgfältig geordnet an Ort und Stelle, das Zeltdach war zusammengeschoben. Der Schoner zeigte sich in einer Ecke des Hafens verankert, was auf die Absicht eines längeren Aufenthaltes schließen ließ.

Doktor Antekirtt begnügte sich an diesem Abende mit einem Umherschlendern in der Umgebung von Gravosa. Während Silas Toronthal und seine Tochter in ihrem Wagen, der sie auf dem Quai erwartete, nach Ragusa zurückkehrten, während der uns bekannte junge Mann, ohne das Ende der Messe abzuwarten, zu Fuß durch die lange Allee heimkehrte, suchte Doktor Antekirtt in der Nähe des Hafens seiner Bewegung Herr zu werden.

Der Hafen ist einer der besten längs der ganzen Küste und man findet in ihm stets eine ganze Menge Fahrzeuge der verschiedensten Nationalitäten versammelt. Der Doktor ging, nachdem er die Stadt selbst verlassen, an dem Ufer des Golfs von Ombra Fiumera entlang, der sich in einer Länge von zwölf Meilen bis zur Mündung der kleinen Ombra erstreckt, deren Bett tief genug ist, um selbst Schiffe mit starkem Wassergange fast bis an den Fuß des Vlastiza-Gebirgsstockes gelangen zu lassen. Gegen neun Uhr Abends traf er wieder auf den Molen ein und wohnte der Ankunft des großen Paketdampfers des Lloyd bei, der aus Indien kam; er ließ sich dann wieder an Bord bringen, stieg in sein Zimmer hinunter, das von zwei Lampen erhellt war und blieb dort bis zum frühen Morgen.

Das war so seine Gewohnheit und der Kapitän der »Savarena« – ein Mann in den vierziger Jahren, Namens Narsos – hatte den Befehl erhalten, den Doktor während dieser Stunden einsamer Arbeit niemals zu stören.

Mehr als die große Menge wussten auch die Offiziere und die Mannschaft des Schiffes nicht von der Persönlichkeit des Doktors. Nichtsdestoweniger waren sie ihm mit Leib und Seele ergeben. Doktor Antekirtt litt nicht die geringste Störung der Disziplin an Bord, dafür war er auch gütig gegen Alle und sorgte für Alle und schenkte, ohne das Geld anzusehen. Es gab schwerlich einen Matrosen, der nicht gewünscht hätte, seinen Namen in der Liste der »Savarena« zu erblicken. Niemals war ein Verweis zu erteilen, niemals eine Strafe zu verhängen, nie war eine Ausstoßung von Nöten. Die Mannschaft des Schoners bildete eine große Familie.

Nach der Heimkehr des Doktors wurden alle Maßregeln für die Nacht getroffen. Die Laternen wurden am Vorder- und Hinterteil des Schiffes aufgehisst, die Wache zog auf, vollkommenes Schweigen herrschte.

Doktor Antekirtt hatte auf einem Divan Platz genommen, der eine Ecke seines Zimmers ausfüllte. Auf einem Tische lagen mehrere Zeitungen, welche sein Diener für ihn in Gravosa gekauft hatte. Der Doktor durchlas sie flüchtig; er überging die großen Artikel und verweilte lieber bei den Tagesneuigkeiten, den Schiffsberichten und den Mitteilungen aus dem gesellschaftlichen Leben der höheren Kreise. Dann warf er die Zeitungen bei Seite. Eine schlaftrunkene Betäubung überfiel ihn. Gegen elf Uhr entkleidete er sich ohne Hilfe des Dieners und legte sich schlafen; es währte indessen noch eine geraume Zeit, bis er entschlummert war.

Wenn man im Stande gewesen wäre, den Gedanken zu lesen, der ihn vornehmlich beschäftigte, so würde man vielleicht erstaunt gewesen sein über seinen Inhalt, welcher lautete:

»Wer mag wohl jener junge Mann gewesen sein, der Silas Toronthal auf dem Quai von Gravosa grüßte?«

Am folgenden Morgen gegen acht Uhr kam Doktor Antekirtt auf Deck. Der Tag versprach sehr schön zu werden. Die Sonne bestrahlte bereits die Gipfel der Berge, welche das Panorama im Hintergrunde des Golfes abschließen.

Die Schatten begannen vom Hafen zu schwinden und flüchteten über die Wogen. Die »Savarena« lag alsbald im vollen Sonnenscheine da.

Kapitän Narsos näherte sich dem Doktor, um seine Befehle entgegen zu nehmen, die dieser ihm nach erfolgter und freundlich erwiderter Begrüßung mit einigen Worten erteilte.

Später ging ein mit vier Mann und einem Steuermann besetztes Boot vom Schiffe ab und legte am Quai an, um Pointe Pescade und Kap Matifu, wie verabredet, zu erwarten.

Ein bedeutsamer, feierlicher Tag im Nomadenleben dieser ehrlichen Jungens, die so weit von ihrem Lande, ihrer Provence verschlagen waren, nach der sie Heimweh empfanden.

Beide warteten bereits am Ufer. Sie hatten ihren Berufsputz abgelegt und gebrauchte, doch sauber aussehende Kleidungsstücke angezogen. Sie bewunderten die Yacht wie am vergangenen Tage. Kap Matifu und Pointe Pescade hatten nicht nur Tags vorher zu Abend gegessen, sondern auch an diesem Morgen bereits gefrühstückt. Ein fürchterlicher Leichtsinn, dessen Erklärung die Höhe der Einnahme, zweiundvierzig Gulden, abgab.

Sie hatten sich indessen wohl gehütet, diese ganze Summe zu verprassen. Pointe Pescade war klug und vorsichtig; auf fernere zehn Tage mindestens war ihr Leben gefristet.

»Jedenfalls haben wir Dir Alles zu verdanken, Kap Matifu.

– O Pescade!

– Ja, Dir, meinem großen Manne!

– Schön, schön, da Du es haben willst,« erwiderte der Riese.

Das Boot von der »Savarena« legte am Ufer an. Der Steuermann erhob sich, legte die Hand an die Mütze und sagte, dass er zur Verfügung der »Herren« stände.

»Der Herren? rief Pointe Pescade. Welcher Herren?

– Von Ihnen selbst. Herr Doktor Antekirtt erwartet die Herren an Bord.

– Gut. Jetzt sind wir also schon Herren,« sagte Pointe Pescade.

Kap Matifu riss seine großen Augen noch weiter auf und drehte seinen Hut mit verlegener Miene in der Hand.

»Wenn es gefällig ist, meine Herren? sagte der Steuermann.

– Jawohl, jawohl!« erwiderte Pointe Pescade mit herablassender Handbewegung.

Einen Augenblick später saßen Beide auf der schwarzen, rot eingefassten Decke, welche über die Sitzbank ausgebreitet war, während der Steuermann hinter ihnen Platz nahm.

Unter dem Gewichte des Herkules lag der Rand des Bootes höchstens vier bis fünf Zoll über der Wasserlinie; die Enden der Decke mussten in das Boot hineingenommen werden, damit sie nicht in das Wasser tauchten. Der Steuermann gab mit der Pfeife das Zeichen zur Abfahrt und die vier Riemen senkten sich gleichzeitig in das Wasser. Das Boot schoss auf die »Savarena« zu.

Die beiden armen Teufel fühlten sich seltsam bewegt, wenn nicht gar beklommen. Zwei Akrobaten wurde so viel Ehre erwiesen! Kap Matifu wagte sich nicht zu rühren. Pointe Pescade konnte trotz seiner Verwirrung ein gutmütiges Lächeln nicht unterdrücken, das sein seines und intelligentes Gesicht belebte.

Das Boot fuhr um das Schiffshinterteil herum, und legte an Steuerbord an – der Ehrenseite.

Auf der Strickleiter, deren Sprossen sich unter Kap Matifu bogen, kletterten die beiden Freunde auf das Deck empor; sie wurden sogleich vor Doktor Antekirtt geführt, der sie auf dem Hinterdeck erwartete.

Nach einer freundlichen Bewillkommnung und einigen Förmlichkeiten hatten sich endlich Kap Matifu und Pointe Pescade auf zwei Stühle niedergelassen.

Der Doktor betrachtete sie einige Minuten schweigend. Sein kühl blickendes und schönes Gesicht machte auf sie Eindruck. Schwebte auch kein Lächeln auf seinen Lippen, so doch in seinem Herzen; man konnte sich darin nicht täuschen.

»Meine Freunde, sagte er nach längerer Pause, Ihr habt gestern meine Mannschaft und mich vor einer großen Gefahr behütet. Ich wollte Euch noch einmal hierfür meinen Dank abstatten und habe Euch deshalb zu mir kommen lassen.

– Herr Doktor, antwortete Pointe Pescade, der seine Sicherheit bereits wiedergewann. Sie sind sehr freundlich. Die Sache ist nicht des Aufhebens wert. Mein Kamerad hat nur getan, was jeder Andere an seiner Stelle auch getan hätte, wenn er seine Kraft besessen haben würde. Nicht so, Kap Matifu?«

Dieser nickte einmal mit dem Kopfe, was als Zeichen der Zustimmung galt.

»Es mag sein, sagte der Doktor, aber so stark ist nicht ein Jeder; Euer Genosse hat sein Leben gewagt und ich betrachte mich deshalb als seinen Schuldner.

– O, Herr Doktor, erwiderte Pointe Pescade, Sie machen meinen Kap erröten; da er sehr vollblütig ist, so ist es gefährlich, wenn ihm das Blut zu Kopfe steigt...

– Gut. Ich sehe, meine Freunde, dass Ihr die Komplimente nicht besonders liebt. Ich will also davon absehen. Da aber jeder Dienst...

– Herr Doktor, ich bitte um Verzeihung, dass ich es wage, Sie zu unterbrechen, aber ich bin der Meinung, dass jede gute Tat ihre Vergeltung in sich selbst trägt, wenigstens behaupten es die Bücher über die Moral; wir sind also belohnt genug.

– Schon? Und wie? fragte der Doktor in der Furcht, es könnte ihm schon Jemand vorgegriffen haben.

– Gewiss! Nach der gestrigen außergewöhnlichen Kraftprobe unseres Herkules wollte das Publikum auch ein Urteil über seine sonstigen künstlerischen Fähigkeiten gewinnen. Es strömte in Menge in unsere provenzalische Arena. Kap Matifu warf ein halbes Dutzend der kräftigsten Gebirgsleute und der robustesten Packträger von Gravosa in den Sand und wir hatten dadurch eine riesige Einnahme.

– Riesig?

– Ja... beispiellos in unseren akrobatischen Tournées. – Und wie viel betrug diese »riesige« Einnahme?

– Zweiundvierzig Gulden!

– Wirklich?... Das wusste ich nicht, antwortete Doktor Antekirtt mit gutgemeinter Spöttelei. Wenn ich geahnt hätte, dass Ihr eine Vorstellung geben würdet, so hätte ich mir ein Vergnügen daraus gemacht, ihr ebenfalls beizuwohnen. Ihr werdet mir trotzdem erlauben, meinen Platz zu bezahlen.

– Heute Abend, Herr Doktor, heute Abend, wenn Sie unsere Kämpfe durch Ihre Gegenwart verherrlichen wollen.«

Kap Matifu verbeugte sich höflich, wobei seine breiten Schultern hin und her wogten, »die noch nie den Staub geküsst hatten«, wie sich das Programm aus dem Munde Pointe Pescades ausdrückte.

Doktor Antekirtt sah ein, dass die Akrobaten schwerlich zu bewegen sein würden, eine Belohnung in Form eines Geldgeschenkes von ihm anzunehmen. Er beschloss, anders zu verfahren. Sein Plan stand auch schon seit dem vorausgegangenen Tage bei ihm fest. Die Erkundigungen, die er noch am Abend vorher eingezogen hatte, hatten erhellt, dass beide Akrobaten ehrenhafte Leute und jedes Vertrauens würdig waren.

»Wie nennt Ihr Euch? fragte er.

– Ich kenne mich nur unter dem Namen Pointe Pescade, Herr Doktor.

– Und Ihr heißt?

– Matifu.

– Kap Matifu, ergänzte Pointe Pescade; er sprach den vollen Namen, der in allen Arenen Südfrankreichs einen guten Klang hatte, mit nicht zu verkennendem Stolze aus.

– Das sind doch nur angenommene Namen? bemerkte der Doktor.

– Wir besitzen keine anderen, erwiderte Pointe Pescade, wenn wir wirklich andere gehabt haben, so sind sie uns unterwegs durch unsere zerrissenen Taschen abhanden gekommen.

– Und... Eure Eltern?

– Eltern, Herr Doktor? Wir haben uns diesen Luxus nie erlaubt. Wenn wir eines Tages reich werden sollten, so finden sich vielleicht noch welche, die uns beerben wollen.

– Ihr seid Franzosen? Aus welchem Teile des Landes?

– Aus der Provence, antwortete Pointe Pescade stolz, wir sind also doppelte Franzosen.

– Ihr seid stets bei guter Laune, Pointe Pescade?

– Mein Beruf erfordert das. Stellen Sie sich einen Hanswurst vor, Herr Doktor, einen Hauswurst auf dem Schaugerüst, der die Ohren hängen lässt. Es würden ihm in einer Stande mehr Äpfel an den Kopf fliegen, als er Zeit seines Lebens essen kann. Ich bin stets vergnügt, sehr vergnügt; das muss so sein.

– Und Kap Matifu?

– O, Kap Matifu ist ernster, gesetzter, mehr nach innen, sagte Pointe Pescade und klopfte diesen zärtlich, als hätte er ein Pferd vor sich, dem er schmeicheln wollte. Zu seinem Amte gehört der Ernst. Wenn man mit fünfzig Pfunden jongliert, so muss man sehr ernst sein. Wenn man ringt, so ringt man nicht nur mit den Armen, sondern auch mit dem Kopfe. Und Kap Matifu hat stets gerungen... selbst mit dem Elend. Und es hat ihn noch nicht zu Boden geworfen!«

Doktor Antekirtt hörte mit Interesse dem braven Menschen zu, dessen bisheriges Schicksal gewiss hart genug gewesen war, der aber deshalb doch nicht mit diesem haderte. Er durchschaute, dass in ihm ebenso viel Gemüt als Schlauheit steckte und dachte darüber nach, was aus ihm hätte werden können, wenn ihm das Leben von Anfang an reichliche Mittel in die Hand gegeben haben würde.

»Und wohin geht Ihr von hier aus? fragte er weiter.

– Dem Zufalle nach. Doch ist er mitunter ein ganz guter Führer, der Zufall, und im Allgemeinen kennt er die Wege gut. Ich fürchte nur, er hat uns diesmal zu weit von unserer Heimat fortgeführt. Aber schließlich sind wir selbst Schuld daran. Wir hätten ihn erst fragen sollen, wohin er ging.«

Doktor Antekirtt beobachtete sie Beide einen Augenblick. Dann begann er von Neuem:

»Was also kann ich für Euch tun?

– Nichts, Herr Doktor, erwiderte Pointe Pescade, rein nichts!

– Würdet Ihr keine Lust haben, jetzt gleich in die Provence zurückzukehren?«

Die Augen der Akrobaten glänzten.

»Ich könnte Euch vielleicht dorthin fahren.

– Das wäre herrlich!« rief Pointe Pescade.

Dann sich an seinen Gefährten wendend, fragte er diesen:

»Wie denkst Du darüber, Kap Matifu, möchtest Du heimkehren?

– Ja... wenn Du mitkommst, Pointe Pescade.

– Was sollen wir aber dort anfangen? Wovon sollen wir dort leben?«

Kap Matifu rieb sich die Stirn, was er in allen schwierigen Lagen des Lebens zu tun pflegte.

»Wir werden... wir werden... murmelte er.

– Du weißt es nicht... ich eben so wenig... Aber was tut das schließlich! Wir sind in der Heimat. Ist es nicht einzig, Herr Doktor, dass zwei arme Teufel, wie wir, eine Heimat haben, dass zwei so elende Kerls, die nicht einmal Eltern besitzen, irgendwo geboren sind? Das war mir schon immer unerklärlich.

– Ihr könntet Euch also entschließen, bei mir zu bleiben?« fragte Doktor Antekirtt.

Bei diesem unerwartet kommenden Vorschlage sprang Pointe Pescade lebhaft auf, während der Herkules ihn ansah und nicht wusste, ob er sich ebenfalls erheben sollte.

»Bei Ihnen bleiben, Herr Doktor? antwortete endlich Pointe Pescade. Was sollen wir Ihnen nützen? Kraft- und Geschicklichkeits-Touren – Anderes haben wir nie kennen gelernt. Wenn Sie das während Ihrer Reise oder in Ihrem Lande unterhalten kann...

– Hört mir zu, unterbrach ihn Doktor Antekirtt, ich kann mutige, ergebene, geschickte und einsichtige Menschen gebrauchen, die mir bei der Ausführung meines Vorhabens von Nutzen sein können. Ihr habt nichts, was Euch hier fesselt, nichts, was Euch in die Heimat zurückruft. Wollt Ihr zu mir stehen?

– Wenn aber Ihre Pläne ausgeführt sind... wandte Pointe Pescade ein.

– So sollt Ihr mich auch noch nicht verlassen, wenn es Euch bei mir gefällt, antwortete der Doktor. Ihr werdet bei mir an Bord bleiben. Halt!

Ihr könnt meiner Mannschaft Unterricht im Luftsprunge geben. Wenn Ihr es aber vorzieht, in Eure Heimat zurückzukehren, so soll es Euch unbenommen sein, und auch dann würde für Euer künftiges Leben ausreichend gesorgt sein.

– Herr Doktor! rief Pointe Pescade, Sie verstehen Ihren Antrag hoffentlich nicht dahin, dass wir ganz unbeschäftigt bleiben sollen? Zu nichts gut sein, könnte uns nicht passen!

– Ich verspreche Euch Arbeit, mit der Ihr zufrieden sein werdet.

– Ihr Anerbieten klingt sehr verführerisch, Herr Doktor!

– Was habt Ihr dagegen einzuwenden?

– Eines vielleicht. Sie sehen hier uns Beide vor sich, Kap Matifu und mich. Wir stammen aus demselben Lande und würden ganz gewiss auch aus einer Familie sein, wenn wir eine solche hätten. Wir sind Herzensbrüder. Kap Matifu könnte nicht ohne Pointe Pescade leben und Pointe Pescade nicht ohne ihn. Denken Sie an die siamesischen Zwillinge. Man hat sie nie trennen gekonnt, weil eine Trennung ihnen das Leben gekostet hätte. Wir sind, um es kurz zu sagen, ebenfalls Siamesen. Wir haben uns sehr lieb, Herr Doktor!«

Und Pointe Pescade streckte Kap Matifu die Hand hin, der sie an seine Brust zog und sie dort wie ein Kind herzte.

»Es ist hier gar keine Rede von Eurer Trennung, meine Freunde; ich habe vollständig begriffen, dass Ihr Euch nie trennen könntet.

– Dann könnte ja die Sache gemacht werden, Herr Doktor, wenn...

– Wenn?

– Kap Matifu seine Einwilligung gibt.

– Sage ja, Pointe Pescade, und Du hast für uns Beide ja gesagt.

– Gut, die Angelegenheit ist also in Ordnung, antwortete der Doktor, und Ihr werdet Eure Zustimmung nicht zu bereuen haben. Von heute ab sollt Ihr nicht mehr arbeiten.

– Oho! Herr Doktor, sehen Sie sich vor! rief Pointe Pescade. Sie übernehmen vielleicht eine größere Last als Sie denken!

– Und wieso?

– Weil wir Ihnen teuer zu stehen kommen werden, Kap Matifu namentlich. Ein starker Esser ist mein Kap und Sie werden doch nicht wollen, dass er in Ihren Diensten seine Kräfte zusetzt?

– Ich behaupte, dass er sie verdoppeln wird.

– Dann sind Sie ruiniert, Herr Doktor!

– Man ruiniert mich nicht, Pointe Pescade.

– Indessen, zweimal, vielleicht dreimal essen am Tage...

– Fünf-, sechs-, siebenmal, wenn er Lust hat, antwortete Doktor Antekirtt lachend. Ich halte für Jedermann offenen Tisch.

– He! Kap! rief Pointe Pescade ganz entzückt. Du wirst also nach Deinem Belieben essen können.

– Und Ihr auch, Pointe Pescade.

– O, ich, ich bin nur ein Vogel. Doch darf ich fragen, Herr Doktor, ob wir oft in See gehen?

– Sehr oft. Ich habe jetzt in allen vier Ecken des Mittelmeeres zu tun. Meine Kundschaft ist so ziemlich über alle Ufer hin verteilt. Ich halte darauf, die ärztliche Praxis in internationaler Weise auszuüben. Wenn ein Kranker in Tanger oder auf den Balearen nach mir ruft, während ich in Suez bin, muss ich da nicht zu ihm fahren? Wie ein Arzt in einer größeren Stadt von einem Stadtteil in den andern eilt, so fahre ich von Gibraltar nach dem griechischen Archipel, von der Adria nach dem Golf von Lyon, von dem Ionischen Meere nach dem Golf von Gabes. Ich besitze noch andere, zehnmal schnellere Fahrzeuge, als dieser Schoner ist und Ihr sollt mich am häufigsten begleiten.

– Das ist schön, Herr Doktor, antwortete Pointe Pescade sich die Hände reibend.

– Ihr fürchtet das Meer nicht? fragte der Doktor.

– Wir? Das Meer fürchten? Wir, die Kinder der Provence? Als Jungens schon sind wir im Boote den Fluss hinabgetrieben. Nein! Wir fürchten das Meer nicht und auch nicht die Seekrankheit, wir, die wir gewöhnlich mit dem Kopfe nach unten und den Füßen in der Luft herumspazieren. Wenn Herren und Damen, ehe sie auf See gehen, nur zwei Monate lang dieses Exerzitium durchmachen, so werden sie es nicht mehr nötig haben, während der Überfahrt zu jammern und zu stöhnen. Herein, herein! meine Damen und Herren, schließen Sie sich der Gesellschaft an!«

Und der fröhliche Pescade schlug den altgewohnten Ton an, als befände er sich wieder auf dem Schaugerüste seiner Bude.

»Bravo, Pointe Pescade! sagte der Doktor. Wir werden Beide mit einander wunderbar gut auskommen und ich empfehle Euch namentlich, nichts von Eurer guten Laune einzubüßen. Lacht, mein Junge, lacht und singt, so viel Ihr wollt. Die Zukunft birgt vielleicht noch viel Trauriges, dass Eure Heiterkeit unterwegs nicht zu verachten sein wird.«

Doktor Antekirtt war bei diesen Worten wieder ernst geworden. Pescade, der ihn beobachtete, fühlte, dass dieser Mann in früheren Zeiten einen großen Schmerz erfahren haben musste, den auch er vielleicht noch eines Tages kennen lernen würde.

»Herr Doktor, beeilte er sich darum zu sagen, von heute an gehören wir Ihnen mit Leib und Seele!

– Und von heute an könnt Ihr Euch bereits häuslich in Eurer Kabine einrichten. Ich werde wahrscheinlich noch einige Tage in Gravosa und Ragusa bleiben; doch ist es gut, wenn Ihr Euch schon jetzt daran gewöhnt, an Bord der »Savarena« zu leben.

– Bis zu dem Augenblicke, in welchem Sie uns in Ihr Land führen werden, setzte Pointe Pescade hinzu.

– Ich besitze kein Heimatland, erwiderte der Doktor, oder vielmehr, ich besitze eines, das ich mir selbst geschaffen habe, ein Land, das mir gehört und, wenn Ihr wollt, auch das Eure werden wird.

– Vorwärts, Kap Matifu! rief Pointe Pescade, wir wollen unser Geschäftshaus liquidieren. Ängstige Dich nicht, wir schulden nichts und wir werden deshalb nicht in Konkurs geraten.«

Die Freunde verabschiedeten sich von Doktor Antekirtt vollkommen befriedigt und bestiegen das Boot, das sie noch erwartete und an die Quais von Gravosa brachte.

In zwei Stunden hatten sie ihr Inventar aufgenommen und einem Kollegen das Gerüst, die bemalte Leinwand, die große Pauke und die Trommel abgetreten, die ihr ganzes Hab und Gut bildeten. Das dauerte nicht lange und war nicht schwierig und schwach wurden sie auch nicht von dem Gewichte der wenigen Gulden, die ihnen ihr Ausverkauf einbrachte.

Pointe Pescade bestand indessen darauf, aus dem Schiffbruche seines Akrobatenlebens noch sein Kostüm und das *cornet à piston* zu retten und Kap Matifu seine Posaune und den Anzug eines Ringkämpfers. Sie hätten den Kummer, sich von ihren Instrumenten und diesem Flitterstaate trennen zu müssen, die sie an so viele Triumphe und Erfolge erinnerten, kaum ertragen. Diese Gegenstände wurden auf dem Boden des einzigen Koffers, der ihre Effekten enthielt, ihre Kleider, ihr ganzes Hab und Gut, verborgen.

Gegen Abend begaben sich Pointe Pescade und Kap Matifu an Bord der »Savarena« zurück. Eine große Kabine im vorderen Teil des Schiffes war bereits zu ihrer Verfügung gehalten, eine bequem eingerichtete, mit Allem, »was zum Schreiben gebraucht wurde«, sagte der heitere Pescade.

Die Mannschaft empfing die neuen Genossen, durch welche sie vor einem schrecklichen Schicksal bewahrt worden war, auf das Zuvorkommendste.

Pointe Pescade und Kap Matifu machten sofort nach ihrer Ankunft die Erfahrung, dass die Schiffsküche ein Bedauern über die entschwundenen Küchen provenzalischer Arenas nicht aufkommen ließ.

»Siehst Du, Kap Matifu, sagte Pointe Pescade, ein Glas voll Astiwein leerend, wenn man sich gut führt, kommt man zu etwas. Gut führen muss man sich!«

Kap Matifu konnte nur durch ein Nicken mit dem Kopfe sein Einverständnis mit den Worten des Vorredners ausdrücken, denn er hatte gerade den Mund voll mit einem mächtigen Bissen gerösteten Schinkens, der mit zwei gebackenen Eiern in die Tiefen seines Magens verschwand.

»Wie groß würde unsere Einnahme sein, Kap, sagte Pescade, wenn man Dich so essen sehen könnte?«

VIERTES KAPITEL.
DIE WITWE STEPHAN BATHORY'S.

Die Ankunft des Doktors Antekirtt hatte nicht nur in Ragusa, sondern auch in der ganzen dalmatinischen Provinz von sich reden gemacht. Die Zeitungen, nachdem sie das Eintreffen der Yacht im Hafen von Gravosa gemeldet, warfen sich mit Heißhunger auf diese Beute, die eine Reihe lockender Notizen versprach. Der Besitzer der »Savarena« konnte somit den Ehren, aber auch den Nachteilen, die eine Berühmtheit mit sich bringt, nicht entgehen. Seine Person bildete das Gespräch des Tages. Die Sage bemächtigte sich ihrer. Man wusste nicht, wer er war, woher er kam, wohin er ging. Das musste die Neugierde des Publikums naturgemäß vergrößern. Wenn man aber nichts weiß, ist das Feld der Vermutungen ein ungeheures, die Einbildungskraft zieht davon den Nutzen und der, welcher am besten unterrichtet erscheint.

Die Reporter eilten, in dem Wunsche, ihre Leser befriedigen zu können, so schnell sie konnten nach Gravosa, einige kamen sogar an Bord des Schoners. Sie bekamen die Persönlichkeit, mit der die öffentliche Meinung sich unablässig beschäftigte, nicht zu Gesicht. Die Befehle waren gemessener Natur. Der Doktor empfing Niemand. Auch die Auskünfte, welche Kapitän Narsos allen Fragen der Besucher entgegensetzte, waren unveränderlich dieselben:

»Woher kommt der Herr Doktor?

– Woher es ihm gefällt.

– Und wohin fährt er?

– Wohin es ihm zu fahren beliebt.

– Aber wer ist er?

– Niemand weiß es, vielleicht weiß er selbst nicht einmal mehr als die, welche nach ihm fragen.«

Ein gutes Mittel wäre das zwar gewesen, die Neugier der Leser durch Mitteilung dieser lakonischen Antworten zu befriedigen! Doch das ging nicht gut, es folgte daraus, dass die Einbildungskraft, welcher der kurze Bescheid einen weiten Spielraum einräumte, nicht zögerte, in den kühnsten Vermutungen umherzuschweifen. Doktor Antekirtt wusste schon im Voraus, was man von ihm wollte. Ihm war es schon recht, Alles das gewesen zu sein, was jene indiskreten Plauderer für gut befanden, ihm anzudichten. Den Einen galt er als ein Piratenchef, den Anderen als König eines mächtigen afrikanischen Staates, der inkognito reiste, um sich zu unterrichten. Diese behaupteten, dass er ein verbannter Politiker wäre, Jene, dass eine Revolution ihn aus seinen Staaten getrieben hätte und er nun als Philosoph und Wissbegieriger durch die Welt streife. Die Auswahl stand frei. Was den Doktortitel anbelangte, mit dem er sich schmückte, so waren die Meinungen derer, die ihm denselben zugestanden, geteilt: nach der Ansicht der Einen war er ein großer Arzt, der in hoffnungslosen Fällen noch erfolgreiche Kuren machen konnte, nach derjenigen der Anderen war er der König der Scharlatans und es würde ihm sehr schwer fallen, Patente oder Diplome aufzuweisen.

Die Mediziner in Ragusa und Gravosa würden kaum in die Lage gekommen sein, den Doktor wegen ungesetzlicher Ausübung der medizinischen Praxis belangen zu können. Denn derselbe verhielt sich beständig äußerst reserviert, und wenn man ihm die Ehre einer Konsultation zu Teil werden lassen wollte, so pflegte er sich stets heimlich zu entfernen.

Der Besitzer der »Savarena« hatte auch kein Gelass auf dem Festlande für die Zeit seines Aufenthaltes gemietet. Er stieg nicht einmal in einem der Hotels der Stadt ab. Während der ersten zwei Tage seines Aufenthaltes in Gravosa ging er nicht weiter als bis in die Nähe von Ragusa. Er beschränkte sich darauf, einige Spaziergänge in der Umgebung zu unternehmen und ließ sich zwei- oder dreimal von Pointe Pescade begleiten, dessen natürliche Intelligenz ihm zusagte.

Während er selbst sich von Ragusa fern hielt, ging Pointe Pescade eines Tages für ihn dorthin. Mit dem Vertrauensauftrag beehrt, Erkundigungen für ihn einzuholen, gab der junge anstellige Mann nach der Rückkehr dem Doktor folgende Antworten auf dessen Fragen:

»Jener wohnt also im Stradone?

– Ja, Herr Doktor, in der schönsten Straße der Stadt. Er bewohnt ein Hotel in der Nähe des Platzes, auf welchem den Fremden der alte Dogenpalast gezeigt wird, ein prächtiges Hotel mit Dienerschaft und Wagen. Eine richtige Millionärswirtschaft.

– Und der Andere?

– Der Andere oder vielmehr die Anderen? erwiderte Pointe Pescade. Sie wohnen ebenfalls in diesem Stadtteile, aber ihr Haus steht wie verloren in einer der hügeligen, schmalen, gewundenen Gassen – wahre Treppen – durch welche man zu den bescheidenen Behausungen gelangt.

– Und ihr Haus?

– Ist niedrig, klein und bietet von außen wie von innen einen ärmlichen Anblick; ich denke mir aber, dass es äußerst sauber gehalten wird. Man merkt, dass arme, aber stolze Leute in ihm wohnen.

– Die Dame?

– Ich habe sie nicht gesehen und man erzählt sich, dass sie fast nie die Marinella-Straße verlässt.

– Ihr Sohn?

– Ich habe ihn gesehen, Herr Doktor, als er gerade zu seiner Mutter heimkehrte.

– Und was für einen Eindruck machte er auf Dich?

– Er schien mir etwas besorgt, ja fast beunruhigt zu sein. Man könnte sagen, dass der junge Mann schon eine Schule des Leidens durchgemacht hat. Man merkt es.

– Du, Pointe Pescade, hast ebenfalls viel gelitten und man merkt es Dir doch nicht an.

– Seelische und körperliche Leiden sind zweierlei, Herr Doktor. Deshalb habe ich die meinigen stets gut verbergen können und noch dabei gelacht.«

Der Doktor sagte zu Pointe Pescade bereits »Du«, was dieser sich als eine Gunst ausgebeten hatte und Kap Matifu sollte bald den Vorteil dieser vertraulichen Anrede genießen. Der Herkules war eine zu imposante Erscheinung, als dass man sich hätte so schnell erlauben können, ihn zu duzen.

Doktor Antekirtt hörte nach diesem Bescheide, den er von Pointe Pescade erhalten hatte, bald mit seinen Spaziergängen um Gravosa auf. Er schien irgendein Ereignis abzuwarten, dem er nicht durch sein Auftreten in Ragusa vorgreifen wollte, woselbst seine Ankunft auf der »Savarena« bekannt genug geworden war. Er blieb also an Bord, bis das von ihm erwartete Ereignis eintrat.

Am 29. Mai in der elften Stunde befahl der Doktor, nachdem er die Quais des Hafens mit dem Fernrohr gemustert, sein Boot herabzulassen; er stieg hinein und ließ sich an den Molo bringen, woselbst ein Mann auf ihn zu warten schien.

»Er ist es, er ist es, sagte der Doktor bei sich. Ich erkenne ihn wieder, so sehr er sich auch verändert hat.«

Dieser Mann war ein von der Bürde des Alters geknickter Greis, obwohl er erst siebzig Jahre zählte. Weiße Haare bedeckten das sich vornüber neigende Haupt. Sein Gesicht zeigte einen ernsten traurigen Ausdruck, der kaum von einem halberloschenen Blick belebt wurde; die Tränen schienen es oft benetzt zu haben. Er stand unbeweglich auf dem Quai und ließ das Boot nicht aus den Augen, seitdem es vom Schoner abgestoßen war.

Der Doktor tat absichtlich so, als bemerke er weder den Greis noch als erkenne er ihn wieder. Ihm schien nicht einmal dessen Anwesenheit aufzufallen. Doch kaum war er einige Schritte weit gegangen, so schritt der Greis auch schon auf ihn zu und sich demütig entblößend, fragte er:

»Herr Doktor Antekirtt?

– Mein Name,« antwortete der Doktor und betrachtete den armen Mann, dessen Augenlider nicht einmal zuckten, als seine Augen sich auf ihn hefteten.

Dann fragte er:

»Wer seid Ihr, mein Freund, und was wünscht Ihr von mir?

– Ich heiße Borik, erwiderte der Greis, und stehe im Dienste der Frau Bathory. Meine Dame ersucht Sie, ihr ein Rendezvous zu bestimmen...

– Frau Bathory? wiederholte der Doktor. Sollte diese Dame die Witwe jenes Ungarn sein, der seinen Patriotismus mit dem Leben bezahlte?

– Dieselbe. Obwohl Sie Frau Bathory nie gesehen haben, so müssen Sie sie jedenfalls doch kennen, da Sie der Herr Doktor Antekirtt sind.«

Dieser horchte aufmerksam auf die Worte des alten Dieners, dessen Augen gesenkt blieben. Er schien sich zu fragen, ob sich in diesen Worten wohl ein Hintergedanke verberge.

»Was wünscht Frau Bathory von mir? fragte er dann.

– Aus Gründen, die Ihnen bekannt sein dürften, Herr Doktor, wünscht meine Dame eine Unterredung mit Ihnen.

– Ich werde sie besuchen.

– Sie würde es vorziehen, zu Ihnen auf das Schiff zu kommen.

– Warum?

– Es liegt ihr daran, dass diese Unterredung geheim bleibt.

– Geheim? Wem gegenüber?

– Ihrem Sohne. Peter braucht nicht zu erfahren, dass Frau Bathory einen Besuch von Ihnen empfangen hat.«

Diese Antwort schien den Doktor zu befremden; doch ließ er sich vor Borik nichts merken.

»Ich ziehe es vor, Frau Bathory aufzusuchen, meinte er laut. Könnte ich nicht zu ihr kommen, wenn ihr Sohn nicht zu Hause ist?

– Sie können es, Herr Doktor, wenn Sie geneigt sind, nicht vor morgen zu kommen. Peter reist heute Abend nach Zara und wird erst einen Tag später zurückkehren.

– Und womit beschäftigt sich Peter Bathory?

– Er ist Techniker, hat aber bis jetzt keine Stellung finden können. Ja, ja! Mutter und Sohn haben ein entbehrungsreiches Leben geführt.

– Entbehrungsreich! entfuhr es den Lippen des Doktors. Madame Bathory verfügt also über keine Hilfsquellen?«

Er schwieg. Der Greis hatte den Rücken noch tiefer gebeugt und nur schwere Seufzer hoben seine Brust.

»Ich kann Ihnen nichts weiter sagen, Herr Doktor. In der Unterredung mit Ihnen wird Frau Bathory Ihnen gewiss Alles erzählen, was Sie wissen dürfen.«

Der Doktor musste sich stark zusammennehmen, um nichts von seiner Bewegung merken zu lassen.

»Wo wohnt Frau Bathory? fragte er weiter.

– In Ragusa, im Stadtteile des Stradone, Marinella-Straße 17.

– Wird Frau Bathory morgen Mittag zwischen ein und zwei Uhr zu sprechen sein?

– Ja wohl, Herr Doktor, ich selbst werde Sie zu ihr führen.

– So sagt Frau Bathory, dass sie morgen zur eben genannten Stunde auf meinen Besuch rechnen kann.

– Ich danke Ihnen in ihrem Namen,« erwiderte der Greis.

Nach einigem Zögern setzte er noch hinzu:

»Sie dürfen annehmen, Herr Doktor, dass es sich um einen Frau Bathory zu leistenden Dienst handelt.

– Und worin bestände er? fragte lebhaft der Doktor.

– Ich kann es nicht sagen,« antwortete Borik.

Dann verneigte er sich tief und wendete sich der Straße zu, die von Gravosa nach Ragusa führt.

Die letzten Worte des alten Dieners hatten Doktor Antekirtt sichtlich überrascht. Er war unbeweglich auf dem Quai stehen geblieben und blickte dem sich entfernenden Borik nach. Nach seiner Rückkehr an Bord erteilte er Pointe Pescade und Kap Matifu Urlaub; er schloss sich alsdann in sein Zimmer ein und wollte während der übrigen Tagesstunden nicht gestört sein.

Pointe Pescade und Kap Matifu nützten die erhaltene Erlaubnis ganz in der Weise wirklicher Rentner aus, die sie jetzt waren. Sie konnten es sich sogar nicht versagen, einige der Jahrmarktsbuden zu betreten. Wenn man behaupten wollte, dass unser gewandter Clown nicht Lust empfand, einen ungeschickten Equilibristen zurecht zu weisen, dass es dem mächtigen Kämpen nicht in den Fingern juckte, an dem Athletenkampf Teil zu nehmen, so wäre das eine offene Unwahrheit. Beide erinnerten sich indessen rechtzeitig, dass sie die Ehre hatten, zur Besatzung der »Savarena« zu gehören. Sie blieben also einfache Zuschauer und kargten mit ihrem Beifalle nicht, wenn er ihnen verdient erschien.

Am nächsten Tage kurz vor zwölf Uhr ließ sich der Doktor an Land bringen. Nachdem er sein Boot wieder zurückgeschickt hatte, schlug er den Weg nach Ragusa ein durch die in der Höhe angelegte, zwei Kilometer lange, von Landhäusern und schattigen Bäumen eingefasste Straße.

Die Allee war noch nicht so belebt, wie sie es gewöhnlich durch die auf und ab fahrenden Equipagen, durch die Menge der Fußgänger und Reiter einige Stunden später wurde.

Der Doktor, in Gedanken an das bevorstehende Zusammentreffen mit Frau Bathory verloren, hatte einen Seitenweg eingeschlagen und war bald am Borgo-Pille angelangt, einer Steinwand, die außerhalb der drei Befestigungswälle der Stadt gelegen ist. Das Ausfallstor stand offen und der Weg führte unter den drei Wällen fort in das Innere der Stadt.

Dieser Stradone ist ein wundervoller, gepflasterter Straßenzug, der vom Borgo-Pille bis zur Vorstadt Plocce, also durch die ganze Stadt läuft. Er verbreitert sich am Fuße eines Hügels, auf dem sich ein vollständiges Amphitheater von Häusern aufbaut. An seinem Ende erhebt sich der alte Dogenpalast, ein schönes Bauwerk aus dem fünfzehnten Jahrhundert, mit einem inneren Hof, einer Säulen halle im Renaissancestyl und Fenstern mit Vollbögen; die schlanken Säulchen erinnern an die Blütezeit der toskanischen Architektur.

Der Doktor brauchte nicht so weit zu gehen. Die Marinella-Straße, die ihm Borik Tags zuvor genannt hatte, biegt in der Mitte der Länge des Stradone nach links ab. Sein Schritt verlangsamte sich ein wenig, als er einen schnellen Blick an einem aus Granit erbauten Palaste empor warf, dessen reiche Fassade und Nebengebäude in schiefem Winkel zu seiner Rechten aufstiegen. Durch das offenstehende Hofportal konnte man einen Herrenwagen mit herrlichem Gespann davor, den Kutscher auf seinem Bocke und einen Bedienten erblicken, der vor dem von einer eleganten Veranda überdachten Perron wartete.

Ein Herr kam gerade jetzt aus dem Hause und bestieg den Wagen; die Pferde zogen an, trabten auf die Straße und hinter ihnen schloss sich das Tor.

Jener Herr war derselbe, der drei Tage zuvor Doktor Antekirtt auf dem Quai von Gravosa angesprochen hatte, der ehemalige Bankier in Triest, Silas Toronthal.

Der Doktor wollte ein Zusammentreffen mit demselben möglichst vermeiden und trat schnell bei Seite; er ging aber erst weiter, als der schnell dahin rollende Wagen am Ende des Stradone verschwunden war.

»Beide in derselben Stadt, murmelte er; Schuld des Zufalls, nicht die meinige.«

Eng, eckig, schlecht gepflastert, ärmlich aussehend sind die Straßen, die links vom Stradone abführen. Man möge sich einen breiten Strom vorstellen, der auf seiner einen Seite nur Regenbäche als Nebenflüsse aufweist. In dem Verlangen, etwas Luft zu genießen, scheinen die Häuser übereinander zu klettern, sich gegenseitig zu stoßen. Auge blickt in Auge, wenn man die Fenster oder Mansarden, die sich auf ihrer Vorderseite öffnen, so bezeichnen darf. So gestaltet ziehen sie sich bis auf die eine der Anhöhen hinauf, deren Gipfel von den Forts Mincetto und San Lorenzo gekrönt sind. Ein Wagen kann hier nicht fahren. Zur Regenzeit bilden diese Straßen vollständige Regenbäche; aber auch zu anderen Zeiten bilden sie wahre Schluchten, und man hat die Abhänge und Unebenheiten ihres Bodens durch Absätze und Stufen beseitigen müssen. Ein in die Augen springender Abstand zwischen den bescheidenen Behausungen hier und den Prachtbauten auf dem Stradone...

Der Doktor kam an den Eingang der Marinella-Straße und begann die unendliche Treppe derselben hinaufzusteigen. Er musste mehr als sechzig Stufen nehmen, bis er vor das Haus Nummer 17 gelangte.

Dort öffnete sich sofort die Tür. Der alte Borik erwartete den Doktor. Er führte ihn, ohne ein Wort zu sprechen, in ein sauber gehaltenes, doch ärmlich ausgestattetes Gemach.

Der Doktor setzte sich. Nichts erweckte den Anschein, als ob seine Anwesenheit in dieser Behausung auch nur die leiseste Bewegung in ihm wachrief – nicht einmal als Frau Bathory eintrat und ihn ansprach:

»Herr Doktor Antekirtt?

– Jawohl, gnädige Frau, antwortete dieser sich erhebend.

– Ich hätte Ihnen gern die Mühe erspart, so weit zu kommen und so hoch zu steigen, Herr Doktor.

– Ich bestand darauf, Ihnen einen Besuch zu machen, gnädige Frau, und ich bitte Sie, glauben zu wollen, dass ich Ihnen vollständig zu Diensten stehe.

– Ich habe erst gestern von Ihrer Ankunft in Gravosa gehört, Herr Doktor, und habe sogleich Borik zu Ihnen geschickt und Sie um eine Unterredung mit mir ersuchen lassen.

– Ich bin, wie Sie sehen, bereit, das Nähere von Ihnen zu hören.

– Darf ich mich zurückziehen? fragte Borik.

– Nein, bleibe, sagte Frau Bathory. Du als einziger Freund meines Hauses weißt, was ich Herrn Doktor Antekirtt zu sagen habe.«

Frau Bathory setzte sich und der Doktor nahm vor ihr Platz, während der Greis am Fenster stehen blieb.

Die Witwe des Professors Stephan Bathory stand jetzt in ihrem sechzigsten Jahre. Obgleich ihre Haltung trotz des hohen Alters noch eine kerzengerade war, so verrieten ihr völlig weißes Haar und das von Falten durchfurchte Gesicht dennoch, wie sehr sie gegen den Kummer und das Elend hatte ankämpfen müssen. Man merkte indessen, dass auch jetzt noch nicht ihre frühere Willensstärke gewichen war. Man erkannte in ihr noch die tapfere Gefährtin, die intime Vertraute des Mannes wieder, der seine Stellung seiner vermeintlichen Pflicht zu Liebe geopfert hatte, seine Mitschuldige, als er sich mit Mathias Sandorf und Ladislaus Zathmar in die Verschwörung eingelassen hatte.

»Herr Doktor, sagte sie mit einer Stimme, deren Rührung sie vergebens zu unterdrücken sachte, wenn Sie wirklich Doktor Antekirtt sind, so schulde ich Ihnen die Erzählung der Ereignisse, welche sich vor fünfzehn Jahren in Triest zugetragen haben.

– Da ich wirklich der Doktor Antekirtt bin, gnädige Frau, so ersparen Sie sich, bitte, eine Wiederholung jener für Sie so schmerzlichen Tatsachen. Ich kenne sie und setze noch hinzu – da ich eben Doktor Antekirtt bin – dass ich auch weiß, wie Ihr Leben seit jenem unvergesslichen 30. Juni des Jahres 1867 verflossen ist.

– So werden Sie mir auch sagen können, Herr Doktor, welchem Beweggrunde das Interesse, welches Sie an meinem Leben nehmen, entspringt?

– Es ist das Interesse, welches jeder Mann von Gemüt der Witwe des Magyaren schuldet, der nicht gezögert hat, seine Existenz für die Unabhängigkeit seines Vaterlandes hinzugeben.

– Sie haben meinen Mann, den Professor Stephan Bathory, gekannt? fragte die Witwe mit zitternder Stimme.

– Ich habe ihn gekannt, ihn geliebt und verehre alle Diejenigen, welche seinen Namen tragen.

– Stammen Sie aus dem Lande, für welches er sein Blut vergossen hat?

– Ich stamme aus keinem Lande, gnädige Frau.

– Wer sind Sie also?

– Ein Toter, der sein Grab noch nicht gefunden hat,« erwiderte Doktor Antekirtt kühl.

Frau Bathory und Borik überlief es bei dieser unerwarteten Antwort kalt. Der Doktor setzte schnell hinzu:

»Ich muss indessen die Erzählung, die ich Sie bat, mir nicht zu wiederholen, jetzt selbst noch einmal berühren, denn so viele Umstände Sie auch bereits kennen, so gibt es doch noch andere, welche Ihnen bisher unbekannt waren, die Ihnen aber jetzt nicht länger vorenthalten werden sollen.

– Ich höre, Herr Doktor.

– Vor fünfzehn Jahren, gnädige Frau, begann Doktor Antekirtt, stellten sich drei Edle Ungarns an die Spitze einer Verschwörung, welche Ungarns frühere Unabhängigkeit wieder herzustellen bezweckte. Diese Männer waren Graf Mathias Sandorf, Professor Stephan Bathory, Graf Ladislaus Zathmar, drei seit Langem derselben Hoffnung lebende Freunde, drei Wesen, denen das gleiche Herz in der Brust schlug.

– Am 8. Juni 1867, dem Tage vor dem zum Ausbruche des Aufstandes festgesetzten Termine, der sich über ganz Ungarn und Siebenbürgen erstrecken sollte, wurde das Haus des Grafen Zathmar in Triest, in welchem die Häupter der Verschwörung versammelt waren, von der Polizei umstellt. Graf Sandorf und seine beiden Genossen wurden verhaftet, fortgeführt, in derselben Nacht noch in den Turm von Pisino eingesperrt und wenige Wochen später zum Tode verurteilt.

– Ein junger Commis, Namens Sarcany, wurde gleichzeitig mit den Genannten im Hause des Grafen Zathmar verhaftet. Da sich im Verlaufe der Verhandlung herausstellte, dass er dem Komplott völlig fern gestanden habe, so zögerte man nicht, die Anklage gegen ihn zurückzunehmen und ihn freizulassen.

– In der Nacht vor dem Tage der Urteilsvollstreckung wurde von den Gefangenen, die in derselben Zelle vereinigt waren, ein Ausbruch versucht. Graf Sandorf und Stephan Bathory entkamen mit Hilfe des Blitzableiterkabels aus dem Wartturm von Pisino und stürzten in dem Augenblicke in den Strudel der Foïba, als Ladislaus Zathmar von den Aufsehern ergriffen und seine Flucht vereitelt wurde.

– Obwohl die Flüchtigen wenig Aussicht hatten, dem Tode zu entgehen, da ein unterirdischer Strom sie in ein Land spülte, welches sie nicht kannten, so gelang es ihnen doch, das Ufer des Kanals von Leme, später die Stadt Rovigno zu erreichen, wo sie in dem Hause des Fischers Andrea Ferrato ein Unterkommen fanden.

– Dieser Fischer – ein edelmütiger Mann – traf alle Vorbereitungen, um sie auf die italienische Küste hinüber zu bringen. Ein Spanier, Namens Carpena jedoch, der ihren Schlupfwinkel aufgespürt hatte, verriet sie aus Rachsucht gegen den Fischer der Polizei von Rovigno. Sie versuchten zum zweiten Male zu entkommen. Allein Stephan Bathory fiel verwundet in die Hände der Verfolger. Mathias Sandorf, der bis in das

Meer hineingejagt wurde, fiel unter einem Hagel von Kugeln und das Meer hat nicht einmal seinen Leichnam herausgegeben.

– Zwei Tage später wurden Stephan Bathory und Ladislaus Zathmar in der Festung Pisino erschossen. Der Fischer Andrea Ferrato wurde, weil er die Flüchtlinge bei sich aufgenommen hatte, zu lebenslänglicher Sträflingsarbeit verurteilt und nach Stein gebracht.«

Frau Bathory hatte den Kopf gesenkt. Sie hatte mit beklommenem Herzen der Erzählung des Doktors zugehört, ohne ihn zu unterbrechen.

»Sie kennen diese Einzelheiten, gnädige Frau? fragte dieser.

– Ja, mein Herr, aus den Zeitungen, wie Sie wahrscheinlich ebenfalls?

– Ja, gnädige Frau, ich kenne sie natürlich auch aus den Zeitungen, erwiderte der Doktor, doch was die Zeitungen ihren Lesern nicht mitteilen konnten, weil die ganze Affäre sich mit der größten Heimlichkeit abspielte, weiß ich allein, dank einer Indiskretion eines Festungsaufsehers, und Sie sehen mich bereit, es Ihnen mitzuteilen.

– Sprechen Sie, Herr Doktor, drängte Frau Bathory.

– Graf Mathias Sandorf und Stephan Bathory wurden in dem Hause des Fischers Ferrato gefunden und ergriffen, weil sie von dem Spanier Carpena verraten wurden. In Triest waren sie drei Wochen früher verhaftet worden aus demselben Grunde, sie wurden durch Verräter der österreichischen Polizei angezeigt.

– Durch Verräter? rief Frau Bathory.

– Ja, gnädige Frau, und die Beweise des Verrates gingen aus den Verhandlungen vor dem Kriegsgerichte deutlich genug hervor. Erstens hatten diese Menschen ein an den Grafen Sandorf gerichtetes chiffriertes Billet vom Halse einer Brieftaube gestohlen und eine Abschrift von diesem genommen. Zweitens setzten sie sich im Hause des Grafen Zathmar in den Besitz eines Abdrucks des Gitters, das zum Verständnis dieser chiffrierten Depeschen notwendig war. Nachdem sie mit Hilfe dieses Gitters Kenntnis von dem Inhalte des Billets genommen, überlieferten sie Beides dem Gouverneur von Triest. Zweifellos bildete ein Teil der konfiszierten Güter des Grafen Sandorf den Lohn für diesen Verrat.

– Kennt man diese Schurken? fragte Frau Bathory mit vor Aufregung zitternder Stimme.

– Nein, gnädige Frau, antwortete der Doktor. Vielleicht haben die drei Verurteilten sie gekannt und sie würden vielleicht ihre Namen genannt haben, wenn sie noch einmal ihre Familie vor ihrem Tode bei sich hätten sehen können.«

Man wird sich erinnern, dass weder Frau Bathory, welche mit ihrem Sohne nicht mehr in Triest weilte, noch Borik, der noch im Gefängnisse saß, den Verurteilten in ihren letzten Augenblicken zur Seite gestanden hatten.

»Und wird man die Namen nie erfahren können? fragte Frau Bathory.

– Fast stets pflegen Verräter schließlich sich selbst zu verraten, gnädige Frau, erwiderte der Doktor. Ich muss nun noch etwas meiner Erzählung hinzufügen. Sie sind Witwe geblieben und besaßen einen achtjährigen Knaben, doch kein Vermögen. Borik, der Diener des Grafen Zathmar, wollte nach dem Tode seines Herrn Sie nicht verlassen; doch auch er war arm und konnte Ihnen nur mit seiner Ergebenheit zu Hilfe kommen.

– Sie verließen Triest und bezogen dieses bescheidene Heim hier in Ragusa. Sie haben gearbeitet und mit Ihrer Hände Arbeit das Notwendigste, was man zum körperlichen und auch zum geistigen Leben braucht, verdient. Ihr Herzenswunsch war es, dass Ihr Sohn dieselben Bahnen der Wissenschaft einschlagen konnte, welche den Vater berühmt gemacht hatten. Wie viele unaufhörliche Kämpfe mussten Sie bestehen, wie viel Elend mutig ertragen! Ich verneige mich mit Hochachtung vor der edlen Dame, die so viel Willensstärke gezeigt, vor der Mutter, deren Aufopferung den Sohn zum Manne gemacht hat.«

Der Doktor hatte sich bei diesen Worten erhoben und durch seine gewöhnlich gezeigte Kälte drang es wie ein Hauch warmen Empfindens.

Frau Bathory erwiderte nichts. Sie wusste nicht, ob der Doktor seine Rede schon beendet hatte oder ob er sie noch fortzusetzen gedachte; sie erwog, wie sie ihm die Mitteilungen persönlicher Natur machen sollte, um deren willen sie um eine Unterredung mit ihm ersucht hatte.

Der Doktor, der ihre Gedanken zu erraten schien, fuhr fort:

»Aber über eine gewisse Grenze, gnädige Frau, reicht die menschliche Kraft nicht hinaus, und auch Sie, bereits krank und hinfällig durch so viele schwere Prüfungen, wären am Ende unterlegen, wenn nicht ein Unbekannter, nein, ein Freund des Professors Bathory Ihnen zu Hilfe gekommen wäre. Ich würde Ihnen nie davon gesprochen haben, wenn Ihr alter Diener mich nicht über das Verlangen aufgeklärt hätte, dem zu Folge Sie mich sprechen wollten.

– Allerdings, Herr Doktor, erwiderte Frau Bathory. Bin ich dem Herrn Doktor Antekirtt nicht Dank schuldig?

– Und warum, gnädige Frau? weil vor fünf oder sechs Jahren zum Gedächtnis der Freundschaft, welche den Grafen Sandorf und seine Gefährten verband und zur Unterstützung Ihres Werkes, dieser Doktor Antekirtt Ihnen eine Summe von hunderttausend Gulden zukommen ließ? War er nicht überglücklich, Ihnen dieses Geld zur Verfügung stellen zu können? Nein, gnädige Frau, ich habe Ihnen zu danken, dass Sie die Summe von mir annahmen, dass ich der Witwe und dem Sohne Stephan Bathory's zu Hilfe kommen durfte.«

Die Witwe verneigte sich und sagte:

»Welchem Beweggrunde auch immer Ihre Großmut entsprungen sein mag, ich muss Ihnen meine Erkenntlichkeit bezeugen. Das war auch der Grund, weshalb ich Ihnen einen Besuch abstatten wollte. Der zweite aber...

– Was für einer ist das?

– War, Ihnen dieses Geld zurückzuerstatten...

– Mir, gnädige Frau? rief der Doktor betroffen, Sie haben die Summe nicht von mir angenommen?

– Ich habe nicht geglaubt, das Recht zu haben, über dieselbe verfügen zu können. Herr Doktor. Ich kannte keinen Doktor Antekirtt. Ich hatte nicht einmal bis dahin seinen Namen vernommen. Dieses Geld konnte ein Almosen derer sein, die mein Gatte bekämpft hatte und deren Mitleid mir hassenswert erschien. Deshalb habe ich nicht gewagt, es anzugreifen, nicht einmal zu dem Zwecke, für den der Doktor Antekirtt es bestimmt hatte.

– Das Geld also...

– Ist unberührt.

– Und Ihr Sohn?

– Mein Sohn soll Alles nur sich selbst zu verdanken haben...

– Und seiner Mutter,« ergänzte der Doktor; so viel Seelengröße und Charakterstärke mussten seine Bewunderung wachrufen und seine Achtung vor der Matrone erhöhen.

Inzwischen war Frau Bathory aufgestanden und hatte aus einem verschlossenen Schranke ein Packet Banknoten geholt, welches sie dem Doktor hinhielt.

»Ich bitte, Herr Doktor, sagte sie zu ihm, nehmen Sie das Geld zurück, denn es gehört Ihnen und empfangen Sie dieselben herzlichen Danksagungen einer Mutter, als wenn das Geld zur Erziehung ihres Sohnes benützt worden wäre.

– Das Geld gehört mir nicht mehr, gnädige Frau, antwortete der Doktor mit abweisender Gebärde.

– Ich wiederhole Ihnen, dass es mir nie gehören durfte!

– Wenn aber Peter Bathory Gebrauch davon machen könnte...

– Mein Sohn wird eine Stellung finden, die seiner würdig ist, und ich würde dann auf ihn rechnen können, wie er auf mich gerechnet hat.

– Er wird das nicht zurückweisen, was ein Freund seines Vaters ihn anzunehmen bittet.

– Er wird es!

– Gestatten Sie mir wenigstens den Versuch, gnädige Frau?

– Ich bitte Sie, in dieser Hinsicht nichts zu unternehmen, Herr Doktor, antwortete Frau Bathory. Mein Sohn weiß nicht einmal, dass ich das Geld erhalten habe, und ich wünsche auch, dass er es nie erfährt.

– Es sei! Ich verstehe die Beweggründe Ihrer Handlungsweise, da ich Ihnen nur ein Unbekannter war und bin. Ja, ich begreife und bewundere sie. Ich wiederhole Ihnen aber trotzdem, dass das Geld, wenn es Ihnen nicht gehört, auch mir nicht gehört.«

Doktor Antekirtt erhob sich. Die Weigerung der Frau Bathory hatte nichts ihn persönlich Verletzendes. Dieses Zartgefühl musste in ihm die höchste Achtung wachrufen. Er verneigte sich vor der Witwe und wollte sich entfernen, als eine Frage der Frau Bathory ihn noch zurückhielt:

»Sie haben mir von einer ehrlosen Handlung gesprochen, Herr Doktor, welche den Tod Ladislaus Zathmar's, Stephan Bathory's und des Grafen Sandorf veranlasst hat?

– Ich habe Ihnen den wahren Sachverhalt erzählt, gnädige Frau.

– Und Niemand kennt die Verräter?

– O doch, gnädige Frau.

– Wer ist es?

– Gott!«

Doktor Antekirtt verneigte sich noch einmal und ging.

Frau Bathory blieb in Nachdenken versunken zurück. Durch eine geheime Sympathie, von der sie sich vielleicht nicht einmal Rechenschaft ablegen konnte, fühlte sie sich unwiderstehlich zu der geheimnisvollen Persönlichkeit hingezogen, welche sich in die intimsten Geschehnisse ihres Lebens eingemischt hatte. Würde sie ihn jemals wiedersehen und würde er nun nicht wieder in See gehen, nachdem er mit der »Savarena« nach Ragusa gekommen war, nur um ihr einen Besuch abzustatten?

Am folgenden Tage erzählten die Zeitungen, dass ein Unbekannter den Hospitälern der Stadt ein Geschenk von hunderttausend Gulden gemacht hätte.

Es war das Almosen des Doktors Antekirtt, zugleich auch dasjenige der Witwe, welche die Annahme desselben für sich und ihren Sohn verweigert hatte.

FÜNFTES KAPITEL.
VERSCHIEDENE ZWISCHENFÄLLE.

Der Doktor schien aber, entgegen der Annahme der Frau Bathory, durchaus keine Lust zu empfinden, Gravosa zu verlassen. Nach seinem erfolglosen Versuche, der Mutter zu Hilfe zu kommen, hatte er sich vorgenommen, dem Sohne unter die Arme zu greifen. Wenn auch Peter Bathory bis dahin keine seinen vorzüglichen Fähigkeiten entsprechende Stellung gefunden hatte, so würde er gewiss die Anerbietungen nicht von der Hand weisen, welche der Doktor ihm zu machen gewillt war. Ihm eine seiner Anlagen und seines Namens würdige Stellung zu verschaffen, konnte nicht als ein Almosen betrachtet werden. Es wäre das nur eine gerechte Wiedervergeltung, die man diesem jungen Manne schuldig war.

Peter Bathory war jedoch, wie Borik gesagt hatte, nach Zara in Geschäften gefahren.

Der Doktor zögerte trotzdem nicht, ihm zu schreiben. Er tat es noch am selben Tage. Sein Brief beschränkte sich darauf, auszudrücken, wie glücklich er sich schätzen würde, Peter Bathory an Bord der »Savarena« zu empfangen, da er ihm einen ihn gewiss interessierenden Vorschlag zu machen hätte.

Dieser Brief wurde in Gravosa auf die Post gegeben und man musste sich nun bis zur Rückkehr des jungen Ingenieurs in Geduld fassen.

Der Doktor lebte noch zurückgezogener als vorher an Bord des Schoners. Die in der Mitte des Hafens verankerte »Savarena« lag, umso mehr als auch ihre Bemannung niemals an Land ging, ebenso verlassen da, als befände sie sich an irgend einem einsamen Orte des Mittelländischen oder Atlantischen Meeres.

Das Außergewöhnliche war ganz dazu angetan, die Neugierigen, Reporter oder Andere zu intrigieren, welche keineswegs darauf verzichtet hatten, die rätselhafte Person des Doktors zu »interviewen«, obgleich man sie nicht an Bord der Yacht ließ, die nicht minder rätselhaft als ihr Eigentümer sich zeigte. Da Pointe Pescade und sein Genosse Kap Matifu willkürlich schalten und walten konnten, so ließen sie es sich namentlich angelegen sein, diejenigen abzufertigen, welche für ihre Zeitungen Erkundigungen einzuziehen gedachten.

Pointe Pescade hatte, mit Genehmigung des Doktors natürlich, etwas Fröhlichkeit in das eintönige Schiffsleben gebracht. Während Kap Matifu so ernsthaft wie eine Schiffswinde blieb, deren Stärke er besaß, lachte und sang Pescade stets, lebhaft wie der Kommandowimpel eines Kriegsschiffes, dessen Beweglichkeit der seinen gleichkam. Wenn er nicht zum größten Ergötzen der Bemannung, der er Unterricht im Luftsprunge gab, geschickt wie ein Matrose und gewandt wie ein Schiffsjunge im Tauwerk umher kletterte, so unterhielt er mit seinen endlosen Hanswurstiaden. Der Doktor Antekirtt hatte ihm nicht vergebens angeraten, sich seinen guten Humor zu bewahren. Nun wohl, er bewahrte ihn und ließ sogar Andere daran Teil nehmen.

Es war weiter oben schon gesagt worden, dass Kap Matifu und er vollständige Freiheit genossen. Mit anderen Worten, sie konnten gehen und kommen, wie es ihnen beliebte. Während die Mannschaft an Bord blieb, fuhren sie ans Land, wenn es ihnen einfiel. Daher stammte denn auch die natürliche Neigung der Neugierigen, ihnen zu folgen, ihnen zu schmeicheln, sie auszufragen. Doch Pointe Pescade ließ sich nicht sprechen, wenn er schweigen wollte; wenn er aber sprach, besagte sein Sprechen auch nichts.

»Was ist der Doktor Antekirtt?

– Ein berühmter Arzt. Er heilt alle Krankheiten, selbst die, welche Euch soeben in die andere Welt spediert haben.

– Ist er reich?

– Er besitzt keinen Kreuzer... Ich, Pescade bin es, der ihm jeden Sonntag seine Löhnung auszahlt.

– Woher kommt er?

– Aus einem Lande, dessen Namen Niemand kennt.

– Und wo liegt dieses Land?

– Alles, was ich sagen kann, ist, dass es im Norden durch irgend etwas Mächtiges und im Süden durch nichts begrenzt wird.«

Es war ganz unmöglich, andere Antworten aus dem stets vergnügten Gefährten Kap Matifu's heraus zu bekommen, der stumm wie ein Granitblock blieb.

Wenn nun auch die beiden Freunde den indiskreten Fragen der Reporter aus dem Wege gingen, so unterließen sie es doch nicht, sich unter vier Augen und zwar häufig über ihren neuen Herrn zu unterhalten. Sie hatten ihn schon liebgewonnen und liebten ihn sehr. Ihre stete Sorge war es, ihm ihre Ergebenheit zu beweisen. Zwischen ihnen und dem Doktor bestand eine Art Wahlverwandtschaft, eine Zusammengehörigkeit, die sie von Tag zu Tag enger aneinander knüpfte.

An jedem Morgen hofften sie in des Doktors Zimmer gerufen zu werden und dort die Worte zu hören:

»Ich bedarf Eurer, Freunde.«

Aber zu ihrem großen Verdrusse geschah nichts Derartiges.

– Ob das wohl noch lange so fortgehen wird? fragte eines Tages Pointe Pescade. Es ist hart, zum Nichtstun verurteilt zu sein, namentlich wenn man dazu nicht erzogen worden ist, mein Kap.

– Ja, meinte der Herkules und betrachtete sorgfältig seine enormen, den Zugstangen der in Ruhe versetzten Maschinen ähnlichen Muskeln, meine Arme werden steif.

– Sag mal, Kap Matifu...

– Was soll ich Dir sagen, Pointe Pescade?

– Weißt Du, was ich vom Doktor Antekirtt halte?

– Nein, aber sage mir Deine Gedanken, Pointe Pescade, vielleicht verhelfen sie mir zu einer Antwort.

– Nun gut, dass es in seiner Vergangenheit Dinge gibt, Dinge... Man sieht das nämlich seinen Augen an, die mitunter Blitze werfen, als wollten sie Jemand blenden... Und an dem Tage, an dem der Donner losbrechen wird...

– Wird es einen großen Krach geben?

– Ja, Kap Matifu, es wird einen Krach geben... und Arbeit; ich denke mir nämlich, dass wir dann nicht unnütz herumstehen werden.«

Pointe Pescade sprach nicht ohne Grund in dieser Weise. Obwohl die größte Ruhe an Bord des Schoners herrschte, hatte der umsichtige Jüngling doch Manches gesehen, was ihm zu denken gab. Dass der Doktor nicht ein einfacher Reisender war, der auf seiner Vergnügungsyacht nur das Mittelmeer durchstreifte, war klar. Die »Savarena« konnte nur ein Centrum für die vielen Fäden sein, die in der Hand ihres Eigentümers vereinigt lagen.

Briefe und Depeschen kamen nämlich fast aus allen Ecken und Enden dieses herrlichen Meeres, dessen Fluten die Küsten so vieler verschiedener Länder, Frankreichs, Spaniens ebenso wie diejenigen von Marokko, Algerien und Tripolis, bespülen. Wer sandte obige? Jedenfalls Korrespondenten des Doktors, welchen Angelegenheiten anvertraut waren, deren Bedeutung nicht misszuverstehen war; weniger wahrscheinlich war es, dass diese Nachrichten von Patienten des Doktors herrührten, die auf schriftlichem Wege den berühmten Doktor konsultierten.

Selbst im Telegraphenbüro von Ragusa konnte man schwerlich den Sinn dieser Depeschen erfassen, denn sie waren in einer unbekannten Sprache, deren Zeichen nur dem Doktor verständlich waren, abgefasst. Und wäre selbst diese Sprache zu verstehen gewesen, was hätte man schon aus solchen Phrasen, wie die folgenden, herauslesen können:

»Almeira: Man glaubte, Z. R. auf der Spur zu sein. – Falsche, jetzt verlassene Fährte.«

»Den Korrespondent von H. V. 5 wiedergefunden. – Verbunden mit Truppe von K. 3, zwischen Catania und Syrakus. Zur Verfolgung.«

»In dem Manderaggio, La Valette, Malta habe ich das Passieren von T. K. 7 festgestellt.«

»Cyrene... Erwarten neue Befehle... Flottille von Antek... bereit. Electric 3 bleibt Tag und Nacht unter Druck.«

»R. O. 3. Seitdem im Gefängnis verstorben. – Beide verschwunden.«

Ein anderes Telegramm brachte mit Hilfe einer verabredeten Zahl folgende genauere Nachricht:

»2117. Sacc. Früher Handelsmakler... In Diensten Toronth. – Beziehungen mit Tripolis von Afrika unterbrochen.«

Auf die meisten dieser Depeschen ging von der »Savarena« folgende gleichlautende Antwort ab:

»Recherchen fortsetzen. Sparet weder Geld noch Mühe. Sendet neue Beweisstücke.«

Hier existierte also ein Austausch von Schriftstücken, deren unbegreiflicher Inhalt den ganzen schiffbaren Teil des Mittelmeeres in den Kreis ihrer Beobachtung zu ziehen schienen. Der Doktor war also doch nicht so unbeschäftigt, wie es den Anschein hatte. Aller Verschwiegenheit im Amte zum Trotze konnte dieser Depeschenwechsel nur schwer vor der Öffentlichkeit geheim gehalten werden. Die Neugier betreffs der rätselhaften Persönlichkeit des Doktors verdoppelte sich also.

Einer der am meisten Vexierten aus den besseren Gesellschaftskreisen Ragusas war der einstmalige Bankier von Triest. Silas Toronthal hatte, wie man sich noch erinnern wird, wenige Augenblicke nach der Ankunft der »Savarena« den Doktor Antekirtt auf dem Quai von Gravosa angetroffen. Während dieses Zusammentreffens hatte sich auf der einen Seite ein lebhaftes Gefühl des Widerwillens, auf der anderen ein nicht weniger großes der Neugierde bemerkbar gemacht; doch bis zu dieser Stunde hatten die Umstände es dem Bankier nicht ermöglicht, letztere befriedigen zu können.

In Wahrheit hatte die Anwesenheit des Doktors einen eigentümlichen Eindruck auf Silas Toronthal ausgeübt, den er sich selbst nicht erklären konnte. Was man sich von Ersterem in Ragusa erzählte, das Inkognito, mit dem er sich umhüllte, die Schwierigkeit, bei ihm vorgelassen zu werden, hatte in Silas Toronthal den Wunsch lebhaft werden lassen, ihn wiederzusehen. Er hatte sich zu diesem Zwecke mehrfach nach Gravosa begeben. Dort pflegte er vom Quai aus den Schoner zu betrachten, vor Begierde brennend, an Bord desselben zu gelangen. Eines Tages hatte er sich sogar nach der Yacht übersetzen lassen, aber ebenfalls die unvermeidliche Antwort des Steuermannsgehilfen erhalten:

»Doktor Antekirtt ist nicht zu sprechen.«

Die Folge war, dass Silas Toronthal in einen Zustand sich steigernder Erbitterung geriet gegenüber dem Geheimnis, das er nicht zu ergründen wusste.

Der Bankier fasste deshalb den Plan, den Doktor auf eigene Rechnung ausspionieren zu lassen. Er gab einem Agenten, den er als zuverlässig kannte, den

Auftrag, Schritte und Wege des geheimnisvollen Reisenden zu beobachten, selbst wenn dieser sich darauf beschränkte, nur Gravosa oder seine Umgebung zu besuchen.

Man kann sich also die Unruhe vorstellen, die Silas Toronthal befiel, als er hörte, dass der alte Borik eine Unterredung mit dem Doktor gehabt hatte, und dass dieser am folgenden Tage der Frau Bathory einen Besuch abstattete.

»Was mag das nur mit diesem Manne auf sich haben?« fragte er sich unablässig.

Was konnte übrigens der Bankier in seiner jetzigen Stellung zu fürchten haben? Innerhalb der letzten fünfzehn Jahre war nichts von seinen einstigen Umtrieben laut geworden. Trotzdem musste ihn Alles, was sich auf die Familie derjenigen bezog, welche er verraten und verkauft hatte, beunruhigen. Wenn auch die Reue sein Gewissen nicht bedrückte, die Furcht schlich sich doch oft bei ihm ein und der Schritt, den dieser unbekannte, durch seinen Ruf und sein Vermögen mächtige Doktor getan hatte, war ganz dazu angetan, ihm jede Ruhe zu nehmen.

»Was mag das nur mit dem Manne auf sich haben? sagte er wiederholt. Was mag er in Ragusa, in dem Hause der Frau Bathory zu suchen haben?... Ist er dorthin als Arzt gerufen worden?... Was mag sie mit ihm gemein haben?«

Er fand keine befriedigende Antwort auf diese Fragen. Was Silas Toronthal etwas beruhigte, war, dass er nach sorgfältiger Beobachtung die Gewissheit erhielt, dass der Frau Bathory gemachte Besuch nicht wiederholt wurde.

Der Entschluss des Bankiers, mit dem Doktor in Verbindung zu treten, koste es, was es wolle, wurde demnach immer hartnäckiger erwogen. Dieser Gedanke beherrschte ihn Tag und Nacht. Er musste dieser Qual ein Ende machen. Das überreizte Gehirn spiegelte ihm vor, dass er seine Ruhe nur wiederfinden könnte, wenn er den Doktor Antekirtt wiedergesehen, sich mit ihm unterhalten, die Gründe seines Aufenthaltes in Gravosa kennen gelernt haben würde. Er sachte eifrig eine Gelegenheit zur Herbeiführung einer Begegnung.

Endlich glaubte er das Richtige gefunden zu haben. Seit einigen Jahren bereits litt Frau Toronthal an einer abzehrenden Krankheit, gegen welche die Ärzte in Ragusa kein Mittel kannten. Trotz ihrer Bemühungen und trotz der Pflege, mit welcher ihre Tochter sie umgab, siechte die Dame sichtlich dahin, ohne dass sie bettlägerig wurde. Lag diesem Zustande eine moralische Ursache zu Grunde? Vielleicht, doch Niemand konnte dahinterkommen. Der Bankier allein konnte wissen, ob seine Frau, die ja seine Vergangenheit kannte, nicht vielleicht einen unüberwindlichen Abscheu vor einer Existenz hegte, die ihr nur Schrecken verursachen konnte. Jedenfalls bot das Auftreten der Krankheit bei der von den Ärzten fast aufgegebenen Frau Toronthal dem Bankier die beste Gelegenheit, mit dem Doktor in Verbindung zu kommen. Es war zu erwarten, dass dieser einer erbetenen Konsultation, einem Besuche, wäre es auch nur aus Nächstenliebe, nicht aus dem Wege gehen würde.

Silas Toronthal schrieb also einen Brief, den er durch einen seiner Leute nach der »Savarena« befördern ließ. »Er würde sich glücklich schätzen,« schrieb er in demselben, »die Ansicht eines Arztes von so unbestreitbarem Verdienste zu vernehmen.« Dann bat er, zugleich mit der Entschuldigung wegen der Störung, die sein Anliegen in das zurückgezogene Leben des Doktors bringen musste, »ihm den Tag anzeigen zu wollen, an dem er ihn im Hotel am Stradone erwarten dürfte.«

Als am folgenden Tage der Doktor diesen Brief empfing, dessen Aufschrift er zuerst betrachtete, zuckte nicht ein Muskel in seinem Gesicht. Er las ihn bis zur letzten Zeile, aber nichts verriet, welcher Natur seine Überlegung war, die durch den Brief in ihm wachgerufen wurde.

Welche Antwort war hier die richtige? Sollte er die ihm gebotene Gelegenheit, in das Haus Toronthal's zu dringen, benützen und sich mit der Familie des Bankiers in Verbindung setzen? Konnte andererseits die Art und Weise, wie er das Haus des Bankiers betreten würde, selbst in seiner Stellung als Arzt, ihm genehm sein?

Der Doktor schwankte nicht. Er warf nur wenige Worte auf das Papier, welches dann dem Diener Toronthal's eingehändigt wurde. Dieselben lauteten:

»Doktor Antekirtt bedauert, seine Sorgfalt Frau Toronthal nicht widmen zu können. Er ist kein europäischer Arzt.«

Weiter nichts.

Als der Bankier diese lakonische Antwort erhielt, zerknitterte er das Briefpapier mit der Gebärde lebhaften Unwillens. Es war mehr als augenscheinlich, dass der Doktor nicht in Verbindung mit ihm zu treten wünschte. Die Absage ließ deutlich genug durchschimmern, dass diese eigenartige Persönlichkeit ihren unwiderruflichen Entschluss bereits gefasst hatte.

»Und wenn er selbst kein europäischer Arzt ist, sagte er bei sich, warum wollte er es für Frau Bathory sein... vorausgesetzt, dass er sich als Doktor bei ihr eingeführt hat?... Was hätte er auch sonst dort zu tun?... Was können die Beiden miteinander haben?«

Diese Ungewissheit folterte Silas Toronthal, dessen ruhiges Leben durch die Anwesenheit des Doktors in Gravosa vollständig in Unordnung geraten war und voraussichtlich so lange gestört blieb, als die »Savarena« im Hafen ankerte. Er sagte übrigens seiner Frau und seiner Tochter nichts von dem erfolglosen Schritte, den er getan. Er zog es vor, das Geheimnis seiner sehr begründeten Unruhe für sich zu behalten, hörte aber nicht auf, den Doktor auch ferner überwachen zu lassen, um über alle Schritte unterrichtet zu sein, die dieser von Gravosa nach Ragusa noch machen würde.

Schon am nächsten Tage gab ihm ein neuer Vorfall Grund zu nicht weniger ernster Besorgnis.

Peter Bathory war entmutigt von Zara zurückgekehrt. Er hatte sich betreffs der ihm angebotenen Stellung nicht einigen können, welche die Leitung eines bedeutenden metallurgischen Hüttenwerkes in der Herzegowina betraf.

»Die Bedingungen waren nicht annehmbar,« begnügte er sich seiner Mutter zu sagen.

Frau Bathory sah den Sohn an, wollte aber nicht fragen, weshalb die Bedingungen nicht annehmbar waren. Dann überreichte sie ihm den während seiner Abwesenheit für ihn eingelaufenen Brief.

Es war derselbe, durch den Doktor Antekirtt Peter Bathory aufforderte, zu ihm an Bord der »Savarena« zu kommen, um sich mit ihm über eine Angelegenheit zu unterhalten, deren Kenntnis für ihn gewiss von Interesse sein würde.

Peter Bathory reichte den Brief seiner Mutter. Dieses vom Doktor ausgehende Anerbieten konnte sie nicht überraschen.

»Ich war darauf gefasst, sagte sie.

– Sie erwarteten diesen Vorschlag, Mutter? fragte der über diese Antwort nicht wenig erstaunte junge Mann.

– Ja, Peter. Der Doktor Antekirtt war während Deiner Abwesenheit bei mir.

– Wissen Sie, wer dieser Mann ist, von dem man seit Kurzem in Ragusa so viel spricht?

– Nein, mein Sohn. Doktor Antekirtt kannte Deinen Vater, er war ein Freund des Grafen Sandorf und führte sich als solcher bei mir ein.

– Welche Beweise hat Ihnen dieser Doktor gegeben, Mutter, dass er wirklich der Freund meines Vaters gewesen ist?

– Keine! erwiderte Frau Bathory, die nicht von der Übersendung der hunderttausend Gulden sprechen wollte, was der Doktor vor dem jungen Manne ebenfalls geheim halten sollte.

– Und wenn er irgendein Schleicher, ein Spion, ein Agent Österreichs ist? fragte Peter Bathory.

– Du wirst ihn richtig beurteilen, mein Sohn.

– Sie raten mir also zu ihm zu gehen?

– Ja, ich rate es Dir. Man darf einen Mann nicht bei Seite schieben, welcher auf Dich die ganze Freundschaft, die er für Deinen Vater gefühlt, übertragen will.

– Was hat er aber in Ragusa zu suchen? Welche Absichten führen ihn in unser Land?

– Vielleicht denkt er daran, hier irgendetwas zu erwerben, erwiderte Frau Bathory. Er gilt für ungeheuer reich und es ist möglich, dass er Dir eine Deiner würdige Stellung anbieten will.

– Ich werde zu ihm gehen, liebe Mutter, und hören, was er will.

– Gehe noch heute zu ihm, mein Sohn, und statte ihm gleichzeitig den Besuch ab, den ich ihm schuldig bleiben muss.«

Peter Bathory umarmte seine Mutter. Er drückte sie lange an seine Brust. Ein Geheimnis schien ihn zu bedrücken, das er nicht zu offenbaren wagte. Konnte es in seinem Herzen etwas Schmerzliches, Gewichtiges geben, das er seiner Mutter nicht anvertrauen durfte?

»Mein armes Kind,« sagte Frau Bathory unhörbar.

Es war in der ersten Stunde nachmittags, als Peter den Stradone hinab nach dem Hafen von Gravosa ging.

Als er am Hause Toronthal's vorüberging, blieb er einen Augenblick stehen, nur einen Augenblick. Seine Blicke schweiften zu einem der runden Pavillons hinüber, dessen Fenster sich nach der Straße öffneten. Die Vorhänge waren heruntergelassen. Wenn das Haus unbewohnt gewesen wäre, hätte es auch nicht verschlossener erscheinen können.

Peter Bathory nahm seinen Marsch, den er mehr verlangsamt als unterbrochen hatte, von Neuem auf. Seine Bewegungen entgingen aber nicht den Blicken einer Frau, die auf der anderen Seite des Stradone auf und ab ging.

Sie war eine hochgewachsene Person. Ihr Alter?... Zwischen vierzig und fünfzig Jahre. Ihr Schritt?... Gemessen, fast mechanisch, als wäre Alles an ihr aus einem Stück. Diese Fremde – dass sie es war, ließ sich leicht an ihren braunen, dichtgelockten Haarflechten und ihrem marokkanischen Teint erkennen – war in einen dunkelfarbigen Mantel gehüllt, dessen Kapuze über das mit Zechinen geschmückte Haupt gezogen war. War es eine Zigeunerin, ein Wesen ägyptischer oder indischer Abstammung? Man hätte es mit Bestimmtheit nicht sagen können, da so viele Typen sich ähneln. Jedenfalls aber bat sie nicht um Almosen und hätte wahrscheinlich auch keine angenommen, wenn man sie ihr gereicht haben würde. Sie war da, um auf eigene Rechnung oder im Auftrage eines Anderen zu überwachen und auszuspionieren, sowohl was im Hause Toronthal als auch in der Marinella-Straße vor sich ging.

Sobald sie den jungen Mann gesehen hatte, der durch den Stradone auf Gravosa zu weiterging, folgte sie ihm so, dass sie ihn nicht aus den Augen verlieren konnte, doch auch so geschickt, dass ihr Geleit nicht auffällig wurde. Peter Bathory war auch viel zu sehr in Gedanken versanken, als dass er hätte bemerken können, was hinter ihm vorging. Als er vor dem Hotel Silas Toronthal's seinen Schritt verlangsamte, tat sie es ebenfalls. Als er weiterschritt, folgte sie ihm, indem sie ihre Schritte nach den seinen regelte.

An der ersten Umwallung Ragusas angelangt, durchschritt Peter Bathory dieselbe schnell, entfernte sich aber dadurch nicht von der Fremden. Jenseits des Ausfalltores fand sie ihn auf der Straße nach Gravosa wieder und ging in einer Entfernung von zwanzig Schritt durch die mit Bäumen bepflanzte Nebenallee hinter ihm her.

Zu derselben Zeit fuhr Silas Toronthal im offenen Wagen nach Ragusa zurück. Er musste sich also notwendigerweise mit Peter Bathory unterwegs kreuzen.

Als die Marokkanerin Beide sah, blieb sie stehen. Sie glaubte vielleicht, dass Einer sich dem Anderen nähern würde. Ihr Blick entzündete sich und sie sachte hinter einem dicken Baume Schutz. Wenn selbst die zwei Männer mit einander sprachen, wie hätte sie das hören sollen?

Doch geschah nichts Derartiges. Silas Toronthal hatte Peter Bathory in einer Entfernung von zwanzig Schritt sich nähern gesehen. Diesmal antwortete er ihm nicht einmal mit einem Gruße von oben herab, wie auf dem Quai von Gravosa in Begleitung seiner Tochter, wo er sich schon dazu bequemen musste. Er wandte in dem Augenblicke, als der junge Mann den Hut zog, den Kopf fort und sein Wagen trug ihn schnell nach Ragusa hinein, an Peter vorüber.

Die Fremde hatte nichts von dieser Scene verloren: ein Lächeln huschte über ihr unempfängliches Gesicht.

Peter Bathory, ersichtlich mehr betrübt als irritiert von der Handlungsweise des Bankiers, ging langsameren Schrittes, ohne sich umzublicken, weiter.

Die Marokkanerin folgte ihm in einiger Entfernung; man hätte zwischen ihren Lippen in arabischer Sprache die Worte vernehmen können:

»Es ist Zeit, dass er kommt.«

Eine Viertelstunde später langte Peter auf dem Quai von Gravosa an. Er blieb einige Augenblicke stehen, um die elegante Yacht zu betrachten, deren Wimpel an der Spitze des Großmastes in der schwachen Meerbrise sich kaum entfaltete.

»Woher mag dieser Doktor Antekirtt stammen? fragte er sich. Die Flagge ist mir unbekannt.«

Er wandte sich an einen auf dem Quai umher wandelnden Seemann mit der Frage:

»Kennen Sie jene Flagge, mein Freund?«

Der Seemann kannte sie auch nicht. Alles, was er ihm sagen konnte, war, dass die Yacht aus Brindisi gekommen war und dass ihre von der Hafenbehörde gemusterten Papiere in Ordnung waren. Da die Yacht als ein Vergnügungsfahrzeug angemeldet war, so hatte die Behörde das Inkognito respektiert.

Peter Bathory rief ein Boot an und ließ sich an Bord der »Savarena« bringen, während die äußerst überraschte Marokkanerin ihn sich entfernen sah.

Bald darauf betrat der junge Mann das Deck des Schoners und fragte nach dem Doktor Antekirtt.

Der Befehl, der jeden Fremden von dem Betreten der »Savarena« ausschloss, schien für ihn nicht vorhanden zu sein. Der Quartiermeister gab ihm zur Antwort, dass sich Doktor Antekirtt auf seinem Zimmer befände. Peter Bathory gab seine Karte ab und bat zu fragen, ob der Doktor ihn empfangen würde.

Ein Matrose ging mit derselben die Treppe hinunter, die zu den hinteren Salons führte.

Eine Minute später kehrte der Matrose mit der Meldung zurück, dass der Doktor Herrn Peter Bathory erwarte.

Der junge Mann wurde sofort in den Salon geleitet, in dem ein durch die leichten Vorhänge an den Luken verursachtes Halbdunkel vorherrschte. Als er an der Tür anlangte, deren beide Flügel offen standen, wurde er von dem vollen Lichte, das aus den Spiegelgläsern an der Decke zurückstrahlte, getroffen.

Doktor Antekirtt saß in dem dunkleren Teile des Gemaches auf einem Divan. Er fühlte beim Eintritt des Sohnes von Stephan Bathory sich lebhaft überrascht, was Peter allerdings nicht bemerken konnte; ebenso konnte er die Worte nicht hören, die über des Doktors Lippen drangen:

»Ganz er...! Ganz sein Ebenbild!«

Peter Bathory ähnelte seinem Vater in der Tat augenfällig; anders konnte dieser im Alter von zweiundzwanzig Jahren auch nicht ausgesehen haben: dieselbe Willenskraft blickte aus den Augen, derselbe Adel der Haltung, derselbe Blick, bereit, sich für das Gute, Wahre, Schöne zu begeistern.

»Ich freue mich, Herr Bathory, sagte der Doktor, indem er sich erhob, dass Sie meiner an Sie gerichteten Aufforderung gefolgt sind.«

Und auf eine einladende Bewegung hin nahm Peter ihm gegenüber auf der anderen Seite des Salons Platz. Der Doktor hatte sich der ungarischen Sprache bedient, weil er wusste, dass Peter Bathory ihrer mächtig war.

»Ich würde hergekommen sein, antwortete Peter, um Ihnen, Herr Doktor, den Besuch zu erwidern, den Sie meiner Mutter gemacht haben, selbst wenn Sie mich nicht aufgefordert hätten, zu Ihnen an Bord zu kommen. Ich weiß, dass Sie einer der unbekannten Freunde sind, denen das Andenken meines Vaters und der mit ihm zusammen gestorbenen zwei Vaterlandsfreunde heilig ist. Ich danke Ihnen herzlich dafür, dass Sie ihm einen Platz in Ihrer Erinnerung bewahrt haben.«

Peter Bathory konnte, als er die ferne Vergangenheit heraufbeschwor, von seinem Vater und dessen Freunden, den Grafen Mathias Sandorf und Ladislaus Zathmar sprach, seine Rührung nicht unterdrücken.

»Ich bitte um Verzeihung, Herr Doktor, sagte er. Wenn ich daran denke, was sie getan haben, so kann ich nicht...«

Fühlte er wirklich nicht, dass Doktor Antekirtt noch bewegter als er selbst war und dass er nur deshalb nicht gleich antwortete, um nicht zu zeigen, was in seinem Innern vorging?

»Herr Bathory, sagte er endlich, ich habe Ihrem ganz natürlichen Schmerze nichts zu vergeben. Sie sind auch Ungar von Geburt und welcher Sohn seines Vaterlandes wäre so entartet, dass er sich von solchen Erinnerungen nicht schmerzlich bewegt fühlen würde. Damals, vor fünfzehn Jahren – ja, fünfzehn Jahre sind es bereits her –

waren Sie noch sehr jung. Sie können kaum behaupten, dass Sie Ihren Vater gekannt haben und die Ereignisse, an denen er beteiligt war.

– Meine Mutter ist, sozusagen, seine zweite Hälfte, Herr Doktor, antwortete Peter Bathory. Sie hat mich in dem Glauben an denjenigen erzogen, den sie noch jetzt beweint. Alles, was er versucht, was er getan hat, sein ganzes Leben voll Ergebenheit für die Seinigen, voll Patriotismus für sein Land, ich kenne es durch sie. Als mein Vater starb, war ich erst acht Jahre alt, doch scheint es mir, als lebe er noch immer, da er mir in meiner Mutter neu erstanden ist.

– Sie lieben Ihre Frau Mutter, wie sie geliebt zu werden verdient, Herr Peter Bathory, sagte der Doktor, und wir, wir verehren sie als die Witwe eines Märtyrers.«

Peter dankte dem Doktor für die Gefühle, die er ausgesprochen. Sein Herz schlug ihm hörbar und er bemerkte selbst nicht, dass der Doktor mit einer ersichtlichen, natürlichen oder beabsichtigten, Kälte sprach, welche den Kern seines Wesens zu bilden schien.

»Darf ich fragen, ob Sie meinen Vater persönlich gekannt haben, Herr Doktor? begann Peter Bathory von Neuem.

– Ja, Herr Bathory, erwiderte der Doktor mit leisem Zögern, doch habe ich ihn nur gekannt, wie ein Student einen Professor kennt, der eine der Zierden der ungarischen Universitäten gewesen ist. Ich habe meine medizinischen und physikalischen Studien in Ihrem Vaterlande durchgemacht. Ich war der Schüler Ihres Vaters, trotzdem er nur vielleicht zwölf Jahre älter war als ich. Ich lernte ihn schätzen, lieben, denn ich fühlte in seinen Lehren schon das vibrieren, was er später als glühender Patriot getan hat und ich verließ ihn erst in dem Augenblick, als ich mich anschickte, in fremden Ländern meine in Ungarn begonnenen Studien zu vollenden. Kurz darauf musste Stephan Bathory seinen für gerecht und edel erkannten Ideen seine Stellung opfern, ohne dass irgend welche Privatinteressen im Stande gewesen wären, ihn vom Wege der Pflicht abzulenken. Er verließ Preßburg, um sich in Triest niederzulassen. Ihre Frau Mutter hat ihm mit Ratschlägen und liebender Sorgfalt in den Tagen der Prüfung zur Seite gestanden. Sie besaß alle Tugenden der Frau, wie Ihr Vater diejenigen des Mannes besaß. Sie werden mir vergeben, Herr Peter, wenn ich schmerzliche Erinnerungen in Ihnen wachgerufen habe; ich habe es getan, weil ich voraussetzen durfte, dass Sie nicht zu denen gehören, die derartiges vergessen können.

– Nein, Herr Doktor, nein! rief Peter mit jugendlicher Begeisterung, ebenso wenig wie Ungarn jemals die drei Männer vergessen kann, die sich für dasselbe geopfert haben: Ladislaus Zathmar, Stephan Bathory und den Kühnsten unter ihnen, Mathias Sandorf.

– Wenn er auch der Kühnste war, erwiderte der Doktor, so dürfen Sie mir schon glauben, dass seine beiden Freunde ihm ebenbürtig an Ergebenheit, Opferfreudigkeit und Muth waren. Alle drei haben Anrecht auf die gleiche Achtung. Alle drei haben dasselbe Anrecht, gerächt zu werden!«

Der Doktor schwieg. Er wusste nicht, ob Frau Bathory dem Sohne wiedererzählt hatte, unter welchen Umständen die Verschwörer gefangen genommen worden waren, ob sie vor ihm das Wort Verrat gebraucht hatte. Der junge Mann griff es nicht auf. Frau Bathory hatte allerdings hierüber geschwiegen. Sie wollte jedenfalls das Leben ihres Sohnes vom Hass freihalten und ihn nicht erst auf falsche Fährten leiten, da Niemand die Namen der Verräter kannte.

Der Doktor hielt sich für den Augenblick zu gleicher Zurückhaltung verpflichtet und stand vom weiteren Verfolgen des Gedankens ab.

Er zögerte aber nicht, zu betonen, dass ohne das gemeine Vorgehen des Spaniers, der die vom Fischer Andrea Ferrato aufgenommenen Flüchtlinge verriet, Graf Mathias Sandorf und Stephan Bathory voraussichtlich den Nachstellungen der Polizei in Rovigno entgangen wären. Wären sie einmal, gleichviel in welcher Richtung, über die österreichischen Grenzen entkommen, so hätten ihnen gewiss alle Türen offen gestanden.

»Bei mir, setzte er hinzu, hätten sie sicher ein Obdach gefunden, in dem sie stets geborgen gewesen wären.

– In welchem Lande, Herr Doktor? fragte Peter.

– Ich wohnte damals auf Cephalonia.

– Ja, ja! Auf den ionischen Inseln, unter dem Schutze Griechenlands wären sie gerettet gewesen und mein Vater noch am Leben.«

Die Unterhaltung wurde einen Augenblick unterbrochen. Die Gedanken schweiften in die Vergangenheit zurück. Der Doktor begann dann von Neuem:

»Ihre Erinnerungen, Herr Peter, haben Sie etwas der Gegenwart entrückt. Wünschen Sie, dass wir jetzt von etwas Anderem, namentlich von Ihrer eigenen Zukunft, wie ich sie mir denke sprechen?

– Ich höre, Herr Doktor, sagte Peter. Aus Ihrem Briefe ersah ich, dass es sich bei dem Besuche bei Ihnen vielleicht um meine eigenen Interessen handeln könnte.

– So ist es, Herr Bathory, und da ich wohl weiß, wie groß die Hingebung Ihrer Frau Mutter während der Jugend ihres Sohnes gewesen ist, da ich auch weiß, dass Sie sich derselben würdig gezeigt haben und nach harten Prüfungen ein Mann geworden sind....

– Ein Mann! erwiderte Peter Bathory mit Bitterkeit. Ein Mann, der noch nicht einmal für sich selbst sorgen, geschweige der Mutter zurückerstatten kann, was sie für ihn getan hat.

– Mag sein, sagte der Doktor, doch tragen Sie nicht die Schuld. Ich weiß genau, wie schwer es ist, sich bei dieser Konkurrenz einen Platz zu verschaffen, während so viele tüchtige Kräfte umso wenige offene Stellungen ringen. Sie sind Ingenieur?

– Ja, Herr Doktor! Ich habe die Akademie mit diesem Titel verlassen, bin aber ungebunden und habe keine Berechtigung zum Staatsdienste. Ich habe versucht, bei irgendeiner industriellen Unternehmung anzukommen, aber bis jetzt, wenigstens in Ragusa, nichts gefunden, was mir zusagen könnte.

– Und außerhalb?

– Außerhalb..., erwiderte Peter Bathory und stockte.

– Ja. Sind Sie nicht vor einigen Tagen behufs Meldung zu einer Stellung nach Zara gereist?

– Man hat mir allerdings von einer solchen erzählt, die bei einem metallurgischen Unternehmen offen stehen sollte.

– Und diese Stellung?

– Ist mir auch angeboten worden.

– Sie haben sie nicht angenommen?

– Ich glaubte sie ausschlagen zu müssen, weil ich mich endgültig in der Herzegowina hätte niederlassen müssen.

– In der Herzegowina? Hätte Frau Bathory Sie dorthin nicht begleiten können?

– Meine Mutter wäre mir gewiss überallhin gefolgt, wohin mein Interesse mich zu gehen genötigt hätte.

– Warum also haben Sie das Angebotene ausgeschlagen? fragte der Doktor eindringlich.

– In der Lage, in der ich mich augenblicklich befinde, Herr Doktor, meinte Peter, verpflichten mich ernsthafte Gründe, Ragusa nicht zu verlassen.«

Der Doktor bemerkte, dass eine gewisse Verlegenheit in dem Wesen Peter Bathory's sich bei dieser Antwort geltend machte. Seine Stimme zitterte bei der Offenbarung dieses Wunsches, stärker gesagt dieses Entschlusses, Ragusa nicht zu verlassen. Es konnte nur ein sehr gewichtiger Grund sein, der ihn veranlasst hatte, die ihm gemachten Vorschläge von der Hand zu weisen.

»– Dann wird auch die Angelegenheit hinfällig, wegen der ich mit Ihnen zu reden hatte, sagte Doktor Antekirtt.

– Es handelt sich um eine Abreise?

– Ja, in ein Land, in dem ich umfangreiche Arbeiten ausführen lassen will. Ich wäre glücklich gewesen, dieselben unter Ihrer Leitung zu wissen.

– Ich bedaure ebenfalls, Herr Doktor, doch glauben Sie mir wohl, dass ich, nachdem ich einmal den Entschluss gefasst habe...

– Ich glaube es, Herr Peter, und bedaure es vielleicht mehr als Sie! Ich hätte mich gefreut, auf Sie die volle Neigung übertragen zu können, welche ich für den Vater gefühlt habe.«–

Peter Bathory antwortete nicht. Er litt unsäglich durch einen inneren Kampf. Der Doktor fühlte, dass er sprechen wollte, aber es nicht wagte. Und doch zog etwas Unwiderstehliches Peter Bathory zu diesem Manne hin, der so viel Sympathien für seine Mutter und ihn selbst zeigte

»Herr Doktor, sagte er mit nicht zu verhehlender Bewegung, glauben Sie nicht, dass es eine Laune oder Eigensinn von mir ist, wenn ich Ihnen absage. Sie haben zu mir als Freund Stephan Bathory's gesprochen. Sie beabsichtigten Ihre Freundschaft für ihn auf mich zu übertragen. Auch ich fühle für Sie, Herr Doktor, obgleich ich Sie erst seit wenigen Augenblicken kenne. Ja, Herr Doktor, ich fühle für Sie dieselbe Liebe, welche ich für meinen Vater empfunden habe.

– Peter! Mein lieber Junge! rief der Doktor und ergriff die Hand Peters mit warmem Drucke.

– Ja, Herr Doktor, Ihnen will ich auch Alles sagen. Ich liebe ein junges Mädchen aus dieser Stadt. Doch gibt es zwischen uns Beiden einen Abgrund, denjenigen, der die Armut vom Reichtume trennt. Ich habe diesen Abgrund nicht sehen wollen und vielleicht hat auch sie nicht an ihn gedacht. So selten ich sie auch am Fenster oder auf der Straße bemerke, so ist das für mich ein Glück, dem ich nicht entsagen kann. Bei der bloßen Idee, dass ich fort von hier muss, und vielleicht auf lange Zeit, werde ich schon schwindlig. Nun, Herr Doktor, begreifen Sie... und verzeihen mir vielleicht meine Weigerung.

– Ich begreife Sie vollkommen, Peter, sagte Doktor Antekirtt, ich habe Ihnen auch nichts zu verzeihen. Sie haben wohl daran getan, völlig offen zu mir zu sprechen. Eines nur kann vielleicht die ganze Sachlage ändern. Weiß Ihre Mutter schon, was Sie mir soeben erzählt haben?

– Ich habe mit ihr noch nicht davon gesprochen, Herr Doktor. Ich wagte es nicht, weil sie vielleicht in Anbetracht unserer bescheidenen gesellschaftlichen Stellung mir jede Hoffnung genommen hätte. Vielleicht aber hat sie auch schon erraten und begriffen, worunter ich leide und leiden würde.

– Sie haben mir Ihr Vertrauen bewiesen, lieber Peter, und es war gut so. Das junge Mädchen ist also reich?

– Sehr reich! Zu reich! antwortete der junge Mann. Ja, zu reich für mich.

– Und Ihrer würdig?

– Hätte ich je daran denken können, meiner Mutter eine Tochter zuzuführen, die ihrer nicht wert wäre, Herr Doktor?

– Nun, Peter, vielleicht ist der Abgrund noch zu überbrücken.

– Herr Doktor, zeigen Sie mir nicht eine Hoffnung, die nie erfüllbar sein wird.

– Nie erfüllbar?«

Der Ton, in welchem der Doktor das sagte, verriet ein so großes Selbstvertrauen, dass Peter Bathory sich wie umgewandelt fühlte, dass er sich mit einem Male als Herr über Gegenwart und Zukunft sah.

»Haben Sie Vertrauen zu mir, Peter! Sie werden es als angemessen betrachten, dass ich, um handeln zu können, den Namen des jungen Mädchens erfahren muss.

– Warum sollte ich ihn Ihnen verhehlen, Herr Doktor? antwortete Peter Bathory. Es ist Fräulein Toronthal.«

Die Gewalt, die sich der Doktor antun musste, um bei Nennung dieses verabscheuten Namens ruhig zu bleiben, war diejenige eines Mannes, zu dessen Füßen der Blitzstrahl niederfährt und der kaum zu zittern wagt. Einen Augenblick – einige Sekunden nur – blieb er unbeweglich und stumm.

Dann sagte er, ohne dass seine Stimme irgendwelche Bewegung verriet:

»Gut, Peter, gut. Lassen Sie mich über Alles nachdenken. Lassen Sie mich sehen.

– Ich gehe, Herr Doktor, antwortete der junge Mann und drückte die ihm gereichte Hand. Erlauben Sie mir Ihnen zu danken, wie ich meinem Vater gedankt haben würde.«

Peter Bathory verließ den Salon, in welchem der Doktor allein zurückblieb; er stieg auf Deck und dann in sein Boot hinunter, welches ihn an der Falltreppe erwartete. Dieses brachte ihn zurück an den Molo, von wo er die Heimkehr nach Ragusa antrat.

Die Fremde, die auf ihn die ganze Zeit über, so lange er an Bord der »Savarena« geblieben war, gewartet hatte, folgte ihm von Neuem.

Peter Bathory fühlte sich in seinem Innern ungeheuer glücklich. Endlich hatte sein Herz gesprochen! Er hatte sich einem Freunde anvertrauen können, der vielleicht mehr als ein bloßer Freund war. Er genoss einen jener herrlichen Tage, mit deren unverfälschtem Glück das Schicksal auf Erden geizt.

Er konnte heute kaum noch daran zweifeln, dass, als er an einem gewissen Hotel des Stradone vorüberging, an einem Fenster des Pavillons ein Zipfel des Vorhanges sich hob, um ebenso schnell wieder herabgelassen zu werden.

Aber auch die Fremde hatte dieses Manöver gesehen und sie blieb in Folge dessen unbeweglich vor dem Hotel stehen, bis Peter Bathory um die Ecke der Marinella-Straße verschwunden war. Dann begab sie sich auf das Telegraphenbüro und sandte eine Depesche ab, die nichts weiter enthielt als:

»Komme!«

Die Adresse dieser Depesche lautete:

»Sarcany, postlagernd, Syrakus, Sizilien.«

SECHSTES KAPITEL.
DIE MÜNDUNGEN VON CATTARO.

Der unglückselige Zufall, der in den Ereignissen auf Erden eine Hauptrolle spielt, hatte die Familien Bathory und Toronthal in derselben Stadt vereinigt. Er hatte sie nicht nur in Ragusa wohnen lassen, sondern sie noch näher zusammengebracht, da sie beide das Stadtviertel des Stradone bewohnten. Sarah Toronthal und Peter Bathory hatten sich gesehen, getroffen, geliebt – Peter der Sohn des Mannes, der durch Verrat in den Tod getrieben, Sarah, die Tochter desjenigen, welcher der Verräter gewesen war.

Als der junge Bathory ihn verlassen hatte, sagte Doktor Antekirtt zu sich:

»Peter geht voller Hoffnung fort und ich bin es, der ihm diese Hoffnung, die er vordem nicht besaß, gemacht hat.«

War der Doktor der Mann, diesen undankbaren Kampf gegen das Fatum aufzunehmen? Fühlte er in sich die Macht, die Geschicke der Menschen nach seinem Willen lenken zu können? Würde ihn diese Kraft, diese moralische Energie, deren er bedurfte, um dem Schicksal ein Paroli zu biegen, nicht im Stiche lassen?

»Nein, ich werde kämpfen! rief er. Eine solche Liebe ist hassenswert, verbrecherisch. Wenn Peter Bathory der Gatte der Tochter von Silas Toronthal geworden ist und eines Tages die Wahrheit erfährt, würde er seinen Vater nicht mehr rächen können. Es bliebe ihm nichts weiter übrig, als sich aus Verzweiflung zu töten... Ich werde ihm also, wenn es sein muss, Alles sagen... Ich werde ihm erzählen, was diese Familie der seinigen angetan hat... Ich werde diese Liebe, gleichviel wie, vernichten.«

Eine solche Verbindung wäre in der Tat ungeheuer gewesen.

Man möge Folgendes nicht vergessen: In seiner Unterhaltung mit Frau Bathory hatte der Doktor erwähnt, dass die drei Führer der Verschwörung in Triest die Opfer einer erbärmlichen List geworden waren, wie es sich im Verlaufe der Verhandlungen herausgestellt, und dass eine Indiskretion eines der Turmwächter von Pisino ihm dieselbe mitgeteilt hatte.

Man wird sich ferner erinnern, dass Frau Bathory aus gewissen Gründen ihrem Sohne nichts von dem Verrate erzählt hatte, deren Urheber sie auch nicht kannte. Sie wusste nicht, dass der Eine, reich und angesehen, in Ragusa, nicht weit von ihr im Stradone wohnte. Der Doktor hatte jene nicht genannt. Warum? Wahrscheinlich weil die Zeit noch nicht gekommen war, sie zu entlarven. Er kannte sie aber. Er wusste, dass Silas Toronthal Einer dieser Verräter war, und Sarcany der Andere. Und wenn er in seinen vertraulichen Mitteilungen nicht weiter als bis hierher gegangen war, so hatte er es getan, weil er auf die Hilfe Peter Bathory's rechnete, weil er den Sohn teilnehmen lassen wollte an dem Werke der Gerechtigkeit, die über die Mörder seines Vaters hereinbrechen sollte und mit ihm dessen beide Gefährten, Ladislaus Zathmar und Mathias Sandorf rächen.

Deshalb konnte er auch dem Sohne Stephan Bathory's nicht mehr sagen, wollte er ihm nicht das Herz brechen.

Nachdem Doktor Antekirtt diesen Entschluss einmal gefasst hatte, war die nächste Frage, wie sollte er weiter vorgehen? Sollte er Frau Bathory oder ihrem Sohne die Vergangenheit des Triester Bankiers enthüllen? Besaß er denn die tatsächlichen Beweise des Verrates? Gewiss nicht, da Mathias Sandorf, Stephan Bathory und Ladislaus Zathmar, die Einzigen, welche je solche Beweise in Händen gehabt hatten, tot waren. Sollte er in der Stadt das Gerücht jener Tat niedriger Gesinnungsart verbreiten lassen, ohne die Familie Bathory davon zu unterrichten? Ja, das hätte zweifellos genügt, um einen neuen Abgrund zwischen Peter und dem jungen Mädchen zu schaffen – diesmal eine unüberschreitbare Kluft. Doch wenn dieses Geheimnis einmal bekannt geworden war, stand nicht zu erwarten, dass Silas Toronthal sich beeilen würde, Ragusa zu verlassen?

Der Doktor wollte aber durchaus nicht, dass der Bankier verschwand. Der Verräter musste von dem Rächer zu erreichen sein, wenn die Stunde der Gerechtigkeit schlug.

Zu diesem Zwecke mussten die Dinge einen ganz anderen Verlauf nehmen, als er sich bisher vorstellte.

Der Doktor war, nachdem er das Für und das Gegen der Frage reiflich erwogen, zu dem Entschlusse gelangt, nicht direkt gegen den Bankier vorzugehen, aber doch so schnell als möglich zu handeln. Vor allem musste Peter Bathory aus dieser Stadt entfernt werden, in welcher die Ehre seines Namens Gefahr lief. Ja! Er musste versuchen, ihn so weit fortzubringen, dass Niemand seine Spur entdecken konnte. Hatte er ihn einmal in seiner Macht, so wollte er ihm Alles sagen, was er von Silas Toronthal und seinem Mitschuldigen Sarcany wusste; er wollte ihn teilnehmen lassen an seinem Werke. Nicht ein Tag war zu verlieren.

Zu diesem Zwecke ließ eine Depesche des Doktors von seinem Ankerplatze eines seiner schnellsten Beförderungsschiffe an die Bucht von Cattaro, südlich von Ragusa, kommen. Es war einer jener wunderbaren Thornycrofts, welche den heutigen Torpedobooten als Muster gedient haben. Der einundvierzig Meter lange, spindelförmige, stählerne Rumpf von siebzig Tonnen Tragkraft führte weder Mast noch Schornstein, sondern zeigte äußerlich nur eine Plattform und ein metallenes Gehäuse mit linsenförmigen Luftöffnungen, welches dem Steuermanne zum Aufenthalte diente und luftdicht verschlossen werden konnte, wenn der Zustand des Meeres es erforderte. Dieses Fahrzeug konnte bei Wind und Wetter vorwärts kommen, ohne durch das Wellengewoge der hohlen See Zeit und Cours zu verlieren. Mit einer weit höheren Geschwindigkeit ausgestattet, als sämtlichen Torpedobooten der alten und neuen Welt zu eigen ist, legte es bequem seine fünfzig Kilometer in der Stunde zurück. Dank dieser außergewöhnlichen Schnelligkeit hatte der Doktor schon bei vorkommenden Gelegenheiten überraschende Überfahrten auf ihm bewerkstelligen können. Daher stammte auch die Gabe der Allgegenwart, die man ihm zuschrieb, wenn er zum Beispiel aus den inneren Inselgruppen des Archipels verschwand und in verhältnismäßig kurzer Zeit am äußersten Ende des Meeres der beiden Syrten auftauchte.

Ein bemerkenswerter Unterschied aber existierte noch zwischen den Thornycrofts und den Fahrzeugen des Doktors. Während dort überhitzter Dampf die fördernde Kraft ist, war es hier die Elektrizität, welche mittelst mächtiger, von ihm selbst erfundener Akkumulatoren die Triebkraft bildete; er konnte in ihnen den elektrischen Strom mit einer fast unendlich zu nennenden Spannung aufspeichern. Diese Eilschiffe führten sämtlich den Namen »Electric« und zur Unterscheidung eine fortlaufende Nummer. Es war der »Electric 2«, der an die Bucht von Cattaro beordert wurde.

Nach Erteilung dieses Befehles wartete der Doktor den Augenblick des Handelns ab. Er ließ gleichzeitig Pointe Pescade und Kap Matifu wissen, dass er ihre Dienste demnächst in Anspruch nehmen würde.

Es ist kaum nötig, noch hervorzuheben, wie glücklich beide Freunde waren, endlich Beweise ihrer Ergebenheit ablegen zu können.

Eine Wolke nur warf einen Schatten auf die Freude, mit der jene die Botschaft aufnahmen.

Pointe Pescade sollte in Ragusa bleiben, um das Hotel am Stradone und das Haus in der Marinella-Straße zu beobachten, während Kap Matifu den Doktor nach Cattaro begleiten musste. Eine Trennung also, die erste nach so vielen Jahren, während welcher die Genossen des Elends Seite an Seite gelebt hatten. Kap Matifu zeigte deshalb eine rührende Unruhe, wenn er daran dachte, dass sein kleiner Pescade sich nicht mehr bei ihm befinden würde.

»Geduld, mein Kap, Geduld, sagte Pointe Pescade zu ihm. Es wird nicht lange dauern! Nur die Zeit über, in der das Stück spielen wird, dann ist Alles wieder gut. Wenn ich mich nicht täusche, ist es ein famoses Stück, welches man unter Leitung eines ebenso famosen Direktors vorbereitet, der Jedem von uns eine famose Rolle zuteilt... Glaube mir, Dir wird Dein Anteil schon zusagen.

– Du denkst?

– Ich bin dessen gewiss. Den Liebhaber sollst Du allerdings nicht spielen. Dieses Genre liegt nicht in Deiner Natur, obwohl Du teuflisch sentimental bist. Ebenso wenig den Intrigant. Dich hindert daran Deine gutmütige dicke Gestalt. Nein, Du sollst den guten Genius darstellen, der bei der Lösung des Knotens erscheint, um das Laster zu bestrafen und die Tugend zu belohnen.

– Wie in den Ausstattungsstücken? fragte Kap Matifu.

– Genau so. Ich sehe Dich schon in dieser Rolle, lieber Kap. Gerade, wenn es der Bösewicht am wenigsten erwartet, erscheinst Du mit Deinen breiten geöffneten Händen, und Du brauchst sie nur zu schließen, um das gute Ende herbeizuführen. Wenn auch Deine Rolle nicht sehr groß ist, so ist sie doch sympathisch und Bravos und silbernen Lohn erhältst Du wohlfeil.

– Das wird schon so sein, erwiderte der Herkules, doch vorläufig müssen wir uns trennen!

– Nur für wenige Tage! Versprich mir nur, während meiner Abwesenheit nicht abzumagern. Nimm genau Deine sechs Mahlzeiten zu Dir und mäste Dich, lieber Kap. Und jetzt schließe mich in Deine Arme, oder vielmehr tue nur so wie auf der Bühne, sonst erdrückst Du mich am Ende. Zum Teufel auch, man muss lernen, in dieser Welt

Komödie spielen zu können. Umarme mich noch einmal und vergesse nicht Deinen kleinen Pointe Pescade, der niemals seinen dicken Kap Matifu vergessen wird.«

Auf diese Weise nahmen die Freunde rührenden Abschied, als sie sich trennen mussten. Kap Matifu war das Herz in der riesigen Brust nicht wenig beklommen, als er sich allein auf der »Savarena« befand. Noch am selben Tage hatte sich sein Genosse auf Anordnung des Doktors hin in Ragusa einquartiert; sein Auftrag lautete, Peter Bathory nicht aus den Augen zu verlieren, das Hotel Toronthal zu überwachen und sich über Alles im Laufenden zu erhalten.

Während der langen Stunden, die Pointe Pescade im Stadtteile des Stradone zu verbringen hatte, hätte er auf jene Fremde stoßen müssen, die denselben Auftrag wie er zu haben schien. Dieses Zusammentreffen wäre auch zweifellos erfolgt, wenn nicht die Marokkanerin nach Absendung jener Depesche Ragusa verlassen haben würde, um sich an einem vorher verabredeten Orte mit Sarcany zu treffen. Pointe Pescade fühlte sich also in seinen Operationen durchaus nicht geniert und konnte sich seines Auftrages mit seiner gewohnheitsmäßigen Geschicklichkeit entledigen.

Peter Bathory wäre nie auf den Gedanken gekommen, dass er in der allernächsten Nähe beobachtet wurde; er hätte nie geahnt, dass die Augen jener Spionin von denen Pointe Pescade's abgelöst worden waren. Nach seiner Unterredung mit dem Doktor, nach dem Geständnis, das er ihm abgelegt, fühlte er sich vertrauensseliger als je. Warum hätte er auch jetzt noch die Unterhaltung, die er an Bord der »Savarena« gehabt, der Mutter verheimlichen sollen? Würde sie nicht so wie so in seinen Blicken wie in seiner Seele gelesen haben? Würde sie nicht sofort bemerkt haben, dass eine Veränderung mit ihm vorgegangen war, dass der Kummer, die Verzweiflung in ihm der Hoffnung und dem Glücke Platz gemacht hatten.

Peter Bathory berichtete also Alles seiner Mutter. Er erzählte ihr, wer diese junge Dame war, die er liebe, dass er ihretwegen Ragusa nicht habe verlassen wollen. Ihre gesellschaftliche Stellung mache so gut wie nichts aus. Doktor Antekirtt habe ihm ja gesagt, dass er hoffen könne.

»Also deshalb hast Du so viel gelitten, mein Kind, erwiderte Frau Bathory. Möge Gott Dir beistehen und Dir das volle Glück gewähren, welches Dir bis jetzt gefehlt hat.«

Frau Bathory lebte sehr zurückgezogen in dem Hause der Marinella-Straße. Sie ging mit ihrem alten Diener nur zur Messe, da sie ihre religiösen Pflichten mit der strengen und überzeugten Frömmigkeit der katholischen Ungarn erfüllte. Sie hatte noch nie von der Familie Toronthal reden gehört. Ihr Blick hatte sich noch nie zu dem Hotel erhoben, an dem sie vorüberging, wenn sie sich zur Erlöser-Kirche begab, die mit dem Franziskaner-Kloster verbunden, fast am Eingange zum Stradone liegt. Sie kannte also die Tochter des früheren Bankiers von Triest gar nicht.

Peter musste sie ihr körperlich und seelisch schildern, ihr sagen, wo er sie zum ersten Male gesehen hatte, woran er erkannte, dass seine Liebe erwidert wurde. Alle diese Einzelheiten berichtete er mit einem Eifer, dass Frau Bathory nicht wenig erstaunt war, in ihrem Sohne ein so zärtliches und leidenschaftliches Gefühl zu entdecken.

Als aber Peter von der Stellung berichtete, welche die Familie Toronthal einnahm, als sie erfuhr, dass das junge Mädchen eine der reichsten Erbinnen Ragusas wäre, konnte sie ihre Besorgnis nicht unterdrücken. Würde der Bankier jemals einwilligen, dass sein einziges Kind die Frau eines Mannes ohne Mittel, ja fast ohne Zukunft würde?

Peter hielt es jedenfalls nicht für nötig, die Kälte, ja fast die Verachtung zu erwähnen, mit der Silas Toronthal ihn bis jetzt behandelt hatte. Er begnügte sich, die Worte des Doktors zu wiederholen. Dieser hatte beteuert, dass er zum Freunde seines Vaters Vertrauen haben könnte, sogar müsste, dass er für ihn ein geradezu väterliches Wohlwollen empfände, woran Frau Bathory allerdings nicht zweifeln durfte, wusste sie doch, was der Doktor für sie und die Ihrigen bereits hatte tun wollen. Sie glaubte schließlich ebenso wie ihr Sohn und wie Borik, der seine Meinung auch aussprechen zu müssen glaubte, einer guten Hoffnung leben zu können und so war ein Schimmer des Glückes in das bescheidene Haus in der Marinella-Straße eingezogen.

Peter Bathory empfand diese Freude noch, als er am folgenden Sonntage Sarah Toronthal in der Kirche der Franziskaner wiedersah. Das stets traurige Gesicht des jungen Mädchens heiterte sich auf, als sie Peter wie umgewandelt sah. Beide sprachen sich mit den Blicken und verstanden sich. Und als Sarah lebhaft angeregt in ihr Heim zurückkehrte, trug sie ein gutes Teil des Glückes mit hinein, das sie so deutlich auf dem Antlitze des jungen Mannes hatte lagern sehen.

Peter sah den Doktor nicht wieder. Er erwartete eine Einladung, an Bord der Yacht zu kommen. Mehrere Tage verflossen, doch kein zweiter Brief forderte ihn zu einem abermaligen Zusammentreffen auf.

»Der Doktor wird jedenfalls erst Erkundigungen einziehen wollen, überlegte er. Er wird selbst nach Ragusa gekommen sein oder geschickt haben, um sich einige Auskünfte über die Familie Toronthal zu verschaffen.... Vielleicht wollte er auch Sarah erst persönlich kennen lernen.... Ja! Es ist nicht unmöglich, dass er ihren Vater bereits gesehen und diesem von dem Vorfalle Kenntnis gegeben hat.... Eine Zeile von ihm, ein Wort von ihm hätte mir jedenfalls Freude gemacht, namentlich wenn dieses Wort gelautet hätte: Kommen Sie!«

Das Wort kam nicht. Frau Bathory konnte die Ungeduld ihres Sohnes nur schwer zügeln. Er verzweifelte und nun war es ihre Aufgabe, ihm ein wenig Hoffnung zu machen, die sie selbst kaum teilte. Das Haus in der Marinella-Straße stand dem Doktor offen, das musste er wissen, und trotz des Interesses, das er für Peter fühlte, trotz des Interesses, welches ihm diese Familie einflößte, für welche er schon ein so großes Mitgefühl an den Tag gelegt hatte, schien er nicht zu bewegen zu sein, dasselbe aufzusuchen.

Peter zählte die Stunden und Tage und hatte schließlich nicht mehr die Kraft, sich zu gedulden. Er musste den Doktor Antekirtt um jeden Preis wiedersehen. Mit unbezwinglicher Gewalt zog es ihn nach Gravosa. An Bord der Yacht würde man seine Ungeduld schon verstehen und seinen Schritt entschuldigen, sollte er selbst voreilig unternommen sein.

Am 7. Juni gegen acht Uhr Morgens verließ Peter seine Mutter, ohne ihr ein Wort von seinem Vorhaben zu sagen. Er verließ Ragusa und ging mit so schnellen Schritten nach Gravosa, dass ihm Pointe Pescade kaum hätte folgen können, wenn dieser nicht eben äußerst flink gewesen wäre. Auf dem Quai angelangt, gegenüber der Stelle, wo die »Savarena« bei seinem letzten Besuche vor Anker gelegen hatte, blieb er betroffen stehen:

Die Yacht war aus dem Hafen verschwunden.

Peter ließ seine Blicke umherschweifen, weil er glaubte, sie hätte nur den Platz gewechselt.... Das Schiff blieb verschwunden.

Er fragte einen Matrosen, der auf dem Quai umherschlenderte, was aus der Yacht des Doktors Antekirtt geworden wäre.

Die »Savarena« wäre am Abend vorher unter Segel gegangen, wurde ihm geantwortet und gerade wie man nicht gewusst hätte, woher sie gekommen, so wüsste man auch nicht, wohin sie gegangen sei.

Die Yacht fort! Doktor Antekirtt ebenso geheimnisvoll wieder verschwunden wie aufgetaucht!

Peter Bathory ging nach Ragusa zurück, diesmal in größerer Verzweiflung als je.

So viel ist gewiss, wenn Peter Bathory eine Ahnung davon gehabt hätte, dass die Yacht nach Cattaro gesegelt war, so wäre er ihr unbedingt nachgeeilt. Allerdings wäre diese Reise ganz nutzlos gewesen. Denn die »Savarena« war nicht in die Bucht eingelaufen. Der Doktor hatte sich in der Begleitung Kap Matifu's durch eines seiner Boote ans Land setzen lassen, die Yacht selbst aber war sogleich wieder nach einem unbekannten Bestimmungsorte in See gegangen.

Es gibt in ganz Europa, vielleicht in allen alten Erdteilen, keinen sonderbareren Ort als die Art der Zusammenstellung von Land und Wasser, die man die Bocche di Cattaro nennt.

Cattaro ist durchaus kein Fluss, wie man vielleicht zu glauben geneigt ist, sondern eine Stadt mit dem Sitze eines Bischofs, die man überdies zur Kreishauptstadt ernannt hat. Unter der Bezeichnung der Bocche versteht man sechs Baien: dieselben liegen hintereinander und sind durch schmale Kanäle mit einander verbunden; um sie zu passieren, gebraucht man sechs Stunden. Von dieser Kette von kleinen Seen, die sich um die Ufergebirge reiht, bildet das letzte Glied zu Füßen des Berges Norri die Grenze des österreichischen Reiches. Jenseits desselben beginnt das montenegrinische Gebiet.

Am Eingange zu diesen Mündungen also ließ sich der Doktor nach einer schnellen Überfahrt ausschiffen. Dort erwartete ihn ein von elektrischen Motoren bedientes Schnellboot, das ihn zur innersten Bai brachte. Nachdem er das Vorgebirge von Ostro umsegelt hatte, an Castelnuovo vorübergekommen war, an Panoramen von Ortschaften und Kapellen links und rechts, an Stolivo, Risano, Perasto, einem berühmten Wallfahrtsorte, wo die dalmatinischen Trachten sich schon mit denen der Türken und Albanesen zu mischen beginnen, langte er von einem See zum andern im letzten Kreise an, in dessen Hintergrunde Cattaro sich erhebt.

Der »Electric 2« ankerte in der Entfernung einiger Längen vor der Stadt, auf diesen dunklen, schläfrigen Gewässern, welche kein Luftzug an diesem schönen Juniabend bewegte.

Der Doktor nahm indessen nicht an Bord Wohnung. Er wollte jedenfalls nicht, behufs besserer Ausführung der jüngst gefassten Pläne, dass man ihn als den Besitzer jenes Fahrzeuges kannte. Er landete also in Cattaro selbst, um in einem der dortigen Hotels ein Unterkommen zu suchen, Kap Matifu musste ihn begleiten.

Das Boot, das sie hergeführt hatte, verlor sich in der Dunkelheit rechts vom Hafen, wo es sich hinter einem Ufervorsprunge verbarg. In Cattaro konnte der Doktor ebenso unbemerkt weilen, als wenn er sich in dem verstecktesten Winkel der Erde verborgen hätte. Denn den Bocchesen, den Einwohnern dieses reichen Distriktes von Dalmatien, von Abstammung Slawen, konnte kaum die Anwesenheit eines Fremden auffallen.

Von der Bai aus scheint es, als ob die Stadt Cattaro in eine mächtige Höhlung des Berges Norri hinein gebaut worden sei. Ihre vordersten Häuser bilden einen jedenfalls dem Meere abgewonnenen Quai im Hintergrunde der zugespitzten Ecke des kleinen Sees, dessen letzter Ausläufer sich tief in den massigen Gebirgsstock hinein erstreckt. An der Spitze dieses, durch seine schönen Bäume mit den dahinterliegenden grünen Abhängen einen sehr heiteren Anblick gewährenden Trichters, legen stets die Paketboote des Lloyd und die großen Küstenfahrzeuge des Adriatischen Meeres an.

An jenem Abend beschäftigte sich der Doktor nur damit, eine passende Wohnung für sich zu suchen. Kap Matifu folgte ihm, ohne gefragt zu haben, wo man sich denn eigentlich befände. Es war ihm ganz gleichgültig, ob man in Dalmatien oder in China war. Wie ein treuer Hund folgte er seinem Herrn, wohin dieser ging. Er war nur ein Werkzeug, eine gehorsame Maschine, eine Maschine zum Drehen, Bohren, Stoßen, die der Doktor in Betrieb setzen konnte, wann es ihm beliebte.

Beide durchschritten den in Rautenform angelegten Quai und die befestigte Umwallung von Cattaro; dann gelangten sie in eine Folge schmaler und bergiger Straßen, in welchen eine Bevölkerung von vier- bis fünftausend Menschen durcheinander wimmelt. Man schloss gerade das Meertor, dasjenige, welches mit Ausnahme der Tage, an denen die Paketboote einlaufen, nur bis acht Uhr Abends offen bleibt.

Der Doktor hatte es bald heraus, dass sich kein einziges Hotel in der Stadt befand. Man musste also irgendjemandes habhaft werden, der geneigt war, ein Gemach abzutreten, was übrigens die Hauseigentümer von Cattaro gegen gute Bezahlung sehr gern tun.

Ein Vermieter fand sich, eine Wohnung ebenfalls. Der Doktor sah sich bald in einer ziemlich sauberen Straße, im Erdgeschosse eines für seine und Kap Matifu's Bedürfnisse ausreichenden Hauses einquartiert. Vor allen Dingen wurde vereinbart, dass Kap Matifu von dem Besitzer gespeist wurde und trotzdem dieser einen ungewöhnlich hohen Preis hierfür verlangte, der allerdings in. Anbetracht der enormen Leibesstärke des neuen Gastes berechtigt war, wurde diese Angelegenheit zur Zufriedenheit beider Teile erledigt. Doktor Antekirtt behielt sich das Recht vor, seine Mahlzeiten außerhalb des Hauses einnehmen zu können.

Er begann am nächsten Tage, nachdem er Kap Matifu die Erlaubnis gegeben, über seine freie Zeit nach Belieben zu verfügen, seine Promenade mit einem Gange zur Post, um zu fragen, ob Briefe oder Depeschen unter gewissen verabredeten Zeichen für ihn eingetroffen wären. Es war noch nichts angelangt. Er verließ dann die Stadt, um sich in ihrer Umgebung umzusehen. Er fand bald eine passende Gastwirtschaft, in welcher sich gewöhnlich die Gesellschaft Cattaros zu treffen pflegt, österreichische Offiziere und Beamten, die sich hier wie in der Verbannung, noch stärker gesagt, wie im Gefängnis vorkommen.

Der Doktor wartete jetzt nur noch den Augenblick zum Handeln ab. Sein Plan bestand aus Folgendem.

Er war entschlossen, Peter Bathory zu entführen. Diese Aufhebung wäre au Bord der Yacht, während sie in Gravosa ankerte, schwer zu bewerkstelligen gewesen. Der junge Ingenieur war dort bekannt und da sich die öffentliche Aufmerksamkeit bereits auf die »Savarena« und ihren Besitzer gelenkt hatte, würde das Unternehmen, vorausgesetzt, dass es geglückt wäre, schnell Lärm gemacht haben. Die Yacht war ferner nur ein Segelschiff; wenn also ein Hafendampfer sich an die Verfolgung gemacht hätte, so würde er sie in Folge seiner größeren Schnelligkeit jedenfalls eingeholt haben.

In Cattaro dagegen war eine Entführung unter unendlich besseren Verhältnissen ausführbar. Peter Bathory war mit Leichtigkeit dorthin zu locken. Er würde ganz gewiss auf ein Wort des Doktors hin abreisen. In Cattaro war er ebenso unbekannt, wie dieser selbst; sobald er sich an Bord des »Electric« befinden würde, sollte dieser die offene See gewinnen und Peter Bathory Alles erfahren, was er von der Vergangenheit Silas Toronthal's noch nicht kannte. Das Bild Sarah's musste dann vor der Erinnerung an seinen Vater erblassen.

Die Ausführung des Planes bot also keine Schwierigkeiten. In zwei oder drei Tagen – der späteste Termin, den sich der Doktor gestellt hatte – konnte das Werk getan, Peter auf immer von Sarah getrennt sein.

Am folgenden Tage, dem 9. Juni, kam ein Brief von Pointe Pescade. Dieser berichtete, dass es im Hotel des Stradone nichts Neues gab. Peter Bathory wollte Pointe Pescade seit jenem Tage nicht wiedergesehen haben, an dem er sich nach Gravosa begeben hatte, zwölf Stunden nach dem Auflaufen der Yacht.

Peter könne indessen Ragusa nicht verlassen haben. Er hätte sich ganz gewiss in dem Hause seiner Mutter eingeschlossen. Pointe Pescade vermutete – und er irrte darin nicht – dass die Abfahrt der »Savarena« diese Änderung in den Gewohnheiten des jungen Ingenieurs herbeigeführt hatte, umso mehr, als derselbe nach der Abfahrt verzweifelt nach Hause zurückgekehrt war.

Der Doktor entschloss sich, schon am nächsten Tage seine Operationen damit zu beginnen, dass er einen Brief an Peter Bathory schrieb, einen Brief, der ihn aufforderte, unverzüglich zu ihm nach Cattaro zu kommen.

Ein völlig unerwartetes Ereignis sollte diese Vorsätze ändern und es dem Zufalle überlassen, die Beteiligten an dasselbe Ziel zu führen.

Am Abend desselben Tages gegen acht Uhr befand sich der Doktor auf dem Quai von Cattaro, als das Einlaufen des Paketbootes »Saxonia« signalisiert wurde.

Die »Saxonia« kam von Brindisi, welche Stadt sie angelaufen hatte, um Passagiere aufzunehmen. Von dort begab sie sich nach Triest, wobei sie Cattaro, Ragusa, und Zara und andere Häfen an der österreichischen Küste des Adriatischen Meeres anlief.

Der Doktor stand gerade dicht bei der Anlegebrücke, mittelst derer das Ein- und Ausschiffen der Reisenden bewerkstelligt wurde, als sein Blick im letzten Tagesschimmer sich starr auf einen Reisenden richtete, dessen Gepäck man soeben auf den Quai hinübertrug.

Dieser, ungefähr vierzig Jahre alte Mann von hochmütigem, fast unverschämtem Aussehen, gab seine Befehle mit lauter Stimme. Es war eine jener Persönlichkeiten, deren schlechte Erziehung man empfindet, selbst wenn sie höflich sind.

»Er!... Hier, in Cattaro!...«

Diese Worte wären den Lippen des Doktors entschlüpft, wenn er sie nicht mit Gewalt unterdrückt hätte, ebenso wie eine Bewegung des Zornes, der aus seinen Blicken drang.

Der Passagier war Sarcany. Fünfzehn Jahre waren seit jener Zeit verflossen, in der er die Obliegenheiten eines Buchhalters im Hause des Grafen Zathmar erfüllt hatte. Er war nicht mehr, am wenigsten in seiner Kleidung, der Abenteurer, den man durch die Straßen Triests zu Beginn dieser Erzählung hat irren sehen. Er trug ein elegantes Reisekostüm unter einem Staubmantel nach der neuesten Mode und seine Gepäckstücke mit ihrem vielseitigen Messingbeschlag, bewiesen, dass der einstige tripolitanische Makler jetzt komfortabel zu leben verstand.

Sarcany hatte seit fünfzehn Jahren, Dank dem riesigen Anteile an dem Vermögen des Grafen Sandorf, ein Leben voll Luxus und Freude geführt. Was war ihm davon übrig geblieben? Seine besten Freunde, wenn er solche gehabt hätte, würden es nicht haben sagen können. Jedenfalls trug sein Antlitz Spuren der Befangenheit, ja selbst der Besorgnis, deren Ursache diese in sich verschlossene Natur schwerlich erraten ließ.

»Woher kommt er?... Wohin geht er?« fragte sich der Doktor, der ihn nicht aus den Augen verlor.

Woher Sarcany kam, konnte man leicht durch den Kommissär der »Saxonia« erfahren. Dieser Passagier hatte in Brindisi das Dampfboot bestiegen. Doch ob er aus Ober- oder Unter-Italien kam, wusste man nicht. Er kam aus Syrakus. Auf die Depesche der Marokkanerin hin hatte er sofort Sizilien verlassen und war nach Cattaro abgereist.

Cattaro war nämlich schon früher als Rendezvousort verabredet worden. Jene Frau, deren Mission in Ragusa nun zu Ende zu sein schien, erwartete ihn hier.

Die Fremde stand ebenfalls auf dem Quai und harrte auf das Schiff. Der Doktor bemerkte sie, er sah Sarcany auf sie zueilen und hörte noch, was sie zu ihm in arabischer Sprache sagte:

»Es war die höchste Zeit.«

Sarcany antwortete nur durch ein Nicken mit dem Kopfe. Nachdem er das Überführen seines Gepäckes in das Zollhaus überwacht hatte, zog er die Marokkanerin nach der rechten Seite hin, um an der Umwallung der Stadt entlang zu gehen und nicht durch das Meertor dieselbe zu betreten.

Der Doktor zögerte einen Augenblick. Sollte er Sarcany entschlüpfen lassen? Sollte er ihm folgen?

Er bemerkte, während er sich umsah, Kap Matifu, der wie ein harmloser Maulaffe das Ein- und Ausschiffen der Passagiere der »Saxonia« beobachtete. Er brauchte nur ein Zeichen zu geben, der Herkules war sofort an seiner Seite.

»Siehst Du diesen Mann, Kap Matifu? sagte der Doktor, auf den sich entfernenden Sarcany zeigend.

– Ja!

– Wenn ich Dir befehle, Dich seiner zu bemächtigen, wirst Du es tun?

– Ja!

– Und Du wirst ihn wehrlos machen, wenn er Widerstand leistet?

– Ja!

– Denke daran, dass ich ihn lebendig haben muss.

– Ja!«

Kap Matifu machte keine Redensarten, konnte aber dafür das Verdienst beanspruchen, umso klarere Antworten zu geben. Der Doktor wusste, dass er auf ihn zählen durfte. Wenn Jener einen Befehl auszuführen hatte, so führte er ihn auch aus.

Die Marokkanerin konnte gebunden und geknebelt in irgendeinen Winkel geworfen werden. Ehe sie im Stande war, Lärm zu schlagen, konnte Sarcany schon an Bord des »Electric« sein.

Die Dunkelheit, obgleich sie noch nicht dicht genannt werden konnte, musste die Ausführung des Planes erleichtern.

Sarcany und die Fremde setzten inzwischen ihren Weg längs der Umwallung der Stadt fort, ohne zu bemerken, dass sie gesehen und verfolgt wurden. Sie sprachen nicht miteinander. Sie wollten augenscheinlich so lange schweigen, bis sie an einen Ort gelangt waren, an dem sie sich im sicheren Versteck wähnen konnten. So kamen sie bis fast an das Südtor, das auf die Straße hinausführt, welche in die Gebirge zur österreichischen Grenze läuft.

Dort befindet sich ein bedeutender Marktplatz, ein den Montenegrinern wohl bekannter Bazar. Hier treiben diese ihren Handel, weil man sie nur in beschränkter Anzahl in die Stadt hineinlässt und erst, nachdem sie ihre Waffen abgelegt haben. Am Dienstag, Donnerstag, Sonnabend jeder Woche kommen diese Bergbewohner von Njegus oder Cettinje herbei. Sie müssen fünf bis sechs Stunden unterwegs bleiben, um hier Eier, Kartoffeln, Geflügel und Reis, dessen Absatz bedeutend ist, an den Mann bringen zu können

Jener Tag war gerade ein Dienstag. Einige Gruppen, deren Geschäfte sich sehr in die Länge gezogen hatten, befanden sich noch auf dem Marktplatze, um hier die Nacht zuzubringen. An dreißig Bergbewohner kamen, gingen, plauderten und stritten miteinander. Die Einen hatten sich schon zum Schlafen auf den Boden ausgestreckt, die Anderen ließen über einem Kohlenfeuer einen kleinen, auf einen hölzernen Spieß (nach albanesischer Sitte) gezogenen Hammel schmoren.

Dorthin zogen sich Sarcany und seine Begleiterin zurück; sie schienen den Ort schon zu kennen. Hier war es in der Tat leicht, ungestört zu plaudern und selbst während der ganzen Nacht zu bleiben, ohne erst nach einem ungewissen Quartier auf die Suche gehen zu müssen. Seit ihrer Ankunft in Cattaro übrigens hatte sich die Fremde wegen eines anderen Unterkommens unbesorgt gezeigt.

Der Doktor und Kap Matifu traten Einer hinter dem Anderen in den dunklen Bazar ein. Hier und dort knisterte es auf einigen Feuerherden, doch helle Flammen waren nicht zu sehen und deshalb fehlte jeder Lichtschein. Die Aufhebung Sarcany's war unter diesen Umständen eine sehr schwierige Sache, namentlich wenn er den Bazar nicht vor Tagesanbruch wieder verließ. Der Doktor bedauerte sehr, nicht schon auf dem Gange zwischen dem See- und Südtor gehandelt zu haben. Jetzt war es zu spät. Man musste sich auf das Warten verlegen, um jede Gelegenheit, die sich bieten konnte, benützen zu können.

Das Boot lag hinter den Klippen, kaum zweihundert Schritte vom Bazar entfernt und zwei Ankerlängen weiter konnte man die flüchtigen Umrisse des »Electric« bemerken, dessen Ankerplatz eine kleine am Bug aufgehisste Laterne bezeichnete

Sarcany und die Marokkanerin hatten sich in eine sehr dunkle Ecke, in die Nähe einer Gruppe schon schlafender Bergbewohner zurückgezogen. Sie hätten sich also von ihren Angelegenheiten ungestört unterhalten können, ohne Besorgnis gehört zu werden, wenn es dem in seinen Reisemantel eingehüllten Doktor nicht gelungen wäre, sich unter die Gruppe zu mischen, was weiter keine Aufmerksamkeit erregte. Kap Matifu verbarg sich, so gut er konnte, hielt sich aber in der Nähe, um dem ersten Zeichen Folge zu leisten.

Sarcany und die Fremde glaubten sich schon dadurch, dass sie arabisch sprachen, gesichert, in der Voraussetzung, dass hier Niemand diese Sprache verstehen würde.

Sie täuschten sich, denn Doktor Antekirtt war zugegen. Ihm, der mit allen Idiomen des Orients und Afrikas vertraut war, entging nicht ein einziges Wort von der Unterhaltung.

»Du hast also meine Depesche in Syrakus erhalten? fragte die Marokkanerin.

– Ja, Namir, antwortete Sarcany, und ich bin gleich am folgenden Tage mit Zirone aufgebrochen.

– Wo ist Zirone?

– In der Nähe von Catania, wo er seine neue Bande sich zusammenstellt.

– Du musst morgen in Ragusa sein und sofort zu Silas Toronthal gehen, Sarcany.

– Ich werde dort sein und mit ihm reden. Du hast Dich also nicht getäuscht, Namir? Es war Zeit, dass ich kam?

– Ja, die Tochter des Bankiers...

– Die Tochter des Bankiers! wiederholte Sarcany in einem so eigenartigen Tone, dass es den Doktor wider Willen kalt überlief.

– Ja... seine Tochter! wiederholte Namir.

– Wie? Sie erlaubt sich ihr Herz sprechen zu lassen und ohne meine Einwilligung? fragte Sarcany ironisch.

– Das überrascht Dich, Sarcany. Und doch ist es mehr als gewiss. Du wirst aber noch mehr überrascht sein, wenn ich Dir gesagt haben werde, wen Sarah Toronthal heiraten will.

– Irgend einen ruinierten Edelmann, der sich mit Hilfe der Millionen des Vaters wieder arrangieren will.

– Stimmt, meinte Namir, einen jungen Mann von edler Abkunft, doch ohne Vermögen.

– Und dieser Unverschämte heißt?...

– Peter Bathory!

– Peter Bathory! rief Sarcany. Peter Bathory will Sarah Toronthal heiraten?

– Beruhige Dich, Sarcany, beschwichtigte Namir den Gefährten. Dass die Tochter von Silas Toronthal und der Sohn Stephan Bathory's sich lieben, ist kein Geheimnis mehr für mich. Vielleicht aber weiß es Silas Toronthal noch nicht.

– Er sollte es nicht wissen? fragte Sarcany.

– Nein, und übrigens würde er nie seine Einwilligung geben...

– Ich weiß gar nichts, antwortete Sarcany. Silas Toronthal ist zu Allem fähig... selbst dazu, seine Einwilligung zu dieser Heirat zu geben, nur um sein Gewissen zu beschwichtigen, falls dasselbe etwa nach fünfzehn Jahren wieder zu Kräften gekommen sein sollte.... Ich bin glücklicherweise noch da, um ihm sein Spiel zu verderben, morgen schon bin ich in Ragusa.

– Gut! meinte Namir, die einen gewissen Einfluss auf Sarcany auszuüben schien.

– Die Tochter von Silas Toronthal soll keinem Anderen als mir gehören verstehst Du, Namir? Mit ihrer Hilfe werde ich mein Vermögen wieder zurechtflicken.«

Der Doktor hatte hiermit Alles gehört, was er wissen wollte. Was Sarcany und die Fremde sich nun noch zu erzählen hatten, konnte ihm ziemlich gleichgültig sein.

Ein Schurke, der das Recht hatte, sich aufzudrängen, beanspruchte die Tochter eines zweiten Schurken. Gott selbst intervenierte bei dem Werke menschlicher Gerechtigkeit. Es war nun nichts mehr für Peter Bathory zu befürchten, den ein solcher Nebenbuhler jetzt aus dem Felde schlagen wollte. Es war nicht mehr von Nöten, ihn nach Cattaro zu entbieten, namentlich unnötig, sich des Mannes zu bemächtigen, der die Ehre beanspruchen wollte, der Schwiegersohn von Silas Toronthal zu werden.

»Mögen diese Spitzbuben sich nur ruhig miteinander verbinden und eine Familie bilden, sagte sich der Doktor. Wir werden ja sehen!«

Er zog sich zurück und gab Kap Matifu ein Zeichen, ihm zu folgen.

Kap Matifu, der nicht gefragt hatte, warum er den Passagier der »Saxonia« aufheben sollte, fragte jetzt auch nicht, warum er auf diese Entführung verzichten musste. '

Am nächsten Tage, dem 10. Juni, öffneten sich in der achten Abendstunde die Türen des großen Salons im Hotel des Stradone in Ragusa und ein Diener meldete mit lauter Stimme:

»Herr Sarcany!«

SIEBENTES KAPITEL. VERWICKLUNGEN.

Vor vierzehn Jahren hatte Silas Toronthal Triest verlassen und in Ragusa, in dem prächtigen Hotel am Stradone Wohnung genommen. Als Dalmatiner war es nur natürlich, dass er daran gedacht hatte, nach der Aufgabe seines Geschäftes sich in seinem Heimatlande niederzulassen.

Man hatte Wort gehalten und das Geheimnis der Verräter gehütet. Der Preis für den Verrat war ihnen prompt ausbezahlt worden. Aus dieser Tat war dem Bankier und Sarcany, seinem einstigen Agenten in Tripolis, ein bedeutendes Vermögen erwachsen.

Nach der Hinrichtung der beiden Verurteilten im Gefängnisse von Pisino, nach der Flucht des Grafen Sandorf, der seinen Tod in den Fluten der Adria gefunden hatte, war das Urteil durch die Konfiskation ihrer Güter vervollständigt worden. Von dem Hause und dem kleinen Landgute, welche Ladislaus Zathmar gehörten, war nichts übrig geblieben, nicht einmal so viel, um dem alten Diener die materiellen Sorgen zu erleichtern. Von dem Besitze Stephan Bathory's war ebenfalls nichts mehr vorhanden, da er, ohne Vermögen, nur von dem Ertrage seines Unterrichtes lebte. Aber Schloss Artenak und seine Dependenzen, die benachbarten Minen, die Forste auf den nördlichen Abhängen der Karpaten, bildeten für den Grafen Mathias Sandorf einen beträchtlichen Besitz. Aus diesen Gütern wurden zwei Teile gebildet; der eine, der öffentlichen Jurisdiktion unterstellt, diente dazu, die Angeber zu belohnen; der andere, unter Sequester gestellt, sollte für die Erbin des Grafen bis zu ihrem achtzehnten Lebensjahre verwaltet werden. Falls dieses Kind vor diesem Alter sterben sollte, hatte ihr Anteil an den Staat zurückzufallen.

Die beiden Viertel, welche den Verrätern zu Teil geworden waren, hatten mehr als anderthalb Millionen Gulden betragen, von denen sie nach Belieben Gebrauch machen konnten.

Vorerst dachten die Genossen daran, sich zu trennen. Sarcany lag wenig daran, in der Nähe von Silas Toronthal zu sein. Dieser bestand darauf, in keiner Weise mit seinem früheren Agenten in Verbindung zu bleiben. Sarcany reiste also von Triest ab, gefolgt von Zirone, der ihn im Unglücke nicht verlassen hatte und ihn im Glücke nun gewiss nicht verlassen wollte. Beide verschwanden und der Bankier hörte nicht mehr von ihnen reden. Wohin waren sie gegangen? Jedenfalls in eine große Stadt Europas, dort wo Niemand daran denkt, weder dem Herkommen der Leute nachzuforschen, vorausgesetzt, dass sie reich sind, noch der Quelle des Vermögens, vorausgesetzt, dass sie es vergeuden, ohne zu rechnen. Kurz, es war in Triest nicht mehr die Rede von den Abenteurern, wo sie schließlich auch nur von Silas Toronthal gekannt worden waren.

Der Bankier atmete nach ihrer Abreise wieder auf. Er glaubte nun nichts mehr zu fürchten zu haben von einem Manne, der ihn nach gewissen Seiten hin im Garne hielt und diese Situation stets ausnützen konnte. Wenn Sarcany für den Augenblick auch reich war, so war doch kein Verlass auf solchen Verschwender und es anzunehmen, dass er sich wieder an seinen einstigen Mitschuldigen machen würde, sobald er sein Vermögen wieder vergeudet hatte.

Sechs Monate später liquidierte Silas Toronthal seine Geschäfte, nachdem er die Differenzen seines stark bloßgelegten Hauses ausgeglichen hatte, und er verließ Triest, um sich endgültig in Ragusa anzusiedeln. Obwohl er keine Indiskretion des Gouverneurs zu befürchten hatte, welcher der Einzige war, der es wusste, welche Rolle er bei der Aufdeckung der Verschwörung gespielt hatte, so war das doch gerade genug für einen Mann, der nichts von seinem Ansehen einbüßen wollte und dem sein Vermögen erlaubte, ein Leben auf großem Fuße überall da zu führen, wo er sich niederzulassen wünschte.

Vielleicht wurde dieser Entschluss, Triest zu verlassen, auch noch durch einen besonderen Umstand vorgeschrieben – – auf den später zurückgekommen werden muss – von dem allein Frau Toronthal und er Kenntnis hatten. Es war derselbe Umstand, der ihn – ein einziges Mal nur – mit jener Namir zusammenführte, deren Bekanntschaft mit Sarcany wir bereits gesehen haben.

Ragusa also wählte der Bankier zu seinem neuen Wohnsitze. Er hatte diese Stadt in frühester Jugend verlassen, da er weder Eltern noch Familie besaß. Man erinnerte sich seiner nicht mehr, und so war es ein Fremder, der in die Stadt einzog, woselbst er seit fast vierzig Jahren nicht wieder aufgetaucht war.

Dem reichen Manne, der unter solchen Umständen sich einführte, bereiteten die höheren Kreise Ragusas natürlich einen freundlichen Empfang. Sie kannten von ihm nur das Eine, dass er in Triest eine hervorragende Stellung bekleidet hatte. Der Bankier sachte und erstand ein Hotel in dem aristokratischen Teile der Stadt. Er führte einen großen Haushalt mit einer Schar Diener, die sämtlich in Ragusa erst angeworben wurden. Er empfing und wurde empfangen. Da Niemand etwas von seiner Vergangenheit wusste, so galt er als einer der Privilegierten, welche man die Glücklichen dieser Erde nennt.

Silas Toronthal war gegen das, was man Gewissensbisse nennt, so gut wie taub. Wenn er nicht Furcht gehabt hätte, dass das Geheimnis seines gemeinen Verrates eines Tages entdeckt werden könnte, hätte nichts sein Leben beunruhigt.

Doch ihm zur Seite, wie ein stummer, aber lebendiger und beredter Vorwurf stand Frau Toronthal.

Diese unglückliche, gerade und rechtschaffene Frau besaß Kenntnis von diesem elenden Komplott, das drei Patrioten in den Tod getrieben hatte. Ein ihrem Gatten entschlüpftes Wort, als seine Geschäfte auf der Kippe standen, die unvorsichtig ausgesprochene Hoffnung, dass ein Teil des Sandorf'schen Vermögens ihm wieder auf die Beine helfen könnte, Unterschriften, welche er von seiner Frau erbeten hatte, alles das hatte ihm das Geständnis seiner Beteiligung an der Aufdeckung der Verschwörung von Triest abgezwungen.

Ein unüberwindliches Gefühl der Abneigung vor dem Manne, an den sie gebunden war, bemächtigte sich der Frau Toronthal, ein Gefühl, das umso verständlicher, als sie selbst eine Ungarin von Geburt war. Sie war aber, wie schon gesagt, eine Frau ohne moralische Stärke. Sie konnte sich nach dem Schlage, den sie erhalten, nicht wieder aufraffen. Seit jenem Ereignis, erst in Triest, dann in Ragusa lebte sie für sich allein, so weit solches möglich war und nach dem Verhältnis ihrer gesellschaftlichen Stellung. Sie erschien an den Empfangsabenden im Hotel des Stradone, weil sie es musste und ihrem Manne gegenüber diese Verpflichtung übernommen hatte; wenn jedoch ihre Rolle als Dame von Welt ausgespielt war, zog sie sich in das Innerste ihrer Gemächer zurück. Dort widmete sie sich ganz der Erziehung ihrer Tochter, auf welche sie alle zärtlichen Gefühle übertragen hatte und versuchte zu vergessen. Vergessen, wenn der Mann, der bei jenem Geheimnis beteiligt gewesen war, unter demselben Dache mit ihr lebte!

Genau zwei Jahre nach ihrer Niederlassung in Ragusa sollte sich dieser Stand der Dinge noch verwickelter gestalten. Bereitete diese Verwickelung dem Bankier einen neuen Verdruss, so erblickte Frau Toronthal darin einen neuen Gegenstand des Schmerzes.

Frau Bathory, ihr Sohn und Borik waren ebenfalls von Triest nach Ragusa übersiedelt, woselbst noch einige Verwandte von ihnen am Leben waren. Die Witwe Stephan Bathory's kannte Silas Toronthal nicht; sie wusste nicht einmal, dass jemals irgendein Zusammenhang zwischen dem Bankier und Mathias Sandorf existiert hatte. Wie hätte sie auch jemals erfahren sollen, dass dieser Mann Teil an dem Verbrechen genommen hatte, welches drei edlen Ungarn das Leben kostete, da ihr Gatte vor seinem Tode nicht mehr Gelegenheit gehabt, ihr die Namen der Elenden zu nennen, welche ihn der österreichischen Behörde verkauft hatten.

Wenn auch Frau Bathory Silas Toronthal nicht kannte, so war das doch umgekehrt in umso verstärkterem Maße der Fall. Sie in derselben Stadt zu erblicken, ihr oftmals auf der Straße zu begegnen, zu sehen, wie sie arm war und arbeitete, um ihr Kind erziehen zu können, musste ihm mehr als unangenehm sein. So viel ist gewiss, wenn Frau Bathory schon in Ragusa gewohnt hätte, als er sich daselbst niederlassen wollte, so würde er sofort von seinem Vorhaben abgestanden sein. Doch als die Witwe ihr bescheidenes Heim in der Marinella-Straße bezog, war sein Hotel schon gekauft, seine Einrichtung fertiggestellt, sein gesellschaftlicher Empfang angenommen und erwidert. Er konnte sich nicht dazu entschließen, seinen Wohnsitz abermals zu wechseln.

»Der Mensch gewöhnt sich an Alles,« sagte er zu sich selbst.

Und er beschloss, die Augen vor diesem lebendigen Denkmal seines Verrates zu schließen.

Wenn Silas Toronthal die Augen schloss, so genügte das, wie es schien, um ihn auch in seinem Innern nichts sehen zu lassen.

Was dem Bankier schließlich nur unangenehm war, wurde für Frau Toronthal eine unaufhörliche Quelle des Schmerzes und der Gewissensbisse. Sie versuchte es mehrfach, der Witwe heimlich Unterstützungen zukommen zu lassen, welche nur durch ihre Arbeit ihren Lebensunterhalt erwarb, doch ihre Unterstützungen wurden stets ebenso abgewiesen wie diejenigen, welche unbekannte Freunde der Witwe aufdrängten. Die energische Frau verlangte nichts und wollte nichts empfangen.

Ein unvorhergesehener, auch unberechenbarer Umstand sollte diese Sachlage noch unerträglicher gestalten und sogar furchtbar machen durch die Verwickelungen, welche er herbeiführte.

Frau Toronthal hatte ihre volle Liebe auf ihre Tochter übertragen, welche gegen Ende des Jahres 1867, als sie und ihr Mann nach Ragusa kamen, kaum zwei und ein halbes Jahr alt war.

Sarah zählte nun fast siebzehn Jahre. Sie war eine reizende Person, die sich mehr dem ungarischen als dem dalmatinischen Typus näherte. Schwarze, krause Haare, feurige Augen, die sich mit elegantem Schnitt unter der hohen Stirn zeigten, einer Stirn von »psychischer Form«, wenn man sich dieser Bezeichnung bedienen darf, welche die Handschriftendeuter der Hand beizulegen pflegen, ein wohlgeformter Mund, ein warmer Teint, eine edle, etwas über das Durchschnittsmaß große Figur – dieses Zusammenwirken von körperlichen Eigenschaften ließ keinen Blick gleichgültig.

Namentlich aber überraschte an ihrer Person und machte auf empfindlichere Naturen einen umso nachhaltigeren Eindruck das ernste Aussehen des jungen Mädchens, das nachdenkliche Gesicht, welches stets auf der Suche nach verblichenen Erinnerungen zu sein schien. Dieser Umstand hielt ihr auch alle Diejenigen vom Leibe, welche in den Salons ihres Vaters verkehrten, und die, welche ihr mehrfach im Stradone begegneten.

Man wird es unschwer glauben, dass Sarah als Erbin eines Vermögens, welches für ungeheuer groß galt und eines Tages ganz allein an sie fallen musste, sehr gesucht war. Es waren ihr auch schon mehrere Heiraten vorgeschlagen worden, die nach jeder Richtung hin Annehmbares boten, das junge, von der Mutter bevormundete Mädchen hatte jedoch alle Anträge bisher von der Hand gewiesen, ohne sich herbeizulassen, die Gründe für ihre Weigerung anzugeben. Silas Toronthal hatte sie in dieser Beziehung niemals weder beeinflusst noch gedrängt. Augenscheinlich hatte sich ihm der Schwiegersohn, den er brauchen konnte – er mehr als Sarah – noch nicht gezeigt.

Es gehört sich, dass zur Vollendung des Gemäldes von Sarah Toronthal ihre sehr ausgesprochene Neigung, tugendhafte und mutige Taten zu bewundern, welche der Vaterlandsliebe verschwägert sind, hervorgehoben wird. Sie beschäftigte sich mit der Politik durchaus nicht, doch die Erzählung dessen, was ihr Vaterland anging, die demselben geweihten Opfer, die neueren Beispiele, deren sich die Geschichte ihres Landes rühmt, erregten sie tief. In dem Zufalle ihrer Geburt waren solche Gefühle kaum zu suchen – von Silas Toronthal rührten sie ganz gewiss nicht her – sie selbst also, edel und edelmütig wie sie war, konnte sie nur in ihrem eigenen Herzen gefunden haben.

Diese Neigung erklärt auch auf ganz natürliche Weise – gerade als wäre es vorher so bestimmt worden – die sympathische Annäherung Sarah Toronthal's an Peter Bathory. Ja, eine Art Schicksalstücke, die in das Spiel des Bankiers griff, hatte sich darin gefallen, die beiden jungen Leute sich kennen lernen zu lassen. Sarah stand im zwölften Lebensjahre, als man ihr eines Tages Peter gezeigt und gesagt hatte:

»Das ist der Sohn eines Mannes, der für Ungarn gestorben ist.«

Diese Worte waren ihrem Gedächtnis nie entschwunden. Beide waren dann größer geworden. Sarah dachte schon an Peter, ehe dieser sie kannte. Sie sah ihn so schwermütig und grübelnd. Wenn er auch arm war, so arbeitete er doch, um des Namens seines Vaters würdig zu werden, und sie kannte dessen Geschichte.

Man weiß das Übrige, man weiß wie Peter Bathory seinerseits von dem Anblicke Sarah's entzückt und begeistert wurde, deren Natur mit der seinigen übereinstimmte, wie der junge Mann sie bereits mit einer innigen Liebe, die sie aber bald teilen sollte, umfasste, ehe sie sich noch über das Gefühl klar wurde, welches in ihr aufwuchs.

Alles was Sarah Toronthal sonst noch angeht, ist gesagt, sobald man die Stellung, die sie in ihrer Familie einnahm, kennen gelernt hat.

Ihrem Vater gegenüber hielt sich Sarah stets äußerst reserviert. Niemals bemerkte man einen Zug des Herzens auf Seiten des Vaters, niemals ein kindliches Schmeicheln bei der Tochter. Bei dem Einen war es Gefühllosigkeit, bei der Anderen rührte diese Entfremdung von einer Verschiedenheit der Ansichten in allen Dingen her. Sarah besaß für ihren Vater nur die Achtung, welche die Tochter dem Vater schuldet, nichts mehr. Er ließ sie im Übrigen nach Gefallen ihre Wege gehen, er stellte ihren Geschmacksrichtungen keine Hindernisse entgegen, er beschränkte sie nicht in ihren Werken der Mildtätigkeit, denen er sich sogar anschloss, doch nur um damit zu prahlen. Er zeigte sich, Alles in Allem genommen, indifferent. Bei ihr war es, offen gesagt, mehr Widerwille als Abneigung.

Frau Toronthal gegenüber zeigte Sarah eine ganz andere Gesinnung. Wenn auch die Frau des Bankiers der Herrschsucht ihres Gatten sich unterordnete, der ihr wenig Ehrerbietung zeigte, so war sie wenigstens eine gutmütige Natur und durch ihren ehrenhaften Lebenswandel, durch ihre Sorgfalt, persönlich würdig zu erscheinen, tausendmal mehr wert als jener. Frau Toronthal liebte Sarah herzlich. Unter der Zurückhaltung des jungen Mädchens hatte sie die seltensten Gaben zu entdecken gewusst. Doch diese in ihr widerhallende Neigung war gleichsam eine überspannte, Bewunderung mischte sich in ihr mit Achtung, ja fast mit ein wenig Furcht. Die Erhabenheit in dem Charakter Sarah's, ihre Geradheit und stellenweise Unbeugsamkeit konnten diese befremdliche Form der mütterlichen Liebe erklären. Die Tochter erwiderte indessen Neigung mit Neigung. Auch ohne die Bande der Blutsverwandtschaft würden die Beiden aneinander großen Gefallen gefunden haben.

Man wird also nicht weiter überrascht sein zu hören, dass Frau Toronthal die Erste war, welche ahnte, was im Geist und Herzen Sarah's vorging. Das junge Mädchen hatte mit ihr oft über Peter Bathory und seine Familie gesprochen, ohne den schmerzlichen Eindruck zu gewahren, den dieser Name auf ihre Mutter ausübte. Sobald Frau Toronthal bemerkt hatte, dass Sarah Peter liebte, sagte sie sich:

»Gott will also doch!«

Man ahnt, welchen Sinn diese Worte aus dem Munde Frau Toronthal's hatten, doch was man noch nicht wissen kann, ist, eine wie gerechte Entschädigung für das der Familie Bathory zugefügte Unrecht die Liebe Sarah's zu Peter gewesen wäre.

Wenn Frau Toronthal wirklich glauben konnte, dass diese Liebe nach den Absichten der Vorsehung entstanden war, so musste sie, deren Seele fromm und gläubig war, auch ihren Mann zu bewegen suchen, eine Annäherung der beiden Familien zu Stande zu bringen. Ohne Sarah etwas davon zu sagen, beschloss sie, sich mit ihm über diesen Punkt auszusprechen.

Bei den ersten Worten, die seine Frau sprach, ging Silas Toronthal in einer Anwandlung von Zorn, über die er nicht Meister werden konnte, über jedes Maß hinaus. Frau Toronthal, durch die Anstrengung hinfällig, musste sich bei seinen Drohungen schleunigst in ihr Gemach zurückziehen.

»Nehmen Sie sich in Acht, Madame! hatte er schließlich geschrien. Wenn Sie jemals wagen, mit mir nochmals von diesem Projekt zu sprechen, so dürften Sie es sehr bereuen!«

Also das, was Silas Toronthal das Fatum nannte, hatte nicht nur die Familie Bathory nach Ragusa geführt, sondern auch Sarah und Peter zu einander; sie hatten sich kennen gelernt und nicht gezögert sich ineinander zu verlieben.

Man wird sich vielleicht fragen, woher dieser große Zorn des Bankiers stammte. Hatte er vielleicht schon geheime Absichten auf die Zukunft Sarah's, welche deren Gefühle nun durchkreuzten? Musste es ihm im Gegenteile nicht ganz lieb sein, dass den Folgen, welche eine Entdeckung seiner unwürdigen Angeberei haben musste, schon im Voraus nach Möglichkeit entgegengearbeitet wurde? Was hätte Peter Bathory noch sagen können, wenn er der Gatte Sarah Toronthal's geworden wäre? Was hätte dann Frau Bathory unternehmen können? Es wäre allerdings eine schreckliche

Situation geworden, der Sohn des Opfers verheiratet mit der Tochter des Mörders, aber schrecklich für sie selbst, nicht für ihn, Silas Toronthal.

Es hätte also Alles besser gestanden, wenn Sarcany nicht gewesen wäre, von dem man ohne Nachrichten war. Seine Rückkehr war immer noch möglich und eventuelle Verpflichtungen der Beiden höchst wahrscheinlich noch vorhanden. Sarcany war gewiss der Mann dazu, sich dieser zu erinnern, sobald das Glück ihm den Rücken wenden sollte.

Silas Toronthal war zweifellos sehr besorgt, was aus seinem ehemaligen Geschäftsträger in Tripolis geworden war. Seit ihrer Trennung nach der Triester Affäre hatte er von ihm nichts mehr gehört und das war nun schon an fünfzehn Jahre her. Selbst in Sizilien, wo Sarcany, wie er wusste, durch seinen Freund Zirone Verbindungen unterhielt, waren die Nachforschungen erfolglos geblieben. Und doch konnte Sarcany von einem Tage zum andern auftauchen. Daher bildete er ein fortwährendes Schrecknis für den Bankier, umso mehr, als keine Nachricht vom Tode desselben an ihn gelangte – eine Botschaft, die ihn mit lebhafter Freude erfüllt haben würde. Vielleicht hätte er dann die Möglichkeit einer Verbindung der Familie Bathory's mit der seinigen von einem anderen Gesichtspunkte aus betrachtet. Jedenfalls konnte für den Augenblick an eine solche nicht gedacht werden.

Silas Toronthal wollte seiner Frau nicht noch einmal solchen Empfang bereiten, als sie zufällig mit ihm wieder von Peter Bathory sprach. Er gab ihr übrigens keinen Aufschluss in dieser Beziehung. Er nahm sich nur vor, Sarah für die Folge strenger zu überwachen, ja, selbst beobachten zu lassen. Er nahm sich ferner vor, dem jungen Ingenieur mit Hochmuth zu begegnen, den Kopf fortzuwenden, wenn er seiner ansichtig wurde, und so zu verfahren, dass diesem jede Hoffnung benommen würde. Es gelang ihm nur zu gut, zu zeigen, dass jeder Schritt von Peter's Seite durchaus unnütz sein würde.

So lagen die Verhältnisse, als am Abend des 10. Juni der Name Sarcany's im Salon des Hotels im Stradone ausgerufen wurde, nachdem die Tür sich vor diesem unverschämten Menschen geöffnet hatte. Am Morgen desselben Tages hatte Sarcany in der Begleitung von Namir die Eisenbahn von Cattaro nach Ragusa bestiegen. Er war in einem der vornehmsten Hotels der Stadt abgestiegen, hatte eine elegante Toilette gemacht und ohne Zeit zu verlieren, sich bei seinem ehemaligen Mitschuldigen eingestellt.

Silas Toronthal empfing ihn und gab Befehl, sie nicht zu stören. Wie nahm er den Besuch auf? War er Herr genug über sich selbst, um sich nicht merken zu lassen, was er bei dem Wiedersehen empfand und spielte er sich mit ihm? Zeigte sich Sarcany von seiner Seite so befehlerisch frech wie früher? Rief er dem Bankier vielleicht übereingekommene Versprechungen, vor langer Zeit geschlossene Verträge in das Gedächtnis zurück? Sprachen sie von der Vergangenheit, Gegenwart oder Zukunft? Niemand hätte es sagen können, denn die Unterhaltung wurde von keinem Menschen gestört.

Das Resultat aber war folgendes:

Vierundzwanzig Stunden später durchlief eine Aufsehen machende Neuigkeit die Stadt. Man sprach von der Heirat eines gewissen Sarcany – eines reichen Mannes aus Tripolis – mit Fräulein Sarah Toronthal.

Der Bankier hatte ersichtlich vor den Drohungen eines Mannes nachgeben müssen, der ihn mit einem Wort verderben konnte. Weder die Bitten seiner Frau, noch Sarah's offenbares Erschrecken, deren Vater sich die alleinige Verfügung über ihre Hand anmaßte, konnten seinen Sinn ändern. – Das einzige Interesse, welches Sarancy an dem Zustandekommen seiner Heirat hatte, war von ihm vor Silas Toronthal nicht verheimlicht worden. Er war jetzt ruiniert. Der Vermögensanteil, welcher dem Bankier dazu gedient hatte, den Kredit seines Hauses wiederherzustellen, hatte für den Abenteurer die fünfzehn Jahre hindurch knapp ausgereicht. Seit seiner Abreise von Triest hatte Sarcany Europa durchreist; er lebte verschwenderisch; für ihn hatten die ersten Hotels in Paris, London, Berlin, Wien und Rom nicht Fenster genug, um das Geld mit vollen Händen, je nachdem ihn eine Laune anwandelte, hinauszuwerfen. Nachdem er alle möglichen Vergnügungen ausgekostet, überließ er es den Chancen des Zufalles, seinen Ruin zu vollenden, sowohl in den Städten der Schweiz und Spaniens, wo das öffentliche Spiel noch erlaubt ist, als auch auf den grünen Tischen Monacos, welches die Grenzen Frankreichs umklammern.

Zirone war natürlich sein Helfershelfer während dieser ganzen Zeit. Dann, als sie nur noch einige tausend Gulden besaßen, waren Beide in das dem Sizilianer teure Land, den östlichen Teil Siziliens zurückgegangen. Sie blieben dort nicht untätig und warteten die Ereignisse ab, das heißt die gelegene Zeit, um mit dem Bankier von Triest wieder in Verbindung zu kommen. Es gab in der Tat nichts Einfacheres, um Sarcany's Vermögen wieder herzustellen, als wenn dieser Sarah, die einzige Erbin des reichen Silas Toronthal heiratete, der Sarcany nichts abschlagen konnte.

Eine Weigerung war unmöglich und wurde nicht einmal versucht. Es gab jedenfalls zwischen diesen beiden Männern und dem Problem, dessen Lösung sie versuchten, noch ein unbekanntes Etwas, dessen Enthüllung der Zukunft vorbehalten bleiben musste.

Von Sarah's Seite wurde nichtsdestoweniger eine klare Erklärung gefordert. Warum verfügte ihr Vater so eigenmächtig über sie?

»Meine Ehre hängt von dieser Heirat ab, gab Silas Toronthal auf ihr Drängen zu, folglich wird sie vor sich gehen.«

Als Sarah diesen Bescheid ihrer Mutter überbrachte, fiel diese halb ohnmächtig in die Arme der Tochter und vergoss Tränen der Verzweiflung.

Silas Toronthal hatte also die Wahrheit gesagt.

Die Schließung der Ehe wurde auf den 6. Juli festgesetzt.

Man kann sich denken, welches Leben Peter Bathory in diesen drei Wochen führte. Seine Bestürzung war unbeschreiblich. Eine Beute der ohnmächtigsten Wutanfälle, schloss er sich bald im mütterlichen Hause ein, bald eilte er aus der verwünschten Stadt und Frau Bathory musste befürchten, ihn nicht wiederzusehen.

Womit hätte sie ihn trösten können? So lange keine Rede von Sarah's Heirat gewesen, konnte Peter Bathory, obwohl er von ihrem Vater zurückgestoßen war, doch noch ein wenig Hoffnung hegen. War jedoch Sarah erst einmal verheiratet, dann erschloss sich ihm ein neuer, diesmal unüberbrückbarer Abgrund. Auch Doktor Antekirtt hatte Peter trotz seiner Versprechungen verlassen. Wie hatte nur, so fragte Peter sich, das junge Mädchen, das ihn liebte, deren eigenmächtige Natur er kannte, dieser Verbindung beistimmen können? Welch ein Geheimnis brütete über dem Hotel im Stradone, wo solche Dinge vor sich gingen? Peter hätte in der Tat besser getan, Ragusa zu verlassen, die Stellungen außerhalb anzunehmen, die ihm angeboten worden waren, und weit fort von Sarah zu gehen, die man diesem Fremden, Sarcany auslieferte.

»Nein, rief er dann wieder, es ist ganz unmöglich!... Ich liebe sie zu sehr!«

Die Verzweiflung war also wieder in das Haus eingekehrt, welches ein schwacher Strahl des Glückes mehrere Tage hindurch erleuchtet hatte.

Der stets auf dem Posten befindliche Pointe Pescade, welcher Alles wusste, was in der Stadt vor sich ging, war einer der Ersten, die von diesen Vorgängen unterrichtet waren. Sobald er die Neuigkeit von der Heirat Sarah Toronthal's mit Sarcany erfahren hatte, schrieb er nach Cattaro. Sobald er den jämmerlichen Zustand bemerkt hatte, in welchem sich der junge Ingenieur befand – für den er sich lebhaft interessierte – machte er dem Doktor Antekirtt davon Mitteilung.

Er empfing an Stelle einer eingehenden Antwort nur die Weisung, die Vorgänge in Ragusa weiter zu beobachten und nach Cattaro zu berichten.

Je mehr man sich dem Unglückstage des 6. Juli nahte, desto mehr verschlimmerte sich der Zustand Peter Bathory's. Seine Mutter war nicht mehr im Stande, ihn zu beruhigen. Silas Toronthal's Pläne waren schlechterdings nicht zu hintertreiben. Zeigte die Hast, mit der die Heirat veröffentlicht und festgesetzt wurde, nicht offenbar, dass sie schon seit langer Zeit beschlossen war, dass Sarcany und der Bankier sich schon gekannt hatten und dass dieser »reiche Tripolitaner« einen ganz besonderen Einfluss auf den Vater Sarah's haben musste?

Von seinen ihn völlig beherrschenden Ideen fortgerissen, beschloss Peter Bathory, acht Tage vor der festgesetzten Hochzeitsfeier an Silas Toronthal zu schreiben.

Der Brief blieb ohne Antwort.

Peter versuchte, dem Bankier auf der Straße zu begegnen. Es gelang ihm nicht.

Er wollte in das Hotel selbst dringen. Man verwehrte ihm den Eingang.

Sarah und ihre Mutter waren jetzt unsichtbar. Es gab keine Möglichkeit, bis zu ihnen zu dringen.

Doch während Peter Sarah und ihren Vater nicht zu Gesicht bekam, sah er sich im Stradone mehrfach Sarcany gegenüber. Den Blick des Hasses des jungen Mannes beantwortete Sarcany nur mit der unverschämtesten Missachtung. Peter Bathory hegte den Gedanken, ihn zu provozieren, damit er sich mit ihm schlagen müsste. Doch unter welchem Vorwande und warum hätte Sarcany ein Duell annehmen sollen, welches sein Interesse am Vorabend seiner Ehe mit Sarah Toronthal zu vermeiden vorschrieb?

So vergingen noch sechs Tage. Peter verließ trotz der inständigen Bitten seiner Mutter, trotz der Bitten Borik's das Haus in der Marinella-Straße am Abend des 4. Juli. Der alte Diener versuchte, ihm zu folgen, doch er hatte ihn bald aus den Augen verloren. Peter ging auf gut Glück durch die ödesten Straßen Ragusas, an den Befestigungsmauern entlang, als ob er närrisch geworden wäre.

Eine Stunde später brachte man ihn sterbend seiner Mutter. Ein Messerstich hatte den oberen Teil des linken Lungenflügels durchbohrt.

Es war kein Zweifel möglich: Peter hatte sich in einer Anwandlung von Verzweiflung selbst töten wollen.

Pointe Pescade eilte, sobald er das Unglück vernommen zum Telegraphenbüro.

Nach einer Stunde war die Nachricht von dem Selbstmorde des jungen Mannes im Besitz des Doktors Antekirtt in Cattaro.

Es ist unmöglich, den Schmerz der Frau Bathory zu schildern, als sie vor ihrem Sohne, der nur noch wenige Stunden zu leben hatte, aus ihrer Ohnmacht erwachte. Doch die Energie der Mutter siegte über die Schwäche der Frau. Erst galt es zu sorgen. Tränen konnten später fließen.

Ein Arzt wurde geholt. Er kam sogleich, untersuchte den Verwundeten und lauschte auf den schwachen und pausierenden Atem seiner Brust. Er sondierte die Wunde, legte den ersten Verband an und tat, was in seinen Kräften stand; allein Hoffnung konnte er nicht geben.

Fünfzehn Stunden später hatte sich der Zustand Peter's in Folge Hinzutretens einer sehr starken Blutung noch verschlechtert und sein Atem, kaum hörbar, drohte in jedem Augenblicke mit einem letzten Seufzer zu entfliehen.

Frau Bathory war auf die Knie gesunken und betete zu Gott, er möge ihr den Sohn erhalten.

Plötzlich öffnete sich die Tür des Zimmers. Doktor Antekirtt trat herein und ging auf das Bett des Sterbenden zu.

Frau Bathory wollte ihm in den Weg treten. Ein Zeichen von ihm hemmte ihren Schritt.

Der Doktor beugte sich über Peter und untersuchte ihn aufmerksam, ohne ein Wort zu sprechen. Dann betrachtete er ihn mit unwiderstehlicher Stetigkeit.

Gleichsam als strömte aus seinen Augen eine magnetische Kraft, schien dieser Blick in das Gehirn zu dringen, wo die Gedanken zu erlöschen drohten, das eigene Leben mit dem eigenen Willen.

Peter drehte sich plötzlich auf die Seite. Seine Augenlider erhoben sich, er sah den Doktor an... und fiel leblos zurück.

Frau Bathory stürzte mit einem Schrei über ihren Sohn und sank dann ohnmächtig in die Arme des alten Borik.

Der Doktor schloss die Augen des jungen Toten; er richtete sich dann wieder auf und verließ das Zimmer. Man hätte ihn jenen Spruch aus den indischen Legenden murmeln hören können:

»Der Tod zerstört nicht, er macht nur unsichtbar!«

ACHTES KAPITEL.
EIN ZUSAMMENTREFFEN IM STRADONE.

Peter's Tod machte in der Stadt gewaltiges Aufsehen, doch Niemand ahnte den wahren Beweggrund von Peter Bathory's Selbstmord, namentlich argwöhnte kein Mensch, dass Sarcany und Silas Toronthal Schuld an diesem Unglück hatten.

Am nächsten Tage, dem 6. Juli, sollte die Hochzeit Sarah Toronthal's mit Sarcany gefeiert werden.

Von dem unter so rührenden Umständen erfolgten Selbstmorde hatten weder Frau Toronthal noch ihre Tochter eine Ahnung. Silas Toronthal hatte im Einverständnis mit Sarcany seine Vorsichtsmaßregeln in dieser Hinsicht getroffen.

Man war übereingekommen, dass die Heirat in bescheidener Form vollzogen würde. Man wollte einen Todesfall in der Familie Sarcany's vorschützen. Dergleichen entsprach zwar nicht den prunkliebenden Gewohnheiten Toronthal's, doch unter diesen Umständen hielt er es selbst für besser, dass die Dinge ohne großes Aufsehen zu erregen ihren Verlauf nahmen. Die Neuvermählten sollten nur wenige Tage in Ragusa bleiben und dann nach Tripolis abreisen, wo Sarcany's ständiger Wohnsitz wäre, so sagte man. Ein Empfang im Hotel des Stradone sollte ebenfalls unterbleiben, sowohl bei Verlesung des Ehekontraktes, welcher der jungen Frau ein beträchtliches Vermögen sicherstellte, als auch nach der kirchlichen Handlung in der Franziskaner-Kirche, welche unmittelbar der standesamtlichen Trauung folgen sollte.

An jenem Tage lustwandelten, während im Hotel Toronthal die letzten Vorbereitungen zur Hochzeit getroffen wurden, zwei Männer auf der gegenüberliegenden Seite des Stradone.

Es waren Kap Matifu und Pointe Pescade.

Doktor Antekirtt hatte Kap Matifu von Ragusa zurückgebracht. Seine Gegenwart war in Cattaro nicht mehr von Nöten und dass die beiden Freunde, die beiden »Zwillinge«, wie Pointe Pescade sie nannte, über ihre Wiedervereinigung sehr glücklich waren, kann kaum bezweifelt werden.

Als der Doktor kaum in Ragusa angelangt war, hatte er sofort den Besuch in der Marinella-Straße gemacht; dann hatte er sich in ein bescheidenes Hotel in der Vorstadt Plocce zurückgezogen, woselbst er die Heirat Sarcany's mit Sarah Toronthal abwarten wollte, ehe er weitere Schritte unternahm.

Bei einem zweiten Besuche, den der Doktor am folgenden Morgen Frau Bathory machte, hatte er selbst geholfen, Peter in den Sarg zu legen; er war dann wieder in sein Hotel zurückgekehrt, nachdem er Pointe Pescade und Kap Matifu beauftragt hatte, den Stradone zu überwachen.

Während Pointe Pescade ganz Auge und Ohr war, hinderte ihn nichts am Sprechen.

»Ich finde, Du bist dicker geworden, mein Kap, sagte er und richtete sich auf, um die Brust des Herkules zu befühlen.

– Ja... und stets solid.

– Ich habe es schon an Deiner Umarmung gemerkt.

– Doch das Stück, von dem Du mit mir sprachst? fragte Kap Matifu, der an seiner Rolle festhielt.

– Es geht vorwärts, es geht vorwärts! Du musst bedenken, dass die Handlung eine sehr verwickelte ist.

– Eine verwickelte?

– Ja! Es ist kein Lust-, sondern ein Trauerspiel und schon der Anfang ist sehr packend.«

Pointe Pescade schwieg. Ein schnell heran rollendes Coupé hielt vor dem Hotel des Stradone.

Der Schlag des Wagens, in welchem Pointe Pescade Sarcany erblickt hatte, öffnete und schloss sich sofort.

»Ja!... Sehr packend, wiederholte er, und er kündet einen großen Erfolg an.

– Und der Bösewicht? fragte Kap Matifu, den diese Persönlichkeit am Meisten interessierte.

– Nun, der Bösewicht triumphiert augenblicklich, wie das immer in einem gut aufgebauten Stücke der Fall ist.... Aber Geduld.... Warten wir das Ende ab!

– In Cattaro, sagte Kap Matifu, glaubte ich schon, dass ich sollte...

– In die Handlung eingreifen?

– Ja, Pointe Pescade, ja!«

Und Kap Matifu erzählte Alles, was sich im Bazar von Cattaro zugetragen hatte, das heißt, wie seine beiden Arme für eine Entführung verlangt wurden, die nachher nicht zu Stande kam.

»Aha, es war also noch zu früh, erwiderte Pointe Pescade, der »sprach, um zu sprechen«, wie man sagt, wobei er unaufhörlich nach links und rechts blickte. Du sollst eben erst im vierten oder fünften Akt auftreten, lieber Kap. Vielleicht erscheinst Du auch erst in der letzten Scene. ... Aber sei unbesorgt, Du wirst eine erdrückende Wirkung ausüben. ... Darauf kannst Du Dich verlassen.«

Jetzt ließ sich ein fernes Geräusch in dem Stradone von der Ecke der Marinella-Straße her vernehmen.

Ein Leichenkondukt, der aus der letztgenannten Straße herauskam, wendete sich den Stradone entlang der Franziskaner-Kirche zu, wo eine Totenfeier abgehalten werden sollte.

Wenige Personen nur waren bei dieser Beerdigung zugegen, deren einfache Erscheinungsweise die öffentliche Aufmerksamkeit nur in geringem Maße auf sich zog – ein schmuckloser, mit einem schwarzen Tuche bedeckter Tragesarg.

Der Zug ging langsam einher. Plötzlich fasste Pointe Pescade mit lautem Ausrufe des Erstaunens krampfhaft den Arm Kap Matifu's.

»Was hast Du? fragte Kap Matifu.

– Nichts! Es würde zu lange dauern, um es Dir zu erklären.«

Er hatte soeben Frau Bathory erkannt, welche hinter dem Leichnam ihres Sohnes einherschritt.

Die Kirche hatte ihre Segnungen diesem Toten nicht verschlossen, den die Verzweiflung zum Selbstmorde getrieben hatte; der Priester, der ihn zum Kirchhofe begleiten sollte, erwartete ihn in der Kapelle der Franziskaner.

Frau Bathory wankte trockenen Auges einher. Sie besaß nicht mehr die Kraft zum Weinen. Ihre unnatürlich vergrößerten Augen wendeten sich bald zur Seite, bald bohrten sie sich in das Bahrtuch, welches den Körper des Sohnes bedeckte.

Der alte Borik schleppte sich zum Erbarmen neben ihr her.

Pointe Pescade fühlte, dass ihm die Tränen in die Augen traten. Wenn der brave Mensch nicht auf seinem Posten hätte bleiben müssen, würde er nicht gezögert haben, sich den wenigen Freunden und Nachbarn anzuschließen, welche den Überresten Peter Bathory's die letzte Ehre erwiesen.

Gerade als der Leichenzug an dem Hotel Toronthal vorüber wollte, öffnete sich das große Portal desselben. Zwei Wagen standen vor dem Perron am Hofe zum Ausfahren bereit.

Der erste fuhr bereits zum Tore hinaus und wendete um, um den Stradone hinabzufahren.

Pointe Pescade erblickte in ihm Silas Toronthal, seine Frau und seine Tochter

Frau Toronthal, vom Schmerz halb gebrochen, saß neben Sarah, die noch weißer als ihr Brautschleier aussah.

Sarcany, von einigen Verwandten oder Freunden begleitet, hatte im zweiten Wagen Platz genommen.

Wie bei der Bestattungsfeier fehlte auch bei der Feier der Hochzeit jeder Aufwand. Auf beiden Seiten dieselbe fürchterliche Traurigkeit.

Plötzlich hörte man, in dem Augenblicke, als der erste Wagen durch das Tor fuhr, einen herzzerreißenden Schrei.

Frau Bathory war stehen geblieben und die Hand gegen Sarah ausstreckend, hatte sie jene verflucht.

Sarah war es gewesen, die den Schrei ausgestoßen. Sie hatte die Mutter in Trauerkleidung gesehen und Alles begriffen, was man ihr verheimlichte.... Peter war gestorben, durch sie und für sie, sein Leichenzug war es, der an ihr vorüberging, gerade als sie der Wagen zur Trauung führte.

Sie fiel ohnmächtig zurück. Frau Toronthal, völlig kopflos, sachte sie ins Leben zurückzurufen. Es war vergebens.... Sie atmete kaum noch.

Silas Toronthal konnte seinen Zorn nicht unterdrücken. Doch Sarcany, der eilends herbeigekommen war, wusste sich zu fassen.

Unter diesen Umständen war es unmöglich, vor den Priester zu treten und es musste den Kutschern der Befehl erteilt werden, in das Hotel zurückzukehren, dessen Tor hinter ihnen lärmend zufiel

Sarah wurde in ihr Zimmer getragen und auf ihr Bett gelegt, sie rührte sich nicht. Ihre Mutter sank vor dem Bett auf die Knie und ein Arzt wurde in aller Eile herbeigeholt. Während dessen setzte der Leichenzug Peter Bathory's seinen Weg nach der Franziskaner-Kirche fort; nach abgehaltener Totenfeier fand die Bestattung auf dem Kirchhofe von Ragusa statt.

Pointe Pescade hatte begriffen, dass Doktor Antekirtt so schnell als möglich von dem unvorhergesehenen Zwischenfalle unterrichtet werden musste. Er sagte also zu Kap Matifu:

»Bleibe hier und gib Obacht!«

Er selbst eilte in die Vorstadt Plocce.

Der Doktor blieb während der Erzählung Pointe Pescade's stumm.

»Bin ich über meine Befugnisse hinausgegangen? sagte er bei sich. Nein!... Habe ich einer Unschuldigen wehe getan? Zweifellos ja! Doch diese Unschuldige ist nun einmal die Tochter von Silas Toronthal!«

– Er wandte sich dann an Pointe Pescade:

»Wo ist Kap Matifu?

– Vor dem Hotel im Stradone.

– Ich brauche Euch Beide heute Abend.

– Um wie viel Uhr?

– Um neun.

– Wo sollen wir Sie erwarten?

– Am Tor des Kirchhofes.«

Pointe Pescade suchte sofort Kap Matifu auf, den er auf seinem Posten vorfand.

Am Abend gegen acht Uhr ging der Doktor, in einen weiten Mantel gehüllt, auf das Tor von Ragusa zu. Links, an einem Vorsprunge der Mauer, suchte er eine kleine, zwischen den Klippen liegende Bucht auf, die oberhalb des Hafens in das Gestade einschnitt.

Der Ort lag völlig vereinsamt da. Weder Häuser noch Boote sah man hier. Die Fischerbarken ankerten hier nicht aus Furcht vor den zahlreichen Rissen, welche die Bucht einschließen. Der Doktor blieb hier stehen, sah sich um und stieß einen Ruf aus, der jedenfalls verabredet war. Denn alsbald näherte sich ein Matrose mit den Worten:

»Zu Befehl, Meister!

– Ist das Boot da, Pazzer?

– Ja, hinter diesem Felsen.

– Mit der ganzen Mannschaft?

– Ja.

– Und der »Electric«?

– Liegt weiter nördlich, drei Ankerlängen außerhalb der kleinen Bucht.«

– Und der Matrose zeigte auf eine langgestreckte, in der Dunkelheit größer erscheinende Masse, deren Gegenwart kein einziges Licht verriet.

»Wann ist er von Cattaro angekommen? fragte der Doktor.

– Vor einer Stunde ungefähr.

– Und er ist von Niemandem bemerkt worden?

– Von Niemandem! Er glitt an den Klippen entlang.

– Kein Mann soll seinen Posten verlassen, Pazzer; wenn es nicht anders geht, soll man hier die ganze Nacht auf mich warten.

– Ja, Meister!«

Der Matrose ging zum Boote zurück, welches mit den äußersten Uferfelsen fast in eins verschmolz.

Doktor Antekirtt hielt sich noch kurze Zeit am Ufer auf. Er wollte jedenfalls hier warten, bis die Nacht dunkler geworden war. Er ging zeitweilig mit großen Schritten auf und ab. Dann machte er wieder Halt, und sein Blick verlor sich in das Adriatische Meer, als hätte er ihm seine Geheimnisse anvertraut.

Nicht Mond, nicht Sterne erglänzten am Himmel. Kaum einer der Landwinde, die sich am Abend zu erheben und einige Stunden zu dauern pflegen, machte sich fühlbar. Hochliegende, doch ziemlich dichte Wolken bedeckten den ganzen Himmelsraum bis zum westlichen Horizonte, wo der letzte Rauchstreifen aus dem Schlote eines Dampfers, der sich hell vom Himmel abgehoben hatte, soeben verflog.

»Vorwärts,« ermahnte sich selbst der Doktor.

Er ging an der Umwallung der Stadt entlang dem Kirchhofe zu.

Vor dem Tore desselben warteten Pointe Pescade und Kap Matifu; sie hatten sich hinter einem Baume verborgen, so dass sie nicht gesehen werden konnten.

Der Kirchhof war um diese Stunde bereits geschlossen. Ein schwaches Licht schimmerte noch im Hause des Wächters. Vor Anbruch des Tages kam Niemand mehr, um ihn zu betreten.

Der Doktor besaß augenscheinlich eine genaue Kenntnis von der Anlage des Kirchhofes. Seine Absicht war es jedenfalls nicht, durch die Tür einzutreten – wobei, wenn es hätte geschehen sollen, sehr verschwiegen hätte zu Werke gegangen werden müssen.

»Folgt mir!« sagte er zu Pointe Pescade und seinem Genossen, die auf ihn zugeeilt waren.

Sie gingen an der äußeren Mauer entlang, welche das wellenförmige Terrain zu einer ansehnlichen Höhe führte. Nach einem Marsche von zehn Minuten blieb der Doktor stehen; er zeigte auf eine Lücke in der Mauer, welche von einem erst kürzlich stattgehabten Rutsche derselben herrührte.

»Dort hinein!« sagte er.

Er schlüpfte durch die Lücke. Pointe Pescade und Kap Matifu kletterten ihm nach.

Unter den großen Bäumen, welche die Gräber beschatteten, herrschte tiefe Dunkelheit. Der Doktor folgte ohne zu zögern einer Allee, dann einer Querallee, die zu dem höher gelegenen Teile des Kirchhofes führte.

Einige in ihrem Fluge aufgescheuchte Nachtvögel flatterten hier und dort auf. Außer diesen Eulen und Käuzchen gab es ringsumher kein lebendes Wesen zwischen den im Grase lagernden Gedächtnissäulen.

Bald machten die Drei vor einem bescheidenen Monumente Halt, einer Art kleiner Kapelle, deren Gitter mit keinem Schlüssel verschlossen war.

Der Doktor stieß das Gitter auf; dann drückte er auf den Knopf einer kleinen elektrischen Laterne; er ließ einen Strahl aus derselben fallen, doch so, dass ihn von außen Niemand bemerken konnte.

»Tritt ein!« sagte er zu Kap Matifu.

Kap Matifu betrat die kleine Kapelle und sah sich einer Mauer gegenüber, in welche drei Marmorplatten eingelassen waren.

Auf der mittleren standen die Worte:

Stephan Bathory.

1867.

Die Platte zur Linken trug keine Inschrift. Die zur Rechten sollte bald eine solche erhalten.

»Hebe diese Platte aus!« befahl der Doktor.

Kap Matifu tat dies ohne Schwierigkeiten, da sie noch nicht vermauert war; er legte sie auf die Erde und ein Sarg wurde in der Wölbung, welche in der Mauer angebracht war, sichtbar.

Es war der Sarg, welcher den Körper Peter Bathory's enthielt.

»Ziehe den Sarg heraus!« sagte der Doktor.

Kap Matifu zog diesen hervor, ohne dass Pointe Pescade anzufassen brauchte, so schwer er auch war, und nachdem er mit ihm die kleine Kapelle verlassen hatte, stellte er ihn auf den Boden.

»Nimm dieses Werkzeug, sagte der Doktor zu Pointe Pescade und reichte ihm einen Schraubenzieher. Hebe damit den Sargdeckel ab.«

Das war in wenigen Minuten geschehen.

Doktor Antekirtt zog mit der Hand das weiße Tuch ab, welches den Toten bedeckte und legte seinen Kopf auf die Brust, um die Schläge des Herzens zu hören. Er erhob sich und sagte zu Kap Matifu.

»Nimm den Körper heraus.«

Kap Matifu gehorchte, ohne dass er oder Pointe Pescade, trotzdem sie wussten, dass es sich um eine verbotene Ausgrabung einer Leiche handelte, Einspruch erhoben hätten.

Als der Körper Peter Bathory's in das Gras gelegt worden war, wickelte ihn Kap Matifu wieder in das Leichentuch ein, über welches der Doktor nun seinen Mantel warf. Der Deckel wurde alsdann wieder aufgeschraubt, der Sarg in die Mauerhöhlung geschoben und die Platte wieder vor die Öffnung gelegt, welche sie genau wie vorher bedeckte.

Der Doktor schloss das Licht der Laterne und die frühere Dunkelheit herrschte wieder.

»Nimm den Körper« sagte er zu Kap Matifu.

Kap Matifu hob mit seinen robusten Armen den Körper des Jünglings auf, als wenn er ein Kind emporzuheben hätte. Dann ging es wieder, der Doktor voran, Pointe Pescade hinterher, durch die Querallee zurück, geraden Weges auf die Mauerbresche zu.

Fünf Minuten später war diese überschritten und der Doktor, Pointe Pescade und Kap Matifu gingen an der Stadtmauer entlang dem Gestade zu

Nicht ein Wort war gewechselt worden; der gehorsame Kap Matifu dachte ja überhaupt nur wie eine Maschine; welche Folge von Gedanken aber wälzte sich in dem Kopfe Pointe Pescade's umher!

Auf der Strecke vom Kirchhofe zur Küste waren Doktor Antekirtt und seine Begleiter keinem einzigen Menschen begegnet. Doch als sie sich der kleinen Bucht näherten, wo das Boot vom »Electric« sie erwarten sollte, sahen sie einen Zollwächter auf den Klippen des Ufers entlang wandern.

Sie setzten ihren Weg fort, ohne über dessen Anwesenheit besorgt zu sein. Ein lauter Ruf, vom Doktor ausgestoßen, ließ den Führer des Bootes, das bis dahin unsichtbar geblieben war, herbeieilen.

Kap Matifu ging auf ein Zeichen an den Klippen hinunter und schickte sich an, den Fuß in das Boot zu setzen.

Der Zollwächter aber war auch schon zur Stelle und da er die Anstalten zur Einschiffung sah, so rief er die Fremden an:

»Wer seid Ihr?

– Leute, die Euch die Wahl zwischen zwanzig Gulden bar und einem Faustschlag lassen – ebenfalls bar,« erwiderte Pointe Pescade, indem er auf Kap Matifu zeigte.

Der Zollwächter zauderte nicht: er nahm die zwanzig Gulden.

»In See!« kommandierte der Doktor.

Einen Augenblick später war das Boot in der Dunkelheit verschwunden. Nach ferneren fünf Minuten legte es an dem spindelförmigen Fahrzeuge an, das man vom Ufer aus nicht bemerken konnte.

Das Boot wurde an Bord gehisst, und der von seiner geräuschlosen Maschine in Bewegung gesetzte »Electric« hatte bald die offene See gewonnen.

Kap Matifu hatte den Körper Peter Bathory's auf einen Divan in einer schmalen Kabine gelegt, die keine Luftöffnung besaß, durch welche ein Lichtstrahl hätte nach außen dringen können.

Der Doktor blieb allein hier zurück; er beugte sich über Peter und seine Lippen küssten die entfärbte Stirn.

»Erwache jetzt, Peter, sagte er. Ich will es!«

Sofort öffnete Peter die Augen, als wäre er nur in einen magnetischen Schlaf, der dem Tode so ähnlich sieht, versanken gewesen.

Etwas wie Widerwillen malte sich zuerst auf seinen Zügen, als er den Doktor Antekirtt erkannte.

»Sie? murmelte er. Sie, der Sie mich verlassen haben?!

– Ich bin es, Peter!

– Aber wer sind Sie eigentlich?

– Ein Toter, wie Du!

– Ein Toter?

– Ich bin Graf Mathias Sandorf!«...

Ende des zweiten Teiles.

DRITTER TEIL.

ERSTES KAPITEL. DAS MITTELMEER.

»Das Mittelmeer ist schön, vornehmlich durch zwei Eigenschaften: seinen harmonievollen Rahmen und die Lebhaftigkeit, Durchsichtigkeit seiner Luft und seines Lichtes... So wie es ist, härtet es bewundernswert den Menschen ab. Es gibt ihm die ausdauerndste, straffe Kraft; es erzeugt die dauerhaftesten Rassen.«

Michelet hat das gesagt und er hat das Richtige gesagt. Doch zum Glück für die Menschheit hat die Natur, in Ermangelung eines Herkules, den Felsen von Calpe von dem von Abyla getrennt, um die Meerenge von Gibraltar zu formen. Man kann ganz getrost über die Behauptung so mancher Geologen hinwegsehen, und behaupten, dass diese Meerenge schon von jeher vorhanden gewesen ist. Ohne sie gäbe es kein Mittelmeer. Die Verdunstung entführt in Wirklichkeit diesem Meere dreimal so viel Wasser, als ihm seine sämtlichen Zuflüsse zuführen; wenn also der es wiederergänzende Strom aus dem Atlantischen Ozean sich nicht durch die Meerenge wälzen würde, so wäre es schon seit vielen Jahrhunderten eine Art Toten Meeres, anstatt das lebendige Meer »*par excellence*« zu sein.

In einer der verborgensten und unbekanntesten Gegenden dieses ungeheuren Mittelländischen Sees hatte Graf Sandorf – er musste bis zur festgesetzten Stunde, bis zur vollständigen Vollendung seines Werkes der Doktor Antekirtt bleiben – sein Leben geborgen, um alle Vorteile, die ihm sein falscher Tod bringen musste, genießen zu können.

Es gibt auf der Erdkugel zwei Mittelmeere, eines in der alten, eines in der neuen Welt. Das amerikanische Mittelmeer ist der Golf von Mexiko; es nimmt nicht weniger als vier und eine halbe Million Quadratkilometer ein. Während indessen das lateinische Mittelmeer nur über eine Oberfläche von zwei Millionen achtmalhundertfünfundachtzigtausend fünfhundert und zweiundzwanzig Quadratkilometer verfügt, also nur halb so groß ist als das andere, erscheint es in seiner ganzen Gestaltung viel bunter, an prächtigen Bassins und Meerbusen reicher und an breiten hydrographischen Unterabteilungen, welche den Namen von Meeren verdienen. So der griechische Archipel, das Meer von Kreta oberhalb der gleichnamigen Insel, das untere Lybische Meer, das Adriatische zwischen Italien, Österreich, der Türkei und Griechenland, das Ionische, welches Korfu, Xante, Kephalonia und die anderen Inseln bespült, das Tyrrhenische im Westen Italiens, das Äolische bei der Gruppe der Liparischen Inseln, der Golf von Lyon, der Meerbusen der Provence, der Golf von Genua, die Bucht der Ligurischen Halbinsel, der Golf von Gabes, die Bai des tunesischen Gestades, die beiden Syrten, die so tief zwischen der Cyrenäischen Halbinsel und Tripolis in den afrikanischen Kontinent einschneiden.

Welchen verborgenen Teil dieses Meeres, von dem einige Küsten noch wenig bekannt sind, hatte Doktor Antekirtt zu seinem Wohnsitze auserkoren? Es gibt im Umfange dieses ungeheuren Bassins hunderte, ja tausende kleinerer Inseln. Es würde vergebene Mühe sein, ihre Kaps und Baien zu zählen. Wie viele Völker verschiedenster Rasse, verschieden in Sitten, politischen Zuständen drängen sich nicht auf diesen Gestaden, denen die Geschichte der Menschheit seit mehr als zwanzig Jahrhunderten ihr Siegel aufgedrückt hat: Franzosen, Italiener, Spanier, Österreicher, Türken, Griechen, Araber, Ägypter, Tripolitaner, Tunesier, Algerier, Marokkaner – sogar Engländer in Gibraltar, Malta und Cypern? Drei ungeheure Kontinente bilden die Ufer dieses Meeres: Europa, Asien, Afrika. Wo also hatte Graf Mathias Sandorf, jetzt Doktor Antekirtt – ein Name, der den Orientalen teuer war – seine ferne Residenz aufgeschlagen, in der das Programm seines neuen Lebens sich abspielte? Peter Bathory sollte es bald erfahren.

Nachdem er einen Augenblick die Augen aufgeschlagen hatte, war er wieder in die vollständige Bewusstlosigkeit zurückgefallen, und ebenso unempfindlich wie in dem Augenblick, als der Doktor ihn für tot in dem Hause in Ragusa zurückgelassen hatte. Damals hatte der Doktor eines jener physiologischen Experimente ausgeführt, bei denen der Wille eine so bedeutende Rolle spielt und deren phänomenale Erscheinungen nicht mehr angezweifelt werden. Mit einer außerordentlichen Eingebungskraft begabt, hatte er vermocht, ohne erst das Magnesiumlicht oder einen brillierenden Metallknopf anwenden zu müssen, nur durch das Durchbohrende seines Blickes einen hypnotischen Zustand hervorzurufen und seinen Willen an Stelle desjenigen Peter's zu setzen. Dieser, vom Blutverluste geschwächt, gab kein Lebenszeichen mehr von sich, er war entschlummert und nach dem Willen des Doktors wieder erwacht. Jetzt handelte es sich darum, das zum Verlöschen neigende Leben zu erhalten. Ein schwieriges Unternehmen, denn es erforderte ungeheure Sorgfalt und alle Hilfsmittel der medizinischen Kunst. Der Doktor durfte darin nichts versehen.

»Er wird leben!... Ich will es, dass er lebt! wiederholte er. Warum habe ich auch in Cattaro meinen ersten Plan nicht ausgeführt?... Warum hat die Ankunft Sarcany's in Ragusa mich abgehalten, ihn dieser verwünschten Stadt zu entreißen?... Ich werde ihn aber retten!... In Zukunft soll Peter Bathory der rechte Arm von Mathias Sandorf sein!«

Seit fünfzehn Jahren war es der beständige Gedanke des Doktors Antekirtt, rächen und Vergeltung üben zu können. Was er seinen Genossen, Stephan Bathory und Ladislaus Zathmar, mehr noch als sich selbst schuldig war, hatte er nicht vergessen. Jetzt war die Stunde zum Handeln gekommen und deshalb hatte die »Savarena« ihn nach Ragusa gebracht.

Des Doktors Aussehen war während dieser langen Zeit ein völlig anderes geworden, so dass Niemand ihn hätte wiedererkennen können. Seine Haare, die er bürstenförmig trug, waren weiß geworden und sein Teint hatte eine glanzlose Farbe angenommen. Er war einer jener Fünfziger, welche sich die Kraft der Jugend erhalten, während sie die Kälte und Ruhe des reisen Alters gewonnen haben. Das gewellte Haar, die angehauchte Hautfarbe, der Bart vom venezianischen Blond, die dem jungen Grafen zu eigen gewesen waren, alles das konnte in keiner Weise in der Erinnerung Jener wieder auftauchen, die dem strengen und frostigen Doktor Antekirtt gegenüberstanden. Doch mehr geläutert und abgehärtet, war er eine jener eisenfesten Naturen geblieben, von denen man sagen kann, dass sie die Magnetnadel schon durch ihre bloße Annäherung erzittern machen. Nun wohl, aus dem Sohne Stephan Bathory's wollte er dasselbe machen, wozu er selbst geworden war.

Doktor Antekirtt war übrigens schon seit geraumer Zeit der Letzte aus der großen Familie der Sandorf's. Man wird nicht vergessen haben, dass er ein Kind, ein Töchterchen besessen hatte, welches nach seiner Verhaftung der Frau Landeck's, des Verwalters von Schloss Artenak, anvertraut worden war.

Dieses Mädchen, damals zwei Jahre alt, war die einzige Erbin des Grafen. An sie sollte, sobald sie das achtzehnte Lebensjahr erreicht haben würde, die Hälfte der Güter ihres Vaters ausgeliefert werden. Durch denselben Urteilsspruch, der die Konfiskation der Besitztümer und den Tod des Besitzers verfügte, war ihr diese Gunst zu Teil geworden. Da Intendant Landeck in seiner Stellung als Verwalter des unter Sequester gestellten Teiles der siebenbürgischen Domäne belassen worden war, so waren er und seine Frau mit dem Kinde auf dem Schlosse geblieben, dem sie ihr ganzes ferneres Leben weihen wollten. Doch es schien, als schwebte ein Verhängnis über die nur noch aus diesem kleinen Wesen bestehende Familie Sandorf. Einige Monate nach der Verurteilung der Verschwörer von Triest und den Ereignissen, welche darauf folgten, verschwand das Kind, ohne dass es gelang, seiner wieder habhaft zu werden. Man fand nur sein Hütchen am Rande eines der zahlreichen Bäche, welche von den benachbarten Abhängen der Berge in den Park sich ergießen. Man musste leider annehmen, dass die Kleine in einen der Abgründe gerissen worden war, durch welche die Karpatenströme ihren Weg nehmen; eine fernere Spur fand man nicht. Rosena Landeck, die Frau des Intendanten, traf dieser Schlag tödlich; einige Wochen nach der Katastrophe starb sie. Die Regierung wollte trotzdem eine Änderung ihrer einmal erlassenen Verfügungen nicht eintreten lassen. Das Sequester über den einen reservierten Teil der Sandorf'schen Besitzungen blieb in Kraft, und die Güter des Grafen sollten nur dann an den Staat fallen, wenn seine Erbin, deren Tod nicht in gesetzmäßiger Weise konstatiert werden konnte, nicht innerhalb der festgesetzten Zeit wieder zum Vorschein käme, um die Erbschaft in Empfang zu nehmen.

Dieses war der letzte Schlag, der die Sandorf's getroffen hatte, deren Geschlecht durch das Verschwinden der einzigen Sprossin dieser edlen und mächtigen Familie so gut wie erloschen schien. Die Zeit tat im Übrigen ihr Werk und bald war dieses Ereignis ebenso wie die anderen Vorfälle vergessen, die sich an die Verschwörung geknüpft hatten.

In Otranto, wo damals Graf Mathias Sandorf im strengsten Inkognito lebte, erfuhr derselbe den Tod seines Kindes. Mit ihm verschwand Alles, was ihm noch von der Gräfin Réna geblieben, welche nur so kurze Zeit seine Gattin und von ihm so heiß geliebt worden war. Unbemerkt wie er gekommen, verließ er eines Tages Otranto und Niemand hätte verraten können, wo er ein neues Leben begann.

Als fünfzehn Jahre später Graf Mathias Sandorf wieder auf der Bildfläche erschien, vermutete Niemand, dass er es war, der sich unter dem Namen und dem Spiel der Rolle des Doktor Antekirtt verbarg.

Mathias Sandorf lebte nun vollständig der Erfüllung seiner Pläne. Er stand jetzt allein auf der Welt und hatte nur noch ein Werk zu vollenden, ein Werk, dessen Durchführung er als eine heilige Aufgabe betrachtete. Mehrere Jahre, nachdem er Otranto verlassen hatte, nachdem er mächtig durch jene Macht geworden, welche allein ein ungeheures Vermögen verleiht, erworben unter Umständen, die wir bald kennen lernen werden, nachdem er vergessen war und durch sein Inkognito geschützt wurde, begann er jenen nachzuspüren, die er entschädigen, beziehungsweise bestrafen wollte. Peter Bathory – so war es längst seine Absicht gewesen – sollte diesem Werke der Gerechtigkeit verbündet werden. Er hatte Agenten in den verschiedensten Städten an der Küste des Mittelländischen Meeres angeworben. Sie wurden reichlich belohnt, dafür aber angehalten, unverbrüchliches Schweigen über ihre Tätigkeit zu beobachten. Sie korrespondierten nur mit dem Doktor, teils vermittelst der Eilschiffe, die wir bereits kennen, teils durch das unterseeische Kabel, welches die Insel Antekirtta mit den elektrischen Drähten auf Malta, und Malta wiederum mit Europa verband.

Dadurch, dass er den Berichten seiner Agenten die eigenen Untersuchungen folgen ließ, gelangte er schließlich auf die Spuren aller derer, welche direkt oder indirekt an der Verschwörung des Grafen Sandorf beteiligt gewesen waren. Er konnte sie so von Weitem überwachen, sich über ihre Unternehmungen im Laufenden erhalten und ihnen, namentlich seit vier oder fünf Jahren, sozusagen auf Schritt und Tritt folgen. Er wusste, dass Silas Toronthal Triest verlassen und sich mit Frau und Kind im bewussten Hotel im Stradone von Ragusa niedergelassen hatte. Er beobachtete Sarcany's Rundreise durch die verschiedenen Hauptstädte Europas, in denen er sein Vermögen verschwendete, dann seinen Aufenthalt in den östlichen Provinzen Siziliens, woselbst er und sein Genosse Zirone über die Coups nachsannen, mit Hilfe derer sie sich flott erhalten konnten. Er wusste, dass Carpena von Rovigno und Istrien nach Italien und Österreich gegangen und so lange müßig geblieben war, als die wenigen tausend Gulden, der Judaslohn, dies gestatteten. Er hätte Andrea Ferrato ganz gewiss aus dem Gefängnisse von Stein in Nieder-Österreich erlöst, wo er für seine edelmütige Handlungsweise an den Flüchtlingen von Pisino büßte, wenn nicht schon nach einigen Monaten der Tod den ehrbaren Fischer von Ketten und Banden erlöst haben würde. Seine Kinder, Maria und Luigi, hatten Rovigno gleichfalls verlassen und kämpften wahrscheinlich gegen das Unglück eines zweimal gebrochenen Lebens an. Sie hatten sich indessen so gut zu verbergen gewusst, dass es bisher nicht möglich gewesen war, sie aufzufinden. Frau Bathory, die sich mit ihrem Sohne Peter und Borik, dem früheren Diener des Grafen Ladislaus Zathmar, in Ragusa niedergelassen, hatte der Doktor niemals aus den Augen verloren und man weiß, dass er ihnen eine bedeutende Summe hatte zukommen lassen, die von der stolzen und mutigen Frau aber nicht angenommen worden war.

Endlich war nun die Stunde gekommen, in welcher der Doktor seinen schwierigen Feldzug beginnen konnte. Als ein schon seit fünfzehn Jahren toter Mann fühlte er sich sicher, nach so langer Abwesenheit von Keinem erkannt zu werden, und so kam er nach Ragusa, gerade gelegen, um den Sohn Stephan Bathory's und die Tochter Silas Toronthal's in Liebe zu einander entbrannt zu sehen, die er um jeden Preis vernichten musste. Man wird nicht vergessen haben, was damals geschah, Sarcany's Dazwischenkunft und die Folgen für beide Teile, wie Peter in das Haus seiner Mutter gebracht wurde und was Doktor Antekirtt in dem Augenblicke tat, als der junge Mann zu sterben schien, wie und unter welchen Umständen er ihn ins Leben zurückrief und sich ihm unter seinem wirklichen Namen Mathias Sandorf vorstellte.

Jetzt musste Peter geheilt werden und Alles erfahren, was er noch nicht wusste, das heißt, dass ein gemeiner Verrat zugleich mit seinem Vater dessen beide Genossen betroffen hatte; es musste ihm gesagt werden, wer die Verräter waren, er musste nun zum unerbittlichen Richter in der Sache werden, welche der Doktor abseits von der Gerichtsbarkeit der Menschen entscheiden wollte, da er selbst ein Opfer dieser Gerechtigkeitspflege geworden war.

Zunächst die Heilung Peter Bathory's! Und dieser Heilung widmete der Doktor sein ganzes Können.

Während der ersten acht Tage nach seiner Transportierung auf die Insel schwebte Peter tatsächlich zwischen Leben und Tod. Nicht nur, dass seine Wunde ein sehr bedenkliches Aussehen hatte, auch sein Verstand schien schwer erkrankt. Die Erinnerung an Sarah, welche er jetzt mit Sarcany verheiratet wähnen musste, der Gedanke an seine Mutter, die ihn beweinte, dann die Auferstehung des Grafen Mathias Sandorf, der unter dem Namen des Doktors Antekirtt lebte – Mathias Sandorf's, des ergebensten Freundes seines Vaters – Alles das konnte ein schon so hart geprüftes Gemüt recht wohl in Verwirrung setzen.

Der Doktor wollte Peter Tag und Nacht nicht allein lassen. Er hörte ihn in seinen Fieberträumen den Namen Sarah Toronthal's unablässig wiederholen. Er sah recht, wie tief die Liebe in ihm wurzelte und welche Qual Peter die Heirat Derjenigen, die er liebte, verursachte. Er musste sich schließlich fragen, ob eine so große Liebe nicht Allem widerstehen würde, selbst der Mitteilung, dass Sarah die Tochter des Mannes sei, der seinen Vater verraten, verkauft, getötet hätte. Und doch wollte der Doktor es ihm sagen. Er war dazu entschlossen, solches seine Pflicht.

Zwanzig Male glaubte man Peter unterliegen zu sehen. An Körper und Geist sterbenskrank, war er dem Tode so nahe, dass er Mathias Sandorf, der an seinen Kissen stand, nicht mehr erkannte. Er besaß nicht einmal die Kraft mehr, den Namen Sarah auszusprechen.

Die ihn umgebende Sorgfalt half ihm endlich über die Krisis fort. Die Kraft der Jugend gewann die Oberhand. Der Kranke begann bereits am Körper zu genesen, als der Geist noch krankte Die Wunde fing an zu vernarben, die Lungenflügel nahmen ihre regelmäßige Tätigkeit wieder auf, am 17. Juli konnte der Doktor es als gewiss ansehen, dass Peter am Leben blieb.

An diesem Tage erkannte dieser den Doktor wieder Mit einer noch schwachen Stimme konnte er ihn bei seinem wirklichen Namen nennen.

»Für Dich, mein Sohn, bin ich Mathias Sandorf, antwortete dieser ihm, doch nur allein für Dich.«

Und da Peter ihn mit einem Blick betrachtete, der ungeduldig Erklärungen zu fordern schien, setzte er hinzu:

»Später, später.«

In einem traulichen Gemache, das durch seine sich nach Norden und Osten öffnenden Fenster der gesunden Meeresluft freien Eintritt gestattete und im Schatten schöner Bäume gelegen war, denen munter fließende Gewässer ein ewiges Grün verliehen, musste die Gesundheit Peter's schnell und sicher wieder zunehmen. Der Doktor hörte nicht auf, ihn mit jeder nur denkbaren Sorgfalt zu umgeben; von Minute zu Minute war er bei ihm, seitdem aber die Heilung gesichert schien, hatte er billigerweise einen Pfleger angestellt, dessen Umsicht und gutem Willen er durchaus Vertrauen schenkte.

Es war das Pointe Pescade, der Peter Bathory ebenso ergeben war wie dem Doktor. Er sowohl wie Kap Matifu hatten selbstverständlich über die Vorgänge auf dem Kirchhofe von Ragusa reinen Mund gehalten; ebenso gewiss war es, dass sie nie darüber sprechen würden, dass der junge Mann noch lebend seinem Grabe entrissen worden war.

Pointe Pescade war ziemlich tief in alle Geschehnisse eingeweiht worden, die sich während des Verlaufes dieser wenigen Monate zugetragen hatten. Er hatte demgemäß ein erhöhtes Interesse an seinem Kranken. Diese Liebe Peter Bathory's, welche das Dazwischentreten Sarcany's gekreuzt hatte – ein Unverschämter in seinen Augen, der ihm eine wohl gerechtfertigte Antipathie einflößte – das Zusammentreffen des Trauerzuges mit den hochzeitlichen Kutschen vor dem Hotel im Stradone, die auf dem Kirchhofe von Ragusa vorgenommene Ausgrabung, alles das hatte das gutmütige Wesen sehr zum Mitleid angeregt, umso mehr als er sich den Plänen des Doktors Antekirtt verbunden fühlte, ohne das Endziel derselben begreifen zu können.

Es geht aus Gesagtem hervor, dass Pointe Pescade mit Eifer den Auftrag, den Kranken zu pflegen, entgegennahm. Es wurde ihm gleichzeitig vom Doktor anempfohlen, Peter durch seinen drolligen Humor so viel als möglich zu zerstreuen. Daran konnte es ihm nun nicht fehlen. Er betrachtete überdies seit dem Feste in Gravosa Peter Bathory als seinen Gläubiger und hatte sich schon längst vorgenommen, gelegentlich auf die eine oder die andere Weise mit ihm abzurechnen.

Deshalb gab sich Pointe Pescade nach erfolgter Installierung bei dem Kranken alle Mühe, die Gedanken Peter's durch Plaudern und Schwatzen abzulenken und ihm keine Zeit zum Nachdenken zu lassen.

So wurde er eines Tages auf eine direkte Frage Peter's hin veranlasst, zu erzählen, wie er die Bekanntschaft des Doktors Antekirtt gemacht habe.

»Bei dem Stapellaufe des Trabocolo, Herr Peter, gab er zur Antwort. Sie müssen sich dessen doch noch erinnern? Die Geschichte mit dem Trabocolo, welche aus Kap Matifu einen Helden gemacht hat?«

Peter hatte keineswegs das ernste Ereignis vergessen, welches das Jahrmarktsfest in Gravosa bei der Ankunft der Vergnügungs-Yacht unterbrochen hatte; doch das wusste er bisher nicht, dass auf den Vorschlag des Doktors hin die beiden Akrobaten ihre Künste aufgegeben hatten und bei Letzterem in Dienst getreten waren.

»Ja. Herr Peter, meinte Pointe Pescade, das war es und die Aufopferung Kap Matifu's ist für uns ein großes Glück geworden. Doch dürfen wir über dem was wir dem Doktor schulden, nicht vergessen, Ihnen zu danken.

– Mir?

– Ihnen, Herr Peter, der Sie an jenem Tage beinahe unser ganzes und einziges Publikum gewesen wären; das heißt mit anderen Worten, wir hatten zwei Gulden verdient, ohne sie verdient zu haben, weil das geehrte Publikum uns im Stiche ließ, obwohl es seinen Platz bezahlt hatte.«

Und Pointe Pescade rief Peter Bathory ins Gedächtnis zurück, wie dieser, kaum nachdem er die zwei Gulden erlegt hatte und im Begriffe stand, die provenzalische Arena zu betreten, plötzlich verschwunden war.

Der junge Mann hatte an diesen Vorfall nicht mehr gedacht, doch jetzt erinnerte er sich desselben mit einem traurigen Lächeln, denn es fiel ihm gleichzeitig ein, dass er sich nur, um Sarah Toronthal wieder zu finden, in der Menge verloren hatte.

Seine Augen schlossen sich. Er sann darüber nach, wie Alles von jenem Tage an gekommen war. Sobald er an Sarah dachte, die er jetzt verheiratet glaubte, folterte ihn eine schmerzende Beklemmung und er war oft nahe daran, Jenen zu fluchen, die ihn dem Tode entrissen hatten.

Pointe Pescade sah wohl, dass dieses Fest in Gravosa in Peter trübe Erinnerungen wachrief. Er sprach also nicht weiter von demselben und hüllte sich selbst in Schweigen, indem er bei sich meinte:

»Mein Kranker soll alle fünf Minuten einen halben Löffel voll guter Laune einnehmen. So wünscht es der Herr Doktor, aber es ist nicht so leicht.«

Peter selbst war es, der von Neuem zu fragen begann, als er einige Augenblicke später die Augen wieder aufschlug:

»Kanntet Ihr den Doktor Antekirtt schon vor dem Stapellaufe des Trabocolo, Pointe Pescade?

– Wir hatten ihn nie zuvor gesehen, Herr Peter, antwortete Pointe Pescade, und kannten bis dahin nicht einmal seinen Namen.

– Von jenem Tage an aber habt Ihr ihn nie verlassen?

– Niemals, außer wenn er mich mit einigen Aufträgen beehrte.

– In welchem Lande befinden wir uns hier? Könnt Ihr mir das sagen, Pointe Pescade?

– Ich muss annehmen, dass wir uns auf einer Insel befinden, da das Meer uns auf allen Seiten umgibt.

– Jedenfalls, doch in welchem Teile des Mittelmeeres?

– Ja so! Offen gestanden, ich weiß es nicht, ob im Norden, Westen, Süden oder Osten, meinte Pointe Pescade. Es ist das auch im Übrigen vollständig gleichgültig. Eines ist sicher, dass wir uns nämlich beim Doktor Antekirtt befinden und dass man uns gut beköstigt, kleidet, schlafen lässt, ohne der Auszeichnungen zu gedenken...

– Aber Ihr werdet doch wenigstens wissen, wie diese Insel heißt, wenn Ihr auch nicht ihre Lage kennt? fragte Peter.

– Wie sie heißt?... O gewiss! Sie heißt Antekirtta!« erwiderte Pointe Pescade.

Peter Bathory strengte vergebens sein Gedächtnis an, um sich zu erinnern, ob eine Insel des Mittelmeeres diesen Namen trüge. Er blickte Pointe Pescade an.

»Ja, Herr Peter, Antekirtta! beantwortete dieser die stumme Frage. Meinem Onkel würde nichts übrig bleiben, »unter keinem Längen- und keinem Breitengrade« auf die Adresse eines Briefes an mich zu schreiben, vorausgesetzt, dass ich einen Onkel hätte; leider aber hat mir der Himmel bis jetzt diese Freude versagt. Es gibt aber nichts Erstaunliches an der Sache, dass diese Insel sich Antekirtta nennt, weil sie dem Doktor Antekirtt gehört. Ob nun der Doktor seinen Namen der Insel entlehnt hat oder ob die Insel den Namen des Doktors angenommen hat, das zu sagen ist mir ganz unmöglich, und wenn ich selbst Generalsekretär einer geographischen Gesellschaft wäre.«

Die Rekonvaleszenz Peter's nahm ihren regelmäßigen Verlauf. Keiner der Zufälle, die befürchtet werden konnten, trat hinzu. Mit Hilfe einer konsistenteren, doch vorsichtig bereiteten Mahlzeit nahm der Kranke von Tag zu Tag an Kräften zu. Der Doktor besuchte ihn häufig und sprach mit ihm über alles Mögliche, nur nicht von solchen Dingen, die Peter direkter interessieren konnten. Und Peter, der nicht vorzeitige Vertraulichkeiten wachrufen wollte, wartete, bis es dem Doktor gefallen würde, sich ihm zu eröffnen.

Pointe Pescade hatte dem Doktor getreulich die Brocken der Unterhaltung hinterbracht, die zwischen ihm und dem Kranken ausgetauscht worden waren. Das Inkognito, welches nicht nur den Grafen Mathias Sandorf beschützte, sondern sich auch auf die von ihm bewohnte Insel erstreckte, beschäftigte die Gedanken Peter Bathory's augenscheinlich. Ebenso ersichtlich war es, dass er beständig noch an Sarah Toronthal dachte, die ihm jetzt so entfernt weilte, da jede Verbindung zwischen Antekirtta und dem europäischen Kontinent abgeschnitten schien. Doch der Augenblick war nahe, in welchem er stark genug sein sollte, Alles zu erfahren.

Ja! Alles zu hören, und an jenem Tage wollte der Doktor, wie ein operierender Chirurg, mitleidslos den Wehrufen des Patienten gegenüber sein.

Mehrere Tage verstrichen. Die Wunde des jungen Mannes war vollständig vernarbt. Er konnte schon aufstehen und an dem Fenster seiner Stube Platz nehmen. Die mildtätige Sonne des Mittelländischen Meeres schmeichelte ihm, eine lebhafte Meeresbrise blähte seine Lungen auf und gab ihm Gesundheit und Kraft wieder. Er fühlte sich wider Willen gefunden. Seine Augen hefteten sich hartnäckig an den grenzenlosen Horizont, über den hinaus sein Blick gern geschweift wäre; sein Gemüt war eben noch sehr leidend. Die ungeheure Wasserwüste rings um die Insel lag fast immer verlassen da. Kaum einige Küstenfahrzeuge, Schebecken oder Tartanen, Polaken oder Speronaren tauchten auf der offenen See auf, hielten aber nie auf die Insel zu, um hier anzulegen. Ein großes Handelsschiff oder ein Paketboot einer der Linien, welche diesen großen europäischen See nach allen Richtungen der Windrose durchziehen war hier nie zu sehen.

Man hätte mit Recht behaupten können, dass Antekirtta an die Grenzen der Erde verbannt worden sei.

Am 24. Juli kündete der Doktor Peter Bathory an, dass er am folgenden Nachmittag ausgehen dürfte und er bot sich selbst zu seiner Begleitung auf dieser ersten Promenade an.

»Wenn ich die Kraft habe, auszugehen, Doktor, sagte Peter, so habe ich auch die Kraft, von Ihnen zu hören.

– Von mir zu hören, Peter? Was meinst Du damit?

– Ich will sagen, dass Sie meine ganze Lebensgeschichte kennen, ich aber nicht die Ihrige.«

Der Doktor betrachtete ihn aufmerksam, mehr als Arzt denn als Freund, um zu prüfen, ob es geraten sein würde, Feuer und Eisen in das gesunde Blut des Kranken zu mischen. Dann setzte er sich zu ihm und sagte:

»Du sollst meine Geschichte kennen lernen. Peter. Höre zu.«

ZWEITES KAPITEL.
VERGANGENHEIT UND GEGENWART.

»Zuerst die Geschichte des Doktors Antekirtt, welche in dem Augenblicke beginnt, in welchem Graf Mathias Sandorf sich in die Wellen der Adria stürzte.

– Ich ging aus dem Hagel von Kugeln, den mir die letzte Salve der Polizisten nachsandte, heil und unverletzt hervor. Die Nacht war sehr dunkel.

Man konnte mich nicht sehen. Der Strom trug mich dem Meere zu und ich hätte nicht an das Land zurückgelangen können, selbst wenn ich es gewollt. Ich wollte es auch nicht. Lieber sterben, als aufgegriffen, um nach Pisino zurückgebracht und dort füsiliert zu werden, so dachte ich. Wenn ich unterlag, war Alles zu Ende. Wenn mir meine Rettung gelang, so konnte ich wenigstens für tot gelten. Nichts konnte mich dann mehr in dem Werke der Gerechtigkeit behindern, das zu erfüllen ich dem Grafen Zathmar, Deinem Vater, und mir selbst geschworen hatte... und das ich erfüllen werde.

– Ein Werk der Gerechtigkeit? fragte Peter, dessen Auge sich bei dem ihm unerwartet kommenden Worte belebte.

– Ja, Peter, und Du sollst dieses Werk kennen lernen, denn um Dich an demselben Teil nehmen zu lassen, habe ich Dich, tot wie ich selbst es bin, und lebendig, so wie ich es bin, dem Kirchhofe von Ragusa entrissen.«

Peter Bathory fühlte sich bei diesen Worten an die Zeit vor fünfzehn Jahren erinnert, damals, als sein Vater auf dem Schlosshofe der Festung Pisino fiel.

»Das ganze Meer, fuhr der Doktor fort, lag bis zur italienischen Küste hin offen vor mir. Ein so guter Schwimmer ich auch war, durfte ich es nicht wagen, es zu durchschneiden. Wenn mir nicht die göttliche Vorsicht zu Hilfe kam, sei es in Gestalt einer Planke oder eines fremdländischen Fahrzeuges, welches mich an Bord nehmen konnte, war ich verloren. Doch wenn man sein Leben zum Opfer bringen muss, wird man auch stark genug, es zu verteidigen, vorausgesetzt, dass eine Verteidigung möglich ist.

– Ich war zuerst wiederholt untergetaucht, um den letzten Flintenschüssen zu entgehen. Als ich sicher war, nicht mehr bemerkt zu werden, hielt ich mich auf der Oberfläche des Meeres und wandte mich der offenen See zu. Meine Kleidungsstücke behinderten mich wenig, denn sie waren sehr leicht und schlossen sich dem Körper an.

– Es musste so neunundeinhalb Uhr des Abends sein. Nach meiner Schätzung schwamm ich bereits länger als eine Stunde in einer der Küste entgegengesetzten Richtung; ich entfernte mich jedenfalls von dem Hafen von Rovigno, dessen Feuer ich nach und nach verlöschen sah.

– Wohin schwamm ich und worauf gründete sich meine Hoffnung? Ich hatte ganz gewiss keine, Peter, aber ich fühlte in mir eine übermenschliche Widerstandskraft, Zähigkeit und einen eben solchen Willen, die mich aufrecht erhielten. Es war nicht mehr mein Leben, das ich zu retten sachte, sondern das Werk der Zukunft. Wenn in diesem Augenblicke eine Fischerbarke vorübergekommen wäre, ich würde sogleich untergetaucht sein, um von ihr nicht bemerkt zu werden. Wie viele Verräter hätte ich nicht noch finden können, die ebenso bereit gewesen wären, gegen eine gute Belohnung mich auszuliefern, wie Carpena den ehrbaren Andrea Ferrato!

– Gegen Ende der ersten Stunde geschah Folgendes: Ein Fahrzeug tauchte fast plötzlich aus dem Schatten auf. Es kam von der See und hatte alle Segel beigesetzt, um das Land zu erreichen. Da ich bereits ermüdet war, so hatte ich mich auf den Rücken gelegt, doch instinktiv drehte ich mich um, zum Verschwinden bereit. Es war eine Fischerbarke, die zu einem der Häfen Istriens gehörte, sie musste mir also verdächtig erscheinen.

– Man war auf mich bereits aufmerksam geworden. Einer der Matrosen rief im dalmatinischen Dialekt den übrigen zu, den Kurs zu wechseln. Ich tauchte schnell unter und das Schiffchen flog über meinen Kopf fort, ohne dass die Mannschaft mich gesehen hätte.

– Um Atem zu schöpfen, kam ich an die Oberfläche zurück und ich begann meine Schwimmfahrt westwärts fortzusetzen.

– Der Wind legte sich, je mehr die Nacht vorschritt. Die Wellen fielen mit dem Winde. Ich wurde nur noch von langgestreckten, rollenden Wogen emporgehoben, die mich auf die hohe See hinausführten.

– Auf diese Weise, bald schwimmend, bald ruhend, kam ich noch eine fernere Stunde lang von der Küste ab. Ich hatte nur den zu erreichenden Zweck im Auge, nicht den Weg, den ich durchschwimmen musste, um dahin zu gelangen. Fünfzig Meilen hätte ich zurücklegen müssen, um über die Adria zu gelangen; ich wollte sie durchschwimmen, ja ich hätte sie durchschwommen! Ach, Peter, man muss solche Prüfungen bestanden haben, um zu wissen, wessen der Mensch fähig ist, was die menschliche Maschine durch die Vereinigung der moralischen mit der physischen Kraft leisten kann.

– Ich hielt mich also auch noch in der zweiten Stunde aufrecht. Dieser Teil des Adriatischen Meeres war vollkommen öde. Die Vögel selbst hatten ihn verlassen, um ihre Nester auf den Klippen aufzusuchen. Nur die Seemöwen flatterten noch an meinem Kopfe vorüber und schossen mit grellem Schrei pfeilschnell davon.

– Trotzdem ich nichts von Ermüdung wissen wollte, wurden meine Arme nun doch matt, meine Beine träge. Meine Finger schlossen sich nicht mehr dicht aneinander, nur mit großer Mühe gelang es mir, die Hände noch geschlossen zu halten. Mein Kopf ward mir so schwer, als trüge ich eine Kugel auf der Schulter und ich war nicht mehr im Stande, ihn über Wasser zu halten.

– Eine Art Halluzination befiel mich. Meine Gedankenrichtung entschlüpfte mir. Befremdliche Ideen stiegen in meinem Geiste auf. Ich fühlte, dass ich nur noch undeutlich hören und sehen konnte, ob es ein Geräusch war, das sich plötzlich in einiger Entfernung geltend machte, oder ein Licht, in dessen Strahl ich mich plötzlich befand. Folgendes geschah:

– Es musste ungefähr Mitternacht sein, als sich dieses dumpfe und ferne Grollen in östlicher Richtung bemerkbar machte, ein Brausen, dessen Natur ich nicht erkennen konnte. Ein Lichtschimmer drang durch meine Augenlider, die sich gegen meinen Willen gesenkt hatten. Ich versuchte den Kopf zu wenden, es gelang mir aber nur dadurch, dass ich mich zur Hälfte versinken ließ. Dann blickte ich aus.

– Ich gebe alle diese Einzelheiten wieder, Peter, weil Du sie kennen lernen sollst und aus ihnen auch mich kennen lernen kannst.

– Ich kenne Sie sehr gut, Doktor, erwiderte der junge Mann. Glauben Sie, dass meine Mutter mir nicht erzählt hat, wer Graf Mathias Sandorf gewesen ist?

– Sie mag Mathias Sandorf gekannt haben, Peter, aber den Doktor Antekirtt gewiss nicht. Und diesen sollst Du eben kennen lernen. Höre also weiter zu:

– Das Geräusch, welches ich vernommen, rührte von einem großen Schiffe her, das von Osten kam und der italienischen Küste zufuhr. Das Licht war eine weiße

Laterne, die am Stag des Fockmastes aufgehisst war, also einen Dampfer anzeigte. Seine Positionsfeuer bemerkte ich eben so schnell, das rote auf Backbord, das grüne auf Steuerbord; da ich sie zu gleicher Zeit sah, so wusste ich, dass das Schiff direkt auf mich zu kam.

– Der nächste Augenblick musste entscheidend sein. Da der Dampfer von der Richtung, wo Triest lag, kam, so sprach Alles dafür, dass er unter österreichischer Flagge fuhr. Ihn um Aufnahme bitten, hieß genau so viel, als sich in die Hände der Gendarmen von Rovigno begeben. Ich war vollständig entschlossen, es nicht zu tun, aber nicht weniger entschlossen, das Rettungsmittel, das sich mir bot, zu benützen.

– Der Dampfer war ein Eilboot. Je mehr er sich mir näherte, desto unermesslicher erschien sein Umfang, und ich sah das Meer unter seinem Vordersteven aufschäumen. In weniger als zwei Minuten musste er die Stelle passieren, woselbst ich fast unbeweglich lag.

– Ich zweifelte nicht daran, dass es ein österreichischer Dampfer war. Doch war es nicht unmöglich, dass seine Bestimmung auf Brindisi oder Otranto lautete, oder dass er dort Station machte. Wenn das der Fall war, so musste er in ungefähr vierundzwanzig Stunden dort eintreffen.

– Mein Entschluss war gefasst: ich wartete ab. In der Gewissheit, inmitten der Dunkelheit nicht bemerkt zu werden, hielt ich mich in der Richtung, welche die ungeheure Masse verfolgte, deren Geschwindigkeit eine nur mäßige war und die in der rollenden See kaum schwankte.

– Endlich hatte der Dampfer mich erreicht. Sein über zwanzig Fuß aus dem Wasser ragender Vordersteven beherrschte das Meer rings umher. Ich wurde in den Schaum des Bugs verwickelt, doch nicht von ihm fortgeschleudert. Der lange eiserne Schnabel streifte mich und ich stieß mich kräftig mit der Hand ab. Das dauerte kaum einige Sekunden. Dann, als ich die hohen Formen des Hinterteiles sich abzeichnen sah, klammerte ich mich auf die Gefahr hin, von der Schraube erfasst zu werden, an das Steuerruder an.

– Der Dampfer hatte glücklicher Weise volle Ladung, so dass seine tiefliegende Schraube nicht die Oberfläche des Wassers peitschte, denn sonst hätte ich dem Wirbel nicht widerstehen und mich nicht an der Handhabe festklammern können, wie ich es getan. Wie bei allen diesen Schiffen, so hingen auch hier zwei eiserne Ketten vom Hinterteile herunter, die an dem Steuerruder befestigt waren. Ich ergriff eine dieser Ketten und zog mich bis zu ihrer Verankerung, dicht über dem Wasserspiegel empor; dort installierte ich mich, so schlecht und recht es eben anging, nahe dem Hintersteven.... Ich befand mich in verhältnismäßiger Sicherheit.

– Drei Stunden später brach der Tag an. Ich überlegte, dass ich noch zwanzig Stunden in dieser Lage ausharren müsste, falls der Dampfer in Brindisi oder Otranto anlegte. Vom Hunger und Durst musste ich am Meisten leiden.... Sehr wichtig war der Umstand, dass ich vom Deck aus nicht bemerkt werden konnte, nicht einmal von dem Rettungsboote aus, das auf dem Hinterdeck zwischen seinen Trägern ruhte. Von uns entgegenkommenden Schiffen konnte ich allerdings gesehen und signalisiert werden, doch nur wenige Schiffe kreuzten uns an diesem Tage und diese fuhren in so großer

Entfernung an uns vorüber, dass sie kaum den Menschen erblicken konnten, der in den Ketten des Steuerruders hing.

Die glühenden Sonnenstrahlen gestatteten mir bald, meine Kleidungsstücke zu trocknen, deren ich mich entledigte. Die dreihundert Gulden Andrea Ferrato's befanden sich noch immer in dem Gürtel um meinen Leib. Sie mussten mir Sicherheit verschaffen, sobald ich am Lande war. Dort hatte ich nichts mehr zu befürchten. Im fremden Lande drohte mir von den Agenten Österreichs keine Gefahr. Es gab noch keinen Auslieferungsvertrag bezüglich politischer Flüchtlinge. Ich wollte indessen nicht nur, dass mein Leben gerettet war, sondern auch, dass man an meinen Tod glaubte. Niemand durfte erfahren, dass der letzte Flüchtling aus dem Wartturm von Pisino den Fuß auf italienischen Boden gesetzt hatte.

– Was ich wollte, ging in Erfüllung. Der Tag ging ohne Zwischenfälle vorüber. Die Nacht brach herein. Gegen zehn Uhr Abends blitzte südwestlich ein Feuer in regelmäßigen Pausen auf. Es rührte vom Leuchturm von Brindisi her. Zwei Stunden später lenkte der Dampfer in das Fahrwasser zum Hafen ein.

– Doch bevor noch der Lotse an. Bord gekommen war, zwei Seemeilen vom Lande entfernt, verließ ich die Ketten des Steuerruders, nachdem ich aus meinen Kleidungsstücken ein Bündel gemacht und mir um den Hals gebunden hatte; ich ließ mich sanft in das Wasser gleiten.

– Eine Minute später hatte ich das Schiff aus den Augen verloren, dessen Dampfpfeife seine heulenden Signale gab.

– Nach einer halben Stunde landete ich bei ruhigem Meere an einem brandungsfreien Ufer, vor jedem Blicke geborgen; ich zog mich zwischen die Klippen zurück, kleidete mich dort wieder an und inmitten einer mit trockenem Seetang ausgefüllten Mulde entschlummerte ich: die Abspannung besiegte den Hunger.

– Bei Tagesanbruch ging ich nach Brindisi hinein, ich sachte eines der einfachsten Gasthäuser auf und wartete dort die Ereignisse ab, bevor ich mir den Plan zu einem ganz neuen Leben zurechtlegte.

– Nach zwei Tagen belehrten mich die Zeitungen, dass die Verschwörung von Triest ihr Ende erreicht habe. Man schrieb auch, dass Nachforschungen nach dem Verbleib des Körpers des Grafen Mathias Sandorf angestellt worden waren, doch keinen Erfolg gehabt hätten. Ich wurde für tot gehalten – für ebenso tot, als wenn ich mit meinen beiden Genossen, Ladislaus Zathmar und Deinem Vater Stephan, auf dem Schlosshofe von Pisino erschossen worden wäre.

– Ich tot!... Nein, Peter, und man soll noch sehen, dass ich am Leben bin!«

Peter Bathory hatte aufmerksam der Erzählung des Doktors gelauscht. Er war ebenso lebhaft davon ergriffen, als wenn das Gesagte zu ihm aus der Grabesgruft hinüber geschallt hätte. Ja, so nur konnte Graf Mathias Sandorf sprechen! Ihm gegenüber, der ein lebendiges Abbild seines Vaters vorstellte, war die gewöhnlich gezeigte Kälte allmählich gewichen; er hatte ihm vollständig seine Seele geöffnet, er wollte sich ihm so zeigen, wie er war, nachdem er so viele Jahre hindurch sich hatte verstellen müssen. Mathias Sandorf hatte aber bisher noch nichts davon gesagt, was zu hören Peter eifrig verlangte, noch nichts davon, wobei er auf seine Hilfe rechnete.

Was der Doktor von seiner kühnen Überfahrt über das Adriatische Meer erzählt hatte, entsprach bis in die kleinsten Einzelheiten der Wahrheit. Er war heil und gesund in Brindisi angekommen, während Mathias Sandorf ein für alle Male tot war.

Es handelte sich zunächst für ihn darum, Brindisi so schnell als möglich zu verlassen. Diese Stadt ist nur ein Durchfahrtshafen. Man schifft sich dort nach Indien ein, oder nach Europa aus. Sie liegt gewöhnlich verlassen da, nur an einem oder zwei Tagen in der Woche herrscht in ihr reges Leben, wenn die überseeischen Dampfer eintreffen, namentlich diejenigen der »*Peninsular and Oriental Company*«. Der durch diese bewirkte Verkehr genügte aber gerade, um den Flüchtling von Pisino unter Umständen erkannt werden zu lassen und wenn er auch, um es nochmals zu wiederholen, für sein Leben nichts zu fürchten hatte, so war es ihm doch von großer Wichtigkeit, dass man an seinen Tod glaubte.

Darüber dachte der Doktor nach, als er am Tage nach seiner Ankunft in Brindisi am Fuße der Terrasse lustwandelte, welche die Säule der Kleopatra beherrscht, gerade dort, wo die alte appische Straße beginnt. Den Plan seines neuen Lebens hatte er sich schon zurechtgelegt. Er wollte nach dem Orient gehen, dort Reichtümer sammeln und mit ihnen Macht. Es passte aber nicht in seinen Plan, auf einem der Paketboote, inmitten von Passagieren aller Nationalitäten, die Überfahrt zu machen, welche den Verkehr mit der Küste Kleinasiens unterhalten. Er konnte sich nur eines weniger auffälligen Transportschiffes bedienen, das er allerdings in Brindisi nicht finden konnte. Er fuhr also noch am selben Abend mit der Eisenbahn nach Otranto.

In anderthalb Stunden hatte der Zug diesen Ort erreicht, der fast am Endpunkte des Absatzes des italienischen Stiefels, an jenem Kanale gelegen ist, welcher den schmalen Eingang zum Adriatischen Meere bildet. In diesem halbverlassenen Hafen konnte der Doktor mit dem Eigentümer einer Schebecke handelseinig werden, die zum Auslaufen nach Smyrna bereit lag und eine Partie albanesischer Pferde an Bord hatte, für welche sich in Otranto kein Käufer gefunden.

Am folgenden Tage stach die Schebecke in See und der Doktor konnte am Horizont den Leuchtturm von Punta di Lucca, auf der äußersten Spitze verschwinden sehen, während auf der gegenüberliegenden Küste die Akrokeraunischen Berge im Nebel versanken. Einige Tage später, nach einer ungestörten Überfahrt, wurde Kap Matapan am äußersten Ende Süd-Griechenlands umsegelt und die Schebecke in den Hafen von Smyrna bugsiert.

Der Doktor hatte Peter mit kurzen Worten diesen Teil seiner Reise erzählt, dann auch, wie er aus den Zeitungen den Tod seiner Tochter erfahren hatte, die ihn ganz allein auf Erden zurückließ.

»Endlich, fuhr er fort, befand ich mich auf dem Boden Kleinasiens, woselbst ich nun so viele Jahre unbekannt leben sollte. Die Studien der Medizin, Chemie und Naturwissenschaften, denen ich während meiner Jugend auf den Schulen und Universitäten Ungarns – an denen Dein Vater mit so ausgezeichnetem Rufe lehrte – obgelegen hatte, mussten jetzt herhalten, um meinen Unterhalt zu bestreiten.

– Das Glück war mir über Erwarten hold, und zuerst in Smyrna, wo ich sieben oder acht Jahre wohnen blieb, verschaffte ich mir einen bedeutenden Ruf als Arzt. Einige glücklich ausschlagende Kuren brachten mich mit den reichsten Persönlichkeiten dieser Gegenden in Verbindung, in welchen die ärztliche Kunst sich noch in dem Urzustande befindet. Ich entschloss mich, die Stadt zu verlassen. Und wie die Professoren von ehedem, teils selbst heilend, teils Unterricht gebend in der Heilkunde, teils mich selbst belehrend über die mir unbekannte Therapie der Talebs Kleinasiens und der Panditen Indiens, durchzog ich die Provinzen, in denen ich hier einige Wochen, dort Monate hindurch mich aufhielt; ich wurde gerufen und befragt in Karahissar, Bender, Adama, Haleb, Tripoli, Damas; mein Ruf ging mir voran, wuchs ohne Unterlass und verschaffte mir ein Vermögen, welches mit meinem Rufe sich vermehrte.

– Doch das genügte mir nicht. Ich musste mir eine grenzenlose Macht verschaffen, eine solche, wie sie jene im Überflusse lebenden indischen Rajahs besitzen, deren Wissen ihrem Reichtume gleichkommt.

– Eine günstige Gelegenheit stellte sich ein:

– In Homs im nördlichen Syrien wohnte ein Mann, der an einer schleichenden Krankheit dahinsiechte. Kein Arzt war bis zu meiner Ankunft im Stande gewesen, die Natur derselben zu erkennen, es in Folge dessen eine Unmöglichkeit, ihr mit geeigneten Mitteln zu Leibe zu gehen. Dieser Mann mit Namen Faz-Rhat hatte hohe Stellungen bei der Pforte bekleidet. Er war erst fünfundvierzig Jahre alt und bedauerte es umso mehr, schon sterben zu müssen, als ein unermessliches Vermögen ihm gestattete, alle Freuden des Lebens auszukosten. Faz-Rhat hatte von mir vernommen, denn mein Ruf war damals schon ein weitverbreiteter. Er ließ mich ersuchen, nach Homs zu kommen und ich folgte seiner Einladung.

– Doktor, sagte er zu mir, die Hälfte meines Vermögens gehört Dir, wenn Du mich dem Leben wiedergibst.

– Behalte die Hälfte Deines Vermögens, antwortete ich ihm. Ich werde Dich behandeln und heilen, wenn Gott es erlaubt.

– Ich studierte eifrig diesen Kranken, den die Ärzte aufgegeben. Sie hatten ihm auf nur wenige Monate noch Hoffnung gemacht. Ich war glücklich genug, eine sichere Diagnose stellen zu können. Ich blieb drei Wochen lang bei Faz-Rhat, um die Wirkungen der Behandlung, welche ich ihm angedeihen ließ, zu beobachten. Seine Heilung war eine vollständige. Als er sich mit mir abfinden wollte, beanspruchte ich nur den Lohn, der mir nach meinem Ermessen zukam. Dann verließ ich Homs.

– Drei Jahre später verlor Faz-Rhat in Folge eines Jagdunfalles sein Leben. Da er keine Verwandten und direkten Erben besaß, bestimmte sein Testament mich als den alleinigen Erben aller seiner Güter, die einen wirklichen Wert von mindestens fünfzig Millionen Gulden repräsentierten.

– Dreizehn Jahre waren gerade verflossen, seitdem der Flüchtling von Pisino die Provinzen Kleinasiens betreten hatte. Der Name des Doktors Antekirtt, dessen sich schon die Sage bemächtigt hatte, war in ganz Europa bereits bekannt geworden. Ich hatte also den Erfolg erreicht, den ich mir gewünscht. Es blieb jetzt nur noch das übrig, was den einzigen Zweck meines Lebens bildet.

– Ich war entschlossen, nach Europa zurückzukehren, oder wenigstens nach einem Punkte des Mittelmeeres, auf seiner äußersten Grenze. Ich besuchte die afrikanische Küste und machte mich durch Erlegung einer bedeutenden Kaufsumme zum Besitzer einer wichtigen, reichen, fruchtbaren Insel, deren materielle Erträgnisse die Lebensbedürfnisse einer kleinen Kolonie befriedigen konnten, der Insel Antekirtta. Hier, Peter, bin ich Herrscher, unumschränkter Herr, König ohne Untertanen, aber über ein Personal, das mir mit Leib und Seele ergeben ist, über Verteidigungsmittel, die furchtbar sein werden, wenn ich sie vollendet habe, über Leitungsdrähte, die mich mit den verschiedenen Punkten des Mittelländischen Inselkreises verbinden, über eine Flottille von solcher Schnelligkeit, dass ich aus diesem Meer, sozusagen, meine Domäne gemacht habe.

– Wo liegt also die Insel Antekirtta? fragte Peter Bathory.

– In den Gewässern der großen Syrte, deren Ruf von Alters her allerdings nicht der beste ist, am äußersten Ende dieses Meeres, das die Nordwinde selbst für die neueren Schiffsgattungen so gefährlich machen, im Innern des Golfes von Sidra, welcher zwischen dem Tripolitanischen und Cyrenäischen Reiche die afrikanische Küste ausbuchtet.«

Dort liegt in der Tat, im Norden der Gruppe der Syrten-Inseln, Antekirtta. Viele, viele Jahre früher bereiste der Doktor die Cyrenäischen Küsten, Susa, den alten Hafen von Cyrene, das Land von Barcah, alle die Städte, welche aus dem alten Ptolemaïs, Berenike, Adrianopolis entstanden sind, mit einem Worte, die alte, einst griechische, makedonische, römische, persische, sarazenische und so weiter, jetzt arabische und vom Paschalik von Tripolis abhängige Pentapolis. Die Zufälligkeiten seiner Reise – er reiste eben dahin, wohin man ihn gerade rief – führten ihn bis auf die zahlreichen Inseln, die vor der lybischen Küste besonders stark ausgesät zu sein scheinen: auf Pharos und Anthírode, die Zwillingsinseln von Plinthine, Enesipte, die Tyndarienischen Felsen Pyrgos, Platea, Ilos, die Hyphalen, Pontienen, die Weißen Inseln und endlich auf die Syrten.

Dort, im Golfe von Sidra, dreißig Meilen südwestlich von dem türkischen Vilajet Ben-Ghazi, zog der dem Festlande zunächst gelegene Punkt, die Insel Antekirtta, besonders seine Aufmerksamkeit auf sich. Man nannte die Insel so, weil sie vor den anderen Inseln der Syrten- oder Kyrten-Gruppen gelegen ist. Der Doktor nahm sich von jenem Tage an vor, sie einstmals für sich zu erwerben, und gleichsam als Pfand für die spätere Besitzergreifung legte er sich den Namen Antekirtt bei, ein Name, dessen Bedeutung sich bald über ganz Kleinasien erstreckte.

Zwei sehr gewichtige Gründe hatten ihm diese Wahl vorgeschrieben: erstens war Antekirtta geräumig genug – achtzehn Meilen im Umfange groß – um das Personal aufnehmen zu können, das er hier zu vereinigen gedachte; die Insel lag hoch genug, denn ein Felskegel, der sich zu einer Höhe von achthundert Fuß erhebt, gestattete es, den Golf bis zur Küste von Cyrene zu überschauen; ihre Erzeugnisse wechselten sehr ab und kleine Gewässer befeuchteten sie, so dass sie den Bedürfnissen von einigen tausend Einwohnern vollständig genügen konnte. Sodann war sie im Innern des Meeres gelegen, das furchtbar durch seine Stürme war, und in alten Zeiten den Argonauten gefährlich wurde; Apollonius von Rhodos, Horaz, Virgil, Properz, Seneca, Valerius Flaccus, Lucanus und viele andere Geographen und Dichter, Polybius, Sallust, Strabo, Mela, Plinius, Procopus schilderten und besangen die Gefahren, die aus den Syrten erwachsen, aus den »Hinunterziehenden«. – Diese Bedeutung liegt ihrem Namen zu Grunde.

Die Insel bildete also ein kleines Reich für sich, wie es dem Doktor Antekirtt gerade passte. Er erwarb sie für eine beträchtliche Summe als alleiniges Eigentum, ohne feudale oder sonstige Verpflichtungen; der Abtretungsakt wurde vom Sultan unterzeichnet und machte den Doktor Antekirtt zum souveränen Eigentümer.

Drei Jahre bereits herrschte er auf dieser Insel. Ungefähr dreihundert europäische und arabische Familien hatten sich durch seine Anerbietungen und die Zusicherung eines sorgenlosen Lebens bewegen lassen, hier eine kleine Kolonie zu bilden, die im Ganzen vielleicht zweitausend Seelen umfasste. Die Einwohner waren weder des Doktors Slaven noch seine Untertanen, sondern nur ihrem Oberhaupte ergebene Genossen, denen in diesem Winkel unserer Erdkugel ein neues Vaterland entstanden war.

Nach und nach wurde eine regelrechte Verwaltung mit einer zur Verteidigung der Insel gebildeten Miliz eingeführt, ein Magistrat setzte sich aus den Edleren unter den Kolonisten zusammen, der jedoch kaum dazu kam, seines Amtes zu walten. Dann wurde nach den eigenen Plänen des Doktors, der dieselben den vorzüglichsten Werften Englands und Amerikas zusandte, jene wunderbare Flottille erbaut, Dampfschiffe, Dampfyachten, Schoners und »Electrics«, mit denen schnelle Fahrten durch das Bassin des Mittelmeeres unternommen werden konnten. Gleichzeitig begannen sich Befestigungen auf Antekirtta zu erheben; sie waren bis jetzt noch nicht vollendet worden, obgleich der Doktor diese Arbeiten, nicht ohne gewichtige Gründe, nach Kräften beschleunigte.

Antekirtta hatte also in diesen Strichen des Golfes von Sidra einen Feind zu befürchten? Ja! Und zwar eine furchtbare Sekte, eine vollkommene Piratenverbrüderung, die mit neidischem und hasserfülltem Herzen einen Fremden diese Kolonie in der Nachbarschaft der libyschen Küste gründen sah.

Diese Sekte war die mosleminische Brüderschaft des Sidi Mohammed Ben' Ali-Es-Senusi. In diesem Jahre (1300 der Hedschra) zeigte sie sich drohender als je, und ihre geographische Domäne zählte fast drei Millionen Anhänger. Sie besaß in Ägypten, im europäischen und im asiatischen Teile des türkischen Reiches, im Lande der Baëlen und Tubus, im östlichen Nubien, in Tunis, Algerien, Marokko, in der unabhängigen Sahara, im Sudan weitverbreitete Aktionszentralplätze und ihre Zaumas und Vilajets existierten in noch größerer Anzahl in Tripolis und Cyrene. Von dort erwuchs den europäischen Besitzungen in Nord-Afrika eine stete Gefahr, so unter Anderen dem herrlichen Algerien, welches das reichste Land der Erde sein könnte, und besonders der Insel Antekirtta, wie man noch sehen wird. Die Vereinigung aller neuzeitlichen Verteidigungs- und Schutzmittel auf der Insel war also nur ein Akt der Klugheit seitens des Doktors.

Alles das erfuhr Peter im Verlaufe der Unterhaltung, die ihm viel Belehrendes bot. Auf die Insel Antekirtta war er also gebracht worden, tief hinein in das Meer der beiden Syrten, an einen der unbekanntesten Orte der alten Welt; hunderte von Meilen trennten ihn von Ragusa, wo er zwei Wesen zurückgelassen hatte, deren Andenken in seinem Herzen nie erlöschen konnte: seine Mutter und Sarah Toronthal.

Der Doktor vervollständigte mit wenigen Worten die Einzelheiten, welche auf diese zweite Periode seines Lebens Bezug hatten. Während er die Veranstaltungen zur Sicherheit seiner Insel traf, während er die Reichtümer des Bodens zu verwerten und ihn für die materiellen und moralischen Bedürfnisse seiner kleinen Kolonie nutzbar zu machen strebte, wurde er über Alles, was seine einstigen Freunde taten, deren Spuren er nie verloren hatte, im Laufenden erhalten, unter Anderem, was Frau Bathory, ihr Sohn und Borik begannen, als sie von Triest nach Ragusa übersiedelt waren.

Peter begriff nun auch, warum die »Savarena« unter Umständen in Gravosa angekommen war, welche die Neugierde des Publikums über alle Maßen erregt hatten, warum der Doktor Frau Bathory besucht und diese, ohne dass der Sohn jemals eine Ahnung davon gehabt, das ihr zur Verfügung gestellte Geld zurückgewiesen hatte, wie es schließlich dem Doktor gelungen war, gerade rechtzeitig zurückzukommen, um Peter dem Grabe zu entreißen, in welchem er nur einen magnetischen Schlaf erduldet hatte.

»Und Du mein Sohn, Du verlorst den Kopf und schrecktest vor einem Selbstmorde nicht zurück?« schloss der Doktor fragend.

Mit einer heftigen Bewegung des Unwillens drehte sich Peter dem Doktor zu.

»Vor einem Selbstmorde? rief er. Sie haben also glauben können, dass ich mich selbst erstechen wollte?

– Peter! Ein Augenblick der Verzweiflung und...

– Ja, verzweifelt war ich allerdings!... Ich glaubte mich von Euch Allen verlassen, von Ihnen, dem Freunde des Vaters, verlassen nach den Versprechungen, die Sie mir freiwillig machten, ohne dass ich Sie darum gebeten hatte. Verzweifelt war ich und – bin es auch noch!... Aber Gott befiehlt nirgends, dass man in der Verzweiflung Hand an sich legen soll.... Er sagt, dass man leben solle... um sich zu rächen!

– Nein... um zu bestrafen, verbesserte der Doktor. Wer also war es, der Dich ermorden wollte, Peter?

– Ein Mann, den ich hasse, erwiderte dieser, ein Mann, mit dem ich an jenem Abend zufällig in einer öden Straße, längs der Mauern Ragusas zusammentraf. Vielleicht glaubte dieser Mensch, dass ich mich auf ihn stürzen und ihn herausfordern würde.... Er kam mir zuvor!... Er erstach mich!... Dieser Mann, dieser Sarcany ist...«

Peter konnte nicht vollenden. Bei dem Gedanken an diesen Elenden, in welchem er Sarah's Gatten erblickte, verwirrten sich seine Sinne, seine Augen schlossen sich, das Leben schien aus ihm zu entfliehen, seine Wunde von Neuem aufgebrochen.

Der Doktor hatte ihn bald wieder zu sich gebracht; er ließ ihn zur Besinnung kommen und sagte, ihn betrachtend, leise:

»Sarcany!... Sarcany!«

Peter musste notwendigerweise nach dem Anfalle, der ihn betroffen, etwas Ruhe haben. Es verlangte ihn aber nach keiner.

»Nein! sagte er. Sie haben mir anfänglich gesagt: Zuerst die Geschichte des Doktors Antekirtt, die mit dem Augenblicke beginnt, als Graf Mathias Sandorf sich in die Fluten des Adriatischen Meeres stürzte.

– Ganz recht Peter.

– Jetzt bleibt Ihnen noch übrig, mir das zu erzählen, was ich vom Grafen Sandorf noch nicht weiß.

– Hast Du auch die Kraft, mir zuzuhören?

– Sprechen Sie nur!

– Es sei! antwortete der Doktor. Es ist besser, Du lernst mit einem Male alle Geheimnisse, die zu erfahren Du ein Recht hast, mit samt dem Schrecklichen, was die Vergangenheit enthält, kennen, als dass wir noch einmal darauf zurückkommen müssen. Du hast also glauben können, Peter, dass ich Dich verlassen hätte, weil ich von Gravosa fort musste!... Höre also!... Du wirst mich dann besser verstehen!

– Du weißt, Peter, dass am Abende vor der Hinrichtung meine Genossen und ich aus der Festung Pisino zu entfliehen versuchten. Ladislaus Zathmar wurde indessen in dem Augenblicke von den Wächtern ergriffen, als er am Fuße des Wartturmes zu uns stoßen wollte. Dein Vater und ich waren, durch die Strömung des Buco fortgerissen, schon aus ihrem Bereich.

– Nachdem wir wunderbarer Weise den Wirbeln der Foïba entgangen waren, wurden wir, als wir am Kanal von Leme festen Fuß fassten, von einem Schurken bemerkt, der nicht zögerte, unsere Köpfe zu verkaufen, auf welche die Regierung einen Preis gesetzt hatte. Wir wurden bei einem Fischer in Rovigno entdeckt, gerade als dieser sich anschicken wollte, uns auf die andere Küste der Adria hinüberzubringen; Dein Vater wurde gefangen genommen und nach Pisino zurückgebracht. Ich war glücklicher und entkam. Wie, das weißt Du bereits. Folgendes aber ist Dir noch unbekannt.

– Vor der Angeberei dieses Spaniers, Namens Carpena, die dem Fischer Andrea Ferrato die Freiheit und einige Monate später das Leben kostete, hatten zwei Männer bereits das Geheimnis der Verschwörer von Triest verkauft.

– Ihre Namen? rief Peter Bathory ungeduldig.

– Frage zuerst, wie ihr Verrat aufgedeckt wurde, beschwichtigte der Doktor.

Er erzählte flüchtig, was in der Zelle des Turmes vorgegangen war, wie ihm ein akustisches Phänomen die Namen der Verräter überliefert hatte.

»Ihre Namen, Doktor! rief Peter nochmals. Sie dürfen sie mir nicht verweigern.

– Ich werde sie Dir nennen.

– Wie lauten sie?

– Der Eine von den Verrätern, ist jener junge Buchhalter gewesen, der sich als Spion in das Haus Ladislaus Zathmar's eingeschlichen hatte. Es ist derselbe, der Dich ermorden wollte – Sarcany!

– Sarcany! rief Peter und fand Kraft genug, auf den Doktor zuzugehen. Sarcany!... Dieser Schurke! Und Sie wussten es!... Und Sie, der Genosse Stephan Bathory's, Sie, der Sie seinem Sohne Ihren Schutz anbieten, Sie, dem ich das Geheimnis meiner Liebe anvertraut habe, der mich ermutigt hat, Sie haben diesen ehrlosen Menschen ruhig das Haus von Silas Toronthal betreten lassen, das Sie ihm mit einem Worte hätten verschließen können. Durch Ihr Schweigen haben Sie ihn zu diesem Verbrechen ermutigt, ja, zu einem Verbrechen, denn nur durch ein solches ist das unglückliche Mädchen Jenem ausgeliefert worden.

– Ja, Peter, ich habe es getan!

– Und warum?

– Weil sie nicht Deine Frau werden konnte.

– Sie nicht, sie nicht?

– Weil es ein noch abscheulicheres Verbrechen gewesen wäre, wenn Peter Bathory Fräulein Toronthal geheiratet hätte.

– Aber warum?... warum? fragte Peter, dem eine fürchterliche Angst fast die Kehle zuschnürte.

– Weil Sarcany einen Mitschuldigen hatte.... Ja, einen Genossen bei dieser gemeinen Machination, die Deinen Vater in den Tod getrieben hat. Und dieser Mitschuldige – Du musst ihn endlich kennen lernen... ist der frühere Bankier von Triest, Silas Toronthal!«

Peter hatte gehört und begriffen!... Er konnte nichts erwidern. Ein Krampf schloss ihm die Lippen. Er hätte zu Boden sinken müssen, wenn nicht eine Starrheit seinen ganzen Körper gelähmt hätte. Durch die unförmig erweiterte Pupille schien sein Blick in eine unergründliche Finsternis zu tauchen.

Dieser Zustand hielt jedoch nur einige Sekunden an, während welcher der Doktor sich mit Besorgnis fragte, ob der Patient dieser schrecklichen Operation, der er ihn unterzogen hatte, nicht unterliegen müsste.

Aber auch Peter Bathory war eine willensstarke Natur. Es gelang ihm, die Empörung seines Innern niederzuschlagen. Einige Tränen drangen aus seinen Augen... dann fiel er in seinen Sessel zurück und überließ seine Hand dem Doktor.

»Peter, sagte dieser mit ernster und sanfter Stimme, wir sind Beide für die ganze Welt gestorben. Ich stehe jetzt allein auf der Erde, ich habe keine Freunde, kein Kind mehr.... Willst Du mein Sohn sein?

– Ja!... Vater!« hauchte dieser.

Es war jedenfalls ein wahres väterliches und kindliches Gefühl zugleich, das sie Beide einander in die Arme führte.

DRITTES KAPITEL. WAS IN RAGUSA GESCHAH.

Während diese Ereignisse sich in Antekirtta vollzogen, spielten sich in Ragusa folgende Vorgänge ab.

Frau Bathory befand sich damals bereits nicht mehr in dieser Stadt. Nach dem Tode ihres Sohnes hatte Borik, unterstützt von mehreren Freunden, sie weit fort aus dem Hause der Marinella-Straße gebracht. Während der ersten Tage hatte man gefürchtet, dass der Verstand der unglücklichen Mutter unter diesem letzten Schicksalsschlage leiden würde. So energisch diese Frau auch war, so zeigte ihr Benehmen doch Anzeichen von Geistesgestörtheit, die selbst die Ärzte erschreckten. Auf ihren Rath wurde in Folge dieser Anzeichen Frau Bathory in den Flecken Vinticello, zu einem Freunde ihrer Familie, gebracht. Dort wurde ihr jede nur mögliche aufmerksame Pflege zu Teil. Doch welchen Trost konnte man dieser Mutter, dieser Gattin spenden, die zweimal in ihrer Liebe, zum Sohne wie zum Manne, tödlich getroffen worden war?

Ihr alter Diener hatte sie nicht verlassen wollen. Nachdem er das Haus in der Marinella-Straße gut verschlossen, folgte er ihr, um ihr ein ergebener und pflichtgetreuer Vertrauter ihrer Schmerzen zu bleiben.

Von Sarah Toronthal, welcher die Mutter Peter Bathory's geflucht hatte, war zwischen ihnen niemals wieder die Rede; sie wussten nicht einmal, dass deren Heirat auf eine spätere Zeit verschoben worden war.

Der Zustand, in welchem sich das junge Mädchen befand, nötigte sie, das Bett zu hüten. Sie hatte einen ebenso unerwarteten, als furchtbaren Schlag erhalten. Der, den sie liebte, war tot... jedenfalls aus Verzweiflung gestorben.... Und sein Körper war es gewesen, den man gerade auf den Kirchhof getragen hatte, als sie das Hotel verließ, um jene verabscheuenswerte Verbindung einzugehen.

Während zehn Tage, das heißt bis zum 16. Juli, war die Lage Sarah's eine sehr bedenkliche. Ihre Mutter wich nicht von ihrer Seite. Es war übrigens die letzte Sorgfalt, die sie ihr angedeihen lassen konnte, denn sie selbst sollte tödlich erkranken.

Welche Gedanken mochten wohl während der langen Stunden ungestörten Beisammenseins zwischen Mutter und Tochter ausgetauscht werden? Man ahnt es und es ist kaum nötig, darauf näher einzugehen. Zwei Namen tauchten unaufhörlich zwischen Schluchzen und Tränen auf, derjenige Sarcany's, um ihm zu fluchen – und der Name Peter's, der wirklich nur noch ein auf dem Grabstein eingemeißelter Name war, um ihn zu beweinen.

Aus diesen Unterhaltungen, denen beizuwohnen Silas Toronthal sich versagte – er vermied es sogar, seine Tochter zu sehen – ging ein nochmaliger Versuch Frau Toronthal's, ihren Gatten umzustimmen, hervor. Sie verlangte, dass er auf Schließung dieser Ehe verzichtete, deren bloßer Gedanke schon Sarah Schrecken und Abscheu einflößten.

Der Bankier verharrte unbeugsam bei seinem Entschlusse. Wenn er sich selbst überlassen und keinem Drucke unterworfen gewesen wäre, hätte er vielleicht den

Vorstellungen, die ihm gemacht wurden und die er sich selbst machen musste, nachgegeben. Doch da er mehr noch als man glauben sollte von seinem Mitschuldigen geleitet wurde, so verweigerte er Frau Toronthal jede weitere Unterhaltung. Die Heirat Sarah's und Sarcany's war einmal beschlossen und sollte vollzogen werden, sobald der Gesundheitszustand Sarah's es gestatten würde.

Man kann sich leicht die Bestürzung Sarcany's vorstellen, als jener unvorhergesehene Zwischenfall eintrat, mit welchem wenig versteckten Zorn er die Störung seines Spieles ansah und mit welchen Anklagen er Silas Toronthal zu Leibe ging. Es handelte sich, bei Licht besehen, hier schließlich nur um einen Aufschub, doch gerade dieser Aufschub drohte, wenn er sich verlängerte, das ganze System umzuwerfen, auf dem er seine Zukunft aufgebaut hatte. Andererseits verhehlte er es sich durchaus nicht, dass Sarah für ihn nur eine unbesiegbare Abneigung empfinden konnte.

Was wäre wohl aus dieser Abneigung geworden, wenn das junge Mädchen geahnt hätte, dass Peter Bathory unter dem Messer des Mannes gefallen war, den man ihr als Gatten aufdrängte?

Sarcany konnte sich allerdings nur Glück dazu wünschen, dass er bei dieser Gelegenheit seinen Rivalen hatte verschwinden lassen können. Keine Spur von Gewissensbissen drang in dieses jeder menschlichen Regung verschlossene Herz.

»Es trifft sich gut, sagte er eines Tages zu Silas Toronthal, dass dieser Jüngling Selbstmordgedanken hegte. Je weniger von diesem Geschlecht der Bathory's am Leben bleiben, desto besser für uns. Der Himmel meint es wirklich nicht schlecht mit uns«

Was war wirklich jetzt noch von den drei Familien Sandorf, Bathory und Zathmar am Leben? Eine alte Frau, deren Tage gezählt waren. Gott schien die Elenden in der Tat beschützen zu wollen, denn seine Güte erstreckte sich scheinbar bis zum Äußersten, das heißt, bis zu dem Tage, an welchem Sarcany der Mann Sarah Toronthal's und zugleich Herr über ihr Vermögen werden sollte.

Doch Gott schien ihn auch auf seine Geduld hin prüfen zu wollen, denn die Verzögerung, welche die Heirat betroffen, zog sich in die Länge.

Als die Kranke – körperlich wenigstens – sich von dem schrecklichen Zufalle wieder erholt hatte, als Sarcany annehmen konnte, dass nun die Rede von der Wiederaufnahme seiner Projekte sein würde, erkrankte Frau Toronthal ebenfalls. Die Lebenssäfte dieser bedauernswerten Frau waren vollständig aufgebraucht. Nach dem Leben, das sie seit den Ereignissen in Triest geführt, und seitdem sie erfahren, an welch unwürdigen Mann sie gebunden war, kann das nicht wunderbar erscheinen. Dann kamen, wenn auch nicht die Kämpfe, so doch die Anstrengungen über sie, welche sie die letzten Schritte, die sie zu Gunsten Peters getan, gekostet. Ihr verlangte danach, einen Teil des Unrechts abzutragen, das man der Familie Bathory angetan hatte. Schließlich der Ärger über das Unnütze ihrer Bitten gegenüber dem Einflusse des so unvermutet in Ragusa eingetroffenen Sarcany.

Von den ersten Tagen der Krankheit an war es offenbar, dass dieses Leben endgültig entfloh. Die Ärzte machten Frau Toronthal nur noch auf wenige Tage Hoffnung. Sie musste an Entkräftung sterben. Kein Mittel konnte ihr helfen, selbst wenn Peter Bathory seinem Grabe entstiegen wäre und ihre Tochter geheiratet hätte.

Sarah konnte ihr all die Liebe und Pflege noch vergelten, die sie ihr hatte angedeihen lassen und verließ Tag und Nacht nicht das Schmerzenslager.

Was Sarcany in Folge dieses neuen Aufschubs litt, ist begreiflich. Er zankte und schalt unaufhörlich auf den Bankier ein, der ebenso wie er lahm gelegt war.

Die Klärung dieser Lage konnte nicht auf sich warten lassen.

Am 29. Juli, also einige Tage später, schien Frau Toronthal's Befinden ein besseres, ihre Kräfte schienen sich wieder einzustellen.

Ein hitziges Fieber gab sie ihr, dessen heftiges Auftreten sie innerhalb 48 Stunden dahinraffen musste.

Wilde Fieberphantasien entstiegen ihrem Gehirn; sie begann Unverständliches wirr durcheinander zu sprechen.

Ein Name – ein Name, der unaufhörlich dabei zum Vorschein kam – war namentlich dazu angetan, Sarah zu überraschen. Es war der Name Bathory, nicht der des Sohnes, sondern derjenige der Mutter, welchen die Kranke in einem fort nannte, rief, beschwor, als würde sie von Gewissensbissen gefoltert.

»Verzeihung, Madame!... Verzeihung!«

Und als Frau Toronthal während einer durch die Fieberanfälle verursachten Erschöpfung von dem jungen Mädchen dieserhalb befragt wurde, rief sie erschrocken:

»Schweige, Sarah!... Schweige!... Ich habe nichts gesagt!«

So kam die Nacht vom 30. auf den 31. Juli heran. Einen Augenblick glaubten die Ärzte, dass die Krankheit der Frau Toronthal, nachdem sie ihren Höhepunkt überschritten hatte, im Abnehmen begriffen sei.

Der Tag war ein besserer gewesen, ohne Gehirnaffektionen, und ein vollständiger, überraschender, weil unerwarteter Wechsel in der Krankheit war eingetreten. Die Nacht versprach ebenso ruhig zu bleiben, als es der Tag gewesen war.

Dieser günstige Umstand hatte seinen guten Grund. Frau Toronthal fühlte nämlich noch kurz vor ihrem Tode eine Willensstärke in sich, deren man sie nie für fähig gehalten hätte. Nachdem sie sich mit ihrem Gott versöhnt, hatte sie einen Entschluss gefasst, zu dessen Ausführung sie den günstigen Augenblick abwartete.

Sie verlangte von ihrer Tochter, dass sie in dieser Nacht mehrere Stunden ruhen sollte. Sarah musste trotz aller Einwände, die sie erhob, ihrer Mutter gehorchen, da sie ihren festen Willen sah.

Gegen elf Uhr Nachts kehrte Sarah in ihr Zimmer zurück. Frau Toronthal blieb allein in dem ihrigen. Alles schlief im Hause, wo jetzt eine Stille herrschte, die man mit Recht als das »Schweigen des Todes« bezeichnet.

Frau Toronthal erhob sich und diese Kranke, deren Schwäche sie an der leisesten Bewegung hinderte, wie man glaubte, besaß die Kraft, sich anzukleiden und vor einem kleinen Schreibtische Platz zu nehmen.

Hier griff sie nach einem Blatt Papier und mit zitternder Hand schrieb sie einige Zeilen nieder, welche sie mit ihrem Namenszuge unterzeichnete. Dann steckte sie diesen Brief in ein Couvert, siegelte dieses und beschrieb es mit folgender Adresse:

Frau Bathory, Marinella-Straße, Stradone,

Ragusa.

Frau Toronthal kämpfte mit Gewalt gegen die Müdigkeit an, welche sie in Folge dieser jetzt ungewohnten Tätigkeit befallen hatte, sie öffnete die Tür ihres Zimmers, stieg die Haupttreppe hinab, durchschritt den Hof des Hotels und öffnete mit Anstrengung die kleine Pforte, welche auf die Straße hinausführte; sie befand sich im Stradone.

Dieser lag in dieser Stunde verlassen und öde da; es musste bereits Mitternacht sein.

Frau Toronthal schleppte sich mit schwankendem Gange ungefähr fünfzig Schritt weiter das Trottoir links hinauf bis zu einem Briefkasten, in den sie ihr Schreiben warf; dann kehrte sie in das Hotel zurück.

Nun war aber auch die gesamte Kraft, die sie zur Durchsetzung ihres letzten Willens aufgeboten hatte, völlig erschöpft, ohnmächtig fiel sie auf der Schwelle zur Kutscherwohnung zu Boden.

Hier wurde sie eine Stunde später aufgefunden. Silas Toronthal und Sarah brachten sie hier wieder zu sich. Man trug sie auf ihr Zimmer zurück, wo ihr Bewusstsein sofort wieder schwand.

Am nächsten Tage erzählte Silas Toronthal Sarcany, was vorgefallen war. Weder der Eine noch der Andere konnten ahnen, dass Frau Toronthal in der letzten Nacht einen Brief zur Post befördert hatte. Warum hatte sie das Hotel verlassen? Sie fanden keine erklärbare Antwort auf diese Frage und somit blieb der rätselhafte Vorgang für sie ein Gegenstand der Beunruhigung.

Die Kranke siechte noch vierundzwanzig Stunden dahin. Sie gab nur durch konvulsivische Zuckungen Lebenszeichen von sich; es waren die letzten Regungen einer Seele, die im Entschwinden begriffen. Sarah hielt ihre Hand gefasst, als wollte sie die Mutter noch zurückhalten in einer Welt, in der sie nun bald ganz schutzlos dastand. Doch der Mund der Mutter blieb stumm und selbst der Name Bathory entschlüpfte nicht mehr ihren Lippen. Ihr Gewissen war nun beruhigt, ihr letzter Wunsch erfüllt. Frau Toronthal brauchte keine Bitte mehr auszusprechen, keine Verzeihung mehr zu erflehen.

In der folgenden Nacht gegen drei Uhr Früh, während Sarah sich allein bei der Mutter befand, machte diese eine Bewegung und ihre Hand sachte die ihrer Tochter zu erfassen.

Ihre Augen öffneten sich bei dieser Berührung halb, ihr Blick lenkte sich auf Sarah. Dieser Blick war ein so fragender, dass ihn Sarah nicht verstehen konnte.

»Mutter!... Mutter!... Willst Du etwas?«

Frau Toronthal machte ein Zeichen der Bejahung.

»Mit mir sprechen?

– Ja!« ließ sich deutlich vernehmen.

Sarah hatte sich über das Bett gebeugt; ein abermaliges Zeichen forderte sie auf, sich noch mehr zu nähern.

Sarah legte nun ihren Kopf dicht an den der Mutter, die zu ihr sagte:

»Mein Kind, es geht zu Ende!

– Mutter!... Mutter!

– Leiser! mahnte diese, leiser.... Niemand darf uns hören!«

Dann, mit einer abermaligen Aufraffung sagte sie:

»Sarah, ich muss Dich um Verzeihung bitten, dass ich Dir übel mitgespielt habe; ich hatte nicht den Muth, das Schlimme zu verhüten.

– Du, Mutter, Du?... Du willst mir weh getan haben?... Du bittest mich um Verzeihung?

– Einen letzten Kuss, Sarah!... Ja?... Einen letzten!... Sage mir damit, dass Du mir verzeihest.«

Das junge Mädchen legte sanft ihre Lippen auf die bleiche Stirn der Sterbenden.

Diese hatte die Kraft, ihren Arm um den Hals der Tochter zu schlingen. Dann machte sie sich von ihr los und sie mit beängstigender Stetigkeit anschauend, sagte sie:

»Sarah!... Sarah, Du bist nicht die Tochter von Silas Toronthal!... Du bist nicht meine Tochter!... Dein Vater –«

Sie konnte nicht vollenden. Ein Krampf ließ sie den Armen Sarah's entschlüpfen, ihre Seele entflog mit den letzten Worten.

Das junge Mädchen hatte sich über die Tote gebeugt... Es versuchte, sie ins Leben zurückzurufen... Es war vergebens.

Sie rief nach Hilfe. Man lief von allen Seiten herbei. Silas Toronthal kam als einer der ersten in das Zimmer seiner Frau.

Sarah wurde, als sie ihn sah, von einem unbeschreiblichen Gefühle des Widerwillens ergriffen; sie bebte förmlich vor diesem Manne zurück, den zu verachten, zu hassen sie jetzt das Recht hatte, denn es war ja nicht ihr Vater. Die Sterbende hatte es gesagt und man stirbt nicht mit einer Lüge auf den Lippen.

Sarah zog sich zurück, erschrocken über das, was ihr die unglückliche Frau erzählt hatte, die sie wie ihre Tochter geliebt hatte, vielleicht auch noch mehr erschrocken über das, was zu sagen Frau Toronthal keine Zeit mehr gehabt hatte.

Am nächstfolgenden Tage wurden die Leichenfeierlichkeiten mit großem Pompe begangen. Welch' eine Menge von Freunden zählt nicht jeder reiche Mann, also auch dieser Bankier! Neben ihm schritt Sarcany einher; seine Anwesenheit bewies, dass sein Vorhaben, in die Familie Toronthal zu treten, noch das alte war. Es war das in der Tat sein Hoffen; doch sollte es sich jemals verwirklichen, mussten zuvor noch viele Hindernisse aus dem Wege geräumt werden. Sarcany glaubte übrigens, dass die gegenwärtigen Umstände seinen Projekten durchaus günstig waren, denn sie ließen Sarah noch mehr als zuvor von seiner Gnade abhängen.

Der Verzug, den die Krankheit Frau Toronthal's hervorgerufen hatte, musste durch ihren Tod naturgemäß ein noch ausgedehnterer werden. Während der Dauer der Familientrauer konnte von der Heirat gar keine Rede sein. Die Schicklichkeit verlangte es, dass mindestens mehrere Monate nach dem Dahinscheiden vorübergehen mussten, ehe an eine Heirat zu denken war.

Auch das kam Sarcany, dem die Beendigung der Angelegenheit natürlich am Herzen lag, sehr in die Quere. Wie dem auch immer war, er musste sich der Notwendigkeit fügen, doch nicht ohne mit Silas Toronthal wiederholt in heftigen Wortwechsel geraten zu sein. Ihre Unterhaltungen schlossen stets mit der von dem Bankier angewendeten Redensart:

»Ich kann daran nichts ändern und übrigens haben Sie, wenn die Heirat noch vor dem Ablaufe von fünf Monaten zu Stande kommen sollte, keinen Grund besorgt zu sein.«

Diese beiden Männer kannten ersichtlich einander. Jedes Mal wenn Toronthal das sagte, geriet Sarcany regelmäßig in Zorn und mehrfach entstanden dann Auftritte von ungewöhnlicher Heftigkeit.

Beide waren nach wie vor höchst beunruhigt über den unbegreiflichen Schritt, den Frau Toronthal kurz vor ihrem Tode getan hatte. Sarcany kam sogar der Gedanke, dass die Sterbende vielleicht die Absicht gehabt hatte, einen Brief auf die Post zu befördern, dessen Bestimmung sie verheimlicht habe. Der Bankier, dem Sarcany seine Ansicht mitteilte, schien dieselbe fast glaublich.

»Wenn dem so ist, folgerte Sarcany, bedroht uns dieser Brief direkt und in sehr bedenklichem Maße. Ihre Frau hat Sarah stets gegen mich einzunehmen gewusst, sie unterstützte sogar meinen Nebenbuhler, und wer weiß, ob sie nicht im Sterben eine Willenskraft wiedergefunden hat, um unsere Geheimnisse zu verraten, deren wir sie nicht für fähig gehalten haben würden. Täten wir nicht besser daran, in diesem Falle allen Möglichkeiten vorzubeugen und eine Stadt zu verlassen, in der wir, Sie sowohl wie ich, mehr zu verlieren als zu gewinnen haben?

– Wenn dieser Brief uns bedrohte, bemerkte Silas Toronthal einige Tage später, so würde die Drohung schon ihre Wirkung hervorgebracht haben, bis jetzt aber hat sich unsere Lage in keiner Hinsicht geändert.«

Sarcany konnte dieser Beweisführung gegenüber nur schweigen. Wenn sich der Brief in der Tat auf ihre künftigen Pläne bezogen hatte, so waren die Folgen seines Inhaltes bis jetzt nicht zu spüren und bis dahin schien keine Gefahr im Verzuge. Wenn eine Gefahr wirklich drohte, war immer noch Zeit zum Handeln.

Die Gefahr trat vierzehn Tage nach dem Tode Frau Toronthal's ein, aber von einer Seite her, auf die sie Beide nie gekommen wären.

Seit dem Tode ihrer Mutter hatte sich Sarah stets abseits gehalten, sogar ihr Zimmer nie verlassen. Man sah sie nur zur Stunde der Mahlzeiten. Den ihr gegenüber genierten Bankier gelüstete es nach keinem Alleinsein mit ihr, welches ihn nur in Verlegenheit gebracht haben würde. Er ließ ihr also freien Willen und lebte seinerseits in einem anderen Flügel des Hotels.

Mehr als einmal hatte Sarcany Toronthal darüber heftige Vorwürfe gemacht, dass er in diese Absonderung willigte. In Folge dieser von dem jungen Mädchen angenommenen Gewohnheit hatte er keine Gelegenheit mehr, mit demselben zusammenzutreffen. Das konnte aber seinen neuesten Plänen nicht förderlich sein. Er erklärte es auch dem Bankier rund heraus. Obwohl keine Rede von einer Feier der Hochzeit während der ersten Trauermonate sein konnte, wollte er wenigstens verhüten, dass Sarah zu der Annahme käme, ihr Vater und er hätten auf diese Verbindung Verzicht geleistet.

Schließlich zeigte sich Sarcany so befehlerisch und anmaßend Silas Toronthal gegenüber, dass dieser am 16. August Sarah benachrichtigen ließ, er wünsche am Abend mit ihr zu sprechen. Da er sie gleichzeitig wissen ließ, dass Sarcany bei ihrer Unterhaltung zugegen sein würde, erwartete er eine Weigerung. Er täuschte sich. Sarah ließ zurücksagen, dass sie seinem Wunsche Folge leisten würde.

Als der Abend angebrochen war, erwarteten Toronthal und Sarcany Sarah ungeduldig im großen Salon des Hotels. Der Erste war fest entschlossen, sich nicht von ihr leiten zu lassen, da er über sie als Vater Macht und Recht zu beanspruchen hatte. Der Andere, entschlossen sich zu mäßigen, mehr zuzuhören als zu sprechen, wollte vor allen Dingen entdecken, welche die geheimen Gedanken des jungen Mädchens waren. Er fürchtete stets, dass sie über manche Dinge besser unterrichtet sein könnte, als es den Anschein hatte.

Sarah betrat den Salon zur festgesetzten Stunde. Sarcany erhob sich, als sie eintrat; aber auf den Gruß, den er ihr bot, antwortete sie nicht einmal durch ein Neigen des Kopfes. Sie schien ihn nicht bemerkt zu haben oder vielmehr, sie wollte ihn jedenfalls nicht bemerken.

Sie setzte sich auf eine Einladung von Silas Toronthal hin. Regungslos und mit einem Antlitz, das die Trauergewänder noch bleicher erscheinen ließen, wartete sie auf die erste Frage, die an sie gestellt werden würde.

»Sarah, sagte der Bankier, ich habe die Trauer geachtet, die der Tod Deiner Mutter Dir verursacht hat und Deine Zurückgezogenheit nicht stören wollen. Diese traurigen Ereignisse haben indessen Folgen nach sich gezogen und über gewisse Angelegenheiten von Interesse muss notwendiger Weise gesprochen werden.... Obwohl Du die Volljährigkeit noch nicht erreicht hast, ist es gut, dass Du erfährst, welcher Erbteil Dir zufällt....

– Wenn es sich nur um eine Vermögensfrage handelt, erwiderte Sarah, brauchen wir uns nicht lange darüber zu unterhalten. Ich beanspruche nichts von der Erbschaft, von der Sie sprechen wollen.«

Sarcany machte eine Bewegung, die ebenso gut eine lebhafte Enttäuschung als auch, vielleicht, eine mit Besorgnis gepaarte Überraschung ausdrücken konnte.

»Ich glaube, Sarah, begann Silas Toronthal von Neuem, dass Du nicht recht die Tragweite meiner Worte begriffen hast. Ob Du willst oder nicht, Du bist die Erbin von Frau Toronthal, Deiner Mutter, und das Gesetz verpflichtet mich, Dir Rechnung abzulegen, sobald Du großjährig geworden sein wirst...

– Wenn ich nicht schon vorher auf das Erbe verzichte, erwiderte das junge Mädchen gelassen.

– Und warum?

– Weil ich zweifellos kein Recht darauf habe.«

Der Bankier wendete sich auf seinem Fauteuil herum. Auf diese Antwort wäre er nie und nimmermehr gefasst gewesen. Sarcany sagte nichts. Nach seiner Überzeugung spielte Sarah ein Spiel und er gab sich lediglich Mühe, ihr in die Karten blicken zu können.

»Ich weiß nicht, Sarah, sagte Silas Toronthal, ungeduldig über die von dem jungen Mädchen bewahrte kühle Haltung, ich weiß nicht, wohin Deine Worte zielen, auch nicht, wer sie Dir eingegeben hat. Ich will auch hier nichts weniger als mit Dir über Recht und Rechtswissenschaft streiten. Du stehst unter meiner Vormundschaft und hast gar keine Befugnis etwas von der Hand zu weisen oder anzunehmen. Du wirst Dich also der Autorität Deines Vaters unterwerfen, die Du doch nicht in Abrede stellen kannst, wie ich annehme?...

– Vielleicht, antwortete Sarah.

– Also wirklich, rief Silas Toronthal, der nun ein wenig seine Kaltblütigkeit zu verlieren begann, also wirklich! Du sprichst drei Jahre zu früh, Sarah. Wenn Du mündig geworden bist, kannst Du über Dein Geld nach Belieben verfügen. Bis dahin sind Deine Interessen mir anvertraut und ich werde sie verteidigen, wie ich es für gut erachte.

– Schön, sagte Sarah, so werde ich warten.

– Worauf willst Du warten? erwiderte der Bankier. Du vergisst zweifellos, dass Deine Stellung sich ändern wird, sobald die Schicklichkeit es erlaubt. Du hast also umso weniger das Recht, Dein Vermögen zum Fenster hinauszuwerfen, als Du bei diesem Geschäft nicht mehr allein interessiert sein wirst....

– Ja... Ein Geschäft ist es! bemerkte Sarah in verächtlichem Tone.

– Glauben Sie mir, mein Fräulein, glaubte hier Sarcany einschalten zu müssen, auf den das mit der schneidendsten Verachtung ausgesprochene Wort zu zielen schien, dass ein edleres Gefühl...«.

Sarah sah nicht so aus, als ob sie das Gesagte gehört hätte und blickte unentwegt den Bankier an, der mit etwas unsicher gewordener Stimme zu ihr sagte:

»Nein, Du bist nicht mehr allein – da der Tod Deiner Mutter an unseren Projekten nichts hat ändern können.

– Welche Projekte sind das? fragte Sarah.

– Das Ehebündnis, welches Du vergessen zu haben heuchelst, welches Herrn Sarcany zu meinem Schwiegersohne machen wird.

– Sind Sie auch dessen ganz gewiss, dass diese Heirat Herrn Sarcany zu Ihrem Schwiegersohne machen wird?«

Die Drohung war diesmal eine so direkt ausgesprochene, dass Silas Toronthal sich erhob, um das Zimmer zu verlassen, weil er seine Verwirrung zu verbergen wünschte. Auf ein Zeichen Sarcany's blieb er. Dieser wollte bis ans Ende gehen, er wollte durchaus wissen, woran er wäre.

»Hören Sie mich, mein Vater, denn es ist das letzte Mal, dass ich Ihnen diesen Namen gebe, fuhr das junge Mädchen fort. Nicht mich wünscht Herr Sarcany zu heiraten, sondern mein Vermögen, auf das ich von heute an keinen Anspruch mehr habe. Wie groß auch seine Unverfrorenheit ist, er wird es nicht wagen, mich Lügen zu strafen. Da er mich daran erinnert, dass ich dieser Heirat zugestimmt hatte, so soll auch meine Antwort schnell gegeben sein. Ja! Ich fühlte mich verpflichtet, mich selbst zum Opfer zu bringen, als ich noch glauben konnte, dass die Ehre meines Vaters in dieser Frage auf dem Spiele stand; mein Vater aber, das wissen Sie sehr wohl, kann in diesen schändlichen Handel nicht hineingezogen werden! Wenn Sie also Herrn Sarcany zu bereichern wünschen, so geben Sie ihm mein Vermögen.... Mehr verlangt er nicht.«

Das junge Mädchen war aufgestanden und wendete sich der Tür zu.

»Sarah, rief Silas Toronthal, der sich ihr in den Weg stellte, in Deinen Worten... liegt so viel Zusammenhangloses, dass ich sie einfach nicht verstehe... Du verstehst sie wahrscheinlich selbst nicht... Ich bin versucht, mich zu fragen, ob nicht vielleicht der Tod Deiner Mutter...

– Meiner Mutter... ja! Es war meine Mutter, dem Gefühl nach! murmelte das junge Mädchen.

–... Ob nicht der Schmerz Deine Vernunft getrübt hat, fuhr Silas Toronthal, der nur noch sich selbst reden hörte, fort. Ja, ob Du nicht etwa toll geworden bist...

– Toll!

– Was ich beschlossen habe, geschieht! Ehe sechs Monate vorüber sind, bist Du Sarcany's Frau!

– Niemals!

– Ich werde Dich zu zwingen wissen!

– Und mit welchem Recht? fragte das junge Mädchen mit einer Gebärde des Unwillens, die ihr schließlich entschlüpfte.

– Mit dem Rechte meiner väterlichen Gewalt!

– Sie! Sie!... Sie sind gar nicht mein Vater und ich heiße nicht – Sarah Toronthal!«

Der Bankier, der auf diese Worte nichts zu erwidern wusste, wich zurück und das junge Mädchen ging, ohne auch nur den Kopf zu wenden, aus dem Salon in ihr Zimmer zurück.

Sarcany, der Sarah aufmerksam während der ganzen Unterredung beobachtet hatte, war von dem Ausgange derselben, den er hatte kommen sehen, keineswegs überrascht. Er hatte ihn bereits geahnt. Was er gefürchtet, war eingetreten. Sarah wusste, dass zwischen ihr und der Familie Toronthal kein verwandtschaftliches Band existierte.

Der Bankier war von dem unvorhergesehenen Schlage umso empfindlicher getroffen worden, als er nicht mehr genug Herr seiner selbst gewesen war, um ihn kommen zu sehen.

Sarcany ergriff nun das Wort und mit seiner üblichen Knappheit entwarf er ein Bild der Situation. Silas Toronthal begnügte sich, ihm zuzuhören. Er musste ihm in Allem zustimmen, denn die Folgerungen seines einstigen Genossen wurden von einer unbestreitbaren Logik diktiert.

»Es ist nicht mehr darauf zu rechnen, dass Sarah jemals, freiwillig gewiss nicht, dieser Heirat zustimmt, sagte er. Aus den Gründen indessen, die wir kennen, müsste die Heirat jedenfalls vollzogen werden. Was weiß sie von unserer Vergangenheit? Nichts, denn sonst hätte sie etwas gesagt. Sie weiß nur, dass sie Ihre Tochter nicht ist. Das ist Alles. Kennt sie ihren Vater? Keine Spur, denn sonst wäre es der erste Name gewesen, den sie uns ins Gesicht geschleudert hätte. Ist sie seit Langem von ihrer wirklichen Stellung Ihnen gegenüber unterrichtet? Nein, wahrscheinlich hat Frau Toronthal erst kurz vor ihrem Tode darüber mit ihr gesprochen. Doch was nicht weniger wahrscheinlich, ist, dass sie Sarah nicht gesagt hat, was sie tun soll, um dem Manne den Gehorsam zu verweigern, der nicht ihr Vater ist.«

Silas Toronthal billigte durch ein Nicken mit dem Kopfe die Beweisführung Sarcany's. Man weiß, dass dieser sich weder über die Art, wie das junge Mädchen von diesen Dingen unterrichtet wurde, noch über den Zeitabschnitt, seitdem sie jene kannte, noch über das, was ihr von dem Geheimnis ihrer Geburt verraten worden war, täuschte.

»Zum Schluss also, fuhr Sarcany fort. So wenig Sarah von dem auch kennt, was sie betrifft und obwohl sie über unsere Vergangenheit im Unklaren gelassen ist, so sind wir dennoch Beide bedroht. Sie in der ehrenhaften Stellung, die Sie sich in Ragusa geschaffen haben, ich in den bedeutenden Interessen, die mir diese Heirat zusichern muss und auf die ich nicht verzichten werde Was also geschehen muss und zwar so schnell als möglich, ist Folgendes: Ragusa verlassen, Sie und ich, Sarah mitnehmen, lieber heute als morgen, ohne dass sie Jemand vorher sehen oder sprechen kann, und nicht eher hierher zurückkehren, als bis die Heirat vollzogen ist und Sarah als meine Frau ein Interesse daran haben wird, zu schweigen. Befindet sie sich erst einmal draußen, so ist sie vor jedem Einflusse so gut geborgen, dass wir von ihr nichts zu befürchten haben werden. Es ist meine Sache, sie dahin zu bringen, dass sie freiwillig in die Verbindung einwilligt; der Verzug soll mir zum Vorteile gereichen, und Gott verdamme mich, wenn mir das nicht gelingt.«

Silas Toronthal stimmte dem bei: die Situation war eine solche, wie sie Sarcany gezeichnet hatte. An ein Ausweichen konnte nicht gedacht werden. Da er mehr und mehr von seinem Genossen beherrscht wurde, so hätte er überhaupt nicht anders gekonnt. Und warum sollte er es auch getan haben? Dieses Mädchens wegen, vor dem er stets eine unüberwindliche Abneigung empfunden hatte, welchem sein Herz sich nie geöffnet hatte?

Es wurde an demselben Abend noch festgestellt, dass das Beschlossene zur Ausführung kommen sollte, noch ehe Sarah das Hotel zu verlassen im Stande wäre. Silas Toronthal und Sarcany trennten sich dann. Mit übergroßer Hast betrieben sie die Vorbereitungen zur Inszenierung ihres Vorhabens, sie hatten, wie man sehen wird, nicht Unrecht.

Am nächstfolgenden Tage kam Frau Bathory begleitet von Borik, aus Vinticello zum ersten Male seit dem Tode ihres Sohnes in das Haus der Marinella-Straße zurück. Sie war entschlossen, dasselbe ein für alle Male zu verlassen, ebenso wie die Stadt, die ihr zu reich an herzzerreißenden Erinnerungen war: sie wollte ihre Vorbereitungen zum Auszuge treffen.

Als Borik die Haustür aufgeschlossen hatte, fand er einen Brief in dem zum Hause gehörigen Briefkasten vor.

Es war derselbe, den Frau Toronthal am Abend vor ihrem Tode auf die Post unter Umständen gegeben hatte, die man gewiss nicht vergessen hat.

Frau Bathory nahm diesen Brief in Empfang, öffnete ihn und betrachtete zuerst die Unterschrift; dann las sie im Fluge die von der Hand der Sterbenden hingeschriebenen wenigen Zeilen, welche das Geheimnis von Sarah's Geburt enthüllten.

Eine jähe Verbindung schloss im Geiste Frau Bathory's mit einem Male der Name Peter's mit demjenigen Sarah's!

»Sie!... Er!...« rief sie aus.

Und ohne ein Wort hinzuzusetzen – sie hätte es auch nicht vermocht – ohne ihrem alten Diener ein Wort zu erwidern, den sie zurückstieß, als er sie halten wollte, stürzte sie aus dem Hause hinaus, die Marinella-Straße hinab, durch den Stradone und stand erst vor der Tür des Hotels Toronthal wieder still.

Begriff sie nicht die Tragweite dessen, was sie tun wollte? Begriff sie nicht, dass es richtiger gewesen wäre, mit weniger Übereilung vorzugehen und folglich mit mehr Klugheit in Sarah's eigenem Interesse? Nein! Sie fühlte sich mächtig zu dem jungen Mädchen hingezogen, ihr war es, als riefen ihr Gatte Stephan, ihr Sohn Peter aus ihren Gräbern ihr zu:

»Rette sie!... Rette sie!«

Frau Bathory klopfte an die Tür des Hotels. Sie öffnete sich. Ein Diener zeigte sich und fragte nach ihrem Begehr Frau Bathory wollte Sarah sprechen.

Sie befand sich nicht mehr im Hotel.

Frau Bathory wollte den Bankier Toronthal sprechen.

Der Bankier war am Abend zuvor abgereist, ohne zu sagen wohin und hatte das Fräulein mitgenommen.

Frau Bathory, von diesem neuen Schlag hart getroffen, wankte und fiel in die Arme Borik's, der sie gerade zur rechten Zeit erreichte.

Als der alte Diener sie in das Haus in der Marinella-Straße zurückgebracht hatte, sagte sie:

»Morgen, lieber Borik, gehen wir zusammen auf die Hochzeit Peter's und Sarah's.«

Frau Bathory hatte den Verstand verloren.

VIERTES KAPITEL. IN DEN GEWÄSSERN MALTAS.

Peter Bathory fühlte sich, während sich die soeben erzählten, ihn so nahe angehenden Vorgänge in Ragusa abspielten, von Tag zu Tag mehr gesunden. Er brauchte sich bald nicht mehr über seine Verwundung zu beunruhigen, deren Heilung eine vollständige war.

Doch vieles musste Peter noch leiden, wenn er an seine Mutter dachte und an Sarah, die er nun für sich auf immer verloren glaubte.

An seine Mutter?... Man konnte sie unmöglich unter dem Schicksalsschlag, den dieser fälschliche Tod ihres Sohnes ihr beigebracht, belassen. Und so war es denn auch verabredet worden, ihr mit Vorsicht die Überzeugung beizubringen, dass ihr Sohn sich noch am Leben befand, um ihre schließliche Übersiedelung nach Antekirtta bewerkstelligen zu können. Einer der Agenten des Doktors in Ragusa hatte den Auftrag erhalten, sie nicht aus den Augen zu lassen, bis der Zustand Peter's sich gebessert haben würde, was nicht lange auf sich warten lassen konnte.

Was Sarah betrifft, so hatte Peter sich verschworen, vor dem Doktor Antekirtt niemals wieder von ihr zu sprechen. Wenn er aber auch annehmen musste, dass sie jetzt die Frau Sarcany's wäre, so konnte er sie doch unmöglich vergessen. Hatte er sie zu lieben aufgehört, seitdem er wusste, dass sie die Tochter von Silas Toronthal war? Nichts weniger. War Sarah denn schließlich für das von ihrem Vater begangene Verbrechen verantwortlich? Und doch war es dieses Verbrechen gewesen, das Stephan Bathory in den Tod getrieben hatte. Es tobte daher in ihm ein Kampf, über dessen furchtbare und unaufhörliche Krisen Peter allein hätte Aufschluss geben können.

Der Doktor fühlte das heraus. Um seinem Gedankengange eine andere Richtung zu geben, hörte er daher nicht auf, ihn an den Akt der gerechten Vergeltung zu erinnern, den sie gemeinsam zur Ausführung bringen wollten.

Die Verräter mussten und würden bestraft werden. Darüber, wie man ihnen beikommen müsste, war noch nichts beschlossen, aber abgefasst sollten sie werden!

»Tausend Wege führen zu dem einen Ziel,« pflegte der Doktor zu sagen.

Und wenn es nötig, war er gewiss der Mann dazu, diese tausend Wege einzuschlagen.

Während der letzten Tage seiner Genesung konnte Peter bereits auf der Insel umher promenieren und sie zu Fuß und zu Wagen besuchen und bewundern. Wer hätte nicht darüber gestaunt, wenn er gesehen haben würde, was aus dieser kleinen Kolonie unter der Verwaltung des Doktors geworden war?

Man arbeitete zunächst noch ohne Unterbrechung an den Befestigungen, welche die am Fuße des Bergkegels erbaute Stadt, den Hafen und die Insel selbst vor jedem Angriffe sichern sollten. Waren diese Arbeiten erst vollendet, dann konnten die, mit Geschützen von großer Tragkraft armierten Batterien in Folge der Kreuzung ihres Feuers jede Annäherung eines feindlichen Fahrzeuges vereiteln.

Die Elektrizität sollte eine große Rolle bei diesem Verteidigungssysteme spielen, teils sollte sie die Entladung der Torpedos bewirken, mit denen das Fahrwasser besetzt war, teils sollte sie bei der Abfeuerung der einzelnen Geschützstücke mitwirken. Der Doktor hatte es verstanden, mit diesem Bewegungsmittel, dem die Zukunft gehört, die wunderbarsten Resultate zu erzielen. Eine mit Dampfmotoren und den dazugehörigen Dampfkesseln ausgestattete Zentralstation speiste zwanzig dynamische Maschinen, die nach einem neuen, sehr vervollständigten System angelegt waren. Es wurden dort elektrische Ströme erzeugt, welche spezielle Akkumulatoren von außergewöhnlicher Intensität für die verschiedensten Einrichtungen auf Antekirtta dienstbar machten, als da waren Wasserleitung, Beleuchtung der Stadt, Telegraph, Telefon, die Beförderung auf Schienenwegen durch das Innere und um den Umkreis der Insel. Mit einem Worte, der Doktor hatte, unterstützt durch die Studien seiner Jugend, einen der heiß ersehntesten Wünsche der modernen Wissenschaft erfüllt, die Tätigkeit der Elektrizität als Übertragungsmittel der Kraft auf die Entfernung in Anwendung zu bringen. Dank der Nutzbarmachung dieser Kraft, deren Handhabung so einfach ist, hatte er jene Schiffe konstruieren können, von denen schon gesprochen wurde, die »Electrics« mit ausnehmend großer Schnelligkeit, welche es ihm ermöglichten, mit eilzugartiger Geschwindigkeit sich von einem Endpunkte des Mittelmeeres zum anderen zu begeben.

Da die Steinkohle für die Dampfmaschinen, welche der Produktion der Elektrizität dienten, unentbehrlich war, so war stets ein beträchtlicher Vorrat davon in den Magazinen Antekirtta's zu finden und dieses Kohlenlager wurde unaufhörlich mittelst eines Schiffes ergänzt, das die Kohlen direkt von England herbeischaffte.

Den Hafen, in dessen Hintergrunde sich die kleine Stadt amphitheatralisch erhob, hatte die Natur gebildet, doch umfangreiche Arbeiten hatten ihn verbessert. Zwei Hafendämme, ein Molo mit Wellenbrecher schützten ihn sehr, woher auch immer der Wind kam. Überall war genügende Wassertiefe vorhanden, selbst an dem senkrecht abfallenden Quai. Daher war die Flottille des Doktors vor jedem Sturme vollkommen und gut geborgen. Diese Flottille umfasste den Schoner »Savarena«, das von Dampfkraft getriebene Kohlenschiff, welches von Swansea und Cardiff her die Steinkohlen heranschleppte, eine Dampf-Yacht von sieben- bis achthundert Tonnen Gehalt, genannt der »Ferrato«, und drei »Electrics«, von denen zwei als Torpedoboote Dienste tun und somit die Verteidigung der Insel wirksam unterstützen konnten.

Antekirtta sah also auf Betreiben des Doktors seine Widerstandsfähigkeit von Tag zu Tag wachsen. Das wussten die Piraten von Tripolis und der Cyrenäischen Halbinsel recht gut. Ihr größter Wunsch wäre es gewesen, sich der Insel bemächtigen zu können, denn der Besitz derselben würde die Pläne des Großmeisters der senusischen Bruderschaft, Sidi Mohammed El-Mahdi, sehr gefördert haben. Doch da er sehr wohl die Schwierigkeiten eines solchen Unternehmens kannte, so wartete er die Gelegenheit zum Handeln mit jener Geduld ab, die eine der hervorragendsten Eigenschaften des Arabers ist. Der Doktor wusste das und daher betrieb er die Fertigstellung der Verteidigungswerke mit fieberhafter Eile. Um sie nach ihrer Vollendung zu demolieren, hätte es der neuzeitigen Zerstörungsmaschinen bedurft, über welche die Senusisten noch nicht verfügten. Überdies waren die Einwohner der Insel im Alter von achtzehn bis vierzig Jahren nach Art des Militärs in Compagnien eingeteilt, mit Schnellfeuergewehren ausgerüstet und in artilleristischen Manövern geübt. Die Besten unter ihnen waren zu Anführern ausgebildet worden, so dass diese Miliz in einer Stärke von fünf- bis sechshundert Mann, auf die man sich verlassen konnte, in Action treten konnte.

Während einige Kolonisten das Land in eigens eingerichteten Pächtereien bewohnten, siedelte sich der größte Teil derselben in der kleinen Stadt an, welche den siebenbürgischen Namen Artenak erhalten hatte, als Erinnerung an das Eigentum des Grafen Sandorf auf dem Abhange der Karpaten. Artenak bot einen malerischen Anblick dar. Es umfasste höchstens einige hundert Häuser. Diese standen nicht in Vierecken bei einander, und waren nicht nach amerikanischer Weise in schnurgerade Straßen und Alleen eingeteilt, sondern erhoben sich in regelloser Ordnung auf den Anschwellungen des Bodens längs den von Elevatoren gespeisten, mit fließendem Wasser gefüllten Kanälen; ihre Mauern standen inmitten blühender Gärten, ihre Dächer versteckten sich unter Baumkronen, und ihre Formen zeigten im bunten Durcheinander teils europäischen, teils arabischen Styl. Alles das machte einen frischen, liebenswürdigen, anziehenden Eindruck. Artenak konnte auf die Bezeichnung »Stadt« einen nur bescheidenen Anspruch erheben, ihre Einwohner genossen aber den Vorzug, man möchte sagen, als Mitglieder einer Familie zu einer Gemeinde zu zählen, und dennoch in der Ruhe und Unabhängigkeit ihres eigenen Heims leben zu können.

Wie glücklich waren nicht die Eingebornen von Antekirtta! »*Ubi bene, ibi patria*« ist zweifellos ein wenig patriotischer Ausspruch; doch passte er vortrefflich auf die ehrenwerten Leute, die dem Werberufe des Doktors gefolgt waren; sie waren in ihrem Heimatlande arm gewesen, und hatten in beschränkten Verhältnissen gelebt, auf dieser gastfreundlichen Insel fanden sie Glück und Bequemlichkeit.

Das Haus des Doktors Antekirtt nannten die Kolonisten das »Stadthaus«. Dort wohnte nicht ihr Herr, wohl aber der Erste unter ihnen. Das Stadthaus war eines jener entzückenden maurischen Gebäude mit Miradoren und Muscharabis, einem inneren Patio, Galerien, Portiken, Fontänen, Salons und Zimmern, die von geschickten Dekorationskünstlern aus den arabischen Provinzen ausgeschmückt worden waren.

Zu seinem Bau hatte man die kostbarsten Materialien verwendet, Marmor und Onyx; dieses Gestein rührte aus dem reichen Gebirge Filfila am Numidischen Golfe, wenige Kilometer von Philippeville entfernt, her und wurde durch einen ebenso gelehrten als geschickten Ingenieur ausgebeutet. Die kohlenschwarzen Salze hatten sich allen Phantasien des Architekten in bewundernswerter Weise angeschmiegt und in dem kräftigen afrikanischen Klima jene Goldfarbe angenommen, welche die Sonne wie mit einem Pinsel mit ihren glühenden Strahlen in den Ländern des Orients zu Wege bringt.

Das etwas dahinter liegende Artenak wurde von dem zierlichen Glockenturm einer kleinen Kirche überragt, zu deren Bau derselbe Steinbruch weißen und schwarzen Marmor geliefert hatte, der sich allen Bedürfnissen der Architektur und Bildhauerei fügte; dessen türkischblauer Marmor und sein gelber Achat glichen wunderbar den einstigen Erzeugnissen von Carrara und Paros.

Außerhalb der Stadt – »*passim*« – auf den benachbarten Anhöhen erhoben sich noch andere Behausungen von mehr selbständiger Erscheinungsweise, einige Landhäuser, ein kleines Hospital in einer reineren Luftzone; dorthin konnte der

Doktor, der zugleich der einzige Arzt seiner Kolonie war, seine Kranken schicken, wenn er solche hatte. Auf den Abhängen, die zum Meere abfielen, bildeten wieder andere zierliche Häuschen eine Art Kurort. Eines der am bequemsten eingerichteten, das sich aber wie ein Blockhaus untersetzt und stämmig repräsentierte – es stand dicht am Molentor – hätte Villa Pescade und Matifu genannt werden können. Dort waren nämlich die beiden Unzertrennlichen mit einem für ihren persönlichen Dienst angestellten Sack untergebracht worden. Niemals hätten sie sich einen solchen Besitz träumen lassen.

»Hier lässt sich's gut leben, meinte Kap Matifu unaufhörlich.

– Zu gut, hatte Pointe Pescade erwidert, unserer gesellschaftlichen Bildung nach passen wir gar nicht hierher. Eigentlich, Kap Matifu, müssten wir nun erst noch die Schule besuchen, lernen, Lyzeumspreise davontragen und uns das Zeugnis der Reise erwerben.

– Du bist ja gebildet, Pointe Pescade, meinte der Herkules. Du kannst lesen, schreiben, rechnen...«

Neben seinem Kameraden hätte Pointe Pescade allerdings für einen kenntnisreichen Mann gelten können. Der arme Kerl wusste nur zu gut, wie viel ihm noch an seiner Bildung fehlte. Wo und wann hätte er auch, der niemals die Schule besucht hatte oder nur die »Karpfenschule von Fontainebleau«, wie er sich ausdrückte, etwas lernen sollen? Er benutzte jetzt fleißig die Bibliothek von Artenak, er sachte sich zu bilden, er las und büffelte, während Kap Matifu mit Erlaubnis des Doktors zwischen dem Sande und den Klippen des Gestades aufräumte, um daselbst einen kleinen Angelhafen anzulegen.

Peter Bathory feuerte Pointe Pescade's Wissbegier besonders an; er hatte dessen Intelligenz richtig erkannt, der nur die Schulung fehlte. Er wurde sein Professor und förderte ihn so weit, dass Pointe Pescade eine vollständige Kenntnis der Anfangsgründe der Wissenschaft von ihm empfing; der Schüler machte rasche Fortschritte. Auch andere Gründe noch machten, dass Peter sich näher an Pointe Pescade anschloss. Dieser war über seine Vergangenheit unterrichtet. Er hatte den Auftrag gehabt, das Toronthal'sche Haus in Ragusa zu überwachen. Dort war es gewesen, wo Sarah beim Passieren seines Leichenzuges bewusstlos zusammensank. Mehr als ein Mal hatte Pointe Pescade ihm von jenen schmerzlichen Ereignissen berichten müssen, an denen er indirekt Anteil genommen hatte. Mit ihm allein sprach er darüber, so oft sein Herz überwallte. Daher stammte das Band, das sie Beide so eng aneinander schloss.

Die Zeit nahte inzwischen heran, in welcher der Doktor seinen zweifachen Plan zur Ausführung bringen wollte: erst vergelten, dann bestrafen.

Die Schuld, die er an den wenige Monate nach seiner Verhaftung im Gefängnis von Stein verstorbenen Andrea Ferrato nicht mehr hatte abtragen können, hätte er gern dessen Kindern entrichtet. Unglücklicherweise wusste er, trotz der großen Mühe, die sich seine Agenten gegeben hatten, immer noch nicht, was aus Luigi und seiner Schwester geworden war. Nach dem Tode ihres Vaters hatten Beide Rovigno und Istrien verlassen und sich somit zum zweiten Male einer Heimat beraubt. Wohin waren sie gegangen? Niemand konnte es wissen, Niemand wusste es zu sagen. Den Doktor betrübte sein Misserfolg auf diesem Felde sehr. Doch gab er die Hoffnung noch nicht auf, die Kinder des Mannes wiederzufinden, der sich für ihn geopfert hatte und auf sein Betreiben wurden die Nachforschungen unermüdlich fortgesetzt.

Peter's sehnsüchtiger Wunsch war es, Frau Bathory nach Antekirtta kommen lassen zu können. Der Doktor aber, der aus dem vorgeschobenen Tode Peter's gerade wie aus dem seinigen Nutzen ziehen wollte, machte ihm begreiflich, dass nur mit ganz besonderer Vorsicht zu Werke gegangen werden dürfte. Im Übrigen wollte er warten, einerseits, bis sein Genesender so viele Kräfte gesammelt haben würde, um ihn in den vorbereiteten Feldzug begleiten zu können, andererseits, bis die Heirat Sarcany's und Sarah's – von deren Aufschiebung durch den erfolgten Tod der Frau Toronthal er

Kenntnis hatte – vollzogen sein würde. Einer seiner Agenten in Ragusa gab ihm von allen dortigen Vorgängen Nachricht und überwachte ebenso sorgfältig das Haus der Frau Bathory als dasjenige im Stradone.

So lagen die Dinge. Der Doktor wartete mit Ungeduld darauf, dass die ganze Verzögerung zu Ende war. Wenn er auch noch nicht wusste, was aus Carpena geworden war, dessen Spur man, nachdem er Rovigno verlassen, verloren hatte, so konnten ihm doch Silas Toronthal und Sarcany nicht entgehen, die sich noch immer in Ragusa befanden.

Man kann sich denken, wie sehr der Doktor unter dieser ungünstigen Stellung der Parteien litt. Da kam, am 20. August, eine Depesche seines Agenten in Ragusa über Malta im Stadthause von Antekirtta an. Der Inhalt derselben besagte, dass Silas Toronthal mit Sarah und Sarcany abgereist und dass auch Frau Bathory mit Borik aus

Ragusa verschwunden wären, ohne dass es möglich gewesen, zu entdecken, wohin sie gegangen.

Der Doktor konnte nun nicht länger zögern. Er ließ Peter zu sich kommen. Er verheimlichte ihm nichts von dem Gemeldeten. Was für ein Schlag war diese Nachricht für Peter! Seine Mutter verschwunden, Sarah von Silas Toronthal, wer weiß wohin, entführt und immer noch in den Händen Sarcany's, woran er nicht zweifeln konnte.

»Wir werden morgen bereits abfahren, sagte der Doktor.

– Heute noch! rief Peter. Doch wo sollen wir meine Mutter finden?... Wo sie suchen?«

Er konnte diesen Gedanken nicht zu Ende führen. Der Doktor Antekirtt hatte ihn unterbrochen und zu ihm gesagt:

»Ich kann in diesen Vorfällen nur ein zufälliges Zusammentreffen gleicher Absichten erkennen. Wenn Silas Toronthal und Sarcany bei dem Verschwinden Deiner Mutter die Hand im Spiele gehabt haben, erfahren wir es noch zeitig genug. Diese beiden Schurken müssen wir vor allen Dingen aufsuchen.

– Wohin können sie sich gewandt haben?

– Nach Sizilien... vielleicht!«

Man wird sich erinnern, dass im Verlaufe des vom Grafen Sandorf im Wartturm erlauschten Gespräches davon die Rede gewesen war, dass Sizilien der Schauplatz von Zirone's erhabenen Taten zu sein pflegte, auf den zurückzukehren er seinem Genossen vorgeschlagen hatte, wenn es eines Tages die Umstände erfordern würden. Der Doktor hatte diese Bemerkung ebenso wenig vergessen wie den Namen Zirone selbst. Es war ja nur ein schwacher Faden, an dem man sich hierbei halten konnte, doch da andere Merkzeichen fehlten, konnte er vielleicht auf die Fährte von Sarcany und Silas Toronthal verhelfen.

Die unverzügliche Abreise wurde also beschlossen. Pointe Pescade und Kap Matifu, davon benachrichtigt, dass sie den Doktor begleiten sollten, mussten sich reisefertig machen. Pointe Pescade erfuhr bei dieser Gelegenheit, wer Silas Toronthal, Sarcany und Carpena eigentlich wären.

»Drei Schufte! sagte er. Ich zweifelte nie daran.«

Dann wendete er sich an Kap Matifu:

»Du wirst jetzt auf die Scene treten.

Bald?

– Ja, aber warte Dein Stichwort ab.«

Am selben Abend noch ging die Abfahrt von Statten. Der »Ferrato«, stets fertig in See zu stechen, erhielt vollen Proviant und gefüllte Kammern; seine Kompasse waren reguliert, um acht Uhr ging es unter Dampf.

Man zählt vom inneren Ende der großen Syrte bis zum südlichsten Punkte auf Sizilien, Kap Portio di Palo, ungefähr neunhundertfünfzig Seemeilen. Die flinke Dampf-Yacht, welche bei mittlerer Geschwindigkeit achtzehn Meilen in der Stunde zurücklegte, gebrauchte für diese Überfahrt höchstens anderthalb Tage.

Der »Ferrato«, der Kreuzer der Flotte von Antekirtta, war ein prächtiges Fahrzeug. In Frankreich, auf den Werften der Loire erbaut, konnte er nahe an fünfzehnhundert effektive Pferdekräfte entwickeln. Seine nach dem System Belleville hergestellten Kessel – ein System, nach welchem die Tuben Wasser anstatt Feuer enthalten – hatten den Vorzug, wenig Kohlen zu verzehren, eine schnelle Dampfentwicklung zu erzeugen, und die Spannkraft des Dampfes bis auf vierzehn und fünfzehn Kilogramme zu erhöhen, ohne Gefahr einer Explosion. Dieser, von Neuem durch Rechauffeure eingesogene Dampf wurde dadurch ein mechanisches Mittel von zauberhafter Wirkung und ermöglichte der Yacht, obwohl sie weniger lang war als die großen Avisos der europäischen Geschwader, es ihnen an Schnelligkeit gleichzutun.

Es braucht wohl kaum noch gesagt zu werden, dass der »Ferrato« mit einem Komfort ausgestattet war, der seinen Passagieren jede Bequemlichkeit gewährte. Er führte überdies vier Hinterlader-Stahlgeschütze, die über die Brustwehr schossen, zwei Revolver-Kanonen nach dem System Hotchkiss und zwei Gatlings-Mitrailleusen; ferner am Bug ein Jagdrohr, das auf sechs Kilometer ein kegelförmiges Geschoß von dreizehn Zentimetern schleudern konnte.

Der Stab des Schiffes bestand aus einem Kapitän, Namens Köstrik, einem Dalmatiner von Geburt, einem zweiten und zwei Leutnants; zur Bedienung der Maschine waren da ein erster und zweiter Mechaniker, vier Heizer und zwei Gehilfen; die Equipage bestand aus dreißig Matrosen unter der Leitung eines Meisters und zweier Quartiermeister; den Dienst in der Küche und in den Salons versahen zwei Küchen-Chefs und drei Saïks, welche die Dienerschaft vorstellten – im Ganzen befand sich ein Personal von vier Offizieren und dreiundvierzig Mann an Bord.

In den ersten Stunden ließ sich die Ausfahrt aus dem Golfe der Sidra ganz günstig an Obwohl ein widriger Wind wehte – eine ziemlich frische Brise aus Nordwesten – konnte der Kapitän den »Ferrato« auf eine ganz annehmbare Schnelligkeit bringen; doch unmöglich war es, das Tuch zu entfalten, die Fock-, Vorstags- und viereckigen Segel des Fockmastes und die einseitig angeschlagenen Segel des Haupt- und Besanmastes.

Während der Nacht konnte der Doktor und Peter in den beiden Kabinen, die nebeneinander lagen, und Pointe Pescade und Kap Matifu in den Kabinen unter Vorderdeck ungestört ausruhen, die Bewegungen der Dampf-Yacht, welche diejenigen eines jeden guten Seglers waren, brauchten sie nicht zu beunruhigen. Um wahrhaftig zu sein, muss gesagt werden, dass der Schlaf den beiden Freunden nicht abging, während der Doktor und Peter, eine Beute der lebhaftesten Sorgen, kaum etwas ruhten.

Als die Passagiere am folgenden Morgen das Deck betraten, waren in den zwölf Stunden seit der Abfahrt von Antekirtta bereits mehr als hundertzwanzig Meilen durchmessen. Der Wind wehte noch aus derselben Richtung mit wachsender Heftigkeit. Die Sonne hatte sich über einem Horizonte erhoben, der Sturm verkündete und die schon drückende Luft ließ den bevorstehenden Kampf der Elemente ahnen. Pointe Pescade und Kap Matifu wünschten dem Doktor und Peter einen guten Morgen.

»Dank, Freunde, erwiderte der Doktor. Habt Ihr in Euren Bettchen gut geschlafen?

– Wie die Siebenschläfer mit gutem Gewissen, antwortete Pointe Pescade vergnügt.

– Hat Kap Matifu schon sein erstes Frühstück eingenommen?

– Ja, Herr Doktor, eine Suppenschüssel voll schwarzen Kaffees mit zwei Kilo Schiffszwieback.

– Hm... Ein bisschen hart dieser Zwieback.

– Pah! Ein Mann, der sonst Kieselsteine als Zwischenspeise zu verzehren pflegte...«

Kap Matifu wiegte sanft seinen dicken Kopf – das galt ihm als Zeichen, dass er die Antworten seines Kameraden billigte.

Der »Ferrato« dampfte inzwischen, nach dem expliziten Befehle des Doktors mit voller Schnelligkeit weiter; zwei dicke Schaumstreifen bezeichneten weit hinaus die Bahn, welche sein Kiel durchschnitten hatte.

Die Eile war nur ein Zeichen der Klugheit. Schon hatte Kapitän Köstrik mit dem Doktor überlegt, ob es nicht geraten wäre, in Malta anzulegen, deren Leuchtfeuer man voraussichtlich in der achten Abendstunde zu Gesicht bekommen würde.

In der Tat wurde das Aussehen der Luft immer bedrohlicher. Trotz einer gegen Sonnenuntergang stärker werdenden westlichen Brise stiegen die Dunstmassen aus dem Osten immer weiter herauf; sie breiteten sich bereits über drei Viertel des Himmels aus. Dicht über der Wasserfläche lagerte eine durchsichtige graue Schicht, die sich in ein tiefes Tintenschwarz verwandelte, wenn ein Sonnenstrahl sich durch ihre Risse stahl. Schon durchfurchten hier und da die Blitze lautlos die elektrische Wolkenschicht, deren oberer Rand sich zu immer dichter herunterhängenden Massen aufballte, die kaum ihre Konturen veränderte. Es schien sich ein Kampf zwischen den westlichen und östlichen Winden entspinnen zu wollen, noch fühlte der Mensch ihn nicht, doch das unruhig gewordene Meer schien schon den Zusammenstoß zu empfinden; die Wellen türmten sich zur Sturzsee auf, sie zerstoben und begannen das Deck der Yacht zu überfluten. Gegen sechs Uhr trat durch die, nunmehr den ganzen Himmel bedeckenden dichten Wolkenmassen völlige Dunkelheit ein. Der Donner grollte und feurige Blitze erleuchteten die undurchdringliche Finsternis.

»Manövrieren Sie nach Gutdünken, sagte der Doktor zum Kapitän.

Es wird nicht anders gehen, Herr Doktor, antwortete dieser. Auf dem Mittelmeer muss man auf alles gefasst sein. Ost- und Westwind streiten um die Herrschaft und da sich das Gewitter hineinmischt, so fürchte ich, dass der Sieg dem ersteren bleiben wird. Das Meer wird jenseits von Gozo oder Malta sehr aufrührerisch sein und uns wahrscheinlich etwas genieren. Ich will Ihnen nicht vorschlagen, gerade in La Valletta Schutz zu suchen, doch halte ich es für ratsam, hinter die westliche Küste der einen oder der anderen Insel zu flüchten.

– Tun Sie, was Sie für richtig halten,« sagte der Doktor.

Die Dampf-Yacht befand sich gerade auf der westlichen Seite von Malta, vielleicht noch dreißig Meilen von der Insel entfernt. Auf der Insel Gozo, die etwas nordwestlich von Malta gelegen und von dieser Insel durch zwei schmale, durch ein kleines Eiland gebildete Meerarme getrennt ist, wird ein Leuchtfeuer erster Ordnung unterhalten, welches auf siebenundzwanzig Meilen hinaus seinen Schein wirst.

Noch vor Ablauf einer Stunde musste der »Ferrato« trotz der Wut des Meeres in den Bereich dieses Leuchtfeuers gelangen. Die erste Sorge galt dem Aufsuchen des letzteren; man musste versuchen, ihm nahe zu kommen, ohne sich dem Lande zu sehr zu nähern, um während einiger Stunden Schutz vor dem Unwetter zu finden.

Das tat denn auch Kapitän Köstrik; er traf aber die Vorsicht, die Schnelligkeit des »Ferrato« zu vermindern, um jedem Unfall, sei es an der Maschine, sei es am Schnabel, vorzubeugen.

Doch selbst nach Verlauf einer vollen Stunde war das Leuchtfeuer von Gozo noch nicht zu bemerken. Es war völlig unmöglich, Land zu erkennen, obgleich die Klippen dieser Insel zu einer ziemlich bedeutenden Höhe aufsteigen.

Das Gewitter tobte mit aller Heftigkeit. Ein warmer Regen fiel in Gestalt von dicken Tropfen hernieder. Die ganze Masse der am Horizont aufgetürmten Wolken wurde jetzt vom Wind mit rasender Schnelligkeit über den Himmelsraum dahin gepeitscht. Dort, wo er sie zerriss, leuchteten plötzlich vereinzelte Sterne auf Augenblicke auf, um ebenso bald wieder zu verschwinden. Drei gespaltene Blitze trafen die Wogen an ebenso vielen Stellen; sie hüllten oft die Dampf-Yacht vollständig in ihren Schein ein und das Rollen des Donners hörte nicht mehr auf, die Luft zu erschüttern.

Bis dahin war die Lage der Seefahrer eine schwierige gewesen, jetzt sollte sie schnell eine beunruhigende werden.

Der Kapitän Köstrik, der sich mindestens bereits zwanzig Meilen im Bereiche des Leuchtfeuers der Insel Gozo wusste, wagte es nicht, sich der Insel noch mehr zu nähern. Er konnte sogar befürchten, dass es nur die Höhe der Wellen war, die ihn hinderte, das Feuer zu bemerken. Er musste jedenfalls der Insel sehr nahe sein. Lief man auf den isoliert stehenden Klippen am Fuße der Uferwände auf, so war man unrettbar verloren.

Gegen neun und ein halb Uhr entschloss sich der Kapitän, unter geringem Dampf zu fahren. Er wollte nicht ganz und gar stoppen, sondern die Schraube noch schwache Drehungen machen lassen; dadurch erzielte er, dass das Schiff sich dem Steuerruder gehorsam zeigte und seinen Schnabel stets den Wellen entgegenhielt. Unter diesen Umständen wurde die Yacht allerdings tüchtig zusammengerüttelt, sie entging aber gleichzeitig der Gefahr zu kentern.

Fast drei Stunden, bis gegen Mitternacht dauerte dieses Manövrieren. Dann verschlimmerte sich die Situation noch mehr. Wie es häufig bei Gewitterstürmen der Fall ist, so auch hier. Der Kampf zwischen den sich gegenüberstehenden Oft- und Westwinden schwieg plötzlich. Die Brise wehte plötzlich wieder aus jener Richtung der Windrose, die sie Tags über innegehalten hatte, mit der Heftigkeit eines Windstoßes. Ihr durch die konträren Luftströmungen während einiger Stunden zurückgedrängtes Ungestüm gewann inmitten der elektrischen Garben des Himmels wieder die Oberhand.

»Feuer, auf Steuerbord« meldete ein Matrose der Wache, der am Fuße des Bugspriets auf Posten stand.

»Herum mit dem Steuer,« kommandierte Köstrik, der von der Küste abtreiben wollte.

Er hatte ebenfalls das signalisierte Feuer gesehen. Es war ein Blickfeuer, also jedenfalls dasjenige von Gozo. Es war gerade noch Zeit, nach der entgegengesetzten

Richtung zu steuern, denn die konträren Winde entfesselten sich mit einer unvergleichlichen Wut. Der »Ferrato« befand sich nur noch zwei Meilen entfernt von der Stelle, auf der plötzlich der Leuchtturm aufgetaucht war.

Der Befehl »voll Dampf« wurde dem Maschinisten erteilt, doch plötzlich arbeitete die Maschine langsamer, anstatt schneller.

Der Doktor, Peter Bathory, die Mannschaft, Alles was sich auf Deck befand, ahnte eine bedenkliche Beschädigung.

In der Tat war der Maschine ein Unfall zugestoßen. Das Ventil der Luftpumpe arbeitete nicht mehr, der Kondensator funktionierte schlecht, und nach einigen lärmenden Umdrehungen, die sich anhörten, als hätten einige Explosionen stattgefunden, stand die Schraube plötzlich still.

Ein solcher Schaden war, wenigstens in der Lage, in welcher sich das Schiff befand, nicht auszubessern. Man hätte die Pumpe abmontieren müssen, was mehrere Stunden Zeit beansprucht haben würde. In zwanzig Minuten schon konnte die von der Windsbraut niedergedrückte Dampf-Yacht gekentert sein.

»Hisst das Sturmsegel!... Hisst das große Focksegel!... Hisst das Marssegel!«

So lauteten die in rascher Folge gegebenen Befehle des Kapitäns Köstrik, der das Schiff nur noch mit Hilfe des Segelzeuges über Wasser halten konnte, die Mannschaft kam diesen Befehlen schnell nach und manövrierte in einem bewundernswerten Ensemble. Dass Pointe Pescade mit seiner Geschicklichkeit und sein Gefährte mit seiner Riesenkraft ihr zu Hilfe kamen, brauchte wohl kaum noch besonders hervorgehoben zu werden. Die Hisstaue mussten dem Drucke Kap Matifu's nachgeben oder – reißen.

Die Lage des »Ferrato« war aber jetzt durchaus noch keine gesicherte. Ein Dampfschiff mit seiner länglichen Gestalt, seiner geringen Wassertiefe, seinem ungenügenden Segelwerke, ist nicht dazu angetan, gegen den Wind zu steuern oder unter ihm zu lavieren. Wenn es so nah als möglich unter dem Winde geht, läuft es, selbst wenn die See nicht sehr tobt, schon Gefahr, das Takelwerk zu verlieren und mastenlos in die Wogen zu schießen.

Dieses Schicksal drohte auch dem »Ferrato«. Abgesehen davon, dass es ernstliche Schwierigkeiten hatte, ihn mit Segeln zu bekleiden, war es ganz unmöglich, nach Westen gegen den Wind zu kommen. Es wurde allmählich gegen die Brandung getrieben und es blieb nun nur noch übrig, einen Ort auszuwählen, an welchem das Ufer einigermaßen günstige Bedingungen bot. Inmitten der pechschwarzen Nacht aber konnte Kapitän Köstrik unglücklicherweise die Form des Ufers nicht im Geringsten erkennen. Er wusste wohl, dass zwei Engen die Insel Gozo von der Insel Malta trennen und zwar zu beiden Seiten eines Eilandes, die eine ist der nördliche Comino, die andere der südliche Comino. Doch wie ihre Öffnungen in dieser Dunkelheit finden, wie bei dieser aufgeregten See hindurch fahren um einen Schlupfwinkel an der westlichen Küste der Insel oder wenn es möglich wäre, vielleicht den Hafen von La Valletta zu erreichen? Ein Lotse oder ein in diesen Gewässern bewanderter Seemann nur hätte dieses gefahrvolle Manöver ausführen können. Welcher Fischer aber sollte es bei der undurchsichtigen Luft, in dieser Regen- und Sturmnacht wagen, bis an das verloren scheinende Schiff heranzukommen?

Die Dampfpfeife der Yacht kreischte trotzdem ihre markerschütternden Töne in das Geheul der Windsbraut hinaus und drei Kanonenschüsse wurden nacheinander gelöst.

Plötzlich erschien von der Landseite her ein dunkler Punkt inmitten des Nebels. Ein Boot mit gerefften Segeln fuhr auf den »Ferrato« zu. Es barg zweifellos einen Fischer, den der Sturm genötigt hatte, sich auf die kleine Reede von Melleah zurückzuziehen. Dort hatte er sein Boot gewiss inmitten der Klippen geborgen gehabt und er selbst war wohl in die wundervolle Grotte der Kalypso hineingestiegen, die mit der berühmten Fingalshöhle auf den Hebriden verglichen werden kann; hier hatte er die Notpfeife und die Kanonenschüsse der Yacht vernommen.

Dieser Mann zögerte nicht, der halb verloren sich gebenden Dampf-Yacht mit Gefahr des eigenen Lebens zu Hilfe zu kommen. Wenn der »Ferrato« noch zu retten war, so konnte er nur durch die Hilfe dieses Mannes gerettet werden.

Das Boot trieb nach und nach näher. Ein Tau wurde an Bord bereit gehalten, das ihm zugeworfen werden sollte, sobald es anlegen würde. Es konnte nur noch einige Minuten dauern, bis das geschah, doch diese Minuten schienen eine Ewigkeit. Die Klippen waren höchstens noch eine halbe Ankerlänge vom Schiffe entfernt.

In diesem Augenblicke wurde das Seil geworfen, doch eine ungeheure Welle hob das Boot empor und warf es gegen die Seitenwand des »Ferrato«. Es wurde in Stücke zerschmettert und der Fischer, der es leitete, wäre unbedingt umgekommen, wenn Kap Matifu ihn nicht rechtzeitig am Arm ergriffen und wie ein Kind auf Deck gehoben haben würde.

Ohne ein Wort zu sprechen – dazu war auch gar keine Zeit – sprang dieser Fischer auf die Kommandobrücke, ergriff das Steuerrad, und gerade als der Bug des »Ferrato« auflaufen wollte, um an den Felsen zu zerschmettern, flog das Schiff herum und lenkte in den schmalen Pass von Nord-Comino; es flog mit dem Wind im Rücken hindurch und in weniger als zwanzig Minuten befand es sich gegenüber der östlichen Küste von Malta in einer ruhigeren See. Mit vollen Schoten fuhr es auf der Strecke von einer halben Meile längs des Landes dahin. Gegen vier Uhr Morgens, als das erste Tageslicht den Horizont zu färben begann, lenkte es in den Kanal von La Valletta ein und warf am Quai der Senglea, bei der Einfahrt zum Kriegshafen, Anker.

Doktor Antekirtt trat nun zu dem jungen Manne auf die Kommandobrücke:

»Ihr habt uns gerettet, mein Freund, sagte er zu ihm.

– Ich tat nur meine Schuldigkeit.

– Seid Ihr ein Lotse?

– Nein, Herr, ich bin nur ein Fischer.

– Euer Name?

– Luigi Ferrato!«

FÜNFTES KAPITEL. MALTA.

Der Sohn des Fischers von Rovigno also war es, der soeben seinen Namen dem Doktor Antekirtt genannt hatte. Durch eine Fügung der Vorsehung war es Luigi Ferrato, dessen Muth und Geschicklichkeit die Dampf-Yacht, ihre Passagiere, die ganze Mannschaft vor einem sicheren Untergange retten sollte.

Der Doktor stand schon im Begriffe, auf Luigi zuzustürzen, um ihn in seine Arme zu schließen. Er hielt sich jedoch zurück. Denn Graf Sandorf wäre es gewesen, der sich durch dieses voreilige Wiedererkennen verraten hätte, Graf Sandorf aber sollte für Alle tot sein, selbst für den Sohn Andrea Ferrato's.

Peter dagegen, der zu derselben Zurückhaltung und aus denselben Gründen verpflichtet war, hätte beinahe sein Versprechen vergessen, wenn nicht der Doktor ihn mit einem Blicke gewarnt haben würde. Beide stiegen in den Salon hinab, wohin Luigi zu folgen ersucht wurde.

»Seid Ihr, mein Freund, so fragte ihn der Doktor, der Sohn jenes Fischers in Rovigno, der sich Andrea Ferrato nannte?

– Ja, mein Herr, antwortete Luigi.

– Habt Ihr nicht eine Schwester?

– Ja, wir wohnen bei einander in La Valletta. – Haben Sie, so setzte er zögernd hinzu, vielleicht meinen Vater gekannt?

– Ihren Vater? Nein, erwiderte der Doktor. Ihr Vater gab vor fünfzehn Jahren zwei Flüchtlingen Obdach in seinem Hause in Rovigno. Diese Flüchtlinge waren zwei meiner Freunde, welche seine Ergebenheit nicht zu retten vermochte. Doch diese Ergebenheit hat Andrea Ferrato Freiheit und Leben gekostet, er wurde nach Stein geschickt und starb dort....

– Ohne seine Tat bedauert zu haben,« antwortete Luigi.

Der Doktor ergriff die Hand des jungen Fischers.

»Ich bin es, Luigi, sagte er, dem meine Freunde den Auftrag gegeben haben, die Verbindlichkeit, die gegen Euren Vater eingegangen wurde, zu lösen. Seit einer Reihe von Jahren habe ich vergebens zu erfahren versucht, was aus Euch und Eurer Schwester geworden war; allein man hatte Eure Spuren von Rovigno aus verloren. Gott sei gelobt, dass er Euch gerade zu meiner Hilfe gesandt hat. Dem Schiffe, das Ihr gerettet habt, habe ich zum Gedächtnis an Andrea den Namen »Ferrato« gegeben.... Lasst mich Euch umarmen, mein Freund!«

Während der Doktor Luigi an die Brust drückte, fühlte dieser seine Augen sich mit Tränen füllen.

Peter konnte sich angesichts dieser rührenden Scene nicht zurückhalten. Es war ihm, als zöge ihn sein ganzes Selbst mit unwiderstehlicher Gewalt zu dem jungen, fast gleichaltrigen Manne hin, dem braven Sohne des Fischers von Rovigno.

»Auch mich, auch mich! rief er mit ausgebreiteten Armen.

– Sie, mein Herr?

– Mich auch... den Sohn Stephan Bathory's.«

Der Doktor konnte es schwerlich bedauern, dass dieses Geständnis Peter entschlüpft war. Gewiss nicht. Er war überzeugt, dass Luigi Ferrato das Geheimnis bewahren würde, wie Pointe Pescade und Kap Matifu es ebenfalls getan hatten.

Luigi wurde alsdann von Allem unterrichtet und erfuhr namentlich, welchen Zweck Doktor Antekirtt verfolgte. Nur eine Sache wurde ihm verheimlicht: der junge Fischer sollte nicht wissen, dass er vor dem Grafen Mathias Sandorf stand.

Der Doktor wollte sich unverzüglich zu Maria Ferrato führen lassen. Er brannte darauf, sie wiederzusehen, namentlich das Leben, das sie jetzt führte, kennen zu lernen, gewiss ein Leben voller Arbeit und Armut, da der Tod Andrea's ihr den Bruder auf dem Hals gelassen hatte.

»Gut, Herr Doktor, sagte Luigi, wenn Sie wollen, gehen wir sofort an Land. Maria wird überdies meinetwegen sehr besorgt sein. Es sind nun bald achtundvierzig Stunden her, dass ich sie verlassen habe, um auf der Reede von Melleah zu fischen, und sie glaubt vielleicht, dass mir bei dem Unwetter in dieser Nacht ein Unglück zugestoßen ist.

– Ihr liebt Eure Schwester sehr? fragte Doktor Antekirtt.

– Sie ist mir Mutter und Schwester zugleich,« erwiderte Luigi.

Gehört die hundert Kilometer von Sizilien gelegene Insel Malta zu Afrika oder zu Europa? Das ist eine Frage, deren Lösung die Geographen schon vielfach in Aufregung versetzt hat. Wie dem auch immer sei, nachdem sie von Karl V. den Johanniterrittern geschenkt worden war, die von Soliman aus Rhodos vertrieben wurden und hier den Namen Malteserritter annahmen, gehört sie jetzt den Engländern und es würde sehr schwer halten, sie diesen wieder zu nehmen.

Malta ist eine Insel, deren Länge achtundzwanzig, deren Breite sechzehn Kilometer beträgt. Ihre Hauptstadt bildet La Valletta und deren Ausläufer; es liegen noch andere Städte und Ortschaften auf der Insel, so Citta Vecchia – einer Art heiliger Stadt, die zur Zeit der Ritter der Sitz des Bischofs war – Bosquet, Dinghi, Zebug, Ita, Berkercara, Luca, Farrugi und so fort. Sehr fruchtbar in ihrem östlichen, sehr dürr in ihrem westlichen Teile, bietet sie einen auffallenden Kontrast, der sich deutlich dadurch ausdrückt, dass die Bevölkerung – im Ganzen über einmalhunderttausend Seelen – im östlichen Teile viel dichter als am entgegengesetzten Ende sitzt.

Was die Natur für diese Insel dadurch getan hat, dass sie in das Gestade vier bis fünf Häfen – die schönsten der Welt – eingelassen hat, spottet jeder Einbildungskraft. Überall Wasser, überall Landspitzen, Kaps und Anhöhen, die sich zur Aufnahme von Befestigungen und Batterien eignen. Hatten schon die Ritter die Insel zu einem schwer einnehmbaren Platz gemacht, um wie viel mehr erst die Engländer, welche sie trotz des Friedens von Amiens behielten und sie geradezu uneinnehmbar machten. Kein Panzerschiff, so scheint es, wäre im Stande, den Eingang zur Großen Marse oder großen Hafen, noch weniger zum Quarantäne-Hafen oder Marse Muscetto zu erzwingen. Vorausgesetzt, dass ein solches sich nähern könnte, so würde es jetzt Zweihunderttonnengeschütze vorfinden, die mit Hilfe ihrer hydraulischen Lade- und Zielvorrichtungen ein neunhundert Kilo schweres Geschoß fünfzehn Kilometer weit schleudern können. Dies den Mächten zur Nachricht, welche mit Bedauern diese herrliche Station in den Händen der Engländer sehen, die das zentrale Mittelmeer beherrscht, innerhalb welcher sämtliche Flotten oder Geschwader des vereinigten Königreiches Platz finden können.

Natürlich gibt es Engländer in Malta. Man findet dort einen Generalgouverneur, der in dem einstigen Palast des Großmeisters des Ordens wohnt, einen Admiral, der der Chef der Marine und der Häfen ist, eine Garnison von vier- bis fünftausend Mann; doch leben auch Italiener dort, die sich daselbst gern zu Hause fühlen möchten, ferner findet man eine kosmopolitische wandernde Bevölkerung vor, wie auf Gibraltar, und namentlich Malteser.

Die Malteser sind. Afrikaner. In den Häfen lenken sie ihre mit grellen Farben angestrichenen Barken; in den Straßen leiten sie ihre Fuhrwerke über Schwindel erregende Abhänge; auf den Märkten verkaufen sie Früchte, Hülsenfrüchte, Fleisch, Fische im Scheine einer kleinen, buntangestrichenen Heiligenlampe, inmitten eines betäubenden Lärms. Man könnte behaupten, dass alle diese Menschen sich gleichen mit ihrem schwarzbraunen Teint, ihren schwarzen, etwas krausen Haaren, ihren glühenden Augen und ihrer mittelgroßen, aber kräftigen Gestalt. Man möchte darauf schwören, dass die Frauen einer einzigen Familie entstammen; ihre langwimprigen Augen sind gleich groß, ihre Haare gleich dunkel, ihre Hände entzückend, ihre Füße zierlich, ihre Hüften schlank und geschmeidig, ihre Haut ist von einer Weiße, welche die Sonne unter der »Falzetta«, einer Art Mantel aus schwarzer Seide, nicht bräunen kann; dieser Mantel wird nach tunesischer Mode getragen, er ist allen Classen gemeinsam und dient zu gleicher Zeit als Haarschmuck, Mantille und selbst als Fächer.

Die Malteser besitzen kaufmännischen Sinn. Man trifft sie überall da, wo es etwas zu handeln gibt. Sie sind arbeitsam, ökonomisch, industriell, nüchtern, aber auch heftig, rachsüchtig, eifersüchtig, so weit man wenigstens vom niederen Volke schließen kann, das sich am meisten dem Studium des Beobachters darbietet. Sie sprechen eine Art von Patois, dem das Arabische zu Grunde liegt, ein Überbleibsel von der Eroberung, welche dem Niedergange des römischen Kaiserreiches folgte, eine lebhafte, bewegte, malerische Sprache, die sich vortrefflich zu Gleichnissen, Bildern, zur Poesie eignet. Die Malteser sind treffliche Seeleute, wenn man sie zu fesseln versteht, und kühne Fischer, welche die häufigen Stürme dieser Meere mit allen Gefahren vertraut gemacht haben.

Auf dieser Insel also übte Luigi sein Gewerbe jetzt mit derselben Kühnheit aus, als wenn er Malteser gewesen wäre, und hier wohnte er seit fast fünfzehn Jahren mit seiner Schwester Maria.

La Valletta und seine Ausläufer wurde oben gesagt. Die Stadt besteht nämlich tatsächlich aus wenigstens sechs Städten, die um die beiden Häfen der Großen Marse und den Quarantäne-Hafen herum liegen. Floriana, La Senglea, La Cospiqua, La Vittoriosa, La Sliema, La Misida sind keine Vororte, auch keine bloßen Anhäufungen von Häusern, welche arme Leute bewohnen, sondern wirkliche Städte, mit prächtigen Wohnungen, Hotels, Kirchen, die der Hauptstadt von fünfundzwanzigtausend Menschen zur Zierde gereichen, in welcher man Paläste bewundern kann, die sich »*auberges de Provence, de Castille, d'Auvergne, d'Italie* und *de France*« nennen.

Bruder und Schwester wohnten in La Valletta selbst. Es wäre vielleicht richtiger, zu sagen: unter La Valletta, denn sie bewohnten eine Art unterirdisches Quartier, genannt das Manderaggio, zu dem sich der Eingang in der Strada San Marco befindet. Dort hatten sie ein Unterkommen finden können, das ihren bescheidenen Einkünften entsprach, und hierhin führte Luigi den Doktor und Peter, sobald die Dampf-Yacht vor Anker gegangen war.

Alle drei stiegen am Quai aus, nachdem sie hunderte von Barken, die ihnen ihre Dienste anboten, hatten abweisen müssen. Sie durchschritten die Porta della Marina, halb betäubt von dem Spiel und Getön der Glocken, das sich wie klingende Luft über die Hauptstadt von Malta legt. Nachdem sie das Fort mit doppelten Kasematten passiert hatten, stiegen sie eine steile Rampe hinauf, sodann eine aus Stufen sich aufbauende schmale Straße. An den hohen Häusern mit grünlichem Vorbau und Nischen mit angezündeten Heiligenlampen vorüber gelangten sie zur Kathedrale vom heiligen Johannes, die inmitten der lärmendsten Bevölkerung der Erde gelegen ist.

Nachdem sie in der Nähe der Kathedrale den Rücken der Anhöhe erreicht, stiegen sie wieder hinunter und sie wendeten sich nunmehr dem Quarantäne-Hafen zu; dann in der Strada San Marco machten sie in halber Höhe des Abhanges vor einer Treppe Halt, die zur Rechten zu den tiefer gelegenen Teilen der Stadt hinab führt.

Das Manderaggio ist ein Stadtteil, der sich mit seinen engen Straßen, in welche die Sonne niemals hinein dringt, und mit seinen hohen gelblichen Mauern, die unregelmäßig von tausenden teils vergitterten, teils offenen als Fenster dienenden Löchern durchsiebt sind, bis unter die Wälle hinzieht. Überall Wendeltreppen, die zu vollkommenen Kloaken hinab führen, niedrige, feuchte, schmutzige Türen wie in den Häusern einer Kasbah, schluchtartige Laufgräben, dunkle Tunnels, die nicht einmal den Namen von Gässchen verdienen. Und vor allen Öffnungen und Luftlöchern, in den schief getretenen Hausfluren, auf den wackelnden Stufen eine entsetzliche Menschheit; alte Weiber mit Hexengesichtern, Mütter mit blutleerem Antlitz, deren Blutlosigkeit durch den Mangel an frischer Luft herbeigeführt wird, in Lumpen gehüllte Mädchen jeden Alters, kränklich aussehende, halbnackte Knaben, die sich im Schlamme wälzen, Bettler, welche ihre verschiedenen, goldene Früchte tragenden Entstellungen und Wunden zur Schau stellen, Männer, Lastträger oder Fischer mit wildem Aussehen, zu allen schlechten Taten schnell bereit – und inmitten dieses Menschengewimmels einige phlegmatische Polizisten, welche sich an diese unglaubliche Gesellschaft schon gewöhnt haben und nicht nur mit diesem Schwarm vertraut, sondern auch verwandt sind. Ein vollkommener »Hof der Wunder«, doch sichtbar inmitten befremdlicher Bauwerke, deren letzte Verästelungen in vergitterte Kellerwohnungen enden, deren Mauern die Dicke von Vorhängen besitzen und die in gleicher Tiefe mit dem Quai des Quarantäne-Hafens liegen, der von der Sonne beschienen und von der Seebrise überhaucht wird.

In einem dieser Häuser und zwar im obersten Stockwerke wohnten Maria und Luigi Ferrato. Nur zwei Kammern nannten sie ihr Eigen. Der Doktor fühlte sich von der Armut, aber auch von dem reinlichen Aussehen dieser Wohnung eigentümlich berührt. Man erkannte hier überall die Hand der sorgsamen Haushälterin, die einst über das Haus des Fischers von Rovigno waltete.

Als der Doktor und Peter eintraten, erhob sich Maria schnell. Dann sich dem Bruder zuwendend, rief sie:

»Mein Kind!... Mein Luigi!«

Man begreift, welche Angst sie während des Sturmes in der vergangenen Nacht ausgestanden hatte.

Luigi umarmte die Schwester und stellte ihr seine Begleiter vor.

Der Doktor erzählte mit wenigen Worten, unter welchen Umständen Luigi sein Leben in die Schanze geschlagen hatte, um das dem Untergange geweihte Schiff zu retten und zu gleicher Zeit verwies er sie auf Peter, den Sohn Stephan Bathory's. Während er sprach, betrachtete ihn Maria mit so großer Aufmerksamkeit, dass der Doktor einen Augenblick mit Recht befürchten konnte, sie hätte in ihm den Grafen Sandorf wiedererkannt. Doch war es nur ein flüchtiges Aufblitzen in ihren Augen gewesen, das bald wieder erlosch. Wie hätte sie ihn auch nach fünfzehn Jahren wiedererkennen sollen, ihn, der außerdem nur auf wenige Stunden der Gast ihres Vaters gewesen war.

Die Tochter von Andrea Ferrato war jetzt dreiunddreißig Jahre alt. Sie war immer noch schön zu nennen durch die Reinheit der Linien ihres Antlitzes und das Feuer ihrer großen Augen. Nur einige wenige weiße Haare, die sich in das schwarze Gelock ihres Hauptes mischten, besagten, dass sie mehr durch die Härten ihrer jetzigen Lebensweise als durch die lange Dauer derselben gelitten hatte. Das Alter war unschuldig an diesem frühzeitigen Weiß, welches seine Entstehung der Überanstrengung, den Sorgen und Schmerzen verdankte, die sie seit dem Tode des Fischers von Rovigno durchkostet hatte.

»Eure und Luigi's Zukunft gehören von nun an uns, mit diesen Worten schloss der Doktor seine Erzählung. Sind meine Freunde nicht die Schuldner Andrea Ferrato's geblieben? Ihr erlaubt also, Maria, dass sich Luigi von uns nicht mehr trennt?

– Mein Bruder hat in dieser Nacht nur getan, was er tun musste, meine Herren, antwortete Maria, und ich danke dem Himmel, dass er ihm diesen guten Gedanken eingegeben. Er ist der Sohn eines Mannes, der stets nur Eines gekannt hat, die Erfüllung seiner Pflicht.

– Und wir kennen ebenfalls nur Eines, erwiderte der Doktor, nämlich unser Recht, die Schuld der Erkenntlichkeit den Kindern desjenigen abzustatten...«

Er hielt inne. Maria betrachtete ihn von Neuem und dieser Blick drang ihm durch und durch. Er fürchtete zu viel gesagt zu haben.

»Ihr würdet Luigi gewiss nicht hindern, Maria, mein Bruder zu sein? fragte Peter Bathory.

– Und Ihr selbst habt doch gewiss nichts dagegen, Maria, wenn ich Euch zu meiner Tochter mache?« setzte der Doktor hinzu und reichte Jener die Hand.

Maria musste nun ihr Leben seit ihrem Auszuge aus Rovigno schildern, wie ihr dort das Spionieren der österreichischen Agenten das Leben unerträglich machte, warum sie den Gedanken fasste, nach Malta zu übersiedeln, woselbst Luigi Gelegenheit fand, sich zum Seemann auszubilden und nebenbei das Gewerbe als Fischer zu betreiben, wie sie die vielen Jahre zugebracht hatten, in deren Verlauf sie gegen das Elend ankämpfen mussten, denn ihre schwachen Hilfsmittel waren nur zu bald erschöpft.

Doch Luigi wetteiferte an Kühnheit und Geschicklichkeit bald mit den Maltesern, deren Ruf ein äußerst guter ist. Ein vortrefflicher Schwimmer wie sie selbst, hätte er sich mit dem berühmten Nicolo Pesci messen können, aus La Valette gebürtig, der, wie man sagt, Depeschen von Neapel nach Palermo überbrachte, indem er das Äolische Meer durchschwamm. Luigi besaß auch große Geschicklichkeit in der Jagd auf wilde Tauben und Gewittervögel, deren Nestern man bis in das Innere jener unermesslichen Grotten nachgeht, welche die Brandung des Meeres so gefährlich macht. Ein kühner Fischer, hatte er sein Boot noch nie vor einem Windstoße geborgen, wenn es sich darum handelte, seine Netze oder Leinen auszuwerfen. Daher kam es auch, dass er in der vergangenen Nacht auf der Reede von Melleah gerade

Zuflucht gesucht hatte, als er die Signale der in Not befindlichen Dampf-Yacht vernahm.

Doch in Malta herrscht ein so großer Überfluss an Seefischen, Seevögeln, Mollusken, dass ihr billiger Preis die Fischerei wenig ergiebig macht. Trotz seines Eifers hatte Luigi Mühe genug, den kleinen Haushalt mit dem Nötigsten zu versorgen, wenngleich auch Maria ihm durch Anfertigung von Nähereien zu Hilfe kam. Daher hatte man, um das schon auf das Äußerste beschränkte Budget nicht völlig zu belasten, eine Wohnung im Manderaggio nehmen müssen.

Während Maria ihre Geschichte erzählte, kehrte Luigi, der inzwischen in sein Zimmer gegangen war, mit einem Briefe in der Hand zu den Übrigen zurück. Dieser enthielt die wenigen Zeilen, die Andrea Ferrato noch kurz vor seinem Tode geschrieben hatte:

»Maria, so lauteten sie, ich empfehle Dir Deinen Bruder! Er wird bald nur noch Dich auf Erden haben. Ich empfinde kein Bedauern über das, was ich getan habe, liebe Kinder, vielleicht nur darüber, dass es mir nicht gelungen ist, durch Aufopferung meiner Freiheit und meines Lebens die zu retten, welche sich mir anvertraut hatten. Was ich getan habe, würde ich gern nochmals tun. Vergesst nie Euren Vater, der noch im Tode Euch seine letzten herzlichen Gefühle übermittelt. Andrea Ferrato.«

Peter Bathory war nicht im Stande, während der Verlesung dieses Briefes seine Betrübnis zu verbergen, während der Doktor Antekirtt den Kopf abwendete, um sein Gesicht den Blicken Maria's zu entziehen.

»Luigi, sagte er dann mit absichtlicher Barschheit, Euer Boot ist heute Nacht durch den Anprall an meine Yacht in Stücke gegangen.

– Es war schon alt, Herr Doktor, erwiderte Luigi, und für jeden Anderen würde sein Verlust kein großer sein.

– Das mag sein, Luigi, doch müsst Ihr mir schon erlauben, es durch ein anderes zu ersetzen, und zwar durch das Schiff selbst, welches Ihr gerettet habt.

– Wie?

– Wollt Ihr zweiter Offizier an Bord des »Ferrato« sein? Ich könnte einen jungen, tätigen Menschen und tüchtigen Seemann schon gebrauchen

– Nimm an, Luigi, nimm an! rief Peter.

– Aber meine Schwester?

– Eure Schwester wird zu der großen Familie gehören, die meine Insel Antekirtta bewohnt, antwortete der Doktor. Euer Leben gehört für die Folge mir, und ich werde Euch so glücklich machen, dass Eure Vergangenheit nichts Bedauerliches mehr für Euch haben wird, es müsste denn der Umstand sein, dass Ihr Euren Vater verloren habt.«

Luigi hatte sich stürmisch über die Hände des Doktors gebeugt, er drückte und küsste sie, während Maria ihre Erkenntlichkeit nur durch Tränen beweisen konnte.

»Ich erwarte Euch morgen an Bord,« sagte der Doktor.

Und schnell war er zur Tür hinaus; es schien, als könnte er seine Bewegung nicht mehr meistern; Peter hatte er ein Zeichen gegeben, ihm zu folgen.

»Ah, sagte er zu ihm, es ist doch ein angenehmes Gefühl, wenn man belohnen kann.

– Ja, ein schöneres, als wenn man bestraft, meinte Peter.

– Und doch muss gestraft werden!«

Am nächsten Tage erwartete der Doktor Maria und Luigi an Bord seines Schiffes.

Kapitän Köstrik hatte inzwischen bereits seine Dispositionen dahin getroffen, dass die Beschädigungen, welche die Maschine der Dampf-Yacht erlitten, unverzüglich ausgebessert wurden. Dank der Beihilfe der Herren Samuel Grech und Compagnie, Schiffsagenten der Strada Levante, denen das Schiff konsigniert worden war, gingen die Arbeiten schnell von Statten. Sie sollten trotzdem fünf bis sechs Tage in Anspruch nehmen, denn die Luftpumpe und der Kondensator mussten vollständig auseinandergenommen werden, weil einige Röhren ungenügend funktionierten. Dieser Verzug kam dem Doktor Antekirtt höchst ungelegen, denn es verlangte ihn sehnlichst, die sizilische Küste zu erreichen. Er hatte sogar eine Zeit lang die Absicht, den Schoner »Savarena« nach Malta kommen zu lassen, doch ließ er den Plan wieder fallen. Es schien ihm richtiger, sich lieber noch einige Tage zu gedulden und dann mit einem tüchtigen und gut bewaffneten Schiffe nach Sizilien zu fahren.

Vorsichtshalber und für den Fall, dass nicht vorherzusehende Zwischenfälle eintreten sollten, wurde eine Depesche mittelst des unterseeischen Kabels, welches Malta mit Antekirtta verbindet, nach der letzteren Insel befördert. Der Inhalt dieser Depesche erteilte dem »Electric 2« den Befehl, unverzüglich an der Küste von Sizilien, in den Gewässern bei Kap Portio di Palo, zu kreuzen.

Gegen neun Uhr Früh brachte ein Boot Maria Ferrato mit ihrem Bruder an Bord. Beide wurden von dem Doktor mit den Ausdrücken der herzlichsten Freude empfangen.

Luigi wurde dem Kapitän, den Quartiermeistern und der Mannschaft als zweiter Offizier vorgestellt. Der Leutnant, der bis dahin diese Stellung bekleidet hatte, sollte auf den »Electric 2« übergehen, sobald man diesen vor der südlichen Küste Siziliens angetroffen haben würde.

Wenn man Luigi betrachtete, so gab es keine Täuschung; er war ein vollkommener Seemann. Seinen Muth, seine Kühnheit kannte man; sechsunddreißig Stunden vorher hatte er sie auf der Reede von Melleah gezeigt. Er wurde willkommen geheißen. Sein Freund Peter und Kapitän Köstrik erwiesen ihm die Honneurs beim Ansehen des Schiffes, denn er wünschte es in allen seinen Einzelheiten kennen zu lernen. Während dieser Zeit unterhielt sich der Doktor mit Maria; er sprach mit ihr von dem Bruder in Ausdrücken, die sie tief ergreifen mussten.

»Ja, er ist der ganze Vater,« sagte sie.

Der Doktor ließ ihr die Wahl, an Bord zu bleiben, bis die geplante Expedition zu Ende geführt sein würde, oder direkt nach Antekirtta zurückzukehren, wohin sie sicher geleitet werden sollte. Maria bat ihn, auf dem Schiffe die Fahrt nach Sizilien mitmachen zu dürfen. Es wurde deshalb verabredet, dass sie den Aufenthalt, den der »Ferrato« in La Valletta nehmen musste, dazu benutzen sollte, ihre Angelegenheiten in Ordnung zu bringen, ihre kleinen Habseligkeiten zu verkaufen, die kaum den Wert von Andenken für sie besaßen, kurz das flüssig zu machen, was sie besaß, so zwar, dass sie sich am Tage vor der Abfahrt in der für sie eingerichteten Kabine häuslich niederlassen konnte.

Der Doktor hatte Maria darüber nicht im Unklaren gelassen, welches seine Pläne waren, die er bis zu ihrer völligen Erfüllung verfolgen wollte. Ein Teil seines Vorhabens hatte sich nun schon dadurch verwirklicht, dass er sich über die Zukunft der Kinder von Andrea Ferrato keine Sorgen mehr zu machen brauchte. Jetzt galt es noch, einerseits Silas Toronthal und Sarcany ausfindig zu machen, sodann sich Carpena's zu bemächtigen; Beides musste geschehen. Die Spuren der beiden Ersteren mussten, so rechnete man, in Sizilien wiederaufgefunden werden. Nach dem Dritten sollte dann weiter geforscht werden.

Maria bat darauf den Doktor, ihn unter vier Augen sprechen zu dürfen.

»Ich wollte Ihnen etwas mitteilen, sagte sie zu ihm, was ich bis heute meinem Bruder verbergen zu müssen glaubte. Er hätte sich jedenfalls nicht halten können, wenn er erfahren hätte, was ich weiß, und neues Unglück würde über uns hereingebrochen sein.

– Luigi besichtigt jetzt gerade die Kabinen der Mannschaft, erwiderte der Doktor. Wir wollen in den Salon hinuntergehen, Maria; dort könnt Ihr ohne Besorgnis gehört zu werden sprechen.«

Als sich die Tür des Salons hinter ihnen geschlossen hatte, nahmen Beide auf einem Divan Platz und Maria sagte:

»Carpena befindet sich hier, Herr Doktor!

– Auf Malta?

– Ja, seit wenigen Tagen.

– In La Valletta?

– Sogar im Manderaggio, wo wir wohnen.«

Der Doktor war sehr überrascht und befriedigt zugleich von dem soeben Gehörten. Dann fragte er:

»Täuscht Ihr Euch auch nicht, Maria?

– Nein, ich täusche mich nicht. Die Gestalt dieses Menschen haftet zu genau in meinem Gedächtnis. Ich würde ihn noch nach hundert Jahren mit unfehlbarer Sicherheit wiedererkennen... Er ist hier.

– Luigi weiß es nicht?

– Nein, Herr Doktor, und Sie werden begreifen, warum ich meine Entdeckung vor ihm verheimlicht habe. Er würde diesen Carpena aufgesucht, ihn gereizt haben, vielleicht...

– Ihr habt vollständig richtig gehandelt, Maria. Mir allein gehört dieser Mann. Glaubt Ihr, dass er Euch wiedererkannt hat?

– Ich weiß es nicht, Herr Doktor. Zwei oder dreimal traf ich ihn in den Straßen des Manderaggio; er drehte sich stets mit einer misstrauischen Aufmerksamkeit nach mir um. Wenn er mir nachgegangen ist, wenn er nach meinem Namen gefragt hat, so muss er auch wissen, wer ich bin.

– Er hat Euch nie angesprochen?

– Niemals.

– Und wisst Ihr vielleicht auch, warum er nach La Valletta gekommen ist, Maria, was er hier tut?

– Alles was ich sagen kann, ist, dass er inmitten der verworfensten Bevölkerung des Manderaggio lebt. Er verlässt kaum die verdächtigsten Wirtshäuser und sacht dort die verwegensten Banditen auf. Da er stets bei Gelde zu sein scheint, so glaube ich, dass er sich damit beschäftigt, die ihm ebenbürtigen Spitzbuben zum Eintritt in eine Verbrecherbande zu verleiten.

– Hier?

– Ich weiß es leider nicht, Herr Doktor.

– Ich werde es schon erfahren.«

Peter betrat jetzt gerade den Salon, ihm folgte der junge Fischer. Die Unterredung war also zu Ende.

»Nun, seid Ihr befriedigt von dem, was Ihr gesehen habt, Luigi? fragte Doktor Antekirtt.

– Der »Ferrato« ist ein Prachtschiff! erwiderte Luigi.

– Ich freue mich, dass er Euch gefällt, Luigi, entgegnete der Doktor, denn Ihr sollt mein zweiter Offizier nur so lange bleiben, bis es die Umstände erlauben werden, Euch zum Kapitän zu machen.

– O, Herr Doktor!...

– Lieber Luigi, meinte Peter, denke daran, dass, wenn der Doktor etwas sagt, es auch sicher geschieht.

– Gewiss geschieht es, Peter, aber sage lieber mit Gottes Hilfe.«

Maria und Luigi verabschiedeten sich vom Doktor und von Peter, um in ihre kleine Behausung zurückzukehren. Es wurde verabredet, dass Luigi seinen Dienst erst nach der Installierung seiner Schwester an Bord antreten sollte. Maria' sollte deshalb nicht allein im Manderaggio zurückbleiben, so wollte es der Doktor, weil es doch möglich war, dass Carpena in ihr die Tochter von Andrea Ferrato wiedererkannt hatte.

Als Bruder und Schwester gegangen waren, ließ der Doktor Pointe Pescade kommen, mit dem er in Gegenwart Peter Bathory's sprechen wollte.

Pointe Pescade kam sofort und nahm die Haltung an, wie sie ein Mann bewahrt, der bereit ist, einen Auftrag entgegenzunehmen und ihn auch auszuführen.

»Ich bedarf Deiner, Pointe Pescade, sagte der Doktor zu ihm.

– Meiner und Kap Matifu's?

– Vorläufig Deiner allein.

– Was soll ich tun?

– Du gehst sofort an Land und begibst Dich in das Manderaggio, das ist eines der unter La Valletta gelegenen Stadtviertel; dort mietest Du Dir irgend eine Wohnung, ein Zimmer oder eine Kammer, und zwar in der gewöhnlichsten Herberge.

– Verstanden.

– Von dort hast Du die Tätigkeit eines Mannes zu überwachen, der mir – die Sache ist sehr wichtig – nicht mehr entschwinden darf. Doch kein Mensch soll ahnen, dass wir uns kennen. Wenn es nötig ist, verkleidest Du Dich.

– Das ist mein Fall.

– Dieser Mann soll, so hat man mir erzählt, fuhr der Doktor fort, die verwegensten Schurken des Manderaggio für bares Geld anwerben. Für wessen Rechnung oder zu welchem Zwecke er es tut, weiß man nicht. Du sollst dieses nun so schnell als möglich ausfindig machen.

– Ich werde es erfahren.

– Wenn Du erst weißt, woran Du Dich zu halten hast, so kehre nicht an Bord zurück, weil man Dir vielleicht nachgeht. Begnüge Dich damit, mir mit der Post in La Valletta ein Wort zu schreiben und gib mir ein Rendezvous am Abend am äußersten Ende der Vorstadt La Senglea. Dort wirst Du mich finden.

– Einverstanden, antwortete Pointe Pescade. Doch woran werde ich diesen Mann erkennen?

– Das wird Dir nicht schwer fallen. Du bist einsichtsvoll, mein Freund, ich rechne auf Deine Intelligenz.

– Kann ich wenigstens den Namen dieses Gentlemans erfahren?

– Er heißt Carpena.«

Kaum vernahm Peter diesen Namen, so rief er laut:

»Wie? Dieser Spanier ist hier?

– Ja! erwiderte Doktor Antekirtt; er wohnt in demselben Stadtteile, in welchem wir die Kinder von Andrea Ferrato wiedergefunden haben, den er in das Gefängnis und in den Tod geschickt hat.«

Der Doktor erzählte Alles, was Maria gesagt hatte. Pointe Pescade begriff nun auch, wie dringend notwendig es war, Einsicht in das Spiel dieses Spaniers zu gewinnen, der ganz gewiss in diesen Diebeshöhlen von La Valletta an irgend einem Werke der Finsternis mitarbeitete.

Eine Stunde später verließ Pointe Pescade die Yacht. Um jede Spionage zu vereiteln, im Falle er verfolgt wurde, begann er die lange Strada Reale entlang zu schlendern, welche vom Fort Sankt Elmo bis zur Floriana führt. Als der Abend anbrach, wandte er sich dem Manderaggio zu.

Um eine Bande von Schuften zusammenzustellen, die schon von Natur aus zum Morde wie zum Raube neigten, konnte man in der Tat keinen geeigneteren Ort finden, als diese unterirdische Stadt. Es gab dort zweifellos Leute aus aller Herren Länder, schuftige Kerle aus dem Morgen- und Abendlande, Flüchtlinge von Handelsschiffen und Deserteure der Kriegsmarine, vor Allem aber Malteser aus der Hefe des Volkes, verrufene Halsabschneider, die in ihren Adern noch das Piratenblut haben, welches ihre Ahnen zur Zeit der Barbaresken-Raubzüge so furchtbar machte.

Carpena, beauftragt, eine Handvoll entschlossener Burschen – zu Allem entschlossener – ausfindig zu machen, konnte dort in keine Verlegenheit der Auswahl wegen kommen. Er verließ seit seiner Ankunft kaum die Schänken der am tiefsten gelegenen Straßen des Manderaggio, wo seine Kundschaft ihn zu finden wusste. Pointe Pescade hatte daher so gut wie keine Mühe, seinen Mann ausfindig zu machen; das Schwierige bei der Sache war lediglich, herauszubekommen, für wessen Rechnung der Spanier mit dem Gelde in der Hand operierte.

Das Geld gehörte augenscheinlich nicht ihm selbst. Die Prämie von fünftausend Gulden, die er sich nach den Vorfällen in Rovigno erschachert hatte, war schon längst verzehrt worden. Carpena war durch die öffentliche Meinung aus Istrien, aus allen Salinen an der Küste gejagt worden; er hatte sich daher entschlossen, ziellos durch die Welt zu streifen. Sein Geld zerfloss pfeilschnell; war er schon vor jener Heldentat ein elender Kerl, so sank er jetzt noch tiefer.

Es wird also Niemand Wunder nehmen, ihn jetzt im Dienste einer großen Räuberbande zu erblicken, für welche er eine Anzahl Schufte anwarb, welche die durch den Strick der Gerechtigkeit leer gewordenen Plätze wieder ausfüllen sollten. Zu diesem Zwecke war er nach Malta, und besonders in den Stadtteil Manderaggio gekommen

Wohin Carpena seine Bande führen wollte, hütete er sich wohl zu sagen, denn er war seinen neu angeworbenen Genossen gegenüber sehr misstrauisch. Denen war es übrigens gleichgültig, ob sie es wussten oder nicht. Vorausgesetzt, dass man sie bar bezahlte, vorausgesetzt, dass man sie in eine an Diebstählen und Räubereien reiche Zukunft blicken ließ, wären sie bis aus Ende der Welt gegangen.

Es muss hier angemerkt werden, dass Carpena nicht wenig überrascht war als er Maria in den Straßen des Manderaggio wiederfand. Trotzdem er sie fünfzehn Jahre hindurch nicht gesehen, hatte er sie auf der Stelle wiedererkannt, wie es auch bei ihr der Fall gewesen war. Er fühlte sich übrigens sehr missgestimmt darüber, dass sie wahrscheinlich unterrichtet war von dem, was er in La Valletta zu tun beabsichtigte.

Pointe Pescade musste also sehr schlau zu Werke gehen, um das zu erfahren, woran dem Doktor sehr viel lag und was der Spanier sorgsam hütete. Carpena wurde trotzdem bald von Jenem hinters Licht geführt. Wie hätte ihm auch dieser frühreife junge Bandit entgehen sollen, der sich so eng an seine Person anschloss, sich in sein Vertrauen drängte, der ihn von allen Kanaillen im Manderaggio am Besten zu nehmen wusste, der sich brüstete, schon einen Aktenstoß auf seine Rechnung angehäuft zu haben, dessen kleinste Seite ihm den Strick auf Malta, die Guillotine in Italien, die Garotte in Spanien einbringen musste, der die tiefste Missachtung vor allen den Memmen des Viertels zur Schau trug, welchen beim Anblick eines Polizisten schon schlimm wurde, kurz ein prächtiger Bursche! Carpena, der sich in dieser Gattung Menschen sehr bewandert wusste, musste ihn zu schätzen wissen.

Aus dieser so geschickt gespielten Rolle erwuchs denn auch das Resultat, dass Pointe Pescade sein Ziel erreichte. Am Morgen des 26. August empfing Doktor Antekirtt eine Zeile, die ihm ein Rendezvous für denselben Abend am äußersten Ende der Senglea gab.

Während der letzten Tage waren die Arbeiten an Bord des »Ferrato« emsig gefördert worden. In drei Tagen längstens waren die Reparaturen beendet, Kohlen eingenommen, das Schiff konnte wieder in See stechen.

Am Abend begab sich der Doktor an den von Pointe Pescade bezeichneten Ort. Es war ein kleiner Arkadenplatz, nahe dem Rundengange, in der äußersten Vorstadt.

Es schlug acht Uhr. An fünfzig Personen wohl bewegten sich noch auf dem Platze, denn es wurde hier ein Markt abgehalten, der noch nicht geschlossen war.

Doktor Antekirtt spazierte zwischen den Leuten umher, Männern und Frauen; sie waren fast Alle Einheimische. Plötzlich fühlte er, dass eine Hand sich auf seinen Arm legte.

Ein gemeiner Schnapphahn in schmutzige Lumpen gekleidet und mit einem alten zerknüllten Hute bedeckt, bot ihm ein Taschentuch an mit den Worten:

»Ich habe das Ding da soeben Eurer Exzellenz gestohlen. Ein anderes Mal geben Exzellenz besser Acht auf Ihre Taschen.«

Pointe Pescade war's, den man in seiner angelegten Verkleidung nicht wiedererkannte.

»Ein schlechter Spaß, sagte der Doktor.

– Ein Spaß ist es, allerdings, aber ein schlechter nicht, Herr Doktor!«

Dieser erkannte jetzt Pointe Pescade und konnte sich eines Lächelns nicht erwehren. Dann, ohne jeden Übergang, fragte er hastig nach Carpena.

»Er arbeitet in der Tat an der Anwerbung einer Handvoll der ausgefeimtesten Schurken des Manderaggio.

– Für wen?

– Für Rechnung eines gewissen Zirone.«

Des Sizilianers Zirone, des Genossen von Sarcany? Welche Verbindung konnte zwischen diesem Elenden und Carpena bestehen?

Als der Doktor genauer darüber nachdachte, fand er auch eine Erklärung für dieses merkwürdige Zusammentreffen und er täuschte sich in seinen Schlüssen nicht.

Der Verrat des Spaniers, der die Festnahme der Flüchtlinge aus dem Turm von Pisino zur Folge hatte, konnte Sarcany nicht verborgen geblieben sein. Dieser hatte Carpena zweifellos aufsuchen lassen und ihn in den jämmerlichsten Verhältnissen gefunden. Er hatte deshalb nicht gezaudert, ihn zu einem der Agenten Zirone's zu machen, deren Dienste dieser im Interesse seiner Genossenschaft beanspruchte. Carpena bildete also die erste Etappe auf der Spur, welche der Doktor nun nicht mehr im Dunkeln zu verfolgen brauchte.

»Weißt Du, zu welchem Zwecke diese Anwerbung geschieht? fragte er Pointe Pescade.

– Für eine Bande, die auf Sizilien tätig ist.

– Auf Sizilien? Ja, ja!... Es stimmt!... Und wo dort?

– In den östlichen Provinzen, zwischen Syrakus und Catania.«

Der Ausgangspunkt des Unternehmens war endlich gefunden.

»Wie gelang es Dir, das zu erfahren?

– Von Carpena selbst, der mir seine Freundschaft angetragen hat und den ich Eurer Exzellenz empfehle.«

Ein Nicken mit dem Kopfe bildete die ganze Antwort des Doktors.

»Du kannst jetzt an Bord zurückkehren, sagte er, und Dir ein anständigeres Gewand anlegen.

– Noch nicht, denn dieses gefällt mir gerade.

– Wieso?

– Weil ich die Ehre habe, Bandit in der Truppe des vorgenannten Zirone zu sein.

– Nimm Dich in Acht, mein Freund. Du wagst bei diesem Spiele Dein Leben...

– In Ihren Diensten, Herr Doktor, sagte Pointe Pescade, und Ihnen schulde ich es.

– Braver Junge!

– Ich bin übrigens so ein kleiner Spitzbube, ohne mir zu schmeicheln, und ich will jene Kerle sämtlich in meinem Sack voll Bosheit verschwinden lassen.«

Der Doktor sah ein, dass unter diesen Umständen die Beihilfe Pointe Pescade's seinem Vorhaben sehr nützen könnte. Dadurch, dass Pointe Pescade die Rolle eines Bösewichtes spielte, hatte er sich das Vertrauen von Carpena zu erwerben gewusst, er kannte sogar jetzt dessen Geheimnisse, es war also gut, ihn nach Gutdünken handeln zu lassen.

Nach weiteren fünf Minuten war die Unterredung zu Ende; der Doktor und Pointe Pescade trennten sich, um nicht zusammen gesehen zu werden. Pointe Pescade ging an den Quais der Senglea entlang, nahm im großen Hafen ein Boot und kehrte auf diesem Wege in das Manderaggio zurück.

Ehe er dort wieder eintraf, war der Doktor schon auf seine Dampf-Yacht zurückgekehrt. Dort erzählte er Peter, was sich zugetragen. Er glaubte zugleich es vor Kap Matifu nicht verheimlichen zu dürfen, dass Pointe Pescade sich zum allgemeinen Wohle in ein äußerst gefährliches Unternehmen eingelassen hatte.

Der Herkules hob den Kopf auf und öffnete und schloss dreimal seine riesigen Hände. Dann sagte er wiederholt, wie zu sich selbst:

»Wehe, wenn ihm nur ein Haar auf dem Kopfe fehlt, nur ein Haar...«

Die letzten Worte besagten mehr als Alles, was Kap Matifu hätte reden können, wenn er überhaupt das Talent gehabt hätte, viel Redensarten zu machen.

SECHSTES KAPITEL.
IN DEN UMGEBUNGEN VON CATANIA.

Wenn ein Mensch beauftragt gewesen wäre, den Erdglobus herzustellen, so würde er ihn zweifellos in einem Zuge hergestellt, er würde ihn auf mechanischem Wege bereitet haben, wie eine Billardkugel, ohne auf ihm eine Unebenheit oder eine Runzel zurückzulassen. Allein der Schöpfer war es, der das Werk unternommen. Daher fehlen auf der sizilianischen Küste, zwischen Aci-Reale und Catania, Kaps, Klippen, Höhlen, Felskegel und Gebirge nicht dem unvergleichlichen Gestade.

In diesem Teile des tyrrhenischen Meeres beginnt die Meerenge von Messina, deren gegenüberliegendes Ufer von den Ketten der kalabrischen Gebirge eingerahmt wird. Wie diese Meerenge, diese Küste, diese Berge, welche der Ätna überragt, zu den Zeiten des Homer gewesen sind, so sind sie es noch heute – herrlich! Wenn auch der Wald, in welchem Aeneas den Achemeniden fand, verschwunden ist, so sind doch die Grotte der Galathea, die des Polyphemos, die Inseln der Kyklopen, und etwas nördlicher die Felsen der Scylla und Charybdis auf ihren geschichtlichen Plätzen geblieben und man kann sogar noch auf derselben Stelle festen Fuß fassen, wo der troische Held aus Land stieg, als er sich anschickte, ein neues Reich zu gründen.

Dass der Riese Polyphemos Heldentaten ausführte, welche der Herkules Kap Matifu nicht zu Stande gebracht haben würde, muss billigerweise anerkannt werden. Dafür hatte aber Kap Matifu den Vorzug, noch am Leben zu sein, während Polyphemos schon mindestens dreitausend Jahre tot ist – wenn er überhaupt jemals gelebt hat, obgleich es Odysseus behauptet. Elisée Reclus hat die höchst wahrscheinlich klingende Behauptung aufgestellt, dass mit diesem Kyklop Niemand anderes als der Ätna selbst gemeint ist, »dessen Krater während der Ausbrüche wie ein ungeheures offenes Auge auf der Spitze des Berges glänzt und der von der höchsten Stelle der Abhänge Steinstücke schleudert, die Inselchen werden und zu Klippen, wie die Farraglioni.«

Diese Faraglioni, die einige hundert Meter vor der Küste und der Straße nach Catania liegen, welch' letztere jetzt von der von Syrakus nach Messina führenden Eisenbahn doubliert wird, sind die einstigen Kyklopeninseln. Die Höhle des Polyphemos liegt nicht weit von ihnen ab, und längs dieser ganzen Küste ist dieses betäubende Getöse der Wellen vernehmbar, welches das Meer innerhalb der Basalthöhlen hervorbringt.

Genau inmitten dieser Felsen plauderten am Abend des 29. August zwei Männer miteinander, die nicht danach aussahen, als fragten sie viel nach dem Reize geschichtlicher Erinnerungen; denn sie sprachen von Dingen, die zu vernehmen den Gendarmen Siziliens nicht gerade unlieb gewesen wäre.

Der eine dieser Männer, der einige Zeit bereits auf die Ankunft des Zweiten gewartet hatte, war Zirone. Der Andere, der auf der Straße von Catania aufgetaucht, war Carpena.

»Endlich bist Du da, fuhr ihn Zirone an. Du hast sehr gezögert. Ich glaubte wahrhaftig schon, Malta wäre, wie einst ihre Nachbarin, die Insel Julia, verschwunden und Du hättest bereits den Tunfischen und den Bonits auf dem herrlichen Grunde des Mittelmeeres als Pastete gedient.«

Man sieht, trotzdem fünfzehn Jahre über den Scheitel des Genossen von Sarcany dahingezogen waren, hatte sich seine Schwatzhaftigkeit der langen Zeit zum Trotze doch nicht vermindert, ebenso wenig wie seine ihm angeborene Frechheit. Mit dem Hut auf dem Ohre, einer bräunlichen Kapuze, die ihm um die Schulter hing, mit bis zum Knie verschnürten Fußschienen hatte er ganz das Aussehen dessen, was zu sein er nie aufgehört hatte – eines Banditen.

»Es war mir unmöglich, früher zurückzukehren, erwiderte Carpena, erst heute Früh hat mich das Paketboot in Catania gelandet.

– Dich und Deine Leute?

– Ja.

– Wie viele bringst Du mit?

– Ein Dutzend.

– Nur?

– Ja, aber tüchtige Leute.

– Aus dem Manderaggio?

– Nur teilweise, aber namentlich Malteser.

– Gute Rekruten also und doch sind ihrer nicht genug, denn seit einigen Monaten ist der Dienst hart und kostspielig geworden, sagte Zirone. Man möchte meinen, dass die Gendarmen auf Sizilien jetzt aus dem Boden sprießen. Das hilft nun aber nichts. Wenn Deine Ware wirklich von guter Qualität ist...

– Ich glaube es, Zirone, erwiderte Carpena, und Du wirst nach dem ersten Versuche, den Du machst, darüber am besten urteilen können. Ich bringe übrigens einen netten Kerl mit, einen früheren Messbudenakrobaten, einen geschickten und anstelligen Menschen, aus dem man unter Umständen leicht ein Mädchen machen kann; ich denke, er wird uns große Dienste leisten.

– Was tat er auf Malta?

– Er stahl Uhren, wenn sich ihm Gelegenheit darbot, Taschentücher, wenn er keine Uhren bekommen konnte.

– Er heißt?

– Pescador.

– Schön, meinte Zirone. Man wird sich seine Talente und seine Einsicht zu Nutze machen. Wo hast Du die ganze Bande gelassen?

– In der Herberge von Santa Grotta, oberhalb von Nicolosi.

– Du wirst doch Deine Funktionen als Herbergsvater wieder aufnehmen?

– Von morgen an.

– Nein, heute Abend noch, erwiderte Zirone, da ich neue Verhaltungsbefehle empfangen habe. Ich warte hier auf die Vorbeifahrt des Zuges von Messina. Durch eine Tür des letzten Waggons soll mir ein Zeichen gegeben werden.

– Ein Zeichen... von ihm?

– Ja... von ihm!... Dadurch, dass er mit seiner Heirat noch immer Pech gehabt hat, zwingt er mich zu arbeiten, damit er leben kann. Pah! Was würde man für einen so tapferen Kumpan nicht noch tun?«

Ein fernes Rollen, das sich von dem Gebrüll der Wogen deutlich abhob, ließ sich von der Seite Catanias her jetzt vernehmen. Es rührte von dem Eisenbahnzuge her, den Zirone erwartete. Carpena und er stiegen die Felsen hinauf, in wenigen Augenblicken gelangten sie an den Weg, dessen Ausgänge kein Sicherheitszaun versperrte.

Zwei Pfiffe, welche bei der Einfahrt in einen kleinen Tunnel von der Lokomotive ausgestoßen wurden, zeigten die Annäherung des Zuges an, der mit einer nur mäßigen Geschwindigkeit herannahte; bald drückte sich das Schnauben der Lokomotive deutlicher aus, ihre Laternen durchbohrten mit ihren großen weißen Lichtreflexen die

Finsternis und die Schienen erglänzten auf eine weite Strecke schon im Voraus. Zirone verfolgte mit aufmerksamen Blicken den Zug, der nur drei Schritte weit entfernt an ihm vorüberrollte.

Kurz bevor der letzte Wagen sich auf gleicher Höhe mit ihm befand, wurde eine Waggonscheibe heruntergelassen und eine Frau streckte den Kopf zum Fenster hinaus. Sobald sie den Sizilianer auf seinem Posten gesehen hatte, warf sie flink eine Orange aus dem Wagen, die auf den Weg rollte, auf dem Zirone stand und wenige Schritte vor ihm liegen blieb.

Diese Frau war Namir, die Spionin Sarcany's. Einige Augenblicke später war sie mit dem Zuge in der Richtung nach Aci-Reale verschwunden.

Zirone machte sich daran, die Orange aufzuheben oder vielmehr die beiden Hälften einer Orangenschale, welche durch eine Nadel zusammengehalten wurden. Der Spanier und er gingen dann den Weg wieder zurück und verbargen sich hinter einem hohen Felsen. Dort zündete Zirone eine kleine Laterne an, nahm die beiden Hälften der Orange auseinander und enthüllte dadurch einen Zettel, auf dem folgende Benachrichtigung stand:

»Er hofft Euch in fünf bis sechs Tagen in Nicolosi anzutreffen. Misstrauet namentlich einem gewissen Doktor Antekirtt!«

Sarcany hatte jedenfalls in Ragusa vernommen, dass diese geheimnisvolle Persönlichkeit, mit der sich die öffentliche Neugierde so lebhaft beschäftigte, zwei oder dreimal im Hause der Frau Bathory empfangen wurde. Daher stammte bei diesem, gewohnheitsmäßig Allem und Allen gegenüber misstrauischen Menschen eine bestimmte Unruhe. Daher auch diese Benachrichtigung, welche er mit Umgehung der Post und durch Vermittlung von Namir seinem Genossen Zirone zukommen ließ.

Dieser steckte das Billet in die Tasche und löschte seine Laterne aus. Er wandte sich darauf an Carpena und fragte ihn:

»Hast Du schon jemals von einem Doktor Antekirtt sprechen gehört?

– Nein, antwortete dieser, doch kennt ihn vielleicht der kleine Pescador. Dieser schmucke Junge weiß Alles.

– Wir werden sehen, gab Zirone zurück. Sage, Carpena, wir haben doch keine Furcht, in der Nacht zu marschieren, he?

Weniger Furcht, als wenn wir am Tage marschieren müssen, Zirone.

– Richtig.... Am Tage stößt man auf die geschwätzigen Gendarmen. Vorwärts also! Ehe drei Stunden um sind, müssen wir in dem Wirtshaus von Santa Grotta sein.«

Beide überschritten den Bahndamm und lenkten in die Zirone wohlbekannten Fußpfade ein, die sich nach den Abhängen des Ätna hin über das Terrain sekundärer Formation ziehen.

Vor achtzehn Jahren existierte in Sizilien, namentlich in Palermo, der Hauptstadt, eine furchtbare Verbrecherbande. Unter einander durch eine Art Freimaurergesetze verbunden, zählte sie mehrere tausende Anhänger. Diebstahl und Betrug mit Hilfe aller nur möglichen Mittel auszuführen, das war der Zweck dieser Genossenschaft der Maffia, der eine große Anzahl von Kaufleuten und Industriellen buchstäblich einen jährlichen Tribut zahlten, damit sie ihrem Gewerbe oder Handel ungestört und unbelästigt nachgehen konnten.

Damals befanden sich Sarcany und Zirone – und zwar vor der Verschwörungsgeschichte in Triest – unter den hervorragendsten Teilnehmern der Maffia, und auch nicht gerade unter den Untätigsten.

Doch mit dem Vorwärtsschreiten aller Dinge, mit der besseren Verwaltung der Städte, wenn auch nicht der Landbezirke, begann diese Verbrüderung in ihrem Geschäftsbetriebe behindert zu werden. Die Abgaben und die Frohnleistungen verminderten sich. Auch trennte sich eine überwiegende Anzahl von Teilnehmern von den Anderen, die in der Räuberei ein lukrativeres Geschäft sahen.

Zu jener Zeit änderte sich auch gerade das politische Regime Italiens in Folge der vollzogenen Einigkeit. Sizilien musste, wie die anderen Provinzen, ebenfalls dem gemeinsamen Schicksale sich fügen, sich den neuen Gesetzen unterwerfen und namentlich dem Joche der Konskription. Diese neue Ordnung der Dinge schuf Rebellen, die sich den Gesetzen nicht anbequemen wollten, und Ungehorsame, die sich weigerten zu dienen – Leute ohne Gewissensbisse, Massier oder Andere, deren Banden das Land ausplünderten.

Zirone stand an der Spitze einer dieser Banden, und als der von Sarcany für den Preis der Angeberei erworbene Anteil an den Gütern des Grafen Sandorf aufgezehrt worden war, nahmen Beide ihr altes Leben wieder auf, in der Erwartung, dass eine gewichtige Unternehmung ihr Vermögen wiederherstellen würde.

Die Gelegenheit hierzu hatte sich gezeigt: es war die Verheiratung Sarcany's mit der Tochter von Silas Toronthal. Man weiß, wie erfolglos Sarcany's Schritte in dieser Hinsicht bis dahin waren, und warum.

Dieses Sizilien ist ein dem Räuberwesen merkwürdig günstiges Land selbst bis auf den heutigen Tag. Was bietet die alte Trinakria nicht Alles innerhalb eines Umkreises von siebenhundertundzwanzig Kilometern und zwischen den drei vorspringenden Spitzen dieses Triangels, im Nordosten Kap Faro, im Westen Kap Marsala, im Südosten Kap Pessaro? Gebirgszüge wie die Peloren und Nebroten, eine selbständige Gruppe vulkanischer Berge, den Ätna, Wasserläufe wie die Giarella, Cantara, den Platani, Strudel, Täler, Ebenen, Städte, die mit einander kaum in Verbindung stehen, Flecken, die höchst unbequeme Zugänge haben, Ortschaften, die auf kaum zugänglichen Höhen angelegt sind, Klöster in den Schluchten und auf den Abhängen der Berge, endlich eine große Menge von Zufluchtsorten, in welche ein Rückzug sich stets bewerkstelligen lässt, und unzählige Buchten, welche tausend Gelegenheiten zur Flucht auf das offene Meer bieten. Kurz, dieses Stückchen sizilischer Erde ist ein vollkommener Abklatsch des ganzen Erdglobus, weil sich in ihm Alles zusammenfindet, woraus die Erdkugel besteht: Berge, Vulkane, Täler, Ebenen, Flüsse, Bäche, Seen, Strudel, Städte, Dörfer, Reeden, Häfen, Buchten, Vorgebirge, Kaps, Klippen und Brandungen. Und diese Gesamtheit von natürlichen und künstlichen Anlagen steht einer Bevölkerung von fast zwei Millionen zur Verfügung, die über eine Fläche von sechsundzwanzigtausend Quadratkilometern verteilt sind.

Welcher Schauplatz könnte für die Taten von Räuberbanden besser gelegen sein? Obwohl dieses Unwesen zum Abnehmen neigt, obwohl der sizilische wie der kalabrische Brigant sich überlebt zu haben scheinen, obwohl sie in Acht erklärt sind – wenigstens von der modernen Literatur – obwohl schließlich man jetzt einsieht, dass aus der Arbeit mehr Segen erblüht als aus dem Diebstahl, ist es doch geraten, dass die Reisenden nur mit Vorsicht in diesem Lande umherstreifen, welches dem Cacus teuer, und von Merkur gesegnet ist.

In den letzten Jahren hat die Gendarmerie auf Sizilien, die ununterbrochen wachsam, und stets unterwegs ist, einige sehr glückliche Streifzüge durch die östlichen Provinzen unternommen. Mehrere in den Hinterhalt gefallene Banden wurden dezimiert. Unter Anderen erging es auch Zirone's Bande so, die jetzt nur noch dreißig Köpfe zählte. Aus diesem Umstande entsprang der Entschluss, etwas fremdes, namentlich maltesisches Blut der Truppe zuzuführen. Zirone wusste, dass in den Schlupfwinkeln des Manderaggio, in denen er einst ebenfalls heimisch gewesen war, zu

Hunderten unbeschäftigte Banditen sich aufhalten. Deshalb war Carpena nach La Valletta gegangen, und wenn er auch nur ein Dutzend Männer aufgetrieben hatte, so waren es dafür auserlesene Leute.

Man möge nicht weiter darüber erstaunt sein, dass der Spanier sich Zirone so ergeben zeigte. Das Handwerk gefiel ihm; da er aber von Natur aus feige war, so stellte er sich so wenig als möglich an die Spitze der Unternehmungen, wo es Flintenschüsse gibt. Er begnügte sich mit dem wohlfeileren Ruhme, die Geschäfte vorzubereiten, die Pläne auszuhecken und die Funktionen eines Herbergsvaters in jener Locanda von Santa Grotta auszuüben, einer furchtbaren Räuberhöhle, die sich in den ersten Höhen des Vulkans verbirgt.

Natürlich war Sarcany und Zirone aus der Vergangenheit Carpena's alles das bekannt, was sich auf die Angelegenheit Andrea Ferrato bezog, Carpena dagegen wusste von den Triester Vorfällen nichts. Er nahm als selbstverständlich an, dass er mit ehrbaren Briganten in Verbindung gekommen wäre, die schon seit vielen Jahren in den Bergen Siziliens ihrem Geschäfte nachgingen.

Zirone und Carpena erlebten während ihres Marsches von acht italienischen Meilen, von den Felsen des Polyphemos an bis nach Nicolosi, kein böses Abenteuer, mit anderen Worten, es zeigte sich auf ihrem Wege kein einziger Gendarm. Sie verfolgten ziemlich beschwerliche Fußpfade zwischen Maulbeer-, Oliven-, Orangen- und Zitronenbaumfeldern, durch Gebüsche von Eschen, Korkeichen und indischen Feigenbäumen. Oftmals stiegen sie über die Betten jener eingetrockneten Ströme, die, von Weitem gesehen, chaussierte Wege zu sein scheinen, auf denen die glättende Walze die Kieselsteine noch nicht in den Boden gedrückt hat. Der Sizilianer und der Spanier passierten die Ortschaften San Giovanni und Tramestieri, die schon in einer ziemlichen Höhe über dem Spiegel des Mittelmeeres gelegen sind. Gegen zehn und ein halb Uhr hatten sie Nicolosi erreicht. Es ist das eine im Mittelpunkte eines ungeheuren Rundkreises liegende Ortschaft, welche im Norden und Westen die Ausbruchskegel von Monpilieri, die Monte Rossi und die Serra Pizzuta flankieren.

Dieser Flecken besitzt sechs Kirchen, ein Kloster, das unter dem Schutze des heiligen Nikolaus von Arena steht, und zwei Herbergen – letzterer Umstand namentlich macht seine Bedeutung aus. Allein mit diesen Wirtshäusern hatten Zirone und Carpena nichts zu schaffen. Die Locanda von Santa Grotta erwartete sie in einer Entfernung von noch einer Stunde, in einem der dunkelsten Schlünde des Ätna-Gebirgsstockes. Sie erreichten sie, noch bevor die Kirchenglocken von Nicolosi Mitternacht geschlagen hatten.

Man schlief keineswegs in Santa Grotta. Man speiste noch in Begleitung von Geschrei und Gezänk. Die von Carpena neu Angeworbenen waren dort vereinigt; ein Greis der Bande, Namens Benito – er hieß wahrscheinlich aus Widerspruchsgeist so – machte die Honneurs des Ortes. Der übrige Teil der Räuber, an vierzig Bergbewohner und Ausreißer, befanden sich noch zwanzig Meilen weiter westlich; sie durchforschten die gegenüber liegenden Abhänge des Ätna und mussten bald zu den Anderen stoßen. In Santa Grotta war also nur das Dutzend Malteser vorhanden, das der Spanier angeworben hatte. In ihrer Gesellschaft nahm Pescador – oder Pointe Pescade, wie er sonst hieß – tapfer Teil an diesem Concert von Fluchreden und Aufschneidereien.

Doch hörte, beobachtete, notierte er auch, um nichts von dem zu vergessen, was ihm irgendwie nützlich sein konnte. So vergaß er unter Anderem auch die Rede nicht, die Benito seinen Gästen kurz vor dem Eintreffen von Carpena und Zirone hielt, um ihr überlautes Schwatzen etwas zu dämpfen.

»Schweigt doch, Ihr Teufelsmalteser, schweigt doch! Man hört Euch wahrhaftig in Cassone, wohin der Zentralkommissär, der liebenswürdige Quästor der Provinz, ein Detachement Karabiniers gesandt hat!«

Eine sehr scherzhafte Drohung, denn Cassone lag ziemlich weit ab von Santa Grotta. Doch die Neulinge glaubten wirklich, ihr Geschrei könnte zu den Ohren der Karabiniers, der Gendarmen dieses Landes, dringen. Sie mäßigten also ihre lauten Ausrufe und sprachen dafür umso tapferer den dickbäuchigen Flaschen voll Ätnaweines zu, den Benito selbst ihnen zum Willkomm einschenkte. Sie waren schließlich sämtlich mehr oder weniger betrunken, als sich die Tür der Locanda öffnete.

»Nette Jungens! rief Zirone beim Eintritt. Carpena hat eine glückliche Hand gehabt und ich sehe, Benito hat seine Sache ebenfalls gut gemacht.

– Die tapferen Kerle starben vor Durst, erwiderte Benito.

– Und da das die schlimmste aller Todesarten ist, sagte Zirone lachend, so hast Du sie ihnen ersparen wollen. Schön! Mögen sie jetzt schlafen. Morgen werden wir sie näher kennen lernen.

– Warum bis morgen warten? fragte einer der Rekruten.

– Weil Ihr zu betrunken seid, um begreifen und gehorchen zu können, erwiderte Zirone.

– Betrunken!... Betrunken!... Weil wir einige Flaschen Eures ungegorenen Weines da geleert haben? Pah, man ist an den Gin und Whisky der Kneipen des Manderaggio gewöhnt!

– Wer ist denn der Mensch da? fragte Zirone.

– Es ist der kleine Pescador! antwortete Carpena.

– Wer ist denn der Mensch da? fragte nun auch Pescador seinerseits, indem er auf den Sizilianer zeigte.

– Das ist Zirone! gab ihm der Spanier zur Antwort.«

Zirone betrachtete mit Neugierde den jungen Räuber, den ihm Carpena so sehr gerühmt hatte und der sich ihm so völlig ungeniert vorstellte. Er fand zweifellos, dass das Aussehen Jenes kühn und intelligent zugleich sei, denn er machte eine beistimmende Bewegung. Dann sich an Pescador wendend, fragte er:

»Hast Du ebenso viel getrunken wie die Anderen?

– Mehr als die Anderen.

– Und Du hast Deine Vernunft noch?

– Man ersäuft sie nicht gleich in dem Bisschen da.

– Sage mal, Kleiner, fuhr Zirone fort, Carpena hat mir gesagt, Du könntest mir vielleicht Auskunft erteilen über eine Sache.

– Umsonst?

– Fange auf!«

Und Zirone warf ihm einen halben Piaster zu, den Pescador unverzüglich in die Tasche seiner Jacke verschwinden ließ, gerade so wie ein Taschenspieler von Profession mit einer Muskatnuss verfährt.

»Das ist allerliebst, sagte Zirone.

– Sehr allerliebst, erwiderte Pescador. Um was handelt es sich also.

– Du kennst Malta gut?

– Malta, Italien, Istrien, Dalmatien und das Adriatische Meer, gab Pescador zurück.

– Du bist gereist?

– Sehr viel, doch stets auf meine Kosten.

– Ich rate Dir, nie anders zu reisen, denn sonst bezahlt die Regierung die Reise...

– Das wäre mir zu teuer, meinte Pescador.

– So ist es, erwiderte Zirone, entzückt von diesem neuen Genossen, mit dem man wenigstens plaudern konnte.

– Und nun weiter?... fing der einsichtige Bursche von Neuem an.

– Ja, weiter! Hast Du auf Deinen vielen Reisen vielleicht einmal von einem Doktor Antekirtt sprechen gehört, Pescador?«

Trotz seiner Schlauheit war Pointe Pescade auf diese Frage nicht gefasst gewesen. Er war aber doch Herr genug über sich selbst, um sich seine Überraschung nicht merken zu lassen.

Wie hatte nur Zirone, der doch weder in Ragusa gewesen war zur Zeit als die »Savarena« dort ankerte, noch in La Valletta während des Aufenthaltes des »Ferrato« daselbst, von dem Doktor gehört und wie kam es, dass er sogar dessen Namen kannte? Er begriff unverzüglich mit seinem schnell fassenden Geiste, dass die erste Antwort, die er gab, ihm weiterhelfen musste und er zögerte deshalb nicht, sie zu geben.

»Doktor Antekirtt? erwiderte er. Richtig!... Man spricht ja in allen Ländern des Mittelmeeres von dem Manne!

– Hast Du ihn schon einmal gesehen?

– Niemals.

– Weißt Du auch nicht, was dieser Doktor eigentlich ist?

– Ein ganz armer Teufel, er ist nichts weiter als ein hundertfacher Millionär, so sagt man, der nicht anders als mit einer Million in jeder Tasche seines Reiseanzuges ausgeht, und dieser Anzug hat mindestens sechs Taschen.

Ein Unglücklicher, der aus Liebhaberei den Arzt spielt, bald auf seinem Schoner, bald auf seiner Dampf-Yacht und der für jede der zweiundzwanzigtausend Krankheiten, mit denen die Menschenrasse beglückt ist, ein entsprechendes Heilmittel führt.«

Der Clown von ehedem kam in Pointe Pescade zur gelegenen Zeit, wieder zur Erscheinung und seine gute Laune bezauberte Zirone ebenso sehr wie Carpena, der zu sagen schien:

»Ein guter Rekrut der da! He?«

Pescador schwieg. Er hatte sich eine Zigarette angezündet, deren eigensinniger Rauch zu gleicher Zeit aus Nase, Augen und sogar aus den Ohren zu dringen schien.

»Du sagst, der Doktor ist reich? fragte Zirone.

– So reich, dass er Sizilien kaufen und aus der Insel einen englischen Garten machen könnte,« antwortete Pescador.

Dann schoss es ihm durch den Kopf, dass jetzt vielleicht gerade ein günstiger Augenblick gekommen wäre, um Zirone den Plan beizubringen, dessen Ausführung er im Sinne hatte.

»Haltet mal, Hauptmann Zirone, fuhr er daher fort, ich habe zwar diesen Doktor Antekirtt selbst nie gesehen, dagegen eine seiner Yachten; man erzählt sich, dass ihm für seine Spazierfahrten auf der See eine ganze Flottille zur Verfügung stände.

– Eine seiner Yachten?

– Ja, seinen »Ferrato«. Ein herrliches Fahrzeug. Auf diesem Schiffe in dem Golf von Neapel mit einer oder zwei Prinzessinnen von Geblüt herumkreuzen zu können, das wäre ganz mein Fall.

– Wo hast Du die Yacht gesehen?

– In Malta, antwortete Pescador.

– Und wann war das?

– Vorgestern in La Valletta. Als wir uns mit unserem Sergeanten Carpena einschifften, ankerte sie noch im Kriegshafen. Doch sagte man, dass sie vierundzwanzig Stunden nach uns in See gehen würde.

– Wohin?

– Nach Sizilien und zwar nach Catania.

– Nach Catania? wiederholte Zirone.«

Dieses merkwürdige Zusammentreffen der Abreise des Doktors Antekirtt mit der empfangenen Weisung, Jenem zu misstrauen, musste notwendiger Weise den Verdacht Zirone's rege machen. Pointe Pescade bemerkte wohl, dass irgendein geheimer Gedanke sich in dem Gehirn Zirone's umher wälzte; doch wie lautete dieser? Da er ihn schwerlich erraten konnte, so entschloss er sich, dem Hauptmann direkt auf den Leib zu rücken.

Als Zirone gesagt hatte:

»Was mag dieser Teufelsdoktor hier auf Sizilien und gerade in Catania nur zu suchen haben?« meinte Pescador:

»Was wird er weiter wollen? Bei der heiligen Agathe, sich die Stadt ansehen. Er wird eine Besteigung des Ätna unternehmen. Er wird als reicher Mann, der er ist, umherreisen wollen.

– Pescador, sagte Zirone, in welchem von Zeit zu Zeit ein unbestimmtes Gefühl des Misstrauens aufstieg, Du scheinst mir doch von diesem Doktor mehr zu wissen, als gerade nötig ist.

– Gerade so viel ich wissen muss, wenn die Gelegenheit sich bietet, antwortete Pescador.

– Was willst Du damit sagen?

– Ich will nur damit sagen, dass, wenn der Doktor, wie es ja den Anschein hat, hier in unserer Gegend herumspaziert, es nur in der Ordnung ist, dass er uns ein anständiges Wegegeld zahlt.

– Wirklich? erwiderte Zirone.

– Und wenn ihn dieser Scherz ein oder zwei Millionen selbst kostet, kommt er nicht noch immer billig davon?

– Findest Du?

– Und in diesem Falle würden Zirone und seine Freunde doch noch große Dummköpfe gewesen sein.

– Auf dieses Kompliment hin, das Du uns machst, sagte Zirone lachend, magst Du jetzt schlafen gehen.

– Ganz einverstanden, antwortete Pescador. Ich weiß schon, wovon ich träumen werde.

– Nun wovon?

– Von den Millionen des Doktors Antekirtt... Goldene Träume übrigens!«

Pescador stieß den letzten Rauch der Zigarette von sich und sachte seine Kumpane in der Scheuer der Herberge auf, während sich Carpena auf sein Zimmer begab.

Der mutige Jüngling aber, anstatt zu schlafen, schickte sich an, in seinem Geiste Alles, was er soeben getan und gesagt hatte, sich zurechtzulegen.

Hatte er von dem Augenblicke an, als Zirone zu seinem größten Erstaunen vom Doktor Antekirtt gesprochen, nach seinem besten Wissen die Interessen gefördert, die ihm anvertraut worden waren? Man möge selbst darüber urteilen.

Der Doktor kam deshalb nach Sizilien, weil er hoffte, dort Sarcany vorzufinden und auch Silas Toronthal, falls sie noch zusammen waren, was immerhin möglich, weil Beide Ragusa verlassen hatten. Sollte er Sarcany verfehlen, so wollte er sich an dessen Genossen machen, sich Zirone's bemächtigen und dann, entweder durch Drohungen oder Versprechungen, diesen dahin bringen, zu sagen, wo Sarcany und Silas Toronthal anzutreffen wären. Das war sein Plan. Auf folgende Weise gedachte er ihn auszuführen.

Der Doktor hatte in jungen Jahren mehrfach Sizilien und namentlich die Provinz um den Ätna durchreist. Er kannte die verschiedenen Straßen, welche Bergsteiger frequentieren, deren am häufigsten benutzte dicht unter einem Hause vorüberführt, das zur Erkennung des Zentralkegels erbaut ist und die Hütte der Engländer, Casa Inglese,[1] genannt wird.

Gerade jetzt brandschatzte Zirone's Bande, für die Carpena neue Mannschaften auf Malta angeworben hatte, auf den Abhängen des Ätna umher. Es war gewiss, dass die Ankunft einer so berühmten Persönlichkeit, wie die des Doktors Antekirtt es war, ihre gewöhnliche Wirkung auch in Catania ausüben würde. Da überdies der Doktor so auffällig als möglich seine Absicht, den Ätna zu besteigen, verkünden ließ, so war mit Bestimmtheit anzunehmen, dass Zirone davon Wind bekommen würde – namentlich wenn Pointe Pescade sich dahinter steckte. Man hat gesehen, dass der Beginn der Handlung ohne Schwierigkeiten von Statten gegangen, da Zirone es gewesen war, der Pescador über den vielgenannten Doktor ausgefragt hatte.

Die Falle, in die jetzt Zirone gelockt werden musste, bestand aus Folgendem, und man konnte schon mit Bestimmtheit annehmen, dass er hineinging.

Am Abend vor dem Tage der Besteigung des Kraters sollten sich zwölf gut bewaffnete Leute von der Mannschaft des »Ferrato« heimlich in die Casa Inglese begeben. Am nächsten Tage wollte der Doktor begleitet von Luigi, Peter und einem Führer Catania verlassen und die gewöhnliche Straße verfolgen, und zwar so, dass er die Casa Inglese um acht Uhr Abends erreichen musste, um dort die Nacht zuzubringen. Das tun alle Touristen so, welche die Sonne von der Höhe des Ätna über die kalabrischen Berge aufgehen sehen wollen.

Es unterlag keinem Zweifel, dass Zirone, von Pointe Pescade gedrängt, versuchen würde, sich des Doktors Antekirtt zu bemächtigen, in dem Glauben, es nur mit diesem und seinen beiden Gefährten zu tun zu haben. Sobald er aber die Casa Inglese angriff, sollte er von den Matrosen des »Ferrato« empfangen und jeder Widerstand von seiner Seite vereitelt werden.

Pointe Pescade, der diesen Plan kannte, hatte geschickt die Umstände zu benützen gewusst und in den Gedanken Zirone's den Wunsch lebendig gemacht, sich dieses Doktors Antekirtt zu bemächtigen; Jener betrachtete diesen als eine reiche Beute, welche er ohne Gewissensbisse gemäß der Aufklärung, die er empfangen, ausplündern durfte. Da er im Übrigen dieser Persönlichkeit misstrauen sollte, so war es wohl das Beste, sich ihrer zu bemächtigen, selbst wenn er des Lösegeldes verlustig gehen sollte. Dazu entschloss sich also Zirone, während er weitere Instruktionen von Sarcany abwarten wollte. Um ganz sicher an sein Ziel zu gelangen, beabsichtigte er, da er seine augenblicklich zerstreute Bande nicht so schnell vereinen konnte, diese Unternehmung mit den Maltesern Carpena's auszuführen, welcher Umstand schließlich Pointe Pescade sehr kühl ließ, da dieses Dutzend Bösewichter mit den Leuten vom »Ferrato« gewiss kein leichtes Spiel haben würde.

Zirone überließ niemals etwas dem Zufalle. Da nach den Aussagen Pescador's die Dampf-Yacht am folgenden Tage eintreffen musste, so verließ er schon am frühen Morgen die Locanda von Santa Grotta und stieg nach Catania hinunter. Da er dort nicht bekannt war, so hatte das weiter keine Gefahr für ihn.

Die Dampf-Yacht lag schon seit einigen Stunden vor Anker. Sie hatte nicht dicht bei den Quais beigedreht, wo es stets von zahlreichen Schiffen wimmelt, sondern in einer Art Vorhafen, zwischen dem nördlichen Hafendamme und einer ungeheuren Masse schwärzlicher Lava, welche der Ausbruch von 1669 bis in das Meer getrieben hat.

Schon bei Tagesanbruch waren Kap Matifu und elf Mann der Besatzung unter dem Befehle Luigi's bei Catania gelandet; von dort aus hatten sie einzeln den Aufstieg nach der Casa Inglese unternommen.

Zirone wusste von dieser Landung natürlich nichts und da der »Ferrato« gut eine Ankerlänge vom Festlande ab lag, so konnte er nicht einmal beobachten, was an Bord vorging.

Gegen sechs Uhr Abends setzte ein Schiffsboot zwei Passagiere der Dampf-Yacht auf dem Quai aus. Es waren der Doktor und Peter Bathory. Sie gingen durch die Via Steficoro und die Strada Etnea der Villa Bellini zu, einem herrlichen öffentlichen Garten, vielleicht dem schönsten in ganz Europa, mit seinen launigen Rampen, seinen von mächtigen Bäumen beschatteten Terrassen, seinen fließenden Gewässern und dem stolzen, in Rauchwolken sich hüllenden Vulkan, der den Horizont begrenzt.

Zirone folgte den beiden Fremden, denn er zweifelte nicht, dass der Eine von ihnen der gesuchte Doktor war. Er manövrierte sogar so, dass er ihnen inmitten der Menschenmasse, welche das Concert in die Villa gelockt hatte, dicht auf den Fersen blieb. Dieses sich Herandrängen an ihre Person musste dem Doktor sowohl wie Peter auffallen, die denn auch mit gemischter Neugierde diesen Kerl von verdächtigem Aussehen sich näher betrachteten. Wenn sie gewusst hätten, dass das der gesuchte Zirone war, so würden sie die beste Gelegenheit gehabt haben, sich seiner zu bemächtigen, noch bevor er sich in den ihm gestellten Hinterhalt hätte locken lassen.

Gegen elf Uhr Abends, als Beide sich anschickten, den Park zu verlassen, um an Bord zurückzukehren, sagte der Doktor mit absichtlich lauter Stimme zu Peter:

»Das wäre also abgemacht. Wir werden morgen aufbrechen und in der Casa Inglese über Nacht bleiben.«

Der Lauscher wusste augenscheinlich nun, was er wissen wollte, denn einen Augenblick später war er verschwunden.

Fußnoten

1 Man verdankt diesen Unterkunftsplatz einigen Gentlemen, Freunden der Bequemlichkeit. Er ist dreitausend Meter über dem Meeresspiegel gelegen.

SIEBENTES KAPITEL. DIE CASA INGLESE.

Am folgenden Tage, in der ersten Nachmittagsstunde, schickten sich Doktor Antekirtt und Peter Bathory an, den »Ferrato« zu verlassen.

Das Boot nahm die Passagiere wieder auf; doch bevor der Doktor dasselbe bestieg, hatte er erst noch dem Kapitän Köstrik aufgetragen, auf die Ankunft des »Electric 2« Obacht zu geben, der von einem Augenblick zum anderen erwartet wurde und dieses Schiff sofort auf die Höhe der Farriglioni, mit anderen Worten der Polyphems-Klippen zu senden. Wenn der Plan gelang, wenn Sarcany oder wenigstens Zirone und Carpena zu Gefangenen gemacht werden konnten, sollte das Eilschiff bereit sein, sie nach Antekirtta zu transportieren, denn dort konnte der Doktor über das Schicksal der Verräter von Triest und Rovigno nach Gefallen bestimmen.

Das Boot stieß ab. In wenigen Minuten standen der Doktor und Peter auf einer der Kaitreppen von Catania. Sie waren nach Art der Bergsteiger gekleidet, die genötigt sind, eine Temperatur zu ertragen, welche von dreißig Graden über Null, so ist sie am Meeresspiegel, bis zu sieben oder acht Graden unter Null sinkt. Ein von der Sektion des Alpenclubs, 17 Lincolnstraße, gestellter Führer erwartete sie mit Pferden, die in Nicolosi von Maultieren abgelöst werden sollten, vortrefflichen Tieren mit sicherem und ausdauerndem Gange

Die Stadt Catania, deren Breite im Verhältnis zu ihrer Länge eine äußerst mittelmäßige ist, wurde schnell durchritten. Nichts verriet, dass die kleine Gesellschaft ausgekundschaftet und verfolgt wurde. Sobald sie die Straße nach Belvedere eingeschlagen, bewegten sich der Doktor und Peter bereits auf den untersten Abhängen des Ätnastockes, dem die Sizilianer den Namen Mongibello geben und dessen Durchmesser nicht weniger als fünfundzwanzig Meilen beträgt.

Die Straße läuft natürlich steil und in krummen Linien. Sie macht oft Wendungen, um den Lavaströmen, den Basaltfelsen, deren Verhärtung auf ein Alter von Millionen von Jahren schließen lässt, ausgetrockneten Flussbetten, durch welche das Frühjahr reißende Gewässer strömen lässt, aus dem Wege zu gehen. Diese wilde Gebirgsnatur liegt aber noch inmitten einer üppigen Vegetation: Oliven-, Orangen-, Johannisbrot-, Eschenbäumen, Weinstöcken mit langen Armen, die sich um die nebenstehenden Bäume schlingen. Sie bildet die erste der drei Zonen, zu denen die verschiedenen Abstufungen des Vulkans sich aufbauen, dieses »Feuerofen-Berges«, wie die Phönizier den Berg Ätna nannten, dieses »Nagels der Erde und dieses Pfeilers des Himmels«, wie die Geologen zu einer Zeit ihn bezeichneten, in der es noch keine geologische Wissenschaft gab.

Nach zwei Stunden, während einer einige Minuten langen Pause, welche mehr den Tieren als den Reitern gegönnt werden musste, konnten der Doktor und Peter zu ihren Füßen die ganze Stadt Catania, die herrliche Nebenbuhlerin von Palermo, erblicken, welche nicht weniger als fünfundachtzigtausend Einwohner zählt. Sie sahen die Flucht ihrer vornehmsten Straßen, die parallel von den Quais auslaufen, die Glocken und Türme ihrer hundert Kirchen, ihre zahlreichen und malerischen Klöster, ihre sich in einem anspruchsvollen Stile des siebzehnten Jahrhunderts gefallenden Häuser und das Ganze eingerahmt von dem prachtvollsten Baumgürtel, den je eine Stadt um ihre Hüften geschlungen hat. Weiter vor dann den Hafen, dem der Ätna selbst natürliche Schutzdämme errichtet hat, nachdem er ihn teilweise während des furchtbaren Ausbruches von 1669 verschüttet hatte, der vierzehn Dörfer und Flecken zerstörte, achtzehntausend Menschenopfer forderte und mehr als eine Milliarde Kubikmeter Lava über die Landschaft ergoss.

Dass der Ätna in unserem Jahrhunderte sich weniger bemerkbar macht mag daher kommen, weil er jetzt einen gerechten Anspruch auf Ruhe hat. Man zählt seit Beginn der christlichen Zeitrechnung nicht weniger als dreißig Ausbrüche. Dass Sizilien dabei nicht zu Grunde gegangen ist, dankt es seiner soliden Verankerung. Es muss auch berücksichtigt werden, dass der Vulkan sich nicht nur einen einzigen, ununterbrochen tätigen Krater geschaffen hat. Er arbeitet wie und wann es ihm beliebt. Das Gebirge spaltet sich dort, wo einer seiner Feuerströme gerade hinausdrängt und durch die entstandene Öffnung strömt die gesamte, in seinen Flanken angesammelte Lavamasse hinaus. Diesem Umstande entstammt die große Menge kleiner Vulkane, die Monte-Rossi, ein Doppelgebirge, das sich innerhalb dreier Monate in einer Höhe von hundertsiebenunddreißig Metern aus dem Sande und den Schlacken des Ausbruches von 1669 gebildet hat, die Frumento, Krater Simoni, Stornello, Crisinco; sie ähneln den rings um den Dom einer Kathedrale aufgehängten Glöckchen und haben zu Genossen noch die Krater der Ausbrüche von 1809, 1811, 1819, 1838, 1852, 1865 und 1879, deren Trichter die Flanken des Hauptkegels wie die Zellen die Bienenstöcke durchlöchern.

Nachdem der Flecken Belvedere durchritten war, schlug der Führer einen näheren Pfad ein, um die Straße von Tramestieri und dann diejenige von Nicolosi zu erreichen. Es ist immer noch die erste, kultivierte Zone des Gebirges, welche sich fast bis zu diesem Flecken, also zu einer Höhe von zweitausendeinhundertundzwanzig Fuß erstreckt. Es war ungefähr vier Uhr Nachmittags, als Nicolosi auftauchte, ohne dass die Reisenden irgend ein fatales Abenteuer auf der fünfzehn Kilometer langen Strecke erlebt hätten, welche sie bereits von Catania trennte; sie hatten weder Wölfe noch wilde Schweine zu Gesicht bekommen. Zwanzig Kilometer mussten noch bis zur Casa Inglese zurückgelegt werden.

»Wie lange wollen sich Eure Exzellenz hier aufhalten? fragte der Führer.

– So kurze Zeit als möglich, erwiderte der Doktor, so dass wir abends gegen neun Uhr in der Casa eintreffen können.

– Vielleicht vierzig Minuten?

– Schön, vierzig Minuten.«

Das war eine reichliche Zeit, um einen kräftigen Imbiss in einem der beiden Wirtshäuser des Ortes einnehmen zu können, welche das kulinarische Ansehen, in welchem die Locanden Siziliens gemeinhin stehen, ein wenig erhöhen. Das muss zur Ehre der dreitausend Einwohner Nicolosi's, einschließlich der Menge Bettler, die sich dort aufhalten, gesagt werden. Man erhält dort ein Stück Ziegenfleisch, Früchte, Weintrauben, Orangen, Granaten und Wein von San Placido, der in der Umgebung Catania's gewonnen wird; es gibt in Italien sehr viele bedeutendere Städte als Nicolosi es ist, in denen mancher Hotelier ebenso viel nicht bieten kann und sehr in Verlegenheit käme, wenn man es verlangte.

Noch vor fünf Uhr bestiegen der Doktor, Peter und der Führer ihre Maulesel und die Tiere kletterten durch die zweite Zone, die Waldzone, weiter empor. Die Bäume sind dort durchaus nicht so zahlreich vertreten, wie es der Name besagt, denn auch dort, wie überall, arbeiten die Holzfäller und zerstören die alten, prächtigen Forsten, die bald nur noch eine mythologische Erinnerung ihres einstigen Bestehens bilden werden. Indessen sprossen hier und dort, teils in Gruppen, teils in Gebüschen vereint, längs der Säume der Lavaströme, auf den Rändern der Abgründe, noch Eichen, Buchen, Feigenbäume mit fast schwarzen Blättern, ferner in einer höheren Luftschicht Tannen, Fichten und Birken. Sogar die Aschenreste erzeugen, wenn sie sich mit Erdreich mischen, breite Büschel von Farrenkräutern, Malven und Eschwurz und bedecken sich mit einem dichten Rasenteppich.

Um acht Uhr Abends befanden sich der Doktor und Peter schon in einer Höhe von dreitausend Meter, die fast die Grenze des ewigen Schnees bildet. Auf den Abhängen des Ätna lagert ein solcher Überfluss von Schnee, dass er, ausgebreitet, gut und gern Italien bedecken könnte.

Sie waren jetzt in die Region der schwarzen Lava, der Asche, der Schlacken gekommen, die sich jenseits einer ungeheuren Kluft ausbreitet, in dem riesigen elliptischen Circus des Valle del Bove. Nun galt es die tausend bis dreitausend Meter hohen Klippen zu überwinden, deren Bestandteile Schichten von Trachyten und Basalten zum Vorschein kommen lassen, gegen welche die Elemente noch nicht ankämpfen konnten.

Vor ihnen erhob sich der eigentliche Kegel des Vulkans, um den hier und da einige Phanerogamen grünende Kreise bildeten. Dieses zentrale Höckersystem, das ein ganzes Gebirge für sich bildet – Pelion auf dem Ossa – schließt mit seiner äußersten Spitze in einer Höhe von dreitausenddreihundertsechzehn Metern über dem Meeresspiegel ab.

Dort erzitterte schon der Boden unter ihren Füßen. Schwingungen, hervorgebracht durch die plutonische Tätigkeit, die unermüdlich den Ätna durchtobt, pflanzten sich unter der Schneedecke fort. Streifen von Schwefeldämpfen, die der Wind aus der Öffnung des Kraters trieb, wurden mitunter bis zur Basis des Kegels niedergedrückt und ein Schauer von Schlackenstückchen, ähnlich dem weißglühenden Cokes, fiel auf den weißen Teppich herab, auf dem dieselben zischend verloschen.

Die Luft war bereits eine bitter kalte – mehrere Grade unter Null – und die Schwierigkeit, Atem holen zu können, machte sich bereits in Folge der Verdünnung der Luft sehr fühlbar. Die Bergsteiger mussten sich fest in ihre Reisemäntel hüllen. Ein scharfer Wind, welcher das Gebirge bestrich, führte spitzige Flocken mit sich, die er dem Boden entrissen hatte und welche nun in der Luft umher wirbelten. Von dieser Höhe aus konnte man, unterhalb des feuerspeienden Rachens, in welchem sich ein schnaubendes Flammenmeer bemerkbar machte, andere Krater untergeordneter Gattung überblicken, schmale Schwefelgruben oder düstere Schachte, in deren Innerem unterirdische Feuer glühten. Ein fortwährendes Grollen mit orkanartigem Anschwellen machte sich vernehmbar, so wie es ähnlich ein ungeheurer Dampfkessel von sich geben würde, wenn der überhitzte Dampf die Ventile emporhebt. Ein Ausbruch war aber nicht zu befürchten. Dieser ganze innere Zorn des Berges verriet sich nur durch das Grollen des obersten Kraters und ein Aufstoßen in den vulkanischen Rachen, welche den Gipfel durchlöcherten.

Die neunte Stunde war angebrochen. Am Himmel erglänzten Milliarden von Sternen, welche die Dünne der Luft in dieser Höhe noch funkelnder erscheinen ließ. Der aufsteigende Mond badete sich im Westen in den Wogen des äolischen Meeres. Auf einem anderen Gebirge, welches keinen tätigen Vulkan in sich barg wäre diese Ruhe der Nacht eine wahrhaft überwältigende gewesen.

»Wir müssen nun bald an Ort und Stelle sein? fragte der Doktor.

– Dort ist die Casa Inglese,« antwortete der Führer.

Und er wies auf eine Mauerwand, in welche zwei Fenster und eine Tür eingelassen waren, die sein bewanderter Blick in der Entfernung von fünfzig Schritten, das heißt also vierhundertachtundzwanzig Meter unterhalb des Randes des Zentralkegels sich vom Schnee abheben sah. Es war das im Jahre 1811 von englischen Offizieren auf einem von Lava gebildeten Plateau Namens Piano del Lago errichtete Haus.[1]

Dieses Haus, welches man auch die Casa Etnea nennt, wurde lange Zeit hindurch auf Kosten des Herrn Gemellaro, des Bruders des gelehrten Geologen gleichen Namens, unterhalten, neuerdings war es durch die Bemühungen des Alpenclubs wieder in Stand gesetzt worden. Nicht weit davon starrten durch die Dunkelheit einige Ruinen römischen Ursprunges den Kommenden entgegen; man hat ihnen den Namen »Turm der Philosophen« gegeben. Von dort hat sich, so behauptet die Sage, Empedokles in den Krater gestürzt. In Wirklichkeit gehört schon eine ganz einzige Dosis von Philosophie dazu, acht Tage an diesem einsamen Orte zuzubringen und man kann sich die Tat des Philosophen von Agrigent wirklich erklären.

Der Doktor Antekirtt, Peter Bathory und der Führer hatten sich mittlerweile der Casa Inglese zugewendet. Sie klopften an die Tür, die sich ihnen sofort öffnete.

Einen Augenblick später befanden sie sich inmitten ihrer Leute. Diese Casa Inglese besteht nur aus drei Zimmern, die mit Tischen, Stühlen und Küchengerätschaften ausstaffiert sind; diese Einrichtung genügt indessen den Ätna-Touristen vollständig, die zufrieden sind, wenn sie sich ruhen können, nachdem sie eine Höhe von zweitausendachthundertfünfundachtzig Meter erreicht haben.

Bis jetzt hatte Luigi, in der Furcht, dass die Anwesenheit seines kleinen Streifcorps sich verraten könnte, kein Feuer anmachen wollen, obwohl die Kälte recht schmerzte. Doch nun war es nicht mehr nötig, so große Vorsicht anzuwenden, da Zirone ja wusste, dass der Doktor die Nacht in der Casa Inglese zubringen würde. Man häufte darum auf dem Herde eine Handvoll von dem Holze auf, welches sich in der Holzkammer vorfand. Bald hatte eine prasselnde Flamme genügend Wärme und Licht, die bislang fehlten, verbreitet.

Der Doktor nahm Luigi bei Seite und fragte ihn, ob seit des Letzteren Ankunft irgendetwas vorgefallen wäre.

»Nichts! erwiderte Luigi. Ich fürchte nur, dass unsere Anwesenheit hier nicht so geheim mehr ist, als wir es gewünscht haben.

– Und wieso das?

– Weil wir, wenn ich mich nicht irre, von Nicolosi ab von einem Manne verfolgt wurden, der kurz bevor wir die Basis des Kegels erreicht hatten, verschwunden war.

– Das ist in der Tat bedauerlich, Luigi. Das könnte Zirone vielleicht die Lust nehmen, mich überraschen zu wollen. Und ist seit Anbruch der Nacht Niemand um die Casa Inglese geschlichen?

– Niemand, Herr Doktor, antwortete Luigi. Ich selbst habe vorsichtshalber die Ruinen des Turmes der Philosophen durchsucht: sie sind völlig leer.

– Wir wollen es abwarten, Luigi, doch soll sich ein Mann stets als Wachposten vor der Tür aufhalten. Man kann eine ziemliche Strecke weit sehen, weil die Luft klar, und es ist von großer Wichtigkeit, dass wir nicht überrascht werden.«

Die Anordnungen des Doktors wurden sofort befolgt und als er auf einer Fußbank vor dem Herde Platz genommen hatte, legten sich seine Leute auf Strohdecken um ihn herum zum Schlafen nieder.

Kap Matifu näherte sich jetzt dem Doktor. Er sah ihn an, wagte aber nicht, zu sprechen. Es war nicht schwer, die Gedanken des Riesen zu erraten.

»Du willst wissen, was aus Pointe Pescade geworden ist? fragte ihn der Doktor. Geduld!... Er wird in Kurzem wieder bei uns sein, obwohl er jetzt ein Spiel wagt, wobei er unter Umständen aufgehenkt werden kann...

An unserem Halse,« setzte Peter rasch hinzu, der Kap Matifu's Besorgnisse über das Schicksal seines kleinen Genossen zerstreuen wollte.

Eine fernere Stunde verging, während deren Verlauf nichts die um den Zentralkegel sich ausbreitende lautlose Stille störte. Kein Schatten war vorn auf dem weißen Felde des Piano del Lago aufgetaucht. Peter und der Doktor begannen bereits ungeduldig und unruhig zu werden. Wenn Zirone unglücklicherweise die Gegenwart des kleinen Detachements ausgekundschaftet hatte, so würde er es gewiss niemals wagen, die Casa Inglese anzugreifen. Es wäre ein verfehlter Coup gewesen. Und doch musste man sich unbedingt dieses Genossen Sarcany's, in Ermangelung von diesem selbst, bemächtigen und ihm seine Geheimnisse entreißen.

Kurz vor zehn Uhr fiel ein Flintenschuss in einer Entfernung von vielleicht einer halben Meile unterhalb der Casa Inglese.

Alle traten in das Freie und hielten Umschau, sie sahen aber nichts Verdächtiges.

»Es war aber ein Flintenschuss, sagte Peter.

– Vielleicht ein Jäger, der auf dem Anstand im Gebirge steht, um Adler oder wilde Schweine zu schießen.

Wir wollen hineingehen, mahnte der Doktor, um nicht gesehen zu werden.«

Sie taten es.

Doch zehn Minuten später stützte der draußen Posten stehende Matrose eilig herbei:

»Aufgepasst! rief er. Ich glaube bemerkt zu haben...

– Mehrere Menschen? fragte Peter hastig.

– Nein, nur einen einzigen.«

Der Doktor, Peter, Luigi, Kap Matifu gingen an die Tür, passten aber auf, dass sie nicht aus dem Schatten traten.

In der Tat kletterte ein Mann, flink wie eine Gemse auf dem alten Lavastrome, der sich auf das Plateau öffnet, empor. Er war allein und nach wenigen weiteren Sprüngen fiel er in zwei sich ihm öffnende Arme, diejenigen Kap Matifu's.

Es war Pointe Pescade.

»Schnell! Schnell in den Versteck hinein, Herr Doktor!« rief er.

Im Augenblick waren alle in das Innere der Casa zurückgekehrt, deren Tür sich hinter ihnen sofort schloss.

»Und Zirone? fragte der Doktor. Was ist aus ihm geworden?... Du hast ihn verlassen können?

– Ja!... Um Sie zu benachrichtigen.

' – Kommt er?

– In zwanzig Minuten muss er hier sein.

– umso besser.

– Nein! umso schlimmer!... Ich weiß nicht, wer ihm verraten hat, dass Sie ein Dutzend Leute vorauf geschickt haben.

– Ohne Zweifel der Bauer, der uns nachgeschlichen ist, rief Luigi.

– Kurz, er weiß es, erwiderte Pointe Pescade, und er hat eingesehen, dass Sie ihm eine Falle gestellt haben.

– Er möge nur kommen, rief Peter.

– Er kommt, Herr Peter! Dem Dutzend in Malta für ihn angeworbener Burschen hat sich' der übrige Rest der Bande angeschlossen, die heute Früh in Santa Grotta eingetroffen ist.

– Wie stark ist jetzt die ganze Bande? fragte der Doktor.

– Fünfzig Mann,« antwortete Pointe Pescade.

Die Lage des Doktors und seiner kleinen Truppe, die lediglich aus elf Matrosen, Luigi, Peter, Kap Matifu und Pointe Pescade – sechzehn gegen fünfzig – bestand, wurde jetzt eine sehr bedrohliche. Jedenfalls musste nun ein schneller Entschluss gefasst werden, denn ein Angriff konnte nicht mehr lange auf sich warten lassen.

Doch bevor der Doktor fernere Maßregeln traf, wollte er vor allen Dingen von Pescade hören, was vorgefallen war und dieser erzählte Folgendes:

Am Morgen dieses Tages war Zirone von Catania, wo er die Nacht zugebracht hatte, zurückgekehrt. Er war jedenfalls mit dem Menschen, der in der Villa herumgelungert hatte, identisch. Als er die Locanda von Santa Grotta betrat, fand er einen Bauern vor, der ihm meldete, dass ein aus verschiedenen Richtungen kommender Trupp in Stärke von einem Dutzend Mann die Casa Inglese besetzt hätte.

Das zu wissen genügte Zirone, um die Situation zu überschauen. Er war es also nicht mehr, der den Doktor Antekirtt in einem Hinterhalt fing, sondern es war der Doktor selbst, vor dem man ihn gewarnt hatte, der ihn aufheben wollte. Pointe Pescade bestand trotzdem darauf, Zirone müsse die Casa Inglese angreifen und versicherte ihm, dass die Malteser leichtes Spiel mit den Leuten des Doktors haben würden. Zirone aber blieb unentschlossen und war noch nicht mit sich darüber einig, was er beginnen sollte. Das Drängen Pointe Pescade's begann ihm nachgerade so verdächtig vorzukommen, dass er Befehl gab, diesen zu überwachen, was Pescador schnell bemerkte.

Zirone hätte es also ziemlich gewiss aufgegeben, unter diesen zweifelhaften Umständen sich des Doktors zu bemächtigen, wenn seine Bande nicht in der dritten Nachmittagsstunde zu ihm gestoßen wäre. Nun hatte er fünfzig Mann unter seinen

Befehlen und er zauderte auch nicht länger; die ganze Bande verließ die Locanda von Santa Grotta und marschierte auf die Casa Inglese zu.

Pointe Pescade sah ein, dass der Doktor und die Seinigen verloren waren, wenn er sie nicht bei Zeiten warnen konnte; sie konnten dann vielleicht noch entschlüpfen oder wenigstens auf der Hut sein.

Er wartete also, bis die Bande Zirone's in Sicht der Casa Inglese gekommen sein würde, deren Lage er nicht kannte. Das Licht, welches durch ihre Fenster drang, gestattete ihm sie in der neunten Abendstunde zu bemerken, trotzdem sie noch zwei Meilen bis an die Abhänge des Kegels zu marschieren hatten. Pointe Pescade stürmte plötzlich in dieser Richtung davon. Ein Flintenschuss, der ihm von Zirone nachgesendet wurde – derselbe, den man in der Casa Inglese gehört hatte – traf ihn nicht. Mit Hilfe seiner clownartigen Gewandtheit befand er sich bald außer Schussweite; auf diese Weise war er der Bande Zirone's um zwanzig Minuten höchstens vorausgeeilt.

Ein Händedruck des Doktors belohnte den kühnen und intelligenten Jungen für seine Erzählung und seine Taten; dann überlegte man, was zu tun sei.

Die Casa Inglese verlassen, einen Rückzug inmitten der Nacht, über die Abhänge dieses Gebirgsstockes unternehmen, dessen Fußpfade und Zufluchtsorte Zirone und seine Leute genau kannten, hieß sich einer vollständigen Vernichtung aussetzen. Es war hundertmal vorteilhafter, in dem Hause selbst den Tag abzuwarten, sich hier zu verschanzen und zu verteidigen wie in einem Blockhause. Wenn der Tag erst angebrochen war und es nötig sein sollte, abzumarschieren, so konnte der Rückzug wenigstens im vollen Tageslichte bewerkstelligt werden und man würde sich nicht der Gefahr auszusetzen haben, blindlings über die Abhänge, durch Bergstürze und Schwefellager herunterklettern zu müssen. Es wurde also beschlossen, zu bleiben und Widerstand zu leisten. Die Vorbereitungen zur Verteidigung wurden sofort in Angriff genommen.

Vor allen Dingen mussten die Fenster der Casa geschlossen und ihre inneren Riegel nach Kräften verstärkt werden. Als Schießscharten mussten die offenen Stellen dienen, welche die Dachbalken zwischen sich und ihren Angelpunkten in der Mauer der Fassade ließen. Jeder Mann war mit einem Schnellfeuergewehr und fünfzig Patronen ausgerüstet. Der Doktor, Peter und Luigi konnten ihnen mit ihren Revolvern zu Hilfe kommen. Kap Matifu verfügte nur über seine Arme, Pointe Pescade nur über seine Hände. Deshalb waren Beide wahrscheinlich nicht minder gut bewaffnet!

Fast vierzig Minuten verstrichen, ohne dass ein Angriffsversuch unternommen worden wäre. Hatte Zirone, der ja jetzt wissen musste, dass Pointe Pescade den Doktor Antekirtt gewarnt hatte, und dass dieser nicht mehr zu überraschen war, seine Absichten aufgegeben? Das war indessen nicht anzunehmen, denn die fünfzig Mann, welche unter seinem Befehle standen, und der Vorteil, den ihm die Kenntnis der Ortschaft verschaffte, mussten notwendigerweise ihm bedeutende Chancen bieten.

Plötzlich gegen elf Uhr trat der wachthabende Matrose hastig ein. Eine Bande Männer nahte heran, die so manövrierte, dass sie die Casa Inglese von drei Seiten einschloss, die vierte Seite des Hauses, die sich an den Berg anlehnte, bot keine Möglichkeit des Entkommens. Nachdem man Kenntnis von dieser Absicht der Angreifer genommen, wurde die Tür verschlossen, verbarrikadiert und Jeder nahm seinen Posten bei den Lücken der Dachsparren ein, mit dem strengen Befehl, die Patronen nicht unnütz zu verschießen.

Währenddessen rückten Zirone und die Seinigen langsam vorwärts; sie gebrauchten die Vorsicht, hinten den Felsen heranzuschleichen, um die First des Piano del Lago zu erreichen. Hier waren ungeheure Blöcke von Trachyt- und Basaltfelsen aufgeschichtet; sie sollten wahrscheinlich dazu dienen, die Casa Inglese vor Schneewehen im Winter zu bewahren. Hatten die Belagerer erst das Plateau erreicht, so konnten sie bequem gegen das Haus vorgehen, die Tür und die Fenster eindrücken und dann mit Hilfe ihrer Übermacht sich des Doktors Antekirtt und seiner Leute bemächtigen.

Plötzlich fiel ein Schuss. Ein leichtes Rauchwölkchen kräuselte zwischen den Dachsparren empor. Ein Mann fiel, zu Tode getroffen. Die Truppe ging sofort einige Schritte zurück und duckte sich hinter die Felsen. Aber allmählich führte Zirone mit Benützung der Terrainunebenheiten seine Leute doch bis an den Fuß des Piano del Lago heran.

Während dieses Vorgehens fielen noch an ein Dutzend Schüsse aus der Verdachung der Casa Inglese – zwei fernere Angreifer wurden damit in den Schnee gestreckt.

Der Sturmruf wurde nun von Zirone ausgestoßen. Unter Aufopferung einiger neuer Verwundeter stürzte die Bande auf die Casa Inglese los. Die Tür wurde von Flintenkugeln durchlöchert und einige auf der Innenseite postierte Matrosen mussten, leicht verwundet, ihre Stellungen aufgeben.

Nun entspann sich ein lebhaftes Gefecht. Mit Haken und Piken gelang es den Stürmenden, die Tür und das eine Fenster zu durchbrechen. Ein Ausfall musste versucht werden, um sie zurückzudrängen, und zwar inmitten des lebhaftesten Feuers beider Parteien. Luigi's Hut wurde von einer Kugel durchbohrt und Peter wäre ohne die Dazwischenkunft Kap Matifu's von einem Pikenstoss eines Räubers durchbohrt worden. Aber der Herkules passte auf und mit derselben Pike, welche er dem Manne entrissen hatte, tötete er diesen auf der Stelle.

Kap Matifu hauste während dieses Ausfalles furchtbar unter den Angreifern. Zwanzig Mal auf das Korn genommen, wurde er doch von keiner Kugel getroffen. Wenn Zirone den Sieg davon trug, war Pointe Pescade schon im Voraus ein Kind des Todes, und dieser Gedanke verdoppelte des Riesen Muth.

Vor einem solchen Widerstande mussten sich die Räuber zum zweiten Male zurückziehen. Der Doktor und seine Leute konnten sich ungehindert in die Casa Inglese zurückziehen und dort sich über ihr ferneres Verhalten schlüssig machen.

»Wie viel Munition ist noch vorhanden? fragte er.

– Zehn bis zwölf Patronen für den Mann, antwortete Luigi.

– Und wie spät ist es?

– Kaum Mitternacht.«

Also in vier Stunden erst brach der Tag an. Mit der Munition musste deshalb sehr sparsam umgegangen werden, damit der Rückzug am Morgen unter dem Schutze der Waffen erfolgen konnte.

Doch wie einen neuen Sturm, wie die Erstürmung der Casa Inglese verhindern, wenn Zirone und seine Bande sich noch einmal näherten?

Und das geschah in der Tat nach einer viertelstündigen Pause, während welcher sie ihre Verwundeten in den Schutz eines Lavastromes zurückgeschleppt hatten, durch dessen Fluss eine Art verschanzten Lagers gebildet wurde.

Dann überklimmten die durch einen so energischen Widerstand und durch den Anblick ihrer fünf bis sechs kampfunfähig gemachten Kameraden wütend gewordenen Räuber die Lava, sie durchmaßen den Zwischenraum, der sie von dem Basaltwalle trennte und tauchten wieder auf der Plateaufläche auf.

Nicht einen Schuss feuerte man in der Casa ab, während sie bis hierher vordrangen. Zirone folgerte daraus mit Recht, dass die Munition den Belagerten auszugehen drohte.

So groß war die Wut, dass sie diesmal den Eingang zur Tür und zum Fenster erzwangen und sie hätten ganz gewiss das Hans erstürmt, wenn nicht eine neue Salve fünf oder sechs Mann getötet haben würde. Sie mussten bis an den Fuß des Plateaus zurückweichen; doch auch zwei Matrosen waren so schwer verwundet worden, dass sie den Kampf aufgeben mussten.

Vier bis fünf Schuss für den Mann blieben nur noch den Verteidigern der Casa Inglese. Unter diesen Umständen wurde selbst der Rückzug bei hellem lichtem Tag unmöglich. Sie fühlten, dass sie verloren wären, wenn ihnen nicht rechtzeitig Hilfe würde. Doch woher sollte eine solche Hilfe kommen?

Man konnte unglücklicher Weise nicht darauf rechnen, dass Zirone und seine Genossen von ihrem Vorhaben abstehen würden Es waren ihrer immer noch vierzig Räuber, wohlbewaffnet und unversehrt. Sie wussten, dass man ihre Schüsse bald nicht würde erwidern können und versuchten einen abermaligen Sturm.

Plötzlich rollten enorme Felsblöcke von der Höhe des Plateaus wie die Steine einer Lawine hernieder und zerschmetterten drei Räuber, die ihnen nicht schnell genug ausweichen konnten.

Kap Matifu war es, der die Basaltfelsen heran rollte, um sie von der First des Piano del Lago herabzuwerfen.

Doch dieses Verteidigungsmittel konnte nicht lange vorhalten. Das Material musste bald zu Ende gehen. Es hieß also, unterliegen oder Hilfe von draußen herbeiholen.

Pointe Pescade hatte eine Idee, doch wollte er sie dem Doktor nicht mitteilen, weil er fürchtete, dieser würde ihm die Erlaubnis verweigern, sie auszuführen. Er teilte sie daher Kap Matifu mit.

Er wusste aus der Rede, die Benito in der Locanda von Santa Grotta gehalten hatte, dass eine Abteilung Gendarmen sich in Cassone befand. Um dorthin zu gelangen, gebrauchte man eine Stunde, eine ebenso lange Zeit zum Rückwege. Sollte es nicht möglich sein, dieses Detachement zu benachrichtigen? Ja, wenn es gelang, sich durch die Belagerer hindurchzustehlen und sich sofort nach Westen in das Gebirge hineinzuschlagen.

»Ich muss durchkommen und ich werde durchkommen, sagte Pointe Pescade zu sich selbst. Zum Teufel! Man ist entweder Clown oder man ist es nicht!«

Und er machte Kap Matifu mit dem Mittel bekannt, welches er zur Herbeiholung von Hilfe in Anwendung bringen wollte.

»Du riskierst aber..., meinte Kap Matifu bedenklich.

– Ich will es!«

Kap Matifu würde nie gewagt haben, Pointe Pescade zu widersprechen.

Beide gingen einer Stelle rechts von der Casa Inglese zu, woselbst der Schnee sich in großen Massen aufgetürmt hatte.

Zehn Minuten später, während der Kampf hinüber und herüber tobte, erschien Kap Matifu wieder, er trieb einen mächtigen Schneeball vor sich her. Inmitten der Felsblöcke, welche die Matrosen auf die Stürmenden herab sandten rollte auch die Schneemasse den Abhang hinab, sie fuhr durch die Räuberbande und blieb einige fünfzig Schritte weiter unten in einer Höhlung des Terrains liegen.

Der halb durch den Sturz geborstene Ball öffnete sich vollends und erlaubte einem flinken, lebendigen, »etwas boshaften Wesen«, wie es von sich selbst sagte, hervorzuschlüpfen.

Pointe Pescade war es. Eingeschlossen in diese Schildkrötenschale von hartem Schnee hatte er es gewagt, sich den Abhang herunterrollen zu lassen, auf die Gefahr hin, in irgendeinen Abgrund zu stürzen. Jetzt war er frei und sprang behend die Fußpfade durch das Gebirge in der Richtung nach Cassone hinab.

Die Uhr zeigte jetzt eine halbe Stunde nach Mitternacht.

Der Doktor, der Pointe Pescade nicht mehr sah, fürchtete schon, er wäre verwundet worden. Er rief nach ihm.

»Fort! sagte Kap Matifu.

– Fort?

– Ja!... Er will Hilfe holen.

– Wie entkam er?

– Als Schneeball.«

Kap Matifu erzählte was Pointe Pescade getan.

»Der tapfere Mensch! rief der Doktor. Muth, Freunde!... Sie sollen uns doch nicht bekommen, diese Banditen!«

Und die Steine klapperten weiter auf die Belagerer nieder. Doch dieses neue Verteidigungsmittel drohte jetzt ebenso auszugehen wie das frühere.

Gegen drei Uhr Morgens mussten der Doktor, Peter, Luigi und Kap Matifu, gefolgt von ihren Leuten, welche die Verwundeten mit sich führten, das Haus räumen, welches nun in die Hände Zirone's fiel. Zwanzig seiner Genossen waren bereits tot und trotzdem war die Übermacht noch auf seiner Seite. Der Rückzug der kleinen Truppe konnte nur in der Weise bewerkstelligt werden, dass man an den Abhängen des Zentralkraters hinaufkletterte, dieser Anhäufung von Lava, Schlacken, Asche, deren Spitze ein Krater bildete, das heißt ein unergründlicher, feuerspeiender Abgrund.

Dort hinauf zogen sich Alle zurück, die Verwundeten wurden natürlich mitgenommen. Von den dreihundert Metern, welche der Kegel misst, durchmaßen sie zweihundertundfünfzig inmitten der Schwefeldämpfe, welche der Wind ihnen in das Gesicht blies.

Der Tag begann bereits heraufzudämmern und schon zeichneten sich die Umrisse der kalabrischen Gebirge mit leuchtenden Farben oberhalb der östlichen Küste der Meerenge von Sizilien ab.

Doch in der Lage, in welcher sich der Doktor mit seiner Schar befand, bot selbst der Tag keine Aussicht auf ein glückliches Entkommen mehr. Immer weiter musste man sich zurückziehen, die Hügel bis an ihre äußersten Grenzen erklettern und die letzten Felsstücke versenden, was Kap Matifu mit einer fast übermenschlichen Kraft besorgte. Sie mussten sich wiederholt verloren geben, wenn die Flintenkugeln an die Basis des Kegels klatschten.

Plötzlich ein Augenblick der Unentschlossenheit in den Reihen der Banditen. Bald darauf stürzt Alles, was nur fliehen kann, die Abhänge herunter.

Sie hatten die Gendarmen, die von Cassone herauskamen, Pointe Pescade an ihrer Spitze erkannt.

Der mutige Mensch hatte es nicht nötig gehabt, bis in die Stadt selbst zu eilen. Die Gendarmen, welche das Gewehrfeuer vernommen hatten, waren bereits unterwegs gewesen. Pointe Pescade hatte sie nur zur Casa Inglese zu führen gehabt.

Nun hatten der Doktor und die Seinigen die Oberhand. Kap Matifu, als ob er für seine Person allein schon eine Lawine gewesen wäre, sprang auf die Nächsten zu und erwürgte zwei, die nicht mehr Zeit hatten, zu entfliehen. Dann stürzte er auf Zirone zu.

»Bravo, mein Kap, Bravo! rief Pointe Pescade, der herbeigekommen war. Werf' ihn!... Lass' ihn die Erde mit den Schultern küssen!... Der Zweikampf zwischen Zirone und Kap Matifu, meine Herren!«

Zirone hörte diese Worte und mit der Hand, die ihm frei blieb, feuerte er seinen Revolver auf Pointe Pescade ab.

Dieser fiel lautlos zu Boden.

Nun ereignete sich eine fürchterliche Scene! Kap Matifu hatte Zirone gepackt und würgte an seinem Halse, ohne dass der halb erdrosselte Schurke dieser Umschlingung sich hätte entziehen können.

Vergebens rief der Doktor, der Zirone gern lebend haben wollte, ihm zu, diesen zu schonen. Vergebens waren Peter und Luigi herbeigesprungen, um Zirone freizumachen. Kap Matifu dachte an nichts weiter als daran, dass Zirone Pointe Pescade erschossen hatte. Er kannte sich selbst nicht mehr, er hörte und sah nicht, er hatte nur das Überbleibsel von einem Menschen vor Augen, das er jetzt mit gestreckten Armen von sich abhielt.

Mit einem nochmaligen Sprunge erreichte er den Rand des Kraters, diese gähnende Schwefelgrube, und in diesen Feuerbrunnen hinein schleuderte er Zirone.

Pointe Pescade, der ziemlich schwer verwundet, war vom Doktor zwischen die Knie genommen worden, der die Wunde prüfte und verband. Als Kap Matifu zu ihm zurückgekehrt war, liefen dicke Tränen über dessen Gesicht.

»Habe keine Furcht, mein Kap.... Es ist wirklich nichts!« sagte leise Pointe Pescade.

Kap Matifu nahm ihn in seine Arme wie ein Kind und Alle stiegen die Anhöhe des Kegels hinunter, während die Gendarmen Jagd auf die letzten Flüchtlinge von Zirone's Bande machten. Sechs Stunden später hatten der Doktor und die Seinen Catania wieder erreicht und sich auf dem »Ferrato« eingeschifft.

Pointe Pescade wurde in seine Kabine gebettet. Mit dem Doktor als Arzt und Kap Matifu als Pfleger musste es ihm gut gehen. Seine Wunde – ein Streifschuss an der Schulter – bot zu Befürchtungen keinen Anlass. Ihre Heilung war nur eine Frage der Zeit. Wenn er schlafen sollte, erzählte Kap Matifu ihm Geschichten – stets die gleichen – und Pointe Pescade sank sofort in einen gefunden Schlaf.

Der Doktor hatte mit dem Beginn seines Feldzuges Unglück gehabt. Nachdem er beinahe selbst in die Hände Zirone's gefallen war, hatte er sich nicht einmal dieses Genossen Sarcany's bemächtigen, ihm seine Geheimnisse entreißen können – und das durch die Schuld Kap Matifu's. Man konnte diesem aber deswegen doch nicht zürnen.

Obgleich der Doktor sich noch fernere acht Tage in Catania aufhielt, war es ihm doch nicht möglich, irgendwelche Nachrichten über Sarcany zu erhalten. Wenn dieser wirklich die Absicht gehabt hatte, mit Zirone in Sizilien zusammenzutreffen, so waren seine Absichten inzwischen jedenfalls andere geworden, sobald er erfahren, dass der dem Doktor Antekirtt gestellte Hinterhalt verraten worden war und Zirone selbst den Tod dabei gefunden hatte.

Am 8. September stach der »Ferrato« wieder in See und fuhr mit vollem Dampf nach Antekirtta, woselbst er nach einer schnellen ungetrübten Überfahrt eintraf.

Dort schickten sich der Doktor, Peter und Luigi an, die Projekte wiederaufzunehmen und weiter zu erwägen, in deren Ausführung ihr ganzes Leben gipfelte. Es handelte sich jetzt zunächst darum, Carpena aufzufinden, der wissen musste, was aus Sarcany und Silas Toronthal geworden war.

Zum Unglück für den Spanier, welcher der Vernichtung der Bande Zirone's dadurch entging, dass er in der Locanda von Santa Grotta zurückblieb, war seine Freiheit nur von kurzer Dauer.

Zehn Tage später meldete einer der Agenten des Doktors diesem, dass Carpena soeben in Syrakus verhaftet worden wäre – nicht als Genosse Zirone's, sondern eines Verbrechens wegen, welches er vor fünfzehn Jahren schon begangen hatte, eines Totschlages, wegen dessen er Almayata in der Provinz Malaga verlassen hatte und nach Rovigno in Istrien gewandert war.

Drei Wochen später wurde Carpena, nachdem dem Wunsche nach Auslieferung Folge geleistet war, zu lebenslänglicher Galeerenstrafe verurteilt und er an die marokkanische Küste, nach Ceuta befördert, einer der größten Sträflingskolonien Spaniens.

»Endlich befindet sich einer dieser Verbrecher im Bagno, sagte Peter, und für immer.

– Für immer?... Nein! erwiderte der Doktor. Wenn Andrea Ferrato auch im Gefängnisse gestorben ist, so braucht Carpena darum noch nicht im Bagno zu sterben!«

Ende des dritten Teiles.

Fußnoten

1 Gegenwärtig sollen die Arbeiten in Angriff genommen werden, welche die Casa Inglese zu einem Observatorium umgestalten; die Kosten bestreitet die italienische Regierung und der Magistrat in Catania.

VIERTER TEIL.

ERSTES KAPITEL. DAS PRÄSIDIO VON CEUTA.

Am 21. September, drei Wochen nach den zuletzt erzählten Ereignissen, deren Schauplatz Catania gewesen war, dampfte eine Yacht – es war der »Ferrato« – von einer nordöstlichen Brise getrieben, zwischen derjenigen Spitze Europas, die im spanischen Lande englisches Eigentum ist, und dem Vorgebirge von Almina, das auf marokkanischem Gebiete spanischer Besitz ist, eilig dahin. Vier Distanzpunkte zählt man von einem Vorgebirge zum anderen. Wenn man der Götterlehre Glauben beimessen darf, war es Herkules gewesen, der, ein Vorgänger des Herrn von Lesseps, sie für den Strom des atlantischen Meeres schuf, indem er mit einem Keulenschlage diesen Teil des mittelländischen Peripels spaltete.

Pointe Pescade hätte es gewiss nicht verabsäumt, seinen Freund Kap Matifu auf den im Norden liegenden Felsen von Gibraltar und auf den Felsen Hacho im Süden aufmerksam zu machen. Calpe und Abyla sind die Säulen, welche noch den Namen von Kap Matifu's berühmten Ahn tragen. Kap Matifu hätte, wenn er dabei gestanden, zweifellos dieses Kraftstück nach Verdienst belobt, ohne dass der Neid sein bescheidenes und anspruchsloses Gemüt bewegt haben würde. Der provenzalische Herkules hätte sich ganz gewiss vor dem Sohne Jupiters und der Alkmene gebeugt.

Allein weder Kap Matifu noch Pointe Pescade befanden sich unter den Passagieren der Dampf-Yacht. Der Eine hatte noch den Genossen zu pflegen und daher mussten Beide auf Antekirtta zurückbleiben. Sollte später ihre Hilfe benötigt werden, so sollten sie mittelst Depesche herbeigerufen und auf einem der »Electrics« schnell übergesetzt werden.

Der Doktor und Peter Bathory befanden sich allein an Bord des »Ferrato«, der vom Kapitän Köstrik als erstem, von Luigi als zweitem Leutnant befehligt wurde. Die letzte Expedition, die sich nach Sizilien richtete und den Zweck verfolgte, die Spuren von Sarcany und Silas Toronthal ausfindig zu machen, hatte keinen Erfolg gehabt, weil Zirone dabei den Tod gefunden. Es handelte sich jetzt also darum, die Fährte wieder aufzufinden und zu diesem Zwecke musste Carpena gezwungen werden, zu sagen, was er von Sarcany und seinen Genossen wusste. Da der Spanier, zur Galeerenarbeit verurteilt, in das Präsidio von Ceuta gebracht worden war, so musste er dort aufgesucht werden, denn nur hier konnte man sich mit ihm in Verbindung setzen.

Ceuta ist eine kleine befestigte Stadt, ein Gegenstück zu dem englischen Gibraltar; sie liegt auf den östlichen Abhängen des Berges Hacho und Angesichts ihres Hafens manövrierte noch am besagten Tage gegen neun Uhr Morgens in der Entfernung von weniger als drei Meilen von der Küste unsere Yacht.

Es gibt im ganzen Mittelmeer keinen belebteren Punkt als diese Stelle, welche der Mund dieses Meeres genannt werden muss. Dort empfängt es die Gewässer des Atlantischen Ozeans. Hier hinein segeln die Tausende von Schiffe, die aus dem nördlichen Europa und den beiden Amerikas kommen und welche in die hunderte von

Häfen dieses ungeheuren Bassins das vielgestaltige Leben bringen. Dort hinein und hinaus dampfen die großen transatlantischen Dampfer und die Kriegsschiffe, welchen das Genie eines Franzosen einen Hafen im indischen Ozean und in der Südsee geöffnet hat. Es gibt schwerlich etwas Malerischeres als diese schmale Wasserstraße, welche durch die so verschieden geformten Gebirge führt. Im Norden zeichnen sich die Umrisse der Sierras von Andalusien ab. Im Süden, auf der prächtig ausgezackten Küste, vom Kap Spartel an bis zum Vorgebirge Almina ragen die schwarzen Hörner der Bullonen, der Affenberg, die höchsten Gipfel der »sieben Brüder« empor. Zur rechten und zur linken Seite erscheinen malerische Städte, so Tarifa, Algesiras, Tanger, Ceuta; sie bauen sich im Hintergrunde der Buchten auf und werden von den untersten Stufen der Gebirge flankiert; ihre Häuserreihen dehnen sich über die niedrig gelegenen Ufer aus, zu deren Schutz die riesigen Felsenmauern hinter ihnen emporstreben. Zwischen diesen beiden Gestaden, unter den Kielen der dahin sausenden Dampfer, deren Kurs weder Wasser noch Wind aufhält, unter dem Tuch der Segelschisse, welche die westlichen Winde mitunter zu hunderten an der Mündung in den Atlantischen Ozean festhalten, entwickelt sich eine buntfarbige, stets wechselnde Wasserfläche, hier erscheint sie grau und aufrührerisch, dort blau und ruhig und durchfurcht von den Kämmen, welche die Linie der Gegenströmungen mit ihren durchbrochenen Zick-Zacks markieren. Kein Mensch kann dem Reize dieser erhabenen Schönheiten gegenüber unempfindlich sein, welche die beiden Erdteile, Europa und Afrika, in dem Doppelpanorama der Meerenge von Gibraltar, von Angesicht zu Angesicht entfalten.

Der »Ferrato« näherte sich schnell der afrikanischen Küste. Die gekrümmte Bai, in deren Hintergrunde Tanger sich verbirgt, schloss sich bereits, während der Felsen von Ceuta umso sichtbarer wurde, je mehr die Küste jenseits des Golfes von Tanger eine Wendung nach Süden machte. Man sah ihn sich nach und nach isolieren, gerade wie ein umfangreiches Eiland, das am Fuße eines Kaps auftaucht und durch einen schmalen Isthmus an das Festland gefesselt wird. Oberhalb, in der Gegend des Gipfels des Hacho-Berges, erschien eine kleine Schanze; sie ist aus einer römischen Zitadelle entstanden und in ihr sind unablässig Beobachtungsposten zu finden, welche den Auftrag haben, die Meerenge und namentlich das marokkanische Gebiet zu überschauen, in welchem Ceuta nur eine Enklave bildet.

Um zehn Uhr Morgens warf der »Ferrato« im Hafen oder vielmehr zwei Ankerlängen vor dem Landungsquai, den die Wogen in ihrer vollen Breite und mit ihrem ganzen Ungestüm peitschen, die Anker aus. Ceuta besitzt nur eine forensische Reede, welche der Brandung des Mittelländischen Meeres ausgesetzt ist. Glücklicherweise finden die Schiffe, da sie westlich nicht ankern können, einen zweiten Ankerplatz auf der anderen Seite des Felsens, der ihnen vor den Landwinden Schutz gewährt.

Sobald die Sanitätsbehörde an Bord gewesen, die Papiere oberflächlich eingesehen worden waren, ließ sich der Doktor, begleitet von Peter, in der ersten Mittagsstunde auf das Festland bringen; er landete an einem kleinen Quai, am Fuße der Stadtmauer. Dass das Ziel dieser Reise darauf hinauslief, sich Carpena's zu bemächtigen, unterlag keinem Zweifel. Doch wie wollte der Doktor es erreichen? Er wusste es vorläufig selbst nicht, darüber wollte er sich erst nach Inspizierung der Örtlichkeit entscheiden und es schließlich den Umständen anheimgeben, ob der Spanier mit Gewalt entführt oder ihm die Entweichung aus dem Präsidio von Ceuta erleichtert werden sollte.

Diesmal bemühte sich der Doktor keineswegs, sein Inkognito zu bewahren – im Gegenteil. Die Beamten, die an Bord gekommen waren, hatten sofort das Gerücht von der Ankunft der berühmten Persönlichkeit ausgesprengt. Wer im ganzen arabischen Lande, von Suez bis zum Kap Spartel, kannte nicht, wenigstens vom Hörensagen, den gelehrten Taleb, der jetzt zurückgezogen auf seiner Insel Antekirtta im Meere der Syrten lebte? Auch die Spanier bereiteten ihm, ebenso wie die Marokkaner, einen lauten Empfang. Da auch der Besuch des »Ferrato« nichts weniger als untersagt war, so zögerten viele Boote nicht, bei ihm anzulegen.

Dieses geräuschvolle Wesen, das seine Ankunft hervorbrachte, passte ersichtlich in den Kram des Doktors. Seine Berühmtheit sollte diesmal seinem Vorhaben zu Hilfe kommen. Peter und er bemühten sich also durchaus nicht, sich der Neugierde des Publikums zu entziehen.

In einem offenen Wagen, den das erste Hotel in Ceuta gestellt hatte, wurde zuerst die Stadt besichtigt mit ihren engen, von traurigen Häusern eingerahmten Straßen, Häusern, denen weder Farbe noch irgend eine in die Augen fallende Eigentümlichkeit zu Eigen war; hier und dort zeigten sich kleine Plätze, auf denen staubbedeckte, magere Bäume sprossten, welche verdächtig aussehende Wirtshäuser beschatteten, ein oder zwei Regierungsgebäude, welche wie Kasernen aussahen – mit einem Worte, Originelles gab es hier nicht zu sehen, vielleicht mit Ausnahme des maurischen Stadtviertels, aus welchem die Farbentöne noch nicht ganz entschwunden waren

Gegen drei Uhr gab der Doktor Befehl, ihn zu dem Gouverneur zu fahren, dem er einen Besuch abstatten wollte – ein Akt ganz natürlicher Aufmerksamkeit von Seiten eines so distinguierten Fremden.

Der Gouverneur war natürlich keine Zivilperson. Ceuta ist vor allen Dingen eine Militärkolonie, sie zählt ungefähr zehntausend Seelen, Offiziere und Soldaten, Kaufleute, Fischer oder Matrosen für die Küstenfahrzeuge; in der Stadt selbst wohnen fast ebenso viele Leute wie auf dem Streifen Landes, dessen Verlängerung nach Osten hin den ganzen Besitz Spaniens ausmacht.

Ceuta wurde damals vom Oberst Guyarre regiert. Dieser höhere Offizier hatte unter seinem Befehle drei Bataillone Infanterie, die zur Kontinentalarmee gehörten und ihre afrikanische Zeit durchzumachen hatten, ein Strafregiment, das ständig in der kleinen Kolonie stationiert war, zwei Batterien Artillerie, eine Compagnie Geniesoldaten, ferner eine Compagnie Mohren, deren Familien ein besonderes Viertel bewohnen. Die Zahl der Sträflinge beläuft sich auf fast zweitausend.

Um von der Stadt zur Residenz des Gouverneurs zu gelangen, musste der Wagen außerhalb der Umwallung eine chaussierte Straße einschlagen, welche die spanische Enklave bis zu ihrem östlichen Ende begleitet.

Der schmale Streifen Landes zu beiden Seiten dieser Straße, der von dem Fuße der Gebirge und den Sümpfen, die das Meer zurückgelassen, eingeschlossen wird, ist, Dank der Tätigkeit der Bewohner, gut unterhalten, die tapfer gegen die schlechte Beschaffenheit des Bodens angekämpft haben. Weder Feldfrüchte jeglicher Gattung noch Obstbäume fehlen dort; man muss allerdings berücksichtigen, dass es dort auch Arbeitskräfte im Überflusse gibt.

Die Deportierten werden nämlich nicht nur vom Staate beschäftigt, sei es in den speziellen Werkstätten, sei es bei den Befestigungen oder auf den Landstraßen, deren Unterhaltung fortgesetzte Pflege erfordert, oder selbst bei der städtischen Polizei, wenn sie es durch ihre gute Führung dahin bringen, Beamte zu werden, welche überwachen und zugleich überwacht werden. Auch Private können diese Sträflinge, welche in Ceuta zwanzig Jahre oder mehr abzumachen haben, unter gewissen, vom Gouvernement erlassenen Bestimmungen für sich anstellen.

Während seiner Besichtigung von Ceuta hatte der Doktor bereits Sträflinge gesehen, welche sich ohne Aufsicht durch die Straßen bewegten, namentlich solche, welche häusliche Arbeiten auszuführen hatten; in einer viel größeren Anzahl musste man sie außerhalb der Wälle, auf den Chausseen und Feldern zu Gesicht bekommen.

Es war vor allen Dingen wichtig, zu erfahren, zu welcher Kategorie des Sträflingspersonals in Ceuta Carpena gehörte. Der Plan des Doktors musste eine wesentlich einfachere Form annehmen, wenn der Spanier ohne Aufsicht bei Privatleuten zu arbeiten hatte, als wenn er als Gefangener für Rechnung des Staates tätig war.

»Da seine Verurteilung erst aus der jüngsten Zeit datiert, sagte der Doktor zu Peter, so ist es leider wahrscheinlich, dass er sich noch nicht der Vorteile erfreut, die älteren Gefangenen in Folge ihrer guten Führung zugestanden werden.

– Und wenn er angeschlossen worden ist? fragte Peter.

– So wird seine Entführung umso schwieriger werden, antwortete der Doktor. Und doch muss sie geschehen, sie soll auch geschehen!«

Inzwischen rollte der Wagen, gezogen von den kurz trabenden Pferden, sanft auf der Landstraße einher. In der Entfernung von zweihundert Metern außerhalb der Befestigungen arbeitete eine größere Zahl von Sträflingen unter der Leitung von Aufsehern des Präsidio an der Betonierung der Straße. Es waren an fünfzig Leute, die Einen zerklopften die Steine, die Anderen breiteten sie über die Straße aus, wieder Andere drückten sie mittelst Walzen in den Erdboden hinein. Der Wagen des Doktors hatte, um den Teil des Weges, der ausgebessert wurde, zu umgehen, einen kleinen Nebenweg eingeschlagen.

Plötzlich ergriff der Doktor den Arm Peter's.

»Er!« sagte er leise.

Ein Mann stand da, einige zwanzig Schritt vor seinen Gefährten auf den Griff seiner Spitzhacke gelehnt.

Es war Carpena.

Der Doktor hatte den Salzarbeiter aus Istrien nach fünfzehn Jahren in seinem Sträflingsanzuge eben so schnell erkannt, wie Maria Ferrato ihn in seiner maltesischen Kleidung in den Gassen des Manderaggio erkannt hatte. Dieser Sträfling, zu faul und ungeschickt zu jeder Arbeit, war selbst in den Arsenalen des Präsidio nicht zu verwerten gewesen. Auf der Landstraße Steine zerklopfen, zu dieser rauen Arbeit passte er noch gerade.

Das Wiedererkennen war trotzdem nur einseitig, denn Carpena erkannte in dem Doktor schwerlich den Grafen Sandorf wieder. Er hatte diesen nur flüchtig gesehen im Hause des Fischers Andrea Ferrato, in dem Augenblick, als er die Polizisten herbeiführte. Aber auch er hatte wie Jedermann von der Ankunft des Doktors vernommen. Dieser weitberühmte Doktor – Carpena wusste es wohl – war die Persönlichkeit, über welche Zirone während ihrer Unterhaltung bei den Polyphemosklippen an der sizilischen Küste mit ihm gesprochen hatte, dieses der Mann, dem vor Allen zu misstrauen Sarcany anempfahl, dieses der Millionär, um dessen willen Zirone's Bande den misslungenen Handstreich auf die Casa Inglese unternahm.

Was ging wohl in dem Geiste Carpena's vor, als er sich unerwartet dem Doktor gegenüber sah? Welche Vorstellung bedrückte wohl sein Gehirn mit jener dringlichen Beständigkeit, die gewisse photographische Prozeduren charakterisiert? Es wäre das schwer zu sagen gewesen. Jedenfalls fühlte der Spanier plötzlich, dass sich der Doktor seiner Person mit Hilfe einer Art moralischen Übergewichtes ganz und gar bemächtigte, dass sein eigenes Selbst vor dem Doktor in Nichts aufging, dass ein fremder Wille, der stärker war als der seinige, ihn ohnmächtig machte. Er wollte sich ermannen, es ging nicht: er musste vor diesem übermächtigen Einflusse zurückweichen. Der Doktor hatte seinen Wagen halten lassen und fuhr fort, Carpena mit einer durchdringenden Stetigkeit anzublicken.

Der leuchtende Punkt in seinen Augen brachte in dem Gehirn Carpena's eine befremdliche, unwiderstehliche Wirkung hervor. Die Sinne des Spaniers verdummten nach und nach. Seine Augenlider blinzelten und schlossen sich; sie gingen in ein krampfhaftes Zittern über. Sobald das Bewusstsein ganz entschwunden war, fiel Carpena auf den Straßenrand nieder, ohne dass seine Genossen irgendetwas von der Scene bemerkt hätten. Er war in einen magnetischen Schlaf verfallen, aus dem ihn Keiner von ihnen hätte ziehen können.

Der Doktor ließ nun den Wagen nach der Residenz des Gouverneurs zu weiterfahren. Die Scene hatte überdies kaum eine halbe Minute gedauert Niemand hatte beobachten können, was soeben zwischen dem Spanier und ihm vorgegangen war – Niemand, mit Ausnahme Peter Bathory's.

»Jetzt gehört der Mensch mir, sagte der Doktor, und ich kann ihn zwingen...

– Uns Alles zu sagen, was er weiß? fragte Peter.

– Nein, das nicht, wohl aber Alles zu tun, was ich verlange, und zwar unbewusst. Beim ersten Blick, den ich auf diesen Elenden geworfen habe, habe ich gefühlt, dass ich sein Meister werden, meinen Willen an Stelle des seinigen setzen kann.

– Trotzdem der Mann nicht krank ist?

– Glaubst Du denn, dass die Wirkungen der Hypnose sich nur bei Nervenkranken zeigen? Nein, Peter, gerade die Irrsinnigen sind die unbrauchbarsten Medien. Im Gegenteil, das Subjekt muss einen Willen haben und nur die Umstände kamen mir zu Hilfe, indem sie mich in diesem Carpena eine vorzüglich sich meinem Willen fügende Natur finden ließen. Er wird so lange in Schlaf versunken sein, bis ich selbst mich bewogen fühlen werde, diesen Schlaf enden zu lassen.

– Gut, aber welchen Zweck hat dieser Schlaf, da es doch unmöglich ist, Carpena in diesem Zustande von dem sprechen zu lassen, was uns zu wissen wünschenswert erscheint, erwiderte Peter.

– Richtig, sagte der Doktor, und es ist sehr klar, dass ich ihn nicht etwas sagen lassen kann, was ich selbst nicht weiß. Aber wohl steht es in meiner Macht, ihn zu zwingen, es zu tun, und wann es mir gefallen wird, es ihn tun zu lassen, ohne dass sein

Wille sich dem zu widersetzen wagen wird. Zum Beispiel morgen, übermorgen, in acht Tagen, in sechs Monaten, selbst wenn er in einem wachenden Zustande sich befindet. Wenn ich will, dass er das Präsidio verlässt, so wird er es verlassen!

– Das Präsidio verlassen, frei ausgehen? fragte Peter ganz betroffen.... Erst müssen seine Wächter das doch gestatten! Der Einfluss der Eingebung kann doch nicht bis dahin gehen, dass seine Kette gelöst, das Bagnotor geöffnet, eine unübersteigbare Mauer übersteigbar wird...?

– Nein, Peter, antwortete der Doktor, ich kann ihn allerdings nicht dazu zwingen, zu tun, was ich selbst nicht würde unternehmen können, und aus diesem Grunde mache ich den Besuch beim Gouverneur von Ceuta.«

Der Doktor Antekirtt übertrieb in keiner Weise. Diese Eingebungsakte im hypnotischen Zustande sind jetzt erwiesen. Die Arbeiten und Beobachtungen von Charcot, Brown-Séquard, Azam, Richet, Dumontpailler, Maudsley, Hack Tuke, Rieger und vielen anderen Gelehrten lassen in dieser Beziehung keinen Zweifel mehr aufkommen. Der Doktor hatte während seiner Reisen im Orient Gelegenheit gehabt, die merkwürdigsten Vorgänge zu verfolgen und diesem Zweige der physiologischen Wissenschaft einen reichen Beitrag von neuen Beobachtungen zugewendet. Er war also in diesen phänomenalen Erscheinungen sehr bewandert und ebenso in den Wirkungen, welche sich aus ihnen ergaben. Selbst mit einer großen Dosis suggestiver Macht begabt, deren Wirkung er in Kleinasien oft erprobt hatte, baute er darauf, mit Hilfe eben dieser Macht sich Carpena's bemächtigen zu können, da der Zufall ihm gezeigt hatte, dass der Spanier auf den hypnotischen Einfluss reagierte.

Wenn aber der Doktor in Zukunft Herr über Carpena sein, wenn er ihn handeln lassen wollte, wann und wie es ihm beliebte, dadurch, dass er ihm seinen eigenen Willen einflößte, so war es unumgänglich notwendig, dass der Gefangene sich frei bewegen konnte, sobald der Augenblick gekommen sein würde, ihn diese oder jene Tat begehen zu lassen. Zu diesem Zwecke musste die Vollmacht des Gouverneurs eingeholt werden. Der Doktor hoffte dieselbe von Oberst Guyarre zu erlangen, denn nur auf diese Weise konnte man den Spanier ausgeliefert erhalten.

Zehn Minuten später langte der Wagen am Eingange zu den großen Kasernen an, welche sich fast an der Grenze der Enklave erheben, und fuhr an der Residenz des Gouverneurs vor.

Der Gouverneur Guyarre war von der Anwesenheit des Doktors Antekirtt in Ceuta schon unterrichtet. Diese berühmte Persönlichkeit wurde durch den Ruf, den ihm seine Talente und sein Vermögen eintrugen, wie ein auf Reisen befindlicher Herrscher angesehen. Daher empfing der Gouverneur ihn und seinen jungen Genossen Peter, sobald die Fremden in den Empfangssalon geführt worden waren, mit der ausgesuchtesten Höflichkeit. Vor allen Dingen stellte er sich ihnen, behufs Besichtigung der Enklave, dieses kleinen Stückchens von Spanien, das so glücklich in das marokkanische Gebiet hineingeschoben ist, völlig zur Verfügung.

»Wir nehmen Ihr freundliches Anerbieten gern an, Herr Gouverneur, antwortete der Doktor auf Spanisch, welche Sprache Peter ebenso beherrschte und sprach, wie der Doktor selbst. Doch ich fürchte, wir werden nicht die Zeit haben, ihre Liebenswürdigkeit in Anspruch zu nehmen.

– Ich bitte, Herr Doktor, unsere Kolonie ist nicht sehr groß, antwortete der Gouverneur. In einem halben Tage ist die Rundfahrt beendet. Gedenken Sie nicht, sich einige Zeit hier aufzuhalten?

– Vier bis fünf Stunden höchstens, sagte der Doktor. Ich muss heute Abend noch nach Gibraltar fahren, woselbst man mich morgen Vormittag erwartet.

– Heute Abend noch wollen Sie abreisen? rief der Gouverneur. Gestatten Sie mir auf meinem Anerbieten zu bestehen. Ich versichere Sie, Herr Doktor Antekirtt, unsere Militärkolonie verdient es, dass man sie gründlich kennen lernt. Sie haben auf Ihren Reisen gewiss viel gesehen, viel beobachtet, aber gewiss nichts im Hinblick auf die Strafeinrichtungen. Sie dürfen mir schon glauben, dass Ceuta die Aufmerksamkeit der Gelehrten wie diejenige der Volkswirtschaftler verdient.«

Man konnte es dem Gouverneur nicht übel nehmen, dass er voller Eigenliebe seine Kolonie pries. Er übertrieb aber nicht, denn das Verwaltungssystem des Präsidio von Ceuta – identisch demjenigen der Präsidien von Sevilla – wird als eine der besten Einrichtungen der alten und der neuen Welt angesehen, sowohl was den materiellen Zustand der Deportierten als auch ihre moralische Besserung betrifft. Der Gouverneur bestand deshalb darauf, dass ein so bedeutender Mann wie der Doktor Antekirtt seine Abreise verschob, um die verschiedenen Abteilungen der Strafanstalt mit seinem Besuche zu beehren.

»Es wäre das leider unmöglich, Herr Gouverneur, doch heute gehöre ich Ihnen ganz und wenn Sie wollen...

– Es ist bereits vier Uhr, meinte Oberst Guyarre. Sie werden selbst sehen, dass uns wenig Zeit bleibt...

– In der Tat, antwortete der Doktor, und es tut mir das umso mehr weh, je mehr ich mich darauf gefreut habe, Ihnen die Honneurs auf meiner Yacht erweisen zu können, nachdem Sie so liebenswürdig sein wollten, persönlich mir Ihre Kolonie zu zeigen.

– Können Sie durchaus nicht Ihre Abreise nach Gibraltar um einen Tag verschieben, Herr Doktor?

– Ich könnte es sehr wohl, wenn mich nicht eine Verabredung, wie schon bemerkt, zwänge, heute Abend noch in See zu gehen.

– Das ist in der Tat bedauerlich, antwortete der Gouverneur, und ich bin darüber untröstlich, dass es mir nicht gelingt, Sie länger an uns zu fesseln. Doch halt! Ihr Schiff liegt im Bereiche der Kanonen meines Forts; es hängt also nur von mir ab, es in Grund und Boden zu schießen!

– Und die Repressalien, Herr Gouverneur? antwortete lachend Doktor Antekirtt. Wollen Sie sich mit dem mächtigen Reiche Antekirtta in einen Krieg einlassen?

– Ich weiß, dass ich ein gefährliches Spiel beginnen würde, erwiderte der Gouverneur, in demselben scherzhaften Tone fortfahrend. Doch was würde man nicht wagen, nur um Sie vierundzwanzig Stunden länger bei sich zu sehen?«

Peter, der nicht Teil an der Unterhaltung genommen hatte, musste glauben, der Doktor habe selbst gegen das Ziel gefehlt, welches er zu erreichen hoffte. Der Entschluss, am Abend desselben Tages Ceuta noch zu verlassen, überraschte ihn nicht wenig. Wie wollte der Doktor es ermöglichen, in dieser kurzen Spanne Zeit die notwendigen Maßregeln zu treffen, welche die Entweichung Carpena's zur Folge haben sollten? In wenigen Stunden bereits mussten alle Gefangenen in das Präsidio zurückkehren, um über Nacht hinter Schloss und Riegel gehalten zu werden. Es dann noch durchzusetzen, dass dem Spanier die Möglichkeit der freien Bewegung gelassen würde, erschien doch zum Mindesten sehr zweifelhaft.

Allerdings sah Peter andererseits auch ein, dass der Doktor einem genau zurechtgelegten Plane folgen musste. Er hörte ihn nämlich zum Gouverneur sagen:

»In der Tat, Herr Gouverneur, ich bin missgestimmt darüber, Ihnen in dieser Beziehung nicht Genugtuung geben zu können – heute wenigstens nicht. Und doch ließe sich vielleicht noch Alles zum Besten wenden?

– Wie das, Herr Doktor? Sprechen Sie, bitte.

– Da ich morgen Vormittag in Gibraltar sein muss, so ist es allerdings durchaus notwendig, dass ich heute Abend abfahre. Ich denke aber, dass mein Aufenthalt auf diesem englischen Felsen höchstens zwei bis drei Tage dauern wird. Heute haben wir Donnerstag und anstatt meine Reise in das nördliche Mittelmeer fortzusetzen, soll mich nichts hindern, Sonntag Früh wieder bei Ihnen in Ceuta zu sein.

– Das ginge allerdings, sagte der Gouverneur, und ich wäre Ihnen noch mehr verpflichtet als ich es schon bin. Das klingt zwar stark nach Eigenliebe. Doch gibt es wohl etwas auf dieser Welt, wo hinein sich die Eitelkeit nicht mischt? Also abgemacht, Herr Doktor, auf Sonntag denn.

– Ja, aber unter einer Bedingung.

– Welche es auch sei, ich nehme sie an.

– Dass Sie und Ihr Herr Adjutant dann bei mir, an Bord des »Ferrato«, Ihr Frühstück einnehmen.

– Ich verpflichte mich feierlichst dazu, Herr Doktor Antekirtt.... Doch ebenfalls unter einer Bedingung.

– Wie Sie, Herr Gouverneur, nehme auch ich sie schon im Voraus an, wie sie auch lauten mag.

– Dass Sie und Herr Bathory am Sonntag bei mir zu Mittag speisen.

– Angenommen, sagte der Doktor, so zwar, dass zwischen Frühstück und Mittag...

– Ich mit Hilfe meiner Autorität Sie alle Wunder meines Königreiches schauen lassen werde,« erwiderte Oberst Guyarre, indem er die Hand des Doktors drückte.

Peter Bathory hatte ebenfalls die ihm gewordene Einladung angenommen und verneigte sich vor dem zuvorkommenden und sehr befriedigten Gouverneur von Ceuta.

Der Doktor schickte sich nun an, sich zu verabschieden und Peter las in seinen Blicken, dass Jener sein Ziel erreicht habe. Doch der Gouverneur bestand darauf, seine künftigen Gäste bis zur Stadt zu begleiten. Sie bestiegen also zu Dreien den wartenden Wagen und dieser lenkte in die einzige Straße ein, welche die Residenz mit Ceuta selbst verbindet.

Wenn der Gouverneur während der Fahrt die Gelegenheit ergriff, die Fremden die mehr oder weniger zweifelhaften Schönheiten der kleinen Kolonie bewundern zu lassen, wenn er von den Verbesserungen sprach, die er vom militärischen und zivilistischen Gesichtspunkte aus noch einführen wollte, wenn er hinzusetzte, dass die

Lage dieses alten Abyla weit werthvoller als diejenige Calpe's auf der gegenüberliegenden Küste der Meerenge sei, wenn er bestätigte, dass es möglich wäre, daraus ein zweites Gibraltar zu schaffen, welches ebenso uneinnehmbar sein würde als das der Engländer, wenn er gegen die unverschämten Worte des Mr. Ford Verwahrung einlegte, welche lauten: »Ceuta müsste den Engländern gehören, weil Spanien nichts daraus zu machen und kaum es zu halten versteht,« wenn er sich schließlich in sehr bitterer Weise über die zähen Engländer aussprach, die nirgends den Fuß hinstellen können, ohne sich auch sofort festzusetzen, so kann man das einem Spanier nicht übel nehmen.

»Ja rief er. Ehe sie daran denken, sich Ceuta's zu bemächtigen, sollten sie lieber bedacht sein, Gibraltar 'zu halten. Es gibt da noch ein Gebirge, das Spanien eines Tages ihnen auf den Kopf schütten könnte!«

Der Doktor wollte nicht fragen, wie die Spanier eine solche geologische Erschütterung hervorzubringen gedächten, und ebenso wenig diese Drohung anfechten, welche mit der ganzen Großtuerei eines Hidalgo hervorgebracht worden war. Die Unterhaltung wurde auch durch ein plötzliches Halten des Wagens unterbrochen. Der Kutscher hatte die Pferde vor einer Ansammlung eines halben Hunderts Sträflinge parieren müssen, welche die Straße versperrten.

Der Gouverneur winkte einen der die Aufsicht führenden Unteroffiziere herbei. Dieser eilte sofort im vorschriftsmäßigen Schritte an den Wagen. Mit geschlossenen Absätzen und die rechte Hand an den Schirm der Mütze legend, wartete er in militärischer Haltung auf die Anrede.

»Was gibt es hier? fragte der Gouverneur.

– Wir haben einen Sträfling hier auf der Böschung schlafend gefunden, Exzellenz, meldete der Aufseher. Er scheint nur eingeschlafen zu sein und trotzdem gelingt es uns nicht, ihn wach zu machen.

– Wie lange befindet er sich schon in diesem Zustande?

– Seit ungefähr einer Stunde.

– Und er schläft ununterbrochen?

– Zu Befehl, Exzellenz. Er ist gerade so unempfindlich, als ob er tot wäre. Man hat ihn geschüttelt, gestochen, sogar einen Pistolenschuss vor seinem Ohr abgefeuert: er fühlte und hörte nichts.

– Warum hat man nicht nach dem Arzt des Präsidio geschickt? fragte der Gouverneur.

– Ich habe nach ihm geschickt, Exzellenz, doch war er ausgegangen und bis er zurückkommt, wissen wir nicht, was wir mit dem Menschen machen sollen.

– Man möge ihn in das Hospital bringen.«

Der Unteroffizier schickte sich schon an, den Befehl ausführen zu lassen, als der Doktor sich hineinmischte.

– »Wollen Sie mir nicht erlauben, Herr Gouverneur, diesen widerspenstigen Schläfer in meiner Eigenschaft als Arzt zu untersuchen? Ich würde es nicht ungern haben, mir den Mann dort in der Nähe betrachten zu dürfen.

– Richtig, das schlägt ja in Ihr Fach, erwiderte der Gouverneur. Ein Schurke behandelt vom Doktor Antekirtt.... Der Mann hat in der Tat Glück!«

Die Herren verließen ihren Wagen und der Doktor näherte sich dem Verurteilten, der noch auf der Böschung der Straße lag. Das Leben zeigte sich bei diesem fest eingeschlafenen Menschen nur durch einen etwas keuchenden Atem und das lebhafte Schlagen des Pulses.

Der Doktor ließ die Umstehenden etwas zurücktreten. Er beugte sich über den trägen Körper, sprach leise zu ihm und betrachtete ihn andauernd, als wollte er eine seiner eigenen Willensäußerungen auf des Spaniers Gehirn übertragen.

Dann erhob er sich und sagte:

»Es hat nichts zu bedeuten. Der Mann ist ganz einfach in einen magnetischen Schlaf verfallen.

– Ah, wirklich? sagte der Gouverneur. Das ist allerdings sehr sonderbar. Und können Sie ihn diesem Schlafe entreißen?

– Nichts leichter als das,« antwortete der Doktor.

Er berührte die Stirn Carpena's, hob leicht dessen Augenlider empor und sagte:

»Wacht auf!... Ich will es!«

Carpena bewegte sich, öffnete die Augen, blieb aber in dem schläfrigen Zustande. Der Doktor strich mehrere Male und in schräger Richtung mit der Hand vor dem Gesicht des Spaniers vorbei, um die Schlafsucht zu vertreiben und nach und nach entflog die Betäubung, Carpena erhob sich und ohne das Bewusstsein dessen zu haben, was vorgegangen war, begab er sich wieder in die Reihe seiner Genossen zurück. Der Gouverneur, der Doktor und Peter Bathory bestiegen wieder den Wagen, der seine Fahrt zur Stadt fortsetzte.

»Meinen Sie nicht, fragte der Gouverneur, dass der Spitzbube etwas getrunken hat?

– Ich glaube nicht, antwortete der Doktor. Die Erscheinung sah durchaus nach Somnambulismus aus.

– Doch durch was mag sie hervorgebracht worden sein?

– Darauf kann ich beim besten Willen nichts erwidern, Herr Gouverneur. Vielleicht neigt der Mann zu solchen Zufällen? Jetzt ist er wieder auf den Beinen und vorläufig wird der Anfall nicht wiederkommen.«

Der Wagen langte bald an den Wällen an; er fuhr in die Stadt hinein, dann in schräger Richtung durch dieselbe und hielt schließlich auf einem kleinen Platze, der die Einschiffungskais beherrscht. Der Doktor und der Gouverneur nahmen in herzlichster Weise von einander Abschied.

»Da liegt der »Ferrato«, sagte der Doktor und zeigte auf die Dampf-Yacht, welche sich in den Wellen graziös wiegte. Sie werden doch nicht vergessen, dass Sie mir versprochen haben, am Sonntag bei mir an Bord zu frühstücken?

– Ebenso wenig als hoffentlich Sie, lieber Herr Doktor Antekirtt, vergessen haben, dass Sie am Sonntag in meiner Residenz speisen wollen.

– Ich werde nicht ermangeln.«

Sie trennten sich und der Gouverneur verließ den Quai erst, nachdem er das Boot, welches die Reisenden ihrem Schiffe zuführte, hatte abstoßen sehen.

Unterwegs sagte der Doktor zu Peter, der ihn fragte, ob Alles nach seinem Wunsch verlaufen wäre:

»Ja!... Sonntagabend soll Carpena mit Erlaubnis des Gouverneurs an Bord des »Ferrato« sein!«

Um acht Uhr verließ die Dampf-Yacht ihren Ankerplatz; sie dampfte nordwärts und bald war der Berg Hacho, der diesen Teil der marokkanischen Küste überragt, in den Abendnebeln verschwunden.

ZWEITES KAPITEL.
EIN EXPERIMENT DES DOKTORS.

Der Passagier, dem man nichts über die Bestimmung des Schiffes, welches ihn trägt, gesagt hat, ahnt nicht, auf welchen Punkt der Erdkugel er den Fuß setzt, wenn er in Gibraltar landet.

Zuerst erblickt man den von vielen kleinen Häfen, in welchen die Schiffe anlegen können, durchbrochenen Quai, dann die Bastion einer Wallmauer, in welche ein Tor, das keinen besonderen Charakter trägt, eingelassen ist, sodann einen unregelmäßigen Platz, der von hohen, sich an die Anhöhen lehnenden Kasernen eingefasst ist, schließlich ein Stückchen einer langen, schmalen gekrümmten Straße, welche den Namen Main-Street führt.

Am Ausgange dieser Straße, deren Pflaster bei jeder Witterung feucht bleibt, inmitten von Lastträgern, Schmugglern, Stiefelwichsern, Zigarren- und Wachsstreichhölzchenverkäufern, zwischen den Sturzkarren, Blockwagen, und den mit Früchten und Feldfrüchten beladenen Karren hindurch kommen und gehen in einem kosmopolitischen Durcheinander Malteser, Marokkaner, Spanier, Italiener, Araber, Franzosen, Portugiesen, Deutsche – Vertreter fast eines jeden Völkerstammes, sogar Bürger der Vereinigten Staaten, die ganz besonders kenntlich sind an den roten Wämsern ihrer Fußsoldaten, den blauen der Artilleristen und an den Bäckerburschenkäppis, welche sich nur durch ein Wunder der Äquilibristik auf dem Ohre zu halten scheinen.

Man ist eben auf Gibraltar. Diese Main-Street durchschneidet die ganze Stadt, denn sie geht von dem Meertor bis zur Porta d'Alameda. Von dort verlängert sie sich bis zur Punta d'Europa an bunten Landhäusern und grünenden Anlagen vorüber, durch Blumenparterres und Kugelgärten, Batterien mit Geschützen jeder Gattung, Pflanzengebüsche jeder Zone. Ihre Ausdehnung beträgt viertausenddreihundert Meter, das heißt beinahe so viel, als der ganze Felsen von Gibraltar misst, welches ein Dromedar ohne Kopf, niedergekauert im Sande von San Roque und mit in das Mittelmeer hineinhängendem Schweife zu sein scheint.

Dieser mächtige Felsblock steigt vom Festlande aus, welches er mit seinen Kanonen, mehr als siebenhundert Geschützen, bedroht, deren Schlünde durch die unzähligen Schießscharten der Kasematten gähnen – die »Zähne der Greisin« schimpfen die Spanier sie – bis zu einer Höhe von vierhundertfünfundzwanzig Meter steil empor. Zwanzigtausend Einwohner, sechstausend Mann Garnison, bevölkern die unteren Abhänge des Berges, ausschließlich der Vierfüßler, der berühmten »Monos«, schwanzloser Affen, Abkömmlinge der älteren Geschlechter dieses Ortes, in Wahrheit der wirklichen Eigentümer dieses Bodens, die noch die Höhen des alten Calpe bewohnen. Von dem Gipfel des Berges beherrscht man die Meerenge, überwacht das ganze marokkanische Gestade, auf der einen Seite das Mittelländische Meer, auf der anderen den Atlantischen Ozean. Die Fernröhre der Engländer bestreichen einen Umkreis von zweihundert Kilometern innerhalb dessen sich auch nicht der kleinste und verborgenste Punkt ihrer Beobachtung entziehen kann – und wie gut beobachten sie!

Wenn glückliche Umstände es ermöglicht haben würden, dass der »Ferrato« zwei Tage früher auf der Reede von Gibraltar hätte eintreffen können, wenn zwischen Sonnenaufgang und Sonnenuntergang der Doktor Antekirtt und Peter Bathory an dem kleinen Quai gelandet wären, das Meertor durchschritten, die Main-Street passiert, durch das Tor von Alameda die Stadt verlassen hätten, um die schönen Gärten zu erreichen, die sich auf der linken Seite bis zur halben Höhe des Berges hinaufziehen, so würden vielleicht die im Laufe der Erzählung berichteten Ereignisse einen schnelleren und wahrscheinlich einen wesentlich anderen Verlauf genommen haben.

Am 19. September Nachmittags nämlich saßen auf einer der hochlehnigen Holzbänke, welche die englischen Gartenanlagen zieren, im Schatten der großen Bäume, den Rücken den die Reede bestreichenden Kanonen zugewandt, zwei Personen plaudernd, welche das Bestreben zeigten, von den dort Promenierenden nicht gehört zu werden: es waren Sarcany und Namir.

Man hat gewiss nicht vergessen, dass Sarcany mit Namir in Sizilien zusammentreffen wollte, als die Expedition nach Casa Inglese unternommen wurde, die mit dem Tode Zirone's endete. Sarcany, rechtzeitig benachrichtigt, änderte seinen Feldzugsplan, was zur Folge hatte, dass der Doktor vergebens acht Tage hindurch mit seinem Schiffe vor Catania ankerte. Namir verließ auf die empfangenen Befehle hin unverzüglich Sizilien und kehrte nach Tetuan zurück, woselbst sie damals hauste. Von Tetuan kam sie nach Gibraltar, wohin sie Sarcany bestellt hatte. Sie war am Abend zuvor angekommen und gedachte, am folgenden Tage abzureisen.

Namir, die wilde Genossin Sarcany's, war diesem mit Leib und Seele ergeben. Sie war es, die ihn in den Duars von Tripolis erzogen hatte, als wenn sie seine Mutter gewesen wäre. Sie hatte ihn niemals verlassen, selbst damals nicht, als er Maklergeschäfte in der Regentschaft verrichtete, wo sie durch geheime Vertraulichkeiten mit den furchtbaren Sektenanhängern des Senusismus in Verbindung stand, deren Pläne auf die Einnahme von Antekirtta hinausliefen, wie schon weiter oben gesagt wurde.

Namir war halb mit ihren Gedanken, halb mit ihren Handlungen an Sarcany durch eine Art mütterlicher Liebe geknüpft, sie war ihm vielleicht ergebener als es Zirone, sein Genosse in Freud und Leid, jemals geworden wäre. Auf ein Zeichen von ihm hätte sie für ihn ein Verbrechen begangen, auf einen Befehl von ihm ohne Zögern den Tod auf sich genommen. Sarcany konnte also zu Namir ein unbedingtes Vertrauen haben, und wenn er sie nach Gibraltar hatte kommen lassen, so war es deshalb, weil er mit ihr von Carpena sprechen wollte, von dem er jetzt Alles zu befürchten hatte.

Diese Unterredung war die erste, welche sie seit Sarcany's Ankunft in Gibraltar mit einander hatten, sie sollte auch die einzige sein. Sie wurde in arabischer Sprache geführt.

Sarcany stellte zunächst eine Frage und die Antwort, die er empfing, betrachteten Beide jedenfalls als eine überaus wichtige, weil ihre Zukunft davon abhing.

»Sarah?... fragte Sarcany.

– Sie ist in Tetuan gut aufgehoben, erwiderte Namir, in dieser Beziehung kannst Du beruhigt sein.

– Auch während Deiner Abwesenheit?

– Während meiner Abwesenheit ist das Haus einer alten Jüdin anvertraut, die es nicht einen Augenblick verlassen wird. Sie befindet sich wie in einem Gefängnisse; Niemand kommt zu ihr hinein, Niemand vermag zu ihr zu dringen. Sarah weiß übrigens nicht, dass sie sich in Tetuan befindet, sie weiß auch nicht, wer ich bin, nicht einmal, dass sie in Deiner Gewalt ist.

– Du sprichst doch noch immer mit ihr von der Heirat?

– Ja, Sarcany, antwortete Namir. Ich lasse es nicht dazu kommen, dass sie sich von der Idee, Deine Frau zu werden, entwöhnt, und sie wird Deine Frau werden.

– Sie muss, Namir, sie muss es, umso eher, als das Vermögen von Toronthal jetzt kein beträchtliches mehr ist.... Das Spiel war dem armen Silas nie recht hold!

– Du wirst ihn nicht mehr brauchen, Sarcany, denn Du wirst reicher werden als Du jemals gewesen bist.

– Ich weiß wohl, Namir, doch der äußerste Termin, an dem meine Heirat mit Sarah vollzogen werden muss, naht heran. Ich brauche eine freiwillige Einwilligung ihrerseits, und wenn sie sich weigert...

– So werde ich sie zwingen, sich zu unterwerfen, antwortete Namir. Ich werde ihr ihre Einwilligung entreißen.... Du kannst Dich auf mich verlassen, Sarcany.«

Es wäre schwer gewesen, sich eine entschlossenere, wildere Physiognomie vorzustellen, als sie die Marokkanerin zur Schau trug, während sie so sprach.

»Schön, Namir! sagte Sarcany befriedigt. Fahre fort, gut aufzupassen. Ich werde nicht ermangeln, Dir zu Hilfe zu kommen.

– Liegt es nicht in Deiner Absicht, dass wir Tetuan bald verlassen? fragte die Marokkanerin.

– Nein, so lange ich nicht dazu gezwungen werde, gewiss nicht, denn dort kennt und kann Niemand Sarah kennen. Wenn die Ereignisse mich nötigen werden, Euch von dort fortziehen zu lassen, so werde ich Dich schon rechtzeitig benachrichtigen.

– Und nun sage mir, Sarcany, warum hast Du mich nach Gibraltar kommen lassen?

– Weil ich mit Dir über gewisse Dinge sprechen muss, die man mündlich besser erörtert als in einem Briefe.

– Erzähle, Sarcany, und wenn es sich um einen Befehl handelt, den ich ausführen soll, so wird er ausgeführt, darauf kannst Du rechnen.

– Ich will Dir sagen, wie ich stehe, antwortete Sarcany. Frau Bathory ist verschwunden und ihr Sohn ist tot. Ich habe also von Seiten dieser Familie nichts mehr zu befürchten. Frau Toronthal ist tot und Sarah in meiner Macht. Also auch auf dieser Seite kann ich ruhig sein. Von den anderen Personen, die meine Geheimnisse kennen oder gekannt haben, ist der Eine, Silas Toronthal, mein Genosse, er steht völlig unter meiner Botmäßigkeit; der Andere, Zirone, ist bei der letzten Expedition in Sizilien umgekommen. Also von allen denen, die ich soeben genannt habe, kann Keiner sprechen und wird Keiner sprechen.

– Wen fürchtest Du also? fragte Namir.

– Ich fürchte einzig und allein die Einmischung zweier Individuen, von denen der Eine einen Teil meiner Vergangenheit kennt und von denen der Andere sich in mein jetziges Leben mehr zu mischen scheint, als es mir lieb sein kann.

– Der Eine ist Carpena?... fragte Namir.

– Ja, antwortete Sarcany. Und der Andere ist dieser Doktor Antekirtt, dessen Beziehungen zu der Familie Bathory in Ragusa mir von Anfang an verdächtig erschienen sind. Ich habe auch von Benito, dem Herbergsvater von Santa Grotta vernommen, dass dieser Mann, der Millionen besitzt, mit Hilfe eines gewissen, in seinen Diensten stehenden Mannes, Namens Pescador, Zirone in einen Hinterhalt locken wollte. Der Zweck dieser Unternehmung konnte doch nur der sein, sich Zirone's zu bemächtigen – da man mich nicht bekam – um ihm seine Geheimnisse abzuzwingen.

– Das klingt nur zu wahrscheinlich, sagte Namir. Mehr als je musst Du jetzt diesem Doktor Antekirtt misstrauen.

– Vor allen Dingen ist es nötig, stets zu wissen, was er tut, und namentlich, wo er sich befindet.

– Ein schwieriges Ding, Sarcany, erwiderte Namir, denn, wie ich in Ragusa gehört habe, ist er eines schönen Tages an einem Ende des Mittelmeeres, und am folgenden an einem ganz entgegengesetzten.

– Ja, dieser Mann scheint die Gabe zu besitzen, sich vervielfältigen zu können, rief Sarcany. Doch soll damit nicht gesagt sein, dass ich mir ohne Weiteres mein Spiel von ihm durchkreuzen lassen werde, und wenn ich ihm bis auf seine Insel Antekirtta folgen müsste, so werde ich es...

– Ist die Heirat einmal vollzogen, meinte Namir, so wirst Du weder von ihm, noch von sonst Jemand etwas zu fürchten haben.

– Das stimmt, Namir, aber bis dahin...

– Bis dahin werden wir auf unserer Hut sein. Wir werden übrigens stets einen Vorteil vor ihm haben: denn wir werden stets wissen, wo er sich aufhält, während er nicht wissen kann, wo wir uns befinden. Sprechen wir jetzt von Carpena! Was hast Du von diesem Manne zu befürchten, Sarcany?

– Carpena weiß von meinen Beziehungen zu Zirone. Seit mehreren Jahren nahm er an Unternehmungen Teil, bei denen ich die Hand im Spiele hatte, und er kann erzählen...

– Vor allen Dingen, Carpena ist jetzt im Gewahrsam in Ceuta und zu lebenslänglicher Galeerenarbeit verurteilt.

– Das ist es gerade, was mich beunruhigt, Namir.... Carpena kann, um seine Lage zu verbessern, um eine Begnadigung zu erhalten, Aussagen machen Ebenso wie wir wissen, dass er nach Ceuta gebracht worden ist, wissen es Andere auch, wieder Andere kennen ihn persönlich – zum Beispiel Pescador, der sich in Malta so geschickt an ihn machte. Dieser Mann kann dem Doktor Antekirtt das Mittel an die Hand geben, bis zu ihm zu dringen. Er kann ihm seine Geheimnisse zu goldenen Preisen abkaufen. Er kann sogar versuchen, ihn aus dem Präsidio entfliehen zu lassen. Das liegt nämlich in Wahrheit so nahe, Namir, dass ich mich schon vergebens gefragt habe, warum er es bis jetzt nicht getan hat.«

Sarcany, sehr intelligent und umsichtig wie er war, hatte genau geahnt, welches die Projekte des Doktors bezüglich des Spaniers waren; er begriff genau, wessen er sich zu versehen hatte.

Namir musste zugeben, dass Carpena in der Lage, in welcher er sich befand, sehr gefährlich werden konnte.

»Warum ist er nicht lieber als Zirone dort unten verschwunden? schrie Sarcany.

– Was sich in Sizilien nicht gemacht hat, erwiderte Namir kühl, sollte sich das nicht in Ceuta bewerkstelligen lassen?«

Da war gleich die Frage, auf die von beiden Seiten gewartet wurde, klar heraus. Namir erklärte in Folgendem Sarcany, dass nichts leichter wäre, als von Tetuan nach Ceuta, so oft als sie es für wünschenswert erachten würde, zu gelangen. An zwanzig Meilen höchstens trennen diese beiden Städte, Tetuan liegt etwas weiter in das Land hinein als die Strafkolonie, südlich von der marokkanischen Küste. Da die Sträflinge meistens auf den Landstraßen arbeiten oder in der Stadt umhergehen können, so konnte es nicht sehr schwer fallen, mit Carpena in Verbindung zu kommen, der Namir ja kannte. Man könnte ihn glauben lassen, dass Sarcany sich für seine Flucht interessiere, ihm etwas Geld zustecken oder irgendeine Beigabe zu der gewöhnlichen Kost des Häftlings. Und wenn selbst ein vergiftetes Stück Brot oder eine Frucht in Carpena's Mund gelangte, wer hätte wohl um den Tod dieses Menschen besorgt sein sollen, oder seiner Ursache nachforschen wollen?

Ein Schuft weniger im Präsidio; ein solcher Vorfall konnte den Gouverneur von Ceuta nicht im Geringsten beunruhigen. Sarcany aber hatte dann weder von dem Spanier etwas zu befürchten, noch von den Nachstellungen des Doktors Antekirtt, der interessiert war, seine Geheimnisse kennen zu lernen.

Aus dieser Unterredung ging also Folgendes hervor: Während die Einen sich damit beschäftigten, die Entweichung Carpena's vorzubereiten, wollten die Anderen versuchen, sie dadurch zu vereiteln, dass sie den Spanier schon vor der Zeit in die Strafkolonien einer anderen Welt sandten, aus denen es keine Wiederkehr gibt.

Als Alles verabredet war, kehrten Sarcany und Namir in die Stadt zurück, wo sie sich trennten Am selben Abend noch reiste Sarcany nach Spanien ab, um mit Silas Toronthal zusammenzutreffen, während Namir am nächsten Tage sich über die Bai von Gibraltar setzen ließ, um sich in Algesiras auf dem Paketboot einzuschiffen, welches den regulären Dienst zwischen Europa und Afrika versieht.

Gerade als der Dampfer den Hafen verließ, kreuzte er sich mit einer Vergnügungs-Yacht, die auf die Bai von Gibraltar lossteuerte, um in den englischen Gewässern vor Anker zu gehen.

Es war der »Ferrato«. Namir, die dieses Schiff während seines Aufenthaltes in Catania genau studiert hatte, erkannte es sofort wieder.

»Doktor Antekirtt hier! murmelte sie. Sarcany hat Recht, es schwebt Gefahr in der Luft und diese Gefahr ist nahe!«

Einige Stunden später schiffte sich die Marokkanerin in Ceuta aus. Ehe sie nach Tetuan zurückkehrte, wollte sie ihre Maßregeln treffen, um sich mit dem Spanier in Verbindung setzen zu können. Ihr Plan war ein höchst einfacher, er musste gelingen, wenn die Zeit zu seiner Ausführung hinreichte.

Die Sache lag aber doch etwas verwickelter, als Namir wissen konnte. Carpena nämlich hatte sich das Dazwischentreten des Doktors bei dessen erstem Besuch in Ceuta zu Nutze gemacht und sich krank gestellt; wenn er es auch nicht oder nur sehr wenig war, so hatte er es doch durchzusetzen gewusst, auf die Dauer einiger Tage in das Hospital der Strafkolonie aufgenommen zu werden. Namir sah sich also darauf beschränkt, um das Hospital herumschleichen zu müssen, ohne bis zu ihm dringen zu können. Eines nur tröstete sie. Ebenso wie sie selbst Carpena nicht sehen konnte, konnte auch der Doktor Antekirtt und seine Agenten ihn nicht zu Gesicht bekommen. Es ist also keine Gefahr im Verzuge, überlegte sie. Eine Flucht war in der Tat nicht zu befürchten, so lange der Verurteilte seine Arbeiten auf den Landstraßen der Kolonie nicht wieder aufgenommen haben würde. Namir täuschte sich in ihren Voraussetzungen. Der Eintritt Carpena's in das Hospital gerade musste die Pläne des Doktors fördern und höchst wahrscheinlich ihr Gelingen herbeiführen.

Der »Ferrato« warf am 22. September abends Anker auf der Bai von Gibraltar, welche leider zu häufig von den Ost- und Südwestwinden bestrichen wird. Die Dampf-Yacht aber sollte dort nur bis zum folgenden Tage, das heißt bis zum Sonnabend bleiben. Der Doktor und Peter begaben sich, sobald sie des Morgens schon an Land gegangen waren, zum Postbüro in der Main-Street, woselbst postlagernde Briefe auf sie warteten.

Der eine rührte von einem der sizilianischen Agenten des Doktors her, sein Inhalt besagte, dass seit der Abfahrt des »Ferrato« Sarcany weder in Catania, noch in Messina, noch in Syrakus aufgetaucht wäre.

Der andere war von Pointe Pescade und für Peter Bathory bestimmt; der Erstere schrieb, dass es ihm schon unendlich besser ginge, und dass die Wunde keine Spuren hinterlassen würde. Der Doktor Antekirtt könnte ihn getrost wieder in seine Dienste nehmen, sobald er es wünschte, in Gemeinschaft mit Kap Matifu, der beiden Herren seine untertänigsten Empfehlungen als »kalt gestellter« Herkules übersende.

Ein dritter Brief endlich brachte Luigi Nachrichten von seiner Schwester Maria. Dieser Brief war weniger der einer liebenden Schwester als derjenige einer besorgten Mutter.

Wären der Doktor und Peter sechsunddreißig Stunden früher in den Gartenanlagen Gibraltar's lustgewandelt, so wären sie ebendaselbst mit Sarcany und Namir zusammengetroffen.

Dieser Tag wurde dazu benützt, die Kammern des »Ferrato« mit Hilfe von Lastkranen zu füllen, welche die Kohlen von schwimmenden Magazinen herbeischleppen, die auf der Reede verankert sind. Man erneuerte auch den Vorrat an Süßwasser, teils für die Dampfkessel, teils für die Vorratskästen und Speisekammern des »Ferrato«. Es war bereits Alles getan, als der Doktor und Peter, welche in einem Hotel des Commercial Square gespeist hatten, an Bord zurückkehrten, in demselben Augenblick, als ein Geschütz gelöst wurde. Dieser Schuss galt als Zeichen für die Schließung der Tore der Stadt, die dort ebenso gewissenhaft und streng gehandhabt wird, als in irgendeinem Gefängnisplatz wie Norfolk oder Cayenne.

Der »Ferrato« lichtete aber an diesem Abende noch nicht die Anker. Da er höchstens zwei Stunden zur Überfahrt über die Meerenge brauchte, so dampfte er erst am folgenden Morgen in der achten Stunde ab. Sobald er aus dem Bereiche des Feuers der englischen Batterien gekommen war, welche ihre Übungsschüsse so abzugeben wussten, dass sie nicht in die Breitseite des »Ferrato« schlugen, gab er vollen Dampf in der Richtung auf Ceuta. Um neunundeinhalb Uhr langte er am Berg Hacho an; doch da die Brise aus Nordwesten wehte, so war an der Stelle, welche er drei Tage zuvor innegehabt hatte, kein sicherer Ankerplatz für ihn. Der Kapitän drehte deshalb auf der anderen Seite der Stadt auf einer kleinen Reede bei, welche durch ihre Lage vor den Landwinden geschützt ist; hier wurden in einer Entfernung von zwei Ankerlängen von der Küste die Anker geworfen.

Eine Viertelstunde später landete der Doktor an einem kleinen Molo. Namir, die ihn beobachtete, hatte jedes Manöver der Dampf-Yacht verfolgt. Der Doktor, welcher die Züge der Marokkanerin im Schatten des Bazars von Cattaro nur flüchtig hatte beobachten können, hätte sie kaum wiedererkannt, diese dagegen, welche den Doktor in Gravosa und in Ragusa oft genug zu Gesicht bekommen hatte, wusste genau, wer er war. Sie entschloss sich, so lange der Aufenthalt in Ceuta dauern sollte, mehr als je auf der Hut und wachsam zu sein.

Der Doktor fand bereits den Gouverneur und einen seiner Adjutanten, auf ihn wartend, am Quai vor.

»Willkommen, mein werter Gast, rief der Gouverneur. Sie sind ein Mann von Wort. Sie gehören mir nun mindestens für den ganzen Tag...

– Ich werde Ihnen nicht eher gehören, Herr Gouverneur, als bis Sie mein Gast gewesen sind. Vergessen Sie nicht, dass das Frühstück Sie an Bord des »Ferrato« erwartet.

– Nun, wenn es wartet, lieber Herr Doktor, wäre es unhöflich, es noch länger warten zu lassen.«

Das Boot brachte den Doktor und seine Gäste an Bord zurück. Die Tafel war luxuriös gedeckt, und Alle taten der im Esssalon der Dampf-Yacht aufgetragenen Mahlzeit Ehre an.

Während des Frühstücks drehte sich die Unterhaltung vornehmlich um die Verwaltung der Kolonie, über die Sitten und Gewohnheiten der Einwohner, über die Beziehungen der spanischen Bewohner zu den Eingeborenen. Ganz beiläufig fühlte sich der Doktor veranlasst, nach dem Sträfling zu fragen, den er vor zwei bis drei Tagen auf der Landstraße nach der Residenz aus einem magnetischen Schlafe erlöst hatte.

»Er erinnert sich wohl an nichts? fragte er.

– An nichts, antwortete der Gouverneur. Übrigens ist er augenblicklich nicht bei den Pflasterarbeiten tätig.

– Wo ist er denn? fragte der Doktor, etwas beunruhigt, was aber nur Peter bemerken konnte.

– Er befindet sich im Hospital, erwiderte der Gouverneur. Es scheint, dass jener Anfall seine kostbare Gesundheit angegriffen hat.

– Wer ist dieser Mann?

– Er ist ein Spanier, Namens Carpena, ein gemeiner Mörder, wenig Ihres Interesses wert, Doktor Antekirtt; sein Tod wäre wahrlich kein Verlust für das Präsidio.«

Dann kam man auf andere Dinge zu sprechen. Es passte dem Doktor augenscheinlich nicht, des Weiteren von dem Deportierten und seinem Leiden zu sprechen, der nach einigen Tagen schon als gesund aus dem Hospital entlassen werden sollte.

Nach Beendigung des Frühstücks wurde der Kaffee auf Deck eingenommen und der Rauch der Zigarren und Zigaretten verflüchtete unter dem Zeltdache des Hinterdecks. Später bot der Doktor dem Gouverneur an, ihn sofort zu begleiten. Er gehörte jetzt ihm und wäre bereit, die spanische Enklave in allen ihren Abteilungen zu besichtigen.

Das Anerbieten wurde mit Freuden angenommen und bis zur Stunde des Diners hatte der Gouverneur vollauf Zeit, dem berühmten Besucher der Kolonie die Honneurs zu machen.

Der Doktor und Peter Bathory wurden also gewissenhaft in der ganzen Enklave, der Stadt und der Landschaft herumgeführt. Kein Detail wurde ihnen geschenkt, weder in dem Gefängnisse noch in den Kasernen. An jenem Tage – einem Sonntage – waren die Sträflinge natürlich ihrer gewöhnlichen Arbeiten überhoben, der Doktor konnte sie also unter neuen Verhältnissen beobachten. Carpena sah er nur, als er durch einen der Säle des Lazaretts schritt; der Doktor schien ihm keine besondere Aufmerksamkeit zu schenken.

Dieser gedachte noch in derselben Nacht nach Antekirtta zurückkehren zu können, doch wollte er zuvor noch den größten Teil des Abends beim Gouverneur verbringen. Gegen sechs Uhr Abends betrat er die Residenz, woselbst ein elegant serviertes Diner ihn erwartete, das als Gegenstück zu dem von ihm gegebenen Frühstück am Vormittag betrachtet wurde.

Der Doktor wurde, was eigentlich selbstverständlich ist, auf seinem Spaziergange »*intra et extra muros*« von Namir verfolgt; er ahnte wohl kaum, dass er der Gegenstand einer so peinlichen Spionage war.

Man dinierte in sehr heiterer Laune. Einige hervorragende Persönlichkeiten der Kolonie, mehrere Offiziere mit ihren Damen, zwei oder drei reiche Kaufleute waren ebenfalls gebeten worden und verbargen unschwer ihr Vergnügen, den Doktor Antekirtt sehen und sprechen hören zu können. Dieser erzählte gern und viel von seinen Reisen im Orient, durch Syrien, Arabien und Nordafrika.

Dann wendete sich die Unterhaltung wieder Ceuta zu und der Doktor konnte nicht umhin, dem Gouverneur für seine verdienstvolle Verwaltung der spanischen Enklave ein lautes Lob zu sagen.

»Macht Ihnen, fügte er hinzu, die Überwachung der Gefangenen nicht mitunter große Sorge?

– Und warum, mein lieber Herr Doktor?

– Ich denke, diese Leute machen oftmals den Versuch zu entfliehen? Da jeder Gefangene öfter an die Bewerkstelligung seiner Flucht denkt, als seine Wächter daran, sie zu verhindern, so folgt daraus, dass der Gefangene im Vorteil ist. Ich würde wirklich nicht überrascht sein, von Ihnen zu hören, dass so manchmal Einer beim Abendappell vermisst wird.

– Niemals, antwortete der Gouverneur, niemals! Wohin sollten diese Flüchtlinge auch gehen? Der Weg über das Meer ist ihnen vollständig abgeschnitten. In das Land hinein und unter die wilden Stämme Marokkos zu fliehen, wäre sehr gefährlich. Folglich bleiben unsere Sträflinge ruhig im Präsidio, wenn auch nicht mit großem Vergnügen, so doch aus Klugheit.

– Wenn dem so ist, so kann man Ihnen Glück wünschen, Herr Gouverneur, denn es steht zu befürchten, dass dieses Hüten von Gefangenen in Zukunft eine noch schwierigere Sache sein wird, als sie es schon ist.

– Wie ist das zu verstehen, Herr Doktor? fragte einer der Gäste, den diese Unterhaltung ganz besonders interessierte, weil er der Direktor der Strafanstalt war.

– Weil, mein Herr, antwortete der Doktor, das Studium der magnetischen Erscheinungen große Fortschritte gemacht hat, weil die Prozeduren mit Jedermann vorgenommen werden können, weil schließlich die Wirkungen der Suggestion von Tag zu Tag sich vermehren und auf nichts Kleineres hinauslaufen, als eine Person vollständig durch eine andere zu ersetzen.

– Wie könnte das in diesem Falle...? fragte der Gouverneur.

– In diesem Falle, denke ich wohl, wird es geraten sein, die Wächter der Gefangenen nicht weniger überwachen zu lassen als letztere selbst. Ich war auf meinen Reisen häufig ein Zeuge so außerordentlicher Vorgänge, Herr Gouverneur, dass ich von dieser Gattung phänomenaler Erscheinungen eigentlich Alles erwarte. Es liegt in Ihrem Interesse, nicht zu vergessen, dass, wenn ein Gefangener unter dem Einflusse eines fremden Willens unbewusst entfliehen kann, ein demselben Einflusse unterworfener Wächter ihn nicht weniger unbewusst entfliehen lassen kann.

– Würden Sie wohl die Güte haben, uns zu erklären, worin diese überraschende Erscheinung besteht? fragte der Direktor der Strafanstalt.

– Sehr gern, Herr Direktor, an einem Beispiel werden Sie am Besten erkennen können, was ich meine, erwiderte Doktor Antekirtt. Nehmen Sie an, ein Wächter besäße eine natürliche Veranlagung, dem magnetischen oder hypnotischen Einflusse, was dasselbe ist, zu unterliegen, und nehmen wir ferner an, dass ein Sträfling diesen Einfluss auf ihn ausübt... Nun gut, so ist von diesem Augenblicke an der Gefangene zum Herrn über den Wächter geworden, er wird diesen tun lassen, wie es ihm gefalle, er wird ihn gehen lassen, wohin es ihm gefällt, er wird ihn nötigen, ihm das Tor seines Gefängnisses aufzuschließen, wenn er in ihm diese Idee wachrufen wird.

– Sehr richtig, antwortete der Direktor, doch kann er es nur unter einer Bedingung; er muss den Wächter vorher eingeschläfert haben....

– Darin täuschen Sie sich, Herr Direktor, antwortete der Doktor. Alle Handlungen können in wachendem Zustande vorgenommen werden und trotzdem vollführt der Wächter sie unbewusst.

– Wie? Sie behaupten...?

– Ich behaupte und will es gern beweisen, dass ein Gefangener unter Ausübung des magnetischen Einflusses zu seinem Wächter sagen kann: An dem und dem Tage, zu der und der Stunde wirst Du das und das tun, und der Wächter wird es tun! An dem und dem Tage bringst Du mir die Schlüssel zu meiner Zelle und er wird sie bringen! An dem und dem Tage wirst Du mir das Tor des Präsidio öffnen und er wird es öffnen. An dem und dem Tage werde ich an Dir vorübergehen und Du wirst mich nicht vorübergehen sehen.

– Im wachenden Zustande?

– Vollständig wachend!«

Bei dieser Behauptung des Doktors machte sich unter den Anwesenden eine schlecht verhehlte Bewegung des Unglaubens geltend.

»Und doch ist, was der Herr Doktor sagt, vollständig richtig, schaltete Peter Bathory ein, ich selbst habe solch' ähnliche Erscheinungen beobachtet.

– Man kann also, fragte der Gouverneur, die Materialität einer Person durch die Blicke einer zweiten vollständig aufheben?

– Vollständig, wiederholte der Doktor, bei gewissen Individuen kann man eine so bedeutende Sinnennacht heraufbeschwören, dass sie Salz für Zucker, Milch für Weinessig oder gewöhnliches Wasser für Bitterwasser ansehen und genießen. Im Reiche der Illusionen oder Halluzinationen ist nichts unmöglich, das Gehirn ist jedem Einflusse zu unterwerfen.

– Ich glaube im Sinne aller meiner Gäste zu sprechen, Herr Doktor Antekirtt, sagte der Gouverneur, wenn ich behaupte, dass man solche Dinge erst glauben kann, wenn man sie gesehen hat.

– Und dann auch nur schwer, warf einer der Anwesenden ein, der wahrscheinlich sehr misstrauischer Natur war.

– Es ist bedauerlich, fuhr der Gouverneur fort, dass Sie nur so kurze Zeit in Ceuta bleiben. Sonst könnten Sie selbst gewiss uns ein solches Experiment zeigen.

– Gewiss kann ich es, antwortete der Doktor.

– Vielleicht jetzt gleich?

– Wenn Sie es wünschen, sofort.

– Wie also?... Bitte bestimmen Sie nur.

– Sie haben gewiss nicht vergessen, Herr Gouverneur, begann der Doktor, dass einer der Sträflinge des Präsidio vor drei Tagen auf der Straße nach der Residenz schlafend gefunden wurde und zwar war dieser Schlaf, wie ich Ihnen bereits sagte, magnetischer Natur.

– Ganz recht, bemerkte der Direktor der Anstalt, der Mann befindet sich jetzt im Hospital.

– Sie werden sich erinnern, dass ich es war, der ihn aufweckte, nachdem die Wächter alle möglichen Mittel, ihn aufzumuntern, vergebens angewendet hatten.

– Richtig.

– Dieses Geschehnis hat bereits zwischen mir und dem Deportierten... wie hieß er doch gleich?

– Carpena.

– Zwischen mir und Carpena ein Band geknüpft, welches ihn vollständig meiner Eingebung unterordnet.

– Wenn er sich Ihnen gegenüber befindet

– Nein, auch wenn wir einander nicht sehen.

– Während Sie hier in unserer Mitte und Jener sich im Hospital befindet? fragte der Gouverneur.

– Ja, und wenn Sie Befehl geben wollen, diesen Carpena freizulassen, dass man alle Türen des Hospitals und des Gefängnisses vor ihm öffnet, wissen Sie, was er dann tun wird...

– Nun, er wird ausrücken,« rief lachend der Gouverneur.

Sein Lachen wirkte so ansteckend, dass alle Anwesenden einstimmten.

»Nein, meine Herrschaften, erwiderte der Doktor Antekirtt sehr ernst, dieser Carpena wird erst »ausrücken,« wenn ich es ihm befehle, und er wird nur das tun, was ich ihm zu tun vorschreibe.

– Und was zum Beispiel?

– Nun, wenn er das Gefängnis verlassen hat, will ich ihm eingeben, sich auf den Weg zu Ihrer Residenz zu machen, Herr Gouverneur.

– Hierher zu kommen?

– Hierher, an diesen Ort, wenn ich es will, und er soll darauf bestehen Sie sprechen zu wollen.

– Mich?

– Sie, und wenn Sie darin nichts Unziemliches erblicken, will ich ihm den Gedanken eingeben, Sie für eine andere Persönlichkeit anzusehen... nehmen wir an, für den König Alphons XII.

– Für seine Majestät den König von Spanien?

– Ja, Herr Gouverneur, und er soll Sie bitten...

– Um Gnade?

– Ja, um Gnade, und, wenn Sie auch darin nichts Unschickliches erblicken, um das Kreuz Isabellas noch dazu.«

Ein abermaliges allgemeines Gelächter begleitete die letzten Worte des Doktors.

»Und der Mann wird wach sein, während er das tut? fragte der Direktor der Strafanstalt.

– So wach wie wir selbst.

– Nein!... Nein! Es ist nicht glaubbar, nicht möglich! rief der Gouverneur.

– Machen Sie die Probe!... Befehlen Sie, dass man Carpena jede Freiheit des Handelns lasse.... Zur größeren Sicherheit ordnen Sie ein oder zwei Wächter ab, die ihm von fern folgen, wenn er die Anstalt verlassen hat... Er wird Alles tun, was ich sagen werde.

– Abgemacht, und wann wünschen Sie...

– Es ist bald acht Uhr, antwortete der Doktor, indem er seine Uhr befragte. Ginge es um neun Uhr?

– Gewiss, und nach dem Experiment...

– Nach dem Experiment wird Carpena ruhig in das Hospital zurückkehren und nicht einmal die leiseste Erinnerung an das, was geschehen ist, zurückbehalten. Ich wiederhole Ihnen – und das ist zugleich die einzige Erklärung, welche man dem Phänomen geben kann – Carpena wird sich unter dem Einflusse der Suggestion, der Eingebung befinden, die von mir ausgeht und in Wirklichkeit ist es nicht er, der die verschiedenen Dinge ausführt, sondern ich bin es.«

Der Gouverneur, dessen Unglaube hinsichtlich dieses Phänomens offenbar war, schrieb einige Zeilen, welche dem Oberaufseher des Präsidio den Befehl erteilten, den Sträfling Carpena sich vollständig frei bewegen zu lassen; man sollte sich lediglich darauf beschränken, ihm in einiger Entfernung zu folgen. Das Billet wurde unverzüglich von einem der Adjutanten in das Gefängnis gebracht.

Da das Diner inzwischen sein Ende erreicht hatte, so erhoben sich die Gäste, und sie begaben sich auf die Einladung des Gouverneurs hin in den großen Salon.

Die Unterhaltung beschäftigte sich natürlich auch jetzt noch mit den verschiedenen Erscheinungen des Magnetismus oder Hypnotismus, welche, wie bekannt, Anlass zu großer Meinungsverschiedenheit gegeben und ebenso viele Gläubige als Ungläubige geschaffen haben. Doktor Antekirtt erzählte, während die Kaffeetassen umherwanderten, die Zigarren und Zigaretten ihre Rauchwölkchen verbreiteten – von solchen Dingen sind die Spanier anerkannte Liebhaber – zwanzig Vorfälle, deren Zeuge oder Veranlasser er während Ausübung seiner ärztlichen Praxis gewesen war. Diese Vorfälle waren alle wahrscheinlicher, fast unbestreitbarer Natur und dennoch schienen sie Keinen wirklich überzeugen zu können.

Er ergänzte noch seine Mitteilungen dahin, dass diese Suggestionsmöglichkeit die Gesetzgeber, Kriminalisten und Magistrate sehr ernstlich werde beschäftigen müssen, da sie leicht zu verbrecherischen Zwecken ausgenützt werden könnte. Mit Hilfe dieser Gedankenübertragung könnten sich unbestreitbare Fälle ereignen oder Verbrechen begangen werden, deren Urheber zu entdecken eine Unmöglichkeit wäre.

Plötzlich, siebenundzwanzig Minuten vor neun Uhr, unterbrach sich der Doktor und sagte:

»Carpena verlässt in diesem Augenblick das Hospital.«

Eine Minute später fuhr er fort:

»Jetzt durchschreitet er das Tor des Gefängnisses.«

Der Ton, in welchem diese Worte vorgebracht wurden, verfehlte nicht, Eindruck auf die Anwesenden zu machen, nur der Gouverneur schüttelte unüberzeugt mit dem Kopfe.

Die Unterhaltung begann von Neuem, der Eine war für, der Andere gegen den Doktor, Alle sprachen auf einmal, bis der Doktor fünf Minuten vor neun Uhr noch einmal den Redeschwall unterbrach und sagte:

»Carpena steht vor der Tür der Residenz!«

Fast in demselben Augenblicke betrat ein Diener den Salon und benachrichtigte den Gouverneur, dass ein in der Sträflingskleidung steckendes Individuum ihn dringlichst zu sprechen wünschte.

»Lass ihn eintreten,« antwortete der Gouverneur, dessen Unglaube vor der Augenscheinlichkeit der Tatsachen merklich abzunehmen begann.

Es schlug gerade neun Uhr, als Carpena sich an der Tür des Salons zeigte. Er schien keinen der Anwesenden zu bemerken, obwohl seine Augen vollständig offen waren und ging direkt auf den Gouverneur zu. Er ließ sich vor ihm auf die Knie nieder und sagte:

»Sire, ich bitte um Gnade!«

Der Gouverneur, vollständig verwirrt, als wenn er selbst sich unter dem Eindrucke einer Halluzination befände, wusste nicht, was er ihm antworten sollte.

»Sie können ihm mit ruhigem Gewissen Gnade zu Teil werden lassen, sagte der Doktor lachend. Er wird keine Erinnerung an dieselbe behalten.

– Ich begnadige Dich! antwortete der Gouverneur mit der Würde eines Königs aller Spanier.

– Wollen, Sire, nicht Ihrer Gnade das Kreuz Isabellas hinzufügen? bettelte Carpena, noch immer auf den Knien liegend.

– Ich verleihe es Dir!«

Carpena machte eine Bewegung, die ausdrücken sollte, dass er einen ihm von dem Gouverneur gereichten Gegenstand entgegennähme und dieses imaginäre Kreuz an seine Brust hefte. Dann stand er auf und schritt rückwärts aus dem Salon.

Diesmal folgten ihm die überzeugten Anwesenden sämtlich bis zum Tore der Residenz.

»Ich will ihn begleiten, ich will ihn in das Hospital zurückkehren sehen, rief der Gouverneur, der mit sich selbst kämpfte, und sich hartnäckig weigerte, sich gegen seine bessere Überzeugung offenbar besiegt zu geben.

– Kommen Sie!« sagte der Doktor.

Der Gouverneur, Peter Bathory, Doktor Antekirtt schlugen, begleitet von mehreren anderen Persönlichkeiten, denselben Weg ein wie Carpena, welcher der Stadt zuschritt. Namir, die diesen seit seinem Fortgange aus dem Gefängnis nicht aus den Augen gelassen hatte, glitt lautlos im Schatten hinter ihnen her und beobachtete sorgsam, was vorging.

Die Nacht war ziemlich dunkel. Der Spanier schritt mit regelmäßigen Schritten, ohne zu zaudern, die Landstraße entlang. Der Gouverneur und die Personen seines Gefolges hielten sich dreißig Schritte hinter ihm; die zwei Beamten des Präsidio, welche den Auftrag hatten, Carpena nicht aus den Augen zu lassen, befanden sich ebenfalls in seiner Begleitung.

Die Straße umgeht, während sie sich der Stadt nähert, die Bucht, welche auf dieser Seite von Ceuta einen zweiten Hafen bildet. Auf dem unbeweglich scheinenden, dunklen Gewässer erzitterte der Widerschein von zwei oder drei Lichtern. Sie drangen aus den Kajütenfenstern und rührten von den Signallaternen des »Ferrato« her, dessen Formen sich flüchtig und von der Dunkelheit bedeutend vergrößert vom Horizont abhoben.

Als Carpena dem Schiffe gegenüber sich befand, verließ er plötzlich die Straße; er wendete sich nach rechts, wo mehrere Klippen wohl an zwölf Fuß das Meer überragen. Eine Geste des Doktors, die von Niemandem gesehen worden war – vielleicht auch nur eine bloße Willensäußerung – hatte den Spanier bewogen, seine Wegrichtung zu ändern.

Die Aufseher zeigten große Luft, ihre Schritte zu beschleunigen, um Carpena einzuholen und ihn auf den richtigen Weg zurückzuführen. Doch der Gouverneur, der wohl wusste, dass nach dieser Seite hin ein Entweichen unmöglich war, winkte ihnen, zurückzubleiben.

Carpena war auf einer der Klippen stehen geblieben, als wenn eine unsichtbare Macht ihn auf dieser Stelle festgebannt hätte. Wenn er hätte die Füße heben, die Beine in Bewegung setzen wollen, so würde er es nicht gekonnt haben. Der Wille des Doktors fesselte ihn an den Erdboden. Der Gouverneur beobachtete ihn einige Augenblicke, dann sich an seinen Gast wendend, sagte er:

»Wohlan, mein lieber Herr Doktor, ob man will oder nicht, man muss sich vor dieser Augenscheinlichkeit besiegt erklären.

– Sie sind also überzeugt, Herr Gouverneur, wirklich überzeugt?

– Ja, sehr überzeugt davon, dass es Dinge gibt, an die man ohne Überlegung glauben darf. Jetzt, Herr Doktor Antekirtt, veranlassen Sie, dass der Mann den Gedanken fasst, unverzüglich in das Präsidio zurückzukehren. Alphons XII. befiehlt es!«

Der Gouverneur hatte kaum den Satz beendet, als Carpena jäh, ohne einen Schrei auszustoßen, sich in die See stürzte. War es ein Zufall? War es eine selbständige, freiwillige Tat? Gelang es ihm, durch irgendeinen glücklichen Umstand sich der Macht des Doktors zu entziehen? Niemand hätte es sagen können.

Die Herren liefen auf die Felsen, während die Wächter zum Niveau einer kleinen Bucht hinab liefen, welche das Meer an dieser Stelle ausgehöhlt hat. Von Carpena keine Spur. Einige Fischerboote kamen in aller Eile herbeigefahren ebenso die der Dampf-Yacht... Unnützes Bemühen: Man fand nicht einmal den Leichnam des Deportierten wieder, die Strömung hatte ihn wahrscheinlich in die See hinaus gespült.

»Ich bedaure lebhaft, Herr Gouverneur, sagte der Doktor Antekirtt, dass unser Experiment einen so tragischen Ausgang genommen hat, der unmöglich vorauszusehen war.

– Wie erklären Sie sich nun diesen Zwischenfall? fragte der Gouverneur,

– Dass es bei der Ausübung dieser Willensübertragung, deren Macht Sie nicht mehr leugnen können, noch Unterbrechungen gibt. Dieser Mann ist mir, woran ich nicht zweifle, einen Augenblick entschlüpft und sei es in Folge eines Schwindelanfalles, sei es in Folge eines anderen Umstandes, von der Höhe der Klippen heruntergestürzt. Es ist das bedauerlich, denn wir haben in ihm ein wahrhaft kostbares Medium verloren.

– Wir haben einen Schuft verloren, nicht mehr,« erwiderte der Gouverneur philosophisch.

Das war die ganze Leichenrede, welche dem Gedächtnisse Carpena's zu Ehren gehalten wurde.

Der Doktor und Peter Bathory verabschiedeten sich jetzt von dem Gouverneur. Sie mussten noch vor Tagesanbruch nach Antekirtta in See gehen und so beeilten sie sich, ihrem Wirt für den freundlichen Empfang zu danken, der ihnen in der spanischen Kolonie zu Teil geworden war.

Der Gouverneur drückte dem Doktor herzlich die Hand, wünschte ihm eine glückliche Überfahrt, nachdem er ihm das Versprechen abgenommen hatte, seinen Besuch zu wiederholen, dann kehrte er in die Residenz zurück.

Man wird vielleicht der Meinung sein, dass Doktor Antekirtt soeben das Vertrauen des Gouverneurs von Ceuta gemissbraucht hatte. Schön, man möge seine Haltung bei diesem Vorfalle verurteilen und kritisieren! Aber man wolle auch nicht vergessen, weder, welchem Vorhaben Graf Mathias Sandorf sein Leben gewidmet hatte, noch was er eines Tages gesagt: »Tausend Wege – ein Ziel!«

Was soeben geschehen, war einer der tausend Wege, die eingeschlagen werden mussten, um dieses eine Ziel zu erreichen.

Einige Augenblicke später hatte ein Boot des »Ferrato« den Doktor und Peter an Bord zurückgebracht. Luigi empfing sie an der Falltreppe.

»Jener Mensch?... fragte der Doktor.

– Ihrem Befehle gemäß erwartete unser Boot ihn am Fuße der Klippen und nahm ihn auf, sobald er heruntergestürzt war. Er ist in eine der Kabinen des Vorderdecks eingeschlossen worden.

– Er hat nichts geäußert?... fragte Peter.

– Wie hätte er sprechen sollen?... Er hat wie im Traum gehandelt und empfindet nicht das Bewusstsein seiner Handlungen.

– Gut! meinte der Doktor. Ich habe gewollt, dass Carpena von den Klippen in das Meer fällt und er ist gefallen!... Ich habe gewollt, dass er einschläft und er schläft!... Wenn ich es werde haben wollen, dass er aufwacht, wird er aufwachen!... Jetzt, Luigi, lasse die Anker lichten und fröhliche Fahrt!«

Die Maschine war unter Druck, die Anker schnell aufgewunden. Einige Augenblicke später hatte der »Ferrato« die hohe See gewonnen und steuerte auf Antekirtta zu.

DRITTES KAPITEL. SIEBZEHN MAL.

»Siebzehn Mal?

– Siebzehn Mal.

– Ja!... Roth hat siebzehn Mal gepasst.

– Ist es möglich!

– Es scheint nicht möglich, und doch ist es so.

– Und die Spieler waren darauf versessen?

– Mehr als neunmalhunderttausend Franken Gewinn für die Bank!

– Beim Roulette oder Trente et Quarante?

– Beim Trente et Quarante.

– Seit fünfzehn Jahren hat man das hier nicht gesehen.

– Seit fünfzehn Jahren, drei Monaten und vierzehn Tagen, erwiderte kühl ein alter Spieler, der zu der ehrenwerten Klasse der Rupfer gehörte. Ja, mein Herr, – ein merkwürdiger Umstand – es war im Hochsommer, am 16. Juni 1867... Ich kann etwas davon erzählen.«

So ungefähr lauteten die Ausrufe und Unterhaltungen, welche in dem Vestibül und bis in den Säulengang des Fremden-Zirkels in Monte Carlo hinein am Abend des dritten Oktober, acht Tage nach dem Entweichen Carpena's aus der spanischen Strafanstalt laut wurden.

Inmitten dieser Menge von Spielern, Männern und Frauen jeder Nationalität, jedes Alters, jedes Standes, erhob sich ein Geschwirr der Begeisterung.

Man hätte am liebsten das Rot so bejubelt, wie man ein den *Grand Prix* eroberndes Pferd auf den Rennplätzen von Epsom und Longchamps feiert. Für diese Nomaden-Bevölkerung, welche die alte und die neue Welt täglich über das kleine Fürstentum Monaco ergießt, hatte die Serie von siebzehn Mal ungefähr die Bedeutung eines politischen Ereignisses, welches das europäische Gleichgewicht aus der Lage bringt.

Man wird es gern glauben wollen, dass diese außergewöhnliche Hartnäckigkeit des Rots zahlreiche Opfer auf dem Schlachtfelde zurückließ, der Geldvorrath der Bank belief sich auf eine beträchtliche Summe. Fast eine Million, so sagte man in den verschiedenen Gruppen – woraus man schließen kann, dass fast die Gesamtheit der Gruppen von dieser beträchtlichen Summe in Mitleidenschaft gezogen worden war.

Zwei Fremde namentlich hatten dem Moloch des grünen Tisches einen ansehnlichen Betrag opfern müssen. Der Eine, sehr kühl und in schroffer Haltung, obwohl auch er von großen Erregungen durchtobt war, deren Spuren sein bleiches Gesicht noch aufwies, der Andere mit empörten Mienen, mit in Unordnung geratenen Haaren und den Blicken eines Irrsinnigen oder Verzweifelten, stiegen sie soeben die Stufen der Vorhalle hinunter, um sich in dem Schatten zu verlieren, der über der zum Taubenschießen hergerichteten Terrasse lag.

»Mehr als viermalhunderttausend Franken kostete uns diese verwünschte Serie, rief der Ältere.

– Sie können getrost viermalhundertunddreizehntausend sagen, gab der Jüngere zurück mit dem Tone eines Kassiers, der soeben ein größeres Additionsexempel gemacht hat.

– Jetzt bleiben mir nur noch knapp zweimalhunderttausend Franken, fing der erste Spieler von Neuem an.

– Einmalhundertsiebenundachtzigtausend nur, antwortete der Andere mit seinem unerschütterlichen Phlegma.

– Ja!... nur!... von den zwei Millionen, die ich noch hatte, als Sie mich zwangen, Ihnen zu folgen.

– Eine Million, siebenhundertfünfundsiebzigtausend Franken.

– Und das innerhalb zweier Monate.

– Eines Monats und sechzehn Tage.

– Sarcany! rief der Ältere, den die Kaltblütigkeit seines Genossen nicht weniger aufregte als die ironische Genauigkeit seiner Zahlenangaben.

– Was soll's, Silas?«

Silas Toronthal und Sarcany waren es also, die soeben diesen Wortwechsel mit einander hatten. Seit ihrer Abreise aus Ragusa, in der kurzen Zeit von drei Monaten, waren sie an den Ruin gelangt, oder wenigstens nahe daran. Sarcany, nachdem er den ganzen Anteil, den er als Lohn seines erbärmlichen Verrates empfangen, vergeudet hatte, war nach Ragusa gekommen, um mit seinem alten Genossen wieder anzuknüpfen. Beide hatten mit Sarah die Stadt verlassen und Silas Toronthal war dann von Sarcany auf die Bahnen des Spieles geleitet worden. Die Abwechslungen, die dasselbe mit sich bringt, hatten in äußerst kurzer Zeit sein Vermögen klein gemacht. Man kann wohl sagen, dass es Sarcany nicht schwer wurde, aus dem einstigen Bankier, der ja von jeher ein kühner Spekulant gewesen war und mehr als einmal in finanziellen Abenteuern, wo der Zufall der einzige Führer war, seine Situation auf's Spiel gesetzt hatte, aus diesem einstigen Bankier einen Spieler zu machen, einen regelmäßigen Besucher der Cercles und der Spielhöllen.

Wie hätte Silas Toronthal auch widerstehen sollen? Befand er sich nicht gegenwärtig mehr als je unter der Herrschaft seines ehemaligen tripolitanischen Maklers? Wenn es auch manchmal heftige Auftritte und Empörungen gab, so verstand es Sarcany trotzdem, ihn mit unwiderstehlicher Macht an sich zu fesseln. Der Elende war schon so weit gesunken, dass ihm die moralische Kraft, sich aufzuraffen, vollständig abging. Sarcany beunruhigte sich daher nicht im Geringsten über diese Anwandlungen Toronthal's, sich seinem Einflusse zu entziehen. Das Brutale seiner Antworten, das Unbestreitbare in seiner Logik brachten Silas Toronthal bald wieder unter das gewohnte Joch zurück.

Als die beiden Verbündeten unter Umständen, die man gewiss nicht vergessen haben wird, Ragusa verlassen hatten, war es ihre erste Sorge gewesen, Sarah in einem sicheren Gewahrsam bei Namir unterzubringen. In der Abgelegenheit von Tetuan, das sich in das Grenzgebiet Marokkos verliert, wäre es sehr schwer, wahrscheinlich aber unmöglich gewesen, sie zu entdecken. Dort, so hatte sich die unbeugsame Genossin Sarcany's vorgenommen, wollte sie den Willen des jungen Mädchens zu brechen und ihr die Einwilligung zu ihrer Ehe mit Sarcany zu entreißen suchen. Unerschütterlich in ihrer Weigerung, sich stärkend an der Erinnerung an Peter, hatte das junge Mädchen bis dahin hartnäckig sich dessen geweigert. Doch würde sie es auch in Zukunft können?

Sarcany hatte inzwischen nicht aufgehört, seinen Genossen anzufeuern, die Chancen des Spieles zu erproben, obwohl er selbst sein eigenes Vermögen dadurch verloren hatte. In Frankreich, Italien und Deutschland, in den großen Centren, wo der Zufall in allen Formen sein Wesen treibt, an der Börse, auf den Rennplätzen, in den Spielclubs der Hauptstädte, in den Kurorten wie in den Seebädern, gab Silas Toronthal der Verführung Sarcany's nach und die Folge war, dass sein Vermögen schnell auf einige hunderttausend Franken zusammenschmolz. Während der Bankier sein eigenes

Geld wagte, riskierte Sarcany nur das des Bankiers und durch diesen doppelten Abgang näherten sich Beide ihrem Ruine mit verdoppelter Schnelligkeit. Die Karte schlug beständig gegen sie und deshalb versuchten sie das Glück auf jedem Felde. Die Baccarataillen kosteten sie schließlich den größten Teil der Millionen, die aus den Gütern des Grafen Sandorf stammten und das Hotel im Stradone zu Ragusa musste daher schleunigst verkauft werden.

Nachdem sie sich in verdächtige Spielzirkel gewagt, in denen das »*Rien ne va plus*« der Croupiers mit dem »*corriger la fortune*« Hand in Hand geht, betraten sie als letzte Station und um sich ein wenig zu rehabilitieren den Weg zur Roulette und zum *Trente et Quarante.* Wenn sie auch hier ebenso wie früher ausgeplündert wurden, so hatten sie wenigstens die Genugtuung, dass nur ihr eigener Starrsinn sie antrieb, gegen die ungleichen Glückszufälle zu kämpfen.

Aus diesem Grunde befanden sich die Beiden bereits seit drei Wochen in Monte Carlo. Sie verließen kaum die Spieltische des Clubs, versuchten die zweifelhaftesten Coups, besetzten die widerspenstigsten Felder, studierten die Drehungen des Zylinders der Roulette, denn in der letzten Viertelstunde des Dienstes ermattet gewöhnlich die Hand des Croupiers, sie rechneten das Maximum der durchaus nicht herauskommen wollenden Nummern aus, hörten die Ratschläge gedienter Schlepper an, welche zu Spielprofessoren geworden waren, machten allerhand nur mögliche Versuche und gebrauchten die nichtssagendsten Zauberformeln, welche den Spieler zwischen das Kind, welches seine Vernunft noch nicht hat, und den Idioten, der sie auf immer verloren, rangieren. Wenn man nur noch sein Geld auf's Spiel gesetzt hätte, aber nein, man schwächte auch seinen Geist, indem man sich bemühte, die dümmsten Kombinationen zu erfinden und man stellte seine persönliche Würde in dieser Vertraulichkeit bloß, welche das Zusammensein mit dieser gemischten Gesellschaft Allen auferlegt.

Kurz, in Folge jenes Abends, der im Kalender von Monte Carlo rot angestrichen werden sollte, in Folge ihres Eigensinnes, gegen eine Serie von siebzehnmal Roth im *Trente et Quarante* zu kämpfen, blieb den beiden Kumpanen nur die bescheidene Summe von zweimalhunderttausend Franken in Händen. Das heißt mit anderen Worten, das Elend nahte mit Riesenschritten.

Doch wenn sie auch beinahe ruiniert waren, so hatten sie doch noch nicht die Vernunft verloren, und während sie auf der Terrasse plauderten, konnten sie einen Spieler wahrnehmen, der mit entblößtem Haupte durch den Park lief und schrie:

»Er dreht sich noch!... Er dreht sich noch!«

Der Unglückliche bildete sich ein, er hätte auf eine Nummer gesetzt, die herauskommen sollte, doch der Zylinder habe, von einem phantastischen Taumel ergriffen, sich immer weiter gedreht und drehe sich noch bis ans Ende aller Dinge.... Der Ärmste war wahnsinnig.

»Haben Sie sich endlich beruhigt, Silas? fragte Sarcany seinen Compagnon, der sich nicht mehr zu fassen wusste. Lernen Sie von diesem Unsinnigen, dass man nie den Kopf verlieren soll.... Wir haben kein Glück gehabt, das ist leider wahr, aber die Chance wird wieder eine günstigere für uns werden, weil sie es werden muss und ohne dass wir den Finger zu rühren brauchen.... Wir wollen uns gar nicht bemühen, die

Chancen zu verbessern. Es ist dies gefährlich und übrigens unnütz.... Man kann einmal keine Karte anders schlagen lassen, wenn sie schlecht schlägt und ebenso wenig kann man sie anders fallen lassen, wenn sie sich günstig wendet.... Wir wollen unsere Zeit abwarten, und wenn sie da sein wird, so werden wir das Glück kühn an unser Spiel fesseln.«

Hörte Silas Toronthal diese Ratschläge – dumme Ratschläge, wie alle Begründungen, wenn es sich um ein Spiel des Zufalls handelt? Nein! Er war vollständig geknickt und hatte augenblicklich den einen Wunsch: der Herrschaft Sarcany's entgehen, fliehen, so weit fliehen zu können, dass seine Vergangenheit sich nicht wieder an ihn wagen durfte. Doch solche Anfälle von eigenen Willensäußerungen konnten in diesem unselbständigen, haltlosen Gemüte nicht lange anhalten.

Silas wurde überdies auch von seinem Komplizen nicht aus den Augen gelassen. Ehe Sarcany ihn sich selbst überließ, musste er seine Heirat mit Sarah vollzogen sehen. Dann wollte er sich von Silas Toronthal gern trennen, ihn vergessen und sich nicht einmal daran erinnern, dass dieses schwache Geschöpf jemals gelebt, dass Beide jemals ihre Hand in einer und derselben Sache im Spiele gehabt hätten. Bis dahin aber musste der Bankier von ihm abhängig sein.

»Wir sind heute zu unglücklich gewesen, Silas, begann Sarcany von Neuem, als dass die Chancen für uns nicht bessere werden sollten.... Morgen muss uns das Glück hold sein!

– Und wenn ich das Wenige, was ich noch besitze, verliere? warf Silas Toronthal ein, der vergebens sich bemühte, den erbärmlichen Ratschlägen sein Ohr zu verschließen.

– So wird uns Sarah Toronthal noch erhalten bleiben, antwortete Sarcany lebhaft. Sie ist und bleibt das beste Atout in unserem Spiele. Es ist unmöglich, dieses zu übertrumpfen.

– Ja!... Morgen!... Morgen!« rief der Bankier, dessen Sinne sich in der Verfassung befanden, in welcher ein Spieler seinen Kopf riskiert.

Beide kehrten in ihr Hotel zurück, das halben Weges auf der Straße gelegen war, welche von Monte Carlo nach der Condamine hinab führt.

Der Hafen von Monaco, den man vom Vorgebirge Focinana bis zum Fort Antoine rechnet, besteht aus einer ziemlich offenen Reede, welche den nordöstlichen und südöstlichen Winden ausgesetzt ist. Er rundet sich zwischen dem Felsen, der die Hauptstadt des kleinen Fürstentums trägt, und dem Plateau ab, auf welchem die Hotels, die Landhäuser und das Etablissement von Monte Carlo errichtet sind, am Fuße des herrlichen Mont Agal, dessen Gipfel in einer Höhe von elfhundert Metern einen großartigen Überblick über die Gestade Liguriens gewährt. Die von zwölfhundert Einwohnern bevölkerte Stadt ähnelt einem Tafelaufsatze, der auf den imposanten, von drei Seiten vom Meere bespülten Felsentisch von Monaco gestellt ist und fast verschwindet unter dem ewigen Grün der Palmen, Granaten, der Sykomoren, Pfefferbäume, Orangen, Zitronen, Eukalypten, der Geraniumzwergbäume, Aloen, Myrten, Mastixbäume, der Palme Christi, die hier und dort in einem wunderbaren Durcheinander erblühen.

Auf der anderen Seite des Hafens macht Monte Carlo der kleinen Hauptstadt Platz mit ihrem merkwürdigen Gemisch von Wohnhäusern, die sich über alle Vorsprünge des Berges ziehen, mit ihren schmalen, hügeligen, im Zick-Zack angelegten Straßen, die bis zur Straße der Corniche hinausführen, welche auf halber Höhe des Gebirges schwebt, mit ihrem Schachbrett von ewig blühenden Gärten, ihrem Panorama von Landhäusern jeden Styles, von Villen jeder Gattung, von denen einige buchstäblich über den stets klaren Wogen dieses Busens des Mittelmeeres hängen.

Zwischen Monaco und Monte Carlo, im Hintergrunde des Hafens, von der Küste bis zur Einengung des buchtenreichen Tales, welches die Gebirgsgruppe trennt, breitet sich eine dritte Stadt aus, die Condamine.

Über ihr zur Rechten erhebt sich ein wuchtiger Berg, sein dem Meere zugewendetes Profil hat ihm den Namen des Hundskopfes eingebracht. Auf diesem Kopfe, der fünfhundertzweiundvierzig Meter hoch ist, erhebt sich jetzt ein Fort, welches das Recht hat, sich für uneinnehmbar zu halten. Es bildet zugleich auf dieser Seite die Grenze des Fürstentums Monaco.

Von der Condamine nach Monte Carlo können Wagen über eine herrliche Rampe passieren. Auf ihrem oberen Teile erheben sich abgesonderte Baulichkeiten und Hotels; in einem von diesen wohnten Silas Toronthal und Sarany. Von den Fenstern ihrer Zimmer konnte der Blick über die Condamine und bis über Monaco hinaus schweifen. Der Hundskopfberg mit seinem Bulldoggesicht, der das Mittelländische Meer wie eine Sphinx die lybische Wüste zu befragen scheint, schnitt die weitere Fernsicht ab.

Sarcany und Silas Toronthal hatten sich in ihre Gemächer zurückgezogen. Dort legten sich Beide die Situation zurecht, natürlich Jeder von seinem Gesichtspunkte. Sollte es den Wechselfällen des Spieles gelingen, das Gemeinsame ihrer Interessen zu durchbrechen, welches sie nun schon seit fünfzehn Jahren so eng verband?

Sarcany fand in seinem Zimmer einen Brief vor, der aus Tetuan kam; er erbrach sofort das Siegel.

In wenigen Zeilen schrieb ihm Namir über zwei wichtige Dinge, welche sein höchstes Interesse herausforderten: erstens berichtete sie den Tod Carpena's, der im Hafen von Ceuta im Anschluss an ganz eigentümliche Vorfälle ertrunken war; sodann das Erscheinen des Doktors Antekirtt auf jenem Punkte der afrikanischen Küste, die Beziehungen, welche er zu dem Spanier gehabt hatte und sein unmittelbar darauf erfolgtes Verschwinden.

Als Sarcany den Brief gelesen, öffnete er das Fenster seines Zimmers. Sich über die Brüstung lehnend, bemühte er sich mit unsteten Blicken seine Gedanken zu sammeln.

»Carpena tot?... Gelegener konnte er wahrhaftig nicht sterben!... Jetzt sind seine Geheimnisse mit ihm ertrunken!... Von dieser Seite also habe ich nichts zu befürchten!... In dieser Beziehung kann ich nun beruhigt sein!...«

Dann wendeten sich seine Gedanken dem zweiten Teile des Briefes zu:

»umso bedenklicher ist das Erscheinen des Doktors Antekirtt in Ceuta!... Wer mag dieser Mann eigentlich sein?... Ich würde im Grunde genommen nach Allem, was bisher geschehen, wenig überrascht sein, wenn ich finden würde, dass dieser Doktor bei allen mich angehenden Dingen mehr oder weniger die Hand im Spiele hat.... In Ragusa hatte er Beziehungen zu der Familie Bathory!... In Catania stellte er Zirone einen Hinterhalt!... In Ceuta war es wahrscheinlich seine Einmischung, welche Carpena das Leben gekostet hat!...

Er war also in der Nähe von Tetuan, doch scheint er nicht dorthin gegangen zu sein, auch scheint er keine Kenntnis von Sarah's Aufenthalt zu haben. Ihre Auffindung wäre allerdings der furchtbarste Schlag für mich gewesen, er kann aber noch immer eintreten!... Wir wollen sehen, ob es nicht geraten ist, den Schlag zu parieren, nicht nur für die Zukunft, sondern auch für jetzt. Die Senusisten werden bald die Herren von der ganzen Cyrenäis sein und nur einen Meerarm zu durchschiffen haben, um sich auf Antekirtta zu werfen... Sollte man sie dazu veranlassen müssen, so soll es an mir nicht fehlen!...«

Dass sich verschiedene dunkle Punkte am Horizonte Sarcany's zeigten, war klar. Bei der schmutzigen Machination, die er Schritt für Schritt verfolgte, angesichts des Zieles, welches er erreichen wollte und dem er sich nahe genug befand, konnte das kleinste Steinchen des Anstoßes ihn so zu Boden schmettern, dass er das Aufstehen vergaß.

Nicht nur das Dazwischentreten des Doktors Antekirtt war geeignet, ihn zu beunruhigen, sondern auch die gegenwärtige Lage von Silas Toronthal; sie begann ihm ernstliche Sorgen zu bereiten.

»Ja, sprach er bei sich weiter, wir sind an die Mauer gedrückt!... Morgen geht es um das Ganze!... Entweder die Bank oder wir werden gesprengt!... Wenn auch Toronthal's Ruin den meinigen nach sich zieht, so hat das weiter nicht viel zu sagen, ich werde mir schon weiterhelfen!... Aber Silas! Das ist etwas Anderes. Dann wird er gefährlich, er kann sprechen, das Geheimnis aufdecken, auf welchem allein noch meine Zukunft beruht!... War ich bisher sein Gebieter, so kann es dann vielleicht umgekehrt kommen!«

Die Situation war genau die, wie sie Sarcany zeichnete. Er konnte sich über den moralischen Wert seines Gefährten keinen Illusionen hingeben. Er selbst hatte ihm ja einst die besten Lehren gegeben: Silas Toronthal würde schon verstehen, Nutzen aus ihnen zu ziehen, wenn er nichts mehr zu verlieren hatte.

Sarcany fragte sich also, was zu tun am gescheitesten wäre. Er war so versanken in sein Nachdenken, dass er nichts von dem sah, was am Eingange zum Hafen von Monaco, wenige hundert Fuß unter ihm vorging.

In der Entfernung einer halben Ankerlänge von der Küste glitt ein langes, weder Mast noch Schornstein zeigendes spindelförmiges Fahrzeug an der Oberfläche des Meeres dahin, welche sein Rumpf kaum um zwei oder drei Fuß überragte. Bald, nachdem es sich langsam dem Vorgebirge Focinana genähert hatte, unterhalb dessen das Taubenschießen von Monte Carlo stattfindet, sachte es im Schutze der Brandung ein ruhigeres Fahrwasser auf. Sodann löste sich eine leichte, aus Eisenblech geformte Jolle ab, die wie einkrustiert in die Flanke des fast unsichtbaren Schiffes gewesen war. Drei Männer nahmen in ihr Platz. Einige Ruderschläge brachten sie bald an eine niedrige Uferstelle, an der zwei von ihnen ausstiegen, während der dritte die Jolle an das Schiff zurückführte Einige Augenblicke später war das geheimnisvolle Fahrzeug, das seine Anwesenheit weder durch ein Signalfeuer noch durch ein Geräusch verraten hatte, in der Dunkelheit verschwunden, ohne eine Spur von seinem Kielwasser zu hinterlassen.

Sobald die beiden Männer das Ufer verlassen hatten, gingen sie am Saume der Klippen entlang dem Bahnhofe zu. Dann lenkten sie in die *Avenue des Spelugues* ein, welche die Gärten von Monte Carlo umschließt.

Sarcany hatte nichts bemerkt. Seine Gedanken führten ihn in diesem Augenblicke von Monaco fort fern nach Tetuan hin.... Doch ging er nicht allein dorthin, sein Genosse wurde von ihm gezwungen, ihn zu begleiten.

»Silas... mein Herr? wiederholte er bei sich, Silas sollte mit einem Worte mich hindern können, mein Ziel zu erreichen?... Niemals!... Wenn das Spiel uns morgen das nicht wiedergibt, was es uns genommen hat, so werde ich mich schon darauf verstehen, ihn mir folgen zu lassen!... Ja!... Er soll mir schon nach Tetuan folgen müssen und dort, an der marokkanischen Küste, wer sollte dort wohl viel danach fragen, ob Silas Toronthal verschwunden ist?...«

Sarcany war, wie man weiß, der Mann dazu, vor einem Verbrechen nicht zurückzuschrecken, namentlich wenn die Umstände, die Abgelegenheit des Landes, die

Wildheit seiner Bewohner, die Unmöglichkeit, den Schuldigen zu suchen und ihn aufzufinden, die Tat so bequem ausführbar machten.

Der Plan war gefasst, Sarcany schloss das Fenster, legte sich schlafen und entschlummerte auch sofort, ohne dass das Gewissen sich in ihm irgendwie bemerkbar gemacht hätte.

Nicht so bei Silas Toronthal. Der Bankier verbrachte eine furchtbare Nacht. Was blieb ihm von seinem einstigen Vermögen noch? Kaum zweimalhunderttausend Franken, welche das Spiel bisher verschont hatte, und auch über diese Summe war er schwerlich noch der Herr. Sie war der Einsatz zum letzten Spiele. So wollte es sein Komplize, so wollte er selbst es. Sein geschwächtes, von chimärischen Berechnungen erfülltes Gehirn erlaubte ihm nicht mehr, richtig und kühl zu denken. Er war sogar unfähig – in diesem Augenblicke wenigstens – sich über seine Lage klar zu werden, wie es Sarcany gekonnt hatte. Er sagte sich nicht, dass sie die Rollen getauscht, dass er jetzt denjenigen in seiner Macht hätte, der ihn so lange in der seinigen gehabt. Er sah nur die Gegenwart mit seinem bevorstehenden Ruin und dachte nur an den folgenden Tag, der ihn entweder wieder flott machte oder ihn auf die unterste Stufe des Elends schleuderte.

So verging diese Nacht für die beiden Genossen. Während sie dem Einen einige Stunden des Schlafes gönnte, verhängte sie über den Anderen alle Schrecken der Schlaflosigkeit.

Am folgenden Tage gegen zehn Uhr sachte Sarcany Silas Toronthal auf. Der Bankier saß am Tische und bedeckte die Seiten seines Notizbuches mit Ziffern und Formeln.

»Nun, Silas? fragte Sarcany mit dem oberflächlichen Tone Jemandes der den Miseren dieser Welt nicht mehr Wichtigkeit beizulegen gedenkt als sie es verdienen, nun, haben Sie in Ihren Träumen dem Roth oder dem Schwarz den Vorzug eingeräumt?

– Ich habe nicht einen einzigen Augenblick geschlafen... ganz gewiss... nicht einen einzigen, antwortete der Bankier.

– umso schlimmer, Silas, umso schlimmer!... Heute ist kaltes Blut von Nöten und einige Stunden der Ruhe wären Ihnen unbedingt dienlich gewesen. Sehen Sie mich an! Ich habe in einem Zuge geschlafen und bin ganz dazu aufgelegt, gegen das Glück zu kämpfen. Es ist schließlich eine Frau und liebt die Leute, welche im Stande sind, ihr Zügel anzulegen.

– Sie hat uns aber schmählich verraten!

– Pah!... Eine bloße Laune!... Ist sie vorüber, kommt sie zu uns zurück.«

Silas Toronthal erwiderte nichts. Hörte er überhaupt, was Sarcany sagte, während seine Augen sich nicht von der Seite seines Notizbuches erhoben, auf die er so viele unnütze Kombinationen niedergeschrieben hatte?

»Was schreiben Sie da? fragte Sarcany. Berechnungen? Kniffe?... Teufel... Sie scheinen mir wirklich bedenklich krank zu sein, teurer Silas!... Es gibt keine Berechnungen, denen man den Zufall unterordnen könnte, und der Zufall allein könnte es sein, der sich auch heute gegen uns erklärt.

– Schön! meinte Silas und schloss das Notizbuch.

– Das ist nun einmal so, Silas!... Ich kenne nur eine Art, den Zufall zu lenken, sagte Sarcany ironisch. Doch muss man zu diesem Zwecke Specialstudien gemacht haben... und unsere Erziehung weist an dieser Stelle eine Lücke auf. Halten wir uns also an die Chance.... Sie war gestern für die Bank. Es ist möglich, dass sie sich heute von ihr abwendet,... Wenn dem aber so ist, Silas, so kann uns das Spiel Alles wiedergeben, was es uns genommen hat.

– Alles?!...

– Ja, Alles, Silas! Nur keine Mutlosigkeit. Im Gegenteil, Kühnheit und kaltes Blut!

– Und heute Abend, wenn wir ruiniert sind? fragte der Bankier und sah Sarcany scharf ins Gesicht.

– Nun, dann verlassen wir Monaco.

– Und gehen wohin? schrie Silas Toronthal. Verflucht sei der Tag, an welchem ich Sie kennen gelernt habe, Sarcany, verflucht der Tag, an welchem ich Ihre Dienste beanspruchte!... Ich wäre nicht dahin gekommen, wo ich mich heute befinde!

– Sie kommen mit dem Bedauern ein wenig spät, mein Teurer, antwortete der unverschämte Patron, und Sie machen es sich etwas zu bequem, Leute bloßzustellen, deren man sich bedient hat.

– Nehmen Sie sich in Acht! rief der Bankier.

– Ja!... Ich werde mich in Acht nehmen!« murmelte Sarcany.

Diese Drohung Toronthal's bestärkte ihn mehr als alles Andere in dem Entschlusse, ihn unschädlich zu machen.

Dann sagte er laut:

»Mein lieber Silas, wir wollen uns nicht gegenseitig ärgern. Wozu soll das?... Das regt die Nerven auf und heute dürfen wir nicht nervös sein!... Haben Sie Vertrauen und verzweifeln Sie nicht mehr als ich!... Wenn unglücklicher Weise der Teufel sich gegen uns erklären sollte, so vergessen Sie nicht, dass neue Millionen mich erwarten und dass Sie Ihren Anteil an denselben haben werden.

– Ja, ja! erwiderte Silas Toronthal, ich muss meine Revanche haben. Der Instinkt des Spielers, der ihn einen Augenblick verlassen, kam wieder über ihn. Ja, die Bank war gestern zu glücklich, als dass sie heute Abend...

– Heute Abend werden wir reich, sehr reich sein, rief Sarcany, und ich verspreche Ihnen, Silas, diesmal werden wir nicht wieder einbüßen, was wir zurückgewonnen haben. Was auch immer kommen mag, morgen verlassen wir Monte Carlo.... Wir werden reisen...

– Wohin?

– Nach Tetuan, wo wir eine letzte Partie zu spielen haben werden. Es soll aber auch die schönste werden!«

VIERTES KAPITEL. DER LETZTE EINSATZ.

Die Salons des Fremdenzirkels – gemeinhin Casino genannt – waren seit elf Uhr geöffnet. Obwohl die Zahl der Spieler noch eine beschränkte war, begannen doch schon einige Roulettetische ihre Arbeit.

Das Ebenmaß dieser Tische war vorher geregelt worden, denn dieselben müssen an jeder Stelle gleich hoch sein. Die kleinste Unebenheit, welche die Bewegung der in den sich drehenden Zylinder geworfenen Kugel abändern würde, würde schnell bemerkt und zum Schaden der Bank ausgelegt werden.

Auf jedem der sechs Roulettetische waren sechzigtausend Franken in Gold, Silber und Bankbillets niedergelegt; auf jedem der beiden Tische, welche dem *Trente et Quarante*-Spiel dienten, hundertundfünfzigtausend. Das ist vor Eröffnung der Hauptsaison der gewöhnliche Einsatz, und es kommt selten vor, dass die Administration sich zur Erneuerung dieses Grundfonds veranlasst sieht. Sie soll nur mit dem Refait und dem Zero gewinnen, deren Profit ihr gehört – und immer. Wenn das Spiel an und für sich schon unmoralisch ist, um wie viel mehr, wenn man unter solchen ungleichen Bedingungen operieren muss.

An jedem Roulettetische hatten die acht Croupiers, ihre Harken in den Händen, bereits die ihnen reservierten Plätze eingenommen. Ihnen zu Seiten saßen oder standen die Spieler oder Zuschauer. Durch die Säle spazierten die Inspektoren und beachteten sowohl die Croupiers als die Aussetzenden, während die Garçons des Saales im Auftrage des Publikums wie der Administration, die über nicht weniger als hundertundfünfzig Angestellte für das Spiel verfügt, hierhin und dorthin eilten.

Gegen zwölfundeinhalb Uhr brachte der Zug von Nizza das übliche Kontingent der Spieler. An diesem Tage fanden sie sich vielleicht noch zahlreicher als sonst ein. Die Serie von siebzehnmal Roth hatte ihre natürliche Wirkung getan. Sie bildete eine Anziehungskraft und Alles, was vom Zufalle lebt, kam herbei, um den Wechselfällen des Spieles mit noch größerem Eifer als zuvor zu frönen.

Eine Stunde später hatten sich die Säle gefüllt. Man unterhielt sich namentlich von dem außergewöhnlichen Ereignis, doch durchschnittlich mit leiser Stimme. Nichts Traurigeres, im Ganzen genommen, als diese riesigen Säle, trotz ihres verschwenderisch aufgetragenen Goldschmuckes, ihrer phantastischen Ornamentierung, des Luxus ihrer Ausstattung, der Fülle ihrer Lüster, welche Ströme von Gasstrahlen entsenden, ohne der Ölhängelampen mit ihren grünen Schirmen zu gedenken, welche die Spieltische noch besonders beleuchten. Was hier trotz des Zuflusses der Besucher vorherrscht, ist nicht das Gesurr der Stimmen, sondern das Klimpern der Gold- und Silberstücke, welche gezählt werden oder über das grüne Tuch rollen, und das Knistern der Bankbillets, das unaufhörliche: »Roth gewinnt und Farbe«, oder »siebzehn, schwarz, *impair* und *manque*«, welche Redensarten mit gleichgültiger Stimme der Spielführer ausruft – höchst traurig Alles das!

Zwei der Verlierer vom vorigen Abend, die zu den berühmtesten zählten, waren noch nicht in den Sälen aufgetaucht. Schon versuchten einige Spieler den verschiedenen Chancen zu folgen, das Glück an ihre Person zu fesseln, teils an der Roulette, teils beim *Trente et Quarante*. Allein die Alternativen des Gewinnes und Verlustes glichen sich aus und es schien nicht, als ob das »Phänomen« des vorigen Abends sich noch einmal zeigen würde.

Erst gegen drei Uhr betraten Sarcany und Silas Toronthal das Casino. Ehe sie in die Spielsäle gingen, machten sie einen Rundgang durch die Halle, wo die Neugierde des lieben Publikums sich sofort ihnen zuwendete. Man betrachtete sie, stellte sich ihnen in der Weg, man fragte sich, ob sie sich heute abermals mit dem Zufalle in einen Kampf einlassen würden, der ihnen teuer genug zu stehen gekommen war. Einige Spielprofessoren hätten gern die Gelegenheit benützt, ihnen ihre unfehlbaren Tabellen zu verkaufen, wenn Jene in diesem Augenblicke leichter zugänglich gewesen wären.

Der Bankier mit seinen verstörten Mienen sah kaum, was um ihn her vorging. Sarcany blickte, zugeknöpfter als je um sich. Beide richteten ihre ganze Aufmerksamkeit auf den Augenblick, in welchem sie ihren letzten Coup ausführen wollten.

Unter den Personen, welche sie mit jener besonderen Neugier beobachteten, die man namentlich Patienten oder Verurteilten angedeihen lässt, befand sich auch ein Fremder, der sie keinen Augenblick verlassen zu wollen schien.

Es war ein junger Mann, im Alter von zwei- oder dreiundzwanzig Jahren, mit seinen Gesichtszügen, verschmitztem Aussehen, spitzer Nase – einer jener Nasen, welche zugleich zu sehen scheinen. Seine Augen, die eine auffallende Lebhaftigkeit entwickelten, verbargen sich hinter einer mit Schutzgläsern versehenen Brille. Er schien viel bares Geld bei sich zu haben, oder er tat so, denn seine Hände steckten tief in den Taschen seines Überziehers, vielleicht hätten sie auch sonst irgendwie gestikuliert; seine Füße nahmen, wenn er stillstand, die bekannte erste Position des Tanzunterrichtes ein, gewiss, um seiner Person einen festeren Halt zu geben. Er war angemessen gekleidet, ohne gerade den neuesten Verschrobenheiten des Geckentums zu huldigen, und legte augenscheinlich keinen besonderen Wert auf seine Erscheinung; vielleicht fühlte er sich auch etwas geniert in den korrekt sitzenden Kleidungsstücken.

Man wird ohne besondere Überraschung vernehmen, dass kein Anderer als Pointe Pescade dieser junge Fremde war.

Draußen in den Gärten erwartete ihn Kap Matifu.

Die Persönlichkeit, für deren Rechnung sie Beide in besonderer Mission in dieses Paradies oder diese Hölle des Reiches von Monaco kamen, war Doktor Antekirtt.

Das Schiff, welches sie am Abend zuvor auf dem Ufer von Monte Carlo gelandet hatte, war der »Electric 2« der Flottille von Antekirtta gewesen.

Der Zweck ihrer Reise nach Monaco war der folgende:

Zwei Tage nach seiner Überbringung an Bord des »Ferrato« war Carpena ans Land gesetzt und trotz seiner Einsprüche in eine der Kasematten der Insel gebracht worden. Dort wurde es dem Flüchtling des spanischen Präsidios bald klar, dass er nur ein Gefängnis gegen ein zweites eingetauscht hatte. Anstatt zu der Sträflingskolonie des Gouvernements von Ceuta zu gehören, befand er sich, ohne es zu wissen, in der Gewalt des Doktors Antekirtt. Wo? er hätte es nicht zu sagen gewusst. Hatte er aus diesem Wechsel etwas gewonnen? Das fragte er sich nicht ohne Sorgen. Er war übrigens entschlossen, Alles zu tun, was seine Lage aufbessern konnte.

Er zögerte deshalb auch nicht, in dem ersten Verhör, welchem der Doktor selbst ihn unterwarf, freimütige Antworten zu geben.

Kannte er Silas Toronthal und Sarcany?

Silas Toronthal nicht, Sarcany ja – er hatte ihn sogar mit nur kurzen Unterbrechungen zu Gesicht bekommen.

Hatte Sarcany Fühlung mit Zirone und seiner Bande, seit Jener in der Umgebung von Catania hauste?

Ja, da Sarcany in Sizilien erwartet wurde und auch sicher dorthin gekommen wäre, wenn der Ausgang jener unglücklichen Expedition, die mit dem Tode Zirone's endete, ein anderer gewesen wäre.

Wo befand sich Sarcany jetzt?

In Monte Carlo, falls er nicht diese Stadt bereits wieder verlassen hatte, in der er seit einiger Zeit lebte und zwar wahrscheinlich mit Silas Toronthal zusammen.

Mehr wusste Carpena nicht, doch genügte das, was er erfahren, dem Doktor, um einen neuen Feldzug zu beginnen.

Natürlich hatte der Spanier keine Ahnung davon, welches Interesse der Doktor gehabt, ihn aus Ceuta entkommen zu lassen und sich seiner Person zu bemächtigen, ebenso wenig, dass sein an Andrea Ferrato begangener Verrat dem wohl bekannt war, der ihn ausfragte. Er wusste nicht einmal, dass Luigi der Sohn des Fischers von Rovigno war. Der Gefangene wurde in seiner Kasematte viel strenger bewacht, als es in Ceuta der Fall gewesen. Er sollte mit Niemandem Verkehr haben können bis zu dem Tage, an dem über sein Schicksal beschlossen werden sollte.

Von den drei Verrätern also, welche den blutigen Ausgang der Triester Verschwörung herbeigeführt hatten, befand sich jetzt Einer in den Händen des Doktors. Es erübrigte nur noch, sich der beiden Anderen zu bemächtigen und Carpena selbst hatte gesagt, wo man sie würde finden können.

Da der Doktor von Silas Toronthal, Peter von diesem und von Sarcany gekannt wurde, so schien es ihnen geraten, erst in dem Augenblick aufzutauchen, in welchem sie es mit Erfolg tun konnten. Jetzt, nachdem man die Spur der beiden Genossen wieder aufgefunden hatte, war es von Wichtigkeit, sie nicht mehr aus den Augen zu verlieren, so lange, bis die Umstände es erlauben würden, gegen sie zu operieren.

Deshalb waren Pointe Pescade, um Jenen überallhin zu folgen, wohin sie gingen, und Kap Matifu, um wenn nötig, Pointe Pescade die starke Hand zu reichen, nach Monaco gesandt worden, wohin der Doktor, Peter und Luigi sich auf dem »Ferrato« ebenfalls begeben wollten, sobald der richtige Zeitpunkt gekommen sein würde.

Die in der Nacht angelangten Freunde hatten sich sofort an ihr Werk gemacht. Es war ihnen nicht schwer geworden, das Hotel zu entdecken, in welchem Silas Toronthal und Sarcany abgestiegen waren. Während Kap Matifu in der Umgegend in Erwartung des Abends umher promenierte, sah Pointe Pescade, der auf der Lauer stand, die beiden Verbündeten in der ersten Nachmittagsstunde fortgehen. Es schien ihm, als ob der sehr niedergeschlagen aussehende Bankier wenig sprach, während Sarcany ihn ziemlich lebhaft unterhielt. Pointe Pescade hatte des Vormittags erzählen gehört, was am Abend vorher in den Sälen des Casino zu Monte Carlo vorgegangen war, das heißt, von jener unglaublichen Serie, die zahlreiche Opfer gefordert hatte, darunter in hervorragender Weise Silas Toronthal und Sarcany. Er folgerte daraus, dass ihre Unterhaltung sich auf dieses unglückliche Ereignis bezog. Da er übrigens erfahren, dass die beiden Spieler in der letzten Zeit bedeutende Einbußen erlitten hatten, so schloss er nicht weniger juridisch genau daraus, dass ihre letzten Mittel fast vollständig erschöpft sein mussten und dass gewiss der Augenblick herannahe, in dem der Doktor zu passender Zeit auftauchen könnte.

Das Erfahrene wurde einer Depesche anvertraut, die gleich am frühen Morgen ohne Namensnennung an die Station La Valletta auf Malta gerichtet wurde; von dort wurde sie auf einem besonderen Draht schnell nach Antekirtta befördert.

Als Sarcany und Silas Toronthal die Halle des Casinos betraten, war Pointe Pescade hinter ihnen; als sie die Türschwelle zu den Sälen der Roulette und des *Trente et Quarante* überschritten, tat er das Gleiche.

Es war gerade drei Uhr Nachmittags. Das Spiel begann lebhafter zu werden. Der Bankier und sein Gefährte machten erst einen Spaziergang durch die Säle. Sie standen vor den Spieltischen einige Augenblicke und beobachteten die Züge, nahmen aber selbst nicht am Spiele Teil.

Pointe Pescade bewegte sich neugierig hin und her, verlor aber seine beiden Leute dabei nicht aus den Augen. Er glaubte sogar, um nicht die Aufmerksamkeit auf sich zu lenken, einige Fünffrankenstücke auf die Rubriken der Roulette setzen zu müssen; er verlor sie selbstverständlich, übrigens mit einer bewundernswerten Kaltblütigkeit. Warum hatte er auch nicht den trefflichen Rath eines äußerst verdienstvollen Spielprofessors befolgt, der zu ihm gesagt hatte:

»Wenn man beim Spiele Glück haben will, mein Herr, so muss man die kleinen Treffer schießen lassen und nur die großen gewinnen. Darin gipfelt die ganze Kunst!«

Vier Uhr schlug es, als Sarcany und Silas Toronthal die Zeit für gekommen erachteten, einen Einsatz zu wagen. An einem der Roulettetische waren mehrere Plätze unbesetzt. Beide ließen sich nebeneinander nieder. Der Leiter des Spieles sah sich sofort nicht nur von Spielern, sondern auch von Zuschauern umringt, die begierig waren, der Revanche der beiden am Abend vorher ausgeplünderten Berühmtheiten der Spielsäle beizuwohnen.

Pointe Pescade stellte sich natürlich in die vorderste Reihe der Neugierigen und er war gewiss nicht Einer der am Wenigsten von den Wechselfällen des Spieles aufgeregten Zuschauer.

Während der ersten Stunden waren die Chancen fast die gleichen. Um sie besser zu verwerten, spielte Jeder von Beiden für sich. Sie pointierten besonders und machten bedeutende Coups, teils auf Grund einfacher Kombinationen, teils auf vervielfachten, wie sie die Roulette ermöglicht, teils mit Hilfe verschiedener Kombinationen auf einmal. Das Schicksal wendete sich nicht gegen sie, aber auch nicht ihnen zu.

Zwischen vier und sechs Uhr schien das Glück ihnen am holdesten zu sein. Sie gewannen mehrfach das Maximum auf vollen Nummern, welches sich bei der Roulette auf sechstausend Franken beläuft.

Die Hände von Silas Toronthal zitterten, wenn sie sich über das grüne Tuch ausstreckten, um seinen Einsatz hinzuschieben oder um das Gold und die Bankbillets der Croupiers fast noch unter deren Harke fortzunehmen.

Sarcany, stets seiner mächtig, ließ nicht ein einziges seiner Gefühle sich in seinen Mienen widerspiegeln. Er begnügte sich, mit Blicken seinen Compagnon anzufeuern, und Silas Toronthal war es, auf dessen Seite die Chancen augenblicklich mit großer Beständigkeit lagen.

Pointe Pescade, obwohl etwas benebelt von dem fortwährenden Hin- und Herschieben des Goldes und der Bankbillets, hörte nicht auf, Beide zu beobachten. Er fragte sich, ob sie wohl klug genug sein würden, zur richtigen Zeit abzubrechen, um dieses Vermögen, welches sich unter ihren Händen aufbaute, sich zu erhalten. Dann kam ihm der Gedanke, dass, wenn Sarcany und Silas Toronthal wirklich so klug waren – woran er übrigens zweifelte – sie vielleicht versucht sein würden, Monte Carlo zu verlassen und in irgend einen anderen Winkel Europas zu fliehen, wo man sie dann aufsuchen müsste. Wenn ihnen das Geld wieder zu Gebote stand, würden sie auch nicht mehr so bequem von dem Doktor zu erreichen sein.

»Entschieden, so schloss er seine Überlegung, ist es werthvoller, wenn sie sich ruinieren, und ich täusche mich sehr, wenn ich diesen Schuft Sarcany für den Mann halte, der im Stande ist, zur richtigen Zeit aufzuhören.«

Wie auch Pointe Pescade's Ideen in dieser Hinsicht gewesen sein mögen, ebenso seine Hoffnungen, die Chancen blieben den beiden Associés treu. Sie hätten in der Tat dreimal die Bank gesprengt, wenn nicht der Spielleiter Zuschüsse von zwanzigtausend Franken erbeten hätte.

Das war unter den Zuschauern dieses Kampfes eine Aufregung! Die Stimmung der Meisten war eine den Spielern günstige. Sah das nicht wie eine Revanche für die unverschämte Serie im Roth aus, aus der die Administration am Abend zuvor einen so reichlichen Nutzen gezogen hatte?

Als um halb sieben Uhr Silas Toronthal und Sarcany das Spiel aufgaben, strichen sie einen baren Gewinn von zwanzigtausend Louisdors ein. Sie erhoben sich von ihren Plätzen und verließen den Roulettetisch. Silas Toronthal wankte mit unsicheren Schritten einher, als wenn er ein wenig zu viel getrunken hätte – er war vielleicht benebelt von der Aufregung und der Abspannung des Gehirns. Sein gefühlloser Genosse überwachte ihn, denn es war ihm noch nicht ganz gewiss, ob Toronthal sich nicht versucht fühlen würde, mit den mehrfachen hunderttausend Franken, die mit so vielem Schweiße zurückerobert worden waren, zu entfliehen und sich seiner Herrschaft zu entziehen.

Beide durchschritten, ohne ein Wort zu sprechen, die Halle, stiegen den Vorbau hinunter und wendeten sich ihrem Hotel zu.

Pointe Pescade folgte ihnen in einiger Entfernung.

Als er ins Freie trat, sah er nahe einem der Kioske des Gartens Kap Matifu auf einer Bank sitzen.

Pointe Pescade trat an ihn heran.

»Ist der Augenblick da? fragte Kap Matifu.

– Welcher Augenblick?

– Um... um...

– Um auf die Scene zu treten?... Nein, mein Kap!... Noch nicht!... Bleibe noch hinter den Kulissen!... Hast Du gespeist?...

– Ja, Pointe Pescade.

– Meine Glückwünsche! Mir hängt der Magen bis in die Fußsohlen... wohin er doch wirklich nicht gehört. Ich werde ihn aber mir schon wieder herausholen, sobald ich Zeit habe!... Also, gehe nicht eher von hier fort, als bis ich Dich wiedergesehen habe.«

Und Pointe Pescade trat auf die Rampe zurück, welche Silas Toronthal und Sarcany hinabstiegen.

Als er sich überzeugt hatte, dass die beiden Associés sich das Diner in ihren Zimmern servieren ließen, nahm sich auch Pointe Pescade die Freiheit, an der *Table d'hôte* des Hotels Teil zu nehmen. Es war die höchste Zeit, und in einer halben Stunde hatte er, wie er sagte, seinen Magen wieder an den richtigen Platz gebracht, den dieses wichtige Organ in der menschlichen Maschine einnehmen muss.

Dann ging er hinaus, zündete sich eine vortreffliche Zigarre an und nahm seinen Beobachtungsposten vor dem Hotel wieder ein.

»Ich gebe, weiß Gott, eine vortreffliche Schildwache ab. Ich habe meinen Beruf verfehlt!«

Die einzige und immer wiederkehrende Frage, die er sich selbst vorlegte, lautete: werden diese Gentlemen heute noch nach Monte Carlo zurückkehren oder nicht?

Um acht Uhr erschienen Silas Toronthal und Sarcany an der Hoteltür. Pointe Pescade glaubte zu hören und zu verstehen, dass sie lebhaft stritten.

Der Bankier versuchte augenscheinlich zum letzten Male, den Verführungen zu widerstehen und den Einflüsterungen seines Genossen, denn dieser sagte schließlich mit befehlerischer Stimme:

»Es muss sein, Silas!... Ich will es!«

Sie gingen wieder die Rampe hinauf, um die Gärten von Monte Carlo zu erreichen. Pointe Pescade ging ihnen nach, konnte aber – zu seinem großen Bedauern – nichts von der Unterhaltung verstehen.

Was Sarcany in dem Tone sagte, der keine Widerrede von Seiten des Bankiers gestattete, dessen Widerstand überhaupt nach und nach sich legte, war Folgendes:

»Es wäre wahnsinnig, Silas, innezuhalten, wenn die Chance uns günstig ist.... Sie müssen den Kopf verloren haben!... Wie? Im Unglück haben wir das Spiel wie die Verrückten zwingen wollen und sollten es nun im Glück nicht wie die Vernünftigen an uns fesseln?... Es bietet sich uns eine Gelegenheit, die einzig in ihrer Art ist, eine Gelegenheit, die sich uns vielleicht nie wieder zeigen wird, uns zu Meistern unseres Schicksals zu machen, zu Herren unseres Glückes und wir wollen sie durch unsere eigene Schuld entweichen lassen?... Fühlen Sie denn nicht, Silas, dass die Chance...

– Wenn sie noch nicht erschöpft ist, murmelte Silas Toronthal.

– Nein, hundert Mal nein, erwiderte Sarcany. Man kann das nicht so erklären, zum Teufel, aber man fühlt das, es dringt bis in das innerste Mark der Knochen!... Eine Million erwartet uns noch heute Abend an den Tischen von Monte Carlo!... Ja, eine Million, und mir soll sie nicht entgehen!

– Spielt doch Sarcany!

– Ich?... Allein spielen?... Nein, mit Ihnen spielen, Silas, ja!... Und wenn zwischen uns gewählt werden müsste, so würde ich Ihnen unbedingt den Platz einräumen!... Das Glück neigt zu einer Person und offenbar ist es bei Ihnen wieder eingekehrt!... Spielen Sie und Sie werden gewinnen!... Ich will es!«

Sarcany wollte bei Licht betrachtet nur, dass Silas Toronthal es nicht bei dem Besitz einiger hunderttausend Franken bewenden ließe, welche diesem die Mittel an die Hand gegeben haben würden, sich seiner Macht zu entziehen. Er wollte, dass sein Genosse wieder der Millionär würde, der er einst gewesen war, oder ein Bettler. War Jener wieder reich, so konnte er das Leben weiter fortsetzen, welches sie bis dahin geführt hatten. War er ruiniert, so musste er wohl oder übel Sarcany überallhin folgen, wohin dieser es haben wollte. In beiden Fällen hatte er von Silas Toronthal nichts zu befürchten.

Silas Toronthal übrigens, obwohl er Widerstand zu leisten versuchte, fühlte jetzt alle Leidenschaften des Spielers in sich regen. Er war so elendiglich zerworfen mit sich selbst, dass er Furcht und Lust zugleich empfand, in die Säle des Casinos zurückzukehren. Sarcany's Worte hatten ihm Feuer in das Blut gegossen. Das Schicksal hatte sich sichtlich für ihn erklärt und zwar während der letzten Stunden mit einer so großen Beständigkeit, dass es wirklich unverzeihlich gewesen wäre, innezuhalten.

Der Narr! Er setzte, wie alle Spieler tun, voraus, dass die Gegenwart dasselbe bringen würde, was nur der Vergangenheit angehören konnte. Anstatt zu sagen: Ich habe die Chance gehabt – was ja die Wahrheit war – sagte er sich: Ich habe Chance – was falsch ist. Und trotzdem greift in dem Gehirn aller derjenigen, welche auf den

Zufall rechnen, keine andere Überlegung Platz, als diese. Sie vergessen zu sehr, was erst jüngst ein großer Mathematiker Frankreichs gesagt hat: »Der Zufall hat Launen, keine Gewohnheiten.«

Inzwischen waren Sarcany und Silas Toronthal vor dem Casino angelangt, stets gefolgt von Pointe Pescade. Hier blieben sie einen Augenblick stehen.

»Kein Zaudern, Silas! mahnte Sarcany... Sie sind doch entschlossen zu spielen? Nicht wahr?

– Ja!... Entschlossen Alles gegen Alles zu setzen, antwortete der Bankier, dessen Schwanken gewichen war, sobald er sich auf der untersten Stufe des Casinogebäudes befand.

– Es ist nicht mein Fall, Sie beeinflussen zu wollen, nahm Sarcany von Neuem das Wort. Verlassen Sie sich auf Ihre Eingebung, nicht auf die meinige. Sie kann mich täuschen... Wollen Sie zur Roulette gehen...?

– Nein, zum *Trente et Quarante*, antwortete Silas Toronthal und betrat die Vorhalle.

– Sie haben Recht, Silas. Hören Sie nur auf sich selbst!... Die Roulette hat Ihnen soeben beinahe ein Vermögen eingebracht... Das *Trente et Quarante* mag das Fehlende ergänzen.«

Beide wanderten erst in den Sälen umher. Zehn Minuten später sah sie Pointe Pescade an einem der Tische, wo *Trente et Quarante* gespielt wird, Platz nehmen.

Bei diesem Spiele lassen sich in der Tat kühnere Züge vornehmen. Hier beträgt das Maximum zwölftausend Franken, obgleich die Chancen einfacherer Natur sind, obgleich nur gegen das Refait gekämpft zu werden braucht, und wenige Passes schon können beträchtliche Differenzen hinsichtlich des Gewinnes oder Verlustes erzeugen. Hier ist das Liebhabertheater, das heißt, hier sind die großen Spieler zu finden. Hier bauen sich Vermögen oder Ruine mit Schwindel erregender Schnelligkeit auf, auf welche die Börsen von Paris, New-York oder London mit Recht eifersüchtig sein könnten.

Am Tische des *Trente et Quarante* hatte Silas Toronthal sofort seine Bekümmernisse vergessen. Er spielte jetzt nicht mehr mit Furcht, sondern wütend, genauer ausgedrückt, wie ein Mann, der nicht zögern will, sich selbst hineinzulegen. Kann man übrigens behaupten, dass es hierbei eine bestimmte Regel zu spielen, sein Geld anzulegen gibt? Ersichtlich nicht, obgleich es die Spielhabitué's behaupten. Man ist vollständig dem Zufalle untertan. Der Bankier spielte also unter der Aufsicht Sarcany's, dessen Interesse an dieser hohen Partie ein doppeltes war, wie immer auch das Ende sein würde.

Während der ersten Stunde waren Gewinn und Verlust fast die gleichen. Der Sieg begann schon sich auf die Seite von Silas Toronthal zu neigen.

Sarcany und er glaubten nun des Erfolges gewiss zu sein. Sie reizten sich selbst und forderten nur noch das Maximum heraus. Bald aber hatte die Bank wieder Oberhand, welche natürlich nicht die Dummheit macht, aus sich herauszugehen und deren, den Spielern aufgelegtes Maximum die Interessen in so beträchtlichem Maße schützt.

Es gab furchtbare Hiebe. Der ganze Gewinn, den Silas Toronthal am Nachmittag eingeheimst hatte, ging nach und nach wieder verloren. Es war schrecklich zu sehen, wie der Bankier mit verzerrten Mienen und weitaufgerissenen Augen sich an den Tischrand, an seinen Stuhl klammerte, an die Bankbillets, an die Goldrollen, die seine Hand nicht freigeben wollte, mit den Bewegungen, dem Aufspringen und den Zuckungen eines Mannes, der ertrinkt. Und Niemand da, der ihn vom Rande des Abgrundes zurückgerissen hätte. Nicht ein Arm, der ihm hingereicht wurde, an dem er sich hätte festklammern können! Kein Versuch Seitens Sarcany's, ihn von dem Platze zu entfernen, fortzuschleppen, ehe sein Ruin vollständig war, ehe sein Kopf in den Fluten seines Bankerotts versank.

Um zehn Uhr hatte Silas Toronthal seinen letzten Einsatz gemacht, das letzte Maximum gewagt. Er hatte es gewonnen, dann wieder verloren. Und als er sich mit verwirrtem Haar erhob, kam ihm der Wunsch, die Säle des Casinos möchten zusammenstürzen und Alles vergraben, was sich in ihnen befand, denn er besaß ja nichts mehr – nichts mehr von den Millionen, welche ihm sein mit den Millionen des Grafen Sandorf neu aufgebautes Bankhaus hinterlassen hatte.

Silas Toronthal verließ in der Begleitung Sarcany's, der sein Kerkermeister zu sein schien, die Spielsäle, er durchschritt die Vorhalle und stürzte aus dem Casino hinaus. Beide flüchteten durch die Anlage in die Fußpfade hinein, welche zur Turbie hinausführen.

Pointe Pescade war ihnen bereits auf den Fersen. Er hatte Kap Matifu im Vorübergehen von der Bank aufgeschreckt, auf welcher der Herkules noch in einem Halbschlaf versanken saß und ihm zugerufen:

»Hurtig!... Gebrauche Deine Augen und Beine!«

Und Kap Matifu hatte sofort mit ihm die Fährte eingeschlagen, welche sie nicht mehr verlieren durften.

Sarcany und Silas Toronthal schritten nebeneinander weiter und stiegen allmählich immer höher, indem sie den gewundenen Fußpfaden folgten, welche sich auf dieser Seite des Gebirges durch die Oliven- und Orangenbäume hindurch schlängeln. Diese mutwilligen Zickzacklinien machten es Kap Matifu und Pointe Pescade bequem, Jene nicht aus den Augen zu verlieren, aber vernehmen konnten sie nicht, was Jene sprachen.

»Kommen Sie in das Hotel zurück, Silas, hörte Sarcany nicht auf, mit befehlerischer Stimme zu wiederholen. Kommen Sie zurück!... Gewinnen Sie doch Ihre Kaltblütigkeit wieder!...

– Nein!... Wir sind ruiniert!... Wir wollen uns trennen!... Ich will Sie nicht mehr sehen!... Ich will nicht mehr...

– Uns trennen?... Und warum!... Sie werden mir folgen, Silas!... Morgen verlassen wir Monaco!... Wir haben noch genügend Geld, um Tetuan zu erreichen, und dort werden wir unser Werk vollenden!

– Nein, Nein!... Lassen Sie mich, Sarcany, lassen Sie mich!« erwiderte Silas Toronthal.

Und er stieß ihn heftig von sich, als jener ihn anfassen wollte. Dann schritt er so schnell weiter, dass Sarcany ihn kaum einzuholen vermochte. Dessen unbewusst, was er tat, riskierte Silas Toronthal, in die reißenden Gießbäche zu stürzen, oberhalb deren sich das Netz der Fußpfade entwickelt. Ein einziger Gedanke beherrschte und quälte ihn unaufhörlich: Monte Carlo zu fliehen, wo sein Ruin sich vollzogen hatte, Sarcany zu fliehen, dessen Ratschläge ihn in den Abgrund geführt, mit einem Worte, zu fliehen, dem Zufalle nach, ohne Ziel und Zweck, ohne zu wissen, wohin und was aus ihm werden würde.

Sarcany fühlte wohl, dass, wenn er nicht mehr Vernunft besäße als sein Genosse, dieser ihm entschlüpfen würde. Ja, wenn der Bankier nicht Kenntnis von den Geheimnissen gehabt hätte, die ihn verderben oder wenigstens unheilbar dies letzte Spiel, welches er noch spielen wollte, vereiteln konnten, so hätte er sich wenig Sorgen um den Mann gemacht, den er an den Rand des Verderbens gebracht hatte. Doch ehe

Silas Toronthal ganz hineinstürzte, konnte er einen letzten Schrei ausstoßen und dieser Schrei war es, den Sarcany ersticken musste.

Von dem Gedanken an das Verbrechen, das zu begehen er entschlossen war, bis zu dessen unmittelbarer Ausführung war nur ein Schritt und diesen Schritt zögerte Sarcany nicht zu gehen. Was er eigentlich auf der Landstraße von Tetuan tun wollte, in der Einsamkeit der marokkanischen Landschaft, hinderte Niemand ihn noch in dieser Nacht zu tun, sobald die Anlagen erst von den Besuchern verlassen worden waren.

Doch zu dieser Stunde gab es noch zwischen Monte Carlo und der Turbie Nachzügler, welche die Rampen hinauf oder hinunter stiegen. Ein Schrei von Silas Toronthal hätte sie zu seiner Hilfe herbeilocken können, der Mörder aber wollte, dass der Totschlag unter solchen Umständen vor sich ginge, die Niemand verdächtigen konnten. Daher der Zwang, warten zu müssen. Weiter oben, jenseits der Turbie und der Grenze des Reiches von Monaco, auf der Straße der Corniche, welche in einer Höhe von zweitausend Meter in die Seitenwände der untersten Absätze der Seealpen eingehauen ist, konnte Sarcany sein Vorhaben mit voller Sicherheit ausführen. Wer hätte da seinem Opfer zu Hilfe kommen sollen? Wie hätte man den Leichnam von Silas Toronthal auf dem Grunde der Schluchten, welche die Straße eingrenzen, auffinden können?

Sarcany wollte indessen erst noch einmal versuchen, seinen Genossen aufzuhalten und ihn nach Monte Carlo zurückzuführen.

»Komm, Silas, komm, rief er und ergriff dessen Arm. Morgen fangen wir noch einmal an!... Ich besitze noch etwas Geld!...

– Nein!... Lassen Sie mich... lassen Sie mich!...« rief Silas Toronthal in einem letzten Wutanfall.

Wenn er stark genug gewesen wäre, sich mit Sarcany in einen Kampf einzulassen, wenn er Waffen bei sich gehabt hätte, würde er gewiss nicht gezögert haben, Rache für alles Unheil zu nehmen, welches sein einstiger Makler in Tripolis über ihn gebracht hatte.

Silas Toronthal stieß mit der einen Hand, welcher der Zorn Stärke verlieh, Sarcany zurück; dann wendete er sich der letzten Krümmung des Pfades zu und überschritt einige Stufen, die zwischen kleinen, etagenförmig angelegten Gärten, in roher Manier in den Fels gehauen waren. Bald hatte er die Hauptstraße der Turbie erreicht, die über den schmalen Pass führt, welcher den Hundskopf vom Rumpf des Berges Agal trennt, die einstige Grenze zwischen Italien und Frankreich.

»Geh' nur, Silas, rief Sarcany nochmals. Geh' nur, Du wirst nicht weit kommen!«

Er warf sich nach rechts, überkletterte einen niedrigen Steinwall, durchschritt flink einen Treppengarten und eilte dann schnell fort, um Silas Toronthal auf der Straße vorauszukommen. Pointe Pescade und Kap Matifu hatten, obwohl sie von der Unterhaltung nichts verstehen konnten, gesehen, wie der Bankier Sarcany heftig zurückstieß und Sarcany im Dunkel verschwand.

»Der Teufel hat seine Hand im Spiel! rief Pointe Pescade. Der Beste entwischt uns wahrscheinlich... Es fehlt nicht viel und der Andere macht es ebenso!... Jedenfalls ist auch Toronthal eine gute Beute... Übrigens haben wir keine Wahl... Vorwärts, mein Kap, vorwärts!«

Sie setzten sich in schnellere Bewegung und hatten sich bald Silas Toronthal genähert.

Dieser stieg rüstig auf der Straße der Turbie weiter. Nachdem er den kleinen Hügel, welcher den Turm des Augustus beherrscht, zur Linken gelassen hatte, eilte er fast im Laufschritt an den schon geschlossenen Häusern vorüber und kam endlich auf die Straße der Corniche.

Pointe Pescade und Kap Matifu waren fünfzig Schritte hinter ihm.

Von Sarcany konnte keine Rede mehr sein. Entweder war er auf der Kante der Anhöhen zur rechten Seite weiter gegangen oder er hatte seinen Genossen definitiv verlassen und war nach Monte Carlo heruntergestiegen.

Die Straße der Corniche, der Überrest einer alten römischen Landstraße, senkt sich von der Turbie aus nach Nizza zu und führt in halber Höhe des Gebirges durch herrliche Felspartien, an einzeln stehenden Kegeln und tiefen Abgründen vorüber, welche sich bis zum Eisenbahndamm, der längs des Gestades führt, kreuzen. Jenseits tauchten in dieser sternenklaren Nacht, beim Schimmer des sich im Osten erhebenden Mondes flüchtig sechs Golfe auf, die Insel vom Heiligen Hospiz, die Mündung des Var, die Halbinsel La Garoupe, das Kap d'Antibes, der Golf Juan, die Lerin-Inseln, der Golf der Napoule, der Golf von Cannes und dahinter die Gebirgszüge der Esterel. Hier und dort blitzten Leuchtfeuer auf, das von Beaulieu, am Fuße der Abhänge von Klein-Afrika, das von Villefranche, welches den Berg Leuza beherrscht, ferner einige Signalfeuer von Fischerbooten, welche die ruhigen Gewässer des Meeres zurückwarfen.

Die Uhr zeigte bereits nach Mitternacht. Silas Toronthal bog jetzt dicht hinter der Turbie von der Straße der Corniche ab und lenkte in einen schmalen Pfad ein, der direkt nach Eza führt, einer Art Adlernest mit fast unzivilisierter Bevölkerung, das sich auf seinem aus einem Walde von Pinien und Johannisbrotbäumen aufsteigenden Felsen ungemein erhaben fühlt.

Dieser Weg lag vollständig verlassen da. Der Unsinnige verfolgte ihn eine Zeit lang, ohne seinen Schritt zu verlangsamen oder den Kopf zurückzuwenden; plötzlich betrat er einen zur Linken sich öffnenden schmalen Fußweg, welcher nahe den hohen Felsen des Gestades entlang führt, unter denen der Schienenweg und eine Fahrstraße sich durch einen Tunnel ziehen.

Pointe Pescade und Kap Matifu waren ihm jetzt dicht auf den Fersen Hundert Schritte weiter stand Silas Toronthal plötzlich still. Er war einen Felsen hinausgegangen, der einen Abgrund überragte, in dessen Tiefe von vielleicht mehreren hundert Fuß die Brandung schäumte.

Was wollte Silas Toronthal beginnen? Hatte der Gedanke an einen Selbstmord sein Hirn durchkreuzt? Wollte er seinem elenden Leben durch einen Sturz in diesen Abgrund ein Ziel setzen?

»Tausend Teufel! schrie Pointe Pescade. Wir müssen ihn lebendig haben!... Greise ihn Kap Matifu und halte ihn gut fest!«

Beide hatten kaum zwanzig Schritte gemacht, als sie einen Mann rechts vom Wege auftauchen, ihn die Böschung zwischen Büscheln von Mastix- und Myrtenbäumen entlang gleiten sahen und sein offenbares Streben erkannten, den Fels zu erreichen, auf welchem Silas Toronthal stand.

Es war Sarcany.

»Himmel! rief Pointe Pescade, er wird seinem Genossen gewiss einen Genickstoß geben wollen, um ihn von dieser in die andere Welt zu schicken!... Kap Matifu, Du nimmst den Einen, ich nehme den Anderen!«

Sarcany war aber stehen geblieben.... Er fürchtete wiedererkannt zu werden. Ein Fluch entfuhr seinen Lippen. Er entschlüpfte nach rechts, noch ehe Pointe Pescade ihn erreicht hatte und verschwand inmitten der Gebüsche.

Einen Augenblick später, gerade als Silas Toronthal sich hinabstürzen wollte, war dieser von Kap Matifu angepackt und auf den Weg zurückgebracht worden.

»Lassen Sie mich! rief er. Lassen Sie mich!

– Sie einen Fehltritt tun lassen? Nimmermehr, Herr Toronthal,« rief Pointe Pescade.

Der einsichtige Mensch war auf diesen Zwischenfall, den seine Instruktionen nicht vorgesehen hatten, in keiner Weise vorbereitet. Wenn nun auch Sarcany entkommen war, so hatte er doch wenigstens Silas Toronthal abgefangen und es handelte sich jetzt zunächst darum, ihn nach Antekirtta zu bringen, wo er mit allen Ehren, die er beanspruchen konnte, empfangen werden sollte.

»Willst Du Dich mit dem Transporte dieses Herrn – zu ermäßigtem Preise – befassen? fragte Pointe Pescade Kap Matifu.

– Gern!«

Silas Toronthal hatte kaum das Bewusstsein von dem, was hier vorging und wagte daher nicht den geringsten Widerstand. Pointe Pescade schlug einen ziemlich abschüssigen Fußpfad ein, der zum Ufer hinab, an dem Abgrunde herum führte, und wurde von Kap Matifu gefolgt, der den trägen Körper des Bankiers bald zog, bald schleppte.

Das Herniedersteigen war ein höchst mühseliges und ohne die wunderbare Geschicklichkeit Pointe Pescade's, ohne die außerordentliche Kraft seines Genossen, hätten Beide im Umsehen einen tödlichen Sturz erleiden können.

Nachdem sie gewiss zwanzig Mal ihr Leben auf's Spiel gesetzt hatten, langten sie endlich glücklich bei den letzten, schon im Niveau des Meeres liegenden Klippen an. Dort wird das Ufer von einer Reihenfolge von kleinen Buchten gebildet, welche von der Natur willkürlich in die Sandsteinmasse hineingetrieben worden sind. Sie werden von hohen rötlichen Felswänden umrahmt und von eisenhaltigen Klippen eingeschlossen, so dass sie kleinen, mit Blut gefärbten Uferseen gleichen.

Der Tag begann schon heraufzudämmern, als Pointe Pescade eine Höhle im Innern einer dieser Einbuchtungen fand, welche die Brandung zur Zeit der geologischen Bewegungen geschaffen haben mag. In dieser konnte man Silas Toronthal bergen und Kap Matifu bei ihm als Wache bleiben.

»Du wirst hier bleiben und auf mich warten, Kap, sagte Pointe Pescade zu dem Riesen.

– So lange es nötig sein wird, Pointe Pescade.

– Selbst zwölf Stunden, wenn ich so lange fortbleiben muss?

– Selbst zwölf Stunden.

– Ohne zu essen?

– Wenn ich heute Früh auch nicht frühstücken kann, so werde ich doch zu Mittag speisen können. – Dann für Zwei.

– Und solltest Du selbst nicht für Zwei zu Mittag essen können, dann magst Du für Vier das Abendbrot genießen.«

Kap Matifu ließ sich auf einem Felsen nieder, so zwar, dass er seinen Gefangenen stets vor Augen hatte. Pointe Pescade ging an den Rändern der verschiedenen Buchten entlang, bis er Monaco vor sich hatte.

Er sollte weniger Zeit zu seiner Rückkehr gebrauchen, als er geglaubt hatte. In knapp zwei Stunden hatte er den »Electric« wiedergefunden, der auf einer der verlassenen Reeden ankerte, welche die Brandung gegen die Wogen der offenen See stützt. Eine Stunde später langte das Eilschiff vor der schmalen Bucht an, an welcher Kap Matifu, vom Meere aus gesehen, wie der mythologische Proteus auftauchte, die Herden Neptuns hütend. Einen Augenblick später waren Silas Toronthal und Kap Matifu an Bord. Weder die Zollwächter noch die Fischer der Küste hatten den »Electric« bemerkt, der mit Entwickelung seiner größten Schnelligkeit die Richtung nach Antekirtta einschlug.

FÜNFTES KAPITEL. DURCH DIE GÜTE GOTTES.

Es sei jetzt erlaubt, einen umfassenden Einblick in die Kolonie Antekirtta zu nehmen.

Silas Toronthal und Carpena befanden sich jetzt in den Händen des Doktors und dieser zögerte nicht, die Spuren Sarcany's zu verfolgen. Seine mit dem Auffinden von Frau Bathory betrauten Agenten hörten nicht auf, ihre Nachforschungen fortzusetzen – bis jetzt waren diese indessen von keinem Erfolge begleitet gewesen. Seit die Mutter verschwunden, deren einzige Stütze der alte Borik war, kam es alle Augenblicke wie Verzweiflung über Peter; welchen Trost hätte auch der Doktor diesem zweimal gebrochenen Herzen spenden können? Wenn Peter mit ihm von seiner Mutter sprach, musste der Doktor da nicht fühlen, dass Peter auch gleichzeitig an Sarah dachte, wenn auch ihr Name zwischen ihnen nicht ausgesprochen wurde?

In der kleinen Hauptstadt der Kolonie Antekirtta, nicht weit vom Stadthause, bewohnte Maria Ferrato eines der zierlichsten Häuser von Artenak. Die Erkenntlichkeit des Doktors wollte, dass sie hier alle Annehmlichkeiten, die das Leben bieten kann, genoss. Ihr Bruder wohnte mit ihr zusammen, wenn er sich nicht gerade auf der See behufs eines Transportes oder einer Überwachung befand. Nicht ein Tag verging, ohne dass die Geschwister nicht dem Doktor einen Besuch abgestattet hätten, oder dass dieser nicht zu ihnen gekommen wäre. Seine Neigung zu den Kindern des Fischers von Rovigno wuchs, je genauer und besser er sie kennen lernte.

»Wie glücklich könnten wir sein, wiederholte oft Maria, wenn Peter es wäre.

– Er wird es sein, pflegte Luigi zu antworten, sobald er eines Tages seine Mutter wiedergefunden haben wird. Ich habe nicht alle Hoffnung aufgegeben, Maria! Mit den Mitteln, über welche der Doktor verfügt, muss schließlich ausgekundschaftet werden, wohin Borik Frau Bathory hat führen müssen, nachdem sie Ragusa verlassen.

– Ich hege ebenfalls dieselbe Hoffnung, Luigi. Würde aber auch Peter, selbst wenn seine Mutter ihm wiedergegeben werden sollte, schon ganz getröstet sein?

– Nein, Maria, das ist ganz unmöglich, weil Sarah Toronthal niemals seine Frau wird sein können.

– Ist das, was dem Menschen unmöglich scheint, nicht Gott möglich, Luigi?« fragte Maria.

Als Peter zu Luigi gesagt hatte, sie wollten Brüder sein, wusste er noch nicht, welche zärtliche und ergebene Schwester er in Maria Ferrato finden würde Als er sie näher kennen gelernt hatte, zögerte er nicht, ihr alle seine Sorgen anzuvertrauen. Es beruhigte ihn etwas, wenn er mit ihr sich aussprechen konnte. Was er dem Doktor nicht sagen wollte, was sich von selbst verbot, diesem mitzuteilen, davon sprach er mit Maria. Er fand hier ein liebevolles Herz, welches sich mitleidig öffnete, ein Herz, das begriff und tröstete, eine Gott vertrauende Seele, welche die Verzweiflung nicht kannte. Wenn Peter unsäglich litt, wenn das Übermaß des Schmerzes seine Brust zu sprengen drohte, ging er zu ihr, und stets wusste Maria ihm ein wenig Vertrauen auf die Zukunft einzuflößen.

Ein Mann befand sich in den Kasematten von Antekirtta, welcher wissen musste, wo sich Sarah befand und ob sie noch immer in Sarcany's Gewalt schmachtete. Es war das Silas Toronthal, der sie für seine Tochter ausgegeben hatte. Doch aus Rücksicht auf das Andenken an seinen Vater würde Peter niemals gewagt haben, ihn hierüber zum Sprechen zu bringen.

Silas Toronthal war auch seit seiner Gefangennahme in einer so bedenklichen Gemütsverfassung, von einer so großen physischen und moralischen Erschlaffung befallen worden, dass er nichts hätte sagen können, selbst wenn sein Vorteil ihn genötigt haben würde, es zu tun. Im Ganzen genommen hatte er kein Interesse zu enthüllen, was er über Sarah wusste, da er einerseits nicht ahnte, dass es der Doktor

Antekirtt war, dessen Gefangener er geworden, und andererseits, dass Peter Bathory sich lebend auf der Insel Antekirtta befand, deren Name sogar ihm fremd war.

Wie Maria Ferrato ganz richtig gesagt hatte, nur Gott konnte diese Situation zu einem befriedigenden Ende führen.

Der aktuelle Zustand der kleinen Kolonie würde nicht in das volle Licht gerückt sein, vergäße man in dem Personalbestande von Antekirtta Pointe Pescade und Kap Matifu aufzuführen.

Obwohl es Sarcany gelungen, zu entschlüpfen, obwohl seine Fährte für den Augenblick verloren gegangen war, hatte die Ergreifung von Silas Toronthal doch eine so hohe Wichtigkeit, dass man Pointe Pescade äußerst freigebig mit Belobungen überhäufte. Der tapfere Junge hatte, seiner alleinigen Eingebung überlassen, genau so gehandelt, wie man bei dieser Lage der Dinge nicht anders hätte handeln können. Von dem Augenblicke an, in welchem sich der Doktor befriedigt zeigte, wären die beiden Freunde schlecht angekommen, wenn sie selbst es nicht gewesen sein würden. Sie hatten also ihr niedliches Heim wieder bezogen und warteten, dass man ihre Dienste wieder in Anspruch nehmen würde. Sie hofften sehr stark, der gerechten Sache noch von großem Nutzen sein zu können.

Gleich nach ihrer Ankunft in Antekirtta hatten Pointe Pescade und Kap Matifu Maria und Luigi Ferrato einen Besuch abgestattet, ebenso hatten sie sich einigen Notablen von Artenak vorgestellt. Überall empfing man sie gern, denn sie hatten sich bereits beliebt zu machen gewusst. Es war ein Spaß, Kap Matifu bei diesen feierlichen Gelegenheiten sehen zu können; seine enorme Persönlichkeit, die gut ein Zimmer für sich allein beanspruchte, schien ihn an allen Ecken und Enden zu genieren.

»Ich bin so schmächtig, dass sich das ausgleicht,« bemerkte gewöhnlich Pointe Pescade.

Dieser war die Freude der Kolonie, welche er mit seiner stets ungetrübten Laune auf das Beste belustigte. Er stellte seine Klugheit und seine Geschicklichkeit in den Dienst Aller. Wenn die Dinge einen allgemein befriedigenden Verlauf nehmen würden, welche Feste wollte er zu Stande bringen, welches Programm von Vergnügungen und Sehenswürdigkeiten sollte sich in der Stadt und ihrer Umgebung entwickeln. Ja, wenn es sein musste, würden Kap Matifu und er nicht zögern, noch einmal das Akrobatenhandwerk zu beginnen, um die Bevölkerung Antekirtta's in Staunen zu versetzen.

Pointe Pescade und Kap Matifu beschäftigten sich inzwischen, in Erwartung dieses schönen Tages, ihren Garten zu verschönern, der von prächtigen Bäumen beschattet war, und ihre Villa, welche vollständig unter Blumen verschwand. Die Arbeiten am kleinen Bassin ließen dieses nun auch schon festere Formen annehmen. Wenn man so Kap Matifu ungeheure Felsstücke losbrechen und fortschleppen sah, konnte man bald erkennen, dass der provenzalische Herkules noch nichts von seiner wunderbaren Stärke eingebüßt hatte.

Weder die Agenten, welche der Doktor mit den Nachforschungen über den Verbleib der Frau Bathory beauftragt hatte, noch diejenigen, welche auf die Spur Sarcany's gelenkt worden waren, hatten glückliche Erfolge zu verzeichnen. Keiner von ihnen hatte entdecken können, wohin sich der Elende nach seiner Abreise von Monte Carlo begeben hatte.

Kannte Silas Toronthal dessen Zufluchtsort? Es war das in Anbetracht der Umstände, unter denen sie sich von einander auf der Landstraße nach Nizza getrennt hatten, zum Mindesten zweifelhaft. Doch zugegeben, dass er es wusste, würde er es freiwillig sagen?

Der Doktor wartete höchst ungeduldig darauf, dass der Bankier in die Lage kommen würde, die Probe zu bestehen.

In einem in der nordwestlichen Spitze von Artenak eingerichteten kleinen Fort war es, wo sich Silas Toronthal und Carpena im strengsten Gewahrsam befanden. Beide kannten sich, doch nur dem Namen nach, denn der Bankier hatte sich niemals direkt in die sizilianischen Geschäfte Sarcany's gemischt. Es war auch eine Verordnung erlassen, dahin zielend, Beide nicht vermuten zu lassen, dass sie sich zusammen in dem Fort befänden. Sie bewohnten zwei Kasematten, die von einander getrennt lagen, und sie verließen dieselben nur, um in abgesonderten Höfen frische Luft zu schöpfen. Auf die Treue Derjenigen, welche sie bewachten – es waren stets zwei Unteroffiziere der Miliz von Antekirtta – konnte der Doktor zählen und gewiss sein, dass kein Verkehr zwischen den beiden Gefangenen sich anbahnte.

Es war also keine Indiskretion zu befürchten, noch mehr: auf alle Fragen die Silas Toronthal und Carpena, die Örtlichkeit ihres Aufenthaltes betreffend, stellten, war ihnen nie geantwortet worden und sollte es auch nicht werden. Nichts konnte weder den Einen noch den Anderen vermuten lassen, dass sie in die Hände dieses geheimnisvollen Doktors Antekirtt gefallen waren, den der Bankier kannte, weil er ihn mehrfach in Ragusa zu Gesicht bekommen hatte.

Des Doktors unaufhörliche Beschäftigung war es, Sarcany ausfindig zu machen und ihn aufzuheben, wie es mit seinen beiden Genossen geschehen war. Am 16. Oktober endlich, nachdem konstatiert worden war, dass Silas Toronthal sich jetzt im Stande befände, auf die ihm vorgelegten Fragen zu antworten, entschloss er sich, ein Verhör mit ihm anzustellen.

Zuvor hielt er eine Beratung über diesen Gegenstand mit Peter und Luigi ab, zu der auch Pointe Pescade gezogen wurde, dessen Ansichten nicht zu verachten waren.

Der Doktor machte sie mit seinem Vorhaben bekannt.

»Wenn man Silas Toronthal erkennen lässt, dass man Sarcany's Aufenthalt zu erfahren wünscht, warf Luigi ein, lässt man ihn da nicht gleich vermuten, dass man sich seines Genossen bemächtigen will?

– Ja wohl, antwortete der Doktor, doch gibt es wohl nichts Gefährliches dabei, wenn er es weiß, da er uns nicht mehr entschlüpfen kann.

– Und doch, Herr Doktor, erwiderte ihm Luigi. Silas Toronthal kann der Meinung sein, dass es in seinem Interesse liegt, nichts zu sagen, was. Sarcany schaden könnte.

– Und warum?

– Weil er sich selbst schaden würde.

– Ist mir eine Bemerkung gestattet? fragte Pointe Pescade, der sich ein wenig abseits hielt – aus Diskretion.

– Gewiss, mein Freund, sagte der Doktor.

– Meine Herren, begann Pointe Pescade, ich glaube, dass bei der gegenwärtigen Trennung der beiden Gentlemen sie sich gegenseitig keine Schonung mehr aufzulegen brauchen. Herr Silas Toronthal muss Sarcany von ganzem Herzen verabscheuen, da er ihn an den Bettelstab gebracht hat. Wenn also Herr Toronthal weiß, wo Herr Sarcany sich augenblicklich befindet, wird er nicht zögern, es zu sagen – so denke ich wenigstens. Sollte er nichts sagen, so hat er eben nichts zu sagen.«

Dieses Räsonnement entbehrte nicht einer gewissen Richtigkeit. Sehr wahrscheinlich würde der Bankier, im Falle er wusste, wohin Sarcany geflüchtet war, sich nicht für verpflichtet halten, Stillschweigen zu beobachten, wenn sein eigener Vorteil es bedingen würde, dasselbe zu brechen.

»Wir werden heute noch wissen, woran wir uns zu halten haben, antwortete der Doktor, und mir soll es schon klar werden, ob Toronthal nichts weiß oder nichts wissen will. Doch da er noch nicht wissen darf, dass er in der Gewalt das Doktors Antekirtt sich befindet, da er ferner nicht wissen darf, dass Peter Bathory noch am Leben ist, so soll Luigi beauftragt werden, ihn auszuforschen.

– Ich stehe ganz zu Diensten, Herr Doktor!« erwiderte der junge Mann.

Luigi begab sich demgemäß in die Festung und wurde in die Kasematte geführt, welche Silas Toronthal zum Gefängnisse diente.

Der Bankier saß in einer Ecke an einem Tische. Er hatte soeben sein Bett verlassen. Sein moralischer Zustand hatte sich augenscheinlich noch nicht sehr gebessert. Er dachte jetzt zwar weder an seinen Ruin, noch an Sarcany. Was ihn weit direkter beunruhigte, war, zu wissen, warum und an welchem Orte man ihn gefangen hielt und wer die mächtige Persönlichkeit war, die ein Interesse daran hatte, sich seiner zu bemächtigen. Er wusste nur soweit zu denken, dass er Alles zu fürchten hätte.

Als er Luigi Ferrato sah, erhob er sich; doch auf ein Zeichen, welches dieser ihm gab, setzte er sich unverzüglich wieder. Es entspann sich nun folgendes kurze Verhör während Luigi's Besuch bei Silas Toronthal.

»Sie sind Silas Toronthal, einstmals Bankier in Triest und haben in der letzten Zeit in Ragusa Ihren Wohnsitz gehabt?

– Ich habe auf diese Frage nichts zu erwidern. Die, welche mich als Gefangenen zurückhalten, müssen wissen, wer ich bin.

– Sie wissen es.

– Wer sind sie?

– Sie werden es später erfahren.

– Und wer sind Sie?

– Ein Mann, der den Auftrag hat, Sie zu fragen.

– Von wem?

– Von denen, welchen Sie Rechenschaft schuldig sind.

– Noch einmal, wer sind dieselben?

– Ich habe es nicht nötig, es Ihnen zu sagen.

– In diesem Falle habe ich Ihnen auch nichts zu erwidern.

– Es sei! Sie waren in Monte Carlo mit einem Manne zusammen, den Sie schon seit Langem kannten und der seit Ihrer Abreise von Ragusa nicht von Ihrer Seite gewichen ist. Dieser Mann, ein Tripolitaner von Geburt, nennt sich Sarcany. Er ist entkommen, gerade als Sie auf der Landstraße nach Nizza festgenommen wurden. Ich bin beauftragt, Sie zu fragen: Wissen Sie, wo sich gegenwärtig dieser Mann aufhält, und wollen Sie es, wenn Sie es wissen, sagen?«

Silas Toronthal hütete sich wohl, darauf zu antworten. Wenn man wissen wollte, wo Sarcany war, so geschah es offenbar deshalb, um sich Sarcany's ebenso zu bemächtigen, wie man sich seiner bemächtigt hatte. Zu welchem Zwecke? Gemeinsamer Taten aus ihrer Vergangenheit wegen und noch genauer ausgedrückt, Dinge wegen, die sich auf die Verschwörung von Triest bezogen? Doch wie sollten diese Vorgänge bekannt geworden sein und welcher Mann konnte ein Interesse daran haben, den Grafen Mathias Sandorf und seine beiden Freunde, die nun schon länger als fünfzehn Jahre tot waren, zu rächen? Das war es, was sich der Bankier zuerst fragte. Jedenfalls war die Annahme gerechtfertigt, dass er nicht dem Spruche einer regelrechten Gerichtsbarkeit unterworfen war, deren Tätigkeit sich auf ihn und seinen Genossen zu erstrecken drohte – was ihn nur noch mehr beunruhigen musste. Obwohl er nicht daran zweifelte, dass Sarcany nach Tetuan in das Haus Namir's geflüchtet war, woselbst er seine letzte Partie und in allernächster Zeit spielen wollte, entschloss er sich doch, nichts hierüber zu sagen. Wenn späterhin sein Interesse ihm befahl zu reden, würde er sprechen. Bis dahin war ihm sehr daran gelegen, sich äußerst reserviert zu verhalten.

»Nun?... fragte Luigi, nachdem er dem Bankier Zeit zum Nachdenken gelassen hatte.

– Mein Herr, antwortete Silas Toronthal, ich könnte Ihnen antworten, dass ich weiß, wo Sarcany ist, von dem Sie mir sprechen und dass ich es nicht sagen will. In Wahrheit aber weiß ich wirklich nicht, wo er ist.

– Das ist Ihre einzige Antwort?

– Die einzige und wahre.«

Luigi zog sich hierauf zurück und erstattete dem Doktor Bericht über seine Unterhaltung mit Silas Toronthal. Da die Antwort des Bankiers im Grunde genommen nichts Anstößiges barg, so musste man damit vorläufig zufrieden sein. Um Sarcany's Spur wieder aufzufinden, konnte also vorderhand nichts weiter geschehen, als die Nachforschungen zu vervielfältigen und dabei weder Geld noch Mühen zu sparen.

Während der Doktor auf irgend ein Anzeichen wartete, welches ihm erlaubte, den Feldzug auf's Neue zu eröffnen, hatte er sich mit Fragen zu beschäftigen, welche die Sicherheit Antekirttas sehr nahe angingen.

Es waren ihm insgeheim Nachrichten aus den afrikanischen Provinzen neuerdings zugegangen. Seine Agenten empfahlen ihm, die Küsten des Golfes der Sidra sorgfältig überwachen zu lassen. Nach ihren Meinungen schien die Genossenschaft der Senusisten

ihre Streitkräfte an der tripolitanischen Grenze sammeln zu wollen. Eine allgemeine Bewegung derselben ging allmählich den Gestaden der Syrten zu. Zwischen dem Großmeister und den verschiedenen Zauyias Nord-Afrikas fand ein Austausch von Meldungen mittelst reitender Boten statt. Aus dem Auslande anlangende Waffen wurden für Rechnung der Brüderschaft geliefert und ausgehändigt. Ein Zusammenziehen von Mannschaften vollzog sich ganz offenbar in dem Vilajet von Ben-Ghazi, also in der nächsten Nachbarschaft Antekirttas.

Zur Abwendung einer Gefahr, welche bedenklich werden konnte, musste der Doktor alle Maßnahmen treffen, welche die Klugheit gebot. Während der drei letzten Wochen des Oktobers unterstützten ihn Peter und Luigi wacker bei diesem Werke und auch alle Kolonisten standen ihm hilfreich zur Seite. Pointe Pescade wurde mehrfach heimlich an das afrikanische Gestade geschickt, um sich mit den Agenten ins Einvernehmen zu setzen. Es wurde konstatiert, dass die Gefahr, welche die Insel bedrohte, nichts weniger als eine imaginäre war. Die Piraten von Ben-Ghazi, unterstützt durch eine vollkommene Mobilisierung der Bundesbrüder der ganzen Provinz, bereiteten eine Expedition vor, deren Ziel die Insel Antekirtta war. Stand diese Expedition nahe bevor? Darüber war nichts zu erfahren. Jedenfalls befanden sich die Senusistenführer noch in ihren südlichen Vilajets, und es war mehr als wahrscheinlich, dass keine wichtige Unternehmung ohne ihre persönliche Leitung zur Ausführung gebracht würde. Deshalb hatten auch die »Electrics« den Befehl erhalten, in den Gewässern des Meeres der Syrten zu kreuzen, um so wohl die Küsten der Cyrrhenäischen Halbinsel und von Tripolis, und auch das Gestade von Tunesien bis zum Kap Bon zu beobachten.

Die Vorbereitungen zur Verteidigung der Insel waren, wie man weiß, noch nicht beendet. Wenn es auch nicht möglich sie in absehbarer Zeit zu Ende zu führen, so waren doch wenigstens Vorräte an Munition jeder Gattung in dem Arsenale von Antekirtta überaus reichlich vorhanden.

Antekirtta, welches von den Küsten der Cyrrhenäischen Halbinsel an zwanzig Meilen entfernt liegt, wäre vollständig isoliert im Innern dieses Golfes, wenn nicht ein Eiland, bekannt unter dem Namen Eiland Kencraf, welches ungefähr dreihundert Meter im Umkreise misst, zwei Meilen von seiner südöstlichen Spitze auftauchen würde. Dieses Eiland sollte nach des Doktors Idee als Deportationsort dienen, wenn jemals ein Kolonist diese Strafe verdiente; diese Verbannung würde dann von dem regulären Gerichtshofe der Insel über den Betreffenden verhängt werden – ein Fall, der sich aber bis dahin noch nicht ereignet hatte. Zu diesem Zwecke waren auf dem Eilande einige Baracken aufgeführt worden.

Das Eiland Kencraf war aber durchaus unbefestigt, und falls eine feindliche Flotte Antekirtta angriff, bildete es lediglich durch seine Lage eine Gefahr für die Insel. Es genügte, dort zu landen, um aus dem Eilande eine solide Operationsbasis zu machen. Neben der Bequemlichkeit, die es als Niederlage von Lebensmitteln und Munition bot und neben der Möglichkeit, eine Batterie dort zu errichten, konnte es für die Belagerer ein sehr ernsthafter Stützpunkt werden; es wäre weit besser gewesen, es hätte nicht existiert, da die Zeit fehlte, es in Verteidigungszustand zu setzen.

Die Lage des Eilandes Kencraf und die Vorteile, welche ein Feind aus ihm gegen Antekirtta ziehen konnte, beunruhigten den Doktor unablässig. Nachdem er Alles reiflich erwogen hatte, entschloss er sich, es zu zerstören, zu gleicher Zeit aber diese Sprengung mit der Vernichtung von einigen hundert Seeräubern, die vielleicht die Kühnheit haben würden, sich auf Kencraf festzusetzen, zu verbinden.

Dieser Plan gelangte zur sofortigen Ausführung. Durch vollständige Durchgrabung des Erdreiches des Eilandes wurde dasselbe schnell zu einer großen Minenkammer umgewandelt und mit Antekirtta durch einen unterseeischen Draht in Verbindung gesetzt. Ein elektrischer Strom, der durch diesen Draht geleitet wurde, war ausreichend, jede Spur seines einstigen Daseins von der Oberfläche des Meeres verschwinden zu lassen.

Weder mit gewöhnlichem Pulver, weder mit Schießbaumwolle noch mit Dynamit wollte der Doktor diese furchtbare Zerstörungskraft entwickeln. Er kannte die Zusammensetzung eines neuen Explosionsstoffes, der neuerdings entdeckt worden war und dessen zerstörende Eigenschaften so bedeutende sind, dass man wohl sagen kann, er ist im Vergleich zum Dynamit das, was das Dynamit im Vergleich zum gewöhnlichen Pulver ist. Viel handlicher als das Nitro- viel transportabler, weil es nur die Anwendung von zwei isolierten Flüssigkeiten erfordert, deren Mischung sich erst im Augenblicke des Gebrauches bildet, viel widerstandsfähiger gegen das Einfrieren bis zu zwanzig Graden unter Null, während das Dynamit schon bei fünf oder sechs Graden erstarrt, und durch einen heftigen Stoß explodierbar wie das Zündhütchen, ist dieses Mittel ebenso furchtbar als einfach in seiner Anwendung.

Wie erhält man es? Lediglich durch die Tätigkeit des anhydrischen und reinen Salpeteroxyd im flüssigen Zustande auf diverse kohlenstoffhaltige, mit mineralischen

Ölen durchsetzte, vegetabilische, animalische oder Teile von anderen Fettsubstanzen enthaltende Körper. Aus diesen beiden Flüssigkeiten, die von einander getrennt unschädlich sind und sich in einander auflösen, macht man eine einzige in der gewünschten Menge, wie man eine Wasser- oder Weinmischung herstellen würde. Eine Gefahr bei der Herstellung existiert nicht. Das ist das Panciastil, ein Wort, welches »Alles brechend« bedeutet, und es bricht in Wahrheit auch Alles.

Dieses Zerstörungsmittel wurde in Form zahlreicher Flatterminen in das Erdreich des Eilandes gesenkt. Mit Hilfe des unterseeischen Drahtes von Antekirtta, der den elektrischen Funken auf die Zündhütchen übertragen sollte, mit denen jede Mine versehen war, konnte die Explosion sofort erfolgen. Da es sich jedoch ereignen konnte, dass der Leitungsdraht nicht funktionierte durch irgend welche Zufälligkeiten, so waren im Übermaße der Vorsicht eine gewisse Anzahl Apparate in den festen Boden des Eilandes eingelassen und untereinander durch verschiedene unterirdische Drähte verbunden worden. Es genügte, dass ein Fuß zufällig auf der Erdoberfläche die Plättchen eines dieser Apparate streifte, um die Kette zu schließen, den Strom zu erzeugen und die Explosion hervorzurufen. Es war also mit Leichtigkeit die völlige Zerstörung des Eilandes Kencraf zu bewirken, wenn zahlreiche Angreifer dort landeten.

Diese Arbeiten waren in den ersten Tagen des Novembers bereits weit vorgeschritten, als ein Zwischenfall eintrat, der den Doktor zwang, die Insel auf einige Tage zu verlassen.

Am 3. November Früh warf der Dampfer, der zum Kohlentransporte zwischen Cardiff und Antekirtta diente, im Hafen dieser Insel Anker. Unwetter hatte ihn gezwungen, während seiner Überfahrt Schutz in Gibraltar zu suchen. Dort fand der Kapitän einen postlagernden Brief vor, der an die Adresse des Doktors gerichtet war. Dieser Brief war schon eine geraume Zeit hindurch von Postanstalt zu Postanstalt längs der Küste des Mittelländischen Meeres gesandt worden, ohne indessen seinen Adressaten erreichen zu können.

Der Doktor nahm diesen Brief, dessen Umhüllung die Poststempel von Malta, Catania, Ragusa, Ceuta, Otranto, Malaga und Gibraltar trug.

Die Aufschrift – unbeholfene, in zitternden Formen geschriebene Buchstaben – verriet eine Hand, welche nicht mehr die Übung, vielleicht auch nicht mehr die Kraft zum Schreiben hatte. Überdies trug die Adresse nur einen Namen, den des Doktors, mit folgender rührender Empfehlung:

»Herrn Doktor Antekirtt.

Durch die Güte Gottes.«

Der Doktor erbrach die Umhüllung und öffnete den Brief – ein schon vergilbtes Blatt Papier. Er las:

»Herr Doktor!

Möge Gott diesen Brief in Ihre Hände fallen lassen!... Ich bin schon sehr alt.... Ich kann sterben.... Sie wird allein auf Erden stehen.... Haben Sie auf die letzten Tage eines so schmerzensreichen Lebens Mitleid mit Frau Bathory!... Kommen Sie ihr zu Hilfe.... Kommen Sie!

Ihr ergebener Diener

Borik.«

Dann in einer Ecke: »Carthago« und darunter die Worte »Regentschaft Tunis«.

Der Doktor befand sich allein im Stadthause, als er Kenntnis von dem Inhalte dieses Briefes nahm. Es war ein Schrei der Freude und der Hoffnungslosigkeit, der ihm zu gleicher Zeit entfloh – der Freude, weil er endlich die Spuren von Frau Bathory gefunden hatte – der Hoffnungslosigkeit oder vielmehr der Furcht, denn die Poststempel zeigten an, dass der Brief schon vor einem Monat geschrieben worden war.

Luigi wurde sofort bestellt.

»Luigi, sagte der Doktor, benachrichtige Kapitän Köstrik, er solle Alles vorbereiten, dass der »Ferrato« in zwei Stunden unter Dampf sein kann.

– In zwei Stunden wird er in See stechen können, antwortete Luigi. Geschieht es zu Ihrem eigenen Dienst?

– Ja.

– Handelt es sich um eine weite Überfahrt?

– Nur von drei oder vier Tagen.

– Sie reisen allein?

– Nein! Bemühe Dich, Peter aufzusuchen und sage ihm, er solle sich bereit halten, mich zu begleiten.

– Peter ist im Augenblick nicht hier, doch wird er noch vor einer Stunde von den Arbeiten auf Kencraf zurückgekehrt sein.

– Ich wünsche auch, dass Deine Schwester sich mit uns einschifft, Luigi. Sie möchte ihre Vorbereitungen zur Abreise unverzüglich treffen.

– Sofort.«

Luigi ging fort, um die erhaltenen Befehle zur Ausführung zu bringen.

Eine Stunde später betrat Peter das Stadthaus.

»Lies!« sagte der Doktor.

Und er reichte ihm Borik's Brief hin.

SECHSTES KAPITEL. DIE ERSCHEINUNG.

Die Dampf-Yacht ging um Mittag unter den Befehlen des Kapitäns Köstrik und des zweiten Leutnants Luigi Ferrato in See. Sie hatte nur den Doktor, Peter und Maria als Passagiere an Bord, welch' Letztere beauftragt war, Frau Bathory Sorgfalt angedeihen zu lassen, für den Fall es unmöglich sein sollte, sie unverzüglich von Carthago nach Antekirtta zu befördern.

Man begreift, ohne dass ein direkter Hinweis eigentlich noch nötig wäre, die Herzensbeklemmungen Peter's. Er wusste, wo seine Mutter sich befand, er sollte sie wiedersehen!... Doch warum hatte Borik sie Hals über Kopf von Ragusa fort und an die ferne Küste Tunesiens geführt? In welchem Elend würde man Beide antreffen?

Maria erwiderte auf die Klagen, die Peter vor ihr ausschüttete, unablässig mit Worten der Hoffnung und des Trostes. Sie fühlte jedenfalls etwas vom Walten der Vorsehung in der Tatsache, dass der Brief Borik's beim Doktor eingetroffen war.

Es war Befehl gegeben worden, den »Ferrato« das Maximum von Schnelligkeit entfalten zu lassen. Mit Hilfe seiner Hitzapparate legte er durchschnittlich fünfzehn Meilen in der Stunde zurück. Die Entfernung zwischen dem Golfe der Sidra und Kap Bon, welches auf der äußersten Nordostspitze der tunesischen Küste gelegen ist, beträgt höchstens tausend Kilometer; von Kap Bon bis La Golette, das den Hafen von Tunis bildet, brauchte die schnell fahrende Dampf-Yacht nur anderthalb Stunden zur Überfahrt. In dreißig Stunden, vorausgesetzt, dass kein Sturm oder ein Unfall die Fahrt verlangsamte, konnte der »Ferrato« an seinem Bestimmungsorte anlangen.

Das Meer war außerhalb des Golfes ruhig, aber der Wind kam aus Nordwest, ohne eine Neigung zum Stärkerwerden zu verraten. Kapitän Köstrik steuerte etwas unterhalb von Kap Bon auf die Küste zu, um bequemer den Schutz des Landes zu erreichen, für den Fall, dass die Brise plötzlich auffrischte. Er musste also die Insel Pantellaria vollständig abseits liegen lassen, welche sich ungefähr auf halbem Wege zwischen Malta und Kap Bon erhebt, da er die Absicht hegte, so dicht als möglich am Kap vorüber zu fahren,

Außerhalb des Golfes der Sidra buchtet sich die Küste breit nach Westen aus und beschreibt eine Kurve mit großem Radius. Dort entwickelt sich spezieller das Gestade der Regentschaft Tripolis, das bis zum Golf von Gabes, zwischen der Insel Djerba und der Stadt Sfax hinaufreicht; dann wendet sich die Küste wieder ein wenig nach Osten gegen Kap Dinias, um den Golf von Hammamet zu bilden, und dann entwickelt sie sich nach Süden und Norden bis zum Kap Bon.

Also genau genommen richtete der »Ferrato« auf den Golf von Hammamet zu seine Fahrt. Dort musste er zuerst das Land doublieren, so zwar, dass er es bis La Golette nicht mehr zu verlassen brauchte.

Während des 3. November und der darauf folgenden Nacht schwollen die Wogen der offenen See sichtbar an. Es gehört nicht viel Wind dazu, um das Meer der Syrten aufrührerisch zu machen, durch welches die eigensinnigsten Strömungen des Mittelmeeres ihren Weg nehmen. Am folgenden Morgen gegen acht Uhr wurde bereits, genau in der Höhe von Kap Dinias, Land gemeldet und unter dem Schutze der hohen Küste ging die Weiterfahrt glatt und schnell von Statten.

Der »Ferrato« hielt knapp zwei Meilen vom Lande ab und man konnte daher von ihm aus viele Einzelheiten an demselben erkennen. Jenseits des Golfes von Hammamet, in der Breite von Kelibia, dampfte er noch näher an die kleine Reede von Sidi-Yusuf heran, welche im Norden von einer langen Reihe dicht stehender Klippen geschützt wird.

Rückwärts breitet sich ein herrlicher Sandstrand aus. Dahinter schließt sich eine Reihenfolge von Hügeln an, welche mit kleinen, verkrüppelten Staudengewächsen bedeckt sind; sie entsprossen einem Boden, der an Steinen reicher ist als an treibendem

Erdreich. Im Hintergrunde schließen sich hohe Berge den »Djebels« an, welche die Gebirge des inneren Landes bilden. Hier und dort verliert sich ein verlassener Marabut, wie ein weißer Fleck in das Grün der fernen Höhenzüge. Im Vordergrunde tauchte ein kleines, in Ruinen liegendes Fort auf, weiter oben erhebt sich ein in besserem Zustande befindliches Fort auf dem Hügel, der im Norden die Bucht von Sidi-Yusuf abschließt.

Die Ortschaft war keineswegs öde. Unter dem Schutze der Klippen ankerten mehrere Schiffe der Levante, Schebecken und Polaken, in der Entfernung einer halben Ankerlänge vor der Küste über einer Tiefe von fünf oder sechs Fäden. Die Klarheit dieser grünen Gewässer ist indessen eine so bedeutende, dass man deutlich den Grund aus schwarzen Steinen mit leicht darüber hingestreuten Streifen Sandes sah, in dem die Anker hafteten. Die Flut gab ihren Widerschein in phantastischen Formen wieder.

Längs des Ufers, am Fuße der kleinen mit Mastixbäumen und Tamarinden bestandenen Dünen, zeigte ein aus etwa zwanzig Gurbis bestehender Duar seine Zelte aus ungebleichter gelbgestreifter Leinwand. Es sah aus, als wäre ein ungeheurer arabischer Mantel unordentlich auf das Ufer geworfen worden. Außerhalb der Falten dieses Mantels weideten Hammel und Ziegen; sie sahen von Weitem wie dicke schwarze Raben aus, die ein einziger Flintenschuss auseinander sprengen kann.

Ein Dutzend Kamele, von denen die einen sich in den Sand ausgestreckt hatten, während die anderen unbeweglich dastanden, als wären sie versteinert worden, wiederkäuten nahe einer Klippenreihe, welche als Anlege-Quai dienen konnte.

Der Doktor konnte beim Vorüberfahren an der Reede von Sidi-Yusuf beobachten, wie man Munitionen, Waffen, ja selbst einige kleine Feldgeschütze ausschiffte. In Folge ihrer abseitigen Lage auf den Grenzgestaden der Regentschaft Tunis eignete sich die Reede von Sidi-Yusuf nur zu gut zur Landung solcher Konterbande. Luigi machte den Doktor ebenfalls auf die Ausschiffung der genannten Gegenstände an dieser Küste aufmerksam.

»Ja, Luigi, antwortete dieser, wenn ich mich nicht täuschte, sind es Araber, welche die Lieferung von Kriegsmaterial in Empfang nehmen. Ich weiß bereits zu viel, als dass ich mich noch bei dem Glauben beruhigen könnte, diese Waffen seien für die Bergbewohner bestimmt, zu ihrer Verteidigung gegen die französischen Truppen, welche jetzt in Tunesien gelandet werden. Es muss leider angenommen werden, dass die Lieferung für Rechnung der zahlreichen Verbündeten der Senusisten vor sich geht, dieser Land- und Seeräuber, die sich augenblicklich auf der Cyrrhenäischen Halbinsel zu sammeln beginnen. Ich glaube sogar unter diesen Arabern viel mehr Typen aus dem Innern Afrikas als aus den tunesischen Provinzen zu erkennen.

– Widersetzen sich denn die Behörden der Regentschaft, wenigstens die französischen Autoritäten nicht dieser Einschmuggelei von Waffen und Munition? fragte Luigi.

– Man weiß in Tunis wohl kaum, was auf dieser Seite des Kaps Bon geschieht, antwortete der Doktor, und wenn die Franzosen selbst Herren von Tunesien sein werden, steht es leider zu befürchten, dass dieser ganze östliche Abhang der Djebels ihnen auf lange hinaus noch entschlüpft. Wie dem auch immer sei, diese Ware scheint mir sehr verdächtig und würde die Schnelligkeit unseres »Ferrato« uns nicht vor jedem Angriff sicher stellen, so würde jene Flottille gewiss nicht zögern, auf uns loszugehen.«

Wenn die Araber wirklich die Gedanken hegten, welche ihnen der Doktor unterschob, so war in der Tat nichts zu befürchten. Die Dampf-Yacht hatte in weniger als einer halben Stunde die kleine Reede von Sidi-Yusuf durchmessen. Nachdem sie die Spitze von Kap Bon erreicht hatte, das so massiv aus dem tunesischen Festlande herausgearbeitet ist, doublierte sie schnell den Leuchtturm auf seinem äußersten Ende, das ganze wundervolle System von starrenden Klippen.

Der »Ferrato« dampfte mit voller Geschwindigkeit durch den Golf von Tunis, den man zwischen Kap Bon und Kap Carthago liegend versteht. Zu seiner Linken entwickelte sich die Reihe der Abhänge des Djebels Bon-Karnin, des Djebels Rossas und des Djebels Zaghuan mit einigen Ortschaften, welche hier und dort in den Grund der Schluchten hinein gebaut sind. Rechts schimmerte im ganzen Glanze des arabischen Kasbah, im vollen Sonnenlichte die heilige Stadt Sidi-Bu-Saïd, die vielleicht eine der Vorstädte des alten Carthago ist. Weiter hinten stieg Tunis, weiß erglänzend in der Sonne über dem See vom Bahira auf, ein wenig rückwärts von dem Arm, den La Golette allen den von den europäischen Paketbooten Ausgeschifften entgegenstreckt.

In einer Entfernung von zwei oder drei Meilen vom Hafen ankerte ein Geschwader französischer Kriegsschiffe; weiter dem Lande zu schaukelten einige Handelsschiffe vor ihren Ketten; ihre verschiedenen Flaggen gaben der Reede ein buntes Aussehen.

Es war ein Uhr, als der »Ferrato« die Anker warf, drei Längen vor dem Hafen La Golette. Nachdem die üblichen Formalitäten erfüllt waren, wurde den Passagieren der Dampf-Yacht der freie Zutritt zum Festlande gewährt. Der Doktor, Peter, Luigi und seine Schwester nahmen in dem Schiffsboote Platz, welches sofort abstieß. Nachdem es den Molo passiert hatte, glitt es durch den schmalen Kanal, der stets von, an beiden Seiten des Quais ankernden Schiffen dicht gefüllt ist, und langte vor dem unregelmäßigen, mit Bäumen bepflanzten, von Landhäusern, Agenturen, Kaffees eingerahmten Platze an, auf dem Malteser, Juden, Araber, französische Soldaten und Eingeborene durcheinander wimmeln, vor dem Eingange zur Hauptstraße von La Golette.

Der Brief von Borik war aus Carthago datiert, und dieser Name, nebst einigen auf der Erdoberfläche zerstreut liegenden Ruinen ist Alles, was von der Stadt Hannibals übrig geblieben ist.

Um an die Küste von Carthago zu kommen, braucht man nicht die kleine italienische Eisenbahn zu benützen, die La Golette und Tunis verbindet und um den See von Bahira herumführt. Entweder am Ufer entlang, dessen fester und harter Sand den Fußgängern einen vortrefflichen Fußpfad bietet, oder auf einer staubigen Straße, die etwas weiter zurück durch die Ebene geführt ist, langt man bequem an den Fuß des Hügels, der die Kapelle des heiligen Ludwig und das Kloster der algerischen Missionare trägt.

Als der Doktor und seine Begleiter ausstiegen, befanden sich gerade mehrere Wagen, mit kleinen Pferden davor, wartend auf dem Platze. Im Handumdrehen hatte man den einen dieser Wagen bestiegen und dem Kutscher Befehl erteilt, in möglichster Eile nach Carthago zu fahren. Der Wagen durchfuhr im schnellsten Trab seiner Pferde die Hauptstraße von La Golette und passierte die prächtigsten Landhäuser, welche die reichen Tunesier während der großen Hitze bewohnen, ferner die Paläste von Keradine und Mustapha, die sich an der Küste, an den Eingängen zu den alten Häfen der carthaginiensischen Hauptstadt erheben. Vor mehr als zweitausend Jahren bedeckte die Nebenbuhlerin Roms diese ganze Uferstrecke, von der Spitze von La Golette bis zum Kap, welches jetzt noch ihren Namen trägt.

Die auf einem kleinen, zweihundert Fuß hohen Hügel erbaute Kapelle des heiligen Ludwig erhebt sich auf demselben Platze, auf welchem, wie festgestellt ist, der König von Frankreich im Jahre 1270 gestorben ist. Sie nimmt den Mittelpunkt einer kleinen Anlage ein, die mehr antike Scherben, architektonische Fragmente, Bruchstücke von Statuen, Vasen, Säulen, Inschriften, Kapitälen, Pfeilern als Bäume oder Gebüsche zählt. Dahinter befindet sich das Kloster der Missionare, deren Prior augenblicklich der Vater Delattre, ein gelehrter Archäologe, ist. Von der Höhe dieser Anlage beherrscht man die ganze Sandküste von Kap Carthago an bis zu den ersten Häusern von La Golette.

Am Fuße des Hügels erheben sich einige Paläste arabischer Bauart mit Säulenreihen nach englischer Mode; sie spiegeln im Meere ihre eleganten Verpfählungen wieder, an denen die Boote der Reede anlegen können. Jenseits liegt der herrliche Golf, dessen sämtliche Vorgebirge, Kaps, Bergzüge in Ermangelung von Ruinen mit geschichtlichen Erinnerungen bedacht sind.

Neben den Palästen und Landhäusern, welche sich bis an die Stelle der alten Kriegs- und Handelshäfen hin erheben, findet man auch hier und dort, in den Falten der Hügel verstreut, inmitten der Steingerölle auf einem grauen und der Kultur fast unzugänglichen Boden, elende Häuschen, in denen die Armen der Umgebung wohnen. Die Meisten von ihnen kennen kein anderes Gewerbe, als auf der Erdoberfläche oder innerhalb der obersten Bodenlage mehr oder weniger kostbare Scherben aus der carthaginiensischen Zeit, Bronzen, Edelsteine, Töpfereien, Medaillen, Geldstücke zu suchen, die das Kloster ihnen für sein archäologisches Museum gern abkauft – weit mehr aus Mitleid als aus Bedürfnis.

Einige dieser Unterschlüpfe haben nur zwei oder drei Mauerwände. Man könnte sie Ruinen von Marabuts nennen, die in dem Klima dieses sonnenreichen Gestades weiß geblieben sind.

Der Doktor und seine Gefährten fuhren von einem dieser Häuschen zum anderen und besichtigten sie alle; sie suchten die Behausung von Frau Bathory, mochten aber nicht glauben, dass sie bis zu diesem Grade des Elends gesunken war.

Plötzlich hielt der Wagen vor einer zerfetzten Behausung, deren Tür nur einem Loche glich, das in die halb von dem Grün der Pflanzen verdeckte Mauer gestoßen war.

Eine alte Frau, deren Kopf eine schwarze Kappe bedeckte, saß vor dieser Tür.

Peter hatte sie sofort wiedererkannt! – Er hatte einen Schrei ausgestoßen!... Es war seine Mutter!... Er stürzte zu ihr, ließ sich vor ihr auf die Knie nieder und schloss sie in seine Arme.... Doch sie erwiderte nicht seine Liebkosungen, sie schien ihn nicht wiederzuerkennen.

»Mutter!... Mutter!« rief er, während der Doktor, Luigi, seine Schwester sich um sie drängten.

Um die Ecke der Ruine trat in diesem Augenblicke ein Greis.

Es war Borik.

Er erkannte zuerst den Doktor Antekirtt und seine Knie beugten sich. Dann bemerkte er Peter... Peter, dessen Leichenzuge er bis auf den Friedhof von Ragusa gefolgt war.... Das war zu viel für ihn. Er fiel, ohne eine Bewegung von sich zu geben, um, nur seine Lippen stammelten noch die Worte:

»Sie hat keinen Verstand mehr!«

Jetzt, wo der Sohn seine Mutter wiederfand, war nur noch ein träger, bewusstlos handelnder Körper von ihr übrig. Der Anblick ihres Kindes, das sie tot glauben musste, welches plötzlich vor ihren Augen auftauchte, war nicht einmal im Stande, ihr die Erinnerung an die Vergangenheit wiederzugeben... Frau Bathory hatte sich erhoben, ihre Augen blickten verstört, aber noch lebhaft. Ohne irgendetwas gesehen, ohne ein Wort gesprochen zu haben, ging sie in den Marabut zurück, wohin ihr Maria auf einen Wink des Doktors folgte.

Peter war unbeweglich vor der Tür stehen geblieben, er war unfähig und wagte nicht einen Schritt zu tun.

Inzwischen hatte Borik durch die Bemühungen des Doktors sein Bewusstsein wiedererlangt.

»Sie, Herr Peter, Sie... am Leben! rief er aus.

– Ja, antwortete dieser, ja, lebend... wenngleich ich wünschte, tot zu sein!«

Der Doktor klärte mit wenigen Worten Borik über die Vorgänge in Ragusa auf. Dann erzählte der alte Diener seinerseits unter großer Anstrengung von den zwei Monaten ihres Elends.

»Vor allen Dingen, fragte der Doktor zunächst, hat der Tod ihres Sohnes Frau Bathory um den Verstand gebracht?

– Nein, Herr, nein,« antwortete Borik.

Er erzählte Folgendes.

Frau Bathory, die damals allein auf Erden stand, hatte Ragusa verlassen wollen, um sich in dem Dorfe Vinticello niederzulassen, woselbst noch einige Glieder ihrer Familie wohnten. Während dieser Zeit war man darauf bedacht, das Wenige zu veräußern, was noch in dem kleinen Hause ihr Eigentum war, denn sie wollte es nicht länger bewohnen.

Sie kam deshalb sechs Wochen später in Borik's Begleitung nach Ragusa zurück, um ihre Geschäfte abzuwickeln, und als sie in der Marinella-Straße angelangt war, fand sie in dem Briefkasten am Hause ein Schreiben vor.

Sie las diesen Brief und stieß einen Schrei aus, gerade so, als ob der Inhalt ihrer Vernunft den ersten Stoß gegeben hätte, dann eilte sie die Straße hinunter in den Stradone, überschritt diesen und klopfte an die Tür des Hotels Toronthal, welche sich sofort öffnete.

»Des Hotels Toronthal? rief Peter.

– Ja! erwiderte Borik, und als ich Frau Bathory eingeholt hatte, erkannte sie mich nicht mehr... Sie war...

– Warum war nur meine Mutter in das Hotel Toronthal geeilt?... Ja... warum? wiederholte Peter, der den alten Diener betrachtete, als wäre er nicht im Stande, dessen Worte zu begreifen.

– Sie wollte jedenfalls Herrn Toronthal sprechen, antwortete Borik, Herr Toronthal aber hatte zwei Tage vorher mit seiner Tochter das Hotel verlassen; man wusste nicht, wohin er gereist war.

– Und dieser Brief... dieser Brief?

– Ich habe ihn nicht wiederfinden können, Herr Peter, antwortete der Greis. Sei es, dass ihn Frau Bathory verloren oder zerstört hat, sei es, dass man ihn ihr genommen hat, kurz, ich habe nie erfahren, was er enthielt.«

Es gab hier also ein Geheimnis. Der Doktor, welcher dem Berichte zugehört hatte, ohne ein Wort hineinzureden, wusste nicht sich diesen Schritt der Frau Bathory zu enträtseln. Welcher befehlerische Beweggrund hatte sie nach dem Hotel im Stradone hintreiben können, das sie vor allen anderen Dingen hätte meiden müssen und warum hatte sie, als sie das Verschwinden von Silas Toronthal hörte, eine so heftige Erschütterung erlitten, dass sie den Verstand verlor?

Die Erzählung des alten Dieners war in wenigen Minuten beendet. Nachdem es ihm geglückt war, den Zustand der Frau Bathory zu verheimlichen, beschäftigte er sich damit, die letzten Habseligkeiten, die ihr geblieben waren, zu veräußern. Der nur still und sanft sich äußernde Wahnsinn der unglücklichen Frau Bathory hatte es ihm ermöglicht, jeden Verdacht zu vermeiden. Er wollte nichts anderes, als Ragusa verlassen und gleichviel wohin flüchten, unter der Bedingung, dass dieser Ort fern von dieser verwünschten Stadt lag. Einige Tage später gelang es ihm, sich mit Frau Bathory auf einem der Paketboote einzuschiffen, welche den Dienst an den Küsten des Mittelmeeres versehen und auf diese Weise kam er nach Tunis oder vielmehr nach La Golette. Hier beschloss er sich festzusetzen.

In den Ruinen dieses verlassenen Marabuts widmete der Greis sich vollständig der Pflege, die der geistige Zustand der Frau Bathory beanspruchte, welche mit der Vernunft zugleich auch die Rede verloren zu haben schien. Doch seine Hilfsquellen waren so winziger Natur, dass er den Augenblick herannahen sah, in welchem Beide auf die letzte Stufe des Elends gesunken sein würden.

In dieser Lage erinnerte sich der alte Diener des Doktors Antekirtt und des Interesses, welches diesem die Familie Bathory stets eingeflößt hatte. Doch Borik wusste nicht, wo sich der Doktor ständig aufhielt. Er schrieb ihm indessen und diesen Brief, der einen Verzweiflungsschrei enthielt, vertraute er dem Walten der Vorsehung an. Es schien, als ob die Vorsehung eine gute Postbehörde war, denn der Brief war, wie bekannt, an seine Adresse gelangt.

Über das, was jetzt zu tun war, konnte kein Zweifel herrschen. Frau Bathory, die sich nicht im Geringsten sträubte, wurde zum Wagen geführt, in welchem sie mit ihrem Sohne, Borik und Maria Platz nahm, die sie nicht mehr verlassen sollte. Während der Wagen dann den Weg nach Golette einschlug, kehrten der Doktor und Luigi dahin zu Fuß längs des Ufers zurück.

Eine Stunde später schifften sich Alle auf der Yacht ein, die unter Dampf geblieben war. Der Anker wurde sofort emporgewunden, und sobald der »Ferrato« Kap Bon doubliert hatte, kam sie in den Bereich der Leuchtfeuer von Pantellaria. Am folgenden Morgen bei Tagesanbruch warf sie im Hafen von Antekirtta Anker.

Frau Bathory wurde sofort an das Land gebracht und nach Artenak in eines der Zimmer des Stadthauses überführt; Maria verließ sogar ihr Haus, um in der Nähe derselben weilen zu können.

Welch neuer Gegenstand für den Schmerz Peter Bathory's! Seine Mutter ihrer Vernunft beraubt, seine Mutter wahnsinnig geworden unter Umständen, die jedenfalls unerklärlich bleiben würden! Wenn die Ursache dieses Wahnsinnes bekannt gewesen wäre, so hätte man vielleicht doch eine heilsame Reaktion herbeiführen können. Aber man wusste nichts, man konnte nichts wissen.

»Sie muss geheilt werden!... Ja... sie muss!« sagte sich der Doktor, der sich dieser Aufgabe völlig widmete.

Ein schwieriges Unterfangen, denn Frau Bathory blieb unablässig in vollständigem Unbewusstsein ihrer Verrichtungen und niemals stieg eine Erinnerung an die Vergangenheit in ihr auf.

War der Fall nicht ganz dazu angetan, die Macht der Gedankeneingebung, welche der Doktor in einem so hohen Grade besaß und von der er schon so unleugbare Beweise gegeben hatte, zu erproben, um den geistigen Zustand Frau Bathory's aufzubessern? Konnte man nicht mittelst magnetischen Einflusses die Vernunft in ihr wachrufen und sie erhalten, bis die Reaktion sich vollzogen hatte?

Peter Bathory beschwor den Doktor, selbst das Unmögliche zur Heilung seiner Mutter zu versuchen.

»Nein, meinte der Doktor, es kann nicht gelingen. Die Irren sind die widerspenstigsten Versuchsobjekte auf diesem Gebiete der Willensübertragung. Um diesen Einfluss zu erproben, müsste Deine Mutter, lieber Peter, noch einen persönlichen Willen haben, dem ich den meinigen unterschieben könnte. Ich wiederhole Dir, ich könnte auf sie keine Wirkung ausüben!

– Nein!... Ich kann die Richtigkeit des Gesagten nicht zugestehen, antwortete Peter, der sich nicht zufrieden geben konnte. Ich muss daran festhalten, dass eines Tages meine Mutter ihren Sohn wiedererkennen wird... ihren Sohn, den sie für tot hält!...

– Ja... den sie für tot hält! erwiderte der Doktor. Halt... vielleicht wenn sie Dich am Leben glaubt... oder wenn sie vor Dein Grab geführt, Dich plötzlich auftauchen sähe...«

Der Doktor hielt diesen Gedanken fest. Warum sollte eine moralische Erschütterung nicht ohne einen Einfluss auf den Geist Frau Bathory's sein, wenn sie unter günstigen Bedingungen sich vollzog.

»Ich werde den Versuch machen,« rief der Doktor.

Als er Peter erklärt, auf welche Probe sich seine Hoffnung, dessen Mutter heilen zu können, aufbaute, fiel ihm dieser in die Arme.

Von dem Tage an war es beider Sorge, die Szenerie, welche den Versuch begünstigen sollte, vorzubereiten. Es handelte sich um nichts Geringeres, als in Frau Bathory die Wirkungen der Erinnerung wieder lebendig zu machen, die durch ihren gegenwärtigen Zustand vernichtet worden waren, und das unter solchen Umständen, dass eine Reaktion in ihrem Geiste Platz greifen konnte.

Der Doktor nahm Borik's und Pointe Pescade's Mithilfe in Anspruch, um mit einer peinlichen Genauigkeit die Anlage des Kirchhofes in Ragusa und die Form des

Grabmonumentes, welches der Familie Bathory als Grabstätte diente, neu erstehen zu lassen.

Bald erhob sich auf dem Kirchhofe der Insel, eine Meile von Artenak entfernt, unter einer Gruppe grüner Bäume eine kleine Kapelle, bis auf Kleinigkeiten fast genau derjenigen in Ragusa gleichend. Es galt nun, alles so zu ordnen, dass die Ähnlichkeit der beiden Denkmäler eine noch in die Augen fallendere wurde. In die Mauer wurde eine Tafel von schwarzem Marmor eingelassen, welche den Namen Stephan Bathory und die Jahreszahl 1867 trug.

Am 13. November schien der geeignete Augenblick gekommen zu sein, in welchem die vorbereitenden Proben behufs Wiedererweckung der Vernunft Frau Bathory's durch fast unmerkliche Steigerungen begonnen werden konnten.

Gegen sieben Uhr Abends nahm Maria, begleitet von Borik, die Witwe am Arm. Sie verließ mit ihr das Stadthaus und führte sie über das Feld nach dem Kirchhofe.

Dort vor der Stufe zur Kapelle blieb Frau Bathory still und stumm, wie sie immer war, stehen, obwohl eine Lampe, welche das Innere des Grabmonumentes hell beleuchtete, den in die Marmorplatte eingelassenen Namen Stephan Bathory's deutlich erkennen ließ. Nur als Maria und der Greis auf den Stufen niedergekniet waren, machte sich in ihren Blicken ein Aufflackern bemerkbar, das jedoch schnell wieder erlosch.

Eine Stunde später befand sich Frau Bathory auf dem Rückwege zum Stadthaus und mit ihr Diejenigen, welche ihr bei diesem ersten Versuche in größerer oder kürzerer Entfernung gefolgt waren.

Am folgenden und den nächsten Tagen begann man mit den Versuchen abermals, sie ergaben jedoch kein anderes Resultat. Peter hatte ihnen mit brennenden Blicken beigewohnt und verzweifelte bereits wegen Unergiebigkeit, obwohl der Doktor ihm wiederholt versicherte, dass die Zeit der beste Bundesgenosse sein würde. Auch wollte er nicht den letzten Schlag führen, bevor nicht Frau Bathory hinlänglich vorbereitet war, um die Wucht desselben auszuhalten.

Man konnte sich trotzdem nicht darüber täuschen, dass mit jedem neuen Besuche auf dem Kirchhofe sich ein gewisser Wechsel in dem geistigen Zustande der Frau Bathory vollzog. Eines Abends, als Borik und Maria vor der Kapelle niedergekniet waren, näherte sich Frau Bathory, die ein wenig zurückgeblieben war, langsam, legte ihre Hand auf das eiserne Schloss, betrachtete die Hinterwand, die von der Lampe hell beschienen war, und zog sich dann jäh zurück.

Maria, die dicht an sie herangetreten war, hörte sie mehrfach einen Namen aussprechen.

Es war das erste Mal seit langer Zeit, dass die Lippen Frau Bathory's sich zum Sprechen öffneten.

Doch wie groß war das Erstaunen – die Bestürzung möchte man fast sagen – aller Derjenigen, die sie sprechen hörten.

Dieser Name war nicht derjenige ihres Sohnes, war nicht derjenige Peter's, sondern der Name – Sarah's!

Wer vermag zu begreifen, was in der Seele Peter Bathory's widerhallte, wer vermag zu malen, was in dem Herzen des Doktors Antekirtt bei der so unerwartet kommenden Nennung des Namens von Sarah Toronthal vorging? Der Letztere machte keine Bemerkung, er ließ nicht erkennen, was er soeben gefühlt.

An einem anderen Abend wurde der Versuch wiederholt. Diesmal kniete Frau Bathory selbst auf der Schwelle zur Kapelle nieder, gerade als ob sie eine unsichtbare Hand geleitet hätte. Ihr Kopf beugte sich, ein Seufzer entrann ihrer Brust, eine Träne entfiel ihren Augen. An diesem Abend aber entschlüpfte kein Name ihren Lippen, man hätte annehmen müssen, dass sie denjenigen Sarah's wieder vergessen.

Frau Bathory, als sie kaum wieder im Stadthause angelangt war, wurde eine Beute eines jener nervösen Anfälle, welche sie bis jetzt noch nie gezeigt hatte. Gerade die bisher gezeigte Ruhe war das Charakteristische an ihrem geistigen Zustande gewesen; sie machte einer eigentümlichen Erregung Platz. Es ging augenscheinlich in ihrem Gehirn eine lebenswarme Regung vor, welche wohl Hoffnungen erwecken konnte.

Die diesem Abend folgende Nacht wurde eine unruhige und vielfach gestörte. Frau Bathory ließ einige Male zusammenhangslose Worte hören, die Maria kaum erfasste, ersichtlich träumte sie. Und wenn sie träumte, begann die Vernunft zurückzukehren, mit anderen Worten sie war geheilt, sobald ihre Vernunft auch im wachen Zustande in Tätigkeit blieb.

Der Doktor entschloss sich daher, vom folgenden Tage an einen neuen Versuch zu machen, damit, dass er Frau Bathory in eine noch ergreifendere Szenerie führte.

Während des ganzen achtzehnten hörte Frau Bathory nicht auf, unter der Herrschaft einer intellektuellen Überreizung zu stehen. Maria war davon sehr betroffen und Peter, der fast ununterbrochen bei seiner Mutter weilte, hatte das Gefühl einer glücklichen Vorbedeutung.

Die Nacht kam herbei – eine dunkle, windstille Nacht nach einem Tage, der unter diesem niedrigen Breitengrade von Antekirtta sehr heiß gewesen war.

Frau Bathory, von Maria und Borik begleitet, verließ das Stadthaus gegen achtundeinhalb Uhr. Der Doktor folgte ihnen in einiger Entfernung mit Luigi und Pointe Pescade.

Die ganze Kolonie befand sich in angstvoller Erwartung der Wirkung, die sich vielleicht einstellen würde. Einige Fackeln, die unter den großen Bäumen angezündet worden waren, warfen ihr wechselndes Licht auf die Umgebung der Kapelle. In der Ferne erklang in regelmäßigen Intervallen die Glocke der Kirche von Artenak, als würde Jemand begraben.

Peter Bathory war der Einzige, der in dem langsam vorwärts schreitenden Zuge fehlte. Er war zurückgeblieben, um erst im Verlaufe dieser stärksten Prüfung aufzutreten.

Es war gegen neun Uhr, als Frau Bathory auf dem Kirchhofe eintraf. Hier verließ sie plötzlich den Arm Maria Ferrato's und ging auf die kleine Kapelle zu.

Man ließ sie unter dem Zwange dieses neuen Gefühles, welches sie vollständig zu beherrschen schien, frei handeln.

Inmitten eines tiefen Schweigens, welches nur von den Klängen der Glocke unterbrochen wurde, machte Frau Bathory Halt, sie blieb unbeweglich stehen. Dann ließ sie sich auf der untersten Stufe auf die Knie nieder, sie beugte sich vornüber und man hörte sie weinen....

In diesem Augenblick öffnete sich langsam das Gittertor der Kapelle. Mit einem weißen Leinen angetan, als wäre er soeben dem Sarge entstiegen, schritt Peter, vom vollen Lichte getroffen, die Stufen herab.

»Mein Sohn... mein Sohn!« rief Frau Bathory; sie streckte ihre Arme aus und fiel ohnmächtig zurück.

Dieser Anfall besagte nichts; denn die Erinnerung und das Denken mussten ihr wiederkommen. Die Mutter war erwacht. Sie hatte ihren Sohn wiedererkannt.

Die Bemühungen des Doktors brachten sie bald zum Bewusstsein zurück und als ihre Augen die des Sohnes gesucht und getroffen hatten, rief sie:

»Peter! Du lebst?... Peter, mein Peter!

– Ja... ich lebe für Dich, meine Mutter, lebe um Dich zu lieben!

– Und um auch – sie – zu lieben...

– Sie?

– Sie!... Sarah!...

– Sarah Toronthal? rief der Doktor.

– Nein! Sarah Sandorf!«

– Und Frau Bathory zog aus ihrer Tasche einen zerknitterten Brief, welcher die letzten Zeilen von der Hand der sterbenden Frau Toronthal enthielt; sie reichte ihn dem Doktor.

Die Zeilen ließen über die Geburt Sarah's keinen Zweifel aufkommen... Sarah war das Kind, welches man aus dem Schlosse Artenak geraubt hatte!... Sarah war die Tochter des Grafen Sandorf.

Ende des vierten Teiles.

FÜNFTER TEIL.

ERSTES KAPITEL.
EIN HÄNDEDRUCK KAP MATIFU'S.

Wenn Graf Mathias, wie man weiß, der Doktor Antekirtt, wenn auch nicht für Peter, so doch für das ganze Personal der Kolonie bleiben wollte, so geschah es deshalb, weil er bis zur völligen Durchführung aller seiner Pläne nur der Doktor Antekirtt sein wollte. Deshalb hatte er, als der Name seiner Tochter von Frau Bathory so plötzlich ausgesprochen wurde, noch genug Herrschaft über sich selbst, seine Bewegung nicht zu verraten. Sein Herz aber hatte doch für einen Augenblick zu schlagen aufgehört und wäre er nicht ein so großer Meister seiner selbst gewesen, wäre er zweifellos auf die Stufen der Kapelle niedergestürzt, als wenn ihn ein Blitzstrahl getroffen hätte.

Seine Tochter war also noch am Leben! Sie also liebte Peter und er wurde von ihr wiedergeliebt. Und er selbst, Mathias Sandorf, hatte alles Mögliche getan, das Zustandekommen der Verbindung zu hindern. Dieses Geheimnis, welches ihm Sarah wiederschenkte, wäre nie entdeckt worden, wenn nicht Frau Bathory wie durch ein Wunder ihren Verstand wiedergefunden hätte.

Was war vor fünfzehn Jahren im Schlosse Artenak geschehen? Man wusste es jetzt nur zu gut! Dieses Mädchen, welches die einzige Erbin der Güter des Grafen Mathias Sandorf geblieben war, dieses Kind, dessen Tod niemals konstatiert werden konnte, war entführt und Silas Toronthal in die Hände gespielt worden. Einige Zeit später, als der Bankier sich in Ragusa niedergelassen hatte, hatte Frau Toronthal Sarah Sandorf als ihre Tochter erziehen müssen.

Nunmehr war die von Sarcany ausgeklügelte und von seiner Helferin Namir aufgeführte Machination aus Licht gekommen. Sarcany war es wohl bekannt, dass Sarah im Alter von achtzehn Jahren in den Besitz eines bedeutenden Vermögens kommen würde und er wollte sie, sobald sie seine Frau geworden sein sollte, als die Erbin der Sandorf's anerkennen lassen. Dieser Triumph sollte die Krone seines abscheulichen Lebenswandels bilden. Er wollte Herr über die Domänen von Schloss Artenak werden.

War dieser Plan bis dahin missglückt? Ja, jedenfalls. Wenn die Heirat vollzogen worden wäre, hätte Sarcany sich schon beeilt, alle seine Vorteile zu wahren.

Musste sich nicht Doktor Antekirtt jetzt Gewissensbisse machen? War er es nicht gewesen, der diese unselige Kette von Vorgängen heraufbeschworen hatte, erst die Verweigerung seiner Unterstützung Peter's, dann indem er Sarcany ruhig seine Pläne verfolgen ließ, obwohl er recht wohl bei ihrem Zusammentreffen in Cattaro ihn hätte unschädlich machen können, schließlich dadurch, dass er Frau Bathory den Sohn vorenthielt, welchen er dem Tode entrissen hatte? Wie großes Unglück wäre nicht vermieden worden, wenn Peter sich bei seiner Mutter befunden hätte, als der Brief

Frau Toronthal's in dem Hause der Marinella-Straße eintraf? Hätte Peter gewusst, dass Sarah die Tochter des Grafen Sandorf war, würde er es nicht verstanden haben, sich den Gehässigkeiten Sarcany's und Silas Toronthal's zu entziehen?

Wo befand sich jetzt Sarah Toronthal? Zweifellos in der Gewalt Sarcany's. Doch wo mochte dieser sie versteckt halten? Wie sie ihm entreißen? Und überdies hatte in wenigen Wochen die Tochter des Grafen Sandorf ihr achtzehntes Lebensjahr erreicht – die gesetzlich bestimmte Grenze, falls sie nicht ihrer Ansprüche als Erbin verlustig gehen wollte – und dieser Umstand musste Sarcany zwingen, alles Mögliche aufzubieten, um Sarah zu einer Einwilligung zu dieser verwünschten Heirat zu zwingen.

Im Nu hatte dieser Hergang der Ereignisse den Sinn des Doktors Antekirtt durchzogen. Nach dieser Zurechtlegung der Vergangenheit, wie es Frau Bathory und Peter in ähnlicher Weise taten, fühlte er die jedenfalls unverdienten Vorwürfe, welche die Frau und der Sohn Stephan Bathory's ihm zu machen versucht sein mussten. Denn, wenn die Dinge wirklich so gelegen hätten, wie er annehmen musste, hätte er eine Annäherung zwischen Peter und derjenigen gutheißen können, die für Alle und für ihn selbst den Namen Sarah Toronthal trug?

Er musste um jeden Preis jetzt Sarah, seine Tochter, wiederfinden. Nicht ein Tag war zu verlieren.

Frau Bathory war bereits in das Stadthaus zurückgeführt worden, als der Doktor in Begleitung Peter's, der zwischen Freude und Hoffnungslosigkeit schwankte, ebendaselbst eintraf, ohne ein Wort gesprochen zu haben.

Frau Bathory, sehr geschwächt durch die heftige Rückwirkung, die sich in ihr gezeigt hatte, doch geheilt, völlig geheilt, saß in ihrem Zimmer, als der Doktor und ihr Sohn bei ihr eintraten.

Maria, die schicklicherweise sie allein zu lassen wünschte, zog sich in den großen Saal des Stadthauses zurück.

Der Doktor näherte sich der alten Dame und die Hand auf die Schulter Peter's legend, sagte er:

»Frau Bathory, ich hatte bereits Ihren Sohn zu dem meinigen gemacht. Wenn er bis jetzt nur mein Sohn aus freundschaftlichen Rücksichten war, so werde ich nun Alles tun, damit er es auch aus väterlicher Liebe wird, indem er Sarah heiratet... meine Tochter...

– Ihre Tochter? rief Frau Bathory.

– Ich bin Graf Mathias Sandorf.«

Frau Bathory erhob sich plötzlich, streckte ihre Hände aus und fiel in die Arme ihres Sohnes zurück. Wenn sie auch selbst nicht sprechen konnte, so konnte sie doch hören. In wenigen Worten unterrichtete sie Peter von Allem, was sie noch nicht wusste, wie Graf Sandorf durch die Ergebenheit des Fischers Andrea Ferrato gerettet wurde, wie er fünfzehn Jahre lang für tot hatte gelten wollen, wie er in Ragusa unter dem Namen des Doktors Antekirtt wieder aufgetaucht war. Er erzählte, was Sarcany und Silas Toronthal zu dem Zwecke, die Verschwörer von Triest auszuliefern, getan hätten, ferner den Verrat Carpena's, dem sein Vater und Ladislaus Zathmar zum Opfer fielen, schließlich, wie der Doktor ihn lebendig dem Grabe auf dem Kirchhofe von

Ragusa entrissen hätte, um ihn dem Werke der Gerechtigkeit, welches der Doktor ausüben wollte, zu verbinden. Er beendete seine Erzählung damit, dass er sagte, dass zwei von den Übeltätern, der Bankier Silas Toronthal und der Spanier Carpena, bereits in ihrer Macht wären, dass man aber des Dritten, Sarcany's, noch nicht habhaft hätte werden können, desselben Sarcany, der Sarah Sandorf zu seiner Frau zu machen wünsche.

Der Doktor, Frau Bathory und ihr Sohn, welche die Zukunft in enger Verwandtschaft aneinanderschließen sollte, besprachen während einer Stunde noch des Näheren die auf das junge Mädchen bezüglichen Umstände. Ersichtlich würde Sarcany vor nichts zurückschrecken, was das junge Mädchen zwingen könnte, ihn zu heiraten, wodurch ihm das Vermögen des Grafen Sandorf zufiel. Sie beleuchteten die augenblickliche Lage der Dinge von allen Seiten. Was bisher geschehen war, hatte allerdings Sarcany einen Strich durch die Rechnung gemacht, was noch geschehen konnte, war das Furchtbarste. Vor Allem also mussten Himmel und Hölle in Bewegung gesetzt werden, um Sarah aufzufinden.

Es wurde zunächst verabredet, dass Frau Bathory und Peter die Einzigen bleiben sollten, die wussten, dass Graf Sandorf sich unter dem Namen des Doktors Antekirtt verbarg. Offenbarte man das Geheimnis, so wurde damit auch ausgedrückt und bekannt, dass Sarah seine Tochter sei; im Interesse der neuen Nachforschungen aber, die unternommen werden mussten, war es von Wichtigkeit, dass Solches geheim bliebe.

»Doch wo ist Sarah?... Wo sie suchen?... Wo sie auffinden? fragte Frau Bathory.

– Wir werden es erfahren, erwiderte Peter, in welchem die Hoffnung einer Energie Platz gemacht hatte, welche nur stärker werden konnte.

– Ja... wir werden es erfahren, sagte der Doktor, und zugegeben, dass Silas Toronthal wirklich nicht weiß, wohin Sarcany geflüchtet ist, so wird er doch zum Mindesten wissen, wo dieser Elende meine Tochter zurückhält!...

– Und wenn er es weiß, muss er es uns sagen, rief Peter.

– Ja... er muss sprechen, erwiderte der Doktor.

– Augenblicklich!

– Augenblicklich!«

Doktor Antekirtt, Frau Bathory und Peter wären nicht im Stande gewesen, länger in dieser Ungewissheit zu verharren.

Luigi, der sich mit Pointe Pescade und Kap Matifu im großen Saale des Stadthauses befand, wo Maria sich ihnen beigesellt hatte, wurde alsbald herbei befohlen. Er erhielt den Auftrag, sich von Kap Matifu nach dem Fort begleiten zu lassen und Silas Toronthal herzuführen.

Eine Viertelstunde später verließ der Bankier die Kasematte, welche ihm zum Gefängnis gedient hatte; sein Gelenk wurde von der breiten Hand Kap Matifu's umklammert; so gingen sie die große Straße von Artenak entlang. Luigi, den er gefragt, wohin man ihn führe, hatte ihm keine Antwort geben wollen. Der Bankier war deshalb sehr besorgt, umso mehr, als er noch immer nicht wusste, welches die mächtige Persönlichkeit war, in deren Gewalt er sich seit seiner Verhaftung befand.

Silas Toronthal betrat den Saal; Luigi ging ihm voran, während Kap Matifu ihn noch immer festhielt. Er bemerkte zuerst Pointe Pescade, denn Frau Bathory und ihr Sohn hielten sich noch abseits. Plötzlich befand er sich dem Doktor gegenüber, mit dem in Verbindung zu kommen er sich bei dessen Aufenthalt in Ragusa vergeblich abgemüht hatte.

»Sie... Sie?« rief er.

Dann sich aufraffend meinte er:

»Ah, also der Herr Doktor Antekirtt ist es, der mich auf französischem Gebiete hat festnehmen lassen.... Also er hält mich gegen jedes Recht als Gefangenen zurück...

– Doch nicht gegen jede Gerechtigkeit, antwortete der Doktor.

– Und was habe ich Ihnen getan? fragte der Bankier, dem die Anwesenheit des Doktors ersichtlich Vertrauen einflößte. Wollen Sie mir, bitte, sagen, was ich Ihnen getan habe?

– Mir?... Sie werden es erfahren, erwiderte der Doktor. Aber vorher, Silas Toronthal, fragen Sie nur, was Sie dieser unglücklichen Frau getan haben...

– Frau Bathory! rief der Bankier und wich vor der Witwe zurück, die langsam auf ihn zukam.

– Und ihrem Sohn, setzte der Doktor hinzu.

– Peter!... Peter Bathory!« stammelte Silas Toronthal.

Er wäre entschieden zusammengesunken, wenn Kap Matifu ihn nicht mit unentrinnbarer Kraft auf seinem Platze aufrecht gehalten hätte.

Peter Bathory, den er für tot hielt, dessen Leichenzug er hatte vorüberziehen sehen, Peter, den man auf dem Kirchhofe von Ragusa begraben hatte, dieser Peter stand vor ihm, wie ein dem Grabe entstiegenes Gespenst. Seine Gegenwart machte Silas Toronthal mürbe. Er begann zu begreifen, dass er der Vergeltung für seine Taten nicht entgehen würde.... Er fühlte sich verloren.

»Wo ist Sarah? fragte der Doktor barsch.

– Meine Tochter?

– Sarah ist nicht Ihre Tochter!... Sarah ist die Tochter des Grafen Sandorf, den Sarcany und Sie in den Tod getrieben, nachdem Sie ihn und seine beiden Genossen, Stephan Bathory und Ladislaus Zathmar, feiger Weise verraten haben.«

Diese förmliche Anklage vernichtete den Bankier vollends. Der Doktor Antekirtt wusste nicht nur, dass Sarah nicht seine Tochter wäre, er wusste sogar auch, dass sie die Tochter des Grafen Sandorf sei. Er wusste wie und durch wen die Verschwörer von Triest angezeigt worden waren. Die ganze schmachvolle Vergangenheit von Silas Toronthal war mit einem Male wieder lebendig geworden.

»Wo ist Sarah? fragte der Doktor von Neuem, der nur mit Hilfe seiner aufgebotenen Willensstärke an sich hielt. Wo ist Sarah, die Sarcany, Ihr Genosse bei allen Schandtaten, vor fünfzehn Jahren aus dem Schlosse Artenak gestohlen hat?... Wo ist Sarah, welche der Elende an einem Orte zurückhält, den Sie kennen müssen, denn Jener will ihr die Einwilligung zu einer Ehe entreißen, welche sie für eine Schmach hält.... Zum letzten Male, wo befindet sich Sarah?«

So erschreckend auch die Haltung des Doktors war, so drohend auch seine Worte klangen, Silas Toronthal antwortete nicht. Er hatte begriffen, dass die gegenwärtige Lage des jungen Mädchens ihm als Lebensschutz dienen musste. Er fühlte, dass sein Leben unangetastet bleiben würde, so lange er sich noch im Besitze dieses letzten Geheimnisses befand.

»Hören Sie mich, Silas Toronthal, sagte der Doktor, der seine Kaltblütigkeit wiedergewonnen hatte, hören Sie mich. Sie glauben vielleicht Ihren Genossen schonen zu müssen. Sie fürchten vielleicht, ihn bloßzustellen, wenn Sie reden würden. Merken Sie sich: Sarcany hat, um sich Ihres Schweigens versichert zu halten, nachdem er Sie ruiniert hatte, versucht, Sie zu ermorden, gerade wie er Peter Bathory in Ragusa erstochen hat.... So ist es!... In dem Augenblicke, als meine Vertreter sich Ihrer auf der

Straße nach Nizza bemächtigten, war er im Begriff, Sie anzufallen.... Bestehen Sie jetzt noch auf Ihr Schweigen?«

Silas Toronthal war in die Idee wie verbohrt, dass sein Schweigen seinen Gegner zu seiner Schonung nötigen würde. Er antwortete daher abermals nicht.

»Wo ist Sarah... wo ist Sarah? rief der Doktor, der sich nun von seiner Erregung hinreißen ließ.

– Ich weiß es nicht... ich weiß es nicht,« antwortete der Bankier, entschlossen, sein Schweigen fortzusetzen.

Plötzlich stieß er einen markerschütternden Schrei aus und wand sich vor Schmerzen; er versuchte vergebens, Kap Matifu zurückzustoßen.

»Gnade!... Gnade!« wimmerte er.

Kap Matifu hatte, vielleicht unbewusst, des Bankiers Hand mit der seinen etwas gequetscht.

»Werden Sie reden?

– Ja... ja... Sarah... Sarah... stöhnte Silas Toronthal, der nur in abgebrochenen Worten zu reden vermochte, ist im Hause von Namir... der Spionin Sarcany's... in Tetuan.«

Kap Matifu ließ den Arm Toronthals fahren, der völlig abgestorben herniedersank.

»Führt den Gefangenen zurück, sagte der Doktor. Wir wissen jetzt, was wir wissen wollten.«

Luigi führte Silas Toronthal zum Stadthause hinaus und in die Kasematte zurück.

Sarah in Tetuan! Als der Doktor Antekirtt und Peter Bathory vor zwei Monaten in Ceuta waren, um den Spanier aus dem Präsidio zu holen, hatten sie nur wenige Meilen von dem Orte getrennt, wo die Marokkanerin das junge Mädchen gefangen hielt.

»Heute Nacht noch fahren wir nach Tetuan, Peter,« sagte der Doktor gelassen.

Damals führte die Eisenbahn noch nicht von Tunis direkt an die Grenze Marokkos. Um in möglichst kurzer Zeit nach Tetuan zu gelangen, war es daher am Geratensten, sich auf einem der elektrischen Eilschiffe der Flotte von Antekirtta einzuschiffen.

Vor Mitternacht noch war der »Electric 2« in See gegangen und durchflog nun das Meer der Syrten.

An Bord befanden sich nur der Doktor, Peter, Luigi, Pointe Pescade und Kap Matifu. Sarcany kannte nur Peter, die Übrigen nicht. Sobald man in Tetuan angekommen war, wollte man das Nähere beschließen. Ob man mit List oder Gewalt vorgehen würde, das sollte ganz von der Stellung Sarcany's in dieser rein marokkanischen Stadt, von seiner Installation im Hause Namir's, von dem Personal abhängen, über welches er verfügte. Vor Allem galt es, nach Tetuan zu gelangen.

Vom Meer der Syrten bis zur marokkanischen Grenze zählt man ungefähr zweitausendfünfhundert Kilometer – das heißt also fast dreizehnhundertfünfzig Seemeilen. Der »Electric 2« konnte bei Aufwendung der größten Schnelligkeit siebenundzwanzig Meilen in der Stunde zurücklegen. Viele Eisenbahnzüge besitzen diese Schnelligkeit nicht! Dieses eiserne, spindelförmige Fahrzeug, das dem Winde keine Fläche darbot, das durch jede aufrührerische See glitt und nicht um den Sturm besorgt war, gebrauchte höchstens fünfzig Stunden, um an seinen Bestimmungsort zu gelangen.

Am folgenden Morgen vor Tagesanbruch hatte der »Electric 2« bereits Kap Bon doubliert. Nachdem man die Öffnung des Golfes von Tunis passiert hatte, gebrauchte man von dort aus nur wenige Stunden, um das Vorgebirge von Bizerte aus den Augen zu verlieren. La Calle, Bône, das Kap Fer, dessen metallische Masse, wie man sagt, die Kompassnadel abweichen lässt, die algerische Küste, Stora, Bougie, Dellys, Alger, Cherchell, Mostagenem, Oran, Nemours, dann die Gestade des Rif, die Spitze von Mellila, die wie Ceuta den Spaniern gehört, das Kap Tres-Forcas, von dem aus der Kontinent bis zum Kap Negro sich abrundet – kurz das ganze Panorama des afrikanischen Gestades zog an den Blicken unserer Reisenden während des 20. und 21. November vorüber, ohne jeden Zwischenfall und ohne jeden Unfall. Die von den Strömen aus den Akkumulatoren gespeiste Maschine hatte noch nie so vortrefflich funktioniert. Wenn der »Electric«, sei es längs der Küste, sei es mitten in den Golfen, die er von Kap zu Kap durchschnitt, bemerkt wurde, so mussten die Küstenwächter unwillkürlich an das Auftauchen eines phänomenalen Schiffes oder vielleicht an dasjenige eines Wales von außerordentlicher Kraft glauben, wie sie kein Dampfschiff in den Gewässern des Mittelländischen Meeres aufzuwenden vermag.

Gegen acht Uhr Abends landeten der Doktor Antekirtt, Peter, Luigi, Pointe Pescade und Kap Matifu an der Mündung des kleinen Flusswassers von Tetuan, an welcher ihr Eilschiff sich vor Anker legte. Hundert Schritte vom Fluss entfernt, inmitten einer Karawanserei, fanden sie Maulesel und einen arabischen Führer, der sich erbot, sie zur Stadt zu geleiten, die höchstens vier Meilen entfernt lag. Der geforderte Preis wurde ohne Feilschen bewilligt und der kleine Trupp brach sofort auf.

In dieser Partie des Rif haben die Europäer nichts von der eingeborenen Bevölkerung zu befürchten, nicht einmal von den das Land durchziehenden Nomaden. Es ist das übrigens eine wenig bewohnte und fast gar nicht kultivierte Gegend. Die Landstraße zieht sich durch eine mit mageren Gebüschen besetzte Ebene – eine Landstraße, die weniger durch Menschenhand als durch den Tritt der Saumtiere hergestellt zu sein scheint. Auf der einen Seite liegt der Fluss mit seinen buchtenreichen Ufern. Sie widertönen von dem Gequake der Frösche und dem Zirpen der Grillen. Einige Fischerbarken ankern mitten in der Strömung, andere sind auf den Sand gezogen. Auf der anderen, der rechten Seite, zieht sich eine Kette steiniger Hügel entlang, die sich mit den südlicher liegenden massigen Gebirgsstöcken verbinden.

Die Nacht war herrlich. Der Mond tauchte die ganze Landschaft in sein Licht. Von dem Wasserspiegel zurückprallend, gab dasselbe die Zeichnungen der Anhöhen am nördlichen Horizonte in weicheren Konturen wieder. In der Ferne hob sich im weißen Gewande die Stadt Tetuan ab – ein blendender Punkt inmitten der dichten Nebel im Hintergrunde der Landschaft.

Der Araber führte seine Gesellschaft im schnellen Trabe. Zwei- oder dreimal musste vor vereinzelt stehenden Stationen angehalten werden, durch deren vom Monde beschienene Fenster gewöhnlich ein gelber Lichtstrahl in die Nacht hinaus drang. Ein oder zwei Marokkaner traten dann aus dem Innern, sie führten eine

Blendlaterne mit sich und unterhielten sich mit dem Führer. Nachdem einige Erkennungsworte ausgetauscht waren, ging die Reise weiter.

Weder der Doktor noch seine Genossen sprachen. In Gedanken vertieft ließen sie ihre an diese Straße durch die Ebene gewöhnten Maulesel gehen, wie sie Lust hatten; die Stellen, wo sie holprig oder mit Steinen bedeckt war, oder wo Wurzeln sich über sie hinzogen, vermied der sichere Fuß der Tiere. Das kräftigste derselben blieb jedoch regelmäßig zurück. Deshalb war es durchaus nicht untüchtig, es trug nur – Kap Matifu.

Dieser Umstand gab Pointe Pescade den Gedanken ein, ob es nicht geratener sei, dass Kap Matifu den Maulesel trüge, als der Maulesel ihn.

Gegen einundeinhalb Uhr machte der Araber vor einer großen weißen Mauer Halt; sie wird von Türmen und Schießscharten gekrönt und verteidigt auf dieser Seite die Stadt In dieser Mauer öffnet sich ein niedriges, von Arabesken nach marokkanischer Manier umrahmtes Tor. Durch die zahlreichen Schießscharten oberhalb desselben gähnen den Kommenden die Mündungen der Kanonenrohre entgegen; sie gleichen großen, beim Glanze des Mondlichtes nonchalant eingeschlafenen Krokodilen.

Das Tor war geschlossen. Es musste mit Geld in der Hand parlamentiert werden, um die Öffnung zu erzwingen. Dann geriet man in gekrümmte enge, meistens überwölbte Straßen. Sie waren von anderen, ebenfalls verriegelten Toren abgesperrt, die wiederum nacheinander mit Hilfe desselben Mittels geöffnet werden mussten.

Eine Viertelstunde später langten der Doktor und seine Genossen endlich vor einer Herberge, einer »Fonda« an – der einzigen am Orte; ein Jude hielt sie und seine einäugige Tochter bediente.

Der Mangel an Komfort in dieser Fonda, deren bescheidene Zimmer einen inneren Hof einschlossen, erklärt sich damit, dass nur wenige Fremde es wagen, nach Tetuan vorzudringen. Es findet sich nur ein einziger Vertreter der europäischen Großmächte dort, nämlich ein spanischer Konsul, der völlig abgeschnitten inmitten einer Bevölkerung von einigen tausend Seelen sitzt, in welcher das eingeborene Element vorherrscht.

So sehnlichst es auch der Doktor Antekirtt erstrebte, zu fragen, wo das Haus Namir's gelegen wäre, und sich dorthin führen zu lassen, so energisch bezwang er sich vorläufig. Es musste mit äußerster Klugheit zu Werke gegangen werden. Eine Entführung konnte unter den Verhältnissen, in denen Sarah wahrscheinlich aufgefunden, wurde, ernstliche Schwierigkeiten bieten. Alle Gründe für und gegen waren sorgfältig überlegt worden. Vielleicht konnte, gleichviel zu welchem Preise, die Freiheit des jungen Mädchens erkauft werden? Dann mussten der Doktor und Peter sich allerdings ganz besonders davor hüten, sich erkennen zu lassen – namentlich von Sarcany, der sich vielleicht in Tetuan aufhielt. In seinen Händen bot Sarah eine Garantie für die Zukunft, die er sich so leichten Kaufes nicht entreißen lassen würde. Man befand sich auch dort nicht in einem der zivilisierten Länder Europas, wo das Gericht und die Polizei in nützlicher Weise hätten intervenieren können. Wie beweisen in jener Sklavengegend, dass Sarah nicht das gesetzmäßige Eigentum der Marokkanerin war? Wie beweisen, dass sie die Tochter des Grafen Sandorf, wenn der Brief von Frau Toronthal und das Geständnis des Bankiers keine Anerkennung fanden? Diese arabischen Häuser sind verwünscht sorgfältig verschlossen und wenig zugänglich! Man kommt nicht so ohne Weiteres hinein. Die Intervention eines Kadis war unter Umständen auch sehr zweifelhafter Natur, vorausgesetzt, dass man sie überhaupt erlangte.

Es wurde also beschlossen, dass zunächst, und um den geringsten Verdacht zu vermeiden, das Haus Namir's der Gegenstand peinlichster Überwachung werden musste. Pointe Pescade ging schon am frühen Morgen mit Luigi, der während seines Aufenthaltes auf der kosmopolitischen Insel Malta etwas arabisch gelernt hatte, fort, um Erkundigungen einzuziehen. Beide versuchten zu erfahren, in welchem Stadtteile, in welcher Straße diese Namir wohnte, deren Name bekannt sein musste. Danach würde sich zunächst das fernere Verhalten zu richten haben.

Der »Electric 2« hatte unterdessen in einer der verborgenen Buchten des Gestades bei der Mündung des Flusses von Tetuan Zuflucht gesucht; er sollte sich bereit halten, beim ersten Signal in See zu gehen.

Diese Nacht also, deren Stunden dem Doktor und Peter viel zu langsam verstrichen, wurde in der Fonda verbracht. Wenn Pointe Pescade und Kap Matifu jemals der Gedanke gekommen wäre, auf mit Fayencen eingelegten Betten zu schlafen, so waren sie hier gewiss zufriedengestellt.

Am folgenden Morgen also begaben sich Pointe Pescade und Luigi auf den Bazar, woselbst schon ein Teil der teluanischen Bevölkerung zusammenströmte.

Pointe Pescade kannte Namir, denn er hatte sie gewiss zwanzig Male in den Straßen von Ragusa gesehen, als sie für Sarcany Dienste als Spionin tat. Es konnte sich also ereignen, dass man sie traf; da Pointe Pescade ihr unbekannt war, so konnte das Zusammentreffen nichts Unbequemes im Gefolge haben. Traf man sie, so brauchte man ihr also nur nachzugehen.

Der Hauptbazar von Tetuan bildet ein Ensemble von Schuppen und niedrigen, engen, stellenweise sogar schmutzigen Baracken, welche feuchte Alleen einnehmen. Verschiedenartig gefärbte, auf Schnüre gezogene Leinwanddächer beschützen sie vor den glühenden Strahlen der Sonne. Überall düstere Gewölbe, in denen mit Seide gestickte Stoffe, in schreienden Farben gehaltene Besatzartikel, türkische Pantoffel, Almosenbeutel, Burnusse, Töpferwaren, Leuchter, Räucherkerzen, Laternen ausgebreitet sind – mit einem Worte, was sich beständig in den Specialgeschäften der großen Städte Europas vorfindet.

Es waren schon ziemlich viele Käufer da. Man wollte die Morgenkühle benützen. Bis zu den Augen verhüllte Maurinnen, Jüdinnen mit unverhülltem Antlitz, Araber, Kabylen, Marokkaner kamen und gingen auf dem Bazar und beschwatzten die kleine Anzahl Fremder. Die Anwesenheit Luigi's und Pointe Pescade's konnte daher nicht besonders auffallen.

Beide versuchten eine ganze Stunde hindurch, in dieser buntscheckigen Gesellschaft Namir zu begegnen. Es war vergebens. Die Marokkanerin zeigte sich nicht, noch weniger Sarcany.

Luigi wollte darauf einige von den halbnackten Jungens befragen – es sind Bastardsprösslinge aller afrikanischen Rassen, deren Mischung sich vom Rif bis zu den Grenzen der Sahara vollzieht – die in den marokkanischen Bazars umher lungern.

Die Ersten, an welche er sich wandte, konnten ihm auf seine Fragen keine Antwort geben. Endlich versicherte ein zwölf Jahre alter Kabyle mit richtigem Straßenjungengesicht, dass er die Behausung der Marokkanerin kenne, und er bot sich an, gegen Hinterlegung einiger Geldstücke, die beiden Europäer dorthin zu führen.

Das Anerbieten wurde angenommen und alle Drei wanden sich jetzt durch die verwickelten Straßenzüge, welche nach den Befestigungen der Stadt hin auslaufen. In zehn Minuten hatten sie ein fast verlassenes Stadtviertel erreicht, in welchem die fensterlosen Häuser spärlich gesät waren.

Der Doktor und Peter Bathory erwarteten mit fieberhafter Ungeduld die Rückkehr Luigi's und Pointe Pescade's. Wohl an zwanzig Male fühlten sie sich versucht, auszugehen und selber Nachforschungen anzustellen. Doch Beide waren Sarcany und der Marokkanerin bekannt. Man musste im Falle eines Zusammentreffens darauf gefasst sein, Alles zu riskieren, denn Jene würden unbedingt sich sofort ihren Nachstellungen entzogen haben. Sie blieben also eine Beute der lebhaftesten Unruhe. Neun Uhr war es, als Luigi und Pointe Pescade in die Fonda zurückkehrten. Ihre traurigen Mienen sagten nur zu deutlich, dass sie schlechte Nachrichten mitbrächten.

Sarcany und Namir hatten in der Begleitung eines jungen Mädchens, welches Niemand kannte, vor fünf Wochen bereits Tetuan verlassen; das Haus war unter der Obhut einer alten Frau geblieben.

Der Doktor und Peter waren auf diese Nachricht nicht gefasst gewesen: sie waren wie niedergeschmettert.

»Der Grund dieser Abreise ist klar genug, sagte Luigi. Musste Sarcany nicht befürchten, dass Silas Toronthal entweder aus Rachsucht oder aus einem anderen Grunde seinen Zufluchtsort verraten würde?«

So lange es sich lediglich darum gehandelt, die Verräter zu verfolgen, hatte Doktor Antekirtt niemals daran gezweifelt, sein Werk vollenden zu können. Jetzt, wo es galt, die eigene Tochter den Händen Sarcany's zu entreißen, ließ ihn seine Zuversicht im Stich.

Peter und er stimmten jedoch darin überein, unverzüglich dem Hause Namir's einen Besuch abzustatten. Vielleicht fanden sie dort doch noch etwas mehr als das bloße Andenken an Sarah? Vielleicht würde ihnen irgendein Anzeichen verraten, was aus ihr geworden war. Vielleicht auch könnte ihnen die alte Jüdin, der die Hütung des Hauses anvertraut war, ihren Nachforschungen dienliche Mitteilungen machen oder verkaufen.

Luigi führte sie sofort dahin. Der Doktor, der das Arabische so gut sprach, als wäre er in der Wüste geboren, gab sich für einen Freund Sarcany's aus. Er wäre, wie er sagte, glücklich gewesen, bei der Durchreise durch Tetuan ihn anzutreffen, nun wolle er wenigstens dessen Behausung einen Besuch abstatten.

Die Alte machte zuerst einige Schwierigkeiten; doch eine Handvoll Zechinen bewirkte, dass sie geschmeidiger wurde. Jetzt erst bequemte sie sich dazu, auf die Fragen zu antworten, welche der Doktor ihr mit sichtbarem Interesse für ihren Herrn vorlegte.

Das junge Mädchen, welches durch die Marokkanerin hergeführt worden war, sollte die Frau Sarcany's werden. Das war schon seit Langem beschlossen und sehr wahrscheinlich würde die Hochzeit bereits in Tetuan vollzogen worden sein, wäre die überhastete Abreise nicht dazwischen gekommen. Dieses junge Mädchen war seit seiner Ankunft, das heißt, seit drei Monaten ungefähr, nicht vor die Tür gekommen. Man sagte zwar, sie wäre arabischer Abkunft, doch hätte sie, die Jüdin, Jene für eine Europäerin gehalten. Sie hätte sie aber nur sehr wenig zu Gesicht bekommen, oder nur wenn die Marokkanerin sich nicht im Hause befand. Mehr wusste sie nicht.

Ebenso wenig vermochte sie zu sagen, in welches Land Sarcany mit Beiden gezogen war. Sie wusste nur, dass sie vor ungefähr fünf Wochen mit einer Karawane fortgezogen waren, die nach Osten ging. Von jenem Tag an war das Haus unter ihrer Obhut geblieben und sie sollte es so lange hüten, bis Sarcany eine Gelegenheit gefunden haben würde, es zu verkaufen. Damit war seine Absicht, nicht mehr nach Tetuan zurückzukehren, offenkundig geworden.

Der Doktor hörte frostig diesen Antworten zu und nach Maß und Bedürfnis übersetzte er sie Peter Bathory.

Im Ganzen genommen stand nur das Eine fest, dass Sarcany es nicht für geraten gehalten hatte, sich auf einem der Paketboote einzuschiffen, welche Tanger anlaufen, noch die Eisenbahn zu benützen, deren Endpunkt der Bahnhof von Oran bildet. Er hatte sich also einer Karawane angeschlossen, die Tetuan verlassen hatte, um – wohin zu gehen? Vielleicht nach einer Oase in der Wüste oder darüber hinaus in ein Territorium der halbwilden Völkerschaften, wo Sarah vollständig ihm zu Willen sein musste. Wie es erfahren? Auf den Landstraßen des nördlichen Afrikas ist es ebenso schwer eine Karawane wiederzufinden, als einen einzelnen Reisenden.

Der Doktor drang daher noch weiter in die alte Jüdin. Er hätte wichtige Nachrichten erhalten, welche Sarcany interessieren würden, sagte er wiederholt, und gerade betreffs des Hauses, dessen er sich entledigen wollte. Doch was er auch tat und sagte, eine andere Auskunft konnte er nicht erhalten. Die Frau wusste ersichtlich nichts von dem neuen Zufluchtsorte, den Sarcany sich erwählt hatte, um die Entwicklung dieses Dramas zu beschleunigen.

Der Doktor, Peter und Luigi begehrten alsdann die nach arabischer Sitte eingeteilte Wohnung zu besichtigen, nach welcher die verschiedenen Zimmer von einem Patio ihr Licht erhalten, der von einer rechtwinkligen Galerie umgeben ist.

Sie langten bald in dem Zimmer an, welches Sarah bewohnt hatte – einer vollkommenen Gefängniszelle. Wie viele Stunden hatte das junge Mädchen, eine Beute der Verzweiflung, dort verbringen müssen, ohne darauf rechnen zu können, irgendwelche Hilfe zu erhalten! Der Doktor und Peter durchmusterten das Zimmer mit den Blicken, ohne ein Wort zu sprechen; sie suchten nach den geringfügigsten Anzeichen, welche sie auf die von ihnen gesuchten Spuren hätten leiten können.

Plötzlich näherte sich der Doktor lebhaft einem kleinen kupfernen Feuerbecken, das in einer Ecke des Zimmers auf einem Dreifuße stand. Auf dem Boden dieses Beckens erzitterten einige von dem Feuer zerstörte Papierstückchen, die noch nicht ganz zu Asche geworden waren.

Sarah hatte also geschrieben. Von der schleunigen Abreise überrascht, hatte sie sich entschlossen, den Brief vor dem Verlassen von Tetuan zu verbrennen.

Oder – was sehr leicht möglich war – der Brief war bei Sarah gefunden und von Sarcany oder Namir verbrannt worden.

Auf den Papierresten, die der Wind ganz zu Asche machen konnte, hoben sich noch einige Worte in schwarzer Schrift ab – unter Anderem stand da, unglücklicherweise unvollständig: »Fr.. Bath...«

Sarah, die nicht wusste und nicht wissen konnte, dass Frau Bathory aus Ragusa verschwunden war, hatte wahrscheinlich versucht, der einzigen Person auf dieser Welt, von der sie auf Beistand hoffen konnte, zu schreiben.

Neben dem Namen der Frau Bathory konnte man einen anderen ebenfalls entziffern – denjenigen ihres Sohnes....

Peter, der seinen Atem anhielt, versuchte noch ein vielleicht lesbares Wort ausfindig zu machen... Doch sein Blick hat sich getrübt... Er sah nichts mehr...

Es stand aber noch ein Wort da, welches auf die Spur des jungen Mädchens leiten konnte – ein Wort, welches der Doktor fast unverletzt auffand...

»Tripoli,« rief er.

Also in der Regentschaft von Tripolis, in seinem Geburtslande, wo er unbedingte Sicherheit finden musste, hatte Sarcany seine Zuflucht gesucht. Dieser Provinz entgegen bewegte sich die Karawane, die nun schon einen fünfwöchentlichen Marsch hinter sich hatte.

»Nach Tripolis!« sagte der Doktor.

Noch am selben Abend hatte der »Electric 2« das Meer wieder gewonnen. Sarcany, der sich gewiss beeilte, die Hauptstadt der Regentschaft zu erreichen, konnte höchstens einige Tage vor ihnen dort ankommen.

ZWEITES KAPITEL. DAS FEST DER STÖRCHE.

Am 23. November bot die Ebene von Sung-Ettelateh, die sich außerhalb der Mauern von Tripolis ausbreitet, einen merkwürdigen Anblick dar. Wer hätte an jenem Tage behaupten wollen, ob diese Ebene dürr oder fruchtbar ist?

Ihre Oberfläche bedeckten vielfarbige Zelte, die mit Quasten und in schreienden Farben gehaltenen Fähnchen ausstaffiert waren; elende Schänken, deren verblichene und vielfach geflickte Leinwandumhüllungen ihre Gäste gegen die unfreundliche »Gibly«, den trockenen Südwind, nur unzulänglich beschützen konnten; hier und dort sah man Gruppen von reich nach orientalischer Manier aufgeschirrten Pferden, von Meharis, die ihre platten Köpfe, welche wie halbleere Schläuche aussahen, im Sande ausstreckten, von kleinen Eseln, die wie große Hunde aussahen und großen Hunden, die kleinen Eseln ähnelten, von Mauleseln, die den riesigen arabischen Sattel trugen, dessen Sattelbausch und Sattelknopf sich abrunden wie die Höcker des Dromedars; Reiter mit Flinten über dem Rücken, Knien in Brusthöhe, Füßen, die in pantoffelartigen Steigbügeln steckten, mit dem doppelten Säbel im Gürtel; sie galoppierten durch die Menge von Männern, Frauen und Kindern, ohne sich im Geringsten zu scheren, ob Jemand ihnen im Wege stand; schließlich Eingeborene die fast ohne Unterschied in den Burnus gehüllt waren, unter welchem man einen Mann nicht von einer Frau unterscheiden könnte, wenn nicht die Männer die Falten dieses Mantels auf der Brust mit Hilfe eines kupfernen Schlosses zusammenhalten würden, während die Frauen den oberen Zipfel so über das Gesicht fallen lassen, dass nur das linke Auge sichtbar bleibt – ein Kostüm, welches je nach dem Stande seiner Träger variiert, denn die Armen tragen nur den einfachen, leinenen Mantel, unter dem sich ihr bloßer Körper zeigt, die Wohlhabenden tragen die Jacke und das breite Beinkleid der Araber, die Reichen kostbaren, weiß und blau karierten Schmuck auf einem zweiten Gazemantel, auf dem die leuchtende Seide sich mit dem Matt der Wolle über dem mit goldenen Flittern besetzten Hemde mischt.

Doch nicht Tripolitaner allein bewegten sich auf der weiten Ebene. An den Ausgängen der Hauptstadt drängten sich Kaufleute aus Ghadames und Sokna mit dem Gefolge ihrer schwarzen Slaven; ferner Juden und Jüdinnen der Provinz; sie zeigten unverhüllte, schmutzige Gesichter nach der Sitte des Landes und waren in wenig geschmackvoller Form »behost«; sodann Neger; sie waren aus einem benachbarten Orte gekommen und hatten ihre elenden Kabachen aus Binsen und Palmen verlassen, um Teil an dieser öffentlichen Lustbarkeit zu nehmen – ihre Kleidung zeichnete sich weniger durch den Aufwand an Leinen, als vielmehr an Schmucksachen, dicken Kupferarmringen, Halsketten mit Muschelwerk, »Rivieren« von Tierzähnen, silbernen Ringen in den Ohrläppchen und Nasenknorpeln aus; schließlich Benulier, Awagnjer, aus dem Küstenlande der großen Syrte stammend, denen die Dattelpalme ihres Landes Wein, Früchte, Brot und Näschereien liefert. Inmitten dieser Ansammlung von Mauren, Berbern, Türken, Beduinen und selbst von »Mussafirs«, das heißt Europäern, promenierten Paschas, Scheiks, Kadis, Kaïds, alle Edelleute der Ortschaft; sie spalteten die Menge der Raayas, die sich demütig und vorsichtig vor dem blanken Säbel der Soldaten oder dem Polizistenstock der Zaptiehas öffnete, wenn mit seiner erhabenen Gleichgültigkeit der Generalgouverneur dieser afrikanischen Provinz des türkischen Reiches, deren Verwaltung vom Sultan selbst abhängt, vorüberschritt.

Während man mehr als eine Million fünfmalhunderttausend Einwohner auf Tripoli rechnet, nebst sechstausend Mann Soldaten, besitzt die Stadt Tripolis für sich allein höchstens nur zwanzig- bis fünfundzwanzigtausend Seelen. An jenem Tage aber konnte man dreist behaupten, dass die Bevölkerung durch den Zufluss der Neugierigen, die von allen Seiten des Festlandes her geströmt waren, sich verdoppelt hatte. Diese »Landleute« hatten allerdings kein Unterkommen in der Hauptstadt der Regentschaft selbst gesucht. Weder die Häuser, deren schlechte Baumaterialien sie bald in Trümmer fallen lassen, noch die engen, pflasterlosen, gewundenen Straßen – man könnte sie fast himmellose nennen –, noch das an den Molo grenzende Stadtviertel, in welchem sich die Konsulate befinden, noch der westliche Teil, wo die Juden ansässig sind, noch die für die Bedürfnisse der mosleminischen Rasse ausreichenden sonstigen Teile der Stadt wären, innerhalb der wenig elastischen Mauern der Umwallung, einem solchen Völkerstrome gewachsen gewesen.

Die Ebene von Sung-Ettelateh jedoch war groß genug für die Menge der Zuschauer, die zu dem Feste der Störche, dessen Andenken noch immer in den orientalischen Ländern Afrikas in Ehren gehalten wird, zusammengeströmt war. Diese Ebene – ein gelbsandiges Stück der Sahara, welche das Meer vielfach bei Ostwind überflutet – umgibt die Stadt auf drei Seiten und misst in der Breite ungefähr einen Kilometer. An ihrem südlichen Ende entwickelt sich – ein wundersam berührender Gegensatz – die Oase der Mendschjeh mit dem blendenden Weiß ihrer Bauten, ihren Gärten und Orangen-, Zitronen-, Dattelbäumen, den Massen ihrer grünenden Gesträuche und Blumen, ihren Antilopen. Gazellen, Flamingos – eine riesige Enklave, auf der sich eine Bevölkerung von mindestens dreißigtausend Einwohnern vorfindet. Jenseits der Oase beginnt die Wüste, die mit keinem anderen ihrer Endpunkte dem Mittelmeere so nahe kommt wie hier; die Wüste beginnt dort mit ihren wandernden Dünen, ihrem unendlichen Sandteppiche, auf dem, wie Baron von Krafft sagt, »der Wind ebenso wie auf dem Meere Wellen formt«, das lybische Meer, dem selbst die aus undurchdringlichem Staube sich bildenden Nebel nicht fehlen.

Tripolis – ein fast ebenso großes Gebiet, wie Frankreich selbst ist, umfassend – breitet sich zwischen der Regentschaft von Tunis, Ägypten und der Sahara aus und nimmt über dreihundert Kilometer des Gestades des Mittelländischen Meeres ein.

In diese Provinz, eine der am wenigsten bekannten Nordafrikas, in der man vielleicht am allerlängsten sich allen Nachforschungen entziehen kann, hatte sich Sarcany nach dem Verlassen von Tetuan geflüchtet. Tripolitaner von Geburt, war es nur natürlich, dass er in sein Heimatland, auf den Schauplatz seiner ersten Versuche, zurückkehrte. Wie man nicht vergessen haben wird, war er überdies mit der furchtbarsten Sekte Nordafrikas sehr bekannt, er wusste also, dass er bei den Senusisten, deren Agent in der Fremde behufs Beschaffung von Waffen und Munition er zu sein nie aufgehört hatte, ausreichenden Schutz finden würde. Deshalb hatte er sich auch sofort nach seiner Ankunft in Tripolis in dem Hause des Moyaddems Sidi Hazam, des wohlbekannten Chefs der Sektenbrüder dieses Distriktes, einquartiert.

Sarcany hatte nach der Aufhebung von Silas Toronthal auf der Landstraße von Nizza – ein Vorgang, der ihm völlig rätselhaft geblieben war – sofort Monte Carlo verlassen. Die von dem letzten Gewinne erübrigten wenigen tausend Franken – er gebrauchte die Vorsicht, sie nicht als allerletzten Einsatz auf's Spiel zu setzen – hatten hingereicht, um die Kosten der Reise zu decken und den Eventualitäten vorzubeugen, vor denen er zunächst Front machen musste. Es stand in der Tat zu befürchten, dass der zur Verzweiflung gebrachte Silas Toronthal sich gedrängt fühlte, sich an ihm zu rächen, entweder dadurch, dass er Sarcany's Vergangenheit enthüllte oder Sarah's Lage verriet. Denn der Bankier wusste wohl, dass diese in Tetuan, in den Händen Namir's, sich befand. Daraus entsprang Sarcany's Entschluss, Marokko in kürzester Frist zu verlassen.

Es war das klug gehandelt, weil Silas Toronthal nicht zögern würde, zu sagen, in welchem Lande und in welcher Stadt das junge Mädchen unter der Obhut der Marokkanerin zurückgehalten werde.

Sarcany beschloss deshalb, in die Regentschaft von Tripolis sich zurückzuziehen, woselbst ihm sowohl Actions- als Verteidigungsmittel zu Gebote stehen mussten. Sich dorthin mittelst der Paketboote der Küste oder mittelst der algerischen Eisenbahnen begeben, hieß aber – wie der Doktor ganz richtig vermutet hatte – zu viel Gefahr laufen. Er zog es daher vor, sich einer Senusisten-Karawane anzuschließen, welche in die Cyrrhenäische Halbinsel zog und aus neu angeworbenen Mitgliedern aus den größten Vilajets von Marokko, Algerien und der tunesischen Provinz bestand. Diese Karawane, die in Eilmärschen zwischen Tetuan und Tripolis fünfhundert Meilen zurückzulegen hatte, indem sie der nördlichen Grenze der Wüste folgte, brach am 12. Oktober auf.

Jetzt befand sich Sarah vollständig in der Macht ihrer Peiniger. Ihr Entschluss war aber trotzdem ein unerschütterlicher geblieben. Weder die Drohungen Namir's, noch die Wutausbrüche Sarcany's hatten auf sie Eindruck machen können.

Beim Aufbruche von Tetuan zählte die Karawane bereits fünfzig Mitglieder oder Khuans; sie standen unter der Oberleitung eines Imam, der sie militärisch organisiert hatte. Die Provinzen, welche der französischen Regierung unterworfen waren, wurden übrigens sorgfältig umgangen, um ja keine Schwierigkeiten hinsichtlich des Durchzuges zu haben.

Der afrikanische Kontinent bildet in Folge der Küstenbildung der algerischen und tunesischen Gebiete einen Bogen bis zur Westküste der großen Syrte, die jäh nach Süden abfällt. Es folgt daraus, dass die direkteste Straße, um von Tetuan nach Tripoli zu gelangen die ist, welche die Sehne dieses Bogens bildet und die im Norden nicht höher als bis nach Laghuat steigt, einer der äußersten Städte unter französischer Hoheit an der Grenze der Sahara.

Die Karawane zog zuerst nach dem Verlassen des marokkanischen Gebietes an der Grenze der reichen Provinzen Algeriens entlang, welche man das »neue Frankreich« nennt und die in Wirklichkeit Frankreich selbst vorstellen – mit mehr Berechtigung als Neu-Kaledonien, Neu-Holland, Neu-Schottland Schottland, Holland und Kaledonien vorstellen, weil die afrikanischen Provinzen Frankreichs nur dreißig Stunden zu Wasser von diesem selbst entfernt sind.

In Beni-Mutan, in Oulad-Mail, Scharfat-El-Hamel verstärkte sich die Karawane durch eine ziemliche Anzahl von Bundesbrüdern. Ihre Teilnehmerzahl belief sich auf mehr denn dreihundert Menschen, als sie die tunesische Grenze am Ende der großen Syrte erreichte. Sie brauchte jetzt nur noch dem Zuge der Küste zu folgen und kam, während sie sich in den verschiedenen Ortschaften der Provinz durch neue Khuans verstärkte, am 20. November, nach einer sechswöchentlichen Reise an der Grenze der Regentschaft an.

Zur Zeit, als unter großem Gelärm das Fest der Störche begangen werden sollte, waren Sarcany und Namir erst seit drei Tagen die Gäste des Moqaddem Sidi Hazam, dessen Behausung gleichzeitig Sarah Toronthal als Gefängnis diente.

Diese von einem schlanken Turm überragte Behausung macht mit ihren weißen, fensterlosen Mauern, die von einigen Schießscharten durchbrochen waren, mit ihren mit Zinnen versehenen Terrassen, mit ihrer schmalen und niedrigen Tür allerdings den Eindruck einer Art Festung. Diese vollkommene Zauiya lag außerhalb der Stadt, an dem Saume der Sandwüste und der Anpflanzungen der Mendschje, deren durch eine hohe Mauer beschützten Gärten auf die Domäne der Oase hinüberreichten.

Das Innere zeigte die gewöhnliche Einrichtung der arabischen Baulichkeiten, nur hier in dreifacher Gestalt, das heißt man zählte anstatt eines drei Patios oder Höfe. Diese Patios umschloss ein Viereck von Säulengalerien und Arkaden, auf welche wiederum die zahlreichen, meist reich ausgestatteten Zimmer führten. Im Hintergrunde des zweiten Hofes fanden die Besucher oder Gäste des Moqaddem eine ungeheure »Skifa«, eine Art Vorhalle, in der schon oft Konferenzen unter dem Vorsitze des Sidi Hazam abgehalten worden waren.

Dieses Haus wurde in natürlicher Weise von seinen hohen Mauern beschützt; es schloss außerdem aber auch ein zahlreiches Personal ein, welches im Falle eines Überfalles seitens der Nomaden oder selbst der tripolitanischen Behörden, deren Anstrengung darauf hinauslief, den Senusisten der Provinz wirksam die Hände zu binden, nachdrücklich über seine Sicherheit wachen konnte. Es befanden sich im Hause fünfzig Bundesbrüder, die sowohl zur Verteidigung wie zum Angriff gleich gut gerüstet waren.

Eine einzige Tür gewährte Einlass in diese Zauiya; doch diese sehr dicke und unter ihren Schlössern höchst solide Tür war nicht leicht aufzudrücken, und wenn sie selbst aufgestoßen war, nicht leicht zu durchschreiten.

Sarcany hatte also bei dem Moqaddem ein sehr sicheres Asyl gefunden. Dort hoffte er seine Unternehmung zu einem guten Ende führen zu können. Seine Heirat mit Sarah musste ihm ein beträchtliches Vermögen einbringen und nötigenfalls konnte er auf den Beistand der Brüderschaft rechnen, die direkt an dem Gelingen seines Planes interessiert war.

Die von Tetuan angelangten oder in den Vilajets aufgelesenen Senusisten hatten sich über die Oase von Mendsehje zerstreut, bereit, sich beim ersten Zeichen zusammenzufinden. Dieses Fest der Störche diente überaus der Sache der Senusisten, das war für die tripolitanische Polizei eine ausgemachte Sache. Dort auf der Ebene von Sung-Ettelateh sollten die Khuans von Nordafrika die Parole von den Muftis erhalten, um danach ihre Konzentration auf der Cyrrhenäischen Halbinsel ins Werk zu setzen und dort unter der allmächtigen Oberhoheit eines Kalifen ein vollkommenes Piratenreich zu begründen.

Die Umstände lagen so günstig als möglich, denn gerade in dem Vilajet von Bhen-Ghazi zählte die Brüderschaft bereits die meisten Parteigenossen.

Am Tage des Festes der Störche in Tripolis spazierten Fremde inmitten der Menge auf der Ebene von Sung-Ettelateh umher.

Diese Fremden in ihrer arabischen Tracht hätte Niemand für Europäer gehalten. Der Älteste von den Dreien trug die seinige mit einer so vollkommenen Unbefangenheit, wie sie nur lange Übung hervorbringen kann.

Es war Doktor Antekirtt, ihn begleiteten Peter Bathory und Luigi Ferrato. Pointe Pescade und Kap Matifu waren in der Stadt zurückgeblieben, woselbst sie gewisse Vorbereitungen zu treffen hatten; sie wollten jedenfalls erst in dem Augenblick auf dem Schauplatze erscheinen, in welchem ihre Arbeit begann.

Erst vierundzwanzig Stunden früher war am Nachmittag der »Electric 2« im Schutze der Klippen vor Anker gegangen, welche für den Hafen von Tripolis eine Art natürlichen Dammes bilden.

Die Überfahrt war auch diesmal wieder eine äußerst schnelle gewesen. Nur drei Stunden Aufenthalt in Philippeville, auf der kleinen Reede von Filfila, sonst nichts – damit war genügend Zeit zur Beschaffung der arabischen Kostüme gewonnen worden. Dann war der »Electric« unverzüglich wieder abgefahren, ohne dass seine Anwesenheit im Numidischen Golfe signalisiert worden wäre.

Als der Doktor und seine Gefährten – nicht auf den Quais von Tripoli, sondern an den Klippen außerhalb des Hafens – gelandet, waren es nicht fünf Europäer, die den Fuß in die Regentschaft von Tripolis setzten, sondern fünf Orientalen, deren Kleidung in keiner Weise Aufmerksamkeit erregen konnte. Vielleicht würden sich Peter und Luigi in Folge mangelnder Gewohnheit in den Augen eines sorgfältigen Beobachters leicht verraten haben. Pointe Pescade und Kap Matifu jedoch, die im Kostümwechsel bewandert waren, wie ihn der Seiltänzerberuf in vielgestaltiger Weise mit sich bringt, setzte diese Maskerade in keiner Weise in Verlegenheit.

Der »Electric« verbarg sich, als die Nacht angebrochen war, auf der anderen Seite des Hafens, in einer der wenig bewachten Buchten des Ufers. Dort sollte er sich bereit halten, zu jeder Stunde des Tages oder der Nacht in See gehen zu können. Der Doktor und seine Gefährten stiegen nach ihrer Landung die felsigen Uferpartien hinan und betraten nach Überschreitung des aus groben Blöcken hergestellten Quais, der nach Bab-el-Bahr führt, durch das Meertor die engen Straßen der Stadt. Das erste Hotel, auf welches sie stießen – die Auswahl war überhaupt keine große – schien ihren Bedürfnissen während eines Aufenthaltes von einigen Tagen, wenn nicht nur von wenigen Stunden, vollkommen zu genügen. Sie gaben sich daselbst das Ansehen anspruchsloser Leute, von einfachen tunesischen Kaufleuten, die bei ihrem Aufenthalte in Tripoli die Gelegenheit, das Fest der Störche mit anzusehen, wahrnehmen wollten. Da der Doktor das Arabische ebenso korrekt wie die anderen Idiome am Mittelmeere sprach, so konnte seine Sprache kaum den Verräter spielen.

Der Hotelier empfing die fünf Reisenden, welche ihm die große Ehre, bei ihm vorzusprechen, zu Teil werden ließen, mit Auszeichnung. Er war ein dicker, geschwätziger Mann. Der Doktor, der ihn anfeuerte zu erzählen, hatte bald gewisse Dinge, die ihn besonders interessierten, von ihm erfahren. Er hörte zunächst, dass jüngst eine Karawane von Marokko in Tripoli angelangt wäre; ferner erfuhr er, dass der in der Regentschaft sehr bekannte Sarcany dieser Karawane sich angeschlossen hätte und der Gastfreund im Hause Sidi Hazam's wäre.

Deshalb hatten sich am selben Abend noch der Doktor, Peter und Luigi unter Beobachtung gewisser Vorsichtsmaßregeln, um nicht erkannt zu werden, unter die Nomadenmassen gewagt, die auf der Ebene von Sung-Ettelateh lagerten. Auf ihrem Spaziergange jedoch beobachteten sie genau das Haus des Moqaddem am Saume der Oase von Mendschje.

Dort also war Sarah Sandorf eingeschlossen. Seit des Doktors Aufenthalte in Ragusa waren Vater und Tochter nie wieder so dicht beieinander gewesen, wie jetzt. Aber eine unüberschreitbare Mauer trennte sie. Peter hätte, um sie zu befreien, zweifellos Allem beigestimmt, selbst einem Vergleiche mit Sarcany. Graf Mathias Sandorf und er wären gern bereit gewesen, das Vermögen fahren zu lassen, welches der Schuft zu erlangen wünschte. Sie durften aber nicht vergessen, dass sie gleichzeitig auch an dem Verräter Stephan Bathory's und Ladislaus Zathmar's Vergeltung zu üben hatten.

Jedenfalls boten in der Lage, in welcher sie sich augenblicklich befanden, ein Festnehmen Sarcany's und die Entführung Sarah's aus dem Hause des Sidi Hazam fast unüberwindliche Schwierigkeiten. Eine Entführung mit Gewalt musste missglücken; würde das Unternehmen, mit einer List ausgeführt, besser glücken? Würde das Fest am folgenden Tage die Ausführung ermöglichen? Man nahm es an und mit diesem Plane beschäftigten sich der Doktor, Peter und Luigi noch am selben Abend – einem Plane, der dem Gehirn Pointe Pescade's entsprungen war. Der tapfere Kerl konnte bei der Ausführung desselben sein Leben einbüßen; selbst wenn es ihm gelang, in die Behausung des Moqaddem zu dringen, würde es ihm schwer möglich sein, Sarah Sandorf zu befreien. Seinem Mut und seiner Geschicklichkeit aber schien nichts unmöglich.

Behufs Ausführung des gutgeheißenen Planes fanden sich deshalb am folgenden Abend der Doktor Antekirtt, Peter und Luigi auf der Ebene von Sung-Ettelateh ein, während Pointe Pescade und Kap Matifu sich zuhause auf die Rollen vorbereiteten, welche sie auf dem Feste der Störche zu spielen gedachten.

Bis zu dieser Stunde hatte sich auf dem Festplatze noch nichts ereignet, was den Lärm und das Gewühl ahnen lassen konnte, die später am Abend beim Scheine unzähliger Fackeln die Ebene beherrschen sollten. Man konnte kaum inmitten der gedrängten Massen das Gehen und Kommen der senusistischen Parteigänger bemerken, die in möglichst einfache Gewänder gehüllt waren und sich nur mittelst eines freimaurerischen Zeichens die Befehle ihrer Führer mitteilten.

Es ist hier der geeignete Platz, das orientalische oder vielmehr afrikanische Märchen kennen zu lernen, dessen Hauptereignisse durch dieses Fest der Störche veranschaulicht werden sollen, welches auf die Muselmannen einen Hauptreiz auszuüben pflegt.

Es existierte ehedem auf dem afrikanischen Kontinent eine Rasse der Djins. Unter dem Namen der Bu-lhebrs bewohnten diese Djins ein mächtiges Gebiet, welches auf der Grenze der Wüste Hammada, zwischen Tripolis und dem Königreich von Fezzan gelegen war. Sie bildeten ein mächtiges Volk, das ebenso furchtbar war als es gefürchtet wurde. Denn es war ungerecht, treulos, unmenschlich und kriegslustig. Noch kein afrikanischer Herrscher hatte es zu unterjochen vermocht.

Eines Tages geschah es, dass der Prophet Suleyman versuchte, nicht die Djins anzugreifen, sondern sie zu bekehren. Zu diesem Zwecke sandte er ihnen einen Apostel, der ihnen die Liebe zum Guten, den Hass des Bösen predigen sollte. Verlorene Mühe! Die wilden Horden bemächtigten sich des Missionars und nahmen ihn gefangen.

Die Djins zeigten deshalb sich so außerordentlich kühn, weil sie wohl wussten, dass in ihr isoliert gelegenes und schwer zugängliches Land kein König mit seinem Heere sich wagen würde. Sie glaubten überdies, dass kein Bote den Propheten

Suleyman unterrichten würde, welches Schicksal sein Sendling gefunden hatte. Sie täuschten sich darin.

In ihrem Lande gab es eine Unmenge Störche. Das sind, wie man weiß, wohlgesittete Tiere, außerdem sind sie äußerst intelligent und sehr zartfühlend, denn die Sage behauptet, dass sie niemals ein Land bewohnen, dessen Name auf einem Geldstücke figuriert – das Geld ist nämlich die Quelle jedes Übels und der mächtigste Verführer des Menschen zu schlechten Leidenschaften.

Die Störche, die wohl sahen, in welchem Unglauben die Djins lebten, beriefen eines Tages eine Ratsversammlung und beschlossen einen aus ihrer Mitte zum Propheten Suleyman zu schicken, um die Mörder des Missionars seiner gerechten Rache zu empfehlen.

Alsbald befahl der Prophet seinem Wiedehopf, der sein Lieblingsbote war, alle Störche der Erde in den hohen Luftschichten des afrikanischen Himmels zu versammeln. Das geschah und als die unzähligen Geschwader dieser Vögel vor dem Propheten Suleyman vereinigt waren, »bildeten sie,« so sagt die Legende wörtlich, »eine Wolke, die das ganze Land zwischen Mezda und Morzug beschattet haben würde.«

Darauf nahm jeder Storch einen Stein in seinen Schnabel und flog dem Lande der Djins zu. Darüber hinstreichend steinigten sie diese gemeine Menschenrasse, deren Seelen jetzt für die Ewigkeit auf dem Grunde der Wüste Hammada eingekerkert sind.

Das ist das Märchen, welches das Fest der Störche veranschaulichen sollte. Mehrere hunderte von Störchen waren unter mächtigen Netzen, die über die Oberfläche der Ebene von Sung-Ettelateh gespannt waren, vereinigt worden. Dort erwarteten sie, meistens auf einem Beine stehend, die Stunde ihrer Befreiung und das Klappern ihrer Kinnbacken drangen oft wie Trommelwirbel durch die Lüfte. Sobald das Zeichen gegeben war, sollten sie aufsteigen und unter dem Geheul der Zuschauer, dem betäubenden Lärm der Instrumente, Flintenfeuer und beim Aufleuchten der vielfarbigen Fackeln unschädliche Steine aus fester Erde auf ihre Getreuen fallen lassen.

Pointe Pescade kannte das Programm dieses Festes und dieses Programm hatte in ihm den Gedanken rege gemacht, eine Rolle in demselben zu spielen. Er konnte unter solchen Umständen am Leichtesten in das Innere des Hauses Sidi Hazam's dringen.

Sobald die Sonne untergegangen war, gab ein auf der Festung Tripoli gelöster Kanonenschuss das von den Massen auf Sung-Ettelateh sehnsüchtig erwartete Signal.

Der Doktor, Peter und Luigi wurden zuerst halb betäubt von dem, das Trommelfell zerreißenden, ringsherum sich erhebenden Lärm, dann fast geblendet von den tausenden von Lichtern, die auf der ganzen Ebene erglänzten.

Als der Kanonenschuss fiel, war die ganze Menge der Nomaden noch mit der Zurichtung ihres Abendbrotes beschäftigt gewesen. Hier gab es gerösteten Hammel und gekochte Hühner für die, welche Türken waren oder als solche erscheinen wollten; dort Kuskussu für die wohlhabenderen Araber; für die große Masse der armen Teufel, die in ihren Taschen mehr Kupfermahbubs als Geldmittel hatten, gab es eine einfache »Bazihna«, eine Art mit Öl durchsetzten Gerstenschleimes; in Strömen floss der »Lagby«, das aus dem Dattelbaume gezogene Getränk, welches, in den Zustand des alkoholhaltigen Bieres versetzt, vollständig berauschend wirkt.

Einige Minuten nach Abfeuerung des Schusses waren Männer, Frauen, Kinder. Türken, Araber, Neger nicht mehr zu halten. Es bedurfte der ganzen Sonorität der barbarischen Orchester, um dieses menschliche Tohuwabohu noch zu übertönen. Hier und dort sprengten Reiter einher, wobei sie ihre langen Flinten und Sattelpistolen abfeuerten, während Feuerwerkskörper und Kanonenschläge mit geschützartigem Knall explodierten – alles inmitten eines Tumultes, der sich unmöglich beschreiben lässt.

Hier führte beim Scheine der Fackeln, beim Wirbel der Holztrommeln und einem monotonen Singsang ein phantastisch gekleideter Negerführer, dessen Lenden vom Gerassel des an ihm hängenden Knochenschmuckes widertönten, während eine teuflische Maske sein Gesicht verdeckte, an dreißig Grimassen schneidende Schwarze zum Tanze in den Kreis konvulsivisch mit den Händen schlagender Frauen.

Wilde Aïssassuyas, die schon auf der letzten Stufe religiösen Wahnsinnes und alkoholischer Trunkenheit angelangt waren, denen der Schaum vor dem Munde stand, die Augen aus ihren Höhlen getreten waren, welche Holz zerkauten und Eisen zerbissen, sich die Haut abschunden und mit glühenden Kohlen jonglierten, umwickelten sich mit langen Schlangen, die sie in die Handgelenke, Knie, Lippen bissen und denen sie das Gleiche taten, indem sie ihren blutenden Schwanz auffraßen.

Doch bald drängte das Volk in ausgesprochener Weise dem Hause des Sidi Hazam zu, gerade als ob ein neuartiges Schauspiel es dort erwartete.

Zwei Männer, der Eine dick, der Andere dünn – zwei Akrobaten hatten sich dort eingefunden, deren wunderbare, mit Kraft und Geschicklichkeit ausgeführte Exerzitien einen vierfachen Kreis von Zuschauern herbeilockten; brausende Hurras, wie sie nur tripolitanische Kehlen von sich zu geben im Stande sind, lohnten den Künstlern.

Es waren Pointe Pescade und Kap Matifu. Sie hatten den Schauplatz ihrer Taten nur wenige Schritte vom Hause des Sidi Hazam entfernt gewählt Beide hatten bei dieser Gelegenheit ihr Handwerk als Messbudenakrobaten noch einmal ergriffen. Mit Flitterzeug angetan, das sie sich aus arabischen Stoffen zurechtgeschnitten hatten, gingen sie auf neue Erfolge aus.

»Wirst Du auch nicht schon zu steif geworden sein? hatte Pointe Pescade Kap Matifu gefragt.

– Nein, Pointe Pescade, hatte Jener geantwortet.

– Und Du wirst vor keinem Exerzitium, welches es auch immer sein mag, zurückschrecken, um diese Dummköpfe zu begeistern?

– Ich?... Zurückschrecken?

– Selbst wenn Du Kieselsteine aufbeißen und Schlangen verzehren solltest?

– Gekochte –? fragte Kap Matifu.

– Nein... rohe.

– Rohe?

– Und lebendige!«

Kap Matifu hatte zwar ein schiefes Gesicht gezogen, aber er war entschlossen, wenn es nicht anders sein konnte, auch lebendige Schlangen zu essen wie der gewöhnlichste Aïssassuya.

Der Doktor, Peter und Luigi, die sich unter die übrigen Zuschauer gemischt hatten, verloren die beiden Genossen nicht aus den Augen.

Nein! Kap Matifu war gewiss nicht steif. Er hatte nichts von seiner wunderbaren Kraft eingebüßt. Zunächst hatten die Schultern von fünf bis sechs Arabern, die sich mit ihm hatten messen wollen, die Erde geküsst.

Dann waren es die Jongleurkunststückchen, welche die Araber entzückten, als entzündete Fackeln zwischen den Händen Kap Matifu's und Pointe Pescade's in krausen Linien einher flogen.

Dieses Publikum war gewiss nicht leicht zufrieden zu stellen. Es gab da eine ganz bedeutende Menge von Anhängern der halbwilden Tuaregs, »deren Geschicklichkeit derjenigen der furchtbarsten Tiere dieser Breitengrade gleichkommt«, wie sich die

Ankündigung des großartigen Programmes der berühmten Bracco-Truppe ausdrückte. Diese Kenner hatten schon dem unbeugsamen Mustapha, dem Samson der Wüste, dem Kanonenkönige applaudiert, dem »die Königin von England durch ihren Kammerdiener hatte bestellen lassen, er möge seine. Experimente nicht wiederholen, aus Furcht, es könnte ihm ein Unglück zustoßen!« Doch Kap Matifu war in allen seinen Krafttouren unerreichbar und er hatte keine Nebenbuhler darin zu befürchten.

Ein letzter Trick sollte die Begeisterung der die europäischen Künstler umgebenden kosmopolitischen Menge auf die Spitze treiben. Er wird häufig in den Arenen Europas gezeigt, doch den tripolitanischen Gaffern war er jedenfalls noch unbekannt.

Die Zuschauer drängten so dicht als möglich an die beiden Akrobaten heran, die beim Scheine der Fackeln »arbeiteten«, um nichts von ihren Künsten zu verlieren.

Kap Matifu ergriff eine fünfundzwanzig bis dreißig Fuß lange Stange und hielt sie vertikal mit seinen fest auf die Brust gestemmten Fäusten. An der Spitze dieser Stange, auf welche Pointe Pescade mit affenartiger Geschwindigkeit geklettert war, balancierte dieser in ausnehmend kühnen Stellungen, während er das obere Ende dadurch in beunruhigender Weise herunterbog.

Kap Matifu jedoch stand unerschütterlich; er fußte nur langsam hin und her, um das Gleichgewicht nicht zu verlieren. Gerade als er sich dicht an der Mauer des Hauses von Sidi Hazam befand, hatte er noch die Kraft, die Stange auf Armeslänge von sich abzuhalten, während Pointe Pescade in der Haltung eines Siegers dem Publikum Kussfinger zuwarf.

Die durchaus bezauberte Menge der Araber und Neger heulte, klatschte in die Hände und trampelte mit den Füßen. Niemals hatte der Samson der Wüste, der unbeugsame Mustapha, der Kühnste der Tuaregs, sich zu einer solchen Leistung aufgeschwungen.

Plötzlich tönte ein zweiter Kanonenschuss von den Wällen der Festung Tripoli hinüber. Bei diesem Zeichen erhoben sich die plötzlich aus den Netzen, in denen sie gefangen gehalten worden waren, losgelassenen hunderte von Störchen in die Lüfte und ein Hagel falscher Steine prasselte auf die Ebene herunter inmitten des betäubenden Konzerts überirdischen Geklappers, das mit nicht weniger großer Heftigkeit gegen das irdische Getöse ankämpfte.

Damit war der Höhepunkt des Festes erreicht, der Paroxysmus stieg auf den Gipfel. Man konnte dreist behaupten, dass alle Irrenhäuser der Erde ihre Insassen auf die Ebene von Sung-Ettelateh bei Tripolis ausgespien hätten.

Nur die Behausung des Moqaddem war, als wenn man in ihr taub und stumm gewesen wäre, während der Stunden allgemeinen Vergnügtseins nicht geöffnet worden, kein Einziger der Anhänger des Sidi Hazam hatte sich an der Tür oder auf den Terrassen gezeigt.

Aber o Wunder! Gerade als die Fackeln nach dem Aufsteigen der Störche plötzlich erloschen, war auch Pointe Pescade plötzlich verschwunden, gerade als wenn er mit den treuen Tieren des Propheten Suleyman den Flug in die Lüfte gemacht hätte.

Was war aus ihm geworden?

Kap Matifu sah nicht so aus, als ob er gerade sehr besorgt wegen dieses Ereignisses wäre. Nachdem er seine Stange fortgeschnellt hatte, fing er sie an ihrem anderen Ende wieder auf und ließ sie, wie ein Tambourmajor, um die Finger wirbeln. Das Verschwinden Pointe Pescade's schien für ihn das natürlichste Ding auf Erden zu sein.

Das Erstaunen der Zuschauer war natürlich nun noch ein größeres und ihr Enthusiasmus endete in einem so brausenden Hurra, dass man es über den Saum der Oase hinaus noch hörte. Keiner von ihnen zweifelte daran, dass der Akrobat einen kleinen Ausflug durch die Lüfte in das Königreich der Störche gemacht habe.

Hat nicht das Unerklärliche stets den größten Reiz für die große Menge?

DRITTES KAPITEL. DAS HAUS DES SIDI HAZAM.

Es ging auf neun Uhr. Musketenfeuer, Gelärm, Musik, Alles war plötzlich verstummt. Die Menge begann sich zu verlaufen. Die Einen kehrten nach Tripoli zurück, die Anderen suchten die Oase von Mendsehje und die benachbarten Ortschaften zu erreichen. Ehe eine Stunde um war, lag die Ebene von Sung-Ettelateh schweigsam und verlassen da. Die Zelte waren zusammengelegt, die Lagerstätten abgebrochen worden, die Neger und Araber hatten sich schon auf den Marsch nach ihren Provinzen in Tripolis gemacht, während die Senusisten sich der Cyrrhenäischen Halbinsel und namentlich Ben-Ghazi zuwendeten, woselbst sich alle Streitkräfte des Kalifen sammeln sollten.

Der Doktor Antekirtt, Peter und Luigi nur beabsichtigen den Platz während der ganzen Nacht nicht zu verlassen. Auf jedes Ereignis seit dem Verschwinden Pointe Pescade's gefasst, hatte Jeder von ihnen alsbald seinen Beobachtungsposten am Fuße der Mauern des Hauses von Sidi Hazam selbst gewählt.

Pointe Pescade, der mit einem staunenswerten Satze in dem Augenblick als Kap Matifu die Stange mit gestreckten Armen hielt, sich abgeschnellt hatte, war auf den Kranz einer der Terrassen gefallen, welche das die verschiedenen Höfe des Hauses beherrschende Minarett umgaben.

Inmitten der dunklen Nacht hatte ihn Niemand weder von außen noch vom Hause aus sehen können, nicht einmal von der Skifa; diese lag auf dem zweiten Patio, in welchem eine Anzahl von Khuans, teils schlafend, teils auf Befehl des Moqaddem wachend vereinigt war.

Pointe Pescade konnte begreiflicher Weise sich keinen feststehenden Plan zurechtgelegt haben, denn die verschiedenartigsten Umstände konnten eintreten und das Lustgebäude über den Haufen werfen. Die innere Einteilung des Hauses Sidi Hazam's war ihm nicht bekannt, er wusste ferner nicht, wo das junge Mädchen eingeschlossen war, ob sie allein sich befand oder bewacht wurde und ob ihr die physische Kraft zur Flucht nicht abgehen würde. Er sah sich deshalb genötigt, auf gut Glück vorzugehen. Seine Überlegungen lauteten:

»Ich muss vor Allem, entweder mit List oder Gewalt, zu Sarah Sandorf dringen. Wenn sie mir nicht unverzüglich folgen kann, wenn es mir nicht gelingt, sie heute Nacht noch zu entführen, so soll sie wenigstens erfahren, dass Peter Bathory am Leben, dass er hier, am Fuße dieser Mauern sich befindet, und dass Doktor Antekirtt und seine Genossen bereit sind, ihr zu Hilfe zu kommen; schließlich, dass sie, wenn die Flucht nicht so schnell zu ermöglichen ist, keiner Drohung nachgeben soll.... Es ist ja allerdings möglich, dass ich, noch ehe ich sie sehen und sprechen kann, überrascht werde.... Doch dann habe ich noch immer Zeit, andere Entschlüsse zu fassen.«

Er sprang über die Brustwehr, eine Art weißschimmernden Wulstes, den Mauerzinnen durchbrachen. Seine erste Sorge war es nun, einen dünnen, mit Knoten versehenen Strick abzuwickeln, welchen er unter seinem leichten Clowngewand verborgen gehabt hatte; er befestigte das eine Ende an einer der Zinnen, so dass er außerhalb der Mauer bis zum Boden hinab hing. Es war das eine Vorsichtsmaßregel, die nur gutzuheißen war. Darauf wagte sich Pointe Pescade weiter vor und zwar kroch er auf dem Bauche die Brustwehr entlang. In dieser Stellung, welche ihm die Klugheit eingab, lauschte er mit angehaltenem Atem. Wenn er gesehen worden wäre, hätten die Leute Sidi Hazam's gewiss bereits die Mauer erstiegen, und in diesem Falle konnte er für sein Teil schwerlich den Strick benützen, aus dem er ein Rettungsmittel für Sarah Sandorf hatte machen wollen.

Ein tiefes Schweigen herrschte im Hause des Moqaddem. Da weder Sidi Hazam, noch Sarcany, noch die Leute des Ersteren Teil an dem Feste der Störche genommen, so hatte sich die Tür der Zauiya seit Sonnenaufgang noch nicht geöffnet.

Nachdem Pointe Pescade einige Minuten gewartet, rutschte er nach der Ecke hin, in welcher das Minarett aufstieg. Die Treppe, welche den oberen Teil dieses Minaretts zugänglich machte, führte jedenfalls zum Erdboden des ersten Patio hinunter. Eine Tür, die auf die Terrasse führte, ermöglichte das Herabsteigen zu den Erdgeschossen der inneren Höfe.

Diese Tür war von innen verschlossen, nicht mittelst eines Schlüssels – sondern mit einem Riegel, der von außen nur aufgestoßen werden konnte, wenn ein Loch in den Türflügel gebohrt wurde. Mit dieser Arbeit hätte Pointe Pescade ganz gewiss fertig werden können, denn in seiner Tasche steckte ein mit den verschiedenartigsten Klingen versehenes Messer, ein kostbares Geschenk des Doktors, das er gut gebrauchen konnte. Aber die Arbeit hätte längere Zeit in Anspruch genommen und wahrscheinlich ein Geräusch verursacht.

Sie war auch unnötig. Denn in einer Höhe von drei Fuß über der Terrasse befand sich in der Mauer des Minaretts ein Lichtfenster in Form einer Schießscharte. Es hatte zwar nur einen geringen Durchmesser, aber auch Pointe Pescade war nur dünn. Besaß er im Übrigen nicht auch die Gewandtheit einer Katze, die im Stande ist, ihren Körper zu verlängern, wenn sie einen kaum passierbar erscheinenden Weg zu nehmen wünscht? Er versuchte und mit einigen Abschürfungen der Schulter ging es: er befand sich bald im Innern des Minaretts.

»Das hätte Kap Matifu gewiss nicht fertig bekommen,« konnte er zu sich selbst mit vollem Rechte sagen.

Er tastete sich bis zur Tür, deren Riegel er zurückschob um sie offen vorzufinden, wenn es nötig sein sollte, auf demselben Wege zurückzukehren.

Er stieg die Wendeltreppe des Minaretts hinunter und zwar ließ er sich gleiten, so dass er die Holzstufen kaum zu berühren brauchte, die vielleicht unter seinen Tritten geknarrt hätten. Unten angelangt, sah er wiederum eine geschlossene Tür vor sich, doch diese brauchte er nur aufzustoßen, damit sie sich öffnete.

Diese Tür führte auf eine Kolonnadenreihe, welche nur den ersten Patio einschloss; in ihr mündeten eine Anzahl Zimmer. Nach der auf der Treppe herrschenden vollständigen Dunkelheit erschien diese Umgebung in einem doppelt so hellen Lichte. Im Übrigen zeigte sich im Innern weder ein Licht noch hörte man irgendetwas.

In der Mitte des Patios befand sich ein rundes Springbrunnenbassin, umgeben von großen Blumenkübeln, aus denen die verschiedenartigsten Staudengewächse.

Pfeffersträucher, Palmen, Rosenlorbeer, Kaktusse sprossten, deren dichtes Grün einen Wald um den Rand des Bassins zu bilden schien.

Pointe Pescade schlich mit den Tritten eines Wolfes durch die Galerie, indem er vor jedem Zimmer stehen blieb. Sie schienen unbewohnt zu sein. Doch nicht alle, denn hinter der Tür des letzten ließ sich ein Gemurmel menschlicher Stimmen vernehmen.

Pointe Pescade wich zunächst zurück. Es war Sarcany's Stimme – dieselbe, die er in Ragusa mehrfach vernommen hatte; obwohl er sein Ohr an die Tür legte, konnte er doch nichts von dem, was dort im Zimmer verhandelt wurde, hören.

Jetzt ließ sich ein stärkeres Geräusch vernehmen. Blitzschnell eilte Pointe Pescade zurück und duckte hinter einem der großen, um das Bassin verteilten Blumenkübel nieder.

Sarcany öffnete soeben die Tür des betreffenden Zimmers. Ein hochgewachsener Araber begleitete ihn. Beide setzten ihre Unterhaltung auf ihrem Spaziergange in der Galerie des Patios fort.

Unglücklicherweise konnte Pointe Pescade nicht verstehen, wovon sich Sarcany und sein Begleiter unterhielten, denn sie bedienten sich der arabischen Sprache, deren er nicht mächtig war. Zwei Worte jedoch schlugen an sein Ohr, die er verstand: der Name Sidi Hazam's – es war in der Tat der Moqaddem selbst, der mit Sarcany plauderte – und derjenige Antekirtta's, der mehrfach in der Unterhaltung wiederkehrte.

»Das ist zum Mindesten befremdlich, sagte sich Pointe Pescade. Warum sprechen sie von Antekirtta?... Sollten Sidi Hazam, Sarcany und alle Piraten von Tripolis wirklich eine Expedition gegen unsere Insel unternehmen wollen? Tausend Teufel! Muss man auch gerade nichts von der Sprache verstehen, welche die beiden Schufte dort reden!«

Pointe Pescade gab sich Mühe, noch ein anderes verdächtiges Wort aufzufangen, während er sich ganz in die Pflanzen verkroch, als Sarcany und Sidi Hazam sich dem Bassin näherten. Die Nacht war so dunkel, dass sie ihn nicht sehen konnten.

»Wenn Sarcany noch allein in diesem Hofe gewesen wäre, sprach er weiter zu sich, dann hätte ich ihm an die Gurgel springen und ihn unschädlich machen können. Damit wäre aber Sarah Sandorf allerdings nicht geholfen gewesen und ihretwegen habe ich eigentlich den waghalsigen Sprung unternommen... Geduld... Sarcany kommt später an die Reihe.«

Die Unterhaltung Sidi Hazam's mit Sarcany dauerte vielleicht zwanzig Minuten. Der Name Sarah's wurde wiederholt ausgesprochen und zwar stets mit dem Zusatze eines arabischen Wortes, welches, wie er gehört, die Bedeutung »verlobt« hat. Der Moqaddem kannte ersichtlich Sarcany's Pläne und lieh diesem hilfreiche Hand.

Dann zogen sich beide Männer durch eine der Ecktüren des Patio zurück, welche diese Galerie mit den anderen Flügeln in Verbindung setzte.

Sobald sie verschwunden waren, glitt auch Pointe Pescade diese Galerie entlang und blieb vor derselben Tür stehen. Er stieß sie auf und befand sich vor einem schmalen Gange, welchem er folgte, indem er sich an der Mauer entlang tastete. An seinem Ende breitete sich eine doppelte Arkade aus; sie wurde von einer Zentralsäule getragen, die den Eingang zum Hofe vermittelte.

Helles Licht strahlte aus den Öffnungen der Skifa, die auf den Patio hinausführten und spiegelte seine Reflexe auf dem Boden wider. Es wäre nicht geraten gewesen, sie jetzt zu überschreiten. Ein Gemurmel zahlreicher Stimmen wurde hinter der geschlossenen Tür dieses Saales vernehmbar.

Pointe Pescade zögerte einen Augenblick. Was er suchte, war das Zimmer, in welchem Sarah gefangen gehalten wurde; er konnte kaum noch darauf zählen, dass es der Zufall ihm entdeckte.

Plötzlich tauchte grell ein Licht am anderen Ende des Hofes auf. Eine Frau, die eine arabische, mit Kupferzierraten und Scheiben ausgestattete Laterne trug, kam aus einem in der gegenüberliegenden Ecke des Patio befindlichen Zimmer und ging durch die Galerie, auf welche sich die Tür der Skifa öffnete... Pointe Pescade erkannte diese Frau sofort wieder... es war Namir.

Da es möglich war, dass diese sich in das Zimmer begab, in welchem sich das junge Mädchen befand, so musste ein Mittel erdacht werden, welches ermöglichte, ihr zu folgen, und um ihr zu folgen, musste sie vorübergelassen werden, ohne dass sie ihn bemerken konnte. Dieser Augenblick musste über das kühne Unterfangen Pointe Pescade's und über das Schicksal Sarah Sandorf's entscheiden.

Namir kam näher. Ihre, fast den Boden erreichende Laterne tauchte die obere Galerie in umso größere Dunkelheit, je heller das Mosaikpflaster beleuchtet war. Da sie unter den Arkaden entlang gehen musste, so wusste Pointe Pescade in der Tat nicht, was er beginnen sollte; plötzlich zeigte ihm ein aus der Laterne fallender Strahl, dass der obere Teil der Arkade aus durchbrochenen Arabesken in maurischem Geschmacke bestand.

Auf die Mittelsäule klettern, sich an eine der Arabesken klammern, mit Hilfe der Armmuskeln einen Aufzug machen, sich um den Säulenschaft legen und dort unbeweglich wie ein Heiliger in seiner Nische verharren, war für Pointe Pescade das Werk eines Augenblickes.

Namir ging unter ihm vorüber, ohne ihn zu sehen und erreichte die gegenüberliegende Seite der Galerie. Vor der Tür der Skifa angekommen, öffnete sie diese.

Ein blendender Lichtstrahl fiel in den Hof und erlosch sofort, als sich die Tür wieder geschlossen hatte.

Pointe Pescade überlegte – hätte er einen besseren Ort dazu finden können, als den unfreiwillig gewählten?

»Namir ist also in diesen Saal gegangen, meinte er. Ersichtlich wird sie sich nicht in Sarah Sandorf's Zimmer begeben. Vielleicht aber ist sie aus demselben gekommen und in diesem Falle müsste das in der Ecke dort das betreffende sein... Wir wollen uns gleich überzeugen.«

Pointe Pescade wartete noch einige Augenblicke, ehe er seinen Zufluchtsort aufgab. Das Licht im Innern der Skifa schien allmählich an Intensität nachzulassen und auch das Gewirr der Stimmen beschränkte sich jetzt auf ein schwaches Gemurmel. Die Stunde war wohl gekommen, in der das ganze Personal des Sidi Hazam sich zur Ruhe begab. Die Umstände waren also so günstig als möglich, um die Tat auszuführen, denn dieser ganze Teil des Hauses versank bereits in Schweigen, trotzdem noch nicht der letzte Lichtschimmer verblichen war. Doch auch das geschah. Pointe Pescade ließ sich an der Säule der Arkade herunter gleiten, und schlüpfte auf dem Fußboden der Galerie an der Tür der Skifa vorüber; er ging um den Patio herum und erreichte in der gegenüberliegenden Ecke das Zimmer, aus welchem Namir getreten war.

Pointe Pescade öffnete die Tür, die kein Schlüssel verschloss. Beim Scheine einer arabischen Lampe, die in ihrem matten Glase einer Nachtlampe ähnelte, nahm er hastig das Zimmer in Augenschein.

Einige Decken, die an den Wänden hingen, hier und dort Fußbänke in maurischer Form, in den Ecken aufgehäufte Kissen, ein über den Mosaikboden gebreiteter doppelter Teppich, ein niedriger Tisch, der noch die Reste einer Mahlzeit trug, ein mit einem Wollstoff bedeckter Divan – Alles das sah Pointe Pescade zunächst.

Er trat ein und schloss die Tür.

Eine weibliche Gestalt – sie ruhte wohl mehr als dass sie wirklich schlief – lag halb bedeckt von einem jener Burnusse, in welche sich die Araber gewöhnlich vom Kopf bis zu den Füßen zu hüllen pflegen, auf dem Divan.

Es war Sarah Sandorf.

Pointe Pescade erkannte das junge Mädchen ohne Bedenken wieder, denn er war ihm oft genug in den Straßen von Ragusa begegnet, doch wie hatte es sich seit jener Zeit verändert! Seine bleiche Farbe, dieselbe, die es in dem Augenblick bedeckte, als der Hochzeitswagen mit dem Leichenzuge Peter Bathory's zusammenstieß, Sarah's

Haltung, ihr trauriges Aussehen, ihre unnatürliche Betäubung – Alles das verriet deutlich, was sie gelitten haben musste und noch litt.

Kein Augenblick war zu verlieren.

Da die Tür nicht verschlossen gewesen, so war anzunehmen, dass Namir in jedem Augenblicke zurückkehren konnte. Die Marokkanerin bewachte sie augenscheinlich Tag und Nacht. Unnütze Vorsicht; selbst wenn das junge Mädchen dieses Zimmer verlassen hätte, wie sollte sie es ermöglichen, ohne eine von draußen kommende Hilfe zu entfliehen? Das ganze Haus Sidi Hazam's wurde bewacht wie ein Gefängnis.

Pointe Pescade beugte sich über den Divan. Er war nicht wenig betroffen von der Ähnlichkeit Sarah's mit dem Doktor Antekirtt – die ihm bisher nicht aufgefallen war.

Das junge Mädchen öffnete die Augen.

Als Sarah einen vor ihr stehenden Fremden in einem sonderbaren Akrobatenkostüm erblickte, der den Finger auf die Lippen drückte, den Blick flehend auf sie richtete, da war sie zunächst mehr bestürzt als wirklich erschrocken. Sie richtete sich auf, hatte aber die Geistesgegenwart, nicht zu rufen.

»Schweigen Sie! bat Pointe Pescade. Sie haben nichts zu befürchten. Ich komme her, um Sie zu retten... Hinter diesen Mauern erwarten Ihre Freunde Sie, Freunde, die sich gern töten lassen, nur um Sie den Händen Sarcany's zu entreißen... Peter Bathory lebt...

– Peter... lebt? rief Sarah. Die Schläge ihres Herzens schienen zu stocken.

– Lesen Sie!«

Pointe Pescade reichte dem jungen Mädchen einen Zettel hin, auf dem die Worte standen:

»Sarah, vertrauen Sie sich dem an, der mit Gefahr seines Lebens zu Ihnen dringt.... Ich bin am Leben.... Ich bin hier...

Peter Bathory.«

Peter am Leben! Er am Fuße der Mauern. Durch welches Wunder?... Sarah sollte es später erfahren... Eines genügte vorläufig, Peter war da!

»Wir wollen fliehen! rief sie.

– Ja, wir wollen fliehen, antwortete Pointe Pescade, aber unter für uns günstigen Umständen. – Eine Frage gestatten Sie: Bringt Namir die Nacht gewöhnlich in diesem Zimmer zu?

– Nein, erwiderte Sarah.

– Gebraucht sie die Vorsicht, Sie einzuschließen, wenn sie längere Zeit abwesend ist?

– Ja.

– So wird sie also zurückkehren?

– Ja... Lassen Sie uns fliehen!

– Sofort,« sagte Pointe Pescade.

Vor Allem musste die Treppe zum Minarett und die Terrasse erreicht werden, welche auf der Seite der Ebene lag.

Einmal da, konnte mit Hilfe der Leine, die an der Außenwand der Mauer bis zur Erde hing, die Flucht leicht bewerkstelligt werden.

»Kommen Sie!« sagte Pointe Pescade und nahm Sarah bei der Hand.

Er schickte sich an, die Tür des Zimmers zu öffnen, als sich auf den Fliesen der Galerie Schritte vernehmen ließen. Gleichzeitig hörte man einige Worte in befehlerischem Tone sprechen. Pointe Pescade hatte die Stimme Sarcany's erkannt, er blieb auf der Schwelle der Tür stehen.

»Er ist es... er ist es..., flüsterte das junge Mädchen. Sie sind verloren, wenn er Sie hier findet.

– Er wird mich nicht finden,« gab Pointe Pescade zurück.

Der geschickte Jüngling warf sich zu Boden und mit Hilfe eines Akrobatenkniffes, den er oft genug in den Jahrmarktsbuden gezeigt, wickelte er sich in einen der am Boden liegenden Teppiche und rollte sich in die dunkelste Ecke des Zimmers.

Die Tür öffnete sich gerade vor Sarcany und Namir und schloss sich hinter ihnen.

Sarah hatte ihren Platz auf dem Divan wieder eingenommen. Was wollte Sarcany zu solcher Zeit von ihr? Wollte er neue Gründe vorbringen, die ihre Weigerung hinfällig machen sollten?... Sarah war jetzt stark! Sie wusste, dass Peter lebte und sie draußen erwartete!

Pointe Pescade konnte unter dem Teppich Alles hören, wenn er auch nichts sehen konnte.

»Sarah, sagte Sarcany, wir werden morgen Mittag dieses Haus verlassen und einen anderen Wohnort uns suchen. Doch will ich nicht von hier fortgehen, bevor Sie nicht in unsere Ehe gewilligt haben, bevor nicht die Heirat vollzogen ist. Alles ist bereit, sie kann jetzt im Augenblick...

– Weder jetzt noch später, antwortete das junge Mädchen mit ebenso gelassener Stimme als entschiedenem Tone.

– Sarah, fuhr Sarcany fort, als hätte er absichtlich ihre Antwort überhört, in unserem beiderseitigen Interesse muss Ihre Einwilligung eine freiwillige sein, in unserem beiderseitigen Interesse, verstehen Sie mich wohl?...

– Wir haben noch nie ein gemeinsames Interesse gehabt und werden auch nie eines haben.

– Hüten Sie sich!... Ich erinnere Sie an die Einwilligung, die Sie zur Zeit in Ragusa ausgesprochen haben...

– Aus Gründen, die heute nicht mehr maßgebend sind.

– Hören Sie mich, Sarah, sagte Sarcany, dessen scheinbare Ruhe nur schlecht den mühsam verhaltenen, gewaltigen Zorn verbarg, zum letzten Male bitte ich Sie um Ihre Einwilligung...

– Ich werde sie verweigern, so lange ich die Kraft dazu haben werde... – Nun gut, diese Kraft wird man Ihnen nehmen, schrie Sarcany. Treiben Sie mich nicht zum Äußersten! Diese Kraft, deren Sie sich gegen mich bedienten, wird Namir zu vernichten wissen und gegen Ihren Willen, wenn es sein muss! Leisten Sie mir weiter keinen Widerstand, Sarah!... Der Imam ist hier, um unsere Heirat nach der Sitte dieses Landes, welches meine Heimat ist, zu vollziehen.... Folgen Sie mir also!«

Sarcany ging auf das junge Mädchen zu, die hastig aufgesprungen und bis an die hinterste Wand des Zimmers zurückgewichen war.

»Elender! rief sie.

– Sie werden mir folgen!... Sie werden folgen! wiederholte Sarcany, der jede Herrschaft über sich selbst verloren hatte.

– Niemals!

– Nehmen Sie sich in Acht!«

Sarcany hatte ihren Arm gepackt und bemühte sich in Gemeinschaft mit Namir Sarah mit Gewalt in die Skifa zu schleppen, wo Sidi Hazam und der Imam Beide erwarteten.

»Zu Hilfe!... Zu Hilfe! schrie Sarah. Zu Hilfe, Peter Bathory!

– Peter Bathory! schrie Sarcany. Du rufst einen Toten zu Deiner Hilfe?

– Nein... er lebt!... Zu Hilfe, Peter!«

Diese Antwort flößte Sarcany einen jähen Schrecken ein; die Erscheinung seines Opfers hätte ihm wahrscheinlich keine größere Furcht eingeflößt als dieser Ausruf. Doch kam er schnell wieder zu sich. Peter Bathory am Leben!... Peter, den er mit eigener Hand niedergestochen, dessen Körper er auf den Kirchhof von Ragusa hatte tragen sehen.... Das konnte nur der Einfall einer Wahnsinnigen sein und möglich war es ja, dass Sarah in einer Anwandlung von Verzweiflung den Verstand verloren hatte.

Pointe Pescade hatte die ganze Unterredung angehört. Damit, dass Sarah Sarcany verriet, Peter wäre am Leben, spielte Sarah um ihr Leben; das war gewiss. Für den Fall, dass der Elende seine rohen Angriffe erneuerte, hielt er sich bereit, mit dem Messer in der Hand zu erscheinen. Wer ihn für fähig gehalten hätte, noch zu zaudern, Jenen niederzustechen, der kannte Pointe Pescade schlecht.

Doch kam es nicht dahin. Sarcany zog Namir in schroffer Weise mit sich fort. Das Zimmer wurde mittelst eines Schlüssels verschlossen, das junge Mädchen, dessen Schicksal sich nun entscheiden musste, war gefangen.

Pointe Pescade hatte den Teppich abgeworfen und war mit einem Satze auf den Beinen.

»Kommen Sie!« sagte er zu Sarah.

Da das Schloss der Tür sich innerhalb des Zimmers befand, so deckte der geschickte Mensch es schnell und ohne Geräusch mit Hilfe des Schraubenziehers an seinem Messer auf.

Sobald die Tür geöffnet und hinter ihnen wieder geschlossen worden war, ging Pointe Pescade dem jungen Mädchen voran die Galerie entlang, der Mauer des Patios folgend.–

Es konnte elfundeinhalb Uhr nachts sein. Etwas Helligkeit schimmerte noch durch die Öffnungen der Skifa. Pointe Pescade vermied es daher, an diesem Saale vorüberzugehen, um in der entgegengesetzten Ecke den Gang zu erreichen, der sie auf den vordersten Hof des Hauses bringen musste.

Beide durchschritten den Gang bis zu seinem Ende. Sie hatten bis zur Tür des Minaretts nur noch einige Schritte zurückzulegen, als Pointe Pescade plötzlich stillstand und Sarah zurückhielt, deren Hand nicht aus der seinigen gekommen war.

Drei Männer wandelten auf diesem Hofe um das Bassin. Der Eine derselben – es war Sidi Hazam – erteilte den beiden Anderen soeben einen Befehl. Sofort verschwanden Beide auf der Treppe des Minaretts, während der Moqaddem in eines der Zimmer des Erdgeschosses zurückkehrte. Pointe Pescade begriff, dass Sidi Hazam es sich angelegen sein ließ, die Ausgänge seiner Behausung überwachen zu lassen. Wenn er mit dem jungen Mädchen auf der Terrasse erscheinen würde, war sie gewiss schon besetzt und bewacht.

»Es muss trotzdem gewagt werden, sagte Pointe Pescade.

– Ja... Alles!« antwortete Sarah.

Beide durchschritten die Galerie und erreichten die Treppe, die sie mit äußerster Vorsicht hinaufstiegen. Als Pointe Pescade auf der obersten Sprosse

angelangt war, blieb er stehen. Kein Geräusch, nicht einmal der Schritt einer Schildwache war auf der Terrasse hörbar.

Pointe Pescade öffnete leise die Tür und von Sarah gefolgt, glitt er längs der Zinnen dahin.

Plötzlich wurde von der Höhe des Minaretts seitens eines dort postierten Wächters ein Schrei ausgestoßen. Im selben Augenblick sprang ein zweiter auf Pointe Pescade, während Namir auf die Terrasse stürzte und das Personal Sidi Hazam's durch die inneren Höfe der Behausung strömte.

Sollte sich Sarah ergreifen lassen? Nein.... Wurde sie von ihm ergriffen, so war sie verloren.... Hundertmal zog sie den Tod vor.

Das mutige Mädchen empfahl ihre Seele Gott, stürzte auf die Brustwehr und sich ohne Zögern in die Tiefe hinunter.

Pointe Pescade war es nicht möglich, den Sturz zu verhindern; es gelang ihm aber, sich den Mann abzuschütteln, der ihn gepackt hatte, den Strick zu fassen und sich blitzschnell herunterzulassen; in einer Sekunde stand er am Fuße der Mauer.

»Sarah!... Sarah! rief er.

– Hier ist das Fräulein! antwortete eine ihm sehr bekannte Stimme Sie hat sich nichts getan.... Ich war zur Stelle, um sie...«

Ein Wutschrei, dem ein dumpfer Aufschlag folgte, schnitt Kap Matifu das Wort ab.

Namir hatte in einem Anfalle von Wildheit die Beute nicht fahren lassen wollen, die ihr zu entschlüpfen drohte; sie zerschmetterte ihr Gehirn am Boden. Sarah hätte vielleicht dasselbe Schicksal gedroht, wenn nicht zwei kräftige Arme sie vor dem fürchterlichen Sturze bewahrt haben würden.

Doktor Antekirtt, Peter und Luigi hatten sich Kap Matifu und Pointe Pescade, die dem Ufer zu flohen, angeschlossen. Sarah wog, obgleich sie ohnmächtig war, so gut wie nichts in den Armen ihres Retters.

Einige Augenblicke später trat Sarcany mit einer Handvoll wohlbewaffneter Leute die Verfolgung der Flüchtlinge an.

Als diese Schar am Rande der kleinen Bai ankam, auf welcher der »Electric« geankert hatte, befand sich der Doktor mit seinen Genossen schon an Bord; einige Drehungen der Schraube des Schiffes brachten dasselbe bald aus dem Bereiche jeglicher Gefahr.

Sarah, die mit dem Doktor und Peter allein geblieben war, kam bald wieder zu sich. Sie erfuhr jetzt, dass sie die Tochter des Grafen Mathias Sandorf wäre, dass sie in den Armen ihres Vaters läge.

VIERTES KAPITEL. ANTEKIRTTA.

Fünfzehn Stunden nach Verlassen des tripolitanischen Gestades wurde der »Electric 2« von den Küstenwachen Antekirtta's avisiert; am Nachmittag drehte er im Hafen bei.

Man begreift unschwer, welcher Empfang dem Doktor und seinen Getreuen bereitet wurde.

Obwohl Sarah sich außer dem Bereiche jeglicher Gefahr befand, wurde dennoch beschlossen, dass man ein unverbrüchliches Schweigen über die Bande beobachten wollte, welche sie mit dem Doktor Antekirtt verbanden.

Graf Mathias Sandorf wollte bis zum vollständigen Gelingen seines Werkes unerkannt bleiben. Doch es genügte, dass Peter, der sein Sohn geworden war, öffentlich mit Sarah Sandorf verlobt wurde, um eine allgemeine Freude, rührende Kundgebungen, sowohl im Stadthause als in der ganzen Stadt Artenak hervorzurufen.

Man möge auch nachfühlen, was Frau Bathory empfand, als ihr Sarah nach so vielen Prüfungen zurückgegeben wurde. Das junge Mädchen erholte sich schnell; einige wenige Tage des Glückes stellten es bald wieder her.

Pointe Pescade hatte sein Leben für Sarah gewagt, darüber konnte kein Zweifel herrschen. Da er das ganz natürlich fand, so war jede Möglichkeit, ihm in anderer Weise als in Worten Dank abzustatten, ausgeschlossen. Peter hatte ihn an sein Herz gezogen und der Doktor Antekirtt ihn mit so liebevollen Blicken angesehen, dass er nichts weiter hören wollte. Er schob übrigens seiner Gewohnheit gemäß das ganze Verdienst bei dem Unternehmen Kap Matifu zu.

»Ihm muss man danken, sagte er wiederholt. Er hat Alles getan. Wenn mein Kap nicht so große Geschicklichkeit beim Balancieren der Rute gezeigt hätte würde ich nie mit einem Satze in das Haus dieses Schurken Sidi Hazam geflogen sein, und Sarah Sandorf hätte sich bei ihrem Sturze das Leben genommen, wenn mein Kap sie nicht in seinen Armen aufgefangen haben würde.

– Bitte... bitte..., sagte Kap Matifu darauf. Du gehst etwas zu weit, und Deine Idee von...

– Schweige doch, Kap, nahm Pointe Pescade wieder das Wort. Teufel auch! Ich bin nicht stark genug, um Komplimente dieses Kalibers auszuhalten, während Du... Komm, wir wollen unseren Garten pflegen!«

Und Kap Matifu schwieg; er kehrte in sein niedliches Landhaus zurück und schließlich nahm er die Glückwünsche an, die man ihm aufzwang, »um dem kleinen Pescade nicht ungehorsam zu sein«.

Es wurde beschlossen, dass die Hochzeit Sarah's und Peter's in kurzer Frist, bereits am 9. Dezember, gefeiert werden sollte. Peter, als Gatte Sarah's, sollte dann die Anerkennung ihrer Rechte betreiben, um die Erbschaft des Grafen Sandorf antreten zu können. Der Brief Frau Toronthal's konnte über die Abstammung des jungen Mädchens keinen Zweifel aufkommen lassen und wenn es nötig sein sollte, würde der Bankier eine formelle Erklärung abgeben müssen. Zweifellos sollte die Konstatierung deshalb erst in der genannten Frist erfolgen, weil Sarah noch nicht das Alter zur Geltendmachung ihrer Rechte erreicht hatte. Erst sechs Wochen später wurde sie achtzehn Jahre alt.

Über das Schicksal des Spaniers Carpena und des Bankiers Silas Toronthal sollte endgültig erst nach Einlieferung Sarcany's in die Kasematten von Antekirtta beschlossen werden. Alsdann sollte das Werk der Gerechtigkeit sein Ende erreichen.

Doch zu derselben Zeit, in welcher der Doktor die Mittel überlegte, die ihn an das letzte Ziel bringen mussten, sah er sich ganz nachdrücklich darauf verwiesen, über den wirksamen Schutz seiner kleinen Kolonie nachzudenken. Seine Agenten in Tripolis und auf der Cyrrhenäischen Halbinsel benachrichtigten ihn, dass die senusistische Bewegung einen immer stärker werdenden Umfang annähme, und zwar namentlich in Ben-Ghazi, das der Insel zunächst gelegen ist. Geheime Kuriere stellten zwischen Dscherhbub, »diesem neuen Pol der Welt des Islams«, wie Herr Duveyrier dieses metropolitanische Mekka genannt hat, woselbst der gegenwärtige Großmeister des Ordens, Sidi Mohammed El-Mahedi residierte, und den Führern zweiten Ranges in allen Provinzen eine regelmäßige Verbindung her. Da die Senusisten in Wahrheit nichts weiter als würdige Nachkommen der einstigen berberischen Piraten sind, und da sie jedem Europäer einen tödlichen Hass entgegenbringen, so musste der Doktor allerdings sehr auf seiner Hut sein.

Den Senusisten und Niemandem sonst müssen die seit zwanzig Jahren in Afrika verübten Gräueltaten und Massenmorde zur Last gelegt werden. Man hat umkommen sehen: Bourman in Kanem im Jahre 1863, Von der Decken und seine Gefährten auf dem Flusse Djuba 1865, Fräulein Alexine Tinné und die Ihrigen 1865 in Uahdi-Abedjuhsch, Dournaux Duperré und Joubert 1874 nahe dem Brunnen von In-Azhar, die ehrwürdigen Väter Paulmier, Bouchard und Ménoret jenseits von In-Cahlah 1876, die Geistlichen Richard, Morat und Pouplard der Mission von Ghadames im Norden von Azdjer, Oberst Flatters, die Hauptleute Masson und de Dianous, den Doktor Guiard, die Ingenieure Beringer und Roche auf der Straße von Marglah im Jahre 1881 – die blutdurstigen Bundesgenossen übersetzten eben die Lehren der Senusisten ins Praktische zum Nachteile der kühnen Forschungsreisenden.

Über diesen Gegenstand unterhielt sich der Doktor oft mit Peter Bathory, Luigi Ferrato, den Kapitänen seiner Flotte, den Führern der Miliz und den Würdenträgern der Kolonie. Würde Antekirtta einem Angriffe widerstehen können? Ja, zweifellos. Obwohl das Ganze der Verteidigungsanlagen noch nicht beendet worden war und unter der Voraussetzung, dass die Zahl der Angreifer nicht eine zu riesige sein würde. Hatten andererseits die Senusisten einen so großen Vorteil davon, wenn sie sich der Insel bemächtigen konnten? Ja, sie beherrschte den ganzen Golf der Sidra, den die Küsten der Cyrrhenäischen Halbinsel und von Tripolis bilden.

Man wird nicht vergessen haben, dass südöstlich von Antekirtta, in einer Entfernung von zwei Meilen, das Eiland Kencraf aus dem Wasser aufstieg. Dieses Eiland, das man nicht mehr hatte befestigen können, bildete eine Gefahr für den Fall, dass eine feindliche Flotte dasselbe zur Basis ihrer Operationen machen würde. Der Doktor hatte deshalb die Vorsicht gebraucht, es unterminieren zu lassen. Ein furchtbares Zerstörungsmittel füllte jetzt die in die Felsen eingelassenen Flatterminen.

Ein elektrischer Funke, durch den unterseeischen Draht, der Antekirtta mit dem Eiland verband, gesandt, war ausreichend, um Kencraf mit Allem, was sich auf ihm befand, zu vernichten.

Hinsichtlich der sonstigen Verteidigungsmittel der Insel war Folgendes getan worden. Die in Gebrauchszustand versetzten Küstenbatterien erwarteten nur noch die abzubeordernden Bedienungsmannschaften der Miliz. Das kleine Fort der Zentralstelle war vollständig bereit, aus seinen weittragenden Geschützen das Feuer zu eröffnen. Zahlreiche, in die Durchfahrt versenkte Torpedos verteidigten den Eingang zum kleinen Hafen. Der »Ferrato« und die drei »Electrics« waren für jedes Ereignis gerüstet, sei es, um den Angriff zu erwarten oder um eine angreifende Flotte zu durchbrechen.

Einen wunden Punkt jedoch bot die Insel auf ihrer südwestlichen Küste. Auf diesem Teile des Ufers, den das Feuer der Strandbatterie und des Forts nicht bestreichen konnte, war eine Landung möglich.

Dort lag die Gefahr und vielleicht war es bereits zu spät, auch an dieser Stelle umfassende Verteidigungsarbeiten vorzunehmen.

War es nun auch schon ganz gewiss, dass die Senusisten die Absicht hatten, Antekirtta anzugreifen? Es war das im Grunde genommen keine so leichte Unternehmung, sondern eine gefahrvolle Expedition, die viel Aufwand an Material forderte. Luigi zweifelte noch daran. Er ließ eine daraufhin zielende Bemerkung eines Tages fallen, als der Doktor, Peter und er die Befestigungen der Insel inspizierten.

»Ich bin anderer Ansicht, gab der Doktor zur Antwort. Antekirtta ist reich und beherrscht die Syrten-Gewässer. Diese Gründe genügen bereits, um die Insel früher oder später einem Angriffe auszusetzen; die Senusisten haben eben ein übergroßes Interesse daran, sich Antekirttas zu bemächtigen.

– Das ist ganz gewiss so, setzte Peter hinzu und gegen diese Eventualität müssen wir gut gerüstet sein.

– Ich fürchte einen nahe bevorstehenden Angriff auch deswegen, nahm der Doktor von Neuem wieder das Wort, weil Sarcany ein Parteigänger der Senusisten, ich weiß sogar, dass er stets ihr Agent im Auslande gewesen ist. Denkt daran, Freunde, dass Pointe Pescade im Hause des Moqaddem eine Unterhaltung zwischen Sidi Hazam und ihm belauscht hat. In dieser Unterredung ist der Name Antekirtta mehrfach genannt worden und Sarcany weiß wohl, dass diese Insel dem Doktor Antekirtt gehört, das heißt dem Manne, den er fürchtet, den er durch Zirone auf den Abhängen des Ätna angreifen ließ. Was ihm dort in Sizilien nicht gelang, wird er jedenfalls hier noch einmal und unter günstigeren Bedingungen versuchen.

– Hat der Mensch einen persönlichen Hass auf Sie, Herr Doktor? fragte Luigi, kennt er Sie?

– Es ist möglich, dass er mich in Ragusa gesehen hat, antwortete dieser. Jedenfalls ist es ihm bekannt, dass ich in jener Stadt Beziehungen zu der Familie Bathory hatte. Überdies wurde er an die Existenz Peter's in dem Augenblicke erinnert, als Pointe Pescade aus dem Hause Sidi Hazam's Sarah entführte. Alles das muss sich in seinen Gedanken ineinander gefügt haben. Er kann kaum noch daran zweifeln, dass Peter und Sarah auf Antekirtta ein Asyl gefunden haben. Mehr bedarf es nicht, um gegen uns den vollen Hass der Senusisten zu entflammen, die uns gewiss kein Quartier geben werden, wenn es ihnen gelingt, sich unserer Insel zu bemächtigen.«

Diese Beweisführung war klar genug. Sarcany wusste allerdings noch nicht, dass Doktor Antekirtt eigentlich Graf Mathias Sandorf sei, das stand fest, wohl aber wusste er mehr als genug, um ihm die Erbin von Schloss Artenak entreißen zu wollen.

Man wird also wenig erstaunt sein, zu vernehmen, dass er es war, der den Kalifen angespornt hatte, eine Expedition gegen die Kolonie Antekirtta auszurüsten.

Der 3. Dezember war inzwischen herangekommen, ohne dass Anzeichen eines bevorstehenden Angriffes laut geworden wären.

Die Freude, sich endlich vereinigt zu sehen, wiegte Alle in einen schönen Traum, dem sich der Doktor selbst jedoch nicht hingab. Der Gedanke an die nahe bevorstehende Heirat Peter Bathory's und Sarah Sandorf's erfüllte Aller Herzen und Gemüter. Man versuchte im Hinblick auf dieses freudige Ereignis sich einzureden, dass die schlechten Tage vorüber wären und nicht mehr wiederkehren würden.

Pointe Pescade und Kap Matifu teilten die allgemeine Sicherheit. Sie freuten sich des Glückes der Anderen und darüber, dass sie im beständigen Hochgenusse aller Dinge leben konnten.

»Es ist nicht zu glauben, wiederholte Pointe Pescade.

– Was ist nicht zu glauben?... fragte Kap Matifu.

– Dass Du ein behäbiger Rentner geworden bist, mein Kap. Ich muss jetzt ernstlich daran denken, Dich zu verheiraten.

– Mich... verheiraten?

– Ja, mit einer hübschen kleinen Frau.

– Warum mit einer kleinen?...

– Weil es nicht anders geht! Eine riesige schöne Frau!... Frau Kap Matifu!... Das würde Dir so passen, nicht wahr?... Da müssen wir uns schon eine von den Patagoniern holen!«

In Erwartung der Heirat Kap Matifu's, für den man nötigen Falles bald eine würdige Genossin würde gefunden haben, beschäftigte sich Pointe Pescade ernsthaft mit der Hochzeit Peter's und Sarah Sandorf's.

Mit Bewilligung des Doktors arbeitete er einen Plan zu einem Volksfeste aus, mit Spielen, Gesang und Tänzen, Artilleriesalven, großem Festschmaus unter freiem Himmel, einer den Neuvermählten darzubringenden Serenade, Fackelzug und Feuerwerk. Das war sein Element, hierin stand er seinen Mann. Das sollte herrlich werden! Davon sollte man noch lange, stets reden.

All' dieser Jubel sollte schon im Keime erstickt werden!

In der Nacht vom 3. zum 4. Dezember – einer ruhigen, doch von dichten Wolken verdunkelten Nacht – ertönte plötzlich die elektrische Klingel in des Doktors Kabinett im Stadthause.

Es war zehn Uhr Abends.

Der Doktor und Peter verließen in Folge dieses Zeichens sofort den Salon, in welchem sie den Abend mit Frau Bathory und Sarah Sandorf verbracht hatten. Im Kabinett angelangt, sahen sie, dass das Zeichen von dem Beobachtungsposten gegeben worden war, der auf dem Zentralkegel Antekirtta's die Wache hatte. Fragen und Antworten wurden sofort auf telefonischem Wege hin- und zurückbefördert.

Die Wache benachrichtigte den Doktor, dass aus Süden eine Flottille herannahe, deren Umfang man nur undeutlich in der Finsternis wahrnehmen könne.

»Der Kriegsrath muss sofort zusammentreten,« sagte der Doktor.

Zehn Minuten später traten der Doktor, Peter, Luigi, die Kapitäne Narsos und Köstrik und die Führer der Miliz zu einer Beratung im Stadthause zusammen. Dort wurde ihnen die Mitteilung von der Beobachtung, welche der Wachposten gemacht hatte. Eine Viertelstunde später hatten sich Alle an den Hafen begeben und auf der äußersten Spitze des großen Dammes, auf dem das Leuchtfeuer aufblitzte, Posto gefasst.

Von diesem nur wenig über dem Niveau des Meeres gelegenen Punkte aus war es unmöglich, die Flottille zu unterscheiden, was der Beobachtungsposten, der auf dem Zentralkegel seinen Platz hatte, wohl konnte. Doch durch Erleuchtung des südöstlichen Horizontes musste es zweifellos zu ermöglichen sein, die Zahl der Schiffe zu unterscheiden und in welcher Weise sie sich näherten.

Wäre es aber nicht zugleich eine Unvorsichtigkeit gewesen, auf diese Weise die Lage der Insel zu verraten? Der Doktor glaubte es nicht. Wenn das der erwartete Feind war, so fuhr er auch nicht blind darauf los; er kannte genau die Lage von Antekirtta und nichts war im Stande, ihn von seinem Kurse abzubringen.

Die Apparate wurden also in Tätigkeit gesetzt und mit Hilfe der Tragfähigkeit der beiden in die Weite geschleuderten Strahlenbüschel erleuchtete sich plötzlich ein ziemlich großer Kreisabschnitt des Horizontes.

Die Wachen hatten sich nicht getäuscht. Zweihundert Fahrzeuge wenigstens rückten in einer Linie an, Schebecken, Polaken, Trabacolos, Sacoleven und andere Schiffskörper untergeordneterer Gattung. Kein Zweifel, es war die Flotte der Senusisten, die sich die Seeräuber aus allen Häfen der Küste zusammengeholt hatten. Da keine Brise wehte, so nahten sich die Schiffe mit Hilfe der Ruder der Insel. Für diese verhältnismäßig kurze Überfahrt von dem Festlande nach Antekirtta konnten sie sehr gut der Mithilfe des Windes entbehren. Die Ruhe des Meeres musste ihren Plänen durchaus förderlich sein, denn sie erlaubte ihnen auch eine Landung unter günstigeren Umständen. Augenblicklich befand sich die Flotte noch vier bis fünf Seemeilen südöstlich vor Antekirtta.

Vor Sonnenaufgang kam sie schwerlich dazu anzulegen. Es wäre aber äußerst unklug gewesen, es dahin kommen zu lassen, das heißt zu einem Erzwingen der Hafeneinfahrt oder einer Landung auf der südlichen Küste Antekirttas, die, wie schon gesagt, höchst ungenügend verteidigt wurde.

Nach dieser ersten Recognoszierung stellten die elektrischen Apparate ihre Tätigkeit wieder ein und der Himmelsraum tauchte wieder in das Dunkel zurück. Man musste den Anbruch des Tages abwarten.

Auf Befehl des Doktors sammelte sich sofort die Miliz.

Man musste sich bereit machen, die allerersten der Coups auszuführen, denn davon hing der ganze Ausgang des Unternehmens ab.

Eines stand jetzt fest, dass nämlich die Angreifer nicht mehr darauf rechnen konnten, die Insel zu überraschen, da das Auswerfen des Lichtes es ermöglicht hatte, sowohl ihre Richtung als auch ihre Anzahl zu erkennen.

Während der ferneren Stunden der Nacht ließ man keine Vorsicht aus den Augen. Der Horizont wurde noch zu verschiedenen Malen beleuchtet, dadurch erhielt man noch genauere Kenntnis von der Position der feindlichen Flotte.

Dass die Angreifer in großer Stärke heranrückten, war nunmehr gewiss. Dass sie mit hinlänglichem Material versehen waren, um das Feuer der Strandbatterien auszuhalten, musste als selbstverständlich angenommen werden. Artillerie war das einzige, was ihnen vielleicht fehlte. Doch durch die Anzahl der Kämpfer, welche der Oberbefehlshaber der Expedition gleichzeitig an mehreren Punkten der Insel landen konnte, machten sich die Senusisten furchtbar.

Endlich erwachte langsam der Tag und die Strahlen der Sonne begannen die tiefer gelegenen Nebelschichten des Horizontes zu zerstreuen.

Aller Blicke richteten sich auf die offene See hinaus, nach Osten und Süden von Antekirtta.

Die Flotte entwickelte sich jetzt so, dass sie eine lange abgerundete Linie bildete, deren eines Ende sich bestrebte, an die Insel heranzukommen. Wenigstens zweihundert Schiffe konnte man jetzt zählen, darunter einige von dreißig und vierzig Tonnen Tragkraft. Sie konnten vielleicht, Alles in Allem gerechnet, fünf zehnhundert bis zweitausend Mann an Bord haben.

Um fünf Uhr befand sich die Flotte in der Höhe des Eilandes Kencraf. Es musste abgewartet werden, ob die Feinde dort anlegen und festen Fuß fassen würden, ehe sie die Insel selbst angriffen. Wenn sie das taten, so lagen die Umstände äußerst günstig. Die vom Doktor ausgeführten Minenarbeiten würden, wenn sie vielleicht auch nicht gleich die ganze Frage zur Entscheidung brachten, dennoch vom Beginn des Gefechtes an eine niederschmetternde Wirkung auf die Senusisten ausüben.

Eine halbe Stunde banger Erwartung verstrich. Man konnte bereits des Glaubens sein, dass die sich nach und nach dem Eiland nähernden Schiffe eine Landung bewerkstelligen würden... Es wurde aber nichts daraus. Kein Fahrzeug hielt sich dort auf, die feindliche Linie zog sich nach Süden hin mehr in die Länge und ließ das Eiland rechts liegen. Es war nun offenbar, dass Antekirtta direkt angegriffen oder besser gesagt noch vor Ablauf einer Stunde umzingelt werden sollte.

»Jetzt bleibt uns nur noch die Verteidigung,« sagte der Doktor zum Führer der Miliz.

Ein Signal ertönte und die gesamte Besatzung schwärmte vom flachen Lande in die Stadt hinein, woselbst sich Jeder auf seinen ihm schon vorher bezeichneten Platz begab.

Gemäß der Anordnung des Doktors übernahm Peter den Befehl über den südlichen Teil der Befestigungswerke, Luigi über den östlichen. Die Verteidiger der Insel – höchstens fünfhundert Milizen – wurden so verteilt, dass sie, wo immer nur der Feind versuchen sollte, die Umgürtung der Stadt zu nehmen, diesem die Front zukehrten. Der Doktor behielt sich vor, von Punkt zu Punkt dahin zu eilen, wo seine Gegenwart erforderlich sein würde.

Frau Bathory, Sarah Sandorf, Maria Ferrato mussten in dem Stadthause bleiben. Die anderen Frauen sollten, falls die Stadt eingenommen würde, mit den Kindern in die Kasematten flüchten, so war es beschlossen, woselbst sie nichts zu befürchten hatten, wenn selbst die Feinde einige Feldgeschütze aufpflanzten.

Die Frage bezüglich des Eilandes Kencraf war nun – zum Nachteile der Belagerten – gelöst, es blieb noch die Frage hinsichtlich des Hafens offen. Wenn die Flottille das Bestreben zeigte, die Einfahrt zu erzwingen, so hielten die sich kreuzenden Feuer der Forts auf den beiden Dämmen, die Kanonen des »Ferrato«, die Electric-Torpedoboote, die in die Einfahrt gesenkten Torpedos die Feinde gewiss in Raison. Es war das eine günstige Chance, wenn der Angriff auf dieser Seite erfolgte.

Allein – und es war das nur zu wahrscheinlich – der Führer der Senusisten kannte vollständig die Verteidigungsmittel von Antekirtta und wusste nur zu gut, wie leicht ihm im Süden der Insel ein Landen gemacht wurde. Ein direkter Angriff auf den Hafen kam einer unmittelbaren und vollständigen Vernichtung gleich. Es war daher in der Tat der Plan entworfen worden, eine Landung auf der Südseite vorzunehmen, welche sich für diese Operation vorzüglich eignete. Daher ließ man die Einfahrt zum

Hafen genau so unbeachtet, wie man das Eiland Kencraf nicht besetzt hatte und die ganze Flottille wendete sich nunmehr mit Hilfe der Ruder dem schwächsten Punkte Antekirtta's zu.

Der Doktor traf, sobald er das Manöver der Feinde durchschaut hatte, die Maßregeln, welche ihm die jetzige Lage der Dinge vorschrieb. Die Kapitäne Köstrik und Narsos bestiegen je eines der Torpedoboote, die bereits mehrere Matrosen bargen und fuhren mit denselben aus dem Hafen hinaus.

Eine Viertelstunde später warfen sich die »Electrics« auf die feindliche Flotte; sie durchbrachen deren Linie, sprengten fünf bis sechs Schiffe in die Luft und bohrten ein Dutzend in den Grund. Die Anzahl der Angreifer war aber eine so beträchtliche, dass die beiden Kapitäne befürchten mussten, ihre Schiffe würden geentert werden, wenn sie nicht schleunigst den Schutz der Hafendämme aufsuchten.

Inzwischen hatte der »Ferrato« Position genommen und begann die Beschießung der Flottille; allein seine Kugeln, welche wirksam durch diejenigen der Batterien sekundiert wurden, reichten nicht hin, zu verhindern, dass das Gros der Piraten die Landung versuchte. Obwohl schon eine beträchtliche Zahl ihren Tod gefunden hatte, obwohl gewiss an zwanzig Fahrzeuge kampfunfähig gemacht worden, waren noch immer an tausend Mann da, um die Klippen im Süden zu ersteigen, denen man sich in Folge der Ruhe des Meeres bequem nähern konnte.

Nun sah man auch, dass die Senusisten über Artillerie verfügten. Die größten Schebecken führten auf rollende Lafetten gehobene Feldgeschütze mit sich. Sie konnten sie auf diesem Punkte der Küste ziemlich unbehelligt aus Land bringen, da er außerhalb des Bereiches der Kanonen der Stadt und selbst der Geschütze in dem Fort auf dem Zentralkegel gelegen war.

Der Doktor, der auf dem vordersten Vorsprunge stand, hatte diese ganze Operation genau verfolgt. Ihr sich widersetzen, wäre unmöglich gewesen, denn er musste sein relativ schwaches Personal berücksichtigen. Seine Stärke lag im Kampfe hinter Mauern und in diesem Falle war es sehr zweifelhaft, ob die Belagerer, so zahlreich sie waren, den Sieg erringen würden.

Diese hatten zwei Kolonnen gebildet, beide führten Geschütze in ihren Reihen. Sie marschierten ohne Deckung zu suchen, mit jener sorglosen Tapferkeit des Arabers, mit jener fanatischen Kühnheit, wie sie nur Todesverachtung, die Hoffnung auf Plünderung und der Hass gegen die Europäer erzeugen kann.

Als sie auf Schussweite nahe gekommen waren, spien die Batterien ihren Eisenhagel aus. Mehr als hundert stürzten, doch die Anderen wichen nicht zurück. Ihre Feldgeschütze wurden gerichtet, und bald hatten sie in eine Mauer Bresche gelegt, welche eine Ecke des noch nicht fertiggestellten südlichen Mittelwalles bildete.

Ihr Führer, der inmitten der um ihn Fallenden seine Kaltblütigkeit vollständig bewahrte, leitete den Angriff. Sarcany, der neben ihm stand, feuerte ihn an, eine Sturmkolonne von mehreren hundert Mann auf die Bresche zu dirigieren.

Doktor Antekirtt und Peter Bathory erkannten Letzteren von fern. Er erkannte sie ebenfalls.

Eine kompakte Masse der Angreifer wälzte sich jetzt auf das Loch in der Mauer zu, welches ihnen Durchlass gewähren konnte. Wenn es ihnen gelang, durch die Bresche zu dringen, wenn sie die Stadt besetzten, so waren die Belagerten, die zu schwach waren, um Widerstand zu leisten, gezwungen, den Platz zu räumen. Bei dem heißblütigen Temperament der Piraten wäre dem Sieg unmittelbar ein allgemeines Blutbad gefolgt.

Der Kampf, Körper an Körper, wurde auf diesem Punkte furchtbar. Unter den Augen des Doktors, der furchtlos in der Gefahr und wie unverwundbar inmitten des Kugelregens blieb, verrichteten Peter Bathory und seine Gefährten wahre Wunder des Mutes. Pointe Pescade und Kap Matifu unterstützten sie mit einer Kühnheit, die nur durch ihr Geschick, jedem Hiebe aus dem Wege zu gehen, aufgewogen wurde.

Der Herkules, in der einen Hand ein Messer, in der anderen eine Axt, schaffte gewaltig um sich her einen leeren Raum.

»Kräftig, mein Kap, kräftig!... Schlage sie nieder!« feuerte Pointe Pescade ihn an, dessen flink abgefeuerter und wieder geladener Revolver wie eine kleine Mitrailleuse dazwischen knatterte.

Doch der Feind wich nicht. Nachdem er mehrere male durch die Bresche zurückgedrängt worden war, schien er nun so weit zu sein, dieselbe endgültig nehmen und in die Stadt selbst einrücken zu können, als sich in seinen hinteren Reihen plötzlich eine Bewegung bemerkbar machte.

Dem »Ferrato« war es gelungen, in der Entfernung von nur drei Ankerlängen vom Ufer unter geringem Dampf beizudrehen. Von dort aus griff er die Senusisten mit seinen Schiffskanonen, die sämtlich über einen Bord gerichtet waren, mit seinem langen Jagdgeschütz, seinen Hotchkiss-Revolverkanonen und seinen Gatlings-Mitrailleusen, welche die Feinde wie die Sichel das Getreide niedermähten, plötzlich im Rücken an; er schoss sie am Ufer in Grund und Boden und zerstörte und durchlöcherte gleichzeitig ihre Schiffe, die am Fuße der Klippen vor Anker gegangen oder festgebunden worden waren.

Das war ein schmerzlicher und den Senusisten höchst unerwartet kommender Schlag. Sie wurden jetzt nicht nur im Rücken angegriffen, sondern es wurde ihnen auch jedes Fluchtmittel genommen, falls es dem »Ferrato« gelang, mit seinen Geschossen ihre Fahrzeuge in tausend Stücke zu schießen.

Die Stürmenden standen deshalb vor der Bresche still, welche die Miliz hartnäckig verteidigt hatte. Schon mehr als fünfhundert hatten den Tod auf dem Ufer gefunden, trotzdem war die Anzahl der Belagerer im Verhältnis noch keine geringere geworden.

Der Oberbefehlshaber sah ein, dass er unverzüglich das Meer erreichen musste, falls er nicht seine Leute einem gewissen und vollständigen Untergange weihen wollte. Vergebens versuchte Sarcany ihn zu bewegen, die Stadt zu nehmen, der Befehl zum Rückzuge auf das Meer wurde gegeben und die Senusisten führten diese Rückzugsbewegung mit derselben Gleichgültigkeit aus, als wenn ihnen befohlen worden wäre, sich bis auf den letzten Mann töten zu lassen.

Es sollte jedoch den Seeräubern noch eine Lehre verabfolgt werden, die ihnen nie aus der Erinnerung kommen konnte.

»Vorwärts, Freunde! rief der Doktor, Vorwärts!«

Unter den Befehlen Peter's und Luigi's warfen sich an hundert Milizen auf die Fliehenden, die dem Ufer zu hasteten. Zwischen die Feuer der Schiffskanonen des »Ferrato« und der Wallgeschütze der Stadt genommen, mussten sie bald weichen.

Die Unordnung in ihren Reihen wurde allgemein und man sah sie sich in sieben oder acht Fahrzeuge flüchten, welche die Lagen aus der Breitseite des »Ferrato« verschont hatten.

Peter und Luigi erstrebten mitten im Gewimmel nur eines einzigen Menschen habhaft zu werden, Sarcany's. Sie wollten ihn durchaus lebendig fangen und entkamen nur durch ein Wunder den Revolverschüssen, die der Elende ihnen mehrfach zusandte.

Allein noch einmal schien ihn das Schicksal der Vergeltung entziehen zu wollen

Sarcany und der Senusistenführer, gefolgt von einem Dutzend Männer, hatten glücklich eine kleine Polake erreicht, deren Anker bereits aufgewunden wurde und die schon manövrierte, um die offene See zu erreichen. Der »Ferrato« war zu weit entfernt, als dass man ihm hätte ein Zeichen geben können, das Schiffchen zu verfolgen; es schien entschlüpfen zu wollen.

In diesem Augenblick sah Kap Matifu ein Feldgeschütz im Sande liegen, dessen Lafette zerschossen war.

Auf das noch geladene Geschütz zustürzen, es mit übermenschlicher Kraft auf ein Felsstück legen, sich gegenstemmen, um es auf seinem Platze an seinen Zapfen festzuhalten, war das Werk eines Augenblickes. Ebenso schnell hatte er mit Donnerstimme gebrüllt: »Hierher, Pointe Pescade, hierher!«

Pointe Pescade folgte sofort dem Rufe Kap Matifu's, er sah, was sein Kap getan hatte, er begriff und richtete die Kanone, welche von der lebendigen Lafette gestützt wurde, auf die Polake. Dann feuerte er ab. Das Geschoß traf das Hinterteil des Fahrzeuges und zerschmetterte es.... Der Herkules hatte von dem Zurückweichen des Geschützes kaum einen leisen Ruck abbekommen.

Der Befehlshaber der Senusisten und seine Genossen versanken in den Fluten, woselbst die Meisten umkamen. Sarcany kämpfte noch mit der Brandung, als Luigi sich bereits flink in das Meer geworfen hatte.

Einen Augenblick später wurde Sarcany von den breiten Händen Kap Matifu's in Empfang genommen, die sich über ihm schlossen.

Der Sieg war ein vollständiger. Von den zweitausend Feinden, welche die Insel angegriffen hatten, entgingen kaum einige hundert der Vernichtung und erreichten den heimischen Boden.

Man durfte hoffen, dass Antekirtta auf viele Jahre hinaus nicht mehr der Zielpunkt dieser Räuberbande sein würde.

Graf Mathias Sandorf hatte Maria und Luigi Ferrato die Schuld seiner Erkenntlichkeit abgetragen. Frau Bathory, Peter und Sarah waren vereinigt. Auf den Lohn sollte nun noch die Vergeltung folgen.

Während der Tage, die der Niederlage der Senusisten folgten, war das Personal der Insel tätig, Alles wieder in Stand zu setzen. Bis auf einige unbedeutende Wunden waren Peter, Luigi, Pointe Pescade und Kap Matifu – das heißt also alle Diejenigen, welche in intimeren Beziehungen zu den Ereignissen dieses Dramas standen – heil und gesund geblieben. Dass sie sich trotzdem nicht geschont hatten, wusste Jeder. Das war eine Freude, als sie in das Stadthaus zu Sarah Sandorf, Maria Ferrato, Frau Bathory und dem alten Borik zurückkehrten. Nachdem den Gefallenen die letzte Ehre erwiesen worden war, konnte die kleine Kolonie wieder in das ruhige Geleis ihrer sorgenfreien Existenz zurückkehren, die in Zukunft höchst wahrscheinlich nicht mehr gestört werden wird. Die Niederlage der Senusisten kam einer Vernichtung derselben gleich und Sarcany, der Jene zum Feldzuge gegen Antekirtta aufgereizt hatte, war nicht mehr da, um ihnen Gedanken des Hasses und der Rache einzugeben. Der Doktor verharrte trotzdem bei seiner Absicht, sein Verteidigungssystem in kürzester Frist zu Ende zu führen. Artenak sollte nicht nur vor jedem Handstreiche in Sicherheit gebracht werden, sondern auch auf keinem einzigen Punkte mehr eine Lücke bieten, wo eine Landung möglich war. Man wollte sich auch damit beschäftigen, neue Kolonisten in das Land zu ziehen, denen die Reichtümer des Bodens ein wirkliches Wohlergehen verschaffen mussten.

Jetzt konnte der Verehelichung Peter Bathory's mit Sarah Sandorf nichts mehr im Wege stehen. Die Zeremonie war ursprünglich auf den 9. Dezember anberaumt gewesen: sie sollte auch an diesem Tage von Statten gehen. Pointe Pescade nahm sein Vergnügungs-Programm von Neuem in Angriff, nachdem es durch den Überfall der afrikanischen Piraten unterbrochen worden war.

Ohne Verzug sollte auch über das Schicksal Sarcany's, Silas Toronthal's und Carpena's Beschluss gefasst werden. Sie waren abgesondert in den Kasematten des

Forts untergebracht worden und wussten nicht, dass sie sämtlich in der Gewalt des Doktors Antekirtt wären.

Am 6. Dezember, zwei Tage nach dem Rückzuge der Senusisten, ließ der Doktor sie in das Stadthaus führen, woselbst er mit Peter und Luigi ihnen entgegentrat.

Hier sahen sich die Gefangenen vor dem Gerichtshofe von Artenak, der aus den höchsten Beamten der Kolonie bestand, unter der Hut einer Abteilung Milizen zum ersten Male wieder.

Carpena erschien beunruhigt; seine Physiognomie hatte indessen noch nichts von ihrem tückischen Aussehen eingebüßt; er warf nach links und rechts verstohlene Blicke und wagte nicht, seine Augen zu seinen Richtern aufzuschlagen.

Silas Toronthal, sehr niedergeschlagen aussehend, senkte den Kopf und floh instinktiv die Berührung mit seinem einstigen Genossen.

Sarcany hatte nur ein Gefühl – die Wut, in die Hände dieses Doktors gefallen zu sein.

Luigi stellte sich nunmehr vor die Richter und ergriff das Wort. Er wandte sich an den Spanier.

»Carpena, sagte er, ich bin Luigi Ferrato, der Sohn des Fischers von Rovigno, den Deine Angeberei in das Zuchthaus zu Stein gebracht hat, wo er gestorben ist.«.

Carpena hatte sich einen Augenblick abgewendet. Eine Anwandlung von Wut trieb ihm das Blut in die Augen. Es war also doch Maria gewesen, die er in den Gassen des Manderaggio auf Malta erkannt zu haben glaubte, und ihr Bruder, Luigi Ferrato, war es, der ihn jetzt beschuldigte.

Peter trat nun ebenfalls vor und streckte den Arm gegen den Bankier aus:

»Silas Toronthal, sagte er, ich heiße Peter Bathory und bin der Sohn Stephan Bathory's, desselben ungarischen Patrioten, den Sie im Einverständnis mit Ihrem Mitschuldigen Sarcany feiger Weise der Polizei von Triest angezeigt und dadurch in den Tod getrieben haben.«

Dann zu Sarcany gewendet:

»Ich heiße Peter Bathory, den Sie in einer Straße Ragusa's zu ermorden versuchten. Ich bin der Verlobte Sarah's, der Tochter des Grafen Mathias Sandorf, die Sie vor fünfzehn Jahren aus dem Schlosse Artenak rauben ließen.«

Silas Toronthal war es zumute, als hätte ihn ein Keulenschlag niedergeschmettert, als er mit einem Male Peter Bathory leibhaftig vor sich stehen sah.

Sarcany hatte die Arme über die Brust gekreuzt und bis auf ein leichtes Zittern seiner Augenlider bewahrte er vollständig seine unverschämte Unbeweglichkeit.

Weder Silas Toronthal noch Sarcany erwiderten etwas. Was hätten sie ihrem Opfer, das aus dem Grabe auferstanden schien, um sie anzuklagen, auch erwidern sollen?

Etwas ganz anderes war es, als Doktor Antekirtt auftauchte und mit ernster Stimme sagte:

»Und ich, ich bin der Freund Ladislaus Zathmar's und Stephan Bathory's, die durch Euren Verrat im Hofe der Festung Pisino die Füsillade erhielten. Ich bin der Vater Sarah's, die Ihr entführt habt, um Euch ihr Vermögen anzueignen.... Ich bin Graf Mathias Sandorf!«

Die Wirkung dieser Erklärung war, dass die Knie Silas Toronthal's fast den Boden berührten, während Sarcany sich beugte, als wollte er in sich selbst zurückkriechen.

Die drei Angeklagten wurden nun nacheinander verhört. Ihre Verbrechen waren solcher Art, dass sie weder geleugnet werden konnten, noch dass eine Gnade möglich war. Der Vorsitzende des Gerichtshofes erinnerte Sarcany daran, dass der durch sein persönliches Eingreifen veranlasste Sturm auf die Insel eine große Anzahl Opfer gefordert habe, deren Blut nach Rache schreie. Nachdem er den Gefangenen völlige Freiheit zu ihrer Verteidigung gewährt hatte, berief er sich auf das Gesetz, und gemäß der Rechte, welches ihm diese regelrechte Verhandlung verlieh, verkündete er das Urteil:

»Silas Toronthal, Sarcany, Carpena, Ihr habt den Tod Stephan Bathory's, Ladislaus Zathmar's und Andrea Ferrato's verschuldet. Ihr seid zum Tode verurteilt!

– Wie Sie befehlen, erwiderte Sarcany, dessen Unverschämtheit wieder die Oberhand gewonnen hatte.

– Gnade!« rief Carpena feige.

Silas Toronthal hatte nicht die Kraft, etwas zu sprechen.

Man brachte die drei Verbrecher in ihre Kasematten zurück, wo sie sorgfältigst bewacht wurden.

Wie sollten diese Elenden hingerichtet werden? Sollten sie in einer Ecke der Insel füsiliert werden? Das hieße Antekirtta mit dem Blute der Verräter beschmutzen. Es wurde daher beschlossen, dass die Hinrichtung auf dem Eilande Kencraf vor sich gehen sollte.

Am selben Abend noch nahm einer der »Electrics«, der mit zehn Matrosen unter dem Befehle Luigi Ferrato's bemannt worden war, die Verurteilten an Bord und führte sie auf das Eiland, wo sie bis Tagesanbruch auf das Exekutionspeloton warten sollten.

Sarcany, Silas Toronthal und Carpena mussten annehmen, dass ihr letztes Stündlein geschlagen habe. Als sie aus Land gesetzt worden waren, ging Sarcany auf Luigi zu und fragte:

»Heute Abend?«

Luigi antwortete nichts. Die drei Verurteilten wurden allein gelassen und die Nacht brach schon an, als der »Electric« in Antekirtta wieder anlangte.

Die Insel war jetzt von der Gegenwart der Verräter befreit. Von dem Eiland Kencraf zu entfliehen war eine Unmöglichkeit, denn zwanzig Meilen trennten es von dem Festlande.

»Vor morgen Früh hat gewiss schon der Eine den Anderen aufgefressen, sagte Pointe Pescade.

– Puah!« schüttelte sich Kap Matifu vor Abscheu.

Die Nacht verging ungestört; nur im Stadthause konnte man beobachten, dass Graf Mathias Sandorf nicht einen Augenblick Ruhe fand. Er hatte sich in sein Zimmer eingeschlossen und verließ es erst wieder um fünf Uhr Morgens er stieg in die Halle hinunter, wohin Peter Bathory und Luigi Ferrato sogleich bestellt wurden.

Ein Peloton Milizen war bereits im Hofe des Stadthauses aufgestellt; es wartete auf den Befehl, sich nach dem Eilande Kencraf einzuschiffen.

»Peter, Luigi, sagte Graf Sandorf, ist es auch gerecht, dass die Verräter zum Tode verurteilt worden sind?

– Ja, sie verdienen ihn, antwortete Peter.

– Ja, setzte Luigi hinzu, kein Mitleid mit diesen Schurken!

– Die Gerechtigkeit ist also geübt, möge Gott ihnen die Gnade schenken, welche die Menschen ihnen verweigern mussten....«

Graf Sandorf hatte kaum geendet, als eine furchtbare Explosion das Stadthaus und die ganze Insel erzittern machte, als hätte sie ein Erdbeben heimgesucht.

Graf Sandorf, Peter und Luigi stürzten ins Freie, während die erschrockene Bevölkerung schleunigst die Häuser von Artenak verließ.

Eine ungeheure Feuer- und Dampfgarbe, untermischt von enormen Felsblöcken und einem Hagel von Steinen, loderte in unermesslicher Höhe zum Himmel auf. Dann fielen die Massen um die Insel in das Meer zurück, sie peitschten dasselbe zu Wogen auf und eine dicke Wolke blieb in der Luft hängen.

Von dem Eiland Kencraf war nichts übrig geblieben, die drei Verurteilten waren durch die Explosion in unendlich viele Stückchen zerrissen worden.

Was war geschehen?

Man wird nicht vergessen haben, dass das Eiland für den Fall einer Landung der Senusisten nicht nur unterminiert worden war, sondern dass auch, falls der unterirdische Draht, der das Eiland mit Antekirtta verband, versagte, elektrische Apparate in das Erdreich eingelassen worden waren; es brauchte nur ein Fuß diese zu streifen und alle mit Panclastit gefüllten Flatterminen flogen mit einem Male in die Luft.

Zufällig musste einer der Verurteilten einem solchen Apparate zu nahe gekommen sein. Die Folge war die sofortige und vollständige Vernichtung des Eilandes.

»Gott hat uns die Schrecken einer Exekution ersparen wollen,« sagte Graf Mathias Sandorf.

Drei Tage später wurde die Hochzeit Peter Bathory's und Sarah Sandorf's in der Kirche Artenak gefeiert. Bei dieser Gelegenheit unterschrieb sich Doktor Antekirtt mit seinem wahren Namen Mathias Sandorf. Er brauchte ihn jetzt nicht mehr zu verheimlichen, da Vergeltung geübt war.

Wenige Worte genügen, um unserer Erzählung einen Schluss zu geben.

Nach drei Wochen wurde Sarah Sandorf als Erbin der einbehaltenen Besitzungen des Grafen Sandorf anerkannt. Der Brief der Frau Toronthal, eine vom Bankier erlangte Erklärung – eine Erklärung, welche die Umstände und den Zweck der Entführung des Kindes erläuterte – hatten genügt, die Identität festzustellen. Was von der Besitzung in den Karpaten in Siebenbürgen noch übrig war, fiel ihr zu.

Graf Sandorf hätte jetzt auf Grund einer Amnestie, die inzwischen für sämtliche politische Verbrecher erlassen worden war, in sein Vaterland und in seinen Besitz zurückkehren können. Wenn er auch öffentlich wieder Mathias Sandorf geworden war, so wollte er doch auch das Oberhaupt seiner großen Familie auf Antekirtta bleiben. Dort sollte sein Leben inmitten derer, die ihn verehrten, seinem Ende zugehen.

Die kleine Kolonie wuchs, Dank der neuen Bemühungen für ihr Wohl, zusehends. Gelehrte und Erfinder, durch den Grafen Sandorf dorthin berufen, brachten dort ihre

Entdeckungen zur Ausführung, die ohne seine Ratschläge und das Vermögen, über welches er verfügte, für die Welt verloren gegangen sein würden.

Antekirtta wurde bald der wichtigste Punkt des Meeres der Syrten und nach Beendigung seines Verteidigungssystemes war seine Sicherheit eine unverletzliche.

Was soll man noch von Frau Bathory, Maria und Luigi Ferrato, von Peter und Sarah erzählen? So etwas fühlt man besser, als man es ausspricht.

Was von Pointe Pescade und Kap Matifu, die zu den angesehensten Kolonisten Antekirtta's zählten? Sie bedauerten nur eines, keine Gelegenheit mehr zu haben, sich für den aufzuopfern, dem sie eine solche Existenz verdankten.

Graf Mathias Sandorf hatte sein Unternehmen zu einem glücklichen Ende geführt und wäre die Erinnerung an seine beiden Genossen, Stephan Bathory und Ladislaus Zathmar, nicht gewesen, so würde er vermutlich ebenso glücklich gewesen sein, als es ein edelmütiger Mann auf Erden ist, wenn er um sich Glück verbreiten kann.

Man möge weder im ganzen Mittelmeer noch in einem anderen Meere der Erdkugel – nicht einmal in der Gruppe der Fortunat-Inseln – nach einer Insel suchen, deren Glückseligkeit mit derjenigen Antekirtta's rivalisieren könnte.... Es wäre das verlorene Mühe.

Als Kap Matifu im Rausche des Glückes einmal sagen zu müssen glaubte:

»Verdienen wir es denn wirklich, so glücklich zu sein? hatte Pointe Pescade ihm erwidert:

– Nein, mein Kap. Doch was willst Du?... Man muss, wohl oder übel, sich so etwas gefallen lassen!«